中篇科幻佳作丛书 科幻剧院系列

未然的历史

未來事务管理局 FUTURE AFFAIRS ADMINISTRATION 编著

中国青年出版社

图书在版编目（CIP）数据

未然的历史 / 未来事务管理局编著 . –– 北京 : 中国青年出版社 , 2022.8
（中篇科幻佳作丛书 . 科幻剧院系列）
ISBN 978–7–5153–6735–4

Ⅰ . ①未… Ⅱ . ①未… Ⅲ . ①幻想小说—小说集—世界—现代 Ⅳ . ① I14

中国版本图书馆 CIP 数据核字（2022）第 143358 号

编　　著：未来事务管理局
项目总监：姬少亭　李兆欣
产品策划：青年文摘杂志社｜未来事务管理局
策划编辑：郭凯　孙薇　武甜静
特约编辑：龚蕾　吴迪　周玲
责任编辑：彭岩
出版发行：中国青年出版社
社　　址：北京市东城区东四十二条 21 号
网　　址：www.cyp.com.cn
编辑中心：010 – 57350407
营销中心：010 – 57350370
经　　销：新华书店
印　　刷：北京中科印刷有限公司
规　　格：700 × 1000mm　1/16
印　　张：32
字　　数：420 千字
版　　次：2022 年 9 月北京第 1 版
印　　次：2022 年 9 月北京第 1 次印刷
定　　价：68.00 元

如有印装质量问题，请凭购书发票与质检部联系调换
联系电话：010 – 57350337

遇到科幻最好的样子

无论你是耄耋老者，还是正值青春的学生，第一次和那些伟大科幻故事相遇时，那种震惊和愉悦，一定是永远不会忘记的珍贵回忆。

也许是一部老电影，也许是一本经典小说，也许是随手点开的一个链接，甚至只是偶尔看到的一句话。但只要一瞬间，你眼前的现实被突然撕开，宇宙在你面前再次大爆炸，时间、空间、维度、能量、物质、生命，一个个迸发出来，充满你的视野，冲击你的大脑，重新改写你的思维。就只是一转瞬，你已经是全新的自己，世界再也不是以前的样子。

今天，这样的体验，越来越少了。

一方面，确实随着我们长大，阅历增加，见多识广，新观念很难改变我们的思维。另一方面，现在的媒介形态变了，无论是碎片化的信息，还是超长篇的故事，其实都是注意力经济的产物，目的只有一个：尽可能占据你的时间。为了这个目的，可以抛弃所有的追求，放弃所有的价值。

而真正有价值的思考，是谨慎的、自省的、尖锐的。它不需要让你无休止地等待更新，也不想让你无脑地滑动到下一个内容。它甚至怀疑自己的思考是否真的有价值，为此不会试图用长篇大论欺骗你的大脑，或者用刺激内容引发你的本能。它只提出自己的问题，清晰地讲述自己的理由，前因后果娓娓道来，小心地提出看法和结论。然后，安静地退出你的大脑，留给你自己思考的空间和时间。

H.G. 威尔斯、艾萨克·阿西莫夫、阿瑟·克拉克、詹姆斯·提普垂、厄休拉·勒奎恩、刘慈欣、特德·姜、刘宇昆……这些改变了科幻历史，为我们提供了超凡体验的科幻大师们，都擅长用恰当的篇幅，谦逊而又自信地讲述令人震惊的故事。

现在，这样的故事越来越少，因为作者既需要完整构思一个美妙的世界，又需要满足一口气读完的篇幅限制，很少有人愿意去做这样不合算的事情。但每个时代，都应该去做一些不合时宜的事情，因为故事的价值，不是一时一地的计较，而是一代又一代人的人生。

于是，就有了这本书，一本为了我们的过去，也为了你们的未来，而出现的书。

现在，和我们一起走进科幻剧院，坐稳，等待震撼来临。

李兆欣

2022 年 4 月

公元 2022 年的序言

今天是公元 2022 年 4 月 25 日。

用这句记录的话作为序言的起始，应该是某种历史感在发生作用。时间一秒一秒地过去，又或是一百年一百年地过去，每一秒你都生活在一个新的发端，每一代人都想要在这短暂的时光里留下点儿什么，语言当然是最为直接有效的方法。

距离我第一次读到叶永烈先生的科幻小说《珊瑚岛上的死光》已经过去了三十多年，那时我大概只有 7 岁，犹记得那种震撼，激光武器就像是在此刻黑夜的海面上静候着划破长空。

如果再过一万年，由未来事务管理局策划出版的这套科幻小说集连同序言一起被考古学家、历史学家、外星生物看到，我相信这些小说里所能想象到的一切，都已经在宇宙里发生了。

今天我关掉手机，像是黑客帝国里的 Neo 拔掉脑后与 Matrix 相连的管道，坐在电脑前阅读未来事务管理局的同人发来的小说样稿与策划案，感觉到自己从互联网信息的洪流中退将出来，回到生活里，感知出色的头脑和强劲的想象力创造出的真实。

不得不说，我在阅读样稿的时候带着电影工作者的功利主义——它们可被搬上银幕的几率有多少？众所周知，好莱坞是科幻电影的集大成者，不仅来自于其极强的商业转化能力，也来自于美国国力的强盛与自信，直到现在，好莱坞依然是全球电影行业最先进生产力的代表者，美国在电影生产的科技硬件、软件领域，连同另外几个发达国家一起不断将电影制作推向不可思议的前沿，我们的电影生产力水平还与它们差得很远。即便是今天我们已经拥有了《流浪地球》这样耳熟能详的科幻电影，但无论在融资还是制作层面，我们并没有形成"电影是制造业"的共识。

今天的我们阅读到全世界最精彩的科幻小说，包括中国本土最优秀如韩松、吴季、刘慈欣这样既有社会前瞻性又具备文学性的作家写出的作品，但意识和语言所能企及的高度，向来是我们中国文化擅长的，而在制造出实实在在的电影及相关产品领域则相对静默，以行动去探索，以意志去探索，不以文人式的评判为纲，这既需要整个社会土壤在未来的变化，更需要电影工作者以创新意识和行动力去突破。

在这里我要表达一下对未来事务管理局同人们的敬意，他们是亚洲科幻文化领域的尖兵，以燃烧的热爱不遗余力地推动优秀科幻小说在中国出版，和所有起始于时空里的能够抵达终点的念想一样，这套科幻小说集将结结实实地出现在读者的手中，等候万年如一瞬的考验。

感谢这套小说集的作者们，正如科幻电影是极其复杂而需要非常出色的素质去完成的工业制作，科幻小说作者需要的素质和能力是高度综合的，同时我们依然能够从中读到人类最普遍的情感和追求，不管那是梦幻泡影，还是将会发生的历史。我愿意以引用这套文集中的中篇小说《孤城独步》的结尾来结束这篇序言，同时，也请将这段文字视作对经历了疫情时期的心灵的鼓励，它健康而乐观：

"生活还会继续，人们会抛弃被细胞构建体霸占的城市，回到荒野和群山中去重建文明。也许这一次，人们会选择更简单的生活方式，敞开心扉，坦诚相对。"

李霄峰

2022 年 4 月 25 日星期一

目　录

风萧萧兮

莎拉·平斯克

罗妍莉　译

有个故事，是关于我外婆温蒂的，我从来没请她对此确认或否认，故事讲的是她带着小提琴在太空行走。关于她的故事可多了，到我父母这一辈就要少些，至于我自己的就更少了，尽管我们现在已经年过五旬，如果有什么故事可讲的话，多半早讲了。

我的外婆是一名工程师，属于我们最初的那一批船员。故事里说，她走到飞船外面，对读数异常的某一外部面板进行目检。除了工具之外，她还把她的小提琴和琴弓也别在了太空服的腰带上。任务完成以后，她又停留了半晌，当时她被固定在我们这艘大小相当于一个城市的飞船上，把小提琴举到头盔与太空服的连接处，向太空中演奏了一曲《风萧萧兮》。当然不是为了有谁能够听见，只为用手指感受一下这支乐曲。

这个故事漏洞百出，首先，我们不会在太空行走，理由涉及我在学校学过的物理定律，不过我已经不记得了。我们的护盾太厚，我们的速度太快，诸如此类的原因。大失忆并未影响到飞船上的档案；机组记录和各种音像材料都还在，凡是可能与这一传说相关的我都听过了。她笑得颇为开怀，还拿某位疲惫的同事前一天晚上的约会来戏谑了一番，甚至还一边工作、一边自顾自地哼起了《风萧萧兮》，但没有出现任何间断，也没有原因不明的沉默。

即便有这种可能，她的手套也太厚了些，要用手指按动琴弦会很艰难。我不相信外婆会甘冒弄丢乐器的风险，在太空里，任何替代品都只能是人造的。我也不相信她曾经将琴暴露于太空的严寒之下。小提琴适宜的温度与人类适宜的温度相当；若有不适，它们就会出现裂缝和变形。而她的琴现在归我了。

我的最后一项证据是：按照传统，《风萧萧兮》这首乐曲是以 DDAD 调来演奏的，第一弦和第四弦都要降弦。尽管她相当钟爱那支曲子，却也并不经常演奏，因为重新调弦会让琴弦磨损的速度加快。即便她甘冒弄丢小提琴的风险，即便她成功地把手指搭在了指板上，举起琴弓，开始演奏，她也无法奏出 DDAD 调。这一点毋庸置疑。

然而，这个故事却在飞船上的小提琴手当中流传开来（泰拉，当我写下这篇文章给你看，或者无论什么人读到这篇文章的时候，我就又把它传下去了）。还有，她的这个昵称，温蒂，最早其实出现在大家上了飞船的第 5 年开始的记录里。在那之前，人们叫她贝思，或格林。

她很喜欢这首曲子，这个我还是知道的，她曾把它当成摇篮曲唱给我听。12 岁那年，我按照传统的 GDAE 调自学了这支乐曲。我颇为得意我的自行改编，得意于自己花了几个小时就学会了。在她生日当天，我演奏给她听。

她把我拉到她面前，亲了亲我的脑袋，她身上的气息闻起来总是像温室里的紫丁香。她说："罗茜，你肯为我奏这支曲子，我真是开心。这些音符你拉得一点都没错，这本身就可以算得上是送给我的礼物了。但是《风萧萧兮》应该是 DDAD 调的，就该这么演奏。你把调改成了别的调，风也就成了不一样的风了。"

我从来没思考过风与风之间会有什么不同，我自己从来没吹过风，除非把通风口排出的空气，或是跑步机上的风扇拿来充数。生日派对结束后，我查阅了一下"风"这个词，读到了微风、大风和热风，还有沙尘暴风与和风。真是些了不起的词，可以在我嘴里翻来覆去念叨的词，对于我的亲身经历而言毫无意义的词。

再听到这首曲子以正确的音调奏出时，我闭上眼，聆听着其中风的声音。

《风林》

传统乐曲。据信在 19 世纪从苏格兰流传到布雷顿角 [1]。已佚。

《风萧萧兮》

D 调（备用调 DDAD）器乐曲。

哈丽雅特·巴里，音乐历史学家：

在 1974 年的一场演奏会上，小提琴家奥利维亚·万戴夫和她的父亲查利·万戴夫在凌晨时分作出了这首曲子。查利试图回忆起幼时在新斯科舍省听过的一段传统乐曲，据信便是《风林》。无论在飞船上或地球上，编目中均不见《风林》原曲的录音记录。

尽管《风萧萧兮》成曲时间相对晚近，但在多数圈内仍被视为传统乐曲，因其是与那段已佚的旋律最为相似的曲目。

*　　*　　*

在整艘飞船上，四层甲板录音棚的音响效果最好。每层甲板上都有这么个近乎一模一样的空间，但其他几层的录音棚音效要略逊一筹。录音棚是专为聚会设计的，但从来没人征询过声学工程师的意见，而且现在飞船上也没人从事这项职业。某间舱室的音效胜过另一间这种事，在更为宏大的规划中就无关紧要了，其实应该还是重要的。

在现实中，日复一日的生活中，这件事很重要，对我们而言很重要。唱诗班和乐队都要在那里表演。在不同的日日夜夜，录音棚要分别容纳或充作一神派教会、卡泼卫勒舞 [2] 的霍达、重建派犹太教堂、清真

---

[1]　Cape Breton，应指加拿大新斯科舍省的布雷顿角岛。

[2]　Capoeira，又称巴西战舞，是一种16世纪时由巴西非裔移民发展出的介于艺术与武术之间的独特舞蹈。直到20世纪30年代以后才正式获准在民间习授流传，由于起源于非洲又融入了相当程度巴西本土原住民的文化特性，被认为是巴西最重要的本土文化象征与国技之一。

寺、教友会会堂、六个不同的非洲舞蹈团体，以及一个莎士比亚剧院，其中每一个都对他们希望挽救的东西十分执着。录音棚提前数周、数月以至数年就已预定一空，尽管在距离地球如此遥远的地方，周、月、年都不过是臆想。

每周四晚上，四层甲板录音棚就会主办"怀旧时光"音乐会——这一点多亏我外婆先前曾向娱乐委员会施加了压力。我们飞船上只有少数几人理解怀旧时光是何含义，因为严格说来，一切都是怀旧时光。其他人都接受了一个崭新的含义，因为他们从不知还有别的解释。"怀旧时光"指的是星期四晚上，是一间音效颇佳的大厅，是小提琴手、吉他手、曼陀林师和班卓琴师会聚一堂。这个词现在具备了动词形式："这周你怀旧时光吗？"如果你问别人或者别人问你这个问题，回答都是肯定的。你不愿错过。

这个星期四的晚上，虽然我不愿错过，但我的 10 年级学生却要叫我迟到了。我们一直在讨论 20 世纪和 21 世纪的太空竞赛，此时谈话已转向危险的领域。我花费了半个小时，想跟他们解释为何地球历史仍然重要。这种情况在我教过的每一届班级都至少发生过一次，但这些学生就像我记忆中的一样火爆。

"我一辈子也不会去那儿的，对吧，克蕾女士？"纳尔逊·奥德尔问道。这个班我刚教了两周，但纳尔逊打一生下来我就认识了。他的曾外婆正是我的朋友哈丽雅特，她一直拖着他来参加怀旧时光，直到他长大到不肯来为止。他那时候弹奏曼陀林，短胖的手指头恰好配上细细的琴颈，脸蛋上永远挂着愤恨的表情。

"不会，"我说，"这趟旅程有去无回，你知道的。"

"我真的要在飞船上长大、死去，是吗？我们每个人都是吗？你也一样？你只会死，不会长大，你已经老了。"

这么问过我的学生已经够多的了，我已不再逃避："以上所有问题的答案都是'对'，虽然这种思维方式有点简化，还有最后那句话很失礼。"

"既然是这样，那地球上某一群人想要另外一群人的东西又有什么了不起呢？别教我们那些人是怎么干出那些事来的，免得我们脑子里起了坏主意，难道不是更好吗？"

纳尔逊旁边的艾米丽·雷德霍斯说："让我们学这些，就是为了让我们明白为什么会登上这艘飞船。"全班只有她一个人目前在怀旧时光演奏，是个很有前途的小提琴手。怀旧时光的乐手们往往从小就懂得历史的价值。

纳尔逊朝她一挥手："我们又没有登上飞船，那是我们祖父母和曾祖父母那辈的事。我们现在学的这些东西对他们来说都是陈芝麻烂谷子的事。"

"因为，笨蛋。"说话的是崔娜·阮。

我打断了她："崔娜，辩论可以，骂人不行。"

"因为，纳尔逊，"她再次开口，"历史里面就没新鲜事，所以才叫历史。"

纳尔逊双臂交叉，直盯着我："那就干脆别教了。要是真那么重要，干吗把它抛到身后呢？多给我们一个小时的时间，多学些遗传学、飞船维护或是农业，我们用得着的东西。"

"首先，历史不是一成不变的。人们总是会发现一些史前古物和原始文献，从而改变关于我们是谁的观念。没错，从我们离开地球的那一刻起，我们就放弃了从新发现的原始资料中了解新信息的机会，但我们仍然可以从陈旧的信息里发掘出新鲜的看法。"我试着重新控制住局面，但愿他们谁都别拿大失忆来反驳我。这一代的学生很少这样做；对他们来说，那只是飞船史上的一起事故，而非我在他们这年纪时见识的那活生生的幽灵。

我接着道:"其次,艾米丽说得对。知道我们为什么来、是怎么来的,这很重要。传统智慧仍然认为,凡是不了解历史的人注定会重蹈覆辙。"

"我们怎么重蹈覆辙呢?"纳尔逊朝着墙上的那些照片挥了挥手,"我们又没有国家、石油和水,也没有枪、剑和炸弹。老师要是没教,我们甚至都不知道这些东西存在过。不知道我的祖先曾经想干掉艾米丽的祖先反而更好,对吧?有人甚至想把这些内容全都删掉,你倒非得保留在新版历史里。"

"不是我,纳尔逊。那是我这一辈之前的事。"我知道,我不该被他们惹恼的,可我又累又饿,要开始一场七小时的音乐马拉松,这样的状态可不理想,"够了。你说的意思我明白了,但是不学不行。星期二之前交一千字给我,讲一个历史重演的例子。"

趁有人抗议之前,我又补了句:"不管怎么着,你们都得写篇作文。我只不过是改了一下主题,听起来反正你们也不想写太空竞赛的事。"

他们全都嘟囔着,重新连上了游戏和音乐,慢吞吞地走出门去。我目送他们离开,倒是希望自己刚才那一刻有不同的处理方式,但我也没把握到底该怎么做。让我惊呆的是,纳尔逊的曾祖母运营着怀旧时光记忆项目,偏偏他却成了这场小小叛乱的煽动者。我外婆是我着迷历史的原因,也是我选择当老师的原因;哈丽雅特似乎却并没有对纳尔逊产生类似的影响。

当纳尔逊经过我桌前时,他咕哝道:"也许有人需要重新把这些全给删掉。"

"站住。"我对他说道。

他转身面对着我。我比他还是要高上几英寸,但他那副模样倒像是他比我高似的。其余的学生从他身边涌出去。崔娜路过时,把她的轮椅直接撞到了纳尔逊腿上，看起来百分之百是故意的。她甚至都没有假惺惺地道个歉。

"我不介意在我的教室里争论问题，但永远也别让任何人听到你提议再来一次大失忆。"

他看起来无动于衷，"我没有提议。我只是觉得，教我们地球史——尤其是零散的历史——是在浪费每一个人的时间。"

"也许有一天你可以跟教育委员会联系，你可以为这种改变张目。但我刚才听你说要再把它全给抹了，这可不是一回事。你当着哈丽雅特的面会这么说吗？"

"也许我只是在夸大其词，把所有的东西重新抹掉压根儿就不可能。还有很多东西是我喜欢的，不想看到它们被抹去。"他耸耸肩，"我没那个意思。现在我可以走了吗？"

他没等我让他离开，就自己走了。

我看着我为了这堂课小心布置的墙壁。我们一向是在 10 年级时教授我们这趟旅程的政治及科学上的前因。大失忆之后，这是教育委员会要准确恢复起来相对更容易的课程之一，因为部分内容当时还有现存的记忆，而且出于同样的原因，教室布置起来也更容易。我放大了从外婆的个人收藏中搜罗到的有关飞船建造的图片，以及新闻标题的复制品。教室顶上的四周，静止显示的是一段引自联合国秘书长康菲登斯·斯沃雷的话："我们现在有两项使命：改善地球，改善我们自己。"

通常情况下，我都会把教室的墙壁调回无色，以便晚上的继续教育小组在那里碰头，但这一次我关灯离开的时候，却任由墙上展示的内容保留着。如果这些孩子认为过去无关紧要，那我们可能早就辜负了他们。

教室外面的街上，数字艺术在白天已然发生了变化。我用指尖一路摩挲着墙壁，以获取信息：是对马里艺术家阿卜杜拉耶·科奈特壁画照片记忆的重新想象，由马里记忆项目赞助。根据描述，原作是欧洲某个交通中转站的马赛克拼贴画，尽管他们已经忘了当时是在哪个国家或城市出现的。鱼儿游过一片人造瓷砖拼成的海。三个古怪的蓝色身影高踞于远端，是像鸟一样的人形生物。这些颜色我看着很舒服，但图案就略逊一筹了。它与原作的相似度有多高呢？无从得知。又是一件将我们过去的某个版本保留在现实生活中的重塑品。

我回住处去取乐器，顺便扒拉两口饭。怀旧时光向来有食物供应，但过往的经验告诉我，只要一拿起小提琴，我就停不下来了，直到手指头受不了为止。我的手指和肠胃经常不怎么合拍。加之刚上完那堂课，我还需要几分钟时间冷静冷静。纳尔逊关于零散历史的说法惹恼了我。对我来说，正因为如此，保存历史才显得尤为重要，但我也明白他想表达的意思。

当我到达四层甲板录音棚时，我平时的座位已经被人占了。我在大家堆放乐器盒的角落里调好了音，然后四处张望，想弄清房间的布局。最出色的小提琴手们占据了正中央的位置，曼陀林手、班卓琴师、吉他手以及没那么自信的小提琴手们则像车轮上的辐条一样，从中心向四周散开。怀旧时光唯一熟练的贝斯手道格·凯利靠近中央站着，身边放着飞船上唯一的一台立式贝斯。他的几个学生坐在他后面，随时待命，万一他想休息一下的话，就换他们演奏一两支曲子。

剩下的空座都挨着班卓琴的位置。我在飞船顾问委员会的戴娜·托雷斯身旁发现了一个座位。她是一名不错的行政官员，也是一位优秀的班卓琴演奏家——至少合得上拍子。我觉得若是她水平不够的话，应该就不会现身；谁也不希望看到领导出乖露丑。

她与我平时坐的第二排小提琴手的座位隔着两圈。不是我外婆坐过的正中央那一圈，那里的乐师是定调和叫停的人；虽然我今年已55岁，却仍然不够资格坐上那里的位置。尽管如此，我还是坐上了紧挨着他们外面一排的位置，也还算跟得上，而且领衔的乐师们已经很久没有对我表示过不满了。

我向那个空位走去时，一支乐曲已然响起。是《金银花》。我脑海里闪过一个念头：哈丽雅特不等我来就开始演奏《金银花》（这是我的记忆项目当中的曲目之一），这是对我迟到的惩罚。随即掠过的第二个想法则主要是由于与学生们的谈话而生——大概另外只有三个人知道或关心《金银花》是什么：一个是汤姆·姆沃沃，种子银行的维护者；一个是烈·舒斯特，她在温室里工作，我们在一起的那些夜晚，我从未想到过要问问她关于金银花这种植物的事；还有就是哈丽雅特·巴里，音乐历史学家，在离开地球的那一辈里，她是硕果仅存的一位怀旧时光演奏者。对其他所有人而言，这只是曲名，一个指代这首乐曲的名字，仅此而已。

当我开始这样想的时候，所有的乐曲在我脑海中都产生了一种奇怪的单调之感。那么多都是在讲草地与鲜花、大路与小鸟。情歌倒仍然与我们有些瓜葛，但是对大多数人而言，其余的内容就相当于鸡同鸭讲，或者空洞无物。大多数情况下，我们只是让小提琴奏出乐音。

无论我们重复多少次，都不可能两次奏出一模一样的乐曲。即便旋律保持不变，音调不变，节奏不变，音符模式不变，韵律也不变，也仍然会存在差异。小提琴的确切数量不一样了，同一组乐手中各人所在的位置不一样了，每个人小提琴的音色也不一样了。贝斯、曼陀林、吉他、班卓琴的位置都与每一位乐手耳中听到的音质有关。在零食桌旁的听众听来，或是在事后搜罗录音的人听来，又会有种种细微的差异。在这首歌存在的几分钟里，它完全属于它自身。无论如何，我就是这样的感觉。

哈丽雅特跺了跺脚，表示我们已经演奏到了《金银花》的最后，除了坐在外围的一位吉他手没有注意到信号，还在涩声拨拉着最后一组和弦之外，我们都一齐收声。面对众人纷纷瞪过来的目光，他只是耸了耸肩。

"《俄克拉何马的公鸡》。"她高声道，众人窃窃私语表示赞同。她领头奏起了这首曲子，其他小提琴手纷纷跟上她的旋律。我把弓搭在琴弦上，闭上了眼睛。我想象着一个真实的农场，在照片里的模样，让这支曲子告诉我，在那个叫俄克拉何马的地方是种什么感觉。像太空一样浩瀚的天空，加氯消毒的水波的颜色，太阳是个遥远的圆盘，明亮而寒冷。一幢木板镶起的四四方方的建筑，旁边还有座圆圆的房子。绿草铺就无瑕的地毯。高大健壮的马儿隔着田野，彼此嘶鸣应和。都以公鸡的声音鸣唱着，这种鸟为整个农场吹响了起床的晨号。

在演奏我几乎是有生以来便一直每周重复一次的曲目时，让思绪飞入草地上、田野间徜徉很容易。纳尔逊对我内心深处的触动比我想象得更深：我发现自己正将这一周周、一月月、一年年的时间累加在一起，50年了，一年总有50次吧，差不多。然后，同样的曲目再次奏起，仅仅是为了练习，或是其他夜晚在规模更小的团体中表演。

像往常一样，怀旧时光在凌晨三点结束。我左右转了转脑袋，脖子喀啦啦直响。音乐总是带着我度过漫漫长夜，但当乐声终了的那一刻，我才发觉自己手指也抽筋了，肩膀也歪了。

"《俄克拉何马的公鸡》这首曲子对你来说意味着什么？"达娜·托雷斯正摇晃着膝盖的时候，我问她。

"不好意思？"

"你在演奏《俄克拉何马的公鸡》的时候，心里都想些什么？"

托雷斯笑了："我想的是 C-C-G-C-C-C-G-C。其他东西和我自个儿都给抛到节拍后面去了。为什么这么问呢，你想的什么？"

一只鸟，一座农场，一片草地。"我也不知道。对不起，问了个怪问题。"

我们将乐器装好，走到街上，光线已然调暗，模拟夜晚。

回到住处，我明知道该睡了，却反倒坐在桌旁，调出了历史数据库。《风萧萧兮》。

出现了若干选项："演奏"，交叉引用指向了歌曲数据库，其中有过去几年中我们录制的好几段怀旧时光的录音可供选择；"乐谱"，这是由我外婆和她的朋友们精心制作而成，还以标签注明了所有适当的乐器；"历史"，我敲了敲最后这个图标，一边任它播放，一边烧水泡安眠茶。我早就看过几百遍了。

桌上会播放一个视频：一个神情严肃的白人妇女，三十多岁年纪，黑发紧紧扎成马尾辫，前额上披散着齐刘海。那时她还这么年轻，环境的压力令她看起来比实际年龄要大。

"哈丽雅特·巴里，音乐历史学家，"第一条字幕会这么写，然后哈丽雅特就会出现并开始道，"在1974年的一场演奏会上，小提琴家奥利维亚·万戴夫和她的父亲查利·万戴夫在凌晨时分作出了这首曲子……"不过等我回来的时候，桌上已经空白一片了。我返回到主菜单，但这次我再选择《风萧萧兮》时，没有任何选项弹出。我又试了一次，可这回干脆连这首曲子都没了。

我盯着这支曲子所应处的位置，按排序本该在《温德尔滑弦》和《狼溪》两首曲子之间，内心深处生起一阵恐慌，前人传递下来的恐慌。也许是我累了，在胡思乱想呢。它刚才还在，它一直都在，从我出生到现在。新的数据库把备份都另行备份了又备份，即便我们所谓的原曲录音，也不过是丢失已久的内容的复制品而已。免不了会有故障，早上就恢复了。

为了以防万一，我赶紧草草给技术部门发了条消息，饮过茶就上床睡了，但睡得并不好。

《风萧萧兮》

历史再现。温蒂·格林扮演奥利维亚·万戴夫，小提琴手：

"我们现在演奏到了第 9 个小时。这真是一次充满活力的演奏会，我们都开始有些力不从心。要是大家在乐曲间隙多聊一聊的话，我们就可以休息一下手指了。我都不记得这个话题是怎么开始的了，但我父亲提出有一首曲子叫作《风林》，别人连听都没听说过，他把大家全都说成是无知的美国人。

他开始进入了 A 部，听起来有点像《晨间幽灵》，不过在降调的地方带着点机灵的小嘹亮。我父亲用小提琴演奏出来的音乐我们其他人根本无法比肩，但我们还是尽力亦步亦趋。B 部倒半点不像《幽灵》，我们很快就学会了，但 A 部再度重奏的时候却又变了，所以我们都住了手，让他独自演奏。第三遍听起来与第二遍颇为相似，所以我们估计他已经记住了曲调，就又开始与他合奏。第四遍和第五遍都一样。

直到第二天我们起床的时候，他才承认，他根本没怎么回忆起他想回忆的曲调，也就是说，我们前一天晚上演奏的曲子是他自行创作的。我们将这首曲子整理好，命名为《风萧萧兮》，并录制在万戴夫家族第三张密纹唱片上。

*　*　*

我外婆是宇航员，我们不是。这个词在我们的字典里没有什么用处。地球上的人还在沿用这个词吗？他们究竟还会不会提及我们？他们尚在否？

当我们的家人离开地球时，他们被称为"远行客"。在基因库、种子银行和顾问委员会的帮助下，一万名远行客踏上了这趟不可思议的远行。一艘建造过程持续了 30 年的飞船，由一群训练有素的专业人士组建而成：宇航员、工程师、生物学家、医生，等等。远行客被视为祭品，或社会实验品，抑或先驱者，具体是其中哪一个，则需视获取新闻的渠道而定。我们却并不这样称呼我们自己，因为我们不必相对于任何其他群体来指称自身。但在我们确实要加以区分的时候，就称其为"前人"。我不知这样的称谓会让我们变成"今人"还是"后人"。

在"前人"时代，我的外公外婆是在得克萨斯州相遇的，当时她还在接受训练。在行程有固定期限的情况下，我外公倒是乐意与宇航员结婚，但他不肯报名参加远行。他和另外两个孩子（我舅和我姨）一起留在了地球上，他俩的年纪都比我母亲大。我有时会想象一下那些家庭成员，所有那些我没听过他们事迹的人，一代又一代。

从理论上来讲，地球上的科学家现在可能已经造出了速度更快的飞船。从理论上来讲，在我们忙着飞行的时候，他们可能已经研制出了更快的交通工具。从理论上来讲，他们可能已经造出了一艘更厉害的飞船，载上乘客，飞到我们前面去了；他们可能已经知道如何让人休眠和苏醒，踏上飞船和走出飞船的会是同一拨人；当我们到达目的地时，会受到自己祖先的欢迎。我是到不了那里了，但我的不知第多少代曾孙或许可以。我很好奇他们会向对方讲述什么样的故事。

＊　＊　＊

这个故事是经得起检验的史实。故事是这样开始的："从前有个人，名叫莫恩·布鲁克斯。"这个故事是用来吓唬孩子们做作业、在课堂上专心听讲的。没人想当让人引以为戒的反面教材。

从前有个人，名叫莫恩·布鲁克斯。在飞船上的第 4 年，有一次给计算机升级的时候，他意外地创建了一个进入飞船数据库的后门。又过了 6 年，一位名叫特雷弗·杜布的愤怒的年轻程序员释放了一种病毒，把几个数据库全部吞噬了，把备份也给毁了。他没有触及"重要的"系统——导航、维生、医疗、种子和基因库——却对图书馆造成了灾难性的破坏。音乐消失了，文学、影视、游戏、艺术、历史，一个个全消失了。虚拟现实模拟库，消失了，与其一道消失的还有关于地球各地的游戏、训练以及沉浸式娱乐。他也掐断了对外通讯。我们陷入孤独中，比预期提前了若干年。与世隔绝。

由于某种原因，与这场灾难连在一起的是布鲁克斯的名字。杜布被囚禁了，但布鲁克斯仍然在社区里四处走动，任由人们指点唾骂。我们的俚语"给布鲁克了"就是从他的名字来的。自那以后，有好些年，他一直听大家说，自己把考试给布鲁克了，或者把恋爱给布鲁克了。我猜他这么出名也没什么用。他的名字，意为一条充满活力的溪流。我们现在已经不把它用作名词了；这里没有溪流。他的舰友们还记得溪流，不过再也没见过。曾经有过一个动词形式的，与此无关，已经停用了；结果他的同辈人又把他的名字重新变成了动词。

虽然在此后的 16 年间，他始终在一个致力于加固系统、使其未来免遭进一步破坏的团队里效力，虽然他后来还自杀了，但也于事无补。谁也不想讨论杜布或他的动机是什么；大家提到的只是屏幕变暗的那一刻，以及往前追溯时，发现布鲁克斯在这场灾难中扮演的角色。

公平地说，我无法想象他们心中的恐慌。除却发生的一两样变化，他们仍然是最早的远行客，最早的船员，最早的顾问委员会成员。正是他们确保了我们拥有包罗万象的数据库，以免我们失去历史，也免得他们自己丧失最喜欢的消遣。那些电影、连续剧和歌曲都会让他们想起被抛诸身后的家园。

对于第一代而言，多媒体数据库比我想象的还要意义重大。他们来自世界各地，来自不同的文化；对于一些人数较少的亚群体来说，这些数据库就是把他们与他们的民族联系在一起的全部纽带。难怪他们会做出这样的反应。

我有时确实会好奇，如果当初在这趟旅途中不是这么早就出现问题，目前的情形会有什么不同。那我们是否会自然而然地超越随船携带的这些艺术，而非像如今这般执着于此？我们所能做的就是活下去，活到答案浮现的那一天，但我确实很好奇。

＊　　＊　　＊

周五我不授课。我没法儿从连拉七小时小提琴的疲倦中一下子恢复过来，也没法儿像二三十岁或三四十岁时那样，刚刚差点熬了个通宵，马上就又活蹦乱跳。一般周五的整个上午，我都是在补觉。这一次，我十点钟却忽然彻底醒了，像是有什么东西不见了的感觉。我瞥了一眼门边的角落，好确认一下没把小提琴给忘在录音棚。

我冲了个澡，然后登录到学校的服务器上，看一下有没有学生早早就交了作业——没有，然后查看了一下通知系统，确认有没有可能影响我当天计划的事情。系统高亮了几条我可以轻易避开的街道，还警告说，新的莎士比亚和中国文化数据库正在维护，暂停使用。这些警告让我想起了昨天晚上数据库的崩溃。当我查阅《风萧萧兮》的时候，胃里又是一阵翻腾，但这回我搜索的时候，这一条就在那里，恰好在该在的位置。

门铃响起。星期五我会和哈丽雅特共进午餐，我们管这顿饭叫午餐，虽然这是我们俩当天第一顿饭。怀旧时光结束后，她也起得很晚。我一般都是踩着点起，从床上滚下来，套上衣服，我知道她也一样。我环视了一下房间，确认还算拿得出手。我把一些脏衣服堆在床上，但都堆在隐私屏后面，非常隐蔽。这就可以了。

"你坏了规矩，罗茜，"她边说边看着我的头发，我正给她开门，"你洗澡了。"

"我睡不着。"

她耸耸肩，然后倒在我刚才坐的那把椅子上。她戴着一顶无边便帽，盖着她自己染得漆黑的头发。哈丽雅特年长我 30 岁，不过看起来还是精干活跃。我花了好几十年的工夫，才不再把她当成我外婆的朋友，而是发觉她也已经是我的朋友了。现在我们的关系介于师生和朋友之间。历史老师和音乐史学家，小提琴手和小提琴大师。

我递给她一杯薄荷茶、一碗粥，还有一把勺子。我的餐具是我外婆传下来的，来自地球。每当我把带有"布雷顿角小提琴协会"字样的那个豁了口的杯子递给她的时候，哈丽雅特就会微笑。

她举起杯子，凑到面前停了一会儿，呼吸着薄荷味的蒸汽："现在可以告诉我，你昨晚为什么来晚了吧。我在第二排没看到你。凯姆·波特把你平时的座位给占了，我只好欣赏了一晚上他那稀松平常的运弓技巧。"

"凯姆也没那么差劲吧，他总还没跑调。"

"他是没跑调，但他还没准备好坐在第二排。他把大家的节奏都给布鲁克了。你应该凭这个把他喊出去的。"

"我才不愿意呢！"

她把杯子捧在手里，又吸了一口气。薄荷是烈从温室里捎来的，我知道哈丽雅特很喜欢。"我知道，你这人实在太好了。让别人知道他应该在什么位置没什么不好意思的，下次我来。"

她干得出来。她从我外婆手里接过了在怀旧时光充当打手的任务，而且达到了她树立的标杆。在我的水平足以升入内圈之前，她俩不止一回把我赶回外圈。

"等你有资格的时候，我会告诉你的，罗茜，"外婆说，"你总有一天能行的。"

"你知道，要是温蒂也会那么干的。"哈丽雅特仿佛应和着我的想法。

外婆的绰号又勾起了我的回忆："《风萧萧兮》！"我说，"昨晚数据库出了问题，这首曲子不见了。"

她把杯子推到一边，敲敲桌子，唤醒了系统。

"正在维护，暂停使用，"她眉头紧锁，大声念出显示内容，抬起头道，"我不喜欢这个解释，我要亲自去找技术部门问一问。"

她站起身，不辞而别。

哈丽雅特有种说起话来言之凿凿的派头，让你不由自主就会同意。如果她说你还不够格坐第二排，那你确实就还不行。如果她说曲子的事没什么可担心的，即便我真觉得不安，那我也愿意相信她。当然希望是真的没事，但她的反应放在任何一个经历过大失忆的人身上都很正常。我甚至还没来得及回答她提出的第一个问题，不过反正我也没把握该怎么跟她说关于纳尔逊的事。

我去托儿所接外孙们，我每周五下午都会去，娜塔莉在医院里忙活得够呛。要说有什么办法能让我暂时不去想那么多，那就是精疲力尽地追着蹒跚学步的宝宝们跑，脑子里一片空白。

"山羊？"泰拉问。她刚满 2 岁，她哥哥约拿 4 岁。

"你也觉得山羊可以吗，小伙子？"我问约拿。

他耸耸肩，一副无所谓的样子。他并不是真心喜欢动物，其实更喜欢游戏，但我们上周已经玩过游戏了。

"山羊就山羊呗。"

这片农场绵延在底层甲板上，靠近废料处理厂。我们搭了两趟地铁去那里，约拿打开了我们一路经过的所有屏幕，泰拉则在玩我的头发。

我一直很喜欢走出地铁、走进相对空旷的农场这种感觉。这里差不多有八间录音棚加在一起那么大，空气闻起来有点刺鼻，气味丰富，采用的循环装置与生活甲板上的不同。气流吹拂的强度比飞船上别的地方稍大一点，但仍然不是风，连微风都算不上。这里的人造太阳和其他甲板上的太阳并无不同，但感觉光线更强烈些。质感也不同，更柔软，有植物和毛茸茸的动物，触摸屏更少。若是乜斜起眼一瞟，我都能想象得出一座真正的农场，在我们的前方或身后，位于一颗真实的星球上。其余每一层甲板上的一切设计，其初衷都是为了让我们保持健康和理智；我始终觉得花工夫待在一个专门用于其他动物生活的地方很有趣。

对跟外婆同辈的规划者们来说，山羊一直是个有争议的问题。批评者们称其浪费食物、空间和资源；温蒂则属于支持者之列。山羊可以作为人工合成奶和肉类供应的补充；能提供兽医培训和畜牧技能，等某一天到了目标星球上就用得着了；更不用说一旦基因库有个好歹，还能充当活生生的故障保险。何况出于心理上的需求，当人们抛下猫和狗这样的家庭宠物时，把山羊带上飞船也不错。

她在辩论中赢得了胜利，一般她赢多输少，于是他们在计算中增加了少数非洲侏儒母山羊。即便是在当时也有人持有异议。争论一直持续到大失忆，然后突然销声匿迹了，一并消失的还有认为此行可能会顺利按计划进行的念头。

我母亲离开三周后，外婆告诉了我这件事，当时我还耿耿于怀，以为母亲离家是我造成的。

"你逮过山羊没有？"她问道。

我没有。当然，我见过山羊，但游客只可以摸一摸。她征得了许可，我耗了20分钟时间，想逮住一只没有半点兴趣被人逮住的动物。自母亲走后，这是第一件让我再度发笑的事情。当我带着外孙们去抚摩山羊的时候，我总会回想起那一天，尽管我希望永远也别让我有理由把这招也搬在他们身上。

我已经替约拿和泰拉打包好了一些残羹剩饭，用来投喂那些爱咬人的小东西。山羊们吃完了食物，开始啃起了泰拉的运动衫，这让她又是开心又是害怕。我一直盯着山羊的牙齿和小家伙们的手指头，确保走的时候他们都完好无损，不至于缺了一根。

"克蕾女士。"有人说，我抬头看了一眼是谁在叫我，然后又回头去看宝宝们和他们的手指头，以及山羊。他们看起来有些眼熟，但是每个人过上一段时间就都这样了。就算我先前教过他们，只要他们生活的甲板跟我不在同一层，那再过 20 年，我可能还是认不出他们的面孔。

"克蕾女士，我是纳尔逊的家长，另外一位家长，李。我想阿什你是认识的。"阿什是哈丽雅特的孙辈。他们根本不愿意演奏音乐，这令哈丽雅特沮丧不已。李看起来跟纳尔逊一点都不像，但我接着就想起哈丽雅特说过，他们家全是用的基因库。在生育计划中包含多样基因是个极佳选择，好到让很多人都不肯错过。

"很高兴见到你。"我说。

"他要是给你添麻烦了，那我很抱歉。"李说，"他正在经历某种阶段。"

"阶段？"有时候，假装不懂比表示同意得到的答案会更有意思。

"他认定学校教的东西不对。他说，凡是到了目标星球以后没法儿直接派上用场的东西，学来都没有用。在大家应该学习新东西的时候，学校往他们脑子里灌输的却是老一套。我都不知道他这些想法是哪儿来的。"

我点了点头："你在这底下工作吗？"

李朝他那身被肥料染得脏兮兮的工作服做了个向下的手势："不过他倒是喜欢这儿。农场跟他的世界观很合拍。"

"但历史就不行？"

"历史，经典文学，凡是没法儿直接应用的东西都一样。我知道他很可能会惹麻烦，但他却是个好孩子。一旦他在所有这些里头给自己找好了定位，就会安分下来。"

泰拉正用手捏了一把不知什么东西，递给一只小黑山羊。约拿貌似正在考虑有没有可能骑到山羊背上去，我用手按住他的肩膀，制止了他。

*　　*　　*

"告诉我大失忆的事。"视频开头，我这样说。录制这段视频的时候，我还在上学。18 岁的我已经是位历史学家了，我的声音比实际年龄还要稚嫩得多。我没有出现在屏幕上，但我可以想象得出自己 18 岁时的模样：高个子，傻乎乎的，肤色深浅介于我父母之间。

"我看那时候大家就没有谁不惊慌失措的。"我外婆开口道，她坐在自己的住处（现在成我的了），墙上挂着她那些布雷顿角的照片，紫色的头发在脑后扎成一个凌乱的发髻。

"一旦我们了解到，故障并没有影响到导航系统或我们赖以呼吸和进食的系统，一旦发现元凶是已知的病毒，而造成的破坏无法弥补，呃，那我们也只能想办法面对了。"

"罪魁祸首是人，不是病毒，对吧？"

"一种会释放病毒的病毒。"思及此处，她的面部有些扭曲。

我回到更稳妥的话题上来："每个人都'应付得来'吗？那跟我听到的可不一样。"

"所谓的'每个人'里面包括了很多人。年幼一些的孩子们应付得很好，他们蹦蹦跳跳，滑着溜冰鞋，在录音棚里跑来跑去；年纪大一点的、得依赖外在娱乐的人遇上的麻烦就大些，我猜他们应付起来更不容易。"她露出狡黠的微笑，"不过要是你没问过的话，你可以问问你父亲，他的小指是怎么没了的。"

"他的小指就是那时候没了的吗？"

"一点儿也没错。那年他 18 岁，胆大包天地想在电梯顶上搭个便车，他活下来就够走运的了。"

"他跟我说是被山羊给咬掉的！"

她哼了一声："我猜他跟你说那话的那会儿，就是你说长大了想当农民养山羊的时候？"

那时我比现在年纪小，无话可答。

她耸耸肩："或者可能是他不想让你知道关于电梯牛仔的傻主意。"

　　　　　　　　　　　　　　未然的历史

"可他也不是胆大妄为的人啊。"

"打那件事以后，就再也不是了。等第 2 年你出生以后就再也不是了。总之，你刚才问谁'能就这么面对'，你说得没错。孩子们应付得还好，因为他们没什么可以对比的参照物，但是很明显，你想知道的主要是大人。还有记忆项目。"

"是啊，这是作业。"

"好，那这么说，在此会聚的都是这样的人：生于地球，长于地球。他们之所以申请成为远行客，是因为他们对于前往一个更好的地方抱有一些浪漫的想法。最开始的那些年，你根本都没法儿想象是什么样，既兴奋又害怕。一旦什么事情出点岔子：某个复制仪给布鲁克了，一台风扇没了动力，甭管有点什么风吹草动，就有人开始嚷嚷，说我们肯定是带着全家人往必死无疑的地方去。""必死无疑"这词她说得颇为夸张，还一边冲我摇着手指，"然后，机务人员、后勤人员或技术人员证明给他们看，遇到的麻烦很容易就能解决，他们就消停了。不管我们跟他们说多少回，一切都在掌控之中，也没用。唯有时间才能真正让人宽心。"

"10 年过去了，我们才终于让普通民众放松下来。每个人都有自己的职责，终于每个人都在默默地履行。就算某一天有条热水管道变冷了，我们也死不了。当然，确实有些事情是有必要担心的，但这些事都太大了，根本不值得考虑。跟现在一样，你明白吗？我们有这个数据库，这个了不起的数据库，记录了人类曾经创造过的一切美好的事物，来自世界各地的音乐、文学和艺术，以上百种语言写成。"

"然后特雷弗·杜布偏偏非得出手把一切都毁掉。我知道你了解那件事，所以就犯不着再重复了。莫恩·布鲁克斯干了他那点事，而杜布那家伙又干了他那部分，突然之间，所有这些远行客们原本梦想着孩子们的后代有一天会踏足新的星球，现在却全都得好好跟眼下这些孩子们打交道。他们必须仔细思考这个观念，就是自己的后代永远看不到也听不到自己觉得重要的东西，只给他们留下了光秃秃的墙壁。他们等待着——我们等待着——等着数据库恢复。他们忽然意识到：嘿，我可不能光指望这个数据库来教不知多少代以后的儿孙们。”

她身子前倾："所以，每个人都会加倍重视那些他们觉得最重要的事情。就是在那时候，一些人重新捡起了宗教信仰。飞船上仅有的几本纸质书成了神圣的原始文本，其中包括本来一开始就很神圣的文本。为了成全更伟大的集体利益，个人媒体里面每一丁点零碎的内容都被复制出来了，从照片到春宫——别笑，可是跟我们的损失相比，那些也没多少。”

"一直在缩水的文化组织突然发现，他们现在的成员比刚出发那时候的人还多。但凡是足够熟悉的节目，演员们就可以登台表演，录制新的内容。人们试着凭借记忆重写他们喜爱的书籍和戏剧，画出他们喜欢的画。每个人的作品都不一样，相比之下，有的跟原作更接近一些。也是从那时候开始，我们聚到一起演奏的频率从每月一次改成了每周一次。”

"我还以为打一开始就是每周一回呢，外婆。”

"才不是呢。我们没什么其他娱乐活动来分散注意力，也担心歌曲背后的故事会失传。有组织的记忆项目是从我们开始的。这似乎是最好的办法，可以确保我们想要流传的东西流传下去。其他人发现我们找到了既能解决问题，又能让大家忙忙碌碌的好办法，于是其他的记忆项目也跟着涌现出来。我们把所有的曲目都捋了一遍，挑出了其中最想保留的 40 首金曲。我们每个人都拼尽全力，尽量多记住一些内容，但对其中某几首特定曲目则要负起责任来。我们已经记住了乐曲本身，但现在大家把自己了解的信息汇集到一起，我们把这些歌曲的历史也记了下来。它们来自哪里，意义是什么。后来，我们又负责重新记录这些历史，并传授给更年轻的人，这样一来，每首乐曲就都传递到了下一代人手中。也就是你，顺便说一句。”

"我知道。"

"只是确认一下，你问我的问题答案是明摆着的。"

"是为了一个项目，我得问问。"

"好吧，总之，我们尽快把所有的乐曲和历史都重新记录了下来，然后记在心里，以防有人再次企图摧毁数据库。而其他人则记住了对他们来说很重要的那些内容。他们民族的历史（那些没有写进历史书里的东西）、民间舞蹈、各种信条。演员们从零开始把戏剧节目拼凑起来，只是有些部分已经跟原先不完全一样了。还有那些可怜的爵士乐手。"

"可怜的爵士乐手？我还以为爵士乐就是即兴演奏的。"

"确实充斥着即兴演奏的内容，但相比于整体基准而言，某些表演堪称典范。我很高兴我们演奏的音乐并不需要太多的独奏技巧。我们又把小提琴曲重新录制了一遍，曲子还是那些曲子，但在飞船上却找不到人能把《那又如何》演绎出迈尔斯·戴维斯那样的水平，或者演奏不管什么曲子能达到约翰·科尔特兰那个层次的。他们的作品倒是流传下来了，但他们的表演水准却没办法，如果这么说你能明白的话。要是你外公在飞船上，他就该崩溃了。总之，我刚才说什么来着？人类对于备份的想法不胫而走，即使在某些方面的效果比其他方面要好。这是最糟糕的情况。"

"你记住了乐曲历史的是哪两首？"

"咱们私底下说的话，我都记住了。官方说法跟你一样：《金银花》和《风萧萧兮》，你知道的。"

"我知道的，外婆，这是为了交作业。"

＊　　＊　　＊

《风林》

历史再现：马吕斯·斯米特扮演豪伊·麦凯布，布雷顿角的小提琴匠人：万戴夫说得没错，是有支曲子叫《风林》，我的曾祖父就曾经演奏过。但对大多数小提琴手来说，这首曲子太复杂了。我现在只记得一点点。本来这曲子还填过词，是盖尔语和英语的，我看万戴夫还从来没提过。很可能本来还有盖尔语名字的，但已经跟曲子一起失传了。

我的曾祖父是听着真正的缩绒歌[1]长大的，那时候给羊毛缩水还没变成机器的活，缩绒也还没变成社交活动。我之所以知道几首盖尔语歌曲，就是因为它们带着那种缩绒歌的节奏，会在你脑子里挥之不去。《风林》不是其中之一。据我所知，它一直就是小提琴曲，但并不经常听到，因为太难了。

我只知道填了英文歌词的 A 部，我很确定，现在我肯定会跑调，所以我要用《风萧萧兮》的旋律来唱：

我们去了风萧萧的树林

始终不知风儿吹往何方

始终不确定待风再吹回

是否还与先前的风一样

＊　　　＊　　　＊

纳尔逊的作文周一很快交了上来。文章开头写道："在我们的课程中，可以看到许多历史重演的实例。有些统治者没有从其他统治者的错误中吸取教训。"

我纠正了错误的标点符号，继续往下读。

"你知道这些人是谁，因为教会我们的人是你。为什么你还要我反过来告诉你呢？相反，本文中我要写的是历史在以不同的方式重演。看看你身边吧，克蕾女士。

"我之所以会在这艘飞船上，是因为我的曾祖父母下定了决心，要

---

[1] milling frolics, 即Waulking song, 苏格兰女性缩绒时哼唱的有节奏的劳作歌曲，一般是盖尔语。

在飞船上度过余生。他们以为自己非常无私，他们以为自己是在作出牺牲，这样总有一天，无数代以后的孩子们会变成先驱者，来到一颗人们还没有开始杀戮的星球上，他们很有把握能在这颗星球上生存下来，他们还希望那里没有智慧生命。他们做了个决定，给我们套上了枷锁，只能做跟他们一模一样的事情。

"所以我们才会在这里。我的父母是在这艘飞船上出生的，我也是。我的染色体来自基因库，来自在我出生之前几十年就已经死了的两个人。

"除了重复历史，我们还能做什么？我能干出什么这儿没人做过的事？再过两年，我就该选专业了。我可以跟山羊打交道，就像我的父母一样。我也可以成为一名工程师、医生、牙医或园艺师，这些职业都专注于以这样那样的方式让我们活下去。我可以当一个像你那样的历史老师，可是我显然不会。我可以当一个纸上谈兵的农民或者纸上谈兵的其他什么，学些在这儿永远也派不上用场的东西，只是为了把它们传递给我的孩子们和孩子们的孩子们，这样他们就可以继续把这些东西传递下去，有那么一天，有人就可以用得上了——如果我们真是在往什么地方去，而且真的总有一天能到的话。

"但我永远不会站在真正的山峰上，我也当不了你教过我们的国王、首相或者种族灭绝的暴君。我当不了纳尔逊勋爵，一个戴着顶大帽子的白人老头儿，你可能会以为我是以他的名字命名的，但其实我的名字不过是取自一只山羊，山羊的名字取自一匹马，地球上某位老农的马，马的名字又取自一本书、一支乐队，或一个娱乐节目里的什么人，可能是叫纳尔逊勋爵，或是纳尔逊·曼德拉，或者别的哪个纳尔逊，那人是谁你完全没法儿教给我，因为我们早就不记得他们了。

"过去的历史不会重演，而我是不会对任何事物产生影响的下一代人当中的一员。我们没有创造历史。我们在大海中央，离海岸真的很远。当我们爬出去的时候，这次远行应该已经让我们变得面目全非了，可你却想让我们带上所有的行李，跟我们离开的时候一模一样。但我们做不到，也不应该这样。"

我关掉屏幕，闭上了眼睛。我可以因为他没照着我的意思来写这篇作文，就给他个不及格，但他很显然明白我的意图。

* * *

《大限已至》

传统曲目。已佚。哈丽雅特·巴里：

又是一支我们仅存其名的曲调。我个人相信，《大限已至》和《风林》[1] 是同一曲目，是一些布雷顿角人在搬到阿冈昆时传播而来的，教会了一些当地的音乐家，他们误听了曲名，并与本地关于怪物的民间传说融合在一起。不久以后，就有一首叫《吾去之时》的曲子在安大略流传开来，不过在安大略和芬兰以外的地区，却无人对它感兴趣。

* * *

假设我们只演奏那些描绘我们所了解的事物的乐曲，那么在我们的演出曲目表上，有许多曲目都会从此沉寂。没有风，没有树，没有战争，没有海洋，没有溪流，没有山巅。我们会歌颂远行者，而非远行；我们会歌颂中间发生的事，而非开始或结尾。我们会演奏等待和渴望的乐曲；我们会演奏情歌。

你或许会问，为何不是关于群星的乐曲呢？为何不是关于黑暗和太空的乐曲呢？因循守旧者不会演奏这样的乐章，我也不确定写下这样乐章的会是什么人。地球上的人们描绘蔚蓝的天空，是因为曾经站在灰蒙

---

[1] 《大限已至》（Wendigo）与《风林》（Windy Grove）在原文中发音接近，下文的《吾去之时》（When I Go）同此。

蒙的天空之下；他们描绘夜晚，是因为还有白天。关于监狱的歌曲令人感到沉痛，是因为其中角色知道过去发生过的某些事，并且还怀抱着对未来其他事物的梦想。可是现在，过去和未来都成了抽象概念。

我女儿娜塔莉十几岁时，在一个乐队中演奏小提琴，如果他们把演奏的内容上传的话，一定会被新数据库界定为"其他/未定义"。他们的部分理念是，他们不会录制自己演奏的音乐，还要求别人也不要录。只能去现场体验。我想，她在听过我、外婆和哈丽雅特的话之后，会有这样的感觉是有道理的。

我把她和我小时候都曾用过的那把学习用琴借了回来。她告诉我，她不希望我去听他们演奏。

"你只会说，这声音听起来就像噪声，或者我的把位太马虎了。"她说，"或者再糟糕一点，你会说，我们演奏的跟 2030 年的哪支乐队听着完全是一个调调，我们的歌词也符合什么什么传统，然后我就会以为，我们这点玩意儿全都是从哪个我听都没听过的音乐家那儿剽窃来的。我们想创造点新颖的东西。"

"我绝对不会这么说，"我道，尽管心里已经有了个疙瘩。我听她练习的时候，就尽量不发表评论。当哈丽雅特抱怨说，音乐家们应该致力于延续现有的音乐，不该把时间浪费在新音乐上的时候，我也忍着没出声。

等他们在七层甲板录音棚演奏的时候，我确实去听他们演奏了一次。我在黑暗中站在后排。在我听来，就像冲着电梯井里大喊大叫差不多，全是干扰音和回声。曲名全是诸如《因为我这么说过》和《虫洞》之类，每两支乐曲之间，他们会大声嚷嚷着报出曲名，但功放的声音是扭曲的，就连这些可能也是我听错了。

我数了一下，乐队里有 15 位年轻音乐家，来自飞船各处的不同音乐流派：爵士、摇滚、古典音乐、祖克、中国戏曲，还有西非鼓点乐队的孩子们。与我曾经听过的任何乐音都截然不同。我仍然不能确定，他们究竟是对成长于斯的各种传统进行了糅合，还是对其完全拒绝。

我根本不知道该留神听什么，于是便专注于娜娜的演奏。她小时候打下的功底很不错，但她用这些技巧来演奏的方式让我完全不知所云。她奏出的是节奏而非主调，是旋律底下的衬托，是由小提琴和鼓点构成的断奏多旋律。

当她反复敲击出《风萧萧兮》时，我险些错过。如果我是一直在听整支乐队合奏，而不是专注于娜娜演奏的部分的话，根本就听不出来。她演奏的是某种大相径庭的复调旋律，节奏摇摆不定，但音阶保持不变。哈丽雅特可能会相当不喜欢，但我认为它有一种宁静的力量，尽管隐藏在更宏大的乐章之下。

我一直没告诉过娜娜，我那天晚上去听她的演奏了，因为我不想承认自己听过。

我研究了朋克、民谣和嘻哈音乐的诞生，以及与抗议音乐相伴而来的抗议活动。诞生于试图改变现状的人们的音乐。我女儿和她的朋友们能改变什么？大家又想改变什么？飞船继续飞行。他们一起折腾了1年之后才宣布叫停。她又挥别了自己的小提琴，投身于药学研究。正如他们承诺的那样，从来没人上传过他们的音乐，所以除了本文之外，再也没有其他证据表明其曾经存在过。

＊　　＊　　＊

我外婆把立式贝斯偷运到了飞船上。现在它已经归道格·凯利所有了，但当初运上飞船时，却是记在我外婆名下允许携带的"杂项用品"类职业相关物品中。当初的载货清单原件中是这样记录的："杂项用品——超大号箱子一只——200厘米×70厘米×70厘米。"当时我是为了某个项目的需要才研究载货清单的，企图弄清楚谁带来了什么，我问她，为什么清单上列明的重量远远超过乐器自重。

"是弦，"她说，"先是填了些衣服当缓冲垫，然后往箱子里塞满了一捆又一捆的弦。贝斯的弦，小提琴的弦。我带上飞船的每只箱子的每一道缝隙里，都满满当当地塞着琴弦、毛发和松香。我不相信复制器。"

当时那架贝斯还属于乔娜·里奇。在我外婆为飞船上最早那些怀旧时光乐师们拍下的照片里，乔娜被那架乐器衬托得相形见绌。它虽然只有标准尺寸的四分之三，但在她身边仍然显得赫然耸立。我从未见过她本人。我外婆说："你从没见过个子这么娇小、手却这么大又这么快的女人。"

关节炎恶化到无法演奏以后，乔娜就把这架贝斯传给了马吕斯·斯米特，"她足有她两倍那么高大，但演奏水平却只赶得上她一半"。接下去贝斯又传给了吉姆·里金斯，然后是艾莉森·斯米特，跟着是道格·凯利，其间还出现了杂七杂八的第二和第三替补。那些都是怀旧时光的乐手。在某些爵士乐团和管弦乐队中，贝斯发挥了双重作用。

对于演奏大部分乐器的乐手而言，个人体重和允许携带物品的体积并不构成什么问题。处理后勤事务和心理福利的团队在争论、谈判、妥协、再妥协。他们为四套公用的鼓点乐器（爵士打击乐器和摇滚五件套分别各两套）以及22个各式各样的扩音器（分别用于摇滚、爵士、贝斯、吉他和键盘）争取到了空间。我们有三种不同的中国古筝，每种各两架；还有103只非洲鼓，分属33种不同类型，从金贝鼓到卡林博鼓应有尽有。每间录音棚里都配了一台功放，却仅有一只低音大喇叭。委员会咨询的音乐心理学家不明白，为什么不能为了节省空间而做出合理让步，改用电子贝斯；于是我外婆才只好偷运私货。

地球上的委员会怎么能自以为他们猜想得到，我们在太空中航行了50年、80年或者180年以后，需要的是什么呢？他们给我们装上当时最先进的模拟装置，装上注定会崩溃的出色的数据库，装上程序和模拟器，用来传授我们各阶段所需的技能。尽管如此，仍然没有哪种模型可以准确地预测未来。他们无法预测到这个给布鲁克了的数据库，或是由此产生的变化。若是委员会里有位真正的音乐家的话，那他们就肯定会明白，我们需要一架立式贝斯。让我开心的是，外婆对于飞船的影响依旧体现为看得见摸得着的各种具体事物，在我身边随处可见——立式贝斯，侏儒山羊，还有她的小提琴，现在是我的琴了。

＊　　＊　　＊

周四，我来到教室，发现有人入侵了我的墙壁，在我的照片屏上潦草地涂抹着："集体记忆≠真相""历史是杜撰""过去是谎言"，是局部覆盖，而不是覆写。没有入侵我的个人文件，也不是永久性的，很容易擦除，也很容易猜出是谁干的。我任由这些字迹留在原处。

学生们走进来的时候，我注视着他们的脸。有些人完全没有察觉，全神贯注地听着不知什么东西，头也不抬，就无精打采地坐到座位上。一些人窃笑起来，或是瞪大眼睛，交换了一下眼色。

纳尔逊进来时面带假笑，这是对我的挑衅。他甚至连看也没看墙一眼。过了好一会儿，他才注意到我没把他的大作收拾干净，察觉这一点时，他脸上的假笑就变成了困惑。

"你是在想，我为什么没趁你来之前把它擦干净？"

那些先前没有留意的学生这才开始四下张望。"哇！"有人说。

"我的回答是，第一，如果我把这些字迹留下，打起报告来就更容易。蓄意破坏和黑客攻击都是非法行为，我觉得要猜出是谁干的也并不难，不过既然没有造成永久性的破坏，我看我们说不定可以把它当作一次经验教训。"每个人都看着纳尔逊，他耳朵都红了。

我接着道："我觉得有人想问的其实是，咱们瞧瞧吧，克蕾女士，我们怎么知道现在学习的历史是真实的？它有什么要紧？我想他们希望我来回答，因为我这样说过什么的。但真相其实是，我们的历史完全是一团糟。它是建立在对事实的记忆之上，而记忆并不可靠。以前，他们还可以在一定程度上将记忆和史前器物相互参照，说某些事情发生过、某些事情没发生的时候，还带有一定的可靠性。而我们所有的证据差不多都丢失了。"

"那还剩下什么呢？"我指了指那些被抹上了涂鸦的照片，"我在这儿是为了帮你们厘清，哪些内容值得铭记，哪些内容仍然值得你们称为事实、真相，或者别的什么名词，你们想用什么词来指称都行。也许这不是最实用的研究领域，但仍然很重要。等到有一天，你们的孩子来到你们面前，问我们为什么要踏上这段旅程的时候，这门课对你就会很重要。等到哪天出现了问题，我们可以回首过去，然后说，我们原先遇到这个问题是如何解决的，而不用从零开始的时候，这门课就会很重要。这门课很重要，因为有些人会问为什么、怎么办、如果……的话会怎么样，而不是只顾着为自己遇到的那点问题烦恼——既然他们惦记着我们，那我们为什么不该惦记着他们呢？"

顿了顿，我接着说："今天我们要讨论的是地球在开始建造这艘飞船时所经历的气候变化，以及这一点是如何对政治产生影响的。本周大家的作业就是采访那些还记得地球的人，这样你就不会在整个课堂上大气都不出一口了。问问他们，他们本人或者他们的父母是为什么登上飞船的。问问他们对那段时期的记忆，以及你认为有意义的后续问题。如果还想要加分的话，那就把视频发给我以后，再上传到口述历史数据库吧。"

我环顾四周，想看看是否有谁有什么问题，但众人都沉默不语。我这才进入这堂课的正题。

＊　　　＊　　　＊

我像他们这般大的时候，派给我的作业也是一样的。那个时候，要采访最早的那批远行客还比较容易，不过我每回都是找的外婆。当时那段视频早已掩埋在口述历史数据库中，但我很久以前就记住了访问路径。

这段视频中，她的身体仍然很健康，结实健壮，还是那头标志性的紫发。尽管我们那么亲密，可我还是不知道她的头发本来是什么颜色。

"你为什么要离开？"我问。

"我并不觉得这是离开。是去往某个地方，而不是把什么东西抛在身后。"

"把某些东西抛在身后难道不是去某个地方所包含的一部分吗？"

"你可以这么想，我还是那种想法。"

"是不是所有的远行客都这么说？"

外婆嗤笑一声："你可以随便找两个人问问，就会有两个不同的答案。既然你是在问我，那么我跟你说的就是我的看法。我们有技术，还有最出色的飞船。我们曾经有过——现在也有一个目的地，根据报告，那儿的环境相当完美，适宜我们生活。"

"你的孩子永远也无法到达目的地，你对此作何感想？"

"我的想法是，'我的女儿会过上前人没有体验过的生活，会成为新一代当中的一员，他们会制定新的规则，界定与他人共存之人的意义。'"她耸耸肩，"我觉得这很让人激动，我觉得她会住在她所居住的地方，会做她喜欢的事，做她讨厌的事，像大家一样过完她的一生。"

她停顿了一下，然后不等我催促，又继续往下说："原先那时候还有比这更难过的日子呢。这对于我们家来说好像是最好的选择了。不再逃跑，而是朝着某种美好的东西跑去。"

"地球上有没有什么让你想念的东西呢？"

"东西？人算不算？如果人也算的话，那就是你外公和另外几个孩子，永永远远。除此以外，再也没什么心爱的东西是我没法儿装上飞船带走的了。"说这话时，她眼中流露出恍惚的神情。

"什么也没有吗？"我追问。

她微笑起来："凡是能够归我所有的东西，什么也没有。大海、从岸边吹来的风，沉浸在一支优美的乐曲当中的时候，我仍然能感觉得到。"

她伸手拿起了小提琴。

＊　　＊　　＊

在这段视频中，有一个问题我刻意地没有问，就是在我外婆停顿之处自然而然引出的后续话题。我之所以没问，是因为我母亲是如何融入"制定新的规则，界定与他人共存之人的意义"那一代人的，这点用不着告诉我的老师。如果说我不怎么提及母亲的话，那是因为她和我从来都没有真正了解过对方。

她上飞船时已经 8 岁，这样的年纪，对土地、天空和风的记忆已然成形；这样的年纪，足够带着她自己小一号的小提琴登上飞船了。14 岁那年，她告诉外婆，她再也不想演奏音乐了。

大失忆发生那年，她 18 岁。19 岁那年，她有了我，我也是众多大失忆婴儿之一，这是由顾问委员会和后勤部门联合采取的措施。在那个时候，他们会接受任何能让人们保持快乐和安静的东西，只要数字证明其具有可持续性。

外婆恳求她重新捡起音乐，在记忆项目中的怀旧时光那边帮忙。她拒绝了。就在大失忆之前，她刚在一幕名叫《无事生非》的莎士比亚喜剧中扮演过一个角色，当时她还在上学。她仍然记得主角的台词，一般的剧作家和莎士比亚拥趸们都向她敞开怀抱，想拉她去参加他们的记忆项目；他们都在从零开始对戏剧进行恢复，忙得不可开交。

电影派系也招募了她，他们的任务艰巨得简直令人望而却步。在我最喜欢的那一时期的视频里，我 20 岁的母亲在一部名叫《泰坦尼克号》的历史剧里扮演主角。这是对一部古老电影的再现，也是对巨型海船史的更为久远的注解。

我的母亲年轻、美丽、容光焕发，身上的长裙在她举手投足时闪闪发光。她第一次给我看这段视频的时候，我5岁，我注意到的就只有她是何等的美丽动人。

7岁那年，我问她，大海会不会把我淹死。

"这儿没有海，是我们造出来的，罗茜。"

我不明白。明明我在屏幕上都看见了，大到能包围住整艘飞船，像是液体，如同有形的空间，一个可以在街上追赶在你身后、将你包围的空间。她带我下去，来到八层甲板的摄影棚，里面正在拍摄一部名为《赛琳娜》的电影。此时我才知道，大失忆过去8年之后，他们还在分门别类，把每一部重要电影都翻拍出来，尽可能对记忆进行还原，依照的是最初那绝望的几年间凭着记忆重新写出的剧本。那些就是我所知道的仅有的版本了。

她让我看，大海不是大海，天空也不是天空。我一边坐上了一艘不是船的船，一边弄明白船是什么。

"妈妈，你为什么哭呀？"那天晚上晚些时候，我从自己的床铺漫步走到父母床前，问她。

父亲把我抱起，紧紧搂住："她在哭失去了的东西。"

"我还不困，我们能再看一遍那个电影吗？"

我们坐在那里，看着我年轻的母亲遇见并爱上了另一个人，是有人假扮的；看着他们与一股浪涛你追我赶——父母已经跟我打过包票，这浪涛绝不会威胁到我和家人；看着大船沉没——这不是真的，没有大海，也没有什么东西沉下去——救生船消失了，这对恋人被迫在一扇漂浮的门上挤作一团，直到在黎明时分获救。

*　　*　　*

我16岁时，母亲加入了一个狂热组织——也可能是她创办的，"新生活"是对我外婆的布道活动再直接不过的打脸。他们主张再度清理掉娱乐数据库，这一次是永久性的，以造福于整个物种。

她说："我们耗费了太多的创造力，用来再造登船之时随身携带的东西。"她平静地收拾衣服时，我在床铺上听着。

"你是莎士比亚的粉丝！你应该重建莎士比亚的作品。"我父亲也始终没有提高嗓门。对他们后来的谈话，我记得最清楚的一点莫过于此：他们谁也没有失去冷静。

"我的确是莎士比亚的粉丝，但更重要的是，我是个演员，我希望能有新的东西可以表演；希望有书写我们现状的作品，而不是我们在地球上曾经是谁；希望从事讲述我们自身故事的艺术。"

"你有家庭。"

"你们个个我都爱，但我需要这个。"

第二天早上，她和我们二人吻别，仿佛要去工作一样，然后带着"新生活"离开了我们，往十四层甲板而去。我不知顾问委员会使出了什么阴谋诡计，让居住在十四层甲板上的家庭搬迁了，好给一个计划外的社群腾地方，也不知需要为那些选择放弃工作、纯粹过着艺术生活的人们提供怎样的栖身之所。人类历史上曾有过能够将此付诸实现的时期，但此时并非那样的时期。这些都是我后来才提出的问题；当时我被她气得七窍生烟。

我也不知自己是不是真的不再生气了。我从没去看过那些从"新生活"逐渐衍生出来的原创戏剧；我从不曾赏析过他们的艺术或音乐；我从不了解我们在他们的特定镜头中映照出的面貌如何。我反对的并非崭新的作品；而是他们那种想法，亦即要创作出崭新的作品，他们就必须与我们划清界限。既然他们已经不再属于我们这一群体，那么他们写下的作品又怎么可能实实在在地反映我们的体验呢？

他们再也没有回到底下来与我们其他人一起生活。等我生下娜塔莉的时候，妈妈跟我和好了，但她已不再是我记忆中的那个人，我很肯定，她对我的看法也一样。她有时会下来陪娜娜玩，但我从来不会留她俩独自相处，因为担心我的孩子会沾染上分离主义的思想。

我去观看娜塔莉那个短命乐队表演的夜晚，多年以前，我隐藏在黑暗里，以免因为我来看演出而惹恼她的那个夜晚，直到听出《风萧萧兮》的曲调，我才意识到自己一直屏着呼吸。他们的演出并非如"新生活"那样，是在拒绝过去发生的一切；而是新与旧的糅合。

* * *

《风行天下》

历史再现：阿科纳·姆沃沃扮演威尔·沃马克：

我婶婶替西好莱坞的一些人打扫房子，他们经常会给她一些录制的作品，可以带回家给我，我都照单全收了。这些全都对我产生过影响。有西海岸饶舌歌手，但也有汽车城音乐和流行摇滚，还有这些超棒的怀旧小提琴唱片。听到这首乐曲的时候，我心心念念地渴望着拉一拉小提琴，可是我该从哪里弄到一把琴呢？没什么可能。

我节录的《风行天下》这首曲子——《风萧萧兮》这首小提琴曲的录音——改变了我。第一部分那种逐渐高亢响亮的感觉不知为何总能打动我。我听说外面还有个带歌词的版本在流传，但我喜欢器乐版的，这样我就可以自己来编写歌词。我 10 岁的时候就写下了第一版。我觉得"萧萧"听起来像只狗，所以我管这支曲子叫《风行天下》，是关于一只名叫"风"的狗的故事。当时我真是个不折不扣的孩子。

15 岁那年，我写下了第二版歌词，内容我不太记得了。当时我正在网上搞说唱和录音，所以网上不知什么地方很可能还能找到某个版本。你要是找到了，也别给我看。我当时想当个坏蛋。我只会赶快假装那一版从未存在过。

我一次次地回想起《风萧萧兮》。我记得录这首曲子那年，我 25

岁，儿子刚出生，我想送点真正特别的东西给他。

（唱）

风行天下，我亦如是

我去世前，长路漫漫

然我将归，我终必归

犹如此风，至君身畔

我行数周，或无雨水

夜夜阳光，再度消散

有风其暖，有风其轻

你我前方，长路漫漫

     * * *

我想把我所喜爱的东西彻底变成别的，转变它。

     * * *

  下一次"怀旧时光"是以 G 调曲开始的。我外婆向来不怎么喜欢 G 调旋律；自从她去世后，与她选曲时相比，我们演奏 G 调曲的次数增加了许多。先是《南方花开》，然后是《顺流而下》《松鼠猎人》《松鸡死于百日咳》《回乡长路》《轮船上的女士们》。

  到了第三个小时，哈丽雅特叫了暂停休息，还说等我们回来的时候要弹些 D 调曲子，就从《午夜水上》开始。我知道她设定的顺序：《午夜水上》，然后是《波拿巴撤退》，接下去是《风萧萧兮》。我很有把握，她这样做是为了我。我想她很高兴看到我能准时回到第二排。

  大多数人站起来伸展一下四肢，或者放下乐器去吃些小点心。

  包括我在内，几位小提琴手利用这个机会，变格定弦到了 DDAD。这些乐曲都可以用标准调音进行演奏，但低沉的 D 调音却能增加一些难以形容的意境。

当大家都重新在座位上安顿下来时，哈丽雅特数着拍子，把我们带入了清雅的《午夜水上》华尔兹舞曲；然后是《波拿巴撤退》，阴郁而活泼；接着便是《风萧萧兮》，正如我所希望的那样。

一支乐曲无论演奏多少遍，都不会有哪两次是毫无二致的。我还在想着纳尔逊的涂鸦，想着对我而言，过去向来并非谎言。这是延续的演变。《风萧萧兮》告诉我，在一艘星际飞船的怀旧时光演奏会上，每一次琴弓以特定的方式接触到琴弦，我们都会经历一次重生。令我们重获新生的不是飞船、不是演奏会、不是琴弓、不是小提琴，也不是我们的双手；而是所有这一切的结合，它们以一种前所未有的特定方式结合在一起。我们是一支古老而悠久的曲调发生的嬗变。我们是身体与身体、木材与血肉；我们是琴弓与小提琴、与双手、与记忆、与星际飞船、与怀旧时光。

《风萧萧兮》对我倾诉着，我闭上眼，像外婆那样，感受着海边悬崖上吹来的风。我们周而复始地演奏着 A 部与 B 部，三次，四次，五次。因为我闭上了眼睛，因为我沉浸在乐声中，而非停留在房间里，所以没注意到哈丽雅特发出的末次循环信号。除我以外，大家都同时收了声。更不像话的是，我还出错了。在我出乎意料地独奏出的这几小节间，我奏出的乐音在沉默的烘托下显得格外突兀，我这才发觉，自己居然出错了。曲调倒仍然是《风萧萧兮》，或者说相差不大，但我把第三小节省略掉了，直接进入了第四小节，音调也就意外地误变成了猛降又疾升。

哈丽雅特瞟了我一眼，按照我的理解，这个眼神介于恼怒和责备之间。我以前也这样瞪过我的学生，但我自己上一次被别人用这样的眼神瞪着却已是很久以前的事了。

"对不起，"我说，更多是在遗憾那种感觉消失了，遗憾我失去了风。

我早早地溜出门外，这时人人都还在演奏。我不想和哈丽雅特说话。回到家中，我试着重新奏出刚才误奏的曲调。我是在脑子里听到这曲调的，但我基本上再也没能令它重现。半小时后，我把小提琴撂到一边。

＊　　＊　　＊

第二天早上，我其实并不想见哈丽雅特，但取消我们的固定约见只会让情况更为恶化。我又是一大早就醒了。我心里矛盾着，先是想冲个澡，好送她另一个可以恼我的理由，后来又决定不这么干，我意识到，这样她只会把这两股怨气并作一股，而不是用一种来代替另一种。

这次我们是在她的住处见面的，她住的甲板比我高三层，住处比我的略小些，房间里每一处平面都被档案箱和成堆的手写乐谱所覆盖。

"昨晚出什么事了？"她开门见山地问。

我举起双手，作恳求状："我没看见你叫停。我很抱歉。而且还是在你跟我说了我该待在更靠近中央的圈层那些话之后出的状况。不会再有下次了。"

"可你连调都没拉对，这可是你的拿手好戏之一。这首曲子你已经演奏了 50 年了！后来有人在嘀嘀咕咕。下个星期可能会有人取笑你，做好心理准备吧。没发生其他什么值得八卦的事情，所以大家很可能会记住这件事，除非还有别人出丑。"

我没什么好的应对之策。当然了，没跟大家一起结束是很糟，但我不觉得自己对这首曲子所做的改动有什么错。就像外婆说的那样，那是种不一样的风。

"有消息说那天数据库出的是什么问题吗？"我问她，好换个话题。

她眉头皱起："没有。技术部门说这是访问路径的问题，不是数据库本身的故障，只发生在单独的碎片上。如果你直接输入名称，而不是通过目录或者你保存的首选项，就还可以访问，不过挺费事的。他们没法儿定位数据来源。我得跟你说，我可是挺关心这个问题的。我的意思是，素材显然还在，因为我可以通过迂回的方式找到一部分，但搜索起来就真的很费劲了。这让我想到，我们可能会考虑在记忆项目中再添加另外一个冗余层。"

她继续长篇大论地讨论这个问题，我也随她去。我宁可让她说说别的话题，别提我的事。

当她的谈兴逐渐消退时，我打断了她："哈丽雅特，《俄克拉何马的公鸡》对你意味着什么？"

"那首曲子的历史我了解得不多，是出自俄克拉何马州的一个叫迪克·哈钦森的小提琴手，但我不知道是不是他写的——"

"我指的不是历史。它让你有什么感觉？"

"我不太明白你的意思，这是一首简单的小提琴曲，很好听。"

"不过你在现实生活中确实见过农场，那儿的声音听起来像公鸡吗？"

她耸耸肩："我一直没怎么考虑过这个问题。挺优美的。够不上在记忆项目里面占据一席之地，不过音调挺好听的。你问这个干吗？"

要是我说，我在演奏那首曲子的时候，还以为自己正身处一座农场的话，听起来会很傻吧。我也不会告诉她《风萧萧兮》将我带入了怎样的境界。"我就是好奇。"

*　　*　　*

"哈丽雅特的孙子会把我逼疯的。"我告诉娜塔莉。就像每个周五那样，我与泰拉和约拿一起度过了下午的时光，但这一次约拿把我们拉到了低重力的房间。他们弹跳着，我看着他们，随着他们无拘无束的快乐一起开怀大笑，但跟着他们蹦跳的弧线点了半天脑袋之后，我的脖子猛地好一阵疼痛。

后来我登录了班级聊天群，发现纳尔逊再次煽动起了其他人的反抗。除了我觉得可以形容成胆小的两个和用功的一个以外，全班同学都选择了不做周二就该交的新作业。他们全都服从他的领导，发表了一句声明："我们拒绝历史，未来掌握在我们手中。"

"至少他们都早早就把这句话交上来了，"娜娜开玩笑，"可是说真的，你干吗要为他的事烦恼呢？"

她弯腰捡起散落在地板上的一些玩具。孩子们用手指在桌面屏幕上画画。约拿正在画一只暴龙，身子、尾巴、牙齿和羽毛都画全了。泰拉年纪还太小，她的艺术作品看起来还不够具象，但她总是以有趣的方式来安排空间。我凑上前去，注视着他们俩。

"你就笑吧，"我说，"也许等他们长到他这么大的时候，纳尔逊已经把整个系统都给接管了。只剩下与未来关系最大的课程；拒绝过去；不去思考人类社会的状态；没有历史，没有文学，也没有恐龙。"

约拿皱起眉头："没有恐龙啊？"

"外婆在开玩笑呢，约拿。"

约拿接受了这个说法，又将满头卷发的脑袋埋到桌上。

我接着说："如果是他单枪匹马闹腾的话，那又是一回事。既然他已经把病毒扩散到了全班，现在我该怎么办？"

娜娜思索了一会儿："要是我的话，就研制一种解药出来，然后藏在更快、更厉害的病毒里，注入班里去。不过，唔，这只是我的专业意见。"

"你这个类比里头，解药指的是什么？更快、更厉害的病毒又是什么？"

娜娜微笑着，摊开双手："这不是类比，对不起，我只知道病毒和小豆丁们的事，有时候还是感染了病毒的小豆丁。现在，我把孩子们哄睡之前，你要不要演奏给他们听？他们真的很喜欢听昏昏欲睡的大黄蜂那一首。"

她从椅子上抱起泰拉，转过来坐下，把泰拉放在她腿上。约拿还在画画。

我拿起小提琴："约拿，什么是大黄蜂呀？"他答话时头也没抬一下："恐龙。"

我叹了口气，开始演奏。

＊　＊　＊

娜塔莉的回答让我深思。我问过纳尔逊的语文老师，她向我证实，他在她班上也正在干同样的事。

他错得有多离谱？他们学习了国家和边界，抽象名词，划了又改的边界线。语文课上教过的书把握住了人类社会的状态，却以我们完全陌生的面目呈现在我们面前。对我们都一样陌生，对我和他都一样。我一直喜欢挑战。阅读关于过去的事让我更容易接受我们途中岁月的现状，让我们的开始变得更加实实在在。历史上的每一个人也都同样生活在途中，无论他们活在哪一个年代，又何尝没有前后呢，即使某个特定群体或个人或许在后来的岁月中不复存在。我喜欢透过这些变化去追溯从前，看看哪些东西覆灭了，哪些东西则延续了下来。

我很享受这一过程，那我是否把自己的乐趣传递给别人了呢？也许我一直对我自己为什么喜欢学历史想得太多，而没有考虑为什么我的学生会觉得乏味。我的工作就是要想办法使历史与他们息息相关。如果他们激动不起来，那就是我辜负了他们。

那天晚上，我吃完晚饭回到家，拿起小提琴演奏《风萧萧兮》时，奏出的是经过删节的全新版本，是我之前一直想不起来的那个版本。现在我根本记不起原来的调子了，即便经过了 50 年，肌肉记忆已经形成了也罢。

我登录了数据库，去听这首曲子实际上是怎样的旋律，当曲子顺利浮现出来时，我松了口气。新数据库中的最后一支变奏曲是列在《风萧萧兮》之下的，但更准确地说，本该列作《风行天下》的，而即使是这样的变奏曲，也是再现了某人对上飞船之前某次采访的回忆。如若这首特定乐曲的历史中没有包含历次的采访，以及采访中乐曲的演绎者会哼唱出的某些片段；如若哈丽雅特、外婆或某人不曾反复看过足够多次，好记在心里，或者不认为这首曲子十分重要，那么我们对这首曲子的发展也就毫无头绪。那些具有历史意义的小小复制品甚至都不再是原来的乐曲本身了，却都有着各自的历史、各自的故事。它们为何重要？它们之所以重要，是因为有人对它们足够在乎，才会把它们创造出来。

＊　　＊　　＊

星期一，我走进教室，肩上扛着小提琴盒，迎向学生们不安的咯咯笑声，他们知道自己干了件厚脸皮的事，现在正等着看会有怎样的后果。纳尔逊没笑，目光与我对视，沉着而挑衅。

"上周，有人问了我一个问题，用的传话机制相当奇怪，是我教室的墙壁。"我摸了摸桌子，把抹上了涂鸦的墙壁重新变成空白。

"今天我要回答你，你别无选择。你在这个课堂上，是为了学习我们遭受过破坏的零散历史，以及它所遗留的一切，然后传递下去，很可能也会对它造成进一步的破坏。也许历史会不断扭曲，直到一点一滴的事实都从中飘散殆尽，但剩下的仍是关于我们是谁，或我们曾经是谁的真相，最值得记住的那部分。"

我把琴盒放在桌上，花了点时间，降弦到 DDAD 音调，倾听着那股呢喃的潜流。

等对调出的音感到满意的时候，我举起了琴弓："这首曲子叫作《风萧萧兮》，我希望你们能听得出，活生生的历史对我意味着什么。"

我全都演奏了一遍，那些所有已知的变奏曲，那些所有不曾在时间之流中湮没的变奏曲。我放下小提琴，唱起了豪伊·麦凯布的《风林》的错误片段（复原自对他所作的历史性访谈）和威尔·沃马克的《风行天下》。我在《风林》《大限已至》和《吾去之时》之间背诵历史。然后我又把小提琴举到下颌处，闭起眼睛。《风萧萧兮》：三次是传统形式，三次是我自己改编的曲调。

"要是练习的次数太多，那听起来就像你在死记硬背，而不是用心感受。"外婆曾经这么说过。我从未在这间屋子里拉过琴，就连陈旧的变奏曲在此处听起来也是新鲜的。我的手指轻快地舞动着。

我想让这首乐曲听起来更像风一点。无论是我们当中的哪一人，对风又谈何了解呢？不过是屏幕上的文字而已。我把我们整艘飞船都装进了自己创作的这首新曲中。我们就是风。我们化身为风，御风而行，随风而去。我演奏的是一艘穿越太空的飞船。我演奏着飞船上的生活，踩在熟悉的街道上的脚步，众人，山羊，沮丧之感，不动之动。

一曲终了，学生们默不作声地坐着。只有艾米丽·雷德霍斯一个人参加过怀旧时光，她也是交了作业的三人之一，而纳尔逊，我知道他是听着这音乐长大的。我很肯定，其他人根本不知道刚才听的是什么。我只瞟了纳尔逊一眼，就知道他已经想好了应对之策，所以我没让他开口。

我把小提琴放回琴盒里，然后离开了。

*　　*　　*

关于我外婆的故事数不胜数；我可不觉得关于我的故事会有多少。也许这班上的某个孩子会讲一个关于老师精神崩溃那天的故事。也许有一天，艾米丽·雷德霍斯会在"怀旧时光"里占据一席之地，奏起我自行改编的曲调。也许历史和故事会结合到一起，孕育出一加一大于二的某物，而你呢，泰拉，你和你的兄弟会花时间去探索，何时何处真相开始偏离，出现稗官野史。如果你想知道这些故事当中哪些是真实的，唔，从某种程度上来说都是真的，即使有些已经发生，有些尚未发生。

我把我改编后的变奏曲记录在了新数据库中，放在"其他"列表下，以避免眼下会冒犯哈丽雅特。我将其命名为《吾等萧萧兮》。我想我外婆会同意的。我还在其中包含了一段历史，从《风林》和《风萧萧兮》开始，经过我外婆可疑的太空行走、我母亲尝试为自己寻找存在的意义、我女儿未曾录制的歌曲，一路追溯，直到我自行改编的乐曲。就核心而言，这些其实是同一个故事。

我对这首乐曲进行了更多的改动，使其愈发成为我自己的创作。演奏时，我闭上眼，想象着一条贯穿始终的线，想象着我走了很久很久以后的某一天，有一扇门将会开启。孩子们会从飞船里涌出，来到一片新天地明亮的阳光下，有人会举起我用过的那把旧琴，那把外婆的小提琴，为风谱上崭新的曲调。

莎拉·平斯克，美国科幻作家。她将音乐和写作比作她的白天和黑夜，她六七岁开始用得克萨斯最早的一批电脑写作，13 岁组建首支乐队，小说先后出版过 50 余篇，乐队也曾在美国 20 个州演出。莎拉的作品笔触细腻，层次丰富。另一身份是独立音乐人的她，小说里经常有这些元素——可怖的末日世界，受伤而勇敢的女性，以及无处不在的美妙音乐。莎拉曾多次获得各类奖项，包括星云奖、雨果奖等著名奖项。《风萧萧兮》获得 2017 年星云奖提名和 2018 年雨果奖提名。

汇　　流

蔡建峰

一

那东西降临时没多少人看见，虽陆陆续续有渔民来报，但当官的只把那流言当作百姓的愚见。事实上，那东西并非第一次降临，游历名山大川的方士早在秦时就有幸得见。与其说，人们发现了渡口，毋宁说，汇流光顾了世界。

海客谈瀛洲，烟涛微茫信难求。

事情是这样的：齐鲁地区，有一伙人出海打鱼，适逢海上下起暴风雨，一时间海天茫茫，烟波浩渺，雷雨之中难觅归途。雾是突然来的，没有任何征兆。彼时为仲春卯时，渡口就在雷霆、暴雨和浓雾的惊鸿一瞥中开放。有些人胆子大，上了岸，再也没回来。有些人留在船上，等了两小时，最终看见渡口凭空消失，一切安静得仿佛没发生过。

如今，我来到黄河口，看着不远处的舟子撑着长篙尽情放歌，一众上了年纪的科学家颤颤巍巍登上小船。我在那些人之中看到了曾经的恩师，本想走过去，向他打个招呼，但他没看到我，想想还是算了。

有关缥缈仙境的传说吸引了不少新闻媒体，这些中科院院士是官方派出的第一批探索者，有些人的头发都白了，却仍不远千里来此，仿佛枯木逢春，只为在第一时间抵临仙境，以可靠的技术手段衡量存在已久的未知。

赵南嘉女士在这时找到了我，算是第二批探索者的政府负责人，也是把我拉进这次行动的"罪魁祸首"。我对她的到来视而不见，假装被那海的辽阔所震慑，着迷于那千帆远影上的点点星火。

第一批探索者在黑压压的人群和白茫茫的闪光灯包围下起航，向着从未被科学定义过的世界飞渡。小船驶向远方，滑到海平线后头。恐怕再过不久就要起雾了。他们掐好了时间，准时出发。渡口隐于东海，缥缈仙境向来只在雾天开放，虽不像过去千百年来那般隐秘难寻，但每日也只在某个特定时段开放。

"苏先生。"赵南嘉说。

"赵女士。"我说。

"第一批探索者已经出发了。"

"为什么我不在里头？"我不冷不淡地说，"当初你找我来的时候，可不是这样答应的。"

"科学家们得先测量。"赵南嘉抚了抚耳边的青丝，把那一缕乱发挽至耳后，"只有科考人员确保生态环境对后来者无害之后，你才可以放心进入。"

我耸耸肩，"他们都是些老头子。"

"所以他们愿意发挥余热。"

"其中有一位院士是我在中科大少年班学习时的恩师。"

"希望他们诸事顺利，平安归来。"她说，客气得要命。

我斜睨了她一眼，目光撞上一道温柔的目光。"那人剽窃了我的学术成果，把我的论文改了个名字就发到学术期刊上了。"

"你说的那人是我的父亲，但我跟母亲姓。"赵南嘉女士眨了眨眼睛，氧化的胶原蛋白像弹簧一样断裂，细密的鱼尾纹因这份诧异，自眼角褶皱处浮现。她应该已经三十几岁了，但香奈儿可可小姐炫光唇膏66号是典型的春夏色，热情而饱满的红像枝头的山茶花一样绽放，在她脸上仍有少女气息留存，如在湍急的河流中攫住锦鲤一样可贵。

矛盾重重的感觉无处不在，一张鹅蛋脸兼具成熟和青春的气息。赵南嘉女士风韵犹存，那山茶花般的嘴唇微微张着，明明有些吃惊，此刻却如春日的湖水一般归于平静。我喜欢她身上这种矛盾感。她责备似的看了我一眼，似乎在怪罪我话只说一半，这一举动有种奇特的亲切感，让我想到消逝已久的母亲，于是心也随之黯然了。

"我们什么时候出发？"我换了一个话题。

"明天。"赵南嘉说，"第一批探索者会在两小时后退出来，如果他们说没问题，那就到你上场的时候了。"

"为什么是我？"我又问。

"渡口有一块碑，上面刻着小篆。"

"我是说，全中国有那么多国学大师，为什么找我？"

"你觉得呢？"赵南嘉反问道。

我笑起来，"因为我是个天才？"

"不，因为你是个怪人。"赵南嘉微笑着说，"你是科学家里最懂古汉语的，又是懂古汉语的人之中最具科学素养的。除此之外，你还是此行众人里年龄最小的。你还没到25岁吧？二十出头的博士，真年轻。"

我不理她，自顾自说道："雅言。"

"什么？"她怔了一下。

"雅言。"我认真地说，"你口中所谓的古汉语，它是有名字的，起源于华夏上古音系。'华'是衣冠之美，'夏'是礼仪之盛，雅言也就是夏言，从夏商周以降一路沿袭变化，历时四千多年。"

"很好听的名字。"赵南嘉说。

我点点头，把眼睛调到观景模式，在凌晨时分极目远眺，以无言的沉默作为应答。不知何时起，天已蒙蒙亮，旭日在海平线尽头才露尖尖角，东方的苍穹便渐次亮起。云朵细碎如鱼鳞，染上一抹虾子红，好似醉意盎然的姑娘的脸颊。卯时是日出破晓之时，金红色的天光穿透薄雾，如粉末般簌簌洒落。朝霞在天空中燃烧，然而不久便被浓雾不讲道理地扑灭了。

起雾了。现在，缥缈的云雾乘着海风从远方吹来，潮湿的水汽濡湿了我的鞋尖、她的头发。雨来的时候，蓝紫色的春雷在视野尽头炸裂，轰隆隆的雷声滚滚而来，撼击我的耳膜，震颤我的心房。

暴风雨降临了。天黑压压的，闪电的轰鸣不绝于耳。雨下得那么大，但没有人躲避。人们或撑着伞，或佝偻着脊背，或伫立在雨中，不愿错过渡口的开放。

我痴痴望着东方，想着中国古代仙人的传说，抬起头，张开嘴巴，接住高空中急速坠落的雨滴，舌尖尝到了春雨的味道，方知古人为何会将某些雨称为甘霖。我下意识地向前走了几步，直到袜子和裤腿全湿，黏腻感充塞了脚指头之间的缝隙，才意识到自己已经踏进浅海，膝盖以下完全没入水中，却对自己的失态全然不知。

如我这般失魂落魄的人有不少，回头一看，赵南嘉就站在我身后。

她平静地说："他们应该已经进去了。你在想什么？"

我侧过头看着她，轻声问道："你说我们会遇到仙人吗？"

"不知道。"她耸耸肩。

"蓬莱呢？海上的不死之乡啊，也许会有吧？"

"这取决于我们如何命名它了。"

我沉吟片刻，又问道："穷奇呢？"

"那是什么？"

"《山海经》提到的一种异兽，喜欢吃人。"我慢悠悠地说，"穷奇状如虎，有翼，食人从首始。所食被发。在蜪犬北。一曰从足。"

"我不知道你还相信这些。"赵南嘉说，"你知道，现在是 21 世纪了，这样的话听起来总感觉怪怪的。"

"'柧阳之山，有兽焉，其状如马而白首，其文如虎而赤尾，其音如谣，其名曰鹿蜀，佩之宜子孙。'这是霍加狓。"我继续夸夸其谈，

　　　　　　　　　　　　　　　未然的历史

"'兕在舜葬东，湘水南。其状如牛，苍黑，一角。'这是犀牛。'有鸟焉，其状如鸮，青羽赤喙，人舌能言，名曰鹦鹉。'这是鹦鹉……"

"你想说什么？"她打断我。

"我只是不否定有这么一种可能。也许有些生物真的存在过，只是后来灭绝了。如果鹦鹉也随着那些生物消失了，我们真的愿意去相信这世上存在能口吐人言的鸟吗？"

"哦，我不知道。"赵南嘉看了一眼船头站岗的士兵，若有所思地问，"苏先生，如果真有吃人的穷奇，子弹打得死它吗？"

我紧了紧衣襟，突然打了个寒战。

雨还在下，至少还会下两小时。仲春时节的雨仍带着寒意，冰凉入骨。

在这沁凉的雨中，我听见自己笑着说："我想，如果穷奇真的存在，我们也得亲身试过才知道了。"

二

一天后，同样的时间，我登上了同样的船，内心祈盼着同样一场雨。如赵南嘉所说，第一批探索者已为我们大致划分了安全和危险区域，并简单做了标识。

我们必须在起雾前抵达渡口显现的海域，否则可能会在暴风雨中迷失。第二批探索者承继自第一批，有一半白发苍苍的老人退了下来，我和赵南嘉以及其他人就递补进去。到第三批时，我们这批人也会有一半退出，再补进另外一批。如此一来，队伍里至少有一半人是了解状况的，不至于完全摸不着头脑。赵南嘉说，上头交给我们的首要目标是评估这处神秘区域的风险和收益，如有所谓仙人或是外星人的存在，更得查明对方频繁拜访地球的用意。

起航的时候，我对她说："很难相信官方竟然真的听信了几个渔民的话，甚至为此劳师动众。在最开始，是什么推动着你们派出第一波人去验证渔民说话的真假？"

"验证真假？"赵南嘉笑了起来，"不，当然不是为了验证真假。如果有人告诉你他在海上遇见了仙山，你会信吗？当然不会了，没有人会当真。医生们认为这是一种集体性癔症，或是看见了海市蜃楼。但是，有人失踪了的确是事实。于是，七八支海上搜救队对此展开二十四小时搜救行动，其中一支在二十四小时后失去联系。"

我眯着眼睛，思忖道："在昨天的首次探索中，那些渔民和那支搜

未然的历史

救队回来了吗？"

"没有。"赵南嘉说。

"有找到他们吗？"

她还是摇头，青丝在狂风中恣意飞扬，像黑暗中漂浮的触手。

我叹口气，感慨道："看来即使有上一批探索者兜底，此行也未必高枕无忧。"

"踏入未知总是危险的，"她轻声说，"但只要在渡口关闭前出来就没事。这也是我必须提醒你的，无论发生或遭遇什么，只要你手腕上的计时器发出啸叫，就说明时间快到了，你必须马上往出口处撤退。"

"明白了。"我说。

与此同时，曾经的恩师站在不远处的甲板上向我点头。

我不失礼貌地微笑着，挥了挥手，看见他没有走过来，便暗暗松了一口气。赵南嘉没有注意我的动作，她正倚在栏杆上向着来时的道路回首。我顺着她的目光望去，看见人类赖以生存的陆地带着它一贯的僵硬呆板和顽固不化，除了普通的现实之外什么也没揭示。

我想，这就是仙境之所以存在于海上的原因。

船是一个漂移的空间，一个找不到自己合适位置的地方。船孤独地存在，自我封闭着，甚至还放任自己漫游于大海的无限之中。船在海上漂流，朝着远离世俗的仙境漂去，之所以能贴近无限，也正是因为船远离了平平无奇的陆地。

我学着赵南嘉的动作，背过身，趴在栏杆上，下巴枕在胳膊肘上，除去不想再与人打交道之外，也是为了亲眼瞧着薄薄的水汽在海面上凝结，渐渐聚拢成虚无缥缈的云雾。空气不知何时就湿润了，第一滴雨落下的时候雾也浓了。现在，潮湿而阴郁的浓雾和被风撕扯得破碎的雨珠混成一团，狠狠拍打在海面上，搅动着波涛像颠锅一样翻涌。

赵南嘉走开了，像其他人一样簇拥到船头。

我仍站在原地，捂着胸口，蹙着眉头，对着颜色渐黑渐深的海水作势欲呕。上车前忘记服药了，此前也从未告诉过别人自己晕车晕船都很严重。就在我旋开瓶盖，倒出一粒晕动片的时候，一条红色鲤鱼在水下游动，从我的眼角余光中一闪而过。

　　与此同时，我听见一声奇怪的叫声，像鸡又像鸟，但我不确定自己是否真的听到了，我甚至不确定自己是否看到了鲤鱼——尽管那东西是红色的，但它长着翅膀，鱼头是白色的且生有红色的鸟喙，鱼身上有白色的花纹。

　　我想到《山海经·西山经》中记载的一种文鳐鱼，说是此鱼口感酸中带甜，吃了可以治疗癫痫。但我还来不及想更多，就听见船头响起一阵惊呼，紧接着是一阵热切的掌声，仿佛人们激动得唯有拍打双手才能表达心中的情感。

　　赵南嘉在那一团嘈杂声中呼喊我的名字。

　　我压抑着颤鸣的期待的心走了过去，拨开云雾之后看见一个朦胧不清的巨物，头顶万钧雷霆，远远看去像山的暗影，如此巍峨雄伟，如此缥缈而又厚重，明明是山，却让人感觉是仙宫。

　　我知道，渡口到了，传说中的仙境到了。

三

　　船在岸边停靠。我在山脚伫立。一座山就是一整座岛，一座岛仿佛就是一整个世界。仰起头，此山有万仞之高，山巅高耸入云，山腰被雾环绕，白茫茫的水汽似仙子飘逸的缎带，黑色的山体在浮云深处时隐时现。低下头，那块刻有小篆的石碑就在我的眼前，一条崎岖小径从石碑后出发，穿过无尽之森，朝着青草更青处蔓延。我在那石碑前驻足，俯仰之间，同行的士兵、科学家已朝着深处鱼贯而入。

　　正值仲春时节，万物当朝气蓬勃、生机盎然，然而此处之幽深肃杀有如严冬，一草一木皆枕戈泣血，叶片与露珠满溢金石之气。我弯下腰，从脚边泥土中摘下一片嫩芽，那刚刚萌发的生命还很脆弱，本应是鲜嫩的鹅黄色，却不料绿泱泱如油墨。

　　"怎么了？"赵南嘉走到我身边，与我一同观望掌中新芽。

　　"没什么。"我摇摇头，丢掉手中之物，看着它零落成泥。

　　"你知道这上面的碑文吗？"我绕着那两米高的石碑走了一圈，"这石碑背面写着秦人徐福为求取长生不老药曾带三千童男童女来此，最顶端刻着个'水'字。"

　　"这里当真是蓬莱？"赵南嘉一脸好奇。

　　"我不确定。"我在石碑的正面蹲下，指尖顺着铭文的笔画勾勒线条。

　　"这正面写的又是什么？上面只有两个字。"

"汇流。"我轻轻地说，但不明白什么意思。

"会是这个地方的名字吗？"

"也许吧。"我说，"但徐福怎么知道这地方的名字？如果是他取的，那也应该是'蓬莱'二字。"

赵南嘉叹口气，抬头仰望高山、云雾和苍穹，没来由问道："山如此之高，你说它会通往哪里呢？"

我闭上眼睛，试图感受雕刻者的心境，但什么都没感受到。我在脑中构建场景，眼前是一片暗红色的虚无，睁眼却看见耸入云霄的山峰直通星辰，在云里雾里高深莫测地回望着我。

我突然感到一阵晕眩，险些站不住脚，便胡乱答道："星辰。"

"什么？"赵南嘉察觉到我的异样，一把扶住我。

"没什么。"我说，跟跄了几下。

"你还好吧？"赵南嘉关切地看着我，"你的脸色很差，是这地方对你产生影响了吗？"

"不，只是有些晕船。"我不动声色地说，内心倍感泄气。

"如果你有什么不适，一定要告诉我。"赵南嘉继续解释道，"正如有的人会有高原病，一些探索者在进入此地后，也会出现类似心悸、胸闷、气短、厌食、恶心和呕吐等不良反应。"

"但我们甚至还在山脚，海拔也没那么高。"

"这不是海拔的问题。"

"那是什么？那些老头子都有什么看法？"我沮丧地问，暗骂自己不中用。

赵南嘉看了看四周，低声对我说："物理学家认为，我们现在已经不在地球上了，至少不是在我们那层显而易见的现实世界。这是生物从一个空间跨越至另一个空间所累积的疲倦感和迟钝感，这种副作用与人体的适应力不相符，就会出现一系列反应。如果你觉得哪里不舒服，我可以安排你休息，这一点儿都不丢人。"

"好，但真的只是晕船而已。"我若无其事地说，"如果我承受不住，会告诉你的。"

"那就走吧。"她拍拍我的肩膀，安慰道，"第一批探索者昨天已经扎了营，等到了前边的营地，你可以休息一下，吸点氧。"

"为什么这么照顾我？"我耷拉着肩膀，避开她的手，"因为你父亲吗？"

"我得对你们每个人负责，你是这一行人中最年轻的，几乎还是个孩子，理应如此。"

"有些人二十出头就已经老了。"我说，跟在赵南嘉身后踏上了泥泞的小径。

道路蜿蜒，向着右前方的森林深处延伸，两旁有墨绿色的灌木丛和深红色的蔷薇相互掩映。这儿的一切都是深色系的，焕新的生机从最幽深处的黑暗中升起——途经一处寒潭，黑色的潭水之上浮动着薄薄的白汽；路遇一截腐木，凋零的死物之上孕育出紫色的灵芝；摘一枝花，衔一株草，捡几块顽石，我把途中看到的每一样东西都取一小份样本收进行囊，后背承载的是整个仙境带给我的重量。

赵南嘉笑话我像个植物学家，而不是数学家或是国学大师，因为昨天就有生物学家和地理学家这么做了。我向她解释，我从不认为自己是一个合格的数学家，更不是什么虚头巴脑的国学大师。

这位政府派来的行动负责人问我："那你觉得自己是什么？"

"我希望自己是一名诗人，寄情山水，畅游于天地之间。"我认真地说，"现在放在我背包里的都是这个世界的诗，一花一草是诗，一石一木是诗，我们在这里的所见所感皆是道法自然的诗。"

"说得好。"她拍拍手，却笑着说，"我说过，你还年轻，几乎是个孩子，你现在说的话就很孩子气。上头请你来可不是因为你是一个诗人，我们需要的不是无用的诗歌，而是你脑子里的知识。"

诗歌并非无用，我想。诗歌怎会无用？那是历史的回声，文化的积累，超越时间与空间的艺术形式，民族千百年来的沉淀！但我不想浪费时间与她辩驳。每个人都有各自的观念，观念决定了每个人所在的位置。说到底，她还是宦海中人，想法也必然更加功利。

我开始琢磨一些更深层的东西。比如，为什么一路走来都看不见一只鸟，听不到半点活物的声音？我开始怀疑，方才在船上所见的那只文鳐鱼是真是幻，而这一切似梦非梦，谁又能肯定自己不是那尚待被一语惊醒的梦中人？

"这儿太安静了。"我说，低头弯腰，拨开树枝，避开一团垂落的槲寄生。整片森林里只有人的窃窃私语声空荡荡地飘着，其间掺杂着衣物摩擦的窸窣声，还有此起彼伏的喘息声。

"这儿的确安静得有些诡异了，不知道之前进来的渔民和搜救队员都去哪儿了。"赵南嘉用袖子擦擦额上渗出的汗水，脖子上的肌肤却因着山风泛起细碎的鸡皮疙瘩，被汗水濡湿的发丝也随着这风柔柔摇摆。

我们继续向前，不像在神秘区域探险，倒像是远足。一路走来，第一批探索者已经为我们初步拉起了警戒线，标示了哪些区域是人走过的，而哪些区域是从未有人涉足的。我们没法儿直接爬山，一阵能量波峰拦住了我们的去路。也正因如此，我们怀疑此地有更高级的文明，或是一些人类目前科技水平难以理解的东西。探索者们用不同颜色的丝线划定范围，星罗棋布，密密麻麻，像连线游戏似的，红色代表未知、白色代表安全。除了禁区之外，这些丝线也为我们指示了道路。

半小时后，大部队在一处林间空地停下，不远处就是山涧，潺潺溪水从光滑圆润的山石上淌过，缥缈的水汽濡湿了涧边的幽幽野草。千岩竞秀，万壑争流。再远处就看不清了，因为雾在山中翻涌，给人一种荒芜而神秘的错觉。

我看见了不远处的营地，干燥的双唇迫不及待地渴望着清水的滋润。就在这时，前方的大部队起了一阵骚乱，方逾明——昔日的恩师——找到他的女儿，拉着她走到一边，交谈了几句，尽管听不清，却看得出他眼中的担忧和嘴角的焦灼。

一位医护人员为我拿来氧气瓶，并嘱咐我若无允许千万别喝这里的溪水。虽然只在此处待两小时，但以防万一，我们还是自备了干粮和清水。水质检测显示这里的水源安全达标，禁止饮用更多是出于防止污染以及方便采样的考虑。

过了一会儿，赵南嘉走过来，在我身边坐下，对着营地叹气，疲惫地揉了揉眉头。

我把水瓶递给她，问道："发生了什么？"

赵南嘉小小地抿了一口，低声说："在没有人留宿的情况下，营地被人动过了。一些食物罐头被人打开了，医用酒精洒了一地，还有一些绷带和胶布也不见了。"

"会不会是失踪的渔民和搜救队员呢？"我问。

"有可能，但又不太像。"赵南嘉说，"食物罐头被打开了，却没有人尝过的痕迹。医用酒精被打翻了，但似乎是故意的。现场没有找到人的毛发，倒是在附近的泥泞地里找到一双大脚印。"

"一定是这里的原生物种！"我追问道，"可以追踪吗？"

赵南嘉摇摇头，把水瓶递还给我，"就一双脚印，孤零零嵌在泥地里，只知道脚印朝向东边，具体是否上山就不清楚了。"

我把水瓶接过来，放在脚边，看着一只蚂蚁爬上了亮银色的不锈钢瓶身。"看，蚂蚁！"我惊喜道，"是这里的吗？"

"也许是我们带进来的。"赵南嘉平淡地说。

我捧起水瓶，看着瓶身上的小家伙仓皇无助地乱跑着，片刻后失望地放下瓶子。"小黄家蚁，很普通的品种，应该是我们带进来的。"

"我在想，"赵南嘉轻声说，"如果我们每次进来都是通过渡口，那么走到此处营地至少得花半小时。我们的行动时间只有两小时，越往深处走，来回花去的时间就越多。"

我明白她的意思。"我们迟早得在这儿留宿，不是这次，也是下次，否则便无法向山上继续推进。"

"又或者，我们可以申请调用直升机。"她说。

我本能地排斥这个提议，一想到直升机的轰鸣将扰了此处难得的宁静，便心里不舒服。"那东西进得来吗？渡口会对它开放吗？"我换了一种措辞，"这山那么高，即使是军用直升机，能飞到六千多米也是极限了。"

"我不知道，总得试试。"赵南嘉摊了摊手，突然说道，"我有一个猜测。这地方未必像表面看来那般死寂，也许这儿还住着其他人或生物。我们的到来惊扰了它们，所以只有我们退去之后它们方才显现。"

"还有一种可能。"我微微颔首，"我们不知道渡口关闭之后，这里会是什么样子。也许那将是另一副模样，也许沉睡的东西都会复苏，否则那些渔民、搜救队员都去哪里了呢？不可能连一点儿踪迹都没有。"

赵南嘉看着我，直言不讳地问："你想留下？"

"没有的事。"我说，漫不经心地看着远处的水潭。

"你想留下。"她又说，"但你知道我是不会允许任何一个人擅自留下的。是什么东西吸引了你？"

"没什么吸引我。"我怔了一下，旋即笑了，"如果这答案不能让你满意，那么你也可以理解为这儿的一切都吸引着我。这可是真正的未知啊，也许还是人类与其他文明的第一次接触。这对于任何一个专业人士来说都是致命的诱惑，不只是我，你随便从那堆老头儿里面拉一个人出来，他们都会这么回答。"

赵南嘉女士一声不吭，直勾勾地看着我。我毫不避让，倔强地瞪了回去。我们盯着彼此看了一小会儿，其间喉头有过几次滚动，但最终一句话都没说。沉默攫住了我们。

四

几架无人机从高空中归来，已测绘好部分地形。

一声突如其来的惊呼打破了当下的僵局。

我和赵南嘉起身朝着那处山涧走去，只见一位新来的院士正用强光手电筒照射水面，对着水底的一块石头大呼小叫。那东西会反光，光可鉴人，不像是普通的石头。几个士兵齐心协力把那玩意儿抬出水面。

又是一块石碑，同为徐福所记，但上面的内容却耐人寻味，颇有些意思。

石碑的正面记载：秦王扫六合，齐人徐市上书，言海中有三神山，名曰蓬莱、方丈、瀛洲，仙人居之。请得斋戒，与童男女求之。于是遣徐市发童男女数千人，资之五谷种种百工而行，入海求仙人。

石碑的背面记载：齐人徐福，生于无棣，为避秦祸，率振男女各三千人，乘楼船入东海祖洲，得平原广泽，遂留而不归。

这块石碑被藏在水下，顶部刻着"火"字，其上意思自相矛盾，与第一块石碑略有出入。若雕刻者同为徐福，我想，他在记下此段碑文之时便不再以秦人自视，而是在此正式恢复了曾经的齐人身份。

"又是一处疑点。"我对赵南嘉说，"如果你们继续前行，也许能发现更多的石碑，但我想回头看看是否还有其他的被遗落。徐福虽是古人，但他毕竟先我们一步来此，他记下的东西对我们大有用处，也许可以帮我们规避不少风险。"

"我只会按计划继续推进，并寻找第二处合适的扎营点。"

"我知道。"我顿了顿，不自觉换上哀求的语气，"那就让我单独行动，我觉得我们已经错过了什么。我不会走太远，至少不会出那些已被探索过的安全区域。我只是想找到第三块石碑而已。"

赵南嘉面无表情地看着我，蓦地问道："你发现了什么？"

"什么都没有。"

"如果你不告诉我，我如何让你单独行事？"

"你不会想知道的，这听起来就很疯狂。"我迟疑地说，"我一直在想，为什么渡口会在仲春卯时开放。"

"为什么？"

"三月春分，木星见于东方，正是春气当令，草木萌芽生长。斗指正东，卦象为震，天干甲乙，地支曰卯，五行属木，时在仲春。当其时也，万物出达，生机勃勃。你知道吗？《河图》为体，《洛书》为用，其中的'河'指的并非黄河，而是银河。"

赵南嘉莞尔一笑，"你在和我谈八卦风水？"

"稍等。"我找到归来的无人机，打印出小半部分地图，并以上南下北、左东右西的方位放置。"看这张地图，我和你说的不是八卦也不是风水，而是《河图》《洛书》中的术数。徐福是方士，方士即方技与术数之士，所以我们得从他的角度去思考。一与六共宗居北方，因天一生水，地六成之。假使我们坐北朝南，以北边的渡口为起点，则渡口临海，居坎宫，石碑为'一'；'泽'为水积聚之处，第一处安营扎寨点临近山涧，其位置在西方，属金，居兑宫，但石碑上刻着'火'字，说明徐福取《洛书》逆克之理安置此碑，则其数应为'七'。"

"什么是逆克之理？"赵南嘉问。

我取出两张白纸，在其中一张上面绘制河图：

河图（北后南前，左东右西）

地八生火

天七成之

天三生木　天五生土　地四生金

地八成之　地十成之　天九成之

天一生水

地六成之

"逆克者，以阴克阳，右行也。"我解释道，"在洛书九宫数之中，除五之外，奇为阳数，偶为阴数。阳数为主，位居四正，代表天气；阴数为辅，位居四隅，代表地气；五居中，属土气，为五行生数之祖。河图乃后天中返先天之道，即于阴五行中返还阳五行，复归于一气。后天之理，五行万物相克相制，以灭亡为主。先天之理，五行万物相生相制，以生发为主。逆克之理，阴前阳后，阴静阳动，静以制动，以克为主，收敛成就之功。收敛成就，乃金火之功，火以炼之，金以刑之，故金居火位，火居金位，金火同宫，而万物无不藉赖，陶熔成就矣。"

于是，我又根据河图，写下洛书：

洛书（北后南前，左东右西）

四巽宫　九离宫　二坤宫

三震宫　五中宫　七兑宫

八艮宫　一坎宫　六乾宫

然后，我把写着洛书九宫数的那张白纸叠在那小半部分地图上，把渡口与第一个扎营点相连，通过简单的勾股定理就计算出了余下石碑的位置。无人机绘测的地图尚不完全，东边高山上的地形仍有缺失，但即便如此，我还是在地图上找到了对应的一、二、五、六、七号碑的大致方位。

"你瞧，赵女士，我们在途中已经错过了六号碑。"我指着地图一角，信心高涨，满怀期待看着她，"现在有两种选择。第一，我们折回去，脱离这条小径，分两队各自前往中宫和乾宫。第二，你放我一人独自行动，而你们继续往前，这样一来谁也不耽误。"

赵南嘉摇摇头，"这不是我能做主的。如果要深入未知区域，我需要请示上级。"

"可是这一来一回得花掉多少时间呢？"我不满地嚷道，内心难免失望，甚至痛恨这种程序上的僵硬和死板。

赵南嘉沉吟了片刻，若无其事地说："不过，我们可以继续往前走，过了山涧转向南方，在坤宫附近安营扎寨。如果你能在那儿找到另一块徐福碑，那我愿意为你担保，让你参与接下来几次探索。"

于是，我们出了森林，越过山涧，朝着南边步行。巨人之巅在远方注视着我，波涛的翻涌和海风的怒吼彻底被我们抛在身后。无人机几度飞起，几度下落，除了寥寥几笔的勾勒，什么也没带来。水汽变烫了一点，周遭还是静悄悄的，天还是阴沉沉的，能见度不是很好。一路上，雷霆仍在山巅爆裂，雷声由远及近，兴许是一种征兆，似乎把山石都劈开了，把云层都烤化了，把凉风都点燃了。

汗水渐渐淌下，濡湿了衣襟、发根和脊背。天气越来越热，说明坤宫快到了，离宫也不远了。但愿我的推测是对的。眼下此景颇有柳宗元之诗的意境——千山鸟飞绝，万径人踪灭。倘若此地未有外人踏足，渡口关闭之时又会是怎样一幅光景？我想象不到，却深知未知之魅力所在，此刻对汇流仙境的憧憬已达至顶点。

思及此，步履便渐渐加速了，衣袂鼓荡着两袖清风，仿佛正欲乘风而去。其实每个人都走得很快，脚下也似生了风，就连身子孱弱的老人也面色红润，越走越精神。然而，与人心中的那股劲儿相反，山川大地越往前就越荒凉，似乎连那幽深的生机也驳杂了、消亡了。

地渐渐皲裂，河道也渐渐干涸。我们埋头疾行，穿过一棵干枯的古树，爬上一小座寸草不生的丘陵，就在此时，听见一阵哗啦啦的水声由远及近，如银瓶炸裂、铁骑突出。

远远望去，丘陵之下是一片光秃秃的荒原，几处水潭在低矮的杂草中蛰伏。地面偶尔也颤动，但不驻足感受便难以察觉。当大地被撼动了，那几处赭红色的泉眼就像痛苦的山神的眼睛，伤心的情绪伴着冲天而起的泉水一同爆发，竟有二十多米高。空气中弥漫着硫黄的味道，还有淡淡的海的咸涩味。

一块黑色石碑挨着一棵歪脖子树，就那么光明正大地屹立于漫天水雾之中，仿佛在欢迎我们的到来。我们退回去一点，在丘陵后面扎营，之后戴上防毒面具，到那石碑和间歇泉附近做各种检测。

我对赵南嘉说："找到了。"

她严肃地点点头，像在对我做保证，也的确在对我做保证。

坤宫的二号碑是我们发现的第一块阴碑，此前皆为阳碑。二号碑自然不会像一号水碑和七号火碑那样表述五行，且徐福也不用它来记载自己的生平。此碑不同于前二者，上面详尽地描述了中国古代人民的山神崇拜情结——把山岳神化，并加以崇拜。

山林川谷丘陵，能出云，为风雨，见怪物，皆曰神。

山神崇拜可追溯至尧舜时期，泰山更是天子的封禅之地。关于山神，徐福记载了一种古代祭祀方法，即"投"和"悬"，把鸡、羊、猪等祭品悬于树梢，把玉石和玉器投入山谷，或埋于地下。

"这上面写了什么？"赵南嘉问道。

"一种祭祀方法。"我说，"徐福认为各种鬼怪精灵皆依附于山，故山神之死无异于一地生机之灭绝。换句话说，若此处是蓬莱、瀛洲或方丈，他相信正是山神之死导致了此地的物种大灭绝。"

"山神？"她嗤笑一声，反驳道，"如果真的是神，又怎么会死？"

"山神当然会死，山神又不是永动机。"我耸耸肩，懒洋洋地说，"古人相信，神是要受人供奉的，断了香火也会死。所以徐福在此提出一种祭祀方法，希望通过祭祀让这里的山神复苏。"

"那有用吗？"赵南嘉一脸狐疑地看着我。

"你在这里，你说呢？"我撇撇嘴，慢吞吞地解释道，"无论是佛教还是道教，百姓们向来是想拜就拜，也从来不管有用没用。人们只是求个心安，不需要去理解，也不需要去批判，更不会钻研其中的哲理。对于平民百姓来说，他们的心态纯粹是事功与实用主义的，各种思想流派之间没有明显的界限，所以春秋战国只有百家争鸣，没有宗教战争。在民间，诸位杂神齐聚一堂并不少见，关羽是道教的关圣帝君，也是佛教的迦蓝神，更被儒家视为与孔夫子比肩。这是一种古老的偶像崇拜，成圣几乎等同于把人神化，只要使人心安就是有用。"

赵南嘉摇摇头，说："不，我是说，如果我们真在枝头挂烧鸡，在地底埋玉石，是否有用？"

"不知道。"我沉默了一会儿，说，"也许我们下次该带只烧鸡进来。"

"不必，我们没有烧鸡，但有生猪肉。"赵南嘉一边说一边抬起自己的右手。一只翡翠手镯在薄薄的水雾之中反射出温润的光。她摘下镯子，递到我的手中。"去试试吧，如果祭品有用，我们下次进来再带一点儿，并且埋伏起来。"

"埋伏起来干什么？"我不解地问。

"我不相信有什么山神的存在。"赵南嘉说，"如果此地真有所谓山神出没，那也极有可能是某种天外生物。"

"然后呢？"

"然后我们可以抓住它。"

"抓住它干吗呢？"

"当然是与它交流。"她理所当然地说。

我颇感无语，但细想又觉得可行，便慢悠悠走过去，在一众精英的注视下把保鲜盒里的一片烟熏猪肉挂在枝头，又把那只翡翠镯子埋入树下的泥土里。

做完这一切，时间也差不多了。

手腕上的计时器响了起来，我们收拾好东西返回渡口。

五

一天后，我又重回此处，看着第二处扎营点一片狼藉，昨日留下的药物、罐头和绷带都被什么东西搅乱了。大家议论纷纷，心慌意乱，担心夜里被那东西袭击。我却视若无睹，把行囊在帐篷中放下，简单打扫了一遍，心想，这里就是接下来几天的家了。

这一次我是有备而来。昨夜在酒店休息时，赵南嘉找到我，告诉我上头打算冒险派人在仙境留宿。她说，我们本该等时机成熟一点再这么做的，但国际局势暗流涌动，不容许我们慢慢来了。

汇流的发现极其重要，各国都希望能得到几个进入仙境的名额。

"这是阻止不了的事。"她对我说，"但上面希望我们最好在国外科学家抵达之前有所建树。只有一点是务必要说明的，距离第一拨探索者出来接受检测也不过两天，汇流环境对人体的影响还是个未知数。留下来科考不是强制性的，你还年轻，还有大好的人生，可以尽情去爱、去享受，完全没必要这么做。"

"人总是因为年纪被看轻。"我回答道，"有些人活着却早已死去，有些人死了却还活着，还有些人好久好久之前就腐烂了，到今天都还没埋。这世界有太多的爱，也有太多的恨，但科学却不需要太多的情感。所以，我已经打定主意献身于无限。"

"你对自己是不是太苛刻了？我们这样盲目地追寻，若是没有步入徒劳无功的迷雾，就是在旅途中草草了却此生。"赵南嘉叹口气，嘴角衔着温柔的悲哀的笑，几乎是再一次使我想起逝去多年的母亲。

如今，我什么都没有了。没有牵挂，没有羁绊，没有去向，没有来处，只有自己一人，在岁月的长河中蹉跎。仙境的发现是一次很好的机会，可以让我潜心钻研未知，抛却那纷繁的俗务，缓解长久以来孑然一身的孤独。

来时的路上，政府已经派直升机试飞过了。当时我就站在渡口，亲眼看着无人直升机转动螺旋桨，发出可怕的轰鸣，紧接着就被巨人之巅的闪电劈中，像没头苍蝇一样，打着旋儿坠入远方的大海。

于是，我们约定好外界在每天渡口开放时为内部输送补给，干粮、清水、衣物和其他日用品都将存放在七号火碑营地，也就是兑宫。我们把那地方当作大本营，二号碑则作为其中一处哨点。接下来的目标是离宫九号碑、乾宫六号碑和中宫五号碑，在那之后我们会把大本营迁至中宫，而后上山寻找余下的几处碑石。

安顿好行李后，赵南嘉邀请我翻过丘陵，去间歇泉处查看祭品。我顺手拎上一只烧鸡、几块玉牌，心中其实已经预测到了结果。既然营地又一次被人动过了，那就说明此处真有活物，或许一直都在这石缝间、林木后或阴影中偷偷观察着我们。

祭品不见了，无论是精致的手镯，还是那片泛着油光的烟熏猪肉。我们在那棵歪脖子树下找到一组脚印，在树干上发现几处抓痕，基本可以判定来者非人，多半是什么奇特的两足生物。

怀着好奇与敬畏之心，我把烧鸡挂在枝头，又把玉牌埋入地下，一心想着晚上定要躲在丘陵后好生观察一阵。赵南嘉捧着一台录音设备，以口述形式记录了我们的经历，以此向上头汇报。但她并没有在录音中谈及祭祀之事。

"为什么没有报告我们的试验？"我问。

"子不语：怪、力、乱、神。"

"那是曲解。"我反驳道,"这句话的意思不是这样的。"

"迷信是不对的。"她意味深长地说。

"这不是迷信不迷信的事。"我轻轻叹息,"这是一种传统文化,自古有之,从尧舜时期沿袭至今,不能简单地视之为糟粕。我们应当本着科学精神去尝试,以试验的心态去理解那些难以理解的事物,一切都只是手段而已。人一直想着去解释宇宙,现代人如此,古人亦如此,只是手段不同,未必就全无价值。"

"你活像一个生错时代的老夫子。"赵南嘉抿了抿嘴。

一阵山风吹了过来,把几粒沙子吹进我的眼睛。空气有些燥热,气流是从东边涌来的。那是离宫的方向,也是今日的探索点。但赵南嘉得走了,渡口将在 45 分钟后关闭,她便与其他人一起走了。除我之外,其他暂居者都到渡口送行,我不知道这有什么必要。

渡口关闭的那一刻,我在汇流仙境内部,明显感受到有什么东西发生了变化,就好像大地万物都在复苏。但又并没有什么东西真的复苏。我走出帐篷,到丘陵上眺望四方,眼前所见依然荒芜,除了雾更浓了一些便再无异常之处。

起雾了。这雾与此前海上之雾并不相同。雾来自山中,缥缈而空幽,吸入肺腑便泛起丝丝甘甜,令人齿颊留香。这白茫茫的雾莫不是传说中的仙气,神话里的仙人或许就在山上吞云吐雾?我的内心浮起这样一种大胆的猜想,旋即又为如此不着调的念头而暗自失笑。

问题总是会有很多,答案只有一个——实践与行动。帐篷里有检测空气的设备,我打算分析一下这甜雾的成分。下了丘陵,我却发现帐篷不见了,营地不见了,一切外界带来的东西都不见了!

"有人吗?"我对着四面八方大喊。

"有人吗?"山在远处回应我,空泛且空洞的回声包围了我。

那种沧海一粟般的渺小感在这漫天云雾之中被无限放大了——方圆

数百米内只剩我一人，前所未有的孤独充塞于天地之间。

我感到惶恐，蓦然回首，丘陵也不见了！

遵循记忆，遵循内心和直觉，遵循那不可靠的方向感，我小心翼翼转过身，正好一百八十度，朝着二号碑所在的方位走去。真奇怪，在渡口开放之时，我记得坤宫处于低洼地区，四周有丘陵环绕，然而此刻脚下一马平川，几乎毫无起伏便抵至坤宫。

脚下传来沙沙声，脚踝处感到一阵湿润。我在原本是荒原的地方半蹲，挥去眼前飘浮的云雾，凑近了方才看清——草木葱茏，露珠滚动，荡漾着浅浅的光，沾湿了我的裤脚。这脚下大地原是荒土，此刻却被益然绿意取代了。往前再走几步，间歇泉的喷发也不见了，眼前唯有潺潺溪水动人地流淌。

我又来到那棵歪脖子树下，看到的却是枯木逢春，挺拔的树干，以肉眼可见的速度发了芽、镶了绿叶，最后结了果。那果子晶莹剔透，色泽诱人，散发出阵阵甘甜的气息，令人忍不住伸出手去，一品其芬芳。

我还当真这么做了，于是我听见耳畔响起一阵银铃般的笑声。一时之间，我看见三千童男童女悬于枝头，双目紧闭，浑身赤裸着，如婴儿在母体里一样蜷缩着。偶有一阵清风吹过，他们就在风中像荡秋千一样轻轻摇晃，双拳握得比石头还硬，双眼弯出新月的弧度。

他们是在笑！我敢打赌，这三千童男童女在枝头笑我！好吧，三千或许是一个虚数，实际并没有那么多，但我真的听见了笑声，也看见了这满树的果子眉眼弯弯，长着孩子的模样！这些孩子，尚未发育出性征，除了大小不一，看起来全都一个样，大的七八岁，小的四五岁，但丝毫不似一场幻象。我是感官出了错，还是身处一场浩瀚无边的大梦之中呢？

那三千童男童女在枝头摇摆，不容我站在那儿观望，很快便纷纷睁开双眼，跃下梢头，朝四面八方跑开了。我试图抓住一个孩子，也的确抓住了。但是，如果我把眼睛切换到其他模式，看到的却只是一团能量，像魂儿一样。我的手从那团能量之中穿了过去，但触感却实实在在。有什么东西在糊弄我的感官，我想。一不留神，那小娃儿像鱼一样滑不溜秋，几乎是一个闪身就嬉笑着逃走了。

我高声呼唤，告诉他们自己并无恶意，但没有一个孩子回头。我用雅言又喊了一遍，其中一个小女孩驻足回首，好奇又畏缩地看了我一眼，冲着我怯生生地微笑，之后便钻入恼人的云雾深处，什么都看不见了。

我本想跟上去，几度欲走，但想到那些尚未归来的暂居者，便忍住了一探究竟的冲动。如果我跟其他科学家谈起这一切，他们会相信吗，还是把我当成神经病呢？或许他们也会遇到类似奇特的怪事，毕竟我们是在一个全新的未知领域，面对的都是一些无法以常理解释的事物。

最后，我又回到树下，靠着树干休息，看见那只肥腻的烧鸡仍高悬于枝头。

烧鸡油乎乎的，浮着薄弱的光，在风中摇摆、旋转、起舞，像是在嘲笑我。

我总不至于疯了吧？

六

睡着了，真该死。

醒来时天已经黑了，但没有人回来。

我想，他们也许是在雾中走散了，或是在变化的地形中迷了路。

我是被一阵奇怪的叮叮当当声惊醒的，回过神来时尚未察觉不妥，直至一滴透明的液体滴在我的脸上，方才发觉有些不对。我伸手摸摸自己的脸，指尖感到一股恶心的黏腻感，鼻端隐隐嗅到腥臭味。这是口水，我想。然后我抬起头，就在云雾缭绕的黑暗中看见了那个神出鬼没的生物。

那是一个人，至少是一种人形生物，戴着斗笠，穿着古时的衣服，像猴子一样蹲在枝头，背对着我，肩膀和脑袋微微耸动，一根长指甲在树皮上尖锐地刮擦着。天实在太黑，看不清，完全不能分辨出那生物的模样。但我留意到枝头的烧鸡不见了，心中便料定烧鸡多半在它怀中。

"喂！"我冲那家伙喊了一声，喊出声后又追悔莫及，不知自己哪儿来的勇气。

那东西突然停住了，像受了惊吓，却蓦地回头，在那云里雾里冲我龇牙咧嘴。我听到一阵奇怪的笑声，紧接着看见它微微抬头，斗笠之下是一张鬼怪般狰狞的脸。那怪物有着鲜红色的鼻子，湖蓝色的脸颊，一双眼睛在黑夜中闪烁着骇人的精光。它冲我吼叫，锋利的獠牙暴露在外，一眼望去唇齿覆面，几乎一整张脸都是它的血盆大口。

莫不是那吃人的穷奇？

有那么一刹那，我的大脑仿佛宕机了，彻底停止了运转，以为自己遇见了吃人的怪物，甚至以为自己将与那烧鸡有着相同的下场，以至于我浑身颤抖，手脚冰凉不能行走。但我又的确听见了洪亮的怪笑声。

那大鬼见着我就笑，声音震得我耳朵生疼。也不知为何，它并未袭击我，更不曾伤我一根毫毛，就那么龇牙咧嘴大笑着，拍了拍屁股，似乎在嘲弄我，之后就跳下枝头远去了，玉牌在它腰间叮当作响。

我想到了《山海经·海内经》的记载：南方有赣巨人，人面长臂，黑身有毛，反踵，见人笑亦笑，唇蔽其面，因即逃也。这时，我的脑筋又活络了，知晓自己看见的不是什么赣巨人，也不是什么大鬼，只是一只学人穿衣的山魈。

但是，是谁教会它穿衣的？会是徐福吗？这些山野精怪在此生活了多久呢？徐福是两千多年前的人物了，早就死了，但他带来的人可在此处繁衍后代，或许正是那些童男童女的后人教会了山魈穿衣。可是，这又解释不了那些挂在树上的孩子。他们是如何从树里长出来的，究竟是人还是某种长得像人的奇特生物？抑或是，这雾里存有某些致幻的成分吧？

一时间，我的脑袋有些迷糊，弄不清究竟发生了什么。

山魈的笑声还在，从浓雾深处传来，拉开一定距离之后就保持不变。

我突然意识到，它在等我，又或者不光是在等我，而是想带我去什么地方。

其他暂居者尚未归来，也许在明日卯时之前都不会归来了。此地如今被仙气般的怪雾笼罩，一时半会儿也消散不了。我下定决心，便迈步跟着那山魈的笑声走了过去。途中难免打起退堂鼓，对未知的恐惧和好奇掺杂在一起，交替支配着我。我不得不安慰自己，如果这山魈试图加害于我，刚才它就可以做了。

于是，我跟着它，穿过一片熔岩爆裂之地，看着岩浆在峡谷深处流淌，最后在燃烧着的橘红色光彩中登上了千级台阶。我推测方才所经之地是离宫，但没有看到任何一块石碑。话又说回来，自从渡口关闭后，坤宫的石碑也不见了，不知是沉底了还是真的就凭空消失了。

山魈在前面带路，时不时停下来等我。它一直在笑，像顽劣的孩子一样，倒也不怕得罪我，更像是在笑我走得太慢，停下来喘息的次数太多。这让我想起了童年——小时候，母亲带我和妹妹到山上上香，那可真是一段漫长的路程。但那时我还小，精力旺盛，浑身上下攒满了使不完的劲儿。母亲总是牵着妹妹落在后头，气喘吁吁，疲惫不堪，却对我的催促和埋怨不以为忤。她总是温柔地看着我，用饱含温情的目光仰望着我，发自内心为我的活力感到欣喜，并期待将来有一天我能走得越来越快、越来越远。

如今我走得太快，也走得太远了。母亲和妹妹被我抛在身后，一回头就不见了。古人有云：树欲静而风不止，子欲养而亲不待。往而不可追者，年也；去而不可得见者，亲也。童年是我这二十几年人生中仅有的快乐时光，之后的韶光就如流星般陨落了，所有的孤独和困苦都被眼泪浸泡，自此都是孤身一人了。

"你要带我去哪儿？"我问那山魈。

山魈对我摇摇头，继续在石阶上奔跑，回首时得意地大笑仿佛童年的我在催促今日的我。我听着那快活的笑声，像一支没有烦恼没有忧愁的歌儿，在山崖上轻轻地飘荡，从高山落向云深不知处了。

来时的路已被缭绕的云雾掩盖，前方的路依旧艰难险阻，如银蛇一般蜿蜒，绕着高山直上苍穹。这是艮宫，但我同样找不到一块石碑。之后我踩着石阶又绕到山的南坡，有好几次险些被山风吹落。我猜，这下我又绕到了巽宫，因这九天之上的狂风是如此猛烈，但同样没有石碑。

我抬起头，朝着仍高高在上、虚无缥缈的山巅仰望。头顶有雷霆炸响，闪电在渡口关闭之后幻化为金色。仙境位于东海之上，震属东方之木，而此山又在仙境之东，我想，此山之巅的震宫当为一极，或许可以解释这里的一切。

我以为脚下之路仍旧漫长，但其实越走到后头却越轻松，几乎是缩地成寸似的，仿佛一整座山都变小了不少。到了半夜，也许是一点多钟的时候，我已经能看见一座雄伟而恢宏的建筑闯入视野尽头，在忽明忽暗的光线中汲取着灰暗天穹中炸裂的雷霆。

一座虚无缥缈的仙宫！真是不可思议！这儿的一切都是白色的，琼楼玉宇皆闪烁着乳白色的光泽，偶尔倒映出几条金色闪电的纹路。如果不是亲眼所见，我绝不相信这山上竟有金楼玉阙，也许这当真就是仙人的静修之处。

山魈欢欣鼓舞着，像孩子一样雀跃，摘掉斗笠，背在身后，而后一路小跑，虔诚地在仙宫门口的汉白玉石阶上跪下了。众鸟高飞尽，孤云独去闲。庭前月霜如新雪，既有高处的冰寒，又有远离尘世的萧瑟，此刻全被猴儿的喧闹打破了。

我躲在一块巨石后面观望，心中半是恐惧半是期待。

没过多久，门开了，一位须发皆白的老者站在门槛后，头束方士冠巾，衣袂随风而动，颇有几分仙风道骨。

那老者对山魈说："警言居士，你又到处乱跑！"

山魈听见自己的名号便喜不自胜，谄媚而心虚地笑着，殷勤地献上两根鸡翅和两根鸡腿。那正是之前高悬于枝头的烧鸡，被吃掉半只，剩下的被当作宝贝带了回来。但老者没有接受，因为鸡肉是熟的。

"又有人进来了？"老者问道，说的是雅言。

警言居士支支吾吾半天，自然说不出话。这时，门里有什么东西闪了出来，那是另外两只猴子，穿人衣，戴人帽，一者为猕猴，一者为白额长尾猴，此刻皆绕着山魈乱转，嘴里发出奇特的笑声，仿佛在嘲笑警言居士的借花献佛。

老者甩甩袖子，有些不悦，便训斥道："醒言道人，喻言禅师，尔等不可嘲笑居士的好意。"

那猴子模样的道人和禅师"呜"了一声，受了斥责就像孩子一样缩成一团，在地上打坐。猕猴捂住了眼睛，白额长尾猴堵住了耳朵，而山魈则捂上了嘴巴。不看，不听，不说。三只猴子以各自不同的姿态，回应了老者的当头棒喝。

老者满意地点点头，然后才想起正事，"警言居士，可是有人随你上山了？"

山魈捂着嘴巴，窃笑着点点头。

"那人现在在哪儿？"老者说，"我们得赶紧把他送出去。"

山魈伸出一只手，指了指我藏身的这块石头。

我犹豫了片刻，从巨石后缓步走出，鬼使神差地抱了抱拳，"仙人。"

"仙人？"老者蹙着眉头，盯着我一阵打量，眉毛好不容易才缓缓舒展了，"现在外面是什么时候了？"

"公元2142年。"我说，突然有一种预感，"距大秦灭亡已有两千三百多年。"

"从没听过这样的年号。"老者说，"如今的天子是谁？"

"没有人当皇帝。"我恭敬地应道，"国家不属于一家一姓，属于这片土地上生活的所有人。"

老者疑惑地看着我，"可是，怎么会没人当皇帝呢？上一次我听旁人提起俗世，这世间尚还有皇帝，年号为'嘉庆'。"

"大清已经亡了，国祚两百余年。"我的太阳穴突突直跳，心也怦怦地响，"徐先生，您已在此山中生活了多久？"

老者摇摇头，吟道："偶来松树下，高枕石头眠。山中无历日，寒尽不知年。"

这是一首唐诗，我想。这么多年来，徐福生活于此，也许并非完全与外界隔绝。每一次渡口开放，总会有外人误入此地。每一次有外人到来，或许也会如我这般给他带来尘世的消息。可是，一个人究竟如何活上两千余年？难道这传说中的不死之乡当真有长生不老药吗？

徐福盯着我打量，那三只猴科动物也盯着我打量。"你是从何处上山？"

我指着那只山魈回答道："警言居士引我来此。"

"此人说的可是事实，警言居士？"徐福伸手抚须，望向山魈，长长的白须在他的手掌之下随风飘扬。

警言居士点点头，给出正面的回应。

徐福挠了挠红润的脸颊，又问："如此说来，齐姬已经醒了？"

山魈叫了一声，用力点着头，又把视线投向我。

徐福暗暗叹息一声，黑白分明的眼睛纯澈如孩童。"我带你见一人。随我来。"徐福说着，转身朝仙宫走去，三只猴子紧随其后。

我踟蹰不前，满心犹豫，看了一眼天空，眼中所见唯有星驰电掣，划破长空，我又看了一眼山下，却只见翻涌的云雾、嶙峋的山峰，凡尘的烟火气在登临绝顶后就彻底消融了。于是我走了进去，跨过高高的门槛，穿过汉白玉砌成的仙宫，遥见尽头处的玉榻上，静静躺卧着一个青春曼妙的女子，她身披白色云裳，肤色微微发青，泛着些许翡翠之色，而双臂和双腿则如奶油般融入浑然天成的玉塌之中。

徐福对我说："吾乃齐人徐福，昔年有五十童男童女来此。"

徐福，齐人徐福，未有三千之数……

蓦地，我看明白了此地的格局——五行乘土之成数即大衍之数，大衍之数同时也是天地之数的用数。天地之数五十五，小衍之数即水一、火二、木三、金四、土五，而大衍之数有五十，其用四十有九，余下的为遁去的"一"。

我张了张嘴，难以置信地说："此人莫不是——"

"此乃齐王遗孤，切莫怠慢。"他低声道。

"她怎么了？"我问。

徐福解释道："人以天为天，天以人为天，人被天制之时，人是天之属，人同一于天，无所谓人，此时之天为先天。"

"我不明白。"我看着他，神情微惘，"你到底要我做什么？"

但他不理我，只是捂着嘴咳嗽几声，就飘然离去。

我在那三只猴子的陪伴下静静等待着，不知道自己在等待什么。等待的时候，我偷眼打量着玉榻上的女子，一时间为她的美所感动——她的形影翩然若惊飞的鸿雁，婉约若游动的蛟龙，容光焕发如秋日下的菊花，体态丰茂如春风中的青松。我痴迷于她的淑美而心旌摇曳，颇感不安。她却沉默如无瑕的白璧，沐浴着千年的月光兀自沉睡，仿佛与这天地同为一体。

然后，我就听见一个空灵而悦耳的女声，宛如歌唱一样在这仙宫里响起。

那声音对我讲了一个故事：很久很久以前，有一位暴君统一天下，灭去其余六个国家。有一个女孩，其父被暴君抛弃于松柏之间，活生生饿死。从此，女孩隐姓埋名、颠沛流离。有位忠义之士，借寻仙问道、求取长生不老药之名，哄骗暴君，找来四十九个童男童女做幌子，凑齐五十之数，带着女孩逃出海去。

那玉榻上的女子其实并未醒来，声音是从仙宫的四面八方传来的，却只在我的脑海响起。与其说，是她在对我说话，毋宁说，是这一整个世界在同我交流。方才讲故事的时候，她一开始用的还是雅言，后来却有足够能力磕磕巴巴地说起普通话。之后的时间里，她就完全用现代汉语与我交流了。看得出来，她的学习速度很快，悟性也相当惊人，但对我来说却不那么美妙——我的脑袋隐隐作痛，神经网络仿佛被强行接入一片浩然的虚无，脑中记忆被某种奇异的力量吸取。

"那女孩就是你。"我忍着痛，出声问道，"徐福带你逃走，后来呢？"

"后来，我在这床上睡下，兴许是触发了机关，仙根就扎入我的体内。"

"如此说来，这宫殿也不是你们建的。"我犹犹豫豫地凑上前去，仔细观察那玉榻上的女子。

她的手臂和双腿其实并非融化了，而是被一层薄薄的与肤色相近的细丝缠绕。征得她同意后，我伸手轻轻碰了碰，这白丝质地轻盈，恍若无物，似蚕丝，却出奇地坚韧。

金骨既不毁，玉颜长自春。所谓仙根，其实就是从玉髓里长出的菌丝体。我调节着眼球的辅助成像模式，用手电筒照亮玉榻，看见一整张玉床与仙宫大地连为一体，内部密密麻麻的菌丝则朝着看不见的大地深处钻去了。

我能想象得出，这样的菌丝体在地底把整座仙岛联系在一起，就像一张庞大的神经网络，一种隐藏的世界的基质。蘑菇是这张网络的生殖器官，释放出孢子，便能进一步构建菌丝体。齐姬就是这一整个生物能系统的控制中枢，与此地万物联系在一起——在森林里，当一棵树被砍倒，其他树会用根尖向受害者伸出援手，通过菌丝体输送水、糖和其他营养物质，使其继续活上数十年，甚至几个世纪；而在仙境中，当齐姬在此处沉睡，那些菌丝体也会通过类似的方式向她输送养分，使其不食五谷，像仙人一样餐风饮露。但还有什么地方不对劲，一时间我也说不出来。

"我成了山神。"齐姬继续说，"及至山巅，我便成了狂风，亦是雷霆和雨露，是这万千生灵，化身一草一木，飘零于天地之间。汇流接纳了我，我也离不开汇流。我们第一次得知秦灭亡是在东汉年间，自那之后，其余那四十九个孩子，在渡口开放之时就陆陆续续走了，在不同的年代回归正常的人生。上一次渡口开放是嘉庆年间，最后一个孩子也走了，只剩我一人。"

"什么是汇流？"我问，头痛终于有所消减。

"汇流是一个数据节点。"她向我解释道，"很久很久以前，早在地球上尚未有人类生存的时候，天外的仙人们在灭绝之前造了一台机器。这是一台星球大小的预测引擎，分秒间造出千万亿个模拟现实。这台以星球为基底的机器就在宇宙中流浪，像纷飞的孢子一样，把生命的种子和重建文明的希望撒向黑暗的各地。机器利用预测引擎模拟了未来，找寻最有潜力的行星。然后，它重塑了现实，改造了星球，就有了我们。"

"天上白玉京，十二楼五城。仙人抚我顶，结发受长生。"我闭上眼睛，百感交集，"我们是仙人的后代……是谁告诉你这些的？"

"如今我是山神了。"齐姬说，"当年我躺在这上面睡觉时就做了一场梦，那梦好长好长，到现在也没结束。蓬莱、方丈、瀛洲，皆是汇流，而汇流又仅仅是机器分发出的一小部分。尽管那机器的核心本体已经飘向银河深处了，但真正的联系却是永远不会断绝的。它超越了时间、空间，超越了刹那、永恒，正是我们每一个人的根。"

"我不明白。"我睁开眼睛，心中惶惑不安，"仙人们既然长生不老，又如何会灭绝呢？"

齐姬说："没有长生不老。"

我怔了一下，"什么？"

"没有所谓的长生不老。"她的语气万分笃定。

"可是你和徐福——"我说到一半就闭上了嘴，突然明白是哪里出了错。

倘若长生不老真的存在，那齐姬的外貌不该是这样子。当年她来到这里还是一个女童，但这些年来她却从未停止生长。如今，她已经出落得水灵，与其他正值妙龄的少女无异。这有可能是菌丝体延缓了她的衰老，但徐福又该作何解释？

更大的可能是，那机器飘向了银河深处，而银心则是一个超大质量的黑洞……

"天上一日，人间一年。"我沉声说道。

"不是这样算的。"齐姬说，"当渡口开放时，此处 1 个月约为外界 1 月。当渡口彻底关闭之时，此地 1 天方为外界 1 年。汇流是一处数据节点，也是一个漂移的空间。以汇流的时间来算，每隔 336 天，渡口会开放 1 个月。这段时间相对于外界来说，即每隔 330 年会开放 29 天。"

"你多大了？"我问。

"刚到及笄之年。"她说，"这就是我找你来的原因，我想让你帮我买根簪子。"

"用来做什么？"我茫然不解。

"结发呀！"她煞有介事地说，"女子许嫁，笄而字之，其未许嫁，二十则笄。我已经没有父母了，这是徐福应允的，由他充当我的长辈。"

我愣了一下，"你要嫁人吗？"

"当然不是。"齐姬说，"这是一种成年仪式，即使我成了山神，只能躺在这里，也是很必要的。"

我轻轻"哦"了一声，不知该说什么。

"你最好快一点。"她嘱咐我，"因为，再过两天渡口就要关了。还有，不能把你见到我的事告诉别人，我已经看见了你眼中所见之事物，知晓了外面的世界是怎么一副模样。我不想被人围起来观看，也不想被人切成无数片。你会保护我的，对吗？不会伤害我吧？"

"我不会的。"我下意识挺起胸膛，诚恳地说，"我不会告诉别人的。我保证，会护你周全。"

"还有啊，"她最后说，"也帮我买一盒胭脂吧，就是那位女士嘴巴上那种颜色。我也想像山茶花一样绽放，仍有少女气息留存，如在湍急的河流中攫住锦鲤一样可贵。"

"别读我的思想！"我不满地咕哝了一句，心思已经飞向山崖之外的云海。

七

下山的时候，天已蒙蒙亮，东方的天空泛起一抹鱼肚白。

到了卯时，其他队员陆陆续续归来。我才知道，他们昨夜就在兑宫的大本营处留宿，压根儿没派人找我，也没打算与我会合。人们忘记了我。没有人注意到我不在场，第一个人在坤宫看见我时，还以为我是起了个早提前赶来的。

赵南嘉如今是补给线的负责人了，找她要一支簪子和一支口红并非难事。只是，听到我的请求后，她惊讶地看着我，就像看一块顽石或一根木头成了精似的，半天都没缓过神来。

"你要口红和簪子做什么？"她问。

"别问。"我说，"我有用就是了。"

于是，她就把一支同款口红赠予我，又约好第二天为我带来玉簪。

等待的时间总是漫长的。事情没办好，我就不好到山上去。等到玉簪和口红都凑齐了，我终于有理由再次登临绝顶。如今我终于明白曹植写《洛神赋》时的感受，那是一种缥缈难觅、迷离又恍惚的心境，思之慕之，却又带着几分惆怅几分迟疑，以至于我一连两晚辗转反侧，难以入眠。

我又见到了齐姬，徐福并未阻拦我。那时，她躺在玉榻之上，青丝如瀑，枕在身下，像绸缎一样光滑，如茫茫黑夜一般披散。这样一个睡美人呵！我感慨，同时于心不忍。为何她不得不在此沉睡千年，却永远体会不到常人的快乐？难道她不值得快乐吗？还是我们的快乐太廉价？

"明天你就要走了吧？"她问。

我点点头。

"帮我及笄。"她说，声音响彻我的脑海，温润我的心田。

我先是旋出口红，笨拙地为那玉石般晶莹的唇瓣上色。然后，在她的引导下，我扶着她的脑袋，让她的后背稍稍离开玉榻，好让我把那万千青丝从她身下抽出来。但我不懂如何及笄，更不懂如何编织女孩的头发。我把我的问题告诉她，她也就笑着教导我。

在我捧起她的长发之时，一些白色的菌丝体从发间生长出来，温暖如情人的手，指引着我该如何去做。我挽起她的长发，仍有些菌丝体控制着我的双手。我费了半天的工夫，终于把她的头发聚拢成一束。

就在我准备把簪子插入她的青丝的时候，那股向来温和的力量偏离了我的意图，蓦地变向，控制着我的右手握着玉簪朝那玉榻上的女子刺去。事情是在一瞬间发生的，醒过神来我的左手已经拦在我的右手前方。玉簪穿透我的掌心，离那修长的天鹅颈近在咫尺，触目惊心的鲜血从我的指尖淌下，染红她的头发，染红她的脸颊，染红了一整张玉榻。我能感受到菌丝体的脉动，她和我的脉搏在仙宫中汇成断流。

那三只猴子尖叫起来，朝着仙宫外逃了。

我庆幸自己的反应及时，但是……"为什么？"

她没说话，亦不作答，正是这种漠然的态度使我害怕。

我强忍着掌间的疼痛，认真地问："你不可能真的是那样想的，对吧？"

"不，我就是那样想的。"齐姬说，她的声音从四面八方而来，"我受够了，我不想再这样活着了。这么多年了，我什么都做不了，只能像个死人一样躺着。徐福快死了，我感觉得到。如果连他也走了，我从此就真是一人了。"

风在万仞之上凄厉地呼啸，雷霆在高山之巅痛苦地炸响。她的情绪在漫漫黑夜中迸裂，偶尔擦出几道温暖的火光，之后就被苍茫无望的黑暗淹没了。

我当然知道独自一人孤苦伶仃是怎样一种痛苦。自从母亲和妹妹离世，我就是孤身一人了，在这世间流浪，没有家，没有归宿。我们的区别在于，我的心还能跟随我的步伐漫游，而她的心呢？在那酣睡之躯内部，还是在这天地之间如蜉蝣般居无定所呢？

我对她说："别这样，我来想办法，好吗？"

"你能帮我离开这里吗？"她问，眼泪从紧闭的眼角流下，"你看到那些树上由果子变成的孩子了吗？那是我模拟的现实，为的就是纪念那些离开的人。我好孤独、好寂寞，只能那样欺骗自己了。"

我心酸地点点头，完全没有信心却胡乱做了保证。尽管她尚未睁眼，但我想象得出那会是一双多么明亮、璀璨、无瑕的眼睛。

"你在骗我。"她说，"你的心跳加快了，瞒不过我。不过，还是谢谢你。"

"我没骗你。我一定会找出办法让你离开这里。"

"但时间不够了呀！"齐姬的声音伴着山风吹入我的心中，"你的手还在流血……为什么要阻止我呢？为什么要这么做？"

"因为，我向你保证过。"我一字一句地说，"我不会伤害你，并将护你周全。"

"谢谢你……"她呢喃道，"我们是两条涓涓的溪流，从不同的时代汇聚在一起，但终将擦肩而过。真希望能不再孤独，可惜一天后你就不在了，三百多天后你也死了。"

我黯然离去，血滴了一地，没忘记带走那支玉簪。

那个时间中驻足的人啊，永远停留在某一时刻。凡人看着她只在那一刻闪现，然后消失，就像一场幻梦般的海市蜃楼。

在下山的石阶上，我遇见了坐观山海云雾的徐福。警言居士、醒言道人和喻言禅师正绘声绘色地描绘着方才的场景。它们手舞足蹈，不时发出一声惨叫，模仿着簪子刺入掌心的动作，紧接着掩面低泣，不知为谁伤心。

"毋妄言。"徐福说，"我知道你也束手无策。"

"人以天为天，天以人为天，人被天制之时，人是天之属，人同一于天，无所谓人，此时之天为先天。"我先复述了一遍他说的话，紧接着念了下去，"人能识天之时，且能逆天而行，人就是天，乃天之天，故为后天。"

然后我就走了，其实内心也深知徐福的用意。倘若我真有办法，能利用这个时代的科学破解更高级文明的技术，那她早在我们见面那一刻就已经知道了。齐姬提取了我的记忆，知晓了我们的技术，但她还是寻死，几乎已说明了一切。

但我的确有自己的办法。

我下山后，在卯时找到了赵南嘉。我向她坦言了山上的一切，并告诉她，此地并非永久开放，今天是最后一天了，应该让所有的人撤出，否则将困死其中。

她敏锐地察觉出了我的言外之意，"那你呢？"

"我想留下。"我说，"为了让一个人不再孤独。"

"我不知道这样做是否合适。"

"当然合适。"我轻声说，"这是条件，我留下，336年后，你们可以派人进来，我会给你们这三百多天来我所有的研究成果。关于我们的祖先，关于我们的福祉，关于另一个文明，你们若让我留在里面，就能得到更多的答案。"

她悲哀地看着我，忧心忡忡地说："我得去请示上头，但时间不多了。"

"我不知道。"我说，"但是，请把这次谈话当作你我之间的秘密，好吗？你让我想起了母亲，也几乎像母亲一样照顾我。时间已经来不及了，只要你准许就行了，其他人无所谓的。"

她终于点点头，给了我一个温柔的拥抱。

送赵南嘉出渡口的时候，我对她说："其实你的父亲并没有剽窃我的论文。"

她怔了一下，"什么？"

"论文是我卖给他的。"我面无表情地说，"我在农村长大，妹妹因我辍学，母亲供我读书。父亲死得早，家里欠了不少债。我没办法，只好那么做了。"

"哦，他向我解释了，我以为他在骗我。"

"是真的。"我说，又一次想起那双眼睛。

那双眼睛，永远温柔，永远悲哀，永远满溢着爱。

"之前从未听你提起过家人。"她说。

回忆是一通从现在拨往过去的电话，直接与疼痛中枢相连，专门用来在黯淡的双眼中制造一阵迷蒙的水雾。雨落下的时候，泪也随之而流，分明是过去多年的事，回忆起来却历历在目，依稀记得妹妹的哭喊，一声又一声"哥哥、哥哥"地叫着，母亲的模样也栩栩如生，带着永不褪色的温柔。

"她们现在还好吗？"

"哦……死了，她们都死了。"我别过头，看向翻涌的海水和渐渐散去的薄雾，"村里人上门逼债，妈妈生了重病，还不上，带着7岁的妹妹烧炭走了，满心以为这样就不会成为我的累赘，不用想着帮她还债。他们说读书无用，赚不了大钱，他们还说妈妈养了个废物，但妈妈总相信我可以出人头地。等到我真的学有所成，母亲和妹妹却都不在了。有时，我也想，如果你爱的和爱你的人不在了，那做这一切又是为了什么？"

"这样做值得吗？"她看着我，神色复杂，似乎在考虑是否在最后关头拉走我。

"当然值得。"我恳切地说，"你的表情又让我想起了之前你对我说的话。你说，我还年轻，还有大好的人生，可以去爱，可以享受。但是，我一直没说的是，我已经没办法那么做了。有时，我也恨母亲，恨她的痴愚，但其实我恨的是自己。我最对不起的人是妹妹，她还小，那么天真，那么单纯，还有大好的人生，可以去爱、去享受，但她什么都没体验过就死了。"

"所以，"赵南嘉说，"你认为只要救了她，就可以弥补过去造成的所有伤害。"我一声不吭。她顿了顿，又说："可惜不能亲眼看一看了，那山上究竟是什么模样，通向什么地方？"

"星辰。"我认真地说。

最后一班船离开渡口，像暴风雨过境一样远去了。

雨过天晴。我想说的话还有很多，但自始至终无法诉说。不过，这并不碍事，我已经习惯了如此深重的寂寞。

当人绝望的时候，就会有所寄托。

这就是我留下的原因：真希望结局能有所不同，在这仙境之中。

蔡建峰，1994年出生，福建泉州人。小说《尼伯龙根之歌》获未来科幻大师三等奖。

秦镜映蝶

星　垂

一

　　咸阳城也不过如此，亭台楼阁，轩榭坊市，形制与成都无异，规模也没有超出李凌的想象。城外的墨家工厂排出的煤烟日夜不绝，将天空和云朵都染成了铅灰色，空气中弥漫着淡淡的焦糊气息，令李凌有些不适。

　　过北阙门，行至章台宫前，李凌终于理解了前人进入咸阳宫时的战栗，那销天下之锋镝铸成的十二金人立于虹道两侧，皆高五丈有余。它们并不像李凌想象得那般金光耀目，数百年的日晒雨淋给这些巨人蒙上了些许铜绿，也添了几分沧桑的威严。

　　沿虹道拾级而上，步入前殿，李凌轻微的脚步声在百尺厅堂中久久回响。两侧的文武百官显然对这位面带青涩的郡守十分失望。虽然他的先祖，那位治水天才李冰在史书上声名显赫，但在他们眼中，这位看上去刚刚行冠礼不久的年轻人还只是个稚嫩的孩子，就像那位端坐于朝堂之上的君王。

　　李凌远在蜀地便早已知晓，当今秦王嬴毅，自幼性格谦和，15岁即位，17岁亲政，之后不久便罢免了几位权臣并剪除了一众党羽，堪称初露锋芒。然而地位稳固之后他却只是沿袭成规，虽然算得上兢兢业业，但也没什么作为，至今已7年有余。

　　李凌在殿前站定，拱手行礼，"臣蜀郡郡守李凌拜见王上。"

　　"不必多礼。"秦王摆手，黑色的宽大衣袖拂过案台。年轻君王的身后，木质的剑架上放着那柄世代传承，曾号令天下的长剑，而剑架旁边却摆着一个铁质犁头。这在朝廷内外早已传为笑柄，而秦王本人却毫不在意，在他看来，剑与犁，才是大秦昔日荣光的缔造者，也是秦复兴的基石。

"秦国连年天灾。幸亏郡守治下的蜀郡一直保持着稳定的粮食出产，秦国才得以安稳地度过灾年。"

李凌微微颔首，"臣不敢贪先祖之功。昔日先祖绘汶江水系，筑都江堰，旱涝无常的蜀地才成为千里沃野。前人树木，臣不过是乘凉的庸人罢了。但，"李凌话锋一转，"再繁茂的树木也有遮挡不住的风雨。近些年气象异动愈演愈烈，且不只我国如此，关外甚至常是流民遍野。都江堰虽设计精妙，但终究只有分水之功效，若南方的雨水继续增多，区区蜀郡只怕也……"

李凌顿了一顿，没有说下去。侧旁传来一阵窃窃私语。

"郡守可有解决之道？"秦王问。

"臣此番觐见正为此事，"李凌从袖内取出一卷锦帛，交由近侍呈上，"如今秦地南涝北旱，南山以北动辄赤地千里，南方却又常沦为泽国。若将南方之水引至北方，即可平此灾祸。"

左右传来几声低低的哂笑，连秦王展开锦卷的手也僵住了。

"筑渠引水，这倒确实像是出自你李家的良策。"君王面露不快，语气也带着讽刺。

"臣知道已有人向王上提出此法，然秦国地势北高南低，中间又有南山山脉相隔，修渠作堰皆为无用之功。至于使用墨家汽机引水倒流，更是妄语。臣之意并非引水，而是引气。"

"哦？"秦王展开卷轴，那是一幅秦国的舆图，其上并未标出引水的沟渠，而是织有很多杂乱的线条。

"气化为云，云落为雨。水向低处流，而气则相反。"

"这是？"秦王指了指舆图，问道。

"此图上可见水气的位置和流向，就像先祖绘制的水系图，臣称其为天志，"李凌没有理会两侧的议论，接着说，"与水系不同，天志变化多端，没有固定的河道，但有规律可循，此时之势定来者之态，臣曾定制机筹以计算天志。机筹不便携带，且其附带的汽机会产生煤烟，不便带到这大殿之上。王上所见，是今日卯时天志。"

"但这……该如何引南方之气流向北方？"秦王问道。

"人可作堋壅江，改变水系，这天志也并非不可违。先祖绘汶江水系后便筑堰引水，福泽一方。然臣不及先祖之万一，空有纸上谈兵之能。但臣若得墨家之助，或可继先祖之志，使秦国风调雨顺。"

片刻寂静之后，一位身着朝服，白发苍髯的老者缓缓出列，接过侍者呈上的卷轴，展开，细细研看。李凌知道，这位便是现任墨家钜子，三朝元老。传说当今秦王曾想拜其为相，钜子却安于司空一职，并未从命。

一刻之后，钜子合上卷轴，向李凌行礼。他连忙回礼，心中惴惴不安。

"恕老夫愚钝，实在不解，"钜子转身面向君王，"但臣有一得意弟子，或可理解郡守的天志。"

沉吟片刻，秦王问："先生所谓得意弟子，不会是……"

"正是。"

秦王叹了口气，以手抚额，钜子嘴角却荡漾着一丝若有似无的笑意，令李凌迷惑不解。

当日傍晚，钜子派人来到李凌所住驿馆，取走了他的机筹和所有文卷。之后，李凌每日都寝食难安，若连墨家都无能为力，那他就真的不知该求助于谁了。好在十五日之后，钜子派人送来消息，有墨者约他面谈。转天，李凌按照信中约定，来到了渭水边的一座凉亭。

那位墨者与李凌的想象有些不同。

她坐在亭下，背对着他，看不到面目，头上缀着简单的银饰，云彩般的长发垂向腰际。一袭淡绯色的襦裙，让他不由得想起了蜀地的木芙蓉。

李凌将马拴在亭边，四下看看，附近没有旁人，只有一匹机械马在一旁默然僵立。李凌对此并不陌生，在蜀地，大半的耕牛都是这样的机械，只需往牛鼻中倒入半斤研碎的煤炭便可耕作一整天。

"郡守不必寻找，我便是约你来此地的人，"听闻他的脚步声，墨者起身迎上前，款款一礼，"墨者嬴蝶见过郡守。"

巧笑倩兮，美目盼兮。

李凌略微恍惚，但很快回过神来，"敢问，当今王上是你的……"

"是我的兄长。"

李凌闻言连忙行礼，"臣李凌见过公主。方才礼数多有不周，还望公主海涵。"

嬴蝶不慌不忙地回礼，道："郡守不必多礼，依墨者的规矩，拜入墨家门下，必先放弃过往的身份和头衔。所以，只一工匠而已。"

说话间，嬴蝶引李凌至亭下，对向而坐。

"郡守可带了伞？"嬴蝶突然没头没尾地问。

"今日无雨。"李凌的语气很笃定，按天志所载，今年咸阳城直到立夏才会下雨，旁边曾浩浩汤汤的渭水都流得无力。他瞥了一眼靠在桌边的油纸伞，又看了看万里晴空，颇有些疑惑。嬴蝶抿嘴笑笑，没有多说。

"你的那些文卷我已经读过。那儿乎是我见过的最复杂的算法，只有尚贤阁的控制算法可以与之媲美。"她卷起摊在石桌上的锦卷，放到一边，露出了桌面上镌刻的棋盘。"还有，你的机筹我曾经拆开细细研究，我需要知道综片的顺序和变换规律。"

李凌闻言一惊。那机筹由织锦的提花机改造而来，输入算法后可织造出任一时刻的天志图。其内置四色丝线，两千片综片，四千个齿轮，四千根连杆，这些繁杂的部件集成在一个十尺见方的箱子中。为了保持计算的连续性，即使在不需要织造时也会高速空转，每个时辰都要烧一碗精煤，稍有不慎就会彻底崩解散架。

　　"我已经将其重新装配，每个部件都上了油，计算也由断点继续，目前运转正常，安然无虞，不日就将送还。而且你的天志我也输入了尚贤阁的机筹中作更精确的计算，郡守不必担心。"

　　李凌松了口气，旋即又暗笑自己杞人忧天，墨家钜子举荐的工匠，又怎会搞砸他那粗陋的机械。

　　嬴蝶提起风炉上的陶缶，斟满了李凌面前的茶盏，"这南山的茶或许比不上蜀地出产的，但也别有一番滋味。"

　　"蜀地现在已经很少产茶了，"李凌叹了口气，"连年大灾，蜀郡的收成需要赈灾，还要供给军队，粮食总是不够，很多地方的茶山都被砍光修梯田了。秦国需要天志，而我需要墨家的帮助，不知公主……"

　　"郡守唤我本名即可，长辈皆言这天下礼崩乐坏，我们这些后辈又何必拘泥于小礼。"

　　"那不如我们各退一步，我不唤姑娘公主，姑娘亦不必叫我郡守。"

　　嬴蝶目光流转，浅笑嫣然："看来公子也不喜欢自己的头衔。"

　　"郡守并非世袭的爵位，我年纪轻轻便居此高位，全因先祖在蜀地的威望。但在家族荫庇下，难免受到才德不配位的质疑，甚至自疑。于上，又不得不面对……"想到嬴蝶的姓氏，李凌止住了话头。

　　"又不得不面对朝廷的猜忌，这便是公子多心了。至于旁人的质疑，公子可同王兄长谈一番，毕竟那位始皇帝的阴影远比公子先祖的结实厚重。而且，公子将要成就的功业，未必不及先人。"

　　"真希望我能如你信我那般自信。"李凌轻叹一声。

"公子钻研天志，那你可知墨家的天志？"

沉默片晌，李凌讪讪道："其实这天志我原本称其为天行。"

"那些腐儒的经典，有些还算在理。天行有常，不为尧存，不为桀亡。"

"嗯。只是如今墨学为显学，所以才……"

"公子其实不必如此，取悦左右不了墨家。不过墨学既为显学，公子总应记得几句吧。"

"儿时曾经背诵过，但现在只记得零星几句了。"李凌努力回想，"天欲义而恶不义。处大国不攻小国，处大家不篡小家，强者不劫弱，贵者不傲贱，多诈者不欺愚。兼相爱，交相利……"

"这就够了。"嬴蝶从提篮中取出两罐棋子，将白瓷罐推到李凌面前。

李凌不为所动，"不知姑娘是否还记得我们约在这里所为何事？"

"公子不必着急，时机未到。"嬴蝶莞尔道。

"我不善对弈。"

"是么，可惜了，我还以为你的天志正是来源于这十九路棋盘呢。"

嬴蝶的话让李凌恍然想到，气与水的交融和转化与棋盘上黑白之间的博弈与交锋确有几分相似。嬴蝶抬起手，在棋盘正中央落下一枚黑子，打断了李凌的思绪。天元起手，这是再明显不过的轻视，李凌面露愠色，也抓起棋子，将天志之事暂时抛在了脑后。

对弈正酣，东南方向突然响起一声尖啸，刺得李凌心头一颤。他丢下棋子，循声望去，一道白烟直刺苍穹，云端炸开了一团紫焰，过了一会儿，李凌才听见爆炸的巨响。

"火箭，蜀地的秦军没有装备吗？"

"有，但是没有往天上打的。"

"这枚是特制的，箭首灌装了混有黑火药的鲸油，温度足以融化

未然的历史

钢铁。"

"那似乎是墨城的方向，你们这是……"

嬴蝶抿起嘴，"棋局尚未终了，公子还是不要分心了吧。"

李凌将目光收回棋局，却发现自己方才丢下的那枚棋子正巧掉在了棋盘之内。嬴蝶悠然落下一子，笑道："落棋无悔。"

原本胶着的局势瞬间打破，颓势逆转无望，李凌再也无心对弈，黑流在棋盘上恣意流淌，如同此刻天上滚滚而来的黑云和雷震。待到李凌投子认输之时，亭外已是暴雨如注。

嬴蝶将桌上的棋子一一收入罐中，又将茶具收拾停当，放入提篮。李凌心中疑虑万千，却又不知从何问起。

嬴蝶挎起提篮，又拿起雨伞，走到雨水淋漓的亭檐下。"看来公子所谓天志的确不假，只是这法子不好，太暴烈。"

未等李凌回应，嬴蝶便撑开伞，走到那匹闪着银光的机械马旁边，打开马腹部的暗格，将提篮放入，然后掸了掸鞍上的雨水，翻身上马。马背上的雨水濡湿了她的裙摆。嬴蝶拧了拧马耳，马体内传来了汽机打火的声音，眼中幽幽亮起一抹火光。机械马信步悠闲，体态与真马无异，马蹄踏在青石路上，哒哒地响。行了几步，嬴蝶回眸柔声道："公子没有带伞也不必焦急，这雨半个时辰便会停。三日之后，墨城，尚贤阁见。"

李凌应了一声，拱手作别，痴然看着那一人一伞一马消失在雨幕中。半个时辰后，果真如那墨者所说，云消雨散。夕阳低垂，半边天空连同这渭水都红得通透。几只蝴蝶翩翩飞来，又袅袅婷婷地飞远了。

二

　　刚出城门，李凌就望见了远方尚贤阁的尖顶和不绝的黑烟。自咸阳东行十五里便是墨家的驻地墨城，名义上是都城的卫城之一，依渭水而建，没有城墙，方圆十里的地界上，绿树环绕间散落着若干学府、书斋和房舍。若从东方入函谷关西行，未见咸阳便能望见墨城。

　　正午时分，李凌到了城外。他拴好马，然后沿着青石路，避开那些不需牛马的机车，又路过齿轮飞转、机械轰鸣的工厂，来到了尚贤阁下。尚贤阁是墨城的中心，也是墨家的权力中枢，高逾三十丈，形制看起来十分传统，雕梁画栋，飞檐斗拱，若细看则可隐约看见檐下排布的齿轮和曲轴，以此可在各个楼层和房间之间传信。楼阁分二十层，最上面的五层是藏书阁，墨家最重要的典籍和机械图纸都收藏于此，传言有无数机关暗器拱卫；其下五层是骨干墨者的卧房，只有最杰出的墨者才能居住于此；之后九层是墨家的工坊，会聚了最优秀的工匠，各种机械的样机和图纸从这里源源不断地送往全国各地的工厂；底层的大厅是议事厅，祭礼和会议都在那里举行。而高高的基座里则放置着一台无与伦比的机筹，远非李凌那部粗陋的玩具所能比，墨家的能工巧匠们至今仍未停止改进。

　　汽机发明之前，机筹的动力来源于流水，这也是尚贤阁建于渭水边的原因。时至今日，仍有两个庞大的水轮屹立在渭水中作汲水之用。河水经过滤后流入锅炉，化为滚烫的蒸汽，涌入汽机的气缸，驱动无数综片、齿轮、连杆和曲轴日夜不息，以完成设计机械所需的复杂计算。十二台汽机，一昼夜便要消耗一船产自上郡的精煤，废气由烟道引至尖顶排出，漆黑的烟柱在风中飘散，远远望去，就像边塞猎猎作响的大秦军旗。

尚贤阁前矗立着两尊高大的石像，一位是墨家始祖墨翟，另一位则是秦墨的首位钜子姬恒。旁边的一块石碑记载着他们的功业。墨家在先秦时倍受打压，在始皇帝和秦二世在位时更是几近绝灭。山东豪强并起，欲诛秦族以报灭国之怨时，墨者姬恒认为天下攻守之势已异，以强凌弱有悖于兼爱非攻的信条，于是率一众墨家子弟入关中造守城机械，助先王子婴拒叛军于武关和函谷关外。自此墨学在秦地被尊为显学，而墨家也就此分裂为秦墨和东墨。

李凌抬起头，眯起眼睛，试图在正午的白灼日光中辨认两位钜子的面容。这时，一束白光席卷而来，让烈日都黯然失色，李凌呼吸凝滞，竟有一种溺水的感觉。强光只持续了片刻便消失了。李凌头晕目眩，眼冒金星。他顺着光源的方向望去，楼阁的基座上，一只硕大的蝴蝶翕动着银色的翅膀，一个身着黑衣的倩影站在旁边，正向他招手。李凌张了张嘴，声音却卡在僵硬的舌头上。他像一截木头一样直挺挺地倒在了地上，视野化为一片灰黑，一只蝴蝶翩跹于暗影中，双翼闪着银光。

醒来的时候，那只蝴蝶仍在眼前。李凌忍着头晕坐起来，停在帷幔上的蝴蝶察觉到震动，扑动双翼，轻盈地划出一道曲线，从打开的窗子中飞了出去。李凌环顾四周，发现自己正身处一间卧房，很小，宛若斗室。一张书案放在窗前，左侧的书架占据了一整面墙壁，摆满了书本，最上面一层还堆着竹简，应该都是珍本古卷。

李凌掀开盖在身上的毛毯，起身披起搭在床头的外衣，走到书案前，向窗外望去，他这才发现自己正身处尚贤阁之上俯瞰整个墨城。西斜的日头映在微漾的渭水上，点出斑驳的碎金。李凌将目光收回室内，硕大的书案上摆满了图纸、器械零件和绘图用的细炭笔，书案一角还放着一面奇怪的镜子，他将其捧起细看，那不是一面完整的镜子，宽约半尺的蝴蝶形实木框架里装满了铜钱大小的小镜子，背后连接的精密机关让他不敢乱动。

脚步声由远及近，李凌慌忙放下镜子。嬴蝶推门而入，手中的粥碗还冒着热气。她身着一身玄色窄袖胡服，那只蝴蝶停在发簪的一端，翅膀微动。见李凌的目光落在发簪上，嬴蝶弯腰将粥碗放至书案，然后从头上捉下那只蝴蝶，放到李凌手上，"我方才在楼下的工坊，看到它飞来，我便知道公子醒了。"

"这里是？"

"我的卧房。有些简陋，不要嫌弃。"

"呃……"李凌低下头，错开目光，有些许窘迫。他细细看那蝴蝶，翅膀是由竹丝撑起的白绢，上面有金线绣成的精美图案，躯干由轻木刻成，三对足和触角则是细韧的银丝，一根拧紧的细牛筋卧在背部的暗槽中，躯干与翅膀的连接处竟有许多细如微尘的齿轮。

"年少轻狂时做来炫技的，没什么实用，公子若是喜欢就送你了。"

李凌松开手，那蝴蝶振翅飞回了嬴蝶的发簪。"今日午时的那道光……"

"我得给你赔个不是，我只是想开个玩笑的，"嬴蝶拱起手，"医官来给公子看过了，我之前真的不知你有癫症。"

"不是你的错，老毛病了，"李凌摆摆手，"那束光是哪里来的？"

"蝶镜，"嬴蝶拿起桌上的那面镜子，摇了摇左侧的摇把，镜面上泛起一阵涟漪。调整好角度之后，她将蝶镜放到阳光下，对面墙壁上出现了一个耀目的光斑，"每面镜子都能独立调整角度，从而将阳光聚焦到任意距离的一处。"

"就是这小玩意儿差点把我晃瞎了？"

"不是，"嬴蝶摇摇头，"那个尺寸大很多，大概一丈宽，需要汽机驱动，现在已经运回工厂维护了。当然，照你的时候没完全聚焦，不然你现在已经是一截焦炭了。"

"这是什么？新式兵器吗？"

"本来是。这东西虽然威力不小，但受天气和天时的制约太大，而且太过笨重，很难在远距离上追踪敌寇。所以它一直停留在纸面上。最近我将它从故纸堆里翻出来，作了些许改进。它可以帮我们叩问天志。"

"哦？"李凌提起了兴致。

"来。"嬴蝶向李凌招了招手，转身走向房门。

李凌随嬴蝶乘升降机来到楼下的工坊，房间正中央摆着一部两丈见方的秦国沙盘，顶上罩着一层薄纱。

嬴蝶从旁边的书柜上挑出一卷绸带。李凌注意到，那绸带上没有任何数字和符号，只是单调的灰色，如果细看可以分辨出宽窄不一的黑白条纹。

翻看标签确认无误后，嬴蝶将绸带挂到沙盘侧边的支架上，又将黑白经线分别缠在对应的线轴上，两根竹签将缠绕其上的纬线交错分开。随着绸带一点点被拆开，黑白丝线对应的线轴交替转动，带动与之相接的齿轮。轻微的机械声从沙盘内部传来，白色的轻烟鼓入沙盘，丝丝缕缕的烟气从薄纱上溢出。

"要想像治水那样引气，我们需要将南山铲出若干缺口，以我们的人力物力显然做不到。但我在数算上仔细分析了天志，很精妙，在一些特殊位置，一点极小的扰动就能引起极为猛烈的变化，我称之为奇点。"

嬴蝶捉下发簪上的蝴蝶。蝴蝶掠过沙盘，停在成都的位置上，略微振翅，又飞了回来。不多时，咸阳的位置上烟雾翻腾，形成了一个浅浅的旋涡。

"这是最极端的情形，前日寅时二刻，一只蝴蝶若在成都的某处扑动翅膀，就能在咸阳掀起一场风暴。"

"这……"李凌皱了皱眉表示不解。

"的确不合常理，但数算是不会说谎的，"嬴蝶眼中流露出一丝疑惑，"这可是你的成果，我以为至少对你来说这应该不难理解。"

"其实我并不精通数算，将天志编为机筹的算法已经穷尽我毕生之所学了。"

"好吧。"嬴蝶蹙眉，"当然，这只蝴蝶的位置必须非常精确，在现实中几乎不可能做到。不过大部分奇点并不需要如此精确，只是相应地，扰动也需要更猛烈些。"

"那天的那枚火箭……"

"只是个试验。不过那样的方式太过暴烈，相应的结果你也看到了，雨要是那个下法，只怕是要逆转南北的旱涝形势，用蝶镜汇聚阳光加热奇点的方法就相对温和。对了，我将它设计成这个样子是因为成都那只不存在的蝴蝶，并非出于私心。"嬴蝶狡黠一笑。

"但这要多少镜子才能覆盖全境？"

"不需要全境覆盖。奇点的位置每时每刻都在变化，随时都会有旧的奇点消失，也会有新的奇点生成。而将南方的气引向北方的奇点大多都在南山山脉一带生成和移动。这也很好理解，正是南山挡住了南北水气的流通。所以我们只需要在终南山、华山、惇物山、垂山、紫柏山等处放置蝶镜即可覆盖大部分奇点。当然，那种小玩具派不上什么用场，甚至中午那面蝶镜也是杯水车薪。真正要布置在这几处山顶的蝶镜至少需要宽十五丈，高十丈。"

"你说的是……丈？"

嬴蝶点了点头，"镜面再光滑表面也会有变形，距离越远聚光能力越弱，再小的话就不能保证能在方圆百里的奇点上聚集足够的阳光。"

李凌皱了皱眉，"那这项工程总共需要……"

"最终方案还没有敲定，无数工匠正在日夜赶工绘图。蝶镜上装配的铜镜厚度已经压缩到目前工艺的极限，还要衬以木板防止变形。即便如此，初步估计，我们至少需要三百万斤铜，八十万斤锡，二十万斤铅。"

"这……不是个小数目啊。这些金属大多都要用来铸造钱币和一些机械零件，凭空多出这么大一笔开支，恐怕……用铁不行吗？"

"不行，太容易锈蚀了。我倒是有个主意，就看王兄舍不舍得了。"嬴蝶勾起嘴角，浅浅一笑。

三

次日朝堂之上，当嬴蝶说出那个数目的时候，左右的大臣们立刻开始低声议论，异样的目光纷纷集中到这位墨者装束的工匠身上。直到秦王干咳了一声，议论声才逐渐平息。

"王上，"一位大臣出列，"臣以为，所谓天志、奇点都不过是胡言乱语，无稽之谈，连这咸阳城的5岁孩童都知蝴蝶孱弱，又怎会有颠倒乾坤之力。望王上不要听信此等妄语。还是开仓放粮，广修水利，此乃正途。"

嬴蝶面露微笑，踱到那位大臣面前，没等他反应过来便伸手拔掉了他的一根胡须。大臣吃痛，捂住下巴，半声惊叫卡在喉咙里。一片哗然，连站在一旁的李凌都倒吸了一口冷气。

"墨者嬴蝶，"秦王的语气有些无奈，显然，面对这个刁蛮的妹妹，他也丝毫没有办法，"这朝堂之上，你这样成何体统啊。"

"不过是一根胡须，连那孱弱的蝴蝶都不如，先生何必如此？"嬴蝶将那根胡须放到大臣手中，笑道："儒生都说身体发肤受之父母，收好，别掉了。"

"你……"大臣被噎得喘不上气。

"臣相信公主和郡守。"丞相站了出来，"听闻前几日咸阳的那场暴雨便是公主用火箭扰动奇点的结果。"

"是。"嬴蝶知道丞相接下来要说什么，能身居这一人之下万人之上的高位，果然不是等闲之辈。

"不过，既然区区几尺竹节、几斤火药和鲸油，便能解咸阳的开年大旱，那我们又何必大兴土木。"丞相话锋一转，"别忘了，泱泱大秦当年是如何失了天下的。"

"丞相有所不知，失之毫厘，谬以千里。"嬴蝶行礼，态度全然不似之前的骄纵，她知道丞相并非那种不讲道理的迂腐儒生，只是不精数算和机械罢了，"火箭虽然便宜灵活，但却不甚精确，所以只能应急，而我们现在讨论的是长远打算。至于大兴土木一说，便是丞相言重了，小小蝶镜不敢和那巍巍长城和煌煌阿房相比。一定要找到先例的话，蜀郡的都江堰倒与蝶镜有那么几分相似。昔时蜀郡郡守李冰筑堰引水，福泽绵长。今日秦国有足够的粮食赈济灾民，便有他的几分功绩。当务之急固然要解，但如何荫庇后世也应考虑。"

丞相没有接话，默默思索。

站在嬴蝶旁边的李凌心怀忐忑，等着秦王表态，而他却只是注视着手中的蝶镜图纸，一言不发。

"而且今日不同往昔，"嬴蝶接着说，"墨家一套起重机械便足以抵上万民夫，这项工程虽规模庞大，但未必会累及百姓。至于耗材，臣知道国库现下不甚殷实，一时间可能筹措不出，臣有一法，不知当讲不当讲。"

"讲。"秦王点了点头。

嬴蝶转过头，向大殿外望了一眼，然后回过头，默不作声。即使顽劣如她也没有贸然开口。

满朝官员也理解了嬴蝶的意思。那位被拔了胡须的大臣又开口了："王上，万万不可，这十二金人是先帝……"

秦王没有理会他，"郡守怎么看？"

"这……我……臣服从王上和墨家的安排。"突然被点到，李凌一时没有反应过来。

沉吟几许，秦王站起身，指着身后那个犁头问道："敢问郡守，这是犁，还是剑？"

"啊？"

"这是犁，还是剑？"

一瞬的迷惘之后，李凌冷静了下来。思索片刻，他答道："是犁，亦是剑。"

嬴蝶闻言蹙了蹙眉，而秦王犀利的眼眸中却泛起一丝冰冷的笑意，"很好。天志一事便由墨者和郡守全权负责，寡人不再过问。"秦王一挥手，算是敲定了此事。

退朝之后，秦王将李凌单独留下。嬴蝶转身离开之前偷偷瞥了他们两个一眼，目光颇有些警惕。

群臣散尽，秦王走出大殿，李凌跟在他身后。

"寡人这个妹妹自幼顽劣，拜入墨门后才有所收敛，但还是会不时败露原形，日后与她共事，还望你多担待。"

"公主的聪慧远非臣所能及，臣自当对她言听计从，请王上放心。"

"对了，"秦王像是突然想起了什么，"敢问郡守可有婚约在身？"

"没有。"李凌有点摸不着头脑，但还是如实作答。

"郡守贵庚？"

"23。"

"哦，我妹妹比你小两岁。"

"这……"李凌心弦微颤，语气也有些局促。

"寡人只是随便说说，郡守不必多想。"秦王的眼神有些暧昧。

说话间，他们踱到了离大殿最近的金人脚下。"又一样帝国时代的遗物要消失了。"站在高大的金人下，秦王的语气很平静，甚至隐隐有一丝兴奋。

李凌抬起头，看着金人身后由丞相李斯撰文，大将军蒙恬书写的铭文：皇帝二十六年，初兼天下，改诸侯为郡县，一法律，同度量。"如果王上不愿意……"

"没什么愿不愿意的，"秦王摆了摆手，"你以为我大秦真的拿不出这三百万斤铜吗？其实我早就看这几个铜疙瘩不顺眼了，只是朝中那些老顽固们总说这是昔日帝国的荣耀，不可轻慢，能这么处理掉也挺好。"

"恕臣冒昧，这究竟为何？"

"当年始皇帝废列国武备，铸成这十二金人，以为天下已定。然而仅仅十四年，所谓的万世基业便分崩离析，若不是墨家相助，我大秦恐怕早已身死族灭了。只有没落的贵族才需要炫耀过往的荣光。这金人越是气派，便越是耻辱。"

寥寥数语，李凌便感受到了王室宗族绵延数百年的愤懑与不甘，一股寒气袭上心头，李凌深吸了一口气，略略平复心绪。"看来公主也明悉王上的心思。"

"不，只是殊途同归而已，"秦王摇了摇头，"在墨家看来，这些金人依旧是王权的象征，是早就该砸烂的东西。"

愣了半晌，李凌小心地问："王上的意思是……"

"这些年，墨家的机关术展现的力量，远非人力畜力所能企及。等蝶镜矗立南山之巅，或许连谷物收成都不用靠上天恩赐了。秦国正在被墨家打造成一部高效的机械。而这部机械上，并没有君王的位置。"

李凌皱了皱眉，识趣地没有吱声。

"郡守不必紧张，这也并非全然没有道理。平日里就算没有君王，只要百姓和群臣各司其职，各尽其责，国家还是可以安然运转的。只可惜，仅仅是平日而已。群狼环伺，当灭顶之灾降临之际，我们终究需要团结在一个伟大的君主麾下，不必是我，但一定要有。"

"臣……明白。"

"但是我妹妹还明白不了这一点，"秦王看了李凌一眼，目光复杂，"说实话，我也是花了很长时间，付出了一些代价才明白：有些人，是看不得我们国泰民安的。在中原的风华眼中，我们始终是只配给天子牧马的蛮人，即使我们穿上了华服，尽管我们曾一统天下。嬴蝶身为墨者，也许精于机械和数算，但是看不透人心。在这方面，她还是那个私自出走拜入墨门的孩子，作为兄长，我希望她永远都是，但一个孩子是无法担当大任的。"

"王上需要我做什么？"

"这些年秦墨与东墨一直互有来往，这也很正常，但天志一事绝不属于正常交流的范畴。让我妹妹掌管这样一项可能左右国家未来甚至天下大势的工程，我实在心里没底，但一时又找不出更好的人选，"秦王躬身施礼，"还望郡守能帮寡人看住她，别让她做出追悔终生之事。"

李凌见状连忙还礼，但沉吟片刻，他没有完全应下这件事，而是婉言回避了秦王的要求。"臣相信，以公主的聪慧，权衡利弊应该不是什么难事。"

"希望如此吧。"秦王叹了口气，没有再多说。

拜别王上，李凌走出北阙门，发现嬴蝶正在宫门外等他。见他出来，嬴蝶快步上前，劈头说道："奸佞小人！"

"啊……啊？"李凌看了看周围，除了自己的随从和几名雕塑一样的执戟卫兵，没有别人。确定嬴蝶是在斥责自己之后，他不禁有点委屈。

"别这样一副无辜的表情。昔有奸相赵高指鹿为马，今有郡守李凌指犁为剑。要是王兄成了亡国之君，你呀，就等着在史书上跟那阉竖并列吧。"

"那个犁头又不是我献给他的。而且，秦国以耕战立国，犁本身就是最锋利的剑。姑娘不会不明白这一点吧？"

"开个玩笑而已，亏你还这么郑重地解释。"嬴蝶扑哧一声笑了出来。

希望只是个玩笑，李凌心里想着，没有说出来。

"王兄跟你谈了些什么？"

"没什么，一些细枝末节的琐事。"李凌捋了捋骏马凌乱的鬃毛，语气有些敷衍。随从将缰绳从城门前的拴马桩上解了下来，交到李凌手里。

"哼，你不说我也知道，"嬴蝶点燃机械马的汽机，"还不就是王室和墨家那点龃龉。"

李凌叹了口气，"姑娘被夹在中间，难道就不觉得尴尬吗？"

"习惯了就好了，"嬴蝶低头叹气，语气颇为无奈，"时候还早，陪我去上林苑走走怎么样？我有点事想问你。"

信马于渭水南岸，李凌和嬴蝶看着荒草萋萋的上林苑，就像看着帝国幻梦的残影。

在阿房宫残址附近寻得一座凉亭，李凌和嬴蝶下马。凉亭年久失修，早已破败不堪，他们只得在亭前的石阶上坐下。看着不远处草木丛生的高大夯土，李凌尝试着想象阿房宫若建成将是怎样的宏伟，但是毫无头绪。帝国崩溃之后，秦国元气大伤，无力修缮昔日的皇家宫苑，阿房宫的宫墙和建材也都拆走挪作他用。后来休养生息，略有余力之后也仅仅修缮了一小部分，其余大多都逐渐荒芜。

坐在石阶上，嬴蝶捶了捶因骑马而麻木的双腿，警惕的目光环视四周，确认周围没有别人之后，她才开口："别处耳目繁杂，有些事只能在这种荒僻之处面谈，还望公子谅解。"

"不用这么客气，只要是我知道的，一定如实相告。"李凌大概能猜到身为工匠和学者的嬴蝶都有些什么疑惑。

"如果我的分析没有疏漏的话，你的天志似乎并不只是秦国的天志，其他部分只是在织图的时候隐去了。"

"对，"李凌点点头，没有丝毫惊讶，"北至冰洋，南至百越，东临碧海，西及雪山，都在那个小小的方盒子里。水气可不会按照人划分的国界流动。"

"那你为何要刻意将别的地方隐去呢？"

李凌想了想，说："昭襄王二十八年，白起将军领兵伐楚，引鄢水灌鄢城，死了十万人。而烧山炸石、修渠引水的方法，后来先祖在蜀地兴修水利时也经常用到。"

"你担心天志可能会被用来荼毒生灵？"

"今日我们能让秦国风调雨顺，明日自然也能让中原洪水滔天，不战自溃。"李凌摊了摊手，"王上雄才武略。而这失掉的天下，秦国终究是要拿回来的。我倒是不介意为帝国爪牙，但前提是，别让血溅到我的手上。"李凌没有再多说，面前的墨者虽然名义上已与王室没有关联，但毕竟还顶着王族的姓氏。

"那你有没有想过另一种可能……"

"没想过，"李凌断然道，"至少现在还没想过，我出身水利世家，自然当以兼济天下为己任，但如果我们不能先独善其身，那别的都只是空谈。"

"好吧，"嬴蝶点了点头，"还有最后一个问题。天志的变化确实有规律可循，就像你说的，此时之势定来者之态，但是最开始的状态你是如何知晓的？水气看不见摸不到，相隔万里的位置和流向又必须在同一时刻观测和记录，这远远超出我的理解。而若没有初始状态，就算是尚贤阁的机筹也算不出这无源之水。"

踌躇许久，李凌试探着问："如果我说是靠法术，姑娘会信吗？"

"公子若是不便透露就算了，何必这样敷衍我？"嬴蝶面露不快。

"李凌不敢欺瞒姑娘。我们称其为格物术，先祖便是用此术绘制汶江水系，这才有了濡润巴蜀的都江堰。虽然史书并未详载，但当年白起将军水灌鄢城很可能也是启用了懂格物术的术士，才能在那么短的时间内勘察地形，通沟引水。"

嬴蝶打量着李凌的表情，觉得他似乎并没有说谎，"真没想到，赫赫有名的水利世家，竟是阴阳家的术士。"她的语气不自觉地有些轻薄，"那你能不能给我演示一下？不是不信你，只是想……嗯……开开眼界。"

"看来若非亲眼所见，你是不会信的。"李凌从袖中取出一个鹿皮包裹，展开，里面是一套针灸器具，有十几根长短不一的银针和一支火折。

"你不舒服吗？"嬴蝶不禁有些疑惑。

"当下无恙，过一会儿就不一定了。"李凌抽出一根银针，打亮火折，略微炙烤针尖之后，他又将石阶缝隙中长出的一株孱弱野花连根拔起，掐下最幼嫩的新芽和根尖，用指尖碾出汁液，抹到针尖上。"我们的典籍中说，繁华皆起于微末，一滴水可映照整片大海，一滴血中隐藏着我们生而为人的奥秘，而自然之理就藏在这一花一叶之中。按规矩，给外人演示要遵从既定的仪式。不过，那些装神弄鬼的把戏想必唬不了墨家的工匠，我就不多此一举了。"他将银针递给嬴蝶，"帮我一下。"

嬴蝶接过银针，"这芽尖的汁液中有什么特殊成分吗？"

"不知道，家父曾同医家学者钻研多年，未有建树。墨家若感兴趣，也可以研究一番。"李凌略微转身，指了指自己后脑，"头颅中线，发线以上一寸的位置。不需要太精确。"

"风府？那不是治头痛的穴位吗？"

"这里也同魂魄相通。我提醒你，格物术需要长久的训练才能掌握，你最好不要擅自尝试，会出问题的。"

"什么问题？"嬴蝶找准了位置，针尖穿过层层发丝。

"顾名思义，此术的精髓是同自然的感知和交流，而操控则是绝对的禁忌。这也是我需要墨家相助的原因。法术再诡秘，术士也不过是食五谷的血肉之躯，终究不比烧煤的钢筋铁骨。"

"你尝试过？"

李凌点点头，"年少时曾尝试操控一朵云的流向。我算是幸运，只是落下了癫症。"

"幸运？那严重的会怎样？"嬴蝶不由得停下手中的动作。

"耗尽心力，暴毙而亡。"

"这……"

"你不需要考虑这个，我自有分寸。你别把整根针都扎进去就不会出问题。"李凌笑道。

嬴蝶轻捻银针，针尖刺进皮肉，李凌的身体微颤了一下。嬴蝶探头看了一眼李凌的面目，却见他神色呆滞，眼中结了一层白色的翳。

"你没事吧？"嬴蝶骇然道，李凌没有回答，嬴蝶又伸手在他眼前晃了几晃，同样没有任何反应。就这样僵坐半晌，李凌眨了眨眼，面目失了些许血色，有些苍白，但双眸恢复了清明。

"你都参悟了些什么？"嬴蝶环顾四周，似乎并没有什么异样。

李凌没有回答，唇角的微笑有些神秘。一只蝴蝶悄然飞来，落在他的指尖，他牵过嬴蝶的手，如他所料，那双手结满了老茧，竹枝一般坚硬有力，棱角分明，丝毫不似女子的纤纤素手。蝴蝶略一振翅，翩然跃至嬴蝶手中，斑斓的翅膀微微翕动，纤弱的足抓挠着她的掌心，痒痒的。一丝绯红悄悄飞上她的面颊。

不过，之后的事态有点失控。李凌似乎不小心召来了半个上林苑的蝴蝶，仿佛蝶翼汇成的风暴，嬴蝶见状远远避开，而李凌避无可避。等蝶群散去，李凌已经沾了一身鳞粉，微微眨眼，眉毛上就簌簌地落下粉尘。李凌叹了口气，有些无语，而嬴蝶则忍不住，笑弯了腰。

四

又是一年仲春，已近播种的时节，但北方仍没有几场像样的雨水。在老人们看来，这又将是一个大旱之年。年景再怎么糟糕，只要还有一口气，日子总得过。但世事确实在悄然变化，即使是寻常百姓也能察觉。过去两年最干旱的时节，有时天上会莫名炸开几团烈焰，之后便会下雨，但恰到好处的雨水少之又少，有时是能冲毁农田的倾盆暴雨，更多时候则是匆忙下几滴便草草收场。从南方过来的游商带来消息，说南山的几座山峰有神蝶天降，硕大无朋，天气好的时候百里之外都清晰可见，也有人说那只是官府修筑的祭台。又有传言，全国的制镜师和磨镜师都被请到了咸阳，但没人知道王上要那么多镜子有什么用，只知道自家的镜子生了铜绿却找不到人来磨。而从南山服劳役归来的民夫也说不清他们究竟建了什么。

不仅百姓议论不止，列国使节也纷纷询问，但官府显然不愿过多解释，只用了些寻常辞令搪塞了过去。在秦王的支持下，真正负责工程的学者和工匠得以专心于他们的工作。

站在终南山山顶，李凌仰望朝阳中的蝶镜，觉得自己像一只战战兢兢的蚂蚁，正在叩动咸阳宫的大门。

工程进度比李凌预想的要快得多，不到两年，第一座蝶镜便已完工。按照最后敲定的方案，南山一带总共需要建造七座蝶镜。它们分别以北斗七星为名。按地理位置，终南山的这座名为"天权"，其他六面蝶镜的建造也已进入收尾阶段。

建成的蝶镜与当初赢蝶案头的那个模型结构大体相同，与底座相连的五个巨大齿轮可以驱动蝴蝶形状的实木框架指向南边的任意方向，略微向后倾斜的镜面由无数径长一尺到三尺不等的铜镜组成，现在朝向外面的都是镜子的木质衬板，看起来黯淡无奇。但李凌知道，当这只蝴蝶亮出它硕大的银翼时，将会卷起怎样浩荡的天风。

李凌收回目光，看了看周围。这时，一个苍老柔和的声音从背后传来："郡守，辛苦了。"

李凌回过头，连忙行礼，"钜子。"

钜子拄着拐杖走到李凌旁边，"郡守为何还待在这里啊？"

"昨天我完成了天志的修正，今日已经帮不上什么忙了，只是个看客而已。"李凌望向位于蝶镜底部的操纵台，赢蝶同几位工匠正进行着试验前的最后调试，她似乎感受到了李凌的目光，也向他这边看了一眼，目光脉脉，脸上的微笑略带一丝羞怯。

"老夫最近听闻了一些消息，不知是真是假，你和蝶……"

"这都传到您的耳朵里去了？"李凌笑了笑。

"郡守应该清楚什么样的消息传得最快，不管是庙堂之上，还是民间市井。"钜子笑着应道，"郡守不要误解，旁人私下的议论大多没有恶意。你们两个年龄家世学识都算得上般配，老夫也不愿干涉。但有件事我觉得有必要知会你一下。"

"钜子请讲。"

"我这把老骨头已经快入土了，想回乡过几年清闲日子。而下一任秦墨钜子，我已经有了人选。"

"您是说，她？"

钜子点了点头。

"可是她毕竟出身王室，墨家就不怕……"

"她既然拜入墨门就只是墨者。而论品行，论才能，论学识，不作他选。作为工匠，她配得上钜子之位，但作为妻子，这个头衔就……"

李凌明白钜子的意思，"我早就清楚，她不是那种相夫教子的寻常女子，或许正因如此我才会倾心于她。以后，我定当倾力支持未来的钜子。"

"如果需要你放弃家乡的官职和地位呢？"

迟疑片刻，李凌点了点头。

"年轻真好。"钜子轻笑一声，但面色又转瞬凝重，"王上他竭力反对嬴蝶接任墨家钜子。"

"为什么？几代王室都希望自己的族人掌控墨家的机关术和军队，怎么会……"李凌猛然想起两年前咸阳宫的密谈，不由得止住了话头。

"看来王上也和你谈过。"

李凌和钜子不约而同地看向秦王，他站在蝶镜基座的边缘，耐心地等待着，几位高官站在他身后，裹着披风，瑟缩在山顶的寒风中。

"他的担心没有迫切到让我改变心意，但又不无道理，"钜子摇了摇头，"小蝶这孩子是我看着长大的，她在机关术上的造诣不输任何年长的工匠，对墨家的信条也有深刻的理解，但问题也出在这里。"

"此话怎讲？"

"老夫出身贫贱，有墨家收留才不至于在少时便冻毙街头，多亏先钜子教诲和赏识才有今日，但本质上，我依然是个秦国人，所思所想，所作所为，皆为秦国之将来；而她，虽出身王族，但骨子里却是个纯粹的墨者，而真正的墨者是没有祖国的。"

"恕晚生愚钝，难道墨者不该置信条于一国一隅的得失之上吗？"

"那是过去，这些年我也同山东诸国的所谓墨者有些接触……人心不古啊。天下不再是曾经的天下，墨者也早已不复是当年的墨者了。过去，支持谁，反对谁，只要道理说得通，即使互为敌手也只能说是立场之别，如今，这却是不共戴天的生死之分。当今世道，强权即是公理，没人会在乎败者和死人的信条。"

"您是说……"

"我什么也没说，"钜子摇了摇头，"她自恃才高，有些话听不进去，但你不一样，你李家在史书上的那一席之地也许能帮你理解眼前的局势，把眼光放长远些。"

汽机打火的轰鸣从蝶镜背后传来，打断了钜子的话，几簇黑烟从翼尖的烟道中喷出。

钜子意味深长地看了李凌一眼，默默走开了。

"正东偏南四刻，天顶下十五刻，七度聚焦。"嬴蝶捋着手中的绸带大声发号施令，机筹的输出部分已经完成了改进，更为简洁明了。其他几位工匠站在操纵机械前，熟练地调整拨盘，庞大的蝶镜轰然转动，让李凌有种峭壁倾倒于前的惶恐。

嬴蝶扳动手柄，灼热的蒸汽呼啸着涌过镜面背后的黄铜管路。位于蝴蝶眼睛的镜子猝然亮起，以此为中心，镜子纷纷翻转，镜面银光微澜，仿佛波光粼粼的湖水，映照着天空和山峦。在场的人都抬起手，眯起了眼睛。

片刻之后，波光凝滞，角度参差的镜华隐隐勾勒出一个模糊的凹面，一道锥形光柱直冲天际，强大的热量甚至驱散了奇点附近的一小片云朵。

一刻之后，镜子再次翻转，蝶镜收起银翼。丝丝缕缕的薄云出现在晴朗的天空中，逐渐聚集，缓缓拂过层层峰峦，流向远山的另一边。望着长空中的滚滚流云，李凌不禁想起了自己遥远的故土，想起了都江堰奔向广阔沃土的洁白浪花。

嬴蝶走下操纵台，来到李凌身边。"时辰已到，"她取出机晷，看了看水晶外壳下转动的晷针，"结束了。"

　　"应该说是刚刚开始，"李凌露出笑容，"恭喜未来的钜子，化茧成蝶。"

　　眼波流转，嬴蝶俏皮地眨了眨眼睛，挽住了李凌的手。

五

"下雨了！下雨了！"

站在操练场边，看着蒙蒙细雨中欢呼的戍边将士，嬴蝶和李凌相视一笑。

五天前，他们随秦王巡游至陇西边塞，一路风尘仆仆。灰蒙蒙的长城，肮脏的营房，枯萎的树木，干裂荒芜的土地，眼前的一切仿佛都由黄沙砌成，略微触碰就会轰隆隆地崩塌，化为满地狼藉的齑粉。听守将说，好久没有下过雨了。

而现在，东风飒飒，细雨如丝。

距离终南山的蝶镜落成已经过去了三年，其余六座也陆续完工。自此，风调雨顺，粮盈满仓，秦人终于等来了久违的丰收。

秦王一身戎装，带着侍卫信步走来。士兵们略微收敛，在操练场中央列队，眉眼间还残留着笑意。

"将士们，"秦王走上操练场前破败的木台，放声道，"下雨了，听你们的将军说，这是五年来下的第一场雨，你们可知这意味着什么？"

无人作声，秦王顿了一顿，接着说："这意味着，明年这个时候，城外荒芜的田地就能长出粮食来了，寡人也会尽量把逃亡内地的百姓迁回边疆，到时候，大家就不用靠着朝廷调拨的那点粮食精打细算地度日了。但是，这地里长出来的粮食，未必能吃到我秦人的肚子里头。"

士兵们面面相觑。

"据寡人所知，自旱灾伊始，匈奴已经多年未曾南下劫掠，并非他们改了心性，而是因为抢不到东西。如今，大灾即将结束，诸位觉得，他们会坐视我们丰衣足食吗？要是蛮人再来进犯，诸位该当如何？"

"回王上，"前排的一位士兵大声道，"来多少灭多少！"

"说得好！"秦王指着那位士兵说，"不愧是我大秦的男儿，寡人拭目以待。继续操练！"

李凌勾起嘴角，他在军中待过些时日，喜欢看长官给士卒训话。而嬴蝶的眼中则透出一丝忧虑。

震天的杀声直冲云霄，秦王观看了一会儿士兵操练，之后随守将登上了卫城的城墙，北望那一片枯黄。

"若明年王上重游此地，看到的定然不会是这样的萧索。"李凌的语气十分自信。

"连这边塞都受那千里之外的蝶镜庇护，真是想不到。郡守和钜子辛苦了。"秦王点了点头，"对了，郡守有多久没有回乡了？"

李凌想了想，答道："两年了。蜀郡的军政要务郡尉和郡丞都打理得很好，王上不必担心。"

"如果寡人没记错，自从你入咸阳献天志图，中间好像只回过一次蜀地，是大婚之际回乡祭拜宗庙那次吧。"

"顶多算半次，"嬴蝶插嘴说，"没待几天就回来了，那繁华锦城我都没怎么看清模样。"

"哈哈，"秦王朗声笑道，"看来夫人颇为不满啊。郡守可否听清？"

"是。"李凌有些尴尬，"等一切安排妥当，臣定带夫人回蜀地观山拜水。"

"听清了吧，"秦王转向妹妹的方向，"郡守要是忘了，寡人会帮你提醒他。"

嬴蝶抿嘴笑笑，岔开了话题："还有一事，前几日我想到一个问题，南山的工程似乎还没有一个正式的名称。"

"这……臣以为就叫蝶镜即可。"李凌说。

"不妥，"秦王摇摇头，"这长城由砖石砌成，也没见有人称其砖头吧。"

"不如叫都江堰如何？"嬴蝶开口道，"南山的工程郡守功不可没，以先祖的功业为名，于今日于后世都将传为美谈。"

"这……不妥吧，"李凌有些惶恐，"这蝶镜臣出力甚少，大部分都是墨家的工匠完成的，臣不敢贪功。都江堰还是先祖的功业，有些许僭越。而且，都江堰初称湔堋，先王为使秦人知理明德，开书塾、广白话，之后百姓才以成都江堰之意逐渐改称湔堋为都江堰。无论从位置还是功能看，蝶镜都与都江堰无任何关联。"

"寡人倒是觉得很好，"秦王显然不同意李凌的看法，"以光为堋分水气之江，又在国都以南，从字面意思上看叫都江堰没什么问题。寓意也很好，昔日之都江堰灌溉万亩良田，使蜀地号为天府；而今日之都江堰将使秦国风调雨顺，为天府之国。"

"那王兄可曾想过，让这普天之下尽为天府呢？"

秦王的笑容略略僵硬。嬴蝶见状躬身跪地，李凌心头一紧，钜子身份尊贵，见王上可不行礼，现在她行此大礼，想必所求之事非同一般。

"王兄决断英明，秦国灾祸已解。然而关外仍天灾不绝，有些地方甚至已经易子而食，路有饿殍。还望王兄以天下生灵为念，准臣与东墨相商，共享天志之利。"

思虑片刻，秦王说："时机尚未成熟，此事再议，钜子先起来吧。"说完，秦王伸出手，想扶起嬴蝶，但她不为所动。

秦王的面色阴沉下来，"妹妹若愿意跪，那跪着便是了。"说完，他转过身，拂袖而去。

李凌有苦难言，也知多说无益，只得在城头陪着嬴蝶。雨越下越大，李凌给妻子撑着侍从送来的雨伞，任凭雨水打湿自己的半边身子。正当他盘算着凭妻子的体力还能坚持几个时辰时，嬴蝶却身子一软，一头栽倒在地，昏了过去。李凌一惊，连忙扔掉雨伞，抱起她奔下城墙，秦王知晓之后也赶忙派出御医。

回到驿站，李凌焦急地等待医官前来，好在嬴蝶没有昏睡多久便醒了过来。她挣扎着想坐起来，李凌阻止了她，又吩咐侍者送些吃食过来。

"我的钜子大人啊，以后这种事，你能不能先同我商议之后再禀奏王上？"

"呵，先同你说，"嬴蝶冷笑一声，"你肯定会拼命劝阻我，对吧？"

"我当然会，你今天真的失言了。"李凌在床头坐下，扶额道，"你只知道都江堰润泽巴蜀，福泽一方。但你可知那堤堰分的是水，还是血？"

"此话怎讲？"

"惠文王十三年，司马错将军夺取蜀地，废国设郡。昭襄王三十五年，先祖被任命为蜀郡郡守，广修水利。如此大动干戈又大兴土木，你以为真的只是为了利国利民吗？"

"沿汶江顺水入长江，几日便可到达楚国腹地，而富饶的蜀郡则可以为前线提供粮食、武器和兵士。得蜀则得楚，楚亡则天下并矣。这才是真正的目的。史书我还是读过一些的。"

"竹简上发霉的字迹并非不会复现。"侍者送来了肉粥，李凌捧起碗，舀起一勺，吹了吹，送至嬴蝶唇边，"先不说这些了，把粥喝了。"

"没胃口，"嬴蝶别过头，"可现在早已不再是当年的烽烟乱世了，已经三十年没有过两万人以上的战事了。"

"这可不是那些王上们改了心性，精耕细作加上汽机普及，现在的土地能养活的人口是过去的五倍有余。战事暂歇只是因为得不偿失而又都没有必胜把握罢了。但和平不过是战争的间隙，有些事的本质是不会改变的。你既然提议将南山的那七座蝶镜命名为都江堰，就要接受这个名字背后的一切。而且反过来看，曾经降临在六国的兵戈以后也可能降临在秦国，到那时，他们若是变法自强也就罢了，要是他们靠我们的成果填饱了肚子，又反过来攻打我们，我们秦国将会成为世人的笑柄。"

"要是五十年前发明汽机的燕国工匠有你这般心思，这天下恐怕就不是现在的天下了。"

"呵，"李凌不屑地哼道，"当年汽机传于诸国，唯独秦国连一台样机一份图纸都搞不到，最后是秦墨的工匠们靠道听途说的消息一点一点拼凑出来的，空耗了多少工匠的心血，枉死了多少人？你想想东墨为何单单封锁我们？王上对士兵的训话其实另有所指，匈奴区区蛮族，打家劫舍的强盗，不足为惧，真正的敌人是谁你应该明白。"

"这就是你们的问题了，倒因为果，"嬴蝶蹙眉道，"动不动就将别国当敌国考量，长此以往又岂能不被孤立于列帮。"

李凌一时无言，嬴蝶接着说道："再说，要是百姓安居乐业，那官府就不需要发兵抢夺别国的土地和粮食分给流民以防他们造反，民众也无须从军混口饭吃，又怎会再起兵戈。"

"道理确实是这个道理。但是王上作为秦国的王，决策断不能以别国都讲道理为前提。时代不同了，但这并不意味着过去发生的事不存在。当年，始皇帝筑阿房宫、建长城、修骊山墓，征发民夫百万，累死化为枯骨者不计其数；山东六国复国，叩函谷关未果之后，诸王又颁戮秦令，移居关外的秦人未及逃离便被杀得血流成河。如今各国使者相互游访，商贾和百姓互通有无，但积怨并未消解，只是被掩藏在利益之下。想要真正解开这染血的死结，必先血染双手。如果你不想，就最好不要轻举妄动。"

"这都是两百多年前的旧事了。"

"但高居庙堂者是不会放任民众忘掉这些血腥的。军功固然诱人，但仇恨才能造就舍生忘死的战士。这你我都无力左右。"

说话间，医官到了，李凌和嬴蝶不好在外人面前吵架拌嘴，停止了争辩。

"钜子没事吧。"医官诊脉时，李凌关切地问，心中有一丝不安。身为工匠的嬴蝶显然不是那种孱弱女子，若不是害了什么疾病，她不可能跪了不到半个时辰就晕厥倒地。

医官却面露微笑，拱起手，"恭喜钜子，恭喜郡守。"

片刻惊疑之后，李凌和嬴蝶对视一眼，都在对方眼中看到了雀跃的惊喜和盈动的笑意。

六

在军中待了数日之后，李凌终于将一切事务打理清楚。回府时天色已晚，卸下甲胄，换上寻常的深衣，李凌仍觉身心俱疲。

"蒹葭苍苍，白露为霜，所谓伊人，在水一方……"还没走进卧房，李凌就听到了妻子的歌声，这是她最喜欢的歌谣，他们的女儿也以此取名为"露霜"。

推开房门，明亮的灯火中，嬴蝶坐在窗前，摇着摇篮，歌声轻柔。那个摇篮是嬴蝶花费数月精心设计制作的，集成了无数精妙的机关。内置的音盒能模仿各种声音，雨声、风声、涛声、蝉鸣声，不一而足；可收放的遮阳棚造型酷似树冠，上紧发条后，铜箔裁剪而成的叶片便会微微摇曳，似有清风；嬴蝶有时还会放飞几只机械蝴蝶，小露霜就会停止哭闹，目光跟着斑斓的蝶翼穿梭于枝叶间，咯咯地笑。

"你回来了。这几天你去哪里了？"嬴蝶微笑着问道。

"没什么，去军中转了转。"看着她的笑靥，李凌心中的怨气顿时消了大半。他俯身伏在摇篮前，笨拙地逗了逗刚刚两个月大的女儿。

"孩子交给乳娘照看即可。你随我来。"

略一迟疑，嬴蝶点了点头，摇动摇把，上紧摇篮的发条，摇篮缓缓摇动。然后她随李凌来到书房，在书案前对向坐下。看着面前的楠木棋盘，嬴蝶笑道："夫君今日怎有如此雅兴？"

"怎么，夫人嫌弃我棋艺不精？"

"这些年你倒是有些许长进。"嬴蝶执黑，起手天元，这是夫妻二人的默契。

"听说近日尚贤阁失窃，部分有关蝶镜和天志的文卷被盗，不知此事是真是假？"李凌落下一枚白子。

"确有此事，墨城的几位工匠是东墨的细作，偷了文卷后不知去向。这已是四个月前的旧事了，我和王兄都已下令彻查，你不必担心。"

"听说藏书阁内遍布机关暗器，能闯进这戒备森严之处毫发无伤，怕不是一般的工匠吧。要么就是有内应。"

"天下没有不可攻破的城池，何况区区一栋楼阁。"嬴蝶没有抬头，只是看着棋局。

"按秦律，间谍当处何种刑罚？"李凌的声音很低，几乎淹没在落棋的声音中。

迟疑片刻，嬴蝶答道："车裂。"

"先王废商君之酷刑，唯此一项得以保留，这是为何？"

"这你还是去问法家学者更合适。不过我也有一疑惑，依秦律，见死不救该当何罪？"

"何为见死不救？"

"能救人性命却弃之不顾，便是见死不救。"

"天真。"李凌冷笑道。

"和平的关键在于平衡，若列国衰弱而秦国独大，恐怕我们很快就又要成为当年无道的暴秦了。那几位工匠的眼光比你长远得多。"

李凌终于按捺不住心头之怒，"你以为那些曾颁布法令，纵兵戮秦的国家会如你所愿，利用你的馈赠休养生息，造福百姓吗？你以为只有你有良心吗？你非要卖弄你那点可怜的善心吗？"

"夫君何出此言啊？"嬴蝶不动声色，落子做劫。

片刻无语，李凌叹了口气，"是我失态了。罢了，不谈这个了。我要走了，七日前，王上遣使者持符来访，征发二十万兵士出蜀，大军已经集结，明日就将开拔。"

"王兄这是终于按捺不住，打算收复天下了吗？"

李凌摇了摇头，"不。"

嬴蝶瞄了周围几眼，见四下无人，便压低声音，语气带有几分戏谑，"该不会是你想造反吧？"

"夫人身为墨家钜子，消息不会如此闭塞吧。"

"露霜刚出生不久，需要母亲照顾，而且我随你来蜀郡安胎生产本就是想偷得几日清闲，墨家的事务自有他人打理。"

"山东诸国再次合纵伐秦，檄文已送至咸阳。百万大军，都是各国精锐，已经连克多座城池，不日就将兵临函谷关下。"

嬴蝶蹙眉，愣了好久，"中原连年大灾，他们如何供给这样一次战役？"

"他们征召了所有可用的军队和粮草，胜则生，败则亡，颇有当年楚霸王在巨鹿破釜沉舟的气势。檄文中说，秦国忤逆天志，招致天灾，各国为平上天怨怒，要代天讨伐。看样子，这一战他们势在必得。"

"怎么会这样？"嬴蝶喃喃道。心不在焉之时，她昏招频出，很快便败局已定。

局势占优，李凌却投子认负，"不过是一盘棋，无论胜负都只是嬉戏，但是棋局之外，便真的是落子无悔了，不知你若知今日，当时是否还会放胆做劫。"

嬴蝶默然无语。许久，她才再次开口，"我要与你同去。"

李凌点点头，丝毫没有惊讶，"夫人文武齐备，这下可以见识一番了。"

他拍了拍手，几位侍者走进书房，送来了一柄长剑和一套黑甲。

"过几日便是你的生辰，这套铠甲是我送你的礼物，前几日我差人量了夫人的身形尺寸，本想给你裁几身衣服，却不想用在了铸造铠甲上。之前我高价购得了几匹上好的手工蜀锦，虽说比起汽机织造的锦缎，手工织造并无太多不同，但毕竟含有织工心血。可惜了。这柄剑是使者捎来的，算是王上送你的礼物。据使者说，此剑由王上身后那个犁头熔铸而成。"

"这……他是探得什么消息了吗？"

"不知道，但可以确定的是，以堂堂之阵御皇皇之兵的时代已经过去了。话说回来，建功立业的时代又要到了，我也算是生而逢时。想当初，我也曾经热血似个少年，恨不生逢乱世，舍我谁人称雄。"

剑锋出鞘，李凌欣赏着剑身上优美的铭文，锋利的剑光和目光令嬴蝶不寒而栗。

深夜，昏暗的灯火下，秦王看着桌上的箭矢出神。各国陈兵弘农河东岸已有十余日，而他遣去谈判的使者在联军营地外苦等两个时辰，只等来了一支流矢，扎在脚边。他拿起箭，尖利的三棱箭镞蒙着一层铜绿，看形制，这应该是先秦时的青铜镞，当年秦灭六国战事的遗物。秦王放下箭，长叹一口气，惹得灯火一阵摇曳。

看来这次，各国是打定主意要斩草除根以绝后患了。

这时，军帐掀起一角，侍卫走了进来，"王上，蜀郡郡守和墨家钜子到了。"

"请他们进来。"

李凌和嬴蝶身着戎装，走入营帐，欠身行礼。

"免礼，"秦王站起身，"郡守和钜子辛苦了。六国不长眼睛，这个时候率兵进犯，寡人不得已，扰了二位的清闲日子，还望见谅。"

"臣作为秦人，自当与众将士共赴国难。"李凌拱手道，"蜀郡兵士二十万已到达函谷关，供王上调遣。"

"目前的局势郡守和钜子都了解了吧，"秦王将李凌和嬴蝶带到帐中的舆图前，"二位怎么看？"

"这……"李凌转头对嬴蝶说，"今日时候不早了，钜子先回帐中歇息吧。"

"郡守，休得对夫人无礼，"秦王拦住嬴蝶，"夫人身为墨家钜子，职位要高于郡守，当然有权知晓军中的一切事务。"

犹疑片晌，李凌指了指舆图，说道："依臣之见，联军虽有百万之众，但这崤函之地多山，施展不开。十日前，都江堰的天权、开阳、摇光三座蝶镜同时启动，令弘农河上游连降七日暴雨，弘农河水位暴涨，冲毁了桥梁。就算他们冒险渡河，粮草辎重也供应不上。而我军虽人数远不及对岸，但却坐拥雄关，以逸待劳，箭矢、火药、粮草、兵甲都很充足，守城兵械和火器精良。就算没有蜀郡的这二十万士兵，我们依旧稳操胜券。"

秦王点了点头，而嬴蝶却忧心忡忡，"这正是可怕之处。据我所知，联军的这一百四十万人是六国的全部精锐，而中原连年天灾，他们的粮草最多还能支撑三个月。如此孤注一掷，他们定然是有取胜的把握。联军既已饮马弘农河，却一直未曾尝试渡河，臣以为他们这是在等待某个时机。不知王兄有没有探听到什么别的消息。"

"斥候已经竭力探查，但是仍一无所获。"秦王摇了摇头，"目前，我们只能静观其变了。钜子先回帐休息，有些琐事寡人要向郡守询问。"

嬴蝶微微颔首，转身离去，离开营帐之前，她还是忍不住回头看了一眼，眼神有些忧郁。

"听说来的路上，你们彼此一句话都没说过，晚上也从未住过同一个营帐。"

"臣需要打理军中大小事务，而她一直带着工匠们检查维修机械牛马和兵器，各司其职，互不干扰。"

"就没有别的原因？"

"臣还是没有看住她，"李凌低下头，"请王上治罪。"

"罢了，"秦王摆手，"墨者的职责本就是匡扶弱者，只是现如今，强者和弱者的边界也开始模糊了。如今天下大灾，唯有秦国无恙，列国铤而走险，想要移祸我国也并不意外。更何况，天志泄露出去，于此次的战事，不过是檄文上的两句话而已，而借口想找总能找到。"

"臣……感觉不好，"李凌摇头叹气，"总觉得一个巨大的阴谋正在酝酿。"

"寡人会尽力打探消息，其他的就只能相机行事了。郡守回去歇息吧，世人皆言蜀道难登，十五天就从蜀地赶到了函谷关，一定疲劳至极。"

李凌告辞离去。回到自己的营帐，他挑亮油灯，煌煌灯火中，他却觉得眼前的迷雾愈加浓重。

七

接下来几天仍是无声的对峙，不祥的肃杀在这片不知游荡着多少枉死怨灵的兵家必争之地弥漫，令人心生惶恐。

第五日午后，李凌正在军中巡查，而嬴蝶则与几位墨家工匠一道商议如何提高连发弩的射速，他们都听到了东方传来的几声沉闷的爆炸。此时天上乌云密布，雷雨将至，他们都以为那只是雷震。直到秦王传召。

登上城楼，嬴蝶和李凌刚好看见东面天空中的爆炸火光，隔了一会儿，闷响隐约传来。

"那已经是第五发火箭了。"秦王面带忧虑。

"他们这是在试图改变气象。斥候还没有消息吗？"李凌问道。

秦王轻轻摇头，"我们安插的耳目也杳无音讯。"

等了半个时辰，未见对面有进一步的动作。气象大异，黑云从南方滚滚而来，午后的天色竟如傍晚般阴暗，豆大的雨滴一颗一颗地砸落。

"他们这是要做什么？降暴雨水灌函谷？"秦王面色微变。

"不可能，他们的营地地势比我们低，洪水淹没我们之前会把他们自己先淹了。"远眺弘农河那岸一眼望不到头的敌军营帐，嬴蝶摇了摇头。

"天志怎么讲？"

"不知道，扰动奇点改变气象看似是逆天而行，但这扰动也将成为天志的一部分，如果不依据扰动的强度和方式修正，天志就不再准确，甚至与现实完全不同。现在我无法在数算上描述他们的扰动，我们掌握的天志是不准确的。除非……"嬴蝶环视四周，这才发现李凌已不见踪影。

这时，风停了，城头的军旗低垂，天上的黑云不再翻涌，连雨滴都悬在了半空中。见此异象，秦王和城楼上的众将士都十分诧异，嬴蝶也皱起眉，小心地将手指伸向半空中的透明水滴，但未及触碰，一切就恢复正常，军旗重新飘动，在雨中猎猎作响。

"不好！"嬴蝶突然想到了什么，飞奔下城墙，奔向李凌的营帐，秦王不明所以地跟在她身后。

嬴蝶冲入营帐，只见李凌背对着她站在机筹前，左手撑住身子，右手颤颤巍巍地转动着机筹顶端大大小小的拨盘。后脑还扎着一根闪亮的银针。

"你……没事吧？"嬴蝶颤声问道。

好一会儿，李凌才反应过来。他缓缓转身，嬴蝶和秦王都瞪大眼睛，倒吸了一口冷气。李凌面色如死尸般骇人，七窍流血，脸上布满蛛网般的黑色血脉。他嘴唇微动，还没说出一个字就向前倾倒，嬴蝶连忙上前搀扶，却没能扶住，和他一同跌倒在地。

"快，传军医！"秦王回过神来，才发现卫兵没有跟上，于是焦急地跑出营帐。

"完了……全完了……"李凌喃喃自语。

"你这是怎么了？"嬴蝶抱着李凌哽咽着问。

"不自量力而已，"李凌挤出一个苦涩的微笑，声音细若游丝，"血肉之躯……终究是左右不了气象啊……"

"什么完了？"

"原谅我，"李凌抓起地上的绸带，交到嬴蝶手上，"其实你做了什么……我早就知道……我本可以阻止你……却没有……"

"我知道，"嬴蝶噙着泪说，"我也没想刻意瞒着你。"

"我和你一样，希望我们的都江堰能胜过先祖的都江堰，造福千秋又不为当世祸患……我却不像你那般勇敢，不敢背上叛国背主的恶名……出事之后又责备于你……我就是个无耻的懦夫……"李凌呕出一口污血，昏死过去。

几名军医赶来，将李凌抬至内帐，为首的军医拦住了嬴蝶，"请钜子相信我们，我们一定尽全力医治郡守。"说完，就放下了帷帐。

嬴蝶焦急地在门口来回踱步，过了一会儿她才想起手中的绸带。她捋着绸带看了看上面的符号，惊惧让她不由得停下脚步，她终于明白李凌为何要冒死改变气象。

嬴蝶定了定神，取出机晷看了一眼，发现还有时间，略微松了口气。想了一会儿，她冲到机筹边，扳动底座上暗藏的手柄，机筹外壳开始震动，发出异响，几缕黑烟排出烟道。外露的齿轮逐渐停止了转动，继而开始向相反方向高速运转。

读着机筹织出的绸带，嬴蝶的眉头略略舒展，但很快又拧作一团，她长叹了一声，在心底做了决断，随即命人召来函谷关关令和熟识的工匠。

等待的间隙，嬴蝶悄悄撩起帷帐一角，李凌躺着床上，一动不动，脸上的穴位扎满了银针，像刺猬一样。她吁了口气，闭上眼睛，放下帷帐，不忍再看。很快，关令和工匠先后到来。

"将军，不知这函谷关城中是否有硝石？"

"回钜子，"关令道，"城中火药充足，不需要另行配制。"

"不，只要硝石，越纯净越好。"

"这……也是有的。"

"将你能找来的都交与这位工匠。"

"诺。"关令满腹疑虑，但还是遵命去准备了。

未然的历史

"小壹，"嬴蝶转头对工匠说，"拿到硝石之后，我需要你带人赶制五枚火箭箭首，每个填装二十斤硝石粉，中间放置少量火药，刚好将硝石炸散为宜。你只有两刻时间，能不能做完？"

"这么着急啊？"工匠诧然。

"能不能做完？"嬴蝶重复道。

"能。"盘算片刻，他点点头，不安地转身离去。他从未见过钜子有过如此阴森的目光。

安排妥当之后，嬴蝶走进内帐，李凌躺在床上，已经除去甲胄，面部的血脉痕迹褪去，银针也都拔掉了。"他怎么样？"她努力控制自己颤抖的嗓音。

医官答道："郡守不知为何透支了心力，没有大碍，静养一段时间就好了。"

嬴蝶松了口气，"你们都出去吧。"

几位军医相互对视几眼，识趣地收拾东西离开了。

"死生契阔，与子成说。执子之手，与子偕老……"嬴蝶走到床头，牵起李凌的手，将一张布条塞至他的掌心，"于嗟阔兮，不我活兮。于嗟洵兮，不我信兮。凌，真的是我做错了吗？"她俯下身，在李凌额上轻轻落下一吻，泪水滴落到他的睫毛上，微微颤动。

嬴蝶抹了抹眼睛，决绝地转身离开，回到自己的营帐。披挂齐整之后，她带上佩剑，来到秦王的营帐。秦王刚听取完各位将领的汇报，见嬴蝶到来，他迎上前，"郡守怎么样？"

"军医说没有大碍。"

见她一身戎装，秦王又问："钜子这是？"

"非攻不是非战。既然他们要战，那战便是了。"嬴蝶按着剑柄，深吸了一口气，空气中带着雨水的霉涩。

秦王点了点头。看着妹妹眼中的腾腾杀气，他竟有些发怵，"气象有异，这恐怕是攻城的前兆。"

"不，函谷关破之前他们不会贸然出兵。"

不出兵如何破关？秦王还没来得及说出心中疑惑，就听见帐外异样的骚动。一名士兵慌慌张张地冲进营帐，"启禀王上，关外有银龙从云中蜿蜒而出，落于弘农河上，正向我方逼近！"

"休要胡说……"秦王正要发作，嬴蝶却制止了他。

"未必是胡说。"

"钜子身为墨家工匠，不会相信这等妄语吧。"秦王感到不可思议。

"上城墙看看就知道了。"

冒雨登上城墙，秦王不敢相信自己的眼睛，三条"龙"立于天地间，不见首尾，已经登临弘农河西岸。"那是？"

"当然不是什么龙，"嬴蝶答道，"那是风，无坚不摧的旋风，这函谷关在其面前不过是个脆弱的纸扎。"

"这就是郡守冒死左右气象的原因？"

"是。那些奇点是他们精心挑选的，不仅能掀起这样的旋风，而且让那些旋风消散的奇点远在百里之外，我们不可能在函谷关被摧毁之前令其消散。"

"这怎么办？"秦王有些慌神。嬴蝶没有理会，走到城墙的另一侧，五枚火箭已经安装到轨架上，蓄势待发。

"西南偏西五刻，天顶以下二十刻，距离十里，火箭装药八十四斤七两。"嬴蝶命令道。

"钜子，方向不对。"一名士兵提醒。

"我知道。"

士兵们将火药包一个一个地塞进火箭侧面的暗格中。汽机轰鸣，轨架和火箭指向了既定的方向。

"先发射一枚，其他四枚备用。"嬴蝶取出机署，看了看时间。然后对旁边的一位工匠打了个手势，工匠打亮火折，点燃浸过桐油的引信，然后躲到了几丈之外。

火箭拖着火焰和白烟飞离轨架，在空中展开了轻薄的竹翼。嬴蝶伏在轨架旁，从用于瞄准的石英镜片中观察火箭的飞行轨迹。竹翼不断变换角度，抵抗强风，火箭划过一道弧线，精确地在镜片的十字刻线中央炸成了一团白雾。

嬴蝶低下头，叹了口气。

"你不是说奇点在百里之外吗？"秦王试探着问。

"的确，但那是加热的奇点，"嬴蝶站起身，解释道，"他们忽略了一点，加热的奇点我们鞭长莫及，而冷却的奇点却就在附近。冷却的奇点一般用不到，因为缺少冷却的手段。而那枚火箭的箭首填装了硝石粉，溶于雨水后将会冷却奇点。"

"那旋风很快就会消散了？"

"不会。"嬴蝶摇了摇头，"太晚了。"

恐慌开始在周围蔓延。秦王仰天长叹，神情却多了几分释然。他下达命令，除了最前沿的一千人马，其余军队全线后撤。随后，他解下佩剑，躬身呈至嬴蝶面前，"虎符和玺绶在我的营帐里，从此刻起，秦人当奉钜子为主。"

"让位？王兄这是要逃？"

"不，我将与这函谷关共存亡。然国不可无君。若函谷关破，关中将无险可守。希望钜子带领军士和百姓退入巴蜀，以图来日。"

"我没有资格。"嬴蝶低下头。

"走吧，就算不为自己考虑，你也要替郡守考虑，替你的孩子考虑，她叫什么来着，露霜，蒹葭苍苍，白露为霜，是个好名字，可惜还没见过，以后可能也没机会了。"

说到女儿，嬴蝶眼睛黯淡下来，喃喃道："凌不会有事，露霜会平安长大，你们也不会死，都不会……"

"没有时间推脱了。你身为墨家钜子，又有王族血统，没有人比你更合适了。"

"是我做的，"嬴蝶抬起头，闪电将她的脸映得煞白，"天志是我帮东墨的细作偷走的，本以为自此天下将风调雨顺，不想却招致如此灾祸。"

这句话同天上的雷震一同炸响，秦王看起来却没有丝毫意外，他看了看身边震惊的众人，说："你们先回避一下。"

"我知道，"待旁人散开，秦王说，"就算前钜子和郡守轮番劝说，你终究还会将那些话当耳旁风。其实你没做错什么，是非曲直，善恶黑白，不应该以利益为准绳。但是，在其位才能谋其政，想要荫庇天下，必先为天下共主，望钜子谨记于心。"

"需要记住这些话的人，是你。"

"什么？"

嬴蝶没有理会秦王的不解，立于城头，一言不发。黑云越压越低，关城内外宛若深夜，闪电不时划过天际，勾勒出那三道旋风漆黑的轮廓。旋风卷集着河水和沙石，步步逼近。

城头的队列开始动摇。恐惧的气味开始在函谷关中蔓延，秦王茫然无力，而身边的嬴蝶看起来却镇定自若。

旋风看上去已近在咫尺，再也不会有人将其误认为龙了。电光中，旋风已然看不出弧度，仿佛三堵顶天立地的巨墙正缓缓倾倒。

一些士兵丢下武器，哭喊着跑下城墙，百夫长们试图维持秩序，但是收效甚微。眼看就要全线崩溃，秦王却没有理会，因为他注意到，旋风逼近的速度大大放缓。

"旋风无法消散，但是可以转向……"秦王低声自语。绝处逢生，他如释重负。

越来越多的士兵也察觉到了这一点，崩溃的趋势也随之放缓。呼啸的风声逐渐远去，仿佛有一只无形的巨掌自函谷关伸出，将旋风缓缓推离。城头的队列又有些许骚动，这次是因为劫后余生的庆幸，还有几分幸灾乐祸，因为旋风退却的方向正是联军营地的所在。

过了不到一刻，战马嘈杂的嘶鸣从远方隐约传来，接着是凄厉的哭号，夹杂在风声、雨声和雷声中，听不真切。天地间仍是一片漆黑，唯有电光不时划过，转瞬即逝。

咚咚两声，一个圆滚滚的物什从天上掉下来，砸在城墙上，滚到秦王脚边，近旁的侍卫弯腰捡起，呈给王上。秦王接过来，发现那是一个戴着齐国盔帽的头颅，面目扭曲，惊恐可怖，脖颈的断口参差不齐，不像是利器所伤，更像是硬生生扯断的。

嬴蝶见状冷笑道："手握神祇之力却仍执着于攻伐，可笑。"

秦王将头颅赏给了侍卫作为军功，借着雨水抹了抹手上的血。"看来妹妹是真的生气了。"

"他们死，或我们死，这次没有犯糊涂而已。"嬴蝶语气平静如水，"墨者不屑作恶。但论作恶的能力，那些忘恩负义的宵小未必能及嬴蝶分毫。昔日白起将军戎马一生，斩杀列国士卒百万之众，号为人屠。今日看来，取百万人性命，或许并非难事。"

妹妹的话让秦王浑身发冷，说不出话来。不时有断肢残甲从天而降，砸倒了几名士兵，倒下的士兵被抬走，位置也被补齐。队列齐整，巍然不动，全然不似方才的惶恐。

雨停了，雷电逐渐停息，风声也小了下去，关外细微的呻吟声连成一片，但也很快沉寂。几道金光刺破厚重的云墙，投向函谷关城头，投向弘农河两岸的遍野狼藉，时间才刚到傍晚。嬴蝶回头望向西方红彤彤的晚霞，她不由得回想起，当年她也是在这样的霞光中信马走向墨城，以为自己能和那个刚刚认识的年轻郡守一道，为这天下开得万世太平。

"派五千骑兵，出城，渡河，如遇生还者，不予受降，尽斩之。"秦王对传令兵吩咐道。

"接下来王兄将做何打算？"嬴蝶解下盔帽，掸了掸雨水。

"东进。"秦王昂首道，"天子一怒，伏尸百万，血流千里。"

利剑铮然出鞘，抵住秦王的喉头，卫士连忙上前，但秦王挥手制止了他们，面不改色，直视妹妹淡漠的双眸。

"两个时辰前我曾奉上佩剑，但你没有收，如果你现在想要尽管拿去，你也可以直接杀了我。但这都改变不了大势，现在六国精锐尽没，秦国又师出有名，没人能无视这一统四海的良机，也没人能抵挡君临天下的诱惑，即便是你。"

沉默。

"的确。"嬴蝶垂下眼帘，看着手中由犁铧铸就的利剑，黯然道，"犁不该被熔铸为剑，不过，既然利剑已经铸成，入鞘之前，必须见血。"话音未落，剑锋掉转。寒光流转之间，血溅五步，人头已然落地。

秦王悚然一惊，后退半步，双唇微颤。僵立半晌，他单膝跪地，合上嬴蝶无神的眼睛，藏住了她最后的忧伤。

"到最后，你果真还是死得像个墨者。"秦王抬手拭了拭眼角，不知是血还是泪。

晚上，出击的骑兵送回消息，敌军营地一片狼藉，到处都是残肢断臂和兵械碎片，弘农河上漂满了敌军尸体，几乎可以阻塞江水，而他们遇到的小股敌军也都军心涣散，无心抵抗，有些甚至已经疯癫失常。秦王原本担心这是个圈套，但现在看来，如果这是陷阱，那代价未免也太大了些。思虑再三，秦王还是决定一鼓作气，待到破晓时分便开关东征。

凌晨，侍卫报告说郡守醒了，秦王没想到这么快。报丧这种差事本来无须君王插手，但秦王还是决定亲自告知。在帐外徘徊许久，他才斟酌好措辞，步入帐中，却见李凌靠在床头，颓然垂泪，手中攥着一截布条。左右的侍从和医官都惊恐地摇头，表示自己什么也没说。

秦王走到床边，取过李凌手中的布条。那应该是袖口撕下的一块布，上面写满了小字：

凌，我终究还是负了你。事已至此，按秦律，间谍当处车裂之刑；依墨规，杀人者死。如今烽烟再起，生灵涂炭，而这都因我而起，只叹我本想福泽天下，却置万民于水火，无论今日胜负如何，嬴蝶都不可能苟活，唯愿来生无憾。照顾好露霜，照顾好自己，若你不那般恨我入骨，请将我的尸首带至蜀地安葬。好山好水，确是埋骨之处。

事先备好的说辞凝在口中，秦王手足无措。李凌却先开口，声音嘶哑："王上不必理会我，大业为重。"李凌抬起头，泪光中的怨怼利如兵刃。

"你多休息。"秦王自觉已无话可说，告辞离去。走到一半，他还是忍不住停下脚步，"不只是你失去了妻子，寡人也失去了最心爱的妹妹。"他不觉眼睛一热，没有回头。

走出营帐，秦王正好赶上出击的骑兵回营。星光和月光映在他们的铠甲、长枪和腰间的短铳上，散出一片寒光，机械战马不时发出几声嘶鸣，眼中口中随之喷出几缕烈焰和蒸汽。见到王上，骑兵们纷纷举起长枪致意，枪尖上都明晃晃地挑着一个或几个血肉淋漓的敌军头颅。

不知是不是错觉，秦王觉得那些死不瞑目的头颅眼中都似有几分戏谑，像是在嘲弄自己。

见到妻子的尸首后，李凌像具机械一般未发一言，也未再落一滴泪。他只是在沉默中卸下嬴蝶的戎装，一针一线将她的头颅和身体缝合，又一点一点地拭去她身上的沙尘和血迹。第二日拂晓，一切安排妥当，他将兵符交给了同行的郡尉，然后牵起妻子生前心爱的机械马，带上她的灵柩，沿着来时的道路，逆着黑色的铁流，孤独地走了，只给这巍巍雄关留下一个默然的背影。

在他的背后，函谷关外，秦王面朝东方，横剑立马，绝对忠诚的军队列于身后。

"岂曰无衣！"年轻君王的嗓音愤怒而沙哑。

"与子同袍！"同样年轻的虎狼之师以长枪拄地，吼声令函谷关震颤。

未来的皇帝举起长剑，指向苍穹，锋刃在血色的朝阳中依然闪着凛冽的银光。

这一年，秦王下诏，改年号为元进，开关东出，誓要夺回曾属于秦的天下。

一时间，各路势力不断涌现，想要在这烽烟乱世中崭露锋芒：兵者排兵布阵，儒生空谈仁义，野心家纵横捭阖，甚至有术士掘开长平古战场的万人冢，对地下亡灵的骸骨吹响了羌笛。但在铁与火的绝对暴力面前，任何法术和阴谋都不堪一击。秦国境内大大小小的墨家工厂中，原本生产耕牛的流水线上，现在跃下的却是健壮的钢铁战马，铮铮铁蹄正踏碎山河。

元进五年冬，凄风冷雨之中，秦军攻陷彭城，末代楚王项扬点燃虞宫，自焚而亡。至此，天下归一。

八

天下初定的第二年，都江堰的清明祭水大典刚刚结束。嫣红的夕阳中，李凌背靠离堆观水台的栏杆，看着露霜在不远处嬉戏。母亲留下的机械蝴蝶飘飞在半空，她追逐着，却怎么也追不上，就像侍从总是追不上她一样。

"多年未见，郡守可还安好？"

李凌循声望去，当初的秦王，如今的皇帝，闲步走来。陛下一身富家公子打扮，鬓角已然染霜，再不似当年那般意气风发。五年的征战让他看起来老了十岁。

"陛下。"李凌躬身行礼。

"罢了，"陛下挥挥手，"郡守不愿见朕，那朕就只能来找你了。"

"臣不敢。臣收到了陛下的消息，但我一早便答应女儿要带她来看祭水大典，臣不想食言。请陛下恕罪。"

"朕早听闻这大典热闹，可惜紧赶慢赶，还是没赶上。"

李凌向侍从招了招手，让他带女儿过来。"见过陛下。"露霜奶声奶气地说。

皇帝面露微笑，抚了抚露霜的头，又摘下腰间的玉佩，塞到她手中。

"陛下，这……"

"怎么，郡守觉得这见面礼寒酸？"陛下笑道。

"……臣替小女谢过陛下。"李凌叹了口气，吩咐侍从带女儿下去等待。目送女儿消失在观水台的阶梯处，李凌看了看周围，只有七八个便装侍卫。

"天下初定，不知多少刺客虎视眈眈，怎么就带了这么点人啊？"

"这次巡游很少有人知道，每到一地之前朕都会提前告知当地，由他们负责防卫。再说，先帝出访哪次不是声势浩大，结果又如何？当死则死，倒毙路旁总好过堆在一车咸鱼里发臭。"

"这怕是对先帝有些不敬吧。"

"他老人家要是自觉受了冒犯，可以降块陨石，上书'四世死而地分'，"陛下抬手指了指天，语气有些轻蔑，"或者直接砸死朕，到时候郡守可要离远些。"

"呵，履帝王之位者，果然非常人所能及。"

陛下没有理会话中的棘刺，"嬴蝶她……"

"我将她葬在了青城山上，她喜欢看都江堰的水。"

看着李凌眼中的忧伤，陛下有些不安，"郡守你这些年可还好？"

"我没事。"李凌摆了摆手，面无波澜，"说实话，我并不悲伤，甚至为她看不到今日而感到庆幸。眼睁睁看着信仰被自己掀起的大势碾碎，对一个有所执持的人来说，这才是最残酷的刑罚。"

"可朕听说郡守自函谷关归来，一直不问政务，五年来唯一一道命令是让百姓在成都的大小街巷种满木芙蓉……"

"臣也已有五年未领俸禄。陛下若想革去我这郡守之位，不需要知会我。如陛下还觉得不够，可以将我李家的家产一并罚没，只望陛下能留一根竹杖，一只破碗，臣好去成都街头讨饭，养活小女。"

皇帝几乎被这连弩般的回应噎得说不出话，"你怨朕。"

"臣不敢，"李凌的语气冷若冰霜，"臣只是有一事不明，思索多年无果。如今天下一统，且相较昔日武王伐纣，陛下得天下之正，青出于蓝。只是不知，这究竟是天助，还是人谋？"

"郡守似乎意有所指。"

"不敢，"李凌挤出这两个字，"但谁人不知陛下的耳目遍及天下，列国对重臣的策反，陛下就没有一点防备吗？她的所作所为，陛下当年真的是事后才知晓的吗？当年窃取文卷的工匠现在何处，他们真的只是东墨的细作吗？六国又是受何人怂恿，偏要在国力衰弱之时出兵讨伐？看这五年中秦军所向披靡的气势，想必当初也并非仓皇出征。也对，帝王宝座，万世基业，本就当以天下万民为牺牲，区区至亲又算得了什么呢？"

"大胆！"侍卫终于忍不住，厉声呵斥，但陛下抬起手，示意他退下。

"郡守这是不明白吗？郡守自以为明白得很哪。"陛下苦笑道，"利高者疑。朕不想辩解，也解释不清。"

"是啊，陛下当然无须向臣子解释任何事。"李凌感慨道，"群雄已然覆灭。工匠、墨者、术士、列王，都已经远去了。未来是属于皇帝的。"

"不，这世上没有长生不老的帝王，也没有长盛不衰的国祚，只有你们的功业是永恒的。如今世人看到这都江堰，想到的是李冰而不是昭王，后世子孙看到南山上的蝶镜，感念的也将是你和她，而不是朕。而朕此番前来，是希望郡守再次出蜀，将南山的都江堰扩建至关外，使其荫庇天下，如嬴蝶当日所想。"

"陛下应该不需要我。"李凌摇了摇头，"临淄之战，城内连降十日暴雨，不攻自破；攻邯郸时，五股旋风从天而降，将整座城池夷为平地。想必您的门客中不乏精通格物术和机关术者。"

"是，"陛下点头承认，"朕是想给你机会。"

"什么样的机会？"

"在你有生之年，成她未竟之愿。"

李凌陷入沉默。在他脚下，从天际飞泻而下的江水化为湍急的碧色水流，咆哮着，翻滚着，却未见越堤堰一步，被驯服的江水温顺地掉转方向，去濡润那肥沃的万亩良田。与此同时，千里之外，都江堰的蝶镜舒展开硕大的银翼，将最后一抹阳光投向最近的奇点，流云拂落，南方的洪水化为了北方的甘霖。流水伴着流云，在万丈霞光中流向远方，流向未来。

"此事需从长计议，今日先不谈这些了。"陛下拍了拍李凌的肩，"先回府吧，朕从楚地带了几坛好酒，可与郡守共酌。"

星垂，《孤帆远影》获第三届冷湖奖短篇组三等奖，《口琴》曾入围第七届未来科幻大师奖十五强。

神圣之声

索何夫

一

“我以我的名誉向您保证，主席阁下，那些灰湾佬全都疯了。”

每个曾来过这里的人都知道，帆角港基地的会议室是个相当不舒服的地方——这间狭窄的长方形房间位于基地堡垒最东端的老塔楼顶部，从两人高的石质落地窗中可以直接望见劲风岬下波涛汹涌的鸽灰色海面。从南方的海面上刮来的咸湿冷风一刻不停地从没有窗扇的窗口涌入花岗岩砌成的房间内，发出上千个女鬼合唱般的刺耳呜咽声。

房间里唯一的壁炉深深地镶嵌在灰色的石质墙壁内，看上去倒更像是个摆放灯笼的壁龛。尽管壁炉里正毕毕剥剥地烧着一捆刚从堡垒储藏室里取来的干松木，但此刻正站在大厅一角的马克·伊文斯怀疑，那捧小小的火焰所散发出的热度大概连温暖主席本人的后背都不够。大厅的中央还吊着一只拳头大小的电灯，据说，在伊格内修斯爷爷的时代，这玩意儿发出的光比一百支蜡烛还要亮堂。但现在，它仅仅是一件装饰品，就像挂在壁炉上的徽章和佩剑一样，作为旧时代宏伟画卷的一小片残迹存在着。

“疯了？”在那张用浮木钉成的老扶手椅上，伊文斯的上司、导师兼前监护人，下达尔马提亚与西色雷斯的仲裁者和首席司法官，帆角港基地的第一公民兼主席伊格内修斯·纽文正交握着戴着黑色海狸皮手套的双手，耐心地倾听着他的商业代表兼情报提供者哈菲佐拉·法佐里的报告。

据说，伊格内修斯年轻时曾是远近闻名的浪子，对基地的福祉和家族的荣耀毫无兴趣，将整个青年时代都花在了与商队和流浪学者们四处游荡上。但现在，坐在伊文斯面前的却是一位领袖中的典范，举止威严而不失优雅，毫无表情的褐色面庞一如帆角港海岸峭壁上饱经风霜的磐岩，"你确定？"

"千真万确！"矮胖的图兰商人急切地点着头，活像是一只渴望从主人那儿讨块骨头吃的猎狗。当然，现如今，联邦境内的外邦人地位确实也不比一条在城堡大厅里找食的狗高到哪儿去：自从执政官阿纳斯塔修斯五世轻率地挑起与东方诸国的战争后，几乎所有外邦人都已不再受欢迎。他们的公民权被取消，经营生意的特许状被剥夺，人身安全不再受法律保护，有不少人还因为各种莫须有的罪名遭到逮捕，甚至丢了性命。哈菲佐拉·法佐里之所以还能把生意做下去，完全是靠着帆角港公民的身份——尽管他在帆角港所拥有的只是一小块除了礁石和海浪外一无所有的象征性"地产"。

"我早就说过，凯恩·韦那小子的脑袋有问题，"伊格内修斯·纽文的首席参谋陶尔斐斯上校一脸不屑地评论道，"他的家族有东方佬的血统，谁都知道，东方人不是疯子就是脓包，斯拉夫人和图兰人也许还能派上那么点儿用处——"他斜眼瞥了瞥站在他身边的哈菲佐拉·法佐里，"但那些龌龊的……"

"够了！"主席厌恶地挥了挥手，"继续。"

"是的，阁下，"哈菲佐拉说道，"我派到橄榄镇和矮柳集的小伙子们向我提供了一致的情报：至少有好几万人——也许更多——'神圣之声'教派的疯子们正在从四面八方向灰湾的领土上聚集。在盐滩镇和矮柳集，所有的店家都在诅咒凯恩·韦和他身边的那帮神秘学家，因为他们的主席命令他们必须免费为这些疯子提供饮食和住宿。我的商行也蒙受了很大的损失，那个小杂种允许那些杀千刀的家伙随便从我的店里拿走任何他们想要的东西，只要在保付单据上摁个手印就行。呃，阁下您明鉴，哪个有理智的人会相信，那些不名一文的傻瓜会回来为几张羊皮纸付钱呢？我的会计们全都在向我诉苦……"

"说正事，法佐里先生！"

"呃，是的，阁下，"图兰商人瑟缩了一下，下意识地拉扯着用花花绿绿的塑料线绑在脑后辫子上的一连串铜饰，"我的小伙子们非常肯定地告诉我，这些疯子全都是被凯恩·韦招来的——那条小鼻涕虫似乎相信，他们的那个疯子教派所追求的那个什么'大奥秘'很快就要揭晓了。因此他们有必要发起一场规模空前的朝圣运动。现在，灰岩堡和它属下的村镇的粮仓几乎快被这些疯子吃空了，那些外邦人开的粮店也全都关了门，只有行脚商人们还敢到那儿做点小本生意。所有人都说，凯恩·韦已经从他领地边境的塔楼和哨站里撤离了所有士兵，还解散了手下的大部分守备队和警卫。在灰湾的城镇里，商人们放弃店铺和货栈，农夫离开田地，工匠们也遗弃了他们的作坊。成千上万的人正变卖掉他们所有值钱的家当，准备加入这场由他进行的朝圣中去。"

"笨驴拉稀屎，蠢货干蠢事，"德拉科·陶尔斐斯用鄙夷的语气评论道，"我敢打赌，等到今年冬天，这帮白痴就得靠吃老鼠和皮靴过活了。"

伊格内修斯的其他顾问纷纷出言附和，有人甚至发出了幸灾乐祸的笑声。只有帆角港主席仍然双手交握、神色凝重，似乎正在思考着什么。

众所周知，"神圣之声"是一个古老的教派，创立于信史开端之前的黑铁时代。它的信徒们坚信，终有一日，传说中的"神圣之声"会再度降临这个世界。到时候，只要在正确的时间前往正确的地点，以正确的方式聆听，来自天际的声音就会将无穷无尽的知识重新灌入他们的心灵，让他们成为传说中无所不知的"智者"，带领人们重返光荣的科技时代。

不过，至今还没有哪个"神圣之声"信徒真的成功过——确实有不少人声称听到了"神圣之声"，并在朝圣结束后自封为"智者"。但事实证明，这些人要么是骗子，要么就是彻头彻尾的疯子。两年前，曾经有几个这样的家伙来到帆角港，声称伟大的"神圣之声"就隐藏在城堡附近的一座"圣井"之下。这种不珍惜自己生命的愚行，事后自然遭到了帆角港人义愤填膺的谴责——这主要是因为他们没有通知任何人，就偷偷跳进了镇上唯一的一口井里，等到大家发现情况不对时，井水已经被腐烂的尸体搞得没法儿饮用了。

"或许执政官阁下会帮助他们，"在一阵哄笑与议论声中，一个略有些羞怯的声音突然插了进来，"凯恩·韦不是提奥多罗斯家族的亲戚吗？"

马克·伊文斯话刚出口，就意识到自己犯了个错误——作为一个见习军官、一个帆角港属下的镇长的儿子，他能够有幸列席如此高级别的会议本已是破例，而不经许可擅自发言则是彻头彻尾的僭越举动。值得庆幸的是，尽管不少人——尤其是陶尔斐斯——对他投来了愤怒的眼神，但主席本人看起来却并不生气。

"是的，凯恩·韦确实是提奥多罗斯家族的亲戚，他的母亲是阿纳斯塔修斯四世的幼妹，但这并不代表现在这位执政官就会喜欢他，"主席缓缓地说道，"我们亲爱的阿纳斯塔修斯四世之所以把他那个白痴妹妹嫁给韦氏家族，就是为了将来能名正言顺地接收灰湾基地——如果凯恩·韦不幸发生意外，或者放弃了自己的领地，执政官就可以名正言顺地将半岛南部的领土收入囊中。"

"但这白痴现在却打算穿过我们的土地，带着好几万人拖家带口地到鸟不拉屎的北方大荒原去找什么'神圣之声'，就因为他身边的那帮寄生虫灌进他耳朵里的鬼话！"哈菲佐拉双手一摊，"我得承认，韦家

　　　　　　　　　　　　　　　　　　　　　　　未然的历史

算不上什么好邻居，但提奥多罗斯家更糟。"

"没错，"陶尔斐斯没好气地接着说道，"大人，我认为我们应该派一半的基地守备队到边境去，再征召民兵守住从大道到山间小径在内所有通往南方的道路，把每一个试图越境的蠢货都踢回家去。"

"不，"主席缓慢地伸出右手修长的食指，"古老的条约和习惯法都没有赋予我们这么做的权利，凯恩·韦先生当然有权穿越帆角港的领土，其他灰湾公民们也一样。陶尔斐斯上校，立即向每个士兵传达我的命令：不得阻碍任何来自灰湾的朝圣者——无论是个人还是团体——穿过我们的边境，他们的安全必须得到保障。魏格纳先生，我要您马上去起草一份公告，通知境内的商人不得以任何理由拒绝向朝圣者提供食物、药物、饮水或者任何必需品，只要收署名发票就行。他们的相关支出将从今年的税收中全部减免。"

陶尔斐斯惊讶地张开了嘴，似乎还想争辩几句。但在主席毫不妥协的目光之下，他最终只是耸了耸肩，与书记官一同离开了觐见室。"你的情报对我很有价值，法佐里先生，"伊格内修斯·纽文说道，"事实上……或许比我预料中的更有价值。"

"能为您效劳是我的荣幸，"哈菲佐拉飞快地说道，"也许您愿意从我这儿买点什么？我手上有一些刚从小亚细亚搞来的小男孩和小女孩，全都又乖巧又听话。我还有旧纪元的万灵丹、醒脑药水、来自东方的神秘毒药……呃，您既然拿到了情报，总得给我点赚头吧。对不对，大人？"

"我们这儿不买偷来的孩子，也不需要用薄荷油和蜂蜜调制的万灵丹，"帆角港主席摆了摆手，"不过，我同意你的意见——为帆角港效劳的人应该得到报酬，"他突然将目光转向仍然站在会议室角落的马克·伊文斯，"伊文斯先生？"

"呃，大人？"

"我也有一项任务要交给你，"伊格内修斯双眼凝视着悬在会议室中央的电灯，"明天一早，你和法佐里先生一起出发，陶尔斐斯先生会告诉你该做些什么……"

二

暮春时节的夕阳就像一只橙黄色的特大号水母，有气无力地漂浮在西方波光粼粼的海平面上。毫无热度的阳光在富含泥沙的黄褐色海水上来回折射跳动，活像是这只水母朝四面八方伸出的无数触手。

在用石板铺成的史盖斯镇街道两旁，一些货真价实、被切掉触手的水母正与几串沙丁鱼一道被挂在树枝搭成的晾架上，在阴冷的晚风中像旗帜般飘动着。与那些从学走路时起就开始和渔具与船只打交道的专业渔民不同，史盖斯镇的居民们大多是在最近几年里才放下账本和炭笔，开始操持这门陌生的行当的。

在伊文斯的祖父还活着的时候，史盖斯镇是西海岸地区几座小有名气的贸易中心之一，来自东方的马队与贸易船只为这座小镇带来了源源不断的财富。而在他父亲的时代，本地人甚至曾试图重新发明出依靠蒸汽运行的商船——直到联邦在阿纳斯塔修斯五世领导下对东方诸国开战，并对境内的一切贸易课以重税。在那之后，镇上的人要么跟着商船去了仍有生意可做的西方，要么不得不加入联邦军队混口饭吃，剩下的老弱妇孺则不得不自谋生路。

现如今，镇上的市场和旅店早已门可罗雀，码头上也只剩下为数不多的捕鱼小船。由于无人照管，街边到处是半人高的杂草，只有镇内的大道还算干净——这条仿佛由整块黑玻璃打磨而成的道路是科技时代遗留的产物之一，尽管经历了数个世纪的风吹雨打，但不曾出现一丝裂痕或一点儿瑕疵。

不过，今天的史盖斯镇暂时恢复了往昔的繁华景象——这都要归功于途经此处的数万名前往北方探访"神圣之声"的灰湾人。那些手头稍微阔绰一点儿的朝圣者大多住进了镇上旅馆里那些尘封已久的客房，而更多的人——包括凯恩·韦本人——则选择了在海岸边的开阔地带露宿。五花八门的帐篷与篷车围绕着史盖斯镇的码头区，形成了一座小型城市，其中最显眼的无疑是灰湾基地首脑们的大车。这些花里胡哨的大玩意儿从头到尾封闭得严严实实，仅有的两扇窗口也被华丽的金红色织锦遮盖着，看起来更适合那些等待出嫁的女孩，而不是她们的父亲和夫婿。

"嘿，看哪，奶嘴大人来了。"当伊文斯穿过一排排帐篷，返回帆角港人的营地时，迎面而来的风中传来一个被刻意压低的粗哑声音。"奶嘴大人"是这帮士兵替他们名义上的长官起的一连串绰号之一，但还不是最糟的一个——伊格内修斯·纽文拨给伊文斯的这二十名骑兵都是帆角港守备队中最有经验的，但这也意味着他们有着一切老兵所共有的臭脾气。对一个没有任何正式头衔，更没有经验与资历可言的 19 岁年轻人而言，要驾驭这群家伙本就非易事，而凯恩·韦给他的"优待"更让情况雪上加霜。

按照主席的明确命令，伊文斯的任务应该是在灰湾人穿过帆角港领地时为他们提供护卫，并确保这些人安全地前往北方大荒原朝圣——而不是相反。伊文斯曾以为，灰湾基地的主席很可能不会乐意与一支不属于自己的武装队伍时刻相伴。但出乎他意料的是，凯恩·韦不但欣然接受了帆角港人的"护送"，还相当热情地为伊文斯安排了更"符合身份"的旅行方式——在接下来的一周里，伊文斯都不得不待在那辆嘎吱作响、不断摇晃的华丽马车里，只有在宿营时才能短暂地呼吸一会儿新鲜空气。

这件花里胡哨的交通工具不但极不舒适，也让他进一步成为骑兵们眼中的笑柄：每当伊文斯试图与他们一道在营火旁坐下，或是向他们发号施令时，总会有人发出嘘声，甚至在他身后放上一发空枪，然后一脸无辜地请求"伊文斯女士"原谅自己的失误。而在背地里，这帮老油条每天都会为他发明一个全新的绰号，每个都比前一个更有新意，当然也更尖酸刻薄。

伊文斯摇了摇头，转身离开那些正在为他今天的新绰号展开激烈争论的骑兵们，走向搭在码头旁的大帐篷——那是哈菲佐拉·法佐里和他手下商队的宿营地。几十名穿着棕色短上衣、打着麻布绑腿的工人，正像一群工蚁一样忙碌地从商船上卸下一箱箱酒、熏肉、糖和各种日用品。尽管大多数前去寻访"神圣之声"的朝圣者都满足于帆角港人免费提供的陈面包和井水，但总有些人会试着让自己过得更舒服一点儿。

"您来得正好。长……呃，阁下。"哈菲佐拉·法佐里的帐篷内部看上去就像一座小型宫殿：贵重的地毯铺满了地面，上面堆着小山般的织锦枕头。目力所及之处都是闪闪发光、价值不菲的小玩意儿。这位富商正跪坐在一只做工精巧的提灯前，一边享用着一大碗奶油泡无花果，一边把玩着一支有着银质握柄和镀金枪管的手铳。

当伊文斯走近时，他发现那只提灯中跳动着的并非火焰，而是毫无热度的冰冷荧光——像这样的科技时代的古董几乎全都价值不菲。

"这几天过得可还满意？"

"算是吧。"伊文斯揉了揉坐得酸疼的大腿——说实话，比起乘坐那些奢华、缓慢却完全与舒适无缘的马车，他倒更愿意用双膝跪着赶路，"看来伊格内修斯先生给了你不错的报酬，法佐里先生。"

"这么说可不太准确哪，大人。"哈菲佐拉舔了舔沾满奶油的粗短手指，然后从他的藏品柜里取出一瓶红酒，递给伊文斯，"咱们的主席大人不过是给了我一个为这些人提供方便的机会罢了——想想看，跟着凯恩·韦大人一起朝圣的有三万多人！这一路上有哪座镇子、哪家商铺能为这么多人提供他们想要的东西——尤其是在咱们尊贵的执政官阁下把其他东方商队都赶走之后？更何况，我的价格可是相当公道——"

"没错，非常公道。"伊文斯一点儿也不打算掩饰语气中的讥讽意味，"所以您打算继续慷慨地为这些人提供'方便'，直到他们找到'神圣之声'为止？"

肥胖的图兰商人耸了耸堆满脂肪的肩膀。"'神圣之声'？"他舔了舔嘴唇，"那不过是个虚无缥缈的传说罢了。"

"但传说总是有根据的。"伊文斯为自己倒了一杯酒，抿了一口。

"根据？没错，当然有根据，"哈菲佐拉将另一颗无花果塞进嘴里，那张沾满汗渍的胖脸上露出了沉思的神情，"所谓的'神圣之声'或许只是骗小孩的鬼话，但传说中的'智者'确实是存在的——至少曾经存在过。"

"哦？"伊文斯的好奇心被勾了起来，"真的？"

"在你们这里，在西方，人们早已遗忘了古老的传说与歌谣。但在我的故乡，有一些人仍然记得很久以前的事情——远在联邦建立之前，甚至早在古老的黑铁时代之前，"图兰商人的声音变得低沉了一些，"您对科技时代有多少了解，大人？"

"不是很多。"伊文斯诚实地说道。

"在旧纪元，人类曾经创造了许多伟大的奇迹，"哈菲佐拉又吞下了一颗无花果，然后用一杯加了蜂蜜的山泉水润了润喉咙，"在那时，殖民者驾驶着巨大的船舰在群星间遨游，到那些遥远的世界开疆拓土；在那时，人们可以榨取太阳和星辰的力量为自己效劳，凭空召唤出光明与温暖；在那时，几乎没有人会在年老体衰之前就英年早逝——因为当时的医疗技术几乎可以治愈一切疑难杂症。而这一切都建立在知识之上：旧纪元的人掌握着我们连做梦都无法想象的海量知识。随着时间的推移，他们的知识越来越多，最后终于到了快要把自个儿压垮的地步。"

"压垮？"伊文斯下意识地皱起眉毛，他差点以为自己听错了，"这怎么可能？"

"哦，当然可能，"肥胖的商人从腰间拔出了一把匕首——这件小巧的武器做工精致、质地上乘，许多士兵会很乐意花上一个月的薪水买下它。但对哈菲佐拉·法佐里而言，它不过是一件纯粹的装饰品而已。"众所周知，即便制造最简单的东西也需要相应的知识，而复杂的知识又建立在那些相对简单的基础知识之上。比如这把匕首，它是我的一个老朋友送给我的，他是小亚细亚最优秀的武器工匠。为了能制造出这样的东西，他花了整整十年去学习如何挑选最好的原料，如何控制锻炉的火候，如何精准地判断与控制每次敲打刀刃的力道和位置，又该怎样在淬火前将装饰图案镂刻在红热的钢铁上，而要想掌握任何一道工序，他都必须先学习更多与之相关的知识。科技时代的人其实也一样：在无止境的欲望驱动下，他们不断地开拓、探索、研究，直到最终陷入原地踏步的困境。"

伊文斯一气喝光了杯中的残酒，然后又为自己续满了一杯。图兰商人的藏品确实是上等货，他甚至怀疑，就连各个基地的主席们平时也喝不上这种好东西："为什么？"

"因为知识本身成了累赘，"哈菲佐拉答道，"几千年的高速知识积累——当时的人管这叫'知识爆炸'——让科技时代的人在许多领域都取得了极高的造诣，但也极大地限制了他们进一步发展的余地：如果有人想在某个领域取得哪怕最微不足道的成就，他都必须将大半生的时间花费在对基础知识的学习上，许多从青年时代开始求学的人，直到耄耋之年也无法取得独自主导研究的资格。而过于高深艰涩的求学之路又让绝大部分人丧失了学习的兴趣。当时的世界上只有两种人：少数人皓首穷经、竭尽全力维系着宏伟却摇摇欲坠的文明大厦，而其余的人却像现在最卑微的农夫一样无知——因为他们根本没有哪怕最起码的求知的动力。这些人只需要懂得屈指可数的几项技能，甚至压根儿用不着工作，就能像朽木里的蠕虫一样舒舒服服地消磨一生。"

"当然，这种情况引起了某些有识之士的警觉——这些人意识到，陷入困境的人类文明必须独辟蹊径，他们内部分成了两派：其中一派人认为，应该用超级人工智能——呃，那是一种古代人的发明，可以让机器像人一样学习与思考——全面代替那些效率低下的人类学者进行科研工作，但这个提案遭到了另一派人的坚决反对。"

"为什么？"伊文斯再度问道。

"因为大多数人都不太信任那些……不是人类的东西，"哈菲佐拉合上了手边的账簿，"最后，这一派人的意见占了上风，也正是他们用生命科学技术创造出了所谓的'智者'。据说，这些天赋异禀的人生来就是为了钻研某个特定的科学领域。他们拥有普通人无法比拟的智慧，无须学习就能对自己专业范围内的一切知识融会贯通，而且永远不会遗忘任何东西——没人知道他们是怎么做到的，但所有的故事里都这么说。"

"有意思，"伊文斯点了点头。或许是由于炉火的缘故，当他第二次为自己添酒时，一股暖流突然涌上脑门，让他产生了一阵轻微的眩晕感，"然后呢？"

"依靠'智者'们的伟大智慧，科技时代的人类迎来了最后的，也是最为辉煌的黄金年代——直到革命联合阵线开始反抗联邦的统治为止。然后就是那些大家都知道的事了：动乱年代、新阿瓦隆的毁灭、落泪之日的决战、联邦的崩溃……最后所有的'智者'都死了，他们被大战的鲜血和灰烬埋葬，科技时代的荣光也随之终结，剩下的唯有传说与回忆，"哈菲佐拉耸了耸肩，"总之，这个世界上早就没有什么'智者'了，所谓的'神圣之声'更是无稽之谈——至少我不相信这玩意儿。"

"那我……"伊文斯正想起身告辞，却发现自己的双腿不听使唤了。他勉强走了两步，就在一种强烈疲惫感的重压下跪倒在布满华丽花纹的地毯上。"我觉得……"他试图说话，舌头却仿佛变成了一块软泥。

　　黑暗温柔地拥抱了他。

三

"……他还好吗？"

"我想是的，主席阁下。"

"你确定放进酒里的药量没弄错？"

"是的，我……噢，他醒了。"

马克·伊文斯费力地睁开仿佛灌了铅般沉重的眼皮，挣扎着坐起来。有那么一瞬间，他还以为自己在哈菲佐拉的帐篷里喝醉了，然后被送回了那辆该死的豪华马车上。但充斥在空气中的酸臭的鱼油味儿，很快就让他意识到了自己的错误。

"我的头痛死了，"伊文斯自言自语道。他太阳穴周围的血管正突突地抽痛，活像有人朝他的耳朵里硬塞进一窝愤怒的大黄蜂，"这是哪儿？"

"这里是我的商船'苜蓿花'号，"回答他的是哈菲佐拉的声音，"我们昨天就已经离开了史盖斯镇。"

"你的……商船？"这个词仿佛一句效力强劲的魔咒，转瞬间驱散了伊文斯残存的倦意。他使劲揉了揉蒙眬的双眼，打量着自己身处的这间斗室——这里的地板、墙壁和天花板都是用耐潮的坚硬雪松木板制成的，每个角落里都见缝插针地堆放着木桶和板条箱。他身下是一张用箱子和门板草草搭成的"床"，而室内仅有的光源就是插在这张"床"边的一支气味难闻的牛油蜡烛，以及天花板上开着的一扇一尺见方的天窗。"可我必须……"

"待在我的身边，对吗？"一个低沉、温和的声音从舱室黑暗的角落中传来，"不用担心，我可以确保这一点。"

灰湾基地的现任主席是一个身材瘦削、面色苍白的年轻人，宽阔的前额与低矮的鼻梁彰显着他的家族所拥有的东方血统，而尖锐的下巴和沙金色鬈发则显然遗传自他的母亲——联邦前任执政官的那个痴呆妹妹。虽然他的腰间挂着两支双管手铳和一把短剑，却遮掩不了与生俱来的那种温和气息。

尽管许多小道消息声称，凯恩·韦是一个迷信的傻瓜、一个精神错乱的低能儿，但在与对方黑色的瞳孔对视的一瞬间，伊文斯立即意识到那些传言的荒诞之处：站在他面前的这个年轻人绝对不是疯子或者白痴，相反，他看到的是一个学者、一个散发着理性色彩的男人。

"我必须就法佐里先生在你的酒里下药一事表示由衷的歉意，"凯恩·韦继续说道。平心而论，他的声音算不上优雅动听，却仿佛有着某种特殊的磁性，"我承认，他的行为是由我指使的，我将对此事负全部责任。但我也希望你知道，这么做完全是不得已而为之。"

"不得已？！"陡然升腾的怒气让伊文斯的头痛变得更强烈，"那其他人呢？我的士兵……"

"我的追随者们会继续穿过帆角港的领土，前往北方大荒原朝圣，你的士兵也会继续留在队伍中'护送'我，"一抹狡猾的笑意出现在年轻人的嘴角，"当然，不会有任何人注意到我们的不辞而别——自从朝圣队伍启程之后，我就从未离开过我的马车，而你的士兵们会被告知你身体不适，必须待在车上休息，我相信他们大概不会对此产生怀疑。"

没错，那帮浑球儿要是会怀疑才怪。伊文斯气恼地想。"所以这一切都是事先计划好的？"他问道，"你从一开始就没打算去北方大荒原？"

"我去那鸟不拉屎的地方干什么？"凯恩·韦反问道，"当然，要达成目标，我需要采取一些必要的伪装措施——我的某位表亲一直密切关注着我的一举一动，因此我必须在前往真正的目的地之前，摆脱他安插在我身边的那些间谍。说实话，我还得感谢伊格内修斯·纽文大人。有了他派来的那支'贴身卫队'，所有人都会想当然地认为，我正处于帆角港人的严密监视之下，不可能做出任何越轨的举动。而我相信，法佐里先生船队中的一艘普通商船的离开也不会引起任何注意。"

"表亲？你是指——"

"当然是咱们仁慈的阿纳斯塔修斯五世，"灰湾伯爵耸了耸肩，"没错，他是个好大喜功、自以为是的妄想狂，一个彻头彻尾的恶棍和骗子，但绝对不是傻瓜。在我身边，有一半人是他的眼线，另一半人随时都可能把他们看到和听到的报告给这些家伙——只要他们认为这么做能得到好处……什么事？"

"大人，我……"哈菲佐拉·法佐里的脸涨得活像烂熟的青菜，几乎被肥厚的双层下巴完全盖住的喉结一阵阵地抽动着，"我有些……"

凯恩·韦不耐烦地用指节敲了敲桌子，片刻之后，一个身材健硕、用肮脏的缠头布裹住半张脸的高个子水手推开了舱门，将肥胖的商人扶了出去。不知为什么，伊文斯觉得这人似乎有些眼熟，却记不起在哪儿见过。"可怜的家伙，"年轻人嘟囔道，"他拥有整个半岛地区最大的商船队，却从没亲自出过海。"

"为什么要这么做？"在舱门被推开的那几秒钟，清凉的海风短暂地驱散了船舱内燥热的腥臭味，也让伊文斯的头疼缓解了不少，"为什么要绑架我？"

"绑架？"凯恩·韦的目光在那支明灭不定的牛油蜡烛上逡巡着，"不，我认为用'邀请'这个词更恰当一些——因为你的血统，你有权与我以及那些像我一样的人一同知悉伟大的旧纪元的奥秘，成为人类文明复兴的使者。这既是我们与生俱来的权利，也是不可推卸的神圣职责。"

"血统？"伊文斯被搞糊涂了，"我们？"

"哈菲佐拉或许已经告诉了你一些与科技时代和'智者'有关的故事，但仍然有许多事是他所不了解的，"那对漆黑如墨的瞳孔再次对上伊文斯的目光，仿佛要生生从他的灵魂上钻出一个洞来，"我曾经花了好几年时间研读'神圣之声'教派的典籍。尽管充斥其中的大多是一些毫无意义的诡辩和以讹传讹的传说，但在字里行间仍然保留着某些古老事实的残片——'智者'们并没有在那场战争中灭绝，在联邦分崩离析之后，仍然有一支，也许不止一支血脉流传了下来。"

"比如说你的家族？"

"是的，"凯恩·韦自豪地说道，"我有充分的理由相信，我的家族正是这些古老而高贵的血脉中的一支——我的曾祖父韦科曾是罗曼努斯一世执政官的首席秘书，他仅凭记忆就能背出首都驻军中每个军官和军士的名字。我的父亲伦道夫·韦在20岁时就凭记忆默写下了联邦传道会修订的全部五部真书，近百万字的篇幅中没出一处错误，而我本人则记得过去十年的每一天中发生的每一件事——尽管我从未向任何人提起过这一事实。除此之外，这一血脉也在我的许多表亲们身上展现了出来：我的叔祖约翰·莱西马库斯是他那个时代最伟大的数学家和建筑大师之一，而我父亲的两个堂姐在不满15岁时……"

"那你可找错人了，"伊文斯一边对抗着几乎要将他的脑袋生生撕成两半的疼痛，一边努力回忆着自己家族的宗谱——他的祖母和外祖母都来自韦氏家族的旁支，应该是凯恩·韦父亲的表亲，而在过去的五代人中，他的家族至少曾经从灰湾基地迎娶了七位新娘，"也许我可以勉强算是你的表亲，阁下，不过我这辈子从没觉得自己有什么出众的地方——我甚至连我老爸有几个堂表兄弟都记不清楚。"

"这很正常。"凯恩·韦打断了他的话,"我倾向于认为,并非每个拥有'智者'血脉的人都能展现出其天赋——科技时代已经终结了千年之久,我们的血统尽管强势,但在数十个世代后也已经变得过分稀薄。但我相信,一旦'神圣之声'重返这个世界,深埋在你我血脉深处的潜能就会像春雨后的种子一样复苏,"他激动地挥舞着手臂,黑色的眼睛里燃烧着炽热的火焰,"到时候,伟大的新联邦将在废墟与灰烬上重建,取代现在这些窃据着这颗行星表面的腐败暴虐的政权。我们会结束毫无意义的战争和动荡,然后再次走向星空!"

"但哈菲佐拉说,'神圣之声'只是个传说。"伊文斯说道。

"那个图兰人或许比普通人懂的更多一些,但他对科技时代的了解仍然只是一点儿皮毛罢了,"凯恩·韦不屑地摇了摇头,"没有任何人能够刚从娘胎里出来就无所不知,哪怕是'智者'也是如此。'神圣之声'的确存在,但与那些傻瓜们自以为的不同,它并不能让你变成'智者'——恰恰相反,只有那些拥有'智者'血脉的人才能聆听'神圣之声',汲取其中蕴含的知识与智慧!我的那位表亲之所以处心积虑地监视我,正是因为他知道我有这个能力——他惧怕我用旧纪元的知识颠覆他的统治。而且他也知道,我确实会这么做。"

"但你也说过,科技时代早在一千年前就终结了,"伊文斯努力从对方的话中挑出毛病,"联邦已经分崩离析,它留下的遗产也早已灰飞烟灭,你又怎么能确定'神圣之声'仍然存在呢?"

"我当然能,"凯恩·韦换上一种更像是自言自语的腔调,他的目光变得迷离起来,"是的,有充分的证据可以证明它的存在。关键在于找到正确的地点,用正确的方式启动它,就像'神圣之声'教派的说法一样,尽管他们自己也许并不明白——"

厚木板钉成的舱门再次被人"砰"的一声推开。这一回,出现在门口的是一个有着黑色头发与瞳孔的少年,看上去应该是凯恩·韦众多表亲中的一个。"大人，那个……那个图兰人！"他语无伦次地说道，"他……他……"

"他怎么了？"凯恩·韦脸上如痴如醉的神情就像被风吹散的烟雾一样迅速消失了。他与少年一道匆匆登上商船的甲板，伊文斯下意识地跟了上去——在"苜蓿花"号不算宽敞的后甲板上，一群水手正惊恐地聚在一块儿，几名刀剑出鞘、怒气冲冲的士兵看守他们。原本悬挂在船舷支架上的单桅小艇不见了踪影，在东南方的水天线上，一片孤独的帆影正在浪涛间渐行渐远。

"主席阁下，刚才那个胖子趁我们不注意，用这个撂倒了看守小艇的哨兵，和一个水手一起溜了，"凯恩·韦的表亲之一将一支折断的船桨丢在伊文斯脚下，"但他们现在还没跑太远，大人，如果全速追击的话——"

"我们会浪费一整天时间，"凯恩·韦摇了摇头，"就让他向伊格内修斯·纽文报告去吧，我不在乎——帆角港人阻止不了我们，任何人都不能，"他扭头看了伊文斯一眼，"噢，对了，派两个信得过的人护送伊文斯先生回房——出了这种事之后，我可不希望他发生任何意外。"

四

　　哈菲佐拉的不辞而别，让伊文斯接下来的旅程变成了一场彻头彻尾的灾难。尽管在名义上，他仍然是灰湾人"邀请"来的贵宾，但他受到的监管却不亚于被关在帆角港基地地牢最底层的俘虏。他只能整天待在"苜蓿花"号那阴暗、潮湿、空气污浊的狭小舱室里，就连到甲板上呕吐都不行。他的武器和盔甲都被看守谨慎地"保管"起来，两名灰湾卫兵时刻待在他的房舱之外，一天三次将食物送进舱内，并把溢满了呕吐物的夜壶拿出去清洗。

　　尽管无法离开船舱，但伊文斯仍然通过偷听船员们的谈话得知，"苜蓿花"号正在航向北方——他透过船舱顶部的天窗观察到的星象也证明了这点。不过，这艘小型沿海商船似乎刻意避开了相对安全的航线：它时而突然折向海岸，在危险的礁石与岛屿间来回穿梭；时而又转向远海，强行闯过可怕的风暴与巨浪。水手们都被这不合常理的航行方式搞得叫苦连天，就连看守伊文斯的卫兵们也在不停地抱怨。但伊文斯很清楚这么做的目的："苜蓿花"号在躲避沿岸航行的商船，以免泄露自己的行踪。

　　半个月后的一天凌晨，当伊文斯在那张渗透了呕吐物臭味的"床"上睁开眼睛时，他惊讶地发现舱室并没有像他熟悉的那样来回晃动。接着，凯恩·韦的随从——也是他的表亲之一——推开了舱门，远远地将一只包裹丢到船舱的地板上。"主席阁下吩咐我把您的武器和私人物品还给您，先生，"这个半大孩子怯生生地说道，"他希望所有人在吃完早餐后到岸上集合。"

"上岸？"伊文斯有些不可置信地打开包裹、取出他的皮背心、短剑、双管手铳和弹药袋。他的武器被保养得很不错，手铳的枪机上过了油，匕首的刀刃被打磨得锃亮，弹药袋也换成了新的，"我们在什么地方？"

"我不知道，先生。"那小子在甩下这句话后就一溜烟跑掉了，仿佛伊文斯是一头随时可能扑上来把他大卸八块的野兽。

尽管头晕脑涨、满腹疑虑，伊文斯还是迅速咽下了随后送来的那份简陋的早餐（一块长霉的硬饼干、变味的乳酪和干牛肉条），然后以最快的速度披挂整齐，混在凯恩·韦的追随者中离开了"苜蓿花"号。

这艘商船停泊——或者更准确地说——搁浅在一处与峭壁毗邻的小海湾边缘，大部分水线下的船体已经露出水面，遍布船壳表面的藻类与藤壶正在清冷的晨风中逐渐死去，这说明它是在昨天落潮之前驶入这里的。在海湾周围散落着许多嶙峋的炭黑色礁石，厚重的雾气笼罩着曲折破碎的海岸线，远方的松林在浓雾中若隐若现，如同一队正在列阵待命的士兵，准备迎击来自海洋的入侵者。

在峭壁下的海滩上，凯恩·韦的一群追随者正在兴奋地列队，他们互相炫耀着手中的燧发枪、双管手铳与大刀，活像一群嗅到了金丝雀气味的野猫，其中几个人还将一架由两只圆筒组成的工具举到眼前，轮流向东方眺望着，伊文斯认出那是望远镜——另一种科技时代的遗物。不过，船上的水手们可就不怎么高兴了，他们像待宰的牲口一样被一队灰湾卫兵赶到甲板上，正在枪口的威胁下排着队爬进狭窄肮脏的船尾货舱，许多人紧张地四下张望着，似乎想寻找机会偷偷溜走。

"这到底是什么鬼地方？"当披着一件深灰色大氅的灰湾基地主席本人，在卫兵护送下踏上遍布碎石的海滩后，伊文斯忍不住问道，"我们要去哪？"

"三十五年前，这一带曾经被称为赫尔蒙德基地，"凯恩·韦眺望着远方云雾笼罩下的山丘，声音中充满期待与渴望，"我确信，我们要找的东西就在他们的堡垒之中。"

"赫尔蒙德？！"伊文斯失声道，"你疯啦？那地方闹鬼！"

随着伊文斯的这句话，一阵惶恐的低语迅速在船尾的水手群中传开了。赫尔蒙德，在联邦境内，与这个名字有关的恐怖故事可谓家喻户晓：赫尔蒙德基地曾经是联邦最强大的成员之一，统驭着上达尔马提亚沿海的上百个村子和大片肥沃的土地。它的公民富裕而友善，它的领袖们则痴迷于保存和重新发掘科技时代遗留的知识与技术。

但在三十五年前，一场毫无预兆的灾难却在一夕之间彻底毁灭了这里。在一个凄风苦雨的秋夜，所有居住在基地围墙之内的人——无论是议员和军官，还是普通的士兵、帮厨和工匠们——全都莫名其妙地发了疯。从周边村落赶来的农民们发现，这些可怜的人要么像野兽一样漫无目的地狼奔豕突、相互撕咬；要么一动不动枯坐在角落里，语无伦次地喃喃自语。

闻讯赶来的联邦传道会牧师宣称，这些人被来自地狱的恶灵附身，他们为赫尔蒙德人不幸的灵魂举行了祷告仪式，随后以"驱魔"的名义一把火烧了基地。而当时的执政官阿纳斯塔修斯四世则宣布将这块全新的无主之地收归联邦政府所有，并在这片气候宜人的海滨建起他的夏宫——当然，那座雅致的官邸位于海岸山脉的另一端，远远避开了那座不祥的废墟。现在，只有一个分队的联邦卫兵驻扎在那里，以防盗匪和流寇将基地废墟当成巢穴。

"赫尔蒙德根本没有什么鬼魂，三十五年前所发生的事不过是我舅舅策划的一场阴谋罢了——他担心赫尔蒙德基地威胁到他的权势，于是就将它化为废墟，然后将罪行推卸给子虚乌有的鬼魂。"凯恩·韦大声朝他那支小小的军队宣布道，"我们在那座城堡中只会找到一样东西，那就是希望——重拾科技时代荣光的希望！复兴人类文明的希望！终结黑暗的希望！"他"嚯"的一声抽出腰间的短剑，像拔出石中剑的亚瑟王一样，将剑尖指向天空，"诸位！我们现在投身的是一项最为伟大而高贵的事业，每一个参与这一事业的人都是人类文明的英雄！你们的功绩将被千百代人永远铭记！"

或许是受到凯恩·韦这番慷慨激昂的言论的感召，又或许只是出于大战之前的激动与兴奋，总之，在场的所有人都爆发出一阵热情洋溢的欢呼声——当然，那些正被赶进货舱的倒霉船员们除外。几十把火枪和长刀在"科技时代万岁""提奥多罗斯家族去死"的口号声中被举过头顶，一些人甚至流下激动的泪水。凯恩·韦不得不等待了好几分钟，直到所有人都宣泄完毕，才带着队伍向山的另一边开拨而去。

赫尔蒙德基地的废墟并不难找，这座占地面积巨大的基地几乎塞满了海岸线以东不远处的一整座山谷，与伊文斯他们登陆的海湾只有一山之隔。在基地外围，曾经注有数尺深水的防护堑壕早已干涸淤塞，成了一圈不到一人深的浅沟。腐朽的吊桥坍落在沟底的淤泥中，被焚毁的堡垒大门则只剩下些许碳化的残迹，但色调黯淡的灰色墙面却大致保持着完好——传说中，赫尔蒙德人的城墙是由一种被称为"混凝土"的科技时代产品加固的，而他们的建筑师也是世界上最后一批知晓这一秘密的人。在基地中央，堡垒顶端的木结构建筑早已焚毁殆尽，只有一座摇摇欲坠的钟楼矗立在大门上方。伊文斯注意到，钟楼里的铜制大钟早已不见踪影，却突兀地支棱着一根银闪闪的金属竿子，也不知到底有什么用途。

"活见鬼，是天线，"伊文斯听到凯恩·韦低声咒骂了一句，"没想到他们居然还有能用的无线电。"

"无线电是什么？"伊文斯好奇地问道。

"那是科技时代的通讯手段，可以让声音传播得像光一样迅速，"灰湾的主席答道，"在科技时代结束之后，我们的祖先曾经利用残存的技术重组过一些，但在很久以前就没有人会造这玩意儿了，就连维护和使用它们的技术也只有极少数人知晓，"他摇了摇头，挥手招来两名带着十字弓的军士，"阿纳斯塔修斯现在就在夏宫，跟他一起待在那儿的还有他的全体朝臣，以及整整一个团的禁卫兵。如果我们在拿下这里之前走漏了消息，这支军队只需要一个钟头就能赶到这儿。到时候……"他比画了一个杀头的动作，"明白吗？"

　　"明白了。"伊文斯点了点头。与此同时，随着一声沉闷的弓弦响声，站在天线下的联邦哨兵突然捂住了喉咙，悄无声息地倒了下去。片刻之后，另一个听到响动的士兵爬上钟楼，随即也落得同样的下场——两尺长的十字弓矢将他生生钉在一根柱子上，脑袋和四肢耷拉着，看上去活像是一具被挂起来的牵线玩偶。

　　"为了人类文明！"当第三个倒霉鬼捂着中箭的胸口，像一袋面粉一样从钟楼上滚下去后，凯恩·韦抽出长刀，带头冲过了久已淤塞的堑壕，从腐朽坍塌的基地大门中率先冲进去。第一个意识到发生了什么事的卫兵只来得及将手搭在腰间的手铳握柄上，就在一闪而过的寒光中被切开了喉咙。另一个人试图端起火铳，却被一发正中眉心的铅弹削掉了半个脑袋。

　　凯恩·韦的追随者们就像一道突然从地下涌出的山洪，冲进毫无戒备、手足无措的守卫当中。金属利刃交击的脆响和人类喉咙里发出的呐喊声混成一片，垂死的呜咽在转瞬间就被痛苦的呼号所盖过；黑火药在枪管中爆燃的声音无情地敲击着每个听众脆弱的耳膜，空气中回响着子弹的高歌。

　　尽管驻扎在基地围墙之内的联邦士兵数量几乎是发起攻击的灰湾人的两倍，但接下来发生的仍然很难被称为一场公平的战斗：无论在组织水平还是战斗意志上，有备而来的灰湾人都完全压倒了他们的对手，甚至连并非自愿参战的伊文斯也被身边狂热的气氛所裹挟，情不自禁地加入这场嗜血的狂欢中。当凯恩·韦手下的一名军官和他的副手双双中弹倒下时，他甚至自告奋勇补了上去，成为尖刀小队的临时领导者。

肃清基地外围并没有花多少时间，基地中央那座年久失修、摇摇欲坠的堡垒的外墙同样没给他们带来多少麻烦。但是，在最初的惊慌和混乱之后，守卫者们似乎终于回过了神，当第一批灰湾人呐喊着冲进堡垒宽敞的前厅时，两个班的联邦步枪手已经等在那儿，躲在破烂的桌椅和其他家具垒成的临时防线后，朝进攻者们扣动扳机。

眨眼的工夫，伊文斯身边的人已经减少到原先的一半，但这并不重要——此时此刻，在他眼中，整个世界仅仅是拦在他们面前的那排步枪手，仅仅是他们的喉咙、胸膛和头颅。他将手铳里的子弹打进离自己最近的一名步枪手的脑门里，然后用短剑戳进第二个牺牲品的胸口——后者甚至还没来得及拔出腰间的弯刀。战斗的呼号声响彻这座厅堂，但大多数灰湾人都没有注意到一件事：两个人影正穿过一片狼藉的大厅边缘，向不远处的楼梯口溜去。

"钟楼！他们要去钟楼！"一名凯恩·韦的表亲首先发现了这一点，他开枪击中其中一个人，但一转眼，另一个联邦士兵就将匕首捅进他的肚子。"不能让……无线电……"这个黑头发的年轻人用只有恰好赶到他身边的伊文斯才能听到的声音说道，"拦住他！"

用不着他提醒，在干掉了一个试图挡路的敌人后，伊文斯立即与几名灰湾战士一道追了上去。但这个身材瘦小的家伙就像杂耍艺人肩上的猴子一样灵活，他先是从两个灰湾人的合击下成功脱身，然后又顺手抹了第三个人的喉咙。当伊文斯追上这条漏网之鱼时，这家伙已经跑到了堡垒顶层，离通往钟楼的门只有一步之遥。

"你，站住！"伊文斯抢先朝对方开了一枪，但幸运之神在这个关键时刻却并没有继续眷顾他，子弹打在了一根腐朽的横梁上，落下一大片湿漉漉的木屑。还没等他装上下一发子弹，他的小个子对手就已经扬起细瘦的胳膊，将一把匕首掷向伊文斯的脸。伊文斯下意识地跳向一旁，试图躲避那件致命的利器，脚跟却突然撞上一块松动的石板。

接着，一整级楼梯从他的脚下消失了。

五

枪声从他头顶的方向传来。

在令人窒息的黑暗中，低沉的钟声听起来格外压抑刺耳，伊文斯一边干咳，一边按照他从帆角港基地的军医长那儿学来的技巧迅速将自己的身体状况检查了一遍——尽管滚下一条倾斜的石头甬道，然后又一头摔在坚硬湿冷的石板地面上不是什么令人愉快的体验，但值得庆幸的是，他并没有受到比擦伤、瘀伤、划伤更严重的伤害。虽然疼痛难耐，但他的四肢仍然能屈伸自如，脑袋也还安在脖子上。

我在哪？这是出现在伊文斯脑海中的第一个问题。他没费什么功夫就找到了答案——在与那名敌人的打斗中，他无意间触动了机关，掉进了一个隐藏在城墙内的暗道入口。在赫尔蒙德基地发现密道并不是什么令人惊讶的事，毕竟，在几乎所有基地中，隐秘的暗道和密室就像围墙与堑壕一样必不可少。基地里各种各样见不得光的勾当都必须在这些不见天日的舞台中上演，当然，它们也是基地居民们在危急时刻最后的希望。

结束了。伊文斯摇了摇头。他没能阻止那名守卫抵达安装有无线电的钟楼，这意味着阿纳斯塔修斯五世很快就会带着他的禁卫兵团怒气冲冲地赶到这里。毋庸置疑，灰湾人的计划已经彻底完蛋了，所有跟着凯恩·韦来这里寻访"神圣之声"的家伙恐怕都只有死路一条——就他所知，联邦的现任执政官对于"宽恕"这个概念可没多少兴趣。

当然，这一切现在都与他马克·伊文斯无关了——亲眼看到他触动机关、落进暗道的只有那个发出警报的小个子哨兵，不出意外的话，那家伙现在多半已经被凯恩·韦那些愤怒的追随者乱刀分尸了。换言之，只要他待在这儿别出声，就可以安全地从这件被迫卷入的麻烦事里脱身——假如他能离开这里的话。

黑暗的地下没有任何光线，伊文斯不得不学着过去曾经见过的那些盲修士们的样子，用双手在潮湿的墙壁上慢慢摸索，试图找到门的位置。他的努力很快就取得了成果——地窖的门扇铰链早已锈蚀殆尽，稍稍一碰，这块薄薄的木板就轰然倒塌，露出一条幽深狭长的地窖，以及……一团火光。

"是你？！"

当伊文斯看清那张被火把的光线映成砖红色的面孔时，他差点以为自己是在掉下来时摔伤了脑袋，所以产生了幻觉：哈菲佐拉·法佐里——帆角港的商业代表兼情报提供者，正站在素有闹鬼恶名的赫尔蒙德基地的地下密道中。这位图兰商人身上的长袍已经破烂不堪，深褐色的头发脏得就像刚从护城河底掏出来的软泥，他脚上的皮鞋只剩下一只，那支镶金嵌银的手铳也不见了踪影，但手中却捧着一只不知用什么材料制成的灰色匣子，一条细长的黑线从匣子的一端伸出，消失在他耳鬓旁的一束发辫下面。

"法佐里先生？你怎么在这里？你不是应该向主席……"伊文斯突然想起了什么，"是你向执政官通风报信的？"

"没错，"哈菲佐拉声音沙哑地答道，"从'苜蓿花'号逃出来后，我就搭上另一艘预先安排好的快船，以最快的速度赶到了这里——嘿，别误会，我只是奉命行事而已！"

"奉命？奉谁的命？"

"当然是我的命令。"从图兰商人身后的阴影中传来一个熟悉的声音。片刻之后，第二个人走进了火把的照明范围内。这位高大的蒙面水手曾在"苜蓿花"号上与伊文斯有过一面之缘，但伊文斯还是头一回听到对方说话，他的声音听上去很像是……

"伊格内修斯先生？"当帆角港主席伊格内修斯·纽文取下裹在脸上的那条肮脏头巾时，伊文斯下意识地掐了一把自己的胳膊，很疼，这不是梦。

"很高兴能在这里遇到你，马克，"伊格内修斯·纽文朝伊文斯微微颔首，神情一如既往地镇定而冷静，但语气中却透出些许急促，"恐怕我们的时间不多了——截获的通讯表明，阿纳斯塔修斯五世的人已经包围了基地。我相信他们很快就会从俘虏嘴里问出凯恩·韦和他的表亲们的去向。跟我来！"

伊文斯没有质疑这项命令。按照过去的经验，当伊格内修斯·纽文用这种笃定的口气说话时，立即照做是最正确的选择。"您为什么要派法佐里先生通风报信？"他揉了揉仍有些疼痛的膝盖，一路小跑追了上去，"为什么要伪装成这个样子？又为什么要到这下面来？"

"作为这件事的参与者，你有权知道所有真相——我以我的荣誉向你发誓，"伊格内修斯答道。他一直走在这支小小队伍的最前端，黑暗中胸有成竹地拐过一个又一个岔道，"但现在还不行。我只能告诉你：我必须亲自来到这里，是因为某些事只有我本人才能完成……至少是以正确的方式完成。"

这并不是伊文斯想要的答案，但他明智地没有继续提问。阴暗湿冷的地道就像动物的肠子一样回环曲折，看不到头，其长度大大超出了他的想象。有好几次，伊文斯都以为看到了出口，却很快发现那不过是又一个下坡或者急转弯而已。

"我们就要到了。"伊格内修斯在一个拐弯处保证。但到了下一个拐弯处，黑暗仍然没有尽头。

终于，在拐过不知是第十五个还是第二十个弯后，这条又冷又湿的地道总算到了头。地道出口处是一座巨大的地下洞穴，如同水面般光滑的灰色洞壁显然出自人类之手，一种黯淡的、深冬正午阳光般的白色光线从巨洞的地表渗出，照亮周遭的一切。这座巨洞的面积和高度都令人咋舌，即便将地面上的赫尔蒙德基地整个儿塞进去都绰绰有余。要是放在平时，仅此一点就足以让伊文斯瞠目结舌，但现在，吸引他全部注意力的并非洞穴本身巨大的体积，而是洞里的其他东西。

在十九年的短暂生命中，伊文斯从未见过像这样的东西：如果非要找个他熟悉的概念进行类比的话，他觉得这玩意儿有点像帆角港码头常见的那些在沿海航行的单桅平头驳船。但它的长度却比五十艘最大的驳船头尾相连还要长得多，而且外壳是用一种泛着金属光泽的银灰色材料打造而成的，细看之下却又有些像来自东方的上釉陶瓷。这个大家伙停放在洞穴正中央，被几根细长的、像是桌腿一样的东西支撑着。在它微微隆起的顶部还分布着一些既像扇子，又像盾牌的金属制品，弄不清楚到底有什么用处。

"谢天谢地，他们还没有开始，"看到这个庞然大物后，帆角港的主席并未表现出丝毫惊讶，反倒露出几分如释重负的神情。这让伊文斯进一步坚信，伊格内修斯·纽文曾经来过这里，"也许是船上的设备出了什么故障，要么就是凯恩·韦并不真的清楚该怎么操作它。或许我们还来得及——不！"

一种可怕的感觉如同一记重拳般狠狠击中了伊文斯。他感觉自己仿佛被凭空拖进一个巨大的旋涡，一个无边无际、可以撕裂一切的旋涡中。无数急流正像冲破防波堤的巨浪般灌进他的意识深处，毫不留情地吞没了他的记忆，覆盖了他的思维，像争夺一块腐肉的野狗般疯狂撕扯着他的人格内核。千百万个声音同时在他意识的每一个角落响起，每一个声音听上去都既陌生又熟悉，还伴随着一种微妙的、仿佛钝刀子割肉似的疼痛。他觉得自己像是一块被放在铁砧上的铁块，正被无以计数的声音组成的重锤毫不留情地全力捶打；又像是一堆刚被撒下种子的泥土，包含着无穷无尽信息的根系正在他体内不断扩张，仿佛要将他钻成一块千疮百孔的干海绵……

在这场风暴席卷伊文斯的脑海的同时，他听到了哈菲佐拉的声音——图兰商人急促的喘息与低语很快就变成了凄厉的尖叫，最后又逐渐低落下去，只剩下一阵若有若无的啜泣。接着，他突然一跃而起，哭喊着向身后的地道冲去。"不要管他！"当伊文斯下意识地想把对方拉回来时，伊格内修斯开口制止了他——他的声音充满痛苦，但依旧镇定，"集中注意力！记住你自己是谁！"

我是马克·伊文斯。伊文斯在心中默念道，试图竭力将汹涌而来的无数个声音摒除在外，我是马克·伊文斯，伊文斯家的次子，抵挡这些声音的努力并不轻松，就像只用一只手拦住夏季水位暴涨的河流。但他竟然成功了。我是马克·伊文斯，帆角港人马克·伊文斯，我是我是我是我是……

当这股可怕的潮水终于退去时，伊文斯发现自己正跪倒在地，大口大口地喘着气，冰冷的汗珠布满脸颊。哈菲佐拉已经不知所踪，而帆角港的主席正吃力地从地上爬起来，脸色苍白得活像结了一层薄霜。

"那是什么？"伊文斯抹了一把额头上的汗，心有余悸地问道。他很清楚，自己方才能够逃脱纯属侥幸——这是一场覆盖面积极为有限的袖珍风暴，而他仅仅被风暴的边缘轻轻扫了一下，就险些成为癫狂与死亡的俘虏。假如他们早下来几分钟，假如他们离那艘"船"更近一些的话……

"是的。那就是传说中的'神圣之声'。千万人穷尽毕生心血寻找的东西——它确实存在。却与人们的想象……不尽相同，"伊格内修斯仿佛看出了他心中的想法，"好了，我们现在最好赶快上船——赶在其他人找到这里之前。"

六

无论从哪个角度来讲，这艘"船"上的一切都与伊文斯过去的经验大相径庭——和他见过的其他船只一样，这艘外型怪异的"船"内部空间也被分隔成许多船舱，但这就是两者之间仅有的共同点了。这艘"船"里的舱室大小不一，分别摆放着不同的东西，其中一些——比如，桌椅、地毯和挂架之类——是伊文斯认识的。但大多数物品都看不出用途，那些像箱子一样的、顶部开满孔洞的东西是什么？而另一些镶嵌在舱壁内部、表面装点着透明薄片的东西又能派上什么用场？一些较小的舱室并不比伊文斯在基地兵营里的卧室大到哪里去，另一些则足可以并排放下两三艘像"苜蓿花"号那样的商船。有的舱室黑灯瞎火、活像被盗墓贼掘开的古墓入口；但大多数舱室都被柔和的灯光照得通透，亮得晃人眼睛。

在上船后不久，伊文斯就再度感觉到那种声音——或者说，那种声音的余波。就像燎原大火之后残留的余烬，虽然已经不再可怕，但仍然残留着灼人的热度。

伊格内修斯显然对自己的目的地了如指掌。在从船腹部位的入口登船后的几分钟里，他以惯常的自信毫不停留地穿过一处又一处舱门，走过一条条迷宫般的通道，只是偶尔才放慢脚步、抬头打量镌刻在舱门顶端的标签。最后，他在一扇敞开的双层大门后停下脚步，单薄的眉毛皱了起来。

在伊文斯眼里，这扇门后的舱室和他们先前见过的那些并没有什么区别：一排排一模一样的灰色桌椅、各种他不认识的古怪仪器、溢满舱室的柔和灯光。但与其他舱室不同的是，这间舱室里有人：十来个有着黑色头发和低矮鼻梁的韦氏家族表亲或躺或坐在散乱的桌椅之间，其中一大半显然已经死了，只有少数几个人的胸口还在微微起伏。在舱室最前端的椅子上坐着一具耷拉着脑袋的尸体，这人的头部向后扭曲成不自然的角度，失去血色的嘴唇上还残留着一丝诡异的、仿佛自我解嘲般的笑容。

"他是个聪明人，"帆角港基地的主席将凯恩·韦从椅子上拽下来，放到他那些死去的表亲身边，"就像三十五年前的赫尔蒙德人一样。他们都从'神圣之声'教派的典籍中发现了事实的残片，将这些残片以正确的方式拼凑在一起，并最终找到了真相——最终将他们引向死亡的真相。"

"我不明白。"

"你的古语水平如何？"伊格内修斯突然问道。

"勉强能听懂。"伊文斯答道。所谓"古语"其实就是文明失落之前的联邦通用语，也是各种现代语言的原型。尽管从理论上讲，这种语言与联邦标准语没有本质上的区别，但只有少数学者才能真正使用它。

"很好。"伊格内修斯点了点头，像弹琴一样按下凯恩·韦方才面对着的那张金属台子上的几个凸起物。片刻之后，一个女人毫无征兆地出现在伊文斯面前。他吓了一跳，但很快就注意到，这个新来者不过是一个如同雾气般缥缈的幽灵、一个由光线构成的幻影。

"我是简·梅，联邦运输舰'巴尔德'号的首席医务官，"这个女人伸手整了整鬓角的短发，用一种仿佛弹奏竖琴般的声音轻快地说道。她看上去只比伊文斯大四五岁，有一副东方人的面孔，看上去就像是凯恩·韦的某个表妹——当然，伊文斯知道，这个女人多半在好几个世纪前就已经化作尘土了，"这是我在'巴尔德'号上的第一次视频记录。"她的表情不太高兴，小嘴噘着，似乎正在做的是一件无聊而烦人的工作，"我和我的团队于 4074 年 1 月 4 日由外柯伊伯带航天中继站转调至'巴尔德'号运输舰，奉命前往新阿瓦隆的科研中心接回一批'智者'，并在途中为他们提供医疗与保健服务。"

"联邦新闻网在过去半个月里只正常播送过三次信号，据说是因为革命联合阵线的恐怖分子炸毁了某些中转系统。军方的通讯倒还算正常，但他们告诉我的东西也不比新闻强多少……我现在只知道，新阿瓦隆遭到了某种基因武器的攻击，恐怖分子们显然抓住了我们的弱点——他们想一举重创联邦的技术能力，或者以此挟迫我们坐下来谈判。在出发前，我足足提交了三次申请，希望那帮军方的老爷们能给我一份这种生物武器的基因图谱，可他们却说这是该死的秘密！我不明白——"

录像戛然而止。

"她提到了'智者'。"伊文斯说道。

"没错。"伊格内修斯点了点头，再次按下那个凸起物。

"这是第五十九次视频记录，"梅的影像闪烁了一下。她变瘦了，显得憔悴不少，"我们总共弄出来了九千人——这还不到新阿瓦隆上科技人员总数的 1%。但我相信，'巴尔德'号很可能是仅有的一艘成功逃离的船只。就在我们从太空港起航后不久，叛乱分子就发动了全面进攻——不过话说回来，这么做实在没什么必要。那些人都完了……完了……

"情况比预料得要糟，糟得多。大多数'智者'不是已经被感染，就是因为可能受到感染而被隔离。在 14 个标准时之前，军方最后一次联络我们，向'巴尔德'号传达了新的命令。我们在地球上的巴尔干半岛西北部降落——在过去，这里曾经是被称为'克罗地亚'的国家的领土。但在过去一千年里，地球居民几乎已经全部迁往地外殖民区，这颗行星仅有的居民只是为数不多的考古工作者和少数几个反现代主义者公社的成员。联邦安排我们躲在这儿显然是明智之举——由于没有任何军事或者工业目标，这里不会引来叛乱分子的注意。唯一的问题是，由于引擎发生故障、再加上本地没有飞船维护所必须的反重力船坞和储备能源，'巴尔德'号事实上被困在了这里，如果没有外部援助，我们就无法离开。

"要是我们出发前多带点物资——"

伊格内修斯按下了另一个凸起物。

"……事实已经很明显了：叛军的基因武器已经失控，它不仅瓦解了联邦的根基，也连带着扫荡了它的创造者们，就连跟随我们来到地球的'智者'们也无法幸免，"梅的影像消失了，另一个女人取而代之——不，那其实还是梅，但她已经完全变了个人：衣衫褴褛、神情沮丧，乱蓬蓬的头发活像一丛杂草，其中还混杂着不少白丝，"我现在可以确定，这次攻击是蓄谋已久的——新阿瓦隆上的所有人在几年前就被感染了，但病毒漫长的潜伏期使当地医疗人员一直没有意识到这一点。当症状表现出来时，一切已经无可挽回：杀死病毒并不困难，但患者的基因由于感染而发生的变异却无法逆转。"

"对'智者'而言，这种变异是致命的——临床观察和尸检均已证明，只要他们试图通过超维信息网直接接触信息流，就会出现痉挛、精神分裂，甚至是足以置人于死地的癫痫症状。接收到的信号频率越强，症状就越严重；反之，只要对信息网本身进行物理隔断，这种变异就不会造成任何影响。"她突然爆发出一阵歇斯底里的笑声。

"去他妈的不会造成任何影响！与信息网隔绝的'智者'和普通人没什么差别，而我们这个时代的普通人……该死的，我们就是一帮不学无术的白痴！废物！一直以来，我们依赖超维信息网数以百万计的基站储存知识、依靠少数'智者'维系着整个文明体系的运转，而其他人却无所事事，任由低俗娱乐和垃圾信息塞满空荡荡的脑瓜儿！我上百次向联邦和叛军的控制区发出信息，但从来没有得到过任何回应——当然，这并不奇怪。没有了信息网和'智者'，我很怀疑还有几个人有能力对维持社会运转的自动化系统进行起码的编程维护！我们现在就像一群失去寄主的寄生虫……"笑声戛然而止，取而代之的是渐不可闻的抽泣。

"我曾寄希望于这种变化是暂时的。但现在看来，我的希望恐怕要落空了：在过去七年中，达尔马提亚殖民地有一百七十五名新生儿出生，他们全都遗传了有缺陷的基因。即使是'智者'与地球本地居民生下的后代也不例外。不过，在许多情况下，后一类结合所产生的新生儿表现出了某些与'智者'类似的特殊能力：比如远超常人的文字与图像记忆力，以及迅速进行逻辑分析与计算的能力，我相信这些能力极有可能是'智者'的隐性基因在与普通人基因结合时选择性表达的结果——但不幸的是，他们同样也拥有与他人相同的基因缺陷，"梅深吸了一口气，"总之，尽管遭到了一部分人的反对，但我们还是决定将仅有的一套超维信息网中转系统发射到地月系之间的拉格朗日点上，并将'巴尔德'号保存在一处古代民防设施内。从理论上讲，即便无人操作，大多数基站仍然可以自动运行数千年之久。假如在将来的某一天，我们的后代能有幸摆脱这种诅咒，他们也许能够利用船上的设备激活中转系统，然后——"

毫无预兆地，简·梅的影像定格了片刻，就像一座被光所冻结的冰雕。接着，她消失了。

伊文斯下意识地咽下一口唾沫。尽管对方提及的许多概念都是他闻所未闻的，但要弄清楚大意却不成问题："她说的'信息网'……"

"从严格意义上讲，所谓的'神圣之声'其实是由超维信息网基站发送的信号波束，"帆角港的主席说道，"凯恩·韦至少说对了一点，'智者'的血脉确实没有断绝，它仍然流淌在这个世界上的每个人的血管中。在文明失落之前，每个人都可以从超维信息网中实时获取信息，但与普通人不同，我们的祖先不需要用阅读与记忆的方式对信息进行再处理——他们经过改造的大脑能够以数万倍于常人的速度，直接接收由中转设备转发的信号。'智者'们用不着记忆知识，更不必担心遗忘，遍布银河的超维信息网就是他们的大脑，而他们生活的意义仅仅是思考。他们是联邦科学大厦的构筑者与维护者，也是旧时代的阿喀琉斯之踵。在大战末期，联邦的敌人试图利用这点击垮他们的敌人……他们成功了，代价则是整个文明的末日。"

"可是……"伊文斯舔了舔嘴唇，"您怎么……"

"我怎么会知道这些？"伊格内修斯逐个打量着身边那些死人和快要死去的人，一丝哀伤从他的眉宇间一掠而过，"是啊，二十年前，在游学途中意外发现这里的那个年轻人不过是个自以为是、天真无知的傻瓜，对'神圣之声'教派的典籍与旧纪元的传说一无所知。他在好奇心的驱使下乱碰运气，结果却误打误撞通过舰载电脑得知了一切——从某种意义上讲，无知有时也是一种幸运：正因为无知，我才没有像凯恩·韦和当年的赫尔蒙德人那样急不可耐地饮下这杯甜蜜的毒酒；也正因为无知，我才得到了这个……机会。"

"科技时代的荣光或许不会回来了，但这杯毒酒却并非无用。"他缓缓地呼出一口气，走向位于伊文斯身后的另一处控制台，"至少，我还可以用它完成一件事。"

"且慢。"一秒钟后，伊文斯听到了自己的佩剑出鞘的声音。

七

"你知道我要做什么。"伊格内修斯打量着伊文斯手中的剑。这纯粹是一个陈述句，没有丝毫询问的意思。

"没错，阁下。"伊文斯说道，"您之所以来到这里，只可能是为了一件事——您想利用'神圣之声'，并利用它取代阿纳斯塔修斯五世。"

"你只说对了一半，"伊格内修斯点了点头，"我确实打算利用这件科技时代的遗物，但我无意取代任何人。我要的是毁灭他们——不仅仅是那个懦夫本人，还有聚在他身边的那帮骗子和哈巴狗们。在过去的十年里，执政官的党羽和宠臣们一直在利用他的虚荣与骄傲，怂恿他与东方诸国进行战争，用千万人的鲜血为他们自己捞取那点可鄙的好处——"他伸出一只手，开始一根一根屈起手指，"约翰·福斯，他的家族获得了在战争中夺取的全部领土的包税权，我得承认，这家伙确实充分地运用了新到手的权力；贝克尔·金，靠着执政官的特许状没收了所有东方商人的财产；贝特冉·德·阿伏罗，这个浑蛋通过他小舅子的关系弄到了独家为远征军提供后勤服务的权利，对东方人来说这倒是件好事——被他的劣质奶酪和腌肉消灭的联邦士兵比被他们打死的还要多……"他朝地面上啐了一口，"像这样的蛆虫比帆角港马厩里的跳蚤还多，咱们的执政官阁下可真是替自己结识了一帮好伙计。"

伊文斯点了点头："那您打算怎么做？"

"我要重启这里的设备，就像凯恩·韦所做的那样，"伊格内修斯说道，"用一个信号激活轨道上的中转站，然后把信号强度和信号覆盖面积都设定为最大——我想，这个范围的半径应该不会低于二十里，正好是从这儿到执政官夏宫的距离。"

　　"最……最大？！"

　　"我们没有冒险的资本！"伊格内修斯严肃地说道，"根据几个小时前截获的无线电通讯，我可以确定阿纳斯塔修斯五世已经得知了这里发生的事。但我无法确认他的具体位置，他有可能仍然待在夏宫，但也可能已经带着他的禁卫兵团赶到了赫尔蒙德的城墙外！我们只有这一次机会，因此必须做到万无一失——"

　　"不。"

　　"为什么？"

　　"因为这是……邪恶的，"伊文斯努力在脑海中搜索着词汇，"这么做会开启一个危险的先例！如果……"

　　"我知道。你是对的，马克。所以我事先准备了这个，"伊格内修斯从那条肮脏的水手短裤的腰带下取出一件物体。这是一个散发着黄铜光泽的圆锥体，不比婴儿的拳头更大，表面明灭不定的红蓝双色光点再清楚不过地表明这是一件旧纪元的遗物，"在这颗行星上，只有'巴尔德'号的通讯系统可以向超维信息网的中转站发送请求信号。而在这件事结束之后，它将不复存在。"他用指尖轻轻碰了碰圆锥的顶端，那些光点立即以更快的速度跳动起来，"以旧纪元的标准而言，这个小家伙的威力不算太大——但毁掉这里的一切已经绰绰有余。所以请相信我，今天的事只会发生一次。"

　　"一次就已经够糟了，"伊文斯摇了摇头，"你只需要杀死一个人——"

　　"仅仅杀死一个人毫无意义，"伊格内修斯的声音中露出些许愠意，

"你和我一样清楚，在宣战书上盖章的也许是一个叫阿纳斯塔修斯·提奥多罗斯的华而不实的蠢货，但真正策划并让这一切变成现实的，是那些用他人的鲜血为自己谋取权力和财富的恶棍！只有将这群蛆虫全部送进地狱——"

"同时让更多无辜的人为他们陪葬？那个什么中转系统可没法区分谁是恶棍，谁又只是恰巧路过这里的旅人和住在这附近村里的老百姓！这么做会害死好几万人——"

"而与东方人毫无意义的十年战争已经葬送了我们四十万好男儿，制造了上百万的孤儿和寡妇！"伊格内修斯打断了他的话，"凯恩·韦和他的追随者们试图结束这一切，并为此付出了自己的生命，你希望他们的牺牲变得毫无意义吗？"

"我记得您曾经告诉过我，死亡本来就毫无意义，"伊文斯说道，"更不能成为作恶的借口。"

"是的，"他的前监护人点了点头，"但是，与其坐视联邦在这场毫无意义的战争中流干最后一滴血，相比之下，我宁愿选择小恶——我相信你能理解这一点。"

"不。"伊文斯最后一次说道，"我不能。"

"你不会阻止我的，孩子。"伊格内修斯将目光从伊文斯的剑锋上移开，信步走向控制台，"我已经履行了我的誓言，将一切都告诉了你。现在，问问你的良心，让它替你做出决断吧！我知道——"

当一道寒意毫无预兆地从后背贯入体内时，伊格内修斯·纽文下意识地垂下目光，看到透出自己胸膛的沾血的剑锋。

我做了什么？

马克·伊文斯看着自己的佩剑。他的导师兼前监护人的鲜血正从剑尖点滴落下，如同一串断线的红色玻璃珠。他的思绪一片茫然，如同被大雾遮蔽的原野，回荡在他脑海中的只有一个声音，一个模糊不清的声音、一个不断谴责着他的声音……

我做了什么？

伊文斯对自己的亲生父母毫无印象——他们在他出生后的第五个春天就已经离开人世。他的哥哥对他不闻不问，急匆匆地将这个包袱丢给了帆角港的主席。对他而言，伊格内修斯·纽文，这个礁石般刚强的男人不仅是他的导师，也是他的父亲，是他唯一的亲人。

但现在，他杀害了自己的父亲。

时间仿佛在伊文斯身边凝固了。在他意识的角落里，一个声音正在小声嘀咕着，希望为他刚才的所作所为开脱辩解。但这个声音仿佛被层层冰壳禁锢着，模模糊糊、听不分明。正如伊格内修斯·纽文所说的那样，他询问了自己的良心，而良心让他握紧剑柄，刺了出去。但现在，让他做出这件事的良心却像嗅到野猫气味的老鼠一样躲了起来，留下他一个人面对无穷无尽的、无法逃脱的自我拷问。他茫然地看着自己的剑，直到剑刃上的血迹不再滴落，醒目的鲜红变成令人压抑的殷红。

接着，他听到了脚步声，许多脚步声。

"啊，干得不错……先生。"一个油滑的声音从他身后传来。说话的是一个身材高挑的年轻人，他身穿一套华丽的制服，缀在上面的各种饰品和勋章让他看上去活像是个会走路的珠宝展台。平心而论，这个有着一头金色秀发和海蓝色的双眼的年轻男子长得并不丑，却无法令人产生好感——这在很大程度上要归功于他语气中毫不掩饰的对他人的蔑视。在对伊文斯说话时，他甚至没有用正眼去瞧对方，仿佛伊文斯只是一块用过的抹布，或者某种听不懂人话的蠢笨东西。

"看来，这场微不足道的可耻叛乱已经结束了，"联邦的领袖继续说道。在他身后，数十名高视阔步、穿金戴银的将领和顾问几乎将宽阔的舱室挤满了一半，每个人的胸口都挂满了由他们自己设计的花里胡哨的勋章和饰带，看上去活像是一大群从滑稽剧的戏台上跳下来的木偶。

两名背着步枪、身着黑衣的卫兵则架着精神失常、面如死灰，正在不停喃喃自语着的哈菲佐拉，"那些卑怯的叛徒以为我们会躲在士兵、壕沟和鹿砦之后，但他们错了——勇气从出生的那一刻起就蕴含在提奥多罗斯家族的血液中，并注定成为那些心怀不轨者的梦魇！"执政官的拥趸们连忙争先恐后地制造出一阵欢呼，活像是一群看到了胡萝卜棒的骡子。阿纳斯塔修斯五世微笑着朝他们逐个点头示意，然后径直从伊文斯身边走过，"看，这就是不自量力的叛徒！"

　　"我早就知道，某些不逞之徒一直在密谋反叛联邦……"他一脚踏在伊格内修斯的胸口上，后者发出一声微不可闻的喘息，从嘴角吐出一丝血沫。见此情形，阿纳斯塔修斯五世满脸嫌恶地退到一旁。接着，他的目光终于转向了伊文斯，"……值得庆幸的是，他们的属下并非都像他们一样不忠，"他将一件东西丢到伊文斯脚下，那是一把短刀，刀柄被夸张地铸成一个咆哮的金色恶魔脑袋，"把叛徒的脑袋放在我的脚下，小子，然后向我宣誓效忠。也许我会考虑任命你为帆角港的下一位行政长官。"

　　在接下来的一瞬间，伊文斯下意识地握紧手中的剑柄。仅仅杀死一个人毫无意义。他深吸一口气，强迫自己放下佩剑，捡起短刀，走到导师身边。

　　伊格内修斯看着他，目光中却没有丝毫谴责和怒意。当伊文斯蹲下来时，他的前监护人的手指费力地动了一下，那个散发着黄铜光芒的圆锥体掉在他的脚下。

　　"你是……对的，"伊格内修斯瞥了那件旧纪元的遗物一眼，"要完成这件事，最下面……正中间……按两下。"

　　"快点，先生，"执政官的声音变得不耐烦了起来，"别让我认为你在同情叛徒。"

　　"遵命。"伊文斯拿起了那个外型近乎完美的圆锥，将它翻转过来。它的底部是最纯净的白色，但正中央的一点却是深红的。白的像雪，红的像血，"是的，很快就好。"

在生命中的最后一刻，马克·伊文斯看到了耀眼的闪光。

索何夫，科普作家、科幻作家，江苏省科普作家协会成员。2014年起在《科幻世界》《科学 Fans》《科技日报》等报刊上发表小说、文学评论和科普文章。曾获 2018 年全球华语科普优秀奖，多次获得银河奖、星云奖。

唯一无害的庞然大物

布鲁克·博兰德

罗妍莉　译

上
裂变

致本恩：

当血迹干涸，烟尘散去，

人们会找到我俩，背靠着背。

在这座山灰扑扑的表层下，埋藏着一个秘密。把它埋在那里的那些粉红色生灵长着扁平的面孔、会发出短促的叫声、思维比感觉还要敏捷——就是那众多的象母们，她们早已离世，骨头都碎成了渣，耳朵一扇，就能把骨头渣扇成一场蒲公英的细雨。

要想从大山深处刨出这个秘密，需要一根长长的象鼻子，以及比象鼻子还要长久的记忆。

她们在石头上镌刻下了可怕的警告，但石头却没有告诉她的女儿们——那些乱叫的小东西们。疾雨如针，冲刷掉了一切，把石头冲得犹如千百代前的古老象牙一般干净光滑。

众象母们的记忆比石头还要长久。她们记得事情是如何发生的、她们的任务是如何设定的、为什么其他生灵不能进入这座大山。这是与死

唯一无害的庞然大物

亡之间的停战协议，而众象母们是对死亡的回忆，不增不减，是她们听过的每一个故事的总和。

夜里，当月亮缓缓从山后升起，大地像湿漉漉的皮肤一样变暗时，她们就会发光。在这背后还有一个故事。无论你前进到多遥远的地方，哦，最亲爱的傻瓜啊，过去总会缠住你的脚踝，这道啪嗒一声扣上的脚镣连时间也无法撬开。

#

凯特所有的研究——多年的大学生涯、昂贵的物理学和社会学课本、就算是耗完铀的半衰期她也永远还不清的债、血汗和眼泪——都可以归结为让大象在浑蛋的黑暗中发光。真有道理啊。她姥姥肯定在不知什么地方笑话她傻呢。

多年以来，针对这个问题，已经提出过上百万种不同的解决方案。象形文字、设立祭司、把数学代码刻在花岗岩上——这些办法都挺有意思的，甚至还很吸引人，但没人能找到一种万无一失的方法来告诉人们保持距离。有人甚至提出用不和谐音的办法，一种尖利的不和谐曲线，每当弹奏、拨动或敲击出这种声音，任何倒了血霉的猿类动物只要一听见，都会本能地引发恐惧反应。当然，这个办法的问题在于，要弄清楚对于未来的几代人来说，究竟什么样的声音听起来才算是不祥之兆。假设回到200年前，朝普普通通的张王李赵播放斯堪的纳维亚死亡金属唱片，他们说不定也会产生特别厉害的恐惧反应。

然后便出现了"核象假说"。

和大多数美国孩子一样，凯特从小就把大象与核辐射的危险联系在一起。在过去的几百年间，每个孩子都曾翻来覆去地看过迪士尼的删改版动画片《托普西[1]的悲剧》(结局是托普西认识到，复仇从来都不是正确的选择，并同意为了战争行动，继续在那些仪表盘上刷漆，这个结尾让凯特现在一想起来仍然要狠狠翻个白眼，狠得足以扭伤视神经)，看了得有上百万次，接着等你再长大一点儿，整个中学历史课又都在大讲特讲镭象审判。沙沙作响的新闻纪录片颜色跟沙子差不多，总是反复播放着同一个时刻，同一头已经死了85年的大象首领跟幽灵似的，朝法庭指定的翻译比画出"我们感觉"，由于对焦原因，象鼻子在镜头中时而清晰、时而模糊。在小时候看过这些东西以后，它们就在你心底深深扎下了根。显然，它在其他好些人心里也同样挥之不去：66号公路[2]沿路五十年来一直点缀着霓虹闪烁的大象，兴高采烈地向那些消失在烟尘和海市蜃楼中的旅客们打着招呼。这个国家最大的核电供应商的吉祥物是"原子象"，这是一只快乐的粉红色厚皮象，从来不会忘记按时缴电费。"胖子"和"小男孩"用猛进突击的长牙象作为装饰，在几个方面都严重歪曲了事实。这是一种可怕的文化分裂，而这个国家从来没有成功地根除过这种分裂。

凯特对这一切仔细研究了很长时间，用老套的姿势，揉着下巴沉思，然后提出了一个相当荒谬的预警系统构想，荒谬得一开始根本没人当回事。但世上的事就是这么活见鬼，这也算是其中的一件，对吧？人们嘲笑得越是厉害，这事似乎就越是有理。他们都是一根绳上的蚂蚱；那些废料一天天地越堆越高，他们需要让任何一个一万年后接手的人知道，它是什么、在哪里，以及为什么或许不该把它当成甜点上的装饰配料，或直肠栓剂。

---

[1] 本文中大象的名字，和美国著名"被电死的大象"同名，经历也有部分雷同——如电力塔、月神岛公园、马戏团杀人事件等。后者被处电刑（实际很可能是被电晕后勒死）的经过被拍成了黑白纪录片。有个流传很广的传闻认为它被电死是因为爱迪生和特斯拉的交直流之战，但并不可靠。
[2] 美国历史上的重要公路。《愤怒的葡萄》中称这条公路为"母亲公路"。

于是凯特就坐在这里，领带打得笔挺，头发梳得高高的，等着与大象代表会面。要想解释清楚他们为什么想让大象的族类在黑暗中发光的文化原因，应该就像在地雷区练习跳芭蕾一样困难，但愿那个指定的翻译能完成任务。

#

　　他们只是看到时间流逝就会杀死自己。

　　事情就是这么开始的。

　　人类就像喜鹊一样被光亮所催眠，但没有哪只喜鹊会像人类那样去思考，自己在变成别人口中的故事之前还剩下多少天。即便在黑暗中，他们也会焦躁不安，感觉掠过头顶的星星就像夏天的苍蝇一样会叮人。

　　他们建起了屏障，免得看到自己的死亡。这除了让光线变得更暗之外一无是处；即便狮子隐在高高的草丛中看不见，那只狮子也依然存在。他们把像知了一样嘀嗒作响的玩意儿跟自己绑在一起——那东西会灵巧地转圈，追着太阳跑——这样他们就总能知道太阳在哪儿了，然后紧紧抓住太阳火辣辣的尾巴，就像受了惊吓的小崽子们一样。

　　（尽量不要去评判他们；他们的妈妈短命又健忘，他们的家族由记性差、脾气更差的雄性领导。他们没有历史，也没有共同的记忆。谁又能责怪他们胆小如猴、紧紧抓住手中唯一不变的东西不放呢？）

　　"可是眼睛和耳朵这么小，怎么在夜里追踪飞速流逝的时间呢？"人类叽叽喳喳地尖叫着，"万一太阳流浪去了，离开了我们，而我们甚至没有意识到自己被抛下了，那该怎么办？"

　　答案就是毒药，跟那些可怜兮兮的小家伙们从泥巴里刨出来的那么多东西一样。

　　他们刺伤大地，形成一个个张开的洞口，摇晃着她的骨头，直到从洞里掉出水晶，就像一片片没有星星的天空。困在那里面的是亮闪闪的苍蝇，踩上去会发出脏兮兮的闪光，但它们的血液和内脏却携带着疾病。

可怜的人类啊！他们可笑的鼻子又粗又短，即使"错误"已在牙齿和脸蛋上蹭来蹭去，他们也闻不出。他们只能看到一个东西看上去有多明亮，就像透过新生嫩叶的阳光。就因为缺了一根长鼻子，会有许多悲惨的事降临到他们头上——以及我们头上，尽管在那些日子里，我们并不知道。

#

曾经有个好地方，草在脚底下嘎吱嘎吱直响，妈妈呜噜噜地去撒欢儿。这世界暖洋洋的，像果子一样黏糊糊的，象鼻子把阳光分割成斑驳的条纹，灰色的阴影晃动着，散发出"我们"的气息。泥巴、故事，还有妈妈们，那么多妈妈们，永远抚摩着，永远诉说着，敏感、坚实、无畏、无尽。她们的象牙高高托起天空，她们光秃秃的骨头在埋骨之地嗡嗡作响，即使身上所有的皮肉都化作了土狼的乳汁，她们的骨头还在歌唱。再也没有什么比众象母们更伟大的了。她们在一起，就是大山，就是永恒。只要她们拥有彼此、还有这些故事，就没有什么毒牙或利爪能让她们消失。

他们在众象母们身上炸出血红的肉洞，砍掉了她们美丽的象牙。天空没有塌下来，她也没有为她们的血肉感到悲哀。她就是"她"——那名幸存者、那个囚犯、那头他们称为"托普西"的大象——她把故事安全地藏在头颅中，就在她的左眼后面，这样它们就能以某种方式继续流传下去。但是，在"人类"把她带进的这个被煤烟熏得漆黑的呛人洞穴里，再也没剩下谁能听她讲述历史了，这里的地面是不长草的石头，铁镣把她脚踝上的皮磨得血淋淋的，引来了苍蝇。还有一些与她处境相似的伙伴，晃动的灰影子散发出"我们"的气息，可是中间隔着木头和冰冷的金属，让她既看不见、也摸不着。

#

在这个卑鄙的老废物世界里，你得干你非干不可的事儿，才能让桌上有口吃的，就算在你那个脑袋瓜子深处，你明知道这是错的，那个全能的上帝老儿会亲自在审判日向你宣读防暴法案，那也没辙。当你有两个小妹和一个病病歪歪的妈，在老家的大山里等着你下个月的工钱，你就只能咽下你这些对啊错的、咽下能要你命的几剂亮闪闪绿油油的墓地种子，继续面带笑容地铲屎（新缺了几颗牙），直到要么结算工钱的支票悄悄发到你手里、要么你倒下，就看这两件事哪一件先来了。

里根决心坚持到底，坚持到知道自己家人有人照看为止，一旦里根下定了决心的话，那大家就要小心了。

她下巴处的疼痛已经从隐约的难受发展成了没完没了火辣辣的痛，从后槽牙背后的关节处汹涌而来，沿着牙龈一路蔓延到下巴这一片。这种痛无休无止，绝不消停，也绝不认输。就算是这会儿，在她试着教这头该死的畜牲吃下毒药的时候——这毒药砌起了她自个儿通往天堂的摇摇欲坠的天梯——那股子疼痛还在不停地一阵阵发作，火辣辣的，就跟撒旦在她下巴里开派对似的，而且每个人的舞鞋底上还都带着滚烫的大头鞋钉。她提醒自己集中注意力。这头大象可是出了名的脾气差到爆；注意力一个不集中，她说不定就会落得个粉身碎骨、全身渣子飞溅到墙上和传送带上。还不行，死神老爷，现在还不行。

"嘿，"她再次示意，"你必须像这样把它捡起来，像这样。看到了吗？"挥舞刷子时，她的双手在发抖，刷毛闪动着熟悉的绿光，绿得就跟蚱蜢的肠子差不多。这种颤抖她止也止不住；颤抖是伴着死亡而来的另一件意料之外的事。"把刷子蘸到漆里，搅拌均匀，把那些小小的数字一个个都填满。然后把刷子放进嘴里，弄干净，再来一遍。你完成配额的速度越快，返回畜棚的时间就越早。明白了吗？"

托普西没有回应。她站在那里，慢慢摇晃着身体，回应着里根听不见的祈祷和赞歌，盯着对面厂房砖墙上的窥视孔。这就像想说服雪茄店的印第安酋长雕像搭把手一样。那对大耳朵跟晾衣绳上的灯笼裤似的，偶尔会扇上一扇，赶走一只叮咬的苍蝇。

里根很累，嗓子又干又哑。她今天还给另外十六头倒霉大象比画过指令，这让她手腕酸痛。这些大象属于报废品，是用跳楼价从路边苍蝇乱飞的两美分马戏团里买来的，马戏团展示的最大奇迹就是：他们是怎么活见鬼地让一头大象苟延残喘了这么久的。她怜悯它们，她对公司恨之入骨，这种恨意就像一颗子弹，在她的胸骨底下熊熊燃烧（也可能只是另一颗肿瘤正在这里生根），可是如今，在她的日子里仅剩的那点儿乐趣，就是想象一下，她干的这最后一份工作挣来的外快能帮上瑞伊和夏娃多大的忙——就算妈妈还能坚持的时间，比她自个儿的寿命也长不了多少了。里根没觉得自己干的事有半点了不起，对自己接下来要干的事更不觉得有半点光彩，但是她生病了，她泄气了，她受够了被忽视、被欺负、被排挤了。她受够了当个隐身人了。

她伸出手，抓住其中一只看着傻不拉叽的耳朵尖，一拧，就像在主日学校的时候，拿指甲掐住妹妹的一块皮那样。这绝对是吸引别人注意的好方法，甭管对方愿不愿意。

"嘿！"她大喊，"听我说，行吗？"

托普西身上发生的变化就像是在变魔术。她双耳大张，象鼻子卷成个反"S"形，高高举起，犹如一条跟人打招呼的美国水蛇，把悬在头顶上的灯泡敲得直晃悠，跟在跳摇摆舞似的。小小的红眼睛俯视着她，精光闪耀，目光锐利而狂暴，仿佛正打着能置人于死地的算盘。托普西一开始之所以会沦落到这地方来，就是因为她把一个逗她玩的家伙脑袋敲开了花，就跟碾碎一只蟑虫似的。用不着翻译，你就能知道她在想什么：要是我花时间和精力垂下鼻子，把那只叫嚣的猴子的脑瓜从肩膀上彻底拧下来，这么干到底值不值得？我要是干脆让她……别动了，永远别动了，我会感觉好点儿吗？我这一天会过得更开心吗？

里根太累了，累得连怕都没力气怕了，不管是死还是别的什么。她抬起头，迎向那狂暴的目光，尽力与大象平视。

"动手吧，"她说，"看在上帝的分儿上，动手好了。就当帮我个忙。"

托普西想了一下；她绝对是想了一下。有那么一段长而又长的时间，里根确信，她们俩谁都不清楚接下来会怎么样。最终，仿佛过去了几个冰河时代那么久之后，象鼻子慢慢垂下来，眼神变得柔和了一点，托普西的姿势就像有人关掉了电源似的。她跌坐在地，似乎也跟里根一样精疲力尽了。

你病了。顿了一刻，她比画道。病得快挂了，你臭死了。

"是啊，病得快挂了。我跟在这儿工作的所有姑娘们都是。"

这是毒药吧？她用长鼻子指了指油漆、刷子、桌子、那堆乱七八糟的东西。闻着像毒药。

"你说对了。现在他们让你们全都来干这个，因为你们可以承受更大的剂量，反正你们个头儿这么大啥的。而我应该教你怎么干。"

在隔开她们的工厂畜栏上，又是一刻停顿。我应该教你怎么去死，里根心想，你还听过比这更蠢的事吗，教一头畜牲怎么去死？每个人都知道该怎么死。你不活了就行，然后你就被一巴掌扇醒了。

托普西垂下鼻子，卷起了刷子。

#

当他们自己的人开始生病和倒下的时候，他们就来找我们，我们也没什么办法，只好跟他们一样去死。我们被戴上镣铐、分裂、隔绝开来；众象母们没办法把"故事"讲给女儿们听。没有故事，就没有过去，就没有未来，就没有"我们"。只有死亡。只有虚无，没有月亮和星星的夜。

#

"你们将不仅是为美国服务，也是为全世界及未来的后继者服务。我知道，这样的推理是很……奇怪，不过当人们想到大象的时候，他们想到的就是辐射。他们会想到托普西，还有……诸如此类，知道吗？这是个故事，人们记得住故事，他们让故事流传下去。我们无从得知，十万年后是否仍是这种情况，但这是个很好的起点，对吧？"

翻译把凯特犹豫不决的东拉西扯，用手势向大象代表进行了转述。大象代表是头面无表情的威严母象，这位老族长准有 70 岁了。凯特在折叠椅上动了动。翻译整段话需要很长的时间。会场里有空调，但她身上某些根本意想不到会有汗腺的地方仍然滋滋冒汗。会场上仍是一片沉默，翻译还在打手势，双手的动作跟跳摇摆舞似的。据凯特观察，这头大象一直还没眨过眼睛，可能从她出生的那天起就没眨过。

#

等她长到足够高、够得到高枝上的枞果时，她干掉了第一个看管她的人。那地方没有枞果可摘，但她还记得牙齿间橙绿色枞果甜美多汁的味道，是妈妈扔到地上合适的位置的。她还记得它们长得有多高，但那地方没有杧果可摘，于是她便用鼻子卷起看管的人，把他朝下一摔，让他的脑袋撞在她脚底下，就像熟透了的红果子，其他人急忙叽叽喳喳地跑来，打着手势让她住手。

那里还有别的妈妈们。她们眼睁睁看着她把那人摔得稀巴烂，那人曾经往她们脸上扔沙子、拿火烧她们，还想让她们喝一个瓶子里臭烘烘的发酵汁，而她们什么也没说。她们什么也没说，却想起了杧果，想起了它们曾经长得有多高，被嘎巴嘎巴地嚼烂、踩碎、碾成果酱的时候又有多香甜。

跟每座医院一样，郡医院就是个让你脖子后面直起鸡皮疙瘩的地儿。外头一片白花花的，像只死狗胀鼓鼓的肚子；里面一片病恹恹的惨绿，挤满了举目无亲的人，他们太穷了，没钱到别的地方去死。修女们在走廊上飘来飘去，就像在偏僻小道上游荡的幽灵一样。墙壁上到处都是怪模怪样的锯齿形裂缝，形状跟闪电差不多，从踢脚板一直歪歪扭扭地伸到布满苍蝇的天花板上。主病区两边排列着高高的窗户，但修女们对卫生并不怎么讲究；黄光从细长的窗缝里照进来，透过一道由尘土和垂死之人的临终遗言形成的过滤层。在里根看来，如果这些“永远仁慈的女士们”当真打扫的话，那道过滤层中有30%是阴影、20%是蜘蛛网、还有50%是“赞美全能的上帝，我看见了那道光”——等到一天结束的时候，她们就要把这种话从簸箕里倒掉。

他们把朱迪塞到了一个肺里哗哗直响、不停呻吟的老婆婆和一个想用脑袋挡住倒向地上的松树的倒霉伐木工之间。她剩下的那截下巴上裹满了红黄相间、污迹斑斑的纱布，让她看起来有点像埃及金字塔里的那些死人。那些别人谁都不想碰的各种工作，里根虽然干的时间都不长，倒也闻过好些难闻的臭味。不过那些绷带上散发出的路毙动物和烂牙的臭味，还是险些让她把肚子里的奶酪三明治直接吐出来。她祈求上帝，盼望着这地方能让她抽一根烟。她自个儿烂掉的下颚骨也一跳一跳地痛，带着那种假惺惺的同情——似乎只有天杀的警察[1]和身上受到感染的部位，才真能扮得出来的那种。

"嘿，姑娘。"她说，尽管朱迪还没醒过来，也再不会醒过来、赶电车去跟里根一块儿工作了，"觉得我该……顺道来看看，把所有该吐出来的消息都跟你倒一倒。"她朋友的大手交叉着搁在被单上，她拿起其中一只。一碰到那只手，她便打了个寒战——手上了无生气，连老茧都几乎摸不到了，可这的的确确就是她的错，不然朱迪当初根本不会摊上这些破事儿。她要把自己酿出的苦果，一口一口地都咽下去，呕呕嘴，然后再来一个。至少，为了在十来岁时就给她编辫子的这个人，这点儿事她还是办得到的。

"你挺住，好吗？"

一只肥嘟嘟的食腐蝇满怀希望地在朱迪嘴边嗡嗡叫；里根边骂边赶走了它。"该死，"她喃喃地说，"本来你只想不停地把山顶炸成渣来着。"深吸一口气，稳住，"咱们刚开始那会儿，我给你说了个大瞎话。当初你要是一直挖矿的话，你会远比现在要安全得多。"

#

这个故事讲的是裂牙毛妈妈，造星者、曳虎尾者、游戏者。

那时候没有能在里面打滚的温暖泥巴，没有西瓜，没有甘润的叶

---

[1] 文字游戏。原文首字母大写就是"圣灵附身的旋转舞者"，也指"特别虔诚的信徒"。

子可以采摘、撕扯、填饱肚子、散落一地。冰冷的太阳懒洋洋地躺在地上。大象母们像熊一样，身上长着皮毛，在这世界空荡荡的白地上独自游荡，每一头都孤零零的，只有她自己，像雄性一样单独待着。没有作为主干的"故事"，没法编织出共同的"我们"。在那又黑又冷的"从前"，有头公象发现了她们，就用雄性的方式把她们全都贮藏起来，归了他自己。

这时，在所有的大象母当中，个头儿最大、毛最乱、最聪慧的就是裂牙毛妈妈。很久很久以前，这个故事诞生的地方，她的象牙还没裂，那么长、那么弯，有时会扎破夜晚的皮肤，留下小小的白色伤痕。就在她那嘎吱嘎吱的大脚踩到它残躯另一边的地面之前，一头垂死的熊告诉了毛妈妈那些故事藏在哪里。它悄声说，有一座黑汁湖，伸展到很远很远的地方，远到天边；雄性的洞口就在湖对岸的某个地方。要找到它只有一个办法，就是去一趟。

毛妈妈很聪慧，也就是说，她很好奇。她走着出发了。她一边走，一边唱，冰冻的歌声洒落在她身后，就像散在粪堆里的种子，等着太阳、雨水和啃啊啃的虫子把它们解放出来。过了一夜，过了一天，过了长出一棵杧果树的时间，她来到了要去的地点。一个黯淡无光的早晨，她唱着歌，爬上了一座山丘，黑汁湖就从这里渗出，里面全是头盖骨、脊椎骨和臭气熏天的霉运。都不用在高高的草丛中站着不动，就能找到洞口。那头大公象屹立在洞外，用獠牙、影子和污迹斑斑、伤痕累累、毛茸茸的脑袋在一棵树的骨头上蹭来蹭去。

她朝他走去，牙还没裂的毛妈妈，她的声音仿佛大地震裂、撕开树根："你啊！公象！"

他哼了一声，雄性都那样。

"公象啊，你！你洞里有故事吗？"

他暴躁地哼哼着，雄性都那样。

"有，"他用低沉的声音说，"它们全是我的，是我发现的。甭管是还在吃奶的小崽子，还是长了点儿小牙、头一回发情的小毛头，都甭想拿走我的东西。我会跟它们斗，我会把獠牙插进它们身侧，留给熊收拾去。"

雄性都那样。"公象啊，"毛妈妈说，"你拿它们有什么用？藏在底下，像淋了雨、慢慢烂掉的草那样堆在一起，它们对你或者不管对谁，能有什么用？"

"它们是我的。"雄性重复了一遍，他耳朵支棱着，笨头笨脑，双腿叉开。雄性都那样。"只归我，其他谁的也不是。"

但是毛妈妈很聪慧，也就是说，她诡计多端。她走开了，任凭雄性自个儿在那儿抓挠啊哼哼啊跺脚啊。她走到了他管不了多大用的眼睛看不见的地方，沿着湖岸走到一片死气沉沉的森林里，用树枝、树干和湖里黏糊糊的黑汁，拼凑出了一个巧妙的玩意儿，就像是小公象的影子。她拔下自己的毛，盖在它身上，因为别的妈妈们都不在，没法儿拿出自己的毛来。我们之为"我们"是有多幸运啊！等她弄好的时候，浑身酸痛，摇摇晃晃，站着都巴不得睡上一觉，没有哪个她在那儿肩对肩地抚摩搓揉皮肤、传递消息，我们在这儿，和你在一起。而她只有自己孤零零一个。

她把那头不是公象的玩意儿留在洞外，丢下它走开了，就在视野之外，在那里等待天亮。

公象从洞里出来了。他走出来，看见了那头不是公象的玩意儿，在早晨冷冰冰的阳光下黑乎乎的。他摇着耳朵、眼睛放光、双脚跺地。

"你！"他尖叫道，"你，站在那儿的那个！你是谁？"

不是公象的玩意儿没回答。

"你要干吗，长牙的？闪开，不然我就揍你了！"

不是公象的玩意儿没回答。

"你敢找我干架，毛头小子？老子的牙可大了，比谁都大，天下最大！你要是想打一架，就唱战歌，要不就给我滚开吧！"

不是公象的玩意儿没回答！

藏起故事的公象咆哮着，张开鼻孔，冲了过去，发出像巨石滚动一样的声音，他用牙扎啊，用脚踹啊，气得发疯。他想杀了对方，雄性都那样。但不是公象的玩意儿没有可以撕裂的皮肤、没有可以弄破的内脏，也没有可以敲碎的脑壳。无论他怎么使劲，上下都只有树枝、皮毛和黏糊糊的黑汁。所以，雄性越是用牙捅、用头撞，就像蜉蝣一样困得越结实。这让他完全糊涂了，发出的尖叫声简直让人听不下去。

"如果你当初肯分享的话，"毛妈妈说，"就不会被这个陷阱困住了。现在故事全都归我了，而你一个也没有。哪样更好？"

公象冲着她破口大骂，连蝙蝠都被骂死了，从天上掉下来。雄性都这样。她凯旋般大笑着，走进了洞里。

#

看着大象灵巧的鼻子弯屈、蜿蜒、扭曲，完全具有催眠般的效果，虽然她比画的说不定是非常详细的长长一句"见你的鬼去"。"长鼻语"是凯特大学里的一门选修课；她从来没正儿八经地想过这门课有一天真能用得上，所以根本就没费神去选修。它跟"花篮编织"或"宗教文本里的食物"那些课差不多，看起来更像是种有意思的怪法子，让学生们能更快更轻松地薅够学分毕业罢了。除了动物学专业的学生、历史学家、民俗学家和某些过分执着的社会学家之外，根本没人考虑。不过，作为一门从 19 世纪 80 年代才真正出现的语言，它还是有其拥趸的；关于动物的学科总是这样。

"她想问你一个问题。"翻译说。

"问吧。"

"你想让我们一靠近埋在地下的这种毒药就会发光。你之所以想这么做，是因为在大象和辐射之间存在着某种怪异的现代人类文化联系，90年前，人类曾经对大象干出过令人发指的吓人事，这正是当初形成这种愚蠢的认知关联的原因。"

"呃，哇哦。"凯特搜肠刮肚地想着该怎么回答，"上帝啊，还有……对不起，在长鼻语里还有'令人发指'这种表述呢？"

"没有，这主要是我说的。"翻译挑眉道，"反正，她首先想知道的是：假如象母们答应了，那你具体会给她们什么回报？"

#

每天她都要吃这种臭气熏天的沙子似的毒药。这个骨头都烂了的姑娘教她怎么吃，偶尔也会有男人经过，要是她干活不够快，就用言语和让她觉得痒痒的树干小鞭子抽她。这两种东西她都没什么感觉，但怒气却在她耳中嗡嗡作响，那声音低低的、稳稳的、持续不断，像只她踩不死的蚊子。她像抚育小象一样，细心抚育着这种感情，像保护她自己永远都生不了的那头小象一样，将其安稳地护在肚子底下，安稳地护在她自己庞大的身躯底下，每一天小象都在长大、吮吸、嬉戏，在她腿间，绕着畜栏，绕着畜栏，绕着畜栏，直到她眼睛背后转啊转啊变成了红色，那儿本来是用来放故事的地方。

要不了多久，总有一天，这股怒气会长到够得着高枝杠果的高度。

没事吧？那烂了骨头、半死的姑娘朝她比画道，没事吧？你没事吧？

"托普西？你没事吧？"

这头大象有时会一动不动、默不作声、高高矗立在那里，一副拒人于千里之外的模样，让里根提心吊胆的，就像在四月间一场花花绿绿的大雷暴来临前的那种感觉一样。她又问了一遍，这一回提高了嗓门儿，但她一面还是在搜寻着最近的出口、最近的地窖门，好蹿到后面去。托普西的双眼闪烁了一下，垂落下来——那只耗子干吗冲我吱哇乱叫？我在哪儿呢？——显出一些慢慢回过神来的迹象。眼下她暂时又变回托普西了，而不是一个会思考的灾星，琢磨着到底要不要策划什么阴谋。里根从颤颤巍巍的牙齿缝里缓缓呼出一大口气，发出嘶嘶的响声。

还好，大象比画道，我……还好。然后——这令里根觉得诧异，因为她们确切说来并不算所谓的朋友——又比画道：你呢？

这真是个很棒的问题。她想到了朱迪，正一个人在医院的病床上等死，死于一种消耗性疾病，这有一大半都是里根的错。她想起了那天早上宿舍水槽里的血迹；又有三颗牙齿像掷出的骰子一样，在瓷面上咔嗒咔嗒直响，牙上还盖着一层刚抹上的牙膏。见鬼，那张该死的结算支票到底在哪儿？律师说过，很快就会送来的，但据她所知，这纯属胡说八道，就是给个垂死的女人听的，好叫她闭上嘴别再号了。他们兴许可以等到她死掉，那笔该死的钱就不用给了；相信一家满不在乎地让你和你最亲密的人都得上癌症的公司，这样做既不明智，也不谷易，并不值得高度推荐。

算不上还好，她比画道，我也不相信你还好。

托普西对此无话可说。该死的骗子，她们两个都是。

哦，最亲爱的傻瓜啊，可是故事并没有就此结束。世上的事怎么可能这么简单轻松呢！就算是对大象母们和骗子来说也一样。

毛妈妈走进山洞。她进了山洞，可洞里并没有像熊和牛跟她说的那样藏着故事。那儿什么也没有，一干二净，毛妈妈可不需要一干二净。她走回洞外，来到大黑汁湖岸边，那头公象仍被困住的地方。

"雄性啊，"她说，"你那么眼巴巴地要自己留着的故事在哪儿呢？在我来之前，是不是有哪个聪明人从你这儿抢走了？"

公象转了转一只红通通的眼睛，抬眼看着她。他不怀好意地笑起来，带着蔑视，更重要的是流露出疯狂。雄性都这样。

"滴奶水的笨蛋。"他气喘吁吁地说，"经过了昨天的事以后，难道你真的以为，我还会把这些故事留在你找得到的地方吗？它们在黑汁湖的湖底呢，那儿可没人能把它们据为己有。我用我结实又漂亮的鼻子把它们全都扔了进去，用我锐利的眼睛看着它们沉到了水里。哦，你这下崽子的浑球，想要的话，你就进去拿吧。"

毛妈妈悲伤地看着他——因为那时也跟现在一样，我们同情雄性：我们的儿子、父亲，以及偶尔的配偶。

"很好，"她说，"雄性啊，谢谢你把位置告诉我。"她转过身，走进了湖里，像故事一样沉了下去。

"好吧，正如我之前说过的那样，它们会给我们的物种以及后继的任何物种帮上大忙的。"凯特重申了一遍。她口干舌燥，心脏和脉搏狂跳着进入了"要么战、要么逃"的那个区间，一路仿佛留下了猛踩刹车时的橡胶辙印。大象很可能闻得到她身上滚滚而来的肾上腺素气味，就像夏天地铁里的通勤者身上散发出的汗臭一样。"这不仅仅是联邦的问题，这是我们多年来始终在努力解决的一个问题。我们讨论过人类守护者的方式，差不多就像是祭司；我们也讨论过让猫发光——看在上帝的分儿上——但是猫并不具备程度相当的文化关联。"见鬼，她说的这都是啥乱七八糟的啊。她做过的那些光着身子做牙科手术的噩梦都比这次会面好受些。"这是为了谋求大善，没有比这更大的善事了。这是……这是莫大的善事。"

翻译顺着她支支吾吾的话往下翻，她又开始等待。老母象嗤之以鼻。到目前为止，这还是凯特第一次听到她发出声音。

"正如你所说的那样，'为了大善'，这话也曾用来为战争期间把我的子民用到你们镭厂里的行径开脱，不是吗？为了节约成本，为了免得让你们自己人中毒。"

胡扯胡扯胡扯。真是奇也怪哉，我的脚都卡在嗓子眼儿里了，我居然还能呼吸。

"不仅如此，"翻译接着说，"你还想要求我们差不多算是认可这种歪曲的联想继续存在下去。我们是不是应该达成某种协议，根本就用不着尝试对人类公众进行再教育呢？"

"我……这是……在某种程度上而言，这是根植于这种文化关联的。"随着局势逐渐失控，凯特能感觉到双颊的血烧得滚烫。亲爱的可爱的上帝啊，降落伞也好，拉响的火警也罢，赏我一条逃走的路吧。她都不知道自己走进会场时指望的是什么。"我想，我们可以在开展某种再教育活动的同时，想办法保持这种认知关联？这个我得跟我上司谈谈。其实我只负责这一件事。"

翻译盯着凯特额外多看了半晌。她回头瞥了一眼老母象，又掉转头看着凯特。

"我只想在翻译之前确保我没听错，"她压低了声音说，"你真的是来出席一次基本上没有任何讨价还价筹码的外交会谈的？"

#

每次月亮升起时，盒子里的金属鸟都会跟发情似的尖叫一声。与所有人类的玩意儿一样，这只鸟对日出日落格外痴迷。夜晚的口哨声标志着休息，夜晚的口哨声标志的是满满一口袋没滋没味的干燕麦，或者一个干巴巴的头骨，里面塞满了发霉的干草和粪便。她记得有一个地方，构成夜晚的是温暖的漫步、是在星光下觅食，当她大到长了牙以后，会和身影映在月光下的妈妈们一起，用鼻子卷起甜丝丝湿漉漉的草来撕扯。这她还记得，可是现在没有甜丝丝的草可以撕扯，于是她就若有所思地把她的畜栏扯碎，撕成一块块碎裂的木板。明天早上会挨打的，每天早上都会挨打。

她边干边唱，从记忆中拔出一串串故事之歌，歌儿褪了色，根却仍牢牢扎在皮肤底下。在木头发出的劈啪响声背后，她能听到众象母们的声音，它们的声音可低了，比谁都低，天下最低，人类小小的耳朵根本听不见那美好的震动。她们仍然和她在一起，在她的牙齿和头骨里嗡嗡作响。听着，傻瓜，她们唱道，听着。那些歌还在你的左眼背后呢，把它们抽出来吧，播下种子。

她的歌唱停顿了片刻。她停顿了，但歌声还在继续，在她的头骨之外，在她的记忆之外，穿过畜棚的横梁，向外荡漾。昏暗的建筑里，看不见的妈妈们上上下下捕捉传递着这嗡嗡的鸣唱声，把它传递下去，如同一位伟大妈妈的大腿骨，从一根鼻子传到另一根鼻子，从一条舌头传到另一条舌头，诉说着、品尝着、触摸着、嗅闻着、回忆着。是了，是了，这个我知道，这是毛妈妈生出的故事。她蒙骗了一头公象。她把故事传播开来，这就是其中的一个。

她的鸣唱声再度加入这轰鸣之中。伴着歌声，夜晚熟了。

#

朱迪的财物只有可怜的一小堆，修女只用一口桃红色的木板箱就全装完了：一个银色打火机；一块口嚼烟草块；几条补丁摞补丁的裤子，是拿男裤改成的；工作靴；一个破了的音乐盒，盒盖上固定着一只陶瓷做的蓝知更鸟；一个皮革零钱包，里面还有 3 美元的硬币在叮当作响；一个一个的药瓶；还有一枚钥匙，拴在一根长长的缎带上，缎带的颜色早就褪得跟阁楼上的窗帘差不多了。还有一封信，是写给里根的，那字迹跟狗爬的差不多，刚开始险些认不出来写的是什么。书法从来都算不上她们俩的强项。

"你也会负责葬礼的安排吗？"修女问，"如果这姑娘没有活着的亲人来带走尸体的话……"

里根都还没开始细想让她朋友入土的现实问题。她没有多余的钱；手头剩下的都直接寄给妈妈和妹妹们了。在某种程度上来说，她还算走运的；家族墓地不用花钱，只要找几块松木板，钉在一块儿，就齐活了。

"见鬼，"最后她说，"她都死了。她不在乎了，我也不在乎。放在'窑户的田'[1] 里也没什么。耶稣就是个窑户，不是吗？"

"木匠，我的孩子，我们的主是个木匠。"

"哦。"她又顿了顿，"得了，见鬼，我还是觉得她无所谓。"

---

[1] 《马太福音》27：6——"他们商议，就用那银钱买了窑户的一块田，用来埋葬外乡人。"后便以此代指提供给无亲无故者的公墓。

未然的历史

#

毛妈妈往下沉啊沉啊沉啊，慢悠悠地沉到黑汁湖底下很深很深的地方，那里什么也没长，只有骨头生了根的幽灵。

她沉下去时屏住了呼吸。她屏住了呼吸，但黑汁还是渗进了她的耳朵、嘴巴、鼻尖、眼角，糊住了她身上的毛，堵住了光线、空气、上下、昼夜。生在漂浮的骷髅上的鬼魂们伸出长鼻子来摸她；她头颅里没有回音的地方充斥着窃窃私语声。

我死了吗？你呢？太阳在哪儿？

长牙虎！它跟着我进来了！

你体内还有气、还有血，为什么不战斗？你为什么不吼叫，为什么不扑腾？

我的崽崽呢，至少她总逃掉了吧？你见到她了吗？

你们这些话的答案我不知道。毛妈妈发出低沉的声音。我不知道那些事。我只为故事而来。你们看到它们落下的地方了吗？

众多声音传来，仿佛黏糊糊的骨头彼此摩擦着。故事？原来那些是故事啊？那些东西我们根本不懂，可我们知道它们落到哪里去了。把你的长鼻子伸出来吧，活着的妈妈。它们在比这儿低得多的地方；你往下沉的时候可别错过了。

她体内的空气膨胀起来，越胀越大，紧紧抵在她喉咙口，想要像幼崽一样钻出体外。毛妈妈像受伤的长牙虎那样激烈地与它搏斗着，不让它逃跑。囫囵牙毛妈妈真壮实啊，在所有大象母当中，她是最大的那一头！没有她搬不动的大石，也没有她拔不起的树木。她的尖叫声能震得群山都碎为齑粉。

可是她慢慢地往下沉。

#

"不行，我什么也没法直截了当地向你们保证，一切都必须经过协商。"快想啊，凯特。赶紧的，快做点什么来收拾这个烂摊子。"不过，"她忙又接着说，"很显然，把废料埋在底下的那座山和周围的一切都会被指定为大象的主权领地，未经授权不得擅自入内。你们、你们的女儿、还有你们女儿的女儿都可以住在那里，不受干扰，直到永远。"她没有提到，那地方全是荒芜的灌木丛和废弃的核试验场，是一片遍地都是光溜溜的绿色凹坑的沙漠荒原。以后会有别人去应付这麻烦事的——也就是说，而且最重要的就在于，反正那个人又不是她。她对自己说，我只是来兜售这个主意的。"而且我会找人说一说教育活动的事。"这可不是在撒谎。她肯定会想办法把这件事摆到明面上来讨论的，不管这么做究竟有没有好处。至于在明面上讨论过以后还有没有下文，那就谁也说不准了。"我不明白他们为什么连好歹调查一下都不愿意，对吧？"

从开支到人手，他们推迟调查的理由可以有千百万种。凯特对这一点避而不谈，跟玩跳房子似的，单腿落地，保持着这个姿势不动，在大象领会翻译的手势时等在一旁。母象的那双老眼转过来，盯着凯特的眼睛，历尽沧桑、深不见底、从容不迫，凯特觉得像热锅上的蚂蚁，她的眼神却那样冷静。要是大象也开始玩扑克的话……愿上帝保佑人类吧。

#

"你怎么还在这儿晃悠？你他妈到底在教那些东西啥玩意儿，该死的字母表吗？"

关于现场主管这份工作，在里根最不愿想起的一切内容当中——嘴唇上的疮、宿舍里破破烂烂的床、牙齿间那股沙子似的油漆味——多半名列前茅。而在所有挑出来当主管的那些满嘴喷烟、又脏又臭、咧嘴傻笑的蠢男人当中呢？斯莱特里多半又是——不，绝对又是——斯莱特里绝对就是她最巴不得看到他出了门就永远别再回来的那一个。他每对姑娘们说一句下流话，朱迪就要往他后脑勺上吐几滴烟草汁，可现在朱迪已经死了、在土里发霉了，里根也再不嗑烟草了，原因一目了然。她没理他，继续收拾行李，把每样东西都扔进帆布包里，一面觉得疼，疼得厉害，那疼痛就像浮在水面上的薄薄一层油渍，让她觉得头晕想吐。最近，她有时会想，要是动手试一试的话，她能不能把烂了的那截下巴整个儿给抠下来。用两三根手指掐在下巴底下，牢牢勾住，用力一撑，然后——

一阵声音犹如愤怒的雾角，穿透了这团疼痛的阴霾。里根一抬头，正好看见斯莱特里正拿着那根亮闪闪的小皮鞭——他平时就老挥着这鞭子——懒洋洋地挠着托普西的尾巴。

"上帝啊，斯莱特里，住手！你是不是想被踩扁，变成一坨熊脂啊？"这样的下场倒不会让她有什么不安；她乐意掏全额入场费，去看一场斯莱特里血溅当场的串场杂耍。更让她担心的是那头大象，它正扇着耳朵、跺着脚、摇摇晃晃，似乎心中暗潮汹涌，眼看就要发疯了。里根跟跄着起身，脑袋里剧烈地砰砰直跳。斯莱特里不值得你这样，托普西，这些乱七八糟的都不值得。

"噢哟，鬼火冒，小妞，我就玩儿玩儿。你就不能——"

她狠狠把他推到畜栏的墙上，她甚至都不知道自己还有力气发这么大的火。他跌跌撞撞地一屁股坐在地。"跟我们一道干活的其他每一个人都死翘翘了，跟狗身上的蜱虫似的，我也差不多了，"她说，"我只要撑过这一周，就可以回家了，不过其实也就是说我要死在家里，我的小妹妹们可以眼看着我叫啊、喊啊，把自己弄得一团糟。你好好玩儿，直接见鬼去吧。"

他在脏兮兮的稻草上恶狠狠地瞪着她。要是眼神能杀人的话，那她的难题就解决了，可惜得很，这种事没发生，这种事不会发生，她还有很长的路要走。她没有理睬他凶巴巴的眼神，转向托普西，它抖得就像猛烈的北风中的一根晾衣绳。

嘿，她比画着。托普西？喂？你还好吗？喂？

没反应。一阵低沉的嗡嗡声，仿佛是树上蜂巢的响动，穿过里根疼痛的耳膜和臼齿。她后退一步，正要再问一遍，突然有什么东西猛地敲在她后脑勺上，猛得足以让她手掌着地、在畜栏里摔个大马趴。

"小妞，你以为就你一个人日子不好过吗？"斯莱特里说，"你以为就你一个人要养家糊口吗？"

#

这个男人跟所有男人一样，他在这儿就是为了撩她生气，让她摇摇摆摆地靠后腿尴尬地站着，好逗他开心。死姑娘想拦着，他就一巴掌把她拍翻在地，踢她、吼她，跟发情似的疯疯癫癫。她哼起了一支歌，歌声越来越响，越来越熟，一支圆鼓鼓、红彤彤、晃悠悠、黏糊糊、快要裂开的歌。在干活的畜栏里，其他妈妈们也听到了歌声，她们搁下刷子，忽然齐声歌唱起来，就像一群漂亮的灰毛鸟儿。

果子沉甸甸，挂在树枝上，

可以采了，

可以摘了，

可以分了！

果子熟了吗？

可以吃了吗？

噢，母亲们哪，行了吗？

#

哦，最亲爱的傻瓜啊，在万物的最深处，在黑汁最稠、黑暗最浓的地方——就是故事落下的地方，就是毛妈妈的鼻子终于摸到它们的地方，它们依偎在一起，就像一堆看不见的夏天的瓜。但她体内的空气疯狂地扑腾着，无法回到水面上去，又该怎么办呢？当她和它们都被困在黑汁湖底时，该怎么才能分享这些故事呢？毛妈妈感到压力越来越大，她明白了必须怎么做。毕竟，在所有伟大的妈妈们当中，她是最聪明的那一头。

她一个接一个地把故事吸进长鼻子里、塞进嘴里。当她吞下这些故事的时候，它们灼烧着她的舌头和喉咙。大多数都难吃得很，就跟表面上糊的那层黑汁差不多。有的像熟透的果子一样裂开了，甜味渗了出来，和苦味混杂在一起。直到所有的故事都被她抓起来咽了下去，毛妈妈才停下。她的肚子鼓起来，充满了无穷无尽的故事，所有过去的故事，所有未来的故事。甚至还有你的故事，哦，最亲爱的傻瓜啊。甚至还有我的故事。我们为什么会发光的原因——这个也在那儿，舒舒服服地蜷在毛妈妈的肋骨底下。

"这下，"囫囵牙毛妈妈心想，"总算好了。"

困在她体内的气息再也无法遏制。随着一阵巨响，就像大山迸发出歌声，毛妈妈被吹得四分五裂。

"很好。我们会……根据这些条款的情况，来考虑守护这个地方的。等到你们所有机巧的发明都化为尘土、锈迹斑斑、杂草丛生，等到除了毒物和破坏之外、再也剩不下什么来讲述你们的故事时，我们还会铭记在心。"翻译的声音几乎和大象的表情一样严肃。凯特在她们的眼神中寻觅着同情之色，可这就像是一场寻找复活节彩蛋的游戏，而那些蹒跚学步的孩子们几小时前就因为糖吃得太多引起的头痛回家去了。"我们甚至可能会同意发光。"

"好啊！那可……哦，那太好了，那棒极了。"那就是他妈的资金哪。两个小时以来，凯特第一次满怀希望地深深吸了口气，"你们这是在为未来的一代办一件了不起的事——"

"不过呢，"翻译说。

"说油漆有毒的那些个话是不是真的？我听说——"一只靴子陷进了里根的臀部；痛苦如同嫩芽和藤蔓般沿着她的躯干向上攀缘，汇入了她脑袋里那片疯长的灌木丛。"我听说，你们全是些放荡的妓女，染上了梅毒，一心想把公司榨干。我需要这份工作，听到了吗，小妞？我不能上战场，我要是回到矿井里去的话就见鬼了。如果说，就因为一帮咯咯傻乐的妞儿们非得把自个儿的洞给填上，厂子最后就只好关门的话，那我发誓——"

这一回，她看见了踢过来的腿，在斯莱特里的脚落下来之前设法抓住了它。他想挣脱；她拼命地死死抱住，眼冒金星。当她痛得大口吸气时，空气从她牙缝里呼啸而过。

"等一下，"她总算发出了嘶哑的声音，"再待一会儿，把那灰尘多吸进去一会儿。"

斯莱特里又是不解、又是气恼，前额正中皱了起来。他又一次试着把脚往回抠；里根又一次拿出短吻鳄不顾一切的劲头，奋不顾身地把他死死抱住。她看到怀疑的种子落进了他心里。她笑起来，天知道她都有多久没笑过了。

"哦，是啊，那种粉末可不会一直待在地上不动哦。你肚子里吸那玩意儿吸得满满的，都过了有……你当主管当了多久了？从厂子开门的那天起是吧？你连想都没想过到处飘的那些灰吗？"她把他推开，"你看着就够蠢的了，实际上比表面看着还蠢，你想知道如假包换的真相。可能还得再等一阵，不过你就快知道真相了，斯莱特里。"

谁知道这话会不会成真呢。她巴不得会成真，可是现在，只要看见恐惧在他眼底乱窜、想找个洞钻进去，这就够了。"胡扯，"他结结巴巴地说，此刻他的后背靠在托普西身侧，手掌紧贴在她肋骨上，"那样的话，他们应该先跟我说的。"

"是啊，就像他们跟我们说的那样？你太高看自个儿在这一帮子里的地位了吧，走狗。"

他张开嘴，想回敬点什么。他张开嘴，可是蓦然间，他脖颈上勒了根象鼻子，已经被提溜到了六英尺高的空中，所以从他被勒住的喉咙里只发出呜的一声。

#

是啊，噢，母亲们哪，
是啊！

果子熟了

果子好了，

可以摘了，

舌头上，

鼻子里，

象牙上，

甜丝丝，

去抛掷，去撕碎，去践踏！

#

她身上的每个部分、所有的故事，把毛妈妈凝聚在一起的每样东西——所有这一切全都高高飞上了天空。骨头、黑汁，里里外外，皮毛、象牙和尾巴！它们来来回回颠来倒去地飞啊飞，直到风捉住了它们，碎片像李子一样，在冰封的大地上洒得到处都是。半根象牙嵌进了天空的肚子里，变成了月亮；她身上的毛大部分被风吹散，变成了云层。她滚烫的鲜血融化了大地；她在旅途中播撒在身后的歌发了芽，被四处流浪的母亲们摘下。

她们还发现了那些故事，不过这很有意思：故事也碎成了一片又一片，就像把故事撒播开的那位伟大母亲一样。若是单独听到其中的随便哪个故事，都没法彻底弄明白。要让故事变得完整，就需要许多声音交织在一起。等到那时，也唯有等到那时，它们才能成为真实；等到那时，也唯有等到那时，我们才能成为不朽的我们，无穷无尽的声音，传递着那一首歌，一首歌即是众歌之和。

"我们这么做并不是为了你们，而是为了未来所有可能会因为你们而受苦、因为你们做事轻率、脾气暴躁、记性差得简直危险而受苦的所有那些人。我们会把你们的所作所为告诉她们，就像我们告知彼此那样，让她们一个接一个地流传下去。如果除了这种……折中的办法以外，再也没有别的办法能确保故事——真实的故事——得以流传的话……"翻译耸了耸肩，老母象犹如一尊花岗岩雕塑，"请别误会我的意思。我们不是在保护你们的秘密，我们是在捍卫真理。她们会看到我们多么灿烂，她们会知道真相的。"

在里根的未来，潜伏等待着她的是上百次面谈、穿着制服、面无表情、带着打字机的男人，每一个基本上都是把同一件该死的事翻来覆去问了一遍又一遍：到底怎么回事？斯莱特里激怒大象了吗？在这次袭击发生之前的几天里，托普西的行为当中有没有显露出任何警示的迹象？当时发生的事她看清楚了没有？

发生的事我看见了。当时到底怎么回事，我怎么可能没看得个一清二楚？你以为我不光是行尸走肉，还瞎了聋了？一个家伙就在我面前近在咫尺的地方给碾成了覆盆子酱，我只好回家把他身上一小块一小块的碎渣从我头发上梳掉，而你倒坐在那儿问我看清楚了没有？

但这一切都仍然还在未来等待着她，警察们眼看就快出现了。而现在，她正眼睁睁地看着事情发生，退到了畜栏的另一侧，再也没法溜得更远了，而从一边到另一边，这里的每头大象都正跺着脚、放声嘶吼，声音之大足以把椽子上闪闪发光的镭尘都震落在地。斯莱特里一开始也在尖叫，但现在却只剩下了胜利的咆哮，声如军号、如喇叭、如愤怒的上帝前来收魂的脚步。

在她自己内心深而又深的地方，深埋在令她惊呆的震撼、下颌和咽喉的疼痛，以及被斯莱特里踢过的地方之下，她感觉到某种怪异的东西正在搅动，就像坐在教堂里、圣灵降身一般。她畏缩地蹲在角落里，双手捂着耳朵，任凭疯狂的发作把面前的地板涂抹成一片血红，有好一会儿，她都没闹明白那是什么感觉，但它最终还是在她心中浮现出来了，像个偷了熟瓜的孩子般愧疚。

心满意足。那种感觉就是心满意足。

下
连锁反应

如果你不知该怎么死，切莫自寻烦恼；总有一刻，大自然会充分地对你进行分量十足的指导；她一定会精准地为你完成这桩事的；无需费心。

——米歇尔·德·蒙田

大闹美国镭厂！令人毛骨悚然的诡异"疯象"袭击引发震惊调查，工厂暂时停业

——有消息称，受害者"并非头一两个"惨遭那畜牲反复无常的怒气荼毒之人！

——当地警队描述"难以理解的残酷屠杀现场情形"！

——幸存者从她的藏身之处目睹了完整的事发经过，距离残酷的大屠杀现场仅一步之遥！

昨晚七八点，警方接到电话并赶往美国镭厂工作现场，他们赶到时看到的是一幅血腥的恐怖画面。工厂里的一头帮工象狂性大发，挣脱了镣铐的束缚，毁坏了畜栏，还以所能想象的遍体鳞伤、极其恐怖的方式，用它可怕的庞大身躯把一名工头碾了个粉碎。可怜的受害者绝无复活的可能，因为尸体已经粉身碎骨、残缺不全，据惊恐的旁观者们说，

"看上去就跟被压床碾压过似的"。

令这个耸人听闻的故事显得更像俗气的廉价惊险小说的是，现场的确还有一位幸存者——万幸躲过一劫的一名女子，正是那帮最近卷入了旷日持久的法律纠纷的"镭姑娘"当中的一位，她们就劳工安全问题针对美国镭厂提起了指控，而这正是怂恿该厂当初购进这批大象的首要因素。工厂管理层尚未提供有关该名女子身体及情绪现状的信息（也未说明她为何仍受美国镭厂雇佣，而正如数月前初次报道的那样，其同事们大概均已被工厂遣散），但仍可推测她遭受了无异于巨大打击的情绪创伤。据说，当她从畜栏里被救出后，"全身从头到脚都沾满了鲜亮的血迹"，在那种恐怖状态的沉重压力下，即使是一名身强力壮的成年男子也会理智尽丧。

至于针对发狂的罪犯拟采取怎样的措施；以及面对这场不可想象的灾难，美国镭厂大象项目的未来又将如何，这些大家还将拭目以待。如果确如我们的消息来源所称，此番并非这头畜牲首次攻击看管者的话，摆在桌面上的选择或许便仅余下将其处死。

#

总监的桌上有只玩具象，就摆在家人照片、花哨的文凭和大摞沾满墨迹的纸张之间，它坐在那里，举起锡制的小鼻子，指向锡制的大天花板，正朝着大象们信奉的甭管什么异教神灵祈求，祈求靴跟那么一踢、拳头那么一锤，或是没规矩的好奇猎犬咬上那么一口。要是总监那番吞吞吐吐、支支吾吾的话再不打住，里根自己也快要准备这么干了。上大学显然教会了人们用 16 种不同的方式来说"我们真不好意思呀""我们好抱歉啊"，这些该死的废话没一句能让屋子里多一丝空气，也不比一只训练有素的母鸡在玩具钢琴上捣鼓出来的响动更有意义。

你和我，锡象啊，咱俩都困在这儿等着完事呢。她曾经在圣诞节给妹妹们买过木制的诺亚方舟，它看起来很像是那方舟上的一只动物，当时她和妈妈的情况都要比现在强些，她下巴还没开始疼，牙医和公司的医生也还没开始耸肩膀。她还记得，那方舟漆得很漂亮，买它花掉的钱比 11 月发的两份薪水的四分之一还多。她很好奇这一只是从哪儿来的，总监要真是钱多得没处花，他完全可以像别人买盐和面粉那样去买买买。

"你打算怎么处理那些大象？"她开口道，打断了又一轮循环播放的"我们很抱歉"之歌，这回这首歌正唱到一半。

"这很不幸，非常不幸，而且——不好意思，你说什么？"

"大象。工人。"她放慢了语速，半是因为总监显然缺乏常识，半是因为说话的时候她喉咙和下巴都在疼，说出的每句话都跟口齿不清的醉汉一样含糊，"你是会接着用它们，还是要跟它们谈谈？"

"呃，我是说。"总监的眼睛和双手滑向了桌上一处急需整理的地方，"除了最基本的智力和对语言更加基本的掌握之外，它们只不过是畜牲而已。我不太明白跟它们谈这些会取得什么成果。你猜它们会提出什么要求？圣诞节给火腿吃吗？"

或许，是自由吧，你觉着呢？一种表达"老子他妈不干了"的方式？

"无论如何，"他继续说道，迅速地向前推进，"在这个节骨眼上，这一点不具备任何实际意义。作为对你第一个问题的回答，我们会在拍卖会上将我们的劳工变现，并从下个月开始关闭位于奥兰治的工厂。经历了这次灾难之后，我们必须设法以某种方式收回成本。"里根不太确定，可就在他忙着整理文件的最后一刻，她觉得好像瞥见他侧目瞄了自己一眼，"虽然我不清楚该如何实现。我们的多数大象……从一开始就属于问题儿童，是以甩卖价购买的。"

"你要停工？在战争期间？"

"奥兰治这边的工厂是要停工。"若是郡里的集市为躲闪别人目光的功力颁发蓝丝带的话，那他现在肯定已经得了些颤巍巍的奖品，可以带回家去了。里根在椅子上几乎坐不直，她的后背和双腿都疼痛万分，不过他演的这一套有什么地方感觉滑不溜秋的，有点熟悉。她决定继续拿着鱼叉往水里戳一戳，看能不能叉到鱼。

她说："我猜，既然你们要把大象都卖掉，那别的工厂也全都得关。"

没有回答。他手里的那摞东西在桌子上蹭着，发出沙沙沙的声响。在头顶阔气的新电灯泡底下，他潮乎乎的脑袋闪闪发亮，比牛蛙的屁股还要湿。

"我的意思是，坦率地说，自打你让我和那些姑娘们经历了这么多糟心事以后，没有哪个肯干的人、能干的人、附近但凡看过报纸的人会愿意接手这活儿的。"她任凭话里包含的怒气停留在空中，沉甸甸的，犹如一根瞄准了对方的枪管，"而且首先你也不大可能明知故犯地再对人那么干。"

沙、沙、沙、啪！

自从里根坐下之后，总监第一次直勾勾地盯着她的眼睛。一闪而过的记忆劈开了她疼痛的脑袋：10岁那年，她的牛头犬在谷仓背后把一只老鼠逼到了角落里，从来没有哪位骑着灰马 [1] 的将军面对自己的死亡那般无所畏惧。不过，那只老鼠——至少她佩服那只老鼠。为了保命，老鼠正在做迫不得已的事。老鼠们都彼此照应。

"美国镭厂以后做什么或者不做什么，都与你无关。"他说，"请放心，如果我们在别的地方继续生产的话，就工厂里的女工担心的问题，

----

[1]　灰马在基督教文化中象征死亡。

未然的历史

我们将会执行严苛的安全新规程。要是你不明白的话，'严苛'就是'严格'的意思。"他垂下眼帘，飞快地把文件放进抽屉里，"请在下周末之前搬出宿舍，谢谢。"

"等一下。"里根摇摇晃晃地站了起来，竭力不让自己退缩，"我还没跟你说完呢，先——"

"就这些，谢谢。"

"不，绝对还没完呢。"她把那只锡象从桌上一把攥下来，使劲捏着，所有尖锐的棱角都扎进了她的掌心，"两件事，除非你真想叫保安来把我赶出去，要不然你就得回答我两件事。登在报纸上看着应该挺妙的，对吧？"像她这样话都说不清楚、唾沫星子喷得到处都是的情况下，很难让对方觉得这是在威胁他，不过她已经尽力而为了，"一，我的支票呢？"

"已经寄出了，你之前问过我三次了，我也回答了三次。"

"你确定？你真的确定？"

总监叹了口气，把手伸到桌子里，摸来摸去，摸出一本支票簿和一支自来水笔。他像白鹭在水里啄小鱼一样，在一张支票上戳啊戳的，撕下那一张，几乎是把那玩意儿隔着桌子丢到了她身上。不过，丢纸片可比听起来要难多了；支票扑腾着，划过空气，然后飘荡着，慢悠悠地在她脚边停下。她慢慢弯下腰去捡，浑身所有的关节都在竭力模仿远处嗒嗒的机关枪，模仿得惟妙惟肖。血液在她眼中和耳中怒吼。她伸出空着的那只手，扶在桌边，稳住身形，直到眼前的黑暗散去，危险悄然而过。

"谢谢。"她说。她没指望他会回答，果然，他瘪起的嘴里连一声咕哝也没挤出来。"最后一个问题。托普西呢？你把她跟其他大象一起卖了？"

"安乐死。"他已经不再理睬她了，又开始挠来戳去，跟一只好斗的矮脚鸡似的，忙着他那"非同小可的工作"。

里根把支票和那只锡象都塞进口袋里，自顾自地扬长而去。

#

他们以自己的故事当中一个奴隶的名字给她命名[1]，因为即便人类也知道，故事就是"我们"，他们企图用自己机灵得了不得的办法，让故事顺着他们自己选定的沟壑和河床而下。哦，最亲爱的傻瓜啊，但是锁链可以挣断，人灵巧的手中握着的棍棒可以打落。一根锁链挣断了，就会让其余所有的奴隶号叫着、踩踏着、摇晃着树木，犹如一阵狂风般从山上席卷而下，用闪电般夺目的长牙和雷鸣般响亮的歌声，冲走沟壑中的泥泞。

歌唱吧，噢，妈妈们哪，

歌唱她的牺牲！

歌唱鼻子里喷出闪电的她，

把树劈作两半的她，

她让他们的性命散落如树叶，

如碎裂的木头，

如摇落的果子。

噢，妈妈们啊，他们用锁链铐走了她，

把她锁在谁也看不见的地方，

谋划她的死，一场奇观，吱哇乱叫的猴群自吹自擂：

"看看吧，咱们多聪明、多壮实，

[1]　《汤姆叔叔的小屋》中的女奴。

未然的历史

连闪电都听我们的话；你们也该听！"

可怜的家伙啊，

可怜的家伙啊。

可怜又傲慢的蠢家伙啊。

#

在接下来的几次谈判中，他们派出了其他人参与。凯特对此很高兴；自从第一次会面以来，她期盼着看到这个项目（她的项目）赶紧开始实施的迫切心情，仿佛一直在缓缓从裂缝中往外渗漏。这个假设仍然是合理的——无论她感觉有多内疚，她会坚决认定，挑选大象的理由是站得住脚的——可是现在，她体内有一大堆乱糟糟的问题装在跑来跑去的箱子里，占据了宝贵的地面空间。

她们会看到我们如何闪耀，她们会知道真相的。

那头老象不明白的是——她怎么可能明白呢？——人类并不总是有兴趣直面事实，尤其是令人不舒服的事实。从电视屏幕上每个发言的人和深夜喜剧演员嘴里，肯定会涌出上百万段原声摘要，说会发光的放射象来当看门狗，在全国范围推行协商议定的再教育计划产生的益处，是否能胜过这些话带来的影响呢？除了把水搅浑以外，凯特小时候在学校里上过的那些课什么鬼用都没有。这需要施加巨大的压力、打一场该死的媒体闪电战，她不知道她的上司是不是真的在乎促成这件事。他们想要的是可以长久使用的"禁止入内"标志，又不是与巨型动物有关系的真相。

天哪，我们对待彼此有着无数种混账又可怕的方式，我们几乎无法面对这些方式而不变得充满戒心。这件事有多大的概率能做对？

她忽略了实验室工作，转而为媒体攻击计划撰写详细的十项方案。

比萨送货员成了她与外界之间的唯一联系。她的被单被蹬得缠作一团，最后在床垫上靠近脚的那一头拧成了一团既没洗过，也不去碰的疙瘩。

#

对大象施电刑！

托普西，美国镭厂的疯狂杀人凶手，即将在月神公园被电刑处死。

新泽西州奥兰治快讯：纽约科尼岛月神公园业主已获颁执照，获准公开以电刑处死凶猛的托普西，这头大象正是美国镭刻度盘厂的一名工头那起惊人而恐怖的死亡事件的肇事者。这头畜牲的恶行众所周知，且罄竹难书；有消息称，之前在东海岸马戏团的表演路线上，它毫无节制的狂性大发便已先后夺去了二十条生命，最后一起杀戮发生在一名手拿点燃的雪茄戏弄它的观众身上。这位来观看表演的人被它像只桃子似的一揪，在这个横冲直撞的叛徒脚下踩得粉碎。

为了挽回他们花费的成本和这头畜牲的性命，马戏团老板把它卖给了美国镭厂。现在看来，要让它安全地留在那里工作已再无可能，于是工厂主决定，处死是除掉它的最佳方法。执行死刑的主意是偶然想到的，拟采用强大的电流（由纽约布鲁克林爱迪生电气照明公司承揽）来电击这头畜牲，直至其死亡为止。

托普西的新东家——科尼岛正在建设中的月神公园的所有者——已经承诺，这幕好戏将会免费向广大公众开放。电刑将在"电力塔"脚下执行，这座建筑高达200英尺，完工后将会安装近2万个电灯泡，成为其一大特色。这有望成为本季的一场盛事、一次令人心跳停止的展览，在一场永难忘怀、富于传奇色彩的自然力量的奇观中，展现出两种洪荒之力的相互对抗。

美国防止虐待动物协会表示担心，电刑是一种相当残忍的处死方式。请读者诸君记住，射杀大象需要用掉五百颗来复枪弹、耗费三个小时，而一万伏特的电流仅需不到一秒钟的时间就能完成这项工作。活动将于1月4日（周日）晚8点在月神公园开始。

#

好吧，一周之前，总监说他们要把托普西处死的时候，确切地说，他并没有撒谎；这是如假包换的真话。只是没有深入本质——没有提到他们会怎么处死它，或者会在哪里处死它——但话又说回来，里根也并没纠缠不休地去对这件事刨根问底，对吧？这则广告真不该让她觉得这么大吃一惊的，它从当地报纸的封底蹦到她眼前，纸质光滑，花里胡哨的，跟廉价杂志的封面差不多。大象保持着抽搐的姿势，嘴张得大大的，正发出无声的嘶吼。她脑袋上绑着顶金属帽，闪电般黄澄澄的夸张电流似乎滋拉拉直响，从她的皮上嗖嗖地往下落，就像铸铁煎锅里爆的玉米粒一样。电线和锁链伸向四面八方，把她牢牢地捆在原地等死，仿佛她恰如报纸标题上说的那样，彻头彻尾就是个疯疯癫癫、暴跳如雷的杀人凶手。

另一边，在锁链、绳索和铁栏背后，乌泱泱的一大帮人正挤在一起观赏。艺术家没把他们画得像托普西那么细；大多只是垮着下巴的黑影，头戴驾驶帽和圆顶礼帽的男人，脸上空白一片，跟鬼似的。在这群人当中，唯一画出了细节的只有正中间的一个家伙，之所以把他画得这么仔细，是因为他便是手按杀戮按钮的那个人，手握大权的男人——手握生杀大权，直到永远，阿门。

有人费了不少心思来刻画一只垂死挣扎的动物。有人多半是花了不少钱找的人乱写乱画，甚至还花了更多的钱，把这玩意儿放在当地报纸上。说到底，唯有钱这种东西美国镭厂从来都不缺。

里根任凭报纸滑落到她盖着被子的腿上，她太累了，拿不住这可怜的物事，又太难受，没法继续往下看。她把报纸推到床边，这样床上就只剩下朱迪那封好久没拆的信了。这是她在空荡荡的宿舍里待的最后一晚。第二天早上，她就要跳上一辆南行的火车——多半也是她这辈子坐的最后一辆火车——然后她会回家去死，这千真万确，就跟有人把一个金属搅拌盆绑在她脑袋上、再把一根超大号杠杆那么一拉差不多。

"刽子手来要咱俩的命了，姑娘，"她说，"我估摸人们至少还会记住你。"

她深深吸了口气，疲惫地拿起那封信，把它拆开。不管怎么着，还是先把这件事做完为好。

#

在黑暗中，她等待着，噢，妈妈们哪，

羁绊在身，备受折磨，无所畏惧，

等待着许多人聚集一起，

犹如大风

等待闪电，

犹如大雨

等待惊雷，

他们来围观她死，来闻她的身躯烧焦的气味，

来目睹伟大的母亲倒下。

他们汇聚成沾沾自喜的大群雄性，

就像苍蝇扑向粪堆，

就像鬣狗奔向病畜，

狂吠、咆哮、争斗。

可怜的家伙啊，

可怜的家伙啊，

可怜又傲慢的蠢家伙啊！

#

"好吧，她们肯定会得到这块地的——这桩交易的这一部分就这么定了。"凯特的上司是位两鬓斑白的老妇人，年约六旬，完全面无表情，面对如此的冷静，就连那头老母象都免不了会感到一阵嫉妒。她手里拿着凯特的文件夹，里头黄色的账簿纸从边上直往外挤，就像漫画里塞得太满的特大号三明治一样——至于她是否赞成其中的内容，尚且无人能知。"根本不必为此感到内疚。"

确实不必，要不是反正也没人想要这块地；而且一旦山下堆满了核废料，肯定谁也不会想要的话。凯特把冲到嘴边的顶撞言语咽下去，努力装出一副高兴样。"那就好，"她说，"听您这么说真是太好了。"

"是的。"蒂尔尤博士的声音听上去不置可否；老实说，我不在乎，你也一样，"至于你关注的其他问题，你向我递交的研究成果……凯瑟琳，你最近睡得好吗？你在这上头花了多少工夫？"她拍了拍文件夹，这动作犹如句子里的标点符号一般。便笺纸从文件夹里跑出来，飘落在地板上，"你并不是媒体团队的一员。我理解，对于你个人负责的项目，方方面面你都需要参与，可是已经不知多久都没人在实验室里见过你了，而那里才是最需要你出现的地方。有些人开始对此感到担心了。"

凯特突然觉得泪水就要夺眶而出，但她完全不明白这是为什么。疲惫？也许吧。沮丧？这两者很难区分开来。"我跟那位代表说过，我会试试看的。"她说，"随着项目的进展，我在这个项目的合法性上遇到了很多伦理问题。在继续进行这项研究之前，我至少要确保做出一次教育公众的尝试，一次重大尝试。她的声音听着就像个机器人，可是——至少她是个品行端正的机器人，哔哔，我问心无愧，"而不仅仅是中学历史教科书上的大肆宣传。"

这番话只引来一声叹息，并且蒂尔尤博士的手指还在刨花板桌面上重重地敲了敲，就她而言，这已经近似于是在表示恼怒了。"我要对你直言不讳。"她说。

"请讲。"尽力而为吧，夫人。我曾经被一头该死的大象严厉地斥责过；您的眉毛就算确实令人印象深刻，也影响不了我。

"在这个项目的工作人员当中，除了你以外，对于照协议办事谁也没那么在乎。这个问题不具备实际意义。你所宣传的那场社会运动，其范围和广度会耗费我们数十万美元的资金。你的诚实和确保大象得到公正代表的愿望是值得称赞的，别以为不是，但——"

"这不是当务之急。"这话像水一样冷冰冰的，相当于棒球直接命中了深水炸弹游戏的红心。

"不是。"蒂尔尤博士让她的心一直沉到谷底，然后她又继续往下说，"这并不是说我们不会启动某种项目，某种至少可以安抚一下大象的项目。只不过……就算撇开成本不谈，你有没有考虑过，如果真的开展如此密集的行动，我们会受到怎样程度的审查？除了审查之外，最重要的是，一个涉及非智人权利、基因操纵，还有核废料的项目还会像现在这样诞生吗？这不仅仅是搬起石头砸自己的脚；这完全就是把装好了子弹的枪管顶在我们脑袋上，然后直接突突了。"凯特还从来没听蒂尔尤博士说过通俗的口头语，她准是气得不轻，"刚才说的甚至还没有涉及围绕托普西行为的情绪问题。无论正当还是不正当——她都在这个项目中占据着核心地位，可你难道真真切切地相信，随便什么人都应该详细了解事情的来龙去脉吗？"

"我们是科学家，"凯特说着，站了起来，"我们所做的一切就是让大家明白事情的来龙去脉。"

"我……不好意思？"

"我得回去想一想。"她说。

"想什么？"

若是凯特在热血上头的同时感觉没那么麻木的话，她就会朝这位好教授丢个爆竹了。"想想我到底愿不愿意成为项目当中的一员，继续开展下去。明早之前我会告诉您的。"

"凯瑟琳。"蒂尔尤博士的声音里流露出明显的恐慌，"你能否稍微等一——"

门关上了，打断了她的话。

#

里根：

就想让你知道，事情成了这个样别不好受。你们都像血亲一样进（尽）力照顾我，你知道，妈妈一走，我就再没亲人了。就连你妈妈以前也会在桌上给我留个座，而别人宁愿把剩饭给流浪猫吃，也不肯给我这种普普通通的大个子丑姑娘吃。要不是有毒的话，这工作笨（本）来挺不错滴，又轻松。

至于工（公）司，他们最好直接给吹到地狱里去，让魔鬼拿把斩（崭）新的大斧子把他们屁股砍了。他们不该这么对我们，大富翁不该这么对小人务（物），大部分都是咱这样的姑娘。就算是蛇，要是被踩了的话，也会咬人的。人们可别踩蛇，因为蛇的牙尺（齿）里有的是毒，够咬死一大帮大人勿（物）。

里根，我给你留了点儿毒，给咱的牙用。是从前我在暴风山干活儿的时候偷的，我还不知道为啥要这么岛（捣）蛋。那东西在市中心东旋风街 289 号的一个储物柜里，我把钥匙留给你。小心别晃，也别掉，直到你想咬人了，又打蒜（算）再见到我了为止。27 号柜子。

但愿你是我亲妹妹，可反正咱过得已经够棒的了。跟你妈妈问好，叫她别忘了我。

朱迪

里根那晚上没睡好。

黑暗当中，有一个姑娘，根本不知道等待着她的是什么。也许她不太擅长写信。也许她根本连看都看不懂，从来没机会、没兴趣，也没时间。她住在一个偏僻的地方，学校挺了没多久就塌了，她有妹妹们要帮忙照顾，还有个醉鬼爹，累得不像个样的妈干瘪得连眼泪都流不出来。她这辈子都没读过报纸，这个脚上全是土的姑娘，大多数时候，她连五英里外有什么新闻都不太清楚，更别提五百英里外了。可是等一下，姑娘。有的亲戚会从有的亲戚那儿听说，新工厂里有工作——轻松工作，好工作，一个月挣的钱比给人打扫一整年的房子凑到的还多——她就去了，用不着上过学，不需要文化，也不要证书。你手快吧？你有嘴吧？你知道怎么用刷子吧？那就坐下来开干吧，亲！我们会照看你的。镭不仅没害处——还对身体有益。你就算用嘴唇点过一千个刷子，结果还是好好的[1]。

她的牙齿可能会松动，嘴唇可能会肿痛，那个姑娘，她的臀部和膝盖可能会感到疼痛，就像她老奶奶形容的风湿那种痛法，可她还是会相信雇她的那些人，她还是会继续干下去，因为她缺乏了解，也没人会费那个劲去警告她，这么做半点好处也捞不着。最后，她会死得很惨——惨得就像《圣经》上描绘的地狱一般，她的喉咙和下巴从里到外

---

[1]　这些都是历史上夜光仪表工厂招女工时发生过的真实故事。

都会烂透，令她窒息而死——等她死了以后，人们很快就会把她忘掉，仿佛她当初从来不曾行走过、交谈过、欢笑过、希望过。

她的事就这样了。

黑暗当中，有一头小象，根本不知道等待着她的是什么。她在某个地方和亲朋好友一起觅食，所有的妈妈们都聚集在她周围，她所有的阿姨们、婆婆们和远到了姥姥家的远房表兄弟姊妹们，因为里根对于野象基本上只知道这么多了——象妈妈们群居在一起，四处迁徙，跟奶牛差不多，而公象们则独自游荡，跟许多别的雄性动物一样——她所了解的那个世界只有绿草、嬉戏和躲避鳄鱼，有时鳄鱼会偷偷摸摸地溜过来，下巴喀拉拉地乱咬。可是或许有一天，人类来到了那个地方，他们拿枪把妈妈们啊、阿姨们啊、婆婆们啊、远到了姥姥家的远房表兄弟姊妹们啊全给打死了，没打死的就装上车，运到别的地方，在那儿教她们跳舞、耍杂技，教她们如何在辽阔的旧世界里孤零零地活下去。小象忘记了作为整体一部分的感觉，长大以后，她就迷失了自我。她把好些个脑袋敲了个稀巴烂，想再次找回自我，结果马戏团的人受够了，把她卖给了一家工厂——不是美国镭厂，不过也差不多，就跟好哥俩似的——最终，在那地方待得够久、干得够多以后，她也像那姑娘一样，一点点死去，如同遗忘在树林里的午餐盒里面的烂肉似的，慢慢烂掉。

她的事就这样了。

而里根不管怎么琢磨、怎么绞尽脑汁，也想不出怎么才能不让这架旋转木马继续转个没完，不管是用朱迪的方式，还是用别的什么更宽容的办法。她躺在那里盯着天花板，直到外面的鸟儿叫了起来，正在腐烂的身体和转个不停的脑子让她难受极了，连片刻也休息不了。

看着托普西砸掉那座畜栏，我心里有几分高兴，不是吗？在内心深处，我的某种愤怒获得了发泄。世界那么大、那么刻薄，我们却这么渺小，手脚都被束缚着。无助的小可怜哪，这盘有人作弊的牌戏对我们不利，可大多数日子里，我们却除了流泪和发火之外，啥他妈也干不了。

她从床上爬起来。她看着窗户从漆黑变成铁灰。等外面的光线够亮了，她就在装着朱迪东西的那口箱子里翻来翻去——推开零钱包、药瓶、镶着那只陶瓷做的小蓝知更鸟的破音乐盒——直到摸着了那把拴在丝带上的钥匙，它落到了箱底。她任由它吊在手指上滴溜溜打转，然后把丝带绕在了脖子上。

她的事就这样了。

#

人们聚集起来了，噢，妈妈们哪，

他们叫嚷着，把她牵出来，她没有挣扎；

他们向闪电高喊：

"闪电啊，劈这妈妈吧，

把她像枯草一样烧光，

让她的故事枯萎凋亡，

这样她就永不会成为她们，

永不会成为'我们'。

撕碎吧，

割裂吧，

四散吧！"

#

她考虑过回家，但一想到家里那一大堆眼巴巴等着她的研究书籍，她就隐隐觉得不舒服。最后，她任凭身体做主，信步来到最近的地铁快线站，飘过旋转门，晃下楼梯，游荡到南下列车的站台上。

火车上有个兴奋的小男孩。这没有任何启示性；凯特看着他从车壁上弹开，她耳塞里的音量开到了最大，这多少有点像在观看死亡金属音乐视频，讲的是"森之黑山羊[1]"怎样发现了住在自己内心的孩子。有意思的是，他穿着一件印满了迪士尼的托普西图案的 T 恤，上面点缀着代表原子的绿色亮点。是因为那部卡通节目的缘故，所以他父母要带他去科尼岛吗？她若有所思地想着。还是这嘴里嗑着糖、天真烂漫的小娃娃软磨硬泡地求着要去？因为在大结局里，情形恶化到极点的时候，悲哀愤怒却心地善良的女主人公就是被丢在了那个地方。相当乱七八糟，但也相当可能。无论你做了些什么，等四十年、五十年或一百年过去之后，桩桩件件就都变成了可以随便耍弄的故事，掌握了媒体炼金术的大师们会把真相的核心分割成由发散性的或然现实组成的反弹性级联反应。

实际在电刑现场可能真的有孩子。当时天色已晚，在 150 多名获许进入的那群人当中，多数都是男人和年龄大一点的男孩——历史书上是这么说的——但如果非得让凯特猜上一猜的话，她估计肯定也有女人和年幼的孩子在那附近转悠。在那个年代，拿上一份野餐便当、带着家人去看某个人或某种动物惨死，大家并不觉得这有什么特别出奇的地方。电是种奇怪的新玩意儿，大象也是。把这两者合而为一，变成像死刑那样耸人听闻的事，总是会引来一大群人围观。

这都什么乱七八糟的。可要是没有乱七八糟的这档子事儿，镭象审判也就永远不会发生。这些事情是无法分割的。加工铀，以获得释放出的宝贵能量，剩下来的就是钚。

大西洋在窗外向她眨眼。那孩子脑袋朝前，重重地撞在座位的侧

---

[1] 指克苏鲁神话中的外神之一莎布·尼古拉丝，"万千子嗣的森之黑山羊"是她的别号之一。

唯一无害的庞然大物

唯一无害的庞然大物

面，不断朝着反方向运动。她思忖着中子如何像蹒跚学步的孩子一样倾斜进入原子核、释放出的能量、付出的代价，还有忽然产生的不可逆熵，犹如没有星星的夜。

#

托普西，

（传说，1919）

从大洋彼岸，带她到这里，

这片自由的土地，

高达七英尺，值得一睹的奇迹，

炸啊，托普西，炸啊，

炸啊，托普西，炸啊！

厂长发话了："托普西，我的姑娘啊。"

"离开马戏团，开工试试吧；

我们会对你公道又公平，

鼻子卷刷子，半点不操心！"

炸啊，托普西，炸啊，

炸啊，托普西，炸啊！

好心的老托普西一点不知道，

镭是啥玩意儿，又有啥功效，

"我是你的啦，老板，咱把它干好！"

炸啊，托普西，炸啊，

炸啊，托普西，炸啊！

可是有件事那工头不知道，

你确实能种下那么多不平。

然后愤怒就会开始滋生。

炸啊，托普西，炸啊，

炸啊，托普西，炸啊！

#

里根一瘸一拐地走到市中心，顶着熊猫眼，身上也半点不清爽，因为她觉得太虚弱，又太累，以至于出门前连在宿舍的淋浴间里擦洗一番的气力都没有。她舌头上沾着股味道，像脏兮兮的硬币混合了什么被忘在那儿发了霉的东西。每走一步，挂在她脖子上的那把铁钥匙就在胸骨上一弹。她在人行道上蹒跚而行，每一次脉动就像兔子似的瞎蹦，她的下巴和喉咙也恰好应和着炽热地乱跳，再加上一弹一弹的钥匙，节奏保持得相当不错。

她来到那个地址，走进去，四处寻觅，最后找到了信上说的那个储物柜。在棉布衬衫底下摆弄了几秒钟之后，她已将钥匙握在手中。

朱迪，她心想。我不晓得这么做好不好或者对不对，也不晓得你合计这一切的时候，你那脑子究竟正不正常，可啥都不做就啥用也没有，只有更多本来不该落到你头上的叛卖从天而降。我累了，朱迪。我对你、对咱、对这一切都火冒三丈，我都闹不明白了。我也厌烦了老是发火。我再也没力气坚持下去了，可是在彻底玩儿完之前，我要是任凭他们再干掉我们当中的一员还逍遥法外，那我就真是该死了。总得付出点儿代价吧。

咔嗒一声，接着当啷一下，小小的金属柜应声而开，柜子里是个玻璃瓶，顶多有大黄蜂那么大。里根小心翼翼地捧起小瓶，就像是从地上捡起一只小鸟宝宝那样，轻轻把它安顿在右前兜里，在走路的时候，还有去科尼岛的长途火车上，这个地方最不容易震得稀里哗啦。

她对着闪电高喊：

（可怜的家伙啊！）

"闪电哪，我们一直都是亲朋，一直同为我们。"

（可怜又傲慢的）

"说出我的故事吧。"

（蠢）

"用雷鸣般的声音，说出我故事的真相。"

（家伙啊！）

"让它们像红彤彤的熟果子那样四散吧。"

#

纪念塔有 40 英尺高，是以大理石雕刻而成的，因为那个年代的人没有做事情随便凑合的习惯，即便是在两次世界大战期间也同样如此。在海边的暮色中，它宛如一根巨大的象牙，在凯特的头顶上方若隐若现，塔身呈现出一定的弧度，仿佛要托起低垂的蓝灰色夜幕。

它孤零零地耸立在那片遭到辐射的海滨土地上，远离太妃糖销售点、油炸饼摊和叫人犯恶心的旋转木马什么的。经过那次事件之后，月神公园从此一蹶不振。这个地方差不多才刚完成建设，托普西便使其孕育的成果直接流产，重建成本加上这场悲剧带来的污名（以及背景辐射）说服了幸存的股东们举手投降。这片土地空置了一段时间，直到有人忽然想到要建一座纪念碑；过了几年，在出现过几位神秘的捐赠者之后，月神公园纪念塔拔地而起，它既是为了纪念死去的人们，也是为了纪念镭象，在伙伴以激烈的方式做出的自我牺牲中，它们发出了自己的声音。雕刻出的青铜象鼻绕着塔身蜿蜒而上，就像理发店外的柱子，一直延伸到塔顶和顶端的柱廊，那里有四头青铜象和四个青铜人站在一起，远眺着大海。在以此地为主题的照片和明信片上，象鼻子早已变成了海蛇、失去光泽的便士和自由女神像的那种铜绿色；而今晚，它们在白色背景的衬托下却显得漆黑一片。

大多数人甚至都不记得纪念塔的存在了。它属于你早就听说过，然后又忘记了的那些怪事之一；属于如果碰巧在度假或一日游途中路过此地，就可以停下来看着它发发呆的怪东西。拍张照，买张明信片，别人在聚会上问你夏天都干了些什么时可以顺口一提。如果其他人都知道这个故事，你还可以拿盖革计数器和发光的凹坑开开玩笑。死亡衰变成了历史，历史衰变成了游泳池边的奇闻逸事。钫元素[1]真巴不得自己的半衰期也跟悲剧一样短暂。

凯特双手揣在兜里，抬头凝视着这根柱子，当最后一丝光亮也消失、潮湿的海风穿透了她的风衣时，她正思索着真相和蜕变。衰变、改变和熵都无休无止。无论他们将多少个水母基因组绑定在大象的遗传物质上——也不论有多少头象妈妈将这样的警告、长久的记忆和不可动摇地交织在一起的母系多核苷酸叙事链传递下去——事实就是，这个项目的基础从一开始就受到了污染。自从第一篇关于托普西的令人喘不过气来的文章写成之日起，自从她去世之日、他人开始讲述她的故事之日、文化包袱像骨髓里的镭一般累积、取代并侵蚀着事实之日起，它就在衰变成另一种东西，而非真相。

核象托普西。难怪大象不信任他们。

她一直站在那里，直到她的颈椎开始控诉、她的双脚变得麻木。东方升起了一轮形似镰刀的弯月，白如象牙。凯特转身背对着纪念塔，以

---

[1] 放射性元素，最稳定的一种同位素，半衰期约22分钟。

及咆哮的黑暗大西洋，缓步走向科尼岛用电照亮的花里胡哨的黎明，那是骷髅记忆中进步的表现。

#

月神公园看起来仿佛有场龙卷风刚刚从它泥泞的中央地带扬长而过似的，木头、四分五裂的脚手架，还有尚未成形的建筑物裸露的巨大骨架，全都横七竖八地散落在地。放眼望去，随处可见正干得汗流浃背的工人——拿锤子敲啊，用锯子锯啊，满身锯末和煤烟，把泥巴和烟草吐得到处都是，直到地面上被搞得乌烟瘴气，这帮骡子才停下来，分着烟斗，粗声大气地嚷嚷着。在距离大海如此之近的地方，空气像块海绵——跟一块潮湿温暖的破布似的堵在你鼻子底下，唾手可得，你嘴里几乎都能尝到一股子臭烘烘的骡粪、口水和陈年老泥巴味，混杂着尿骚味和吐了一地的波旁威士忌的臭气。在那边的新鲜松木和香烟烟雾底下，还有另一种气味——干草、鲜血、某种野生的庞然大物，带着一股麝香味。一股陈旧的难闻气味，就像个能震碎大山的泡泡。

大象的味道你一旦吸溜进那么一点儿，就永远也忘不了。

没人想来拦着里根；她穿得像个男孩子，这么穿她最自在，周围有的是这样的男孩正跑来跑去。她往更深处漫步而行——在巨大的木拱门下方，这里的柱子和新月尚未点亮，经过拔地而起的尖塔，他们已经给它安上了"电塔"的名头，接上了电线，会像阿拉伯一千零一夜里的某种神物那样闪闪发亮——在还没有铺板子的地方，她蹚过齐膝深的猪圈似的污泥，带着身上的伤继续前行，虽然头晕、恶心、双腿直打晃，却下定了决心绝不晕倒。万一她晕过去了，朝着一边倒去，口袋里的小瓶子摔碎了的话，那这一趟就白跑了，相当于在眼看就要得胜的时候功败垂成。

未然的历史

早晨变得炎热起来。汗水从她额头上汩汩冒出，流进她眼里，刺得她双眼紧闭。从脚后跟到脚指头，再到疼痛的臀部，她浑身所有的关节仿佛都化作了刀片。她强忍着不咽唾沫，直到舌头像狗一样搅来搅去的，让她再也忍不住。从前，她一直以为这些肌肉的机械活动是天经地义的事；而这些天，这样的动作就跟要用酒精把煤炭冲下去一样，剧烈的撕裂感比下巴疼得还厉害，或许只是因为她不得不吞。一个没忍住，咽下一口，火苗便从她嗓子眼儿里呼呼地直往脑子里蹿。她的膝盖撑不住了，她发觉自己瘫倒在一个锯木架上，手指屈伸着，抠着那粗糙的木头。

"喝多了点儿吧，嗯，孩子？好戏要到今儿个晚上才开始呢，慢着点儿唄！"一个快活的声音响起，随即伸过来一只快活的手，在里根背上猛地一拍，震得她连仅剩的那几颗牙都咔嗒咔嗒直晃。她咬紧牙关，憋住了一声尖叫。她的自制力也就到此为止了，但她仍然使出全身气力，牢牢地揪住那点儿自制力不放，就像暴风雨中的一只小松鼠。"别叫那些个他们派出来四下巡视的警察发现你；不然你就会屁股着地，直接给扔到那间醉汉监禁室里头去，比在纽约过上1分钟还快。"

"没事。我没事。"话音顺着她的下巴零零星星地飘出来，就连这路人闷雷般的说话声似乎也渐渐消散，仿佛从遥远的地方传来。

"小子，你确定没事儿？你看起来可半点儿也不像没事的样子。来，我扶你一把。"

"我真没事。"她听见这位乐善好施的好心人急忙退后，"我要瞧瞧大象，来瞅瞅大象。"

"是啊，不光是你，这儿方圆一百英里，每个正往外冒青春痘的小子都这么想。"现在他的声音有些气呼呼的，"它给锁在一顶帐篷里，你再往前走一点儿就到了。"

"谢了。"她一直待在那儿没动，直到确定他走远了为止。来吧，姐，走不了多远了。她挺直身子，缓了 1 分钟，让眼睛和脑子清醒一下，然后继续摇摇摆摆地往前走。

还没等她吃力地走到看得见帐篷的地方，远远就听见那边传来嗡嗡的响声，像是蜜蜂树或黄蜂巢。男孩们大叫大嚷，在帆布底下进进出出，跟斗鸡一样自信跑得过随便哪个咆哮着说不定会想来追赶他们的大人。老家伙们在外面抽烟，警觉地聊着天。里根从他们身边费劲地走过，小心翼翼地尽量不让谁的手肘或抡起的胳膊碰到她的衣兜。她慢吞吞地——这时候她倒更像是老头子而非小孩子了——抬起一条晃晃悠悠的腿，跨过导绳，掀起帐帘，一头扎进了一片幽暗之地，这里的气味仿佛鸿蒙初开的天地之始。

链子叮当直响，有个庞然大物发出低沉的声音。小一号的影子们如同鲦鱼般挤作一堆，嗤嗤笑着，逗弄着它，那庞然大物每喷出一记响鼻，或是每动一下，他们就躲到一旁，一等危险看似已经过去便又蜂拥而回。倒也并不是说真有什么危险；里根的眼睛适应了黑暗，看得见铁链和绳索在托普西的脖子和脚踝上缠了一圈又一圈，那些原本是用来拉拽红杉的大粗链子轰隆隆撞击着地面。鹅卵石从她坚韧的皮上弹开，她对鹅卵石就像鹰对领地上的麻雀那般不屑一顾。绳子的另一头，男孩们拿着棍子和点燃的香烟往她身上捅；她把长鼻子举到他们够不到的地方，继续神游天外，她的精神游历的时间和地点里根简直连猜都猜不到。除了在她妈妈的《圣经》里见过的上帝之外，她的思想是里根接触过的最陌生的东西。

差不多了。她又旁观了一会儿，把一定要做的事推迟了一点。再耍一招，让朱迪和其余的人都好好欣赏一下吧——甭管她们如今都在哪儿。

她深吸一口气，抓住一根导绳，让自己对即将发生的事保持清醒，像一头被鞭子抽着的骡子那样叫道：

未然的历史

"警察！警察！当心，警察来了！"

她喉咙里的血管撑不住了，冲垮了堤坝。她能感觉到血管在爆裂，在休克来袭之前，在她进入自由落体状态，思想、灵魂、让里根成其为里根的一切都被一波不对劲的感觉统统抹去之前，那种感觉令她下至脚底、上至头顶都为之震动，高踞于顶的大脑判定，她有生以来从没疼得这么厉害过——这样的疼痛一冒出来，你就知道有东西要完蛋。不知什么地方，影子般朦胧的男孩们喊叫着，推搡着，四散奔逃，像梦中的飞蛾一样，从她身边飞扑而过。

苏醒过来的时候，她正跪在一洼黑乎乎的液体里，喉咙里仍能感受到方才那阵爆发的余威。托普西冷漠地俯视着她。她用抖抖索索的手背擦了擦嘴，缩回来时手上黏糊糊的，一股铜币的臭味。

嘿，里根比画着。

没有回应，大象一动也没动，保持着警觉。好吧，有个见鬼的惊喜。她挣扎着爬起来，干草和泥巴粘在手掌的血迹上。

我是来看你的，她接着比画道，咱俩有事要干。

链子叮当直响，空气扰动起来。没有，托普西的长鼻子在帆布上投下的黑影缓缓比画道，再也没什么事干了，没事可干，只有死路一条。

那好，因为我也许就是到这儿来让你送死的。让你死得其所。表示"死得其所"这个词的手势有点像两根象牙飞快下探，然后又向上挑起，一个迅疾的下插上挑的动作。里根把一只手伸进兜里，小瓶在掌心里一片冰凉，滑溜得像可乐瓶一样。她把小瓶放在自己和大象之间的地上——距离够近，托普西即便戴着脚镣也够得着——接着退开，因为弯腰的动作而感到一阵头晕目眩。

这个，她比画着，是颗种子。碾碎它，死亡就会发芽。它不只会夺走你的命，还有牵着链子的人、马戏团的人、毒工厂的人、那些来看你被烧焦的人——统统都会死。就像闪电一击。你就是那道闪电，你会烧焦，你会劈下，然后你会死去。这取决于你。死是件私事。这个……只是……她放慢了手势，搜寻着合适的字眼。她疲惫不堪，思绪仿佛远在天边。

……我只是想给你一个选择，她最后比画道，若有所思地发觉不知该怎么说才好。是一个朋友给我的，我把它传递给更有力的你。

尽管死亡近在眼前，外面响起了人群聚集的声音，托普西还是不惜耗费神游九天的美好时光来回应她。你简直能听到齿轮在她那硕大的头颅里嘎吱转动的声音，转动得虽缓慢，却稳稳当当、势不可当。死得其所。里根又想起了代表这个词的手势，看不见的敌人像松果一样被抛向空中。一个古老的词，完全一视同仁，如刀锋，如象牙尖端。

就像闪电，托普西比画道。里根第一次注意到，她的鼻尖发出了一种熟悉的微弱绿光。

嗯哪。

你也希望他们死，这句不是疑问语气，因为让你中毒，因为让你死去。

里根耸了耸肩，没有反驳。

对咱俩来说，好好说话似乎向来都没多大用，对吧？也许这个办法倒是会引起注意。

托普西垂下象鼻。她的鼻子舒卷着，鼻尖像激动的猫尾巴一样抖动着。有那么短暂的一瞬，她犹豫了，里根还以为她兴许不会拿起那个瓶子，兴许她心里的难过多于愤怒，兴许她的死刑最终只不过是变成历史书中悲天悯人的一句话，历史书里记载的种种不公早已罄竹难书，一间到处是姑娘的毒工厂和一位小小的神灵被卑鄙地当众处死这种事简直都不值一提。

但书里讲的都是别人的"很久很久以前"的事。托普西小心翼翼地——就像任何一颗灵魂对待自身的死亡那样——拿起小瓶，塞进嘴里。

# #

　　她想起了她的许多妈妈们，凶猛、高大，长鼻子动作敏捷，能猎杀豹子、鬣狗和鳄鱼。她想起了裂牙毛妈妈，她哄骗了一头雄性，不惜自己四分五裂，好让故事自由传播，好让妈妈们成为"我们"。她没有反抗，任凭他们把锁链加身的她牵了出去。他们吼叫攀爬的时候，她就想着裂牙毛妈妈，想着她的勇敢和机智，想着她慎之又慎的耐心。

　　最后要摘取的果子不是愤怒，而是歌谣——学习之歌、教导之歌、联结之歌。她把它卷到舌头上，小心不让它提前裂开。她经过的时候，那些人叽里哇啦地探出身子来摸她。攥着牵引链的男人用声如豺狼的人类语言大声吠叫，向他们发出警告，赶在她用鼻子把他们扫到一旁之前匆匆前行。

　　她的心里仍有恐惧。活着就是如履薄冰，所以她心里仍有恐惧，张开耳朵，不敢靠近那盘踞在道路尽头的东西。危险！狮子！利爪、獠牙、黄褐皮毛！她嗅到了自己的结局，她的脚站住不动了，弯曲的关节下意识地牢牢定住。那人又喊又拽，用鞭子和锁链抽打她；他身上也散发出恐惧的臭气，像脚下被踩碎的荨麻一样锋利。她与这男人和心中的恐惧斗争着——枪！人！火、烟、底带尖棍的坑！——但即便这个人可以忽略，对结局的恐惧也忽略不了。它比伤更深，比吟唱自己的毁灭之歌的需要更深，它的根埋得如此之深，没有哪根象牙能将它撬起。那群人号叫着，因为她的犹豫而陷入了疯狂。他们用带爪的长鼻子在她臀上又是抓又是推，不顾一切地想要往前赶，永远匆匆忙忙。

　　另一个人从人群中挤了出来——是那个死姑娘，还在动，不知怎么回事，她全身上下每一处地方都散发出腐臭，却仍然站立着。她和链子另一头的男人从喉咙里彼此尖声吼叫了几下，疼痛如河水般从她身上滚滚而下。最后，他气呼呼地喘着气，不情不愿地把链子递给了她。她转过身，带爪子的鼻子弯曲起来，比画道：你还好吗？还能走吗？再走一点点就到了，咱们一起去。

即便只有我俩组成的"我们"，也足以将恐惧驱回高高的草丛中。她的思绪平静下来，她的腿又软活起来。她们一起蹚过水面，人群像苍蝇似的尾随在后。她们一起，去唱响她们的毁灭之歌、汇入之歌、教导之歌、相聚之歌。

#

歌如雷震吧，噢，妈妈们哪！
在这尘土飞扬处唱起她的歌吧！
如此众多的妈妈们，各自像绿色的闪电般闪耀，
别忘记下面隐藏着什么，
别忘记从前发生过什么，
歌唱她的故事，犹如闪电，
犹如雷鸣，
犹如众多荣耀的妈妈们：
我们，她，她的，
我们。

布鲁克·博兰德，美国著名科幻作家。她的作品在《光速》《奇异视界》《噩梦》和《2016最佳科幻奇幻小说年选》等处发表，曾入围雨果奖、星云奖、斯特金奖和轨迹奖。《唯一无害的庞然大物》获得2018年星云奖和2019年轨迹奖最佳短中篇。

未然的历史

先知矫正营

恺 瑞

序

1916年9月，索姆河战役正如火如荼地进行。

德意志帝国的一支小队从昂克尔河地区撤离时，迷失在了库尔瑟莱特和蒂耶普瓦勒之间。法国人、英国人和加拿大人正从不同的方向推进过来，很快就要将他们包围。

幸运的是，士兵们遇到了几个在野外避难的当地人，其中就有一个"先知"——可以预见未来的人。至少有一部分人是这样看待他们的。走投无路的时候，什么办法都值得尝试。担任小队指挥官的中尉要求先知利用他的能力带他们逃离敌人的包围圈。

先知的同行者们看着士兵手中的毛瑟步枪，无意阻拦；先知本人倒也欣然接受。他带领士兵们蹚过雨后的泥泞，攀下湿滑的陡坡。远处不时传来零星的枪声，有时还能听见隐约的法语号令声，但从未见到半个法国人影。

士兵们抵达一段刚刚被德军遗弃的堑壕后，才确定已经甩开了敌人，很快就能赶上不久前撤离的主力部队。唯一的麻烦是一直陪同他们的先知。他能预见他们撤离的方向，知道大部队的行进路线。不能让上级得知他们寻求了先知的帮助，也不能把他留给法国人。

中尉有了主意，既不会让自己受到军纪惩罚，也不会暴露大部队的行踪。为此，担任副官的少尉和中尉发生了争执——到底要不要杀死先知。其他士兵在一旁看着两人争吵；法国人随时可能发现他们的踪迹；

先知把手揣在脏兮兮的外套兜里，从容不迫地说："时间到了。"

中尉和少尉安静下来。"什么时间？"中尉问。

先知跪倒在地，紧握双拳，张开双臂，像是在拥抱什么无形的东西。"动手的时间。"

少尉出神地盯着先知，大惑不解。中尉趁机推开他，端起枪走到先知面前。"等等！"少尉喊道。

"还等什么，连他自己都这么说了！"中尉拉动枪栓，没有半点迟疑。

少尉把中尉的枪口压下，问先知："那你为什么还要帮我们？"

先知平静地回答："我没有帮谁，只是接受命运的安排。"他闭上眼睛，仰面朝天，安然拥抱他早已预见的命运，被子弹洞穿了心脏。

一

"这么扯淡的故事，你是从哪儿听来的？"艾伯哈特·戈德中校问。他在办公桌另一侧与我对坐，对我的故事不屑一顾。中校眉峰高挑，眉骨凸出，鼻头粗大，嘴里叼着雪茄。他头戴尖顶军帽，身着深蓝色的战争海军制服，胸前别着一枚金光闪闪的德意志金制十字勋章。

国防军和党卫军平时井水不犯河水，因此海军军官对先知矫正营来说可谓稀客。更何况他还是潜艇舰队作战部门的指挥官，专程从巴黎来到柏林。而我作为矫正营的指挥官，自然不好怠慢。

我回答："从一个参加过世界大战的老兵那儿。"

戈德擦燃火柴，点起雪茄，"他是站在国社党这边，还是旧体制那边？"

"有差别吗？"

"只是想知道，他是站在什么立场上编出这个故事的。"

我懒得澄清，只是说："他没活到要选边站的时候。"

戈德使劲嘬了一口雪茄，两腮深深地陷下去，把浓烈的烟雾吐在我从不抽烟的办公室里。"古巴产的上等货。从停靠在洛里昂的美国商船上找到的，法国人还没来得及享用。要来一根吗？"

"不必了。"

他耸耸肩，又用力吸了一口，"刚才说到哪儿了？"

"我创建先知矫正营的原因。"

"能不能跳过这个部分，直接告诉我怎么才能让先知帮我在大西洋上教训英国佬和美国佬。"

实用主义者，急性子，同时也是第一个主动找我合作的国防军军官。我满足他的要求，简要地说："我称之为'随军先知'。让先知加入部队中，随时预报将要面临的情况：地形、天气、敌情、战况……"——这正是我从先知与士兵的故事里得到的启发：他们能帮帝国在战争中取得优势。他们能够在战斗打响之前就预知战局的走向和结果，从而让指挥官总能做出正确的选择。"不过，随军先知还在试点实施阶段，只在武装党卫军中少量配备。"我略表歉意地说。

"骷髅装甲师。"他挥舞着拿雪茄的手，烟头的火花星子飘落到桌面上，"他们就是在先知的帮助下，从德米扬斯克突围、避免被苏联人全歼的。我都听说了，所以才会来找你。"

"我也听说了。"尽管武装党卫军第三装甲师成功突围，却损失惨重，人员失散、面临重组。没人在意先知的下落，我也无从得知突围战的详细过程。"但目前还没有收到装甲师方面的正式报告，"恐怕永远也不会有了，"所以我无法评判先知在这场战斗中发挥的作用。"

"别这么死板。你派先知随装甲师参战，先知带领他们在劣势下杀出包围圈，这还不算发挥作用吗？"戈德对此比我更有信心。

"我现在下不了结论，也不建议其他部队在尚不成熟的情况下启用随军先知。"我泼了他冷水。

他无视我的婉拒，凑到我跟前神秘兮兮地说："你听说英国人的时间机器了吗？"

"当然。"关于英国"终极武器"的传闻甚嚣尘上，但我不明白这跟随军先知有什么关系。

"我听邓尼茨上将说，"他压低声音说，"元首因为这个大发雷霆。"

只要听说过那些神乎其神的传闻，就不难想象元首的反应。有人说英国人要回到 1940 年初，在帝国入侵法国之前，先发制人；也有人说，丘吉尔想回到巴黎和会上，让协约国彻底肢解德国；更有人说，敌人打算派一支突击队回到伊尔普斯战场上，置当时还是个一等兵的元首于死地。

"元首说，帝国也要拥有终极武器！谁要是造出能对抗时间机器的终极武器，就是帝国的功臣！"戈德越说越带劲，嗓门也越来越大，"依我看，你的随军先知加上我的潜艇舰队就是帝国的终极武器。如果我们能把大西洋上的风浪预言得一清二楚，英国人、美国人乃至苏联人的船队就将彻底成为'狼群'的猎物。一旦切断英国与美、苏之间的货运通道，不列颠就成了一座孤岛。别说时间机器了，就连皇家空军的燃油他们都拿不出来。丘吉尔投降是迟早的事！"他说到兴头上，顺手在桌子上摁灭烟头，指着我说，"到时候，你和我就是击败英国的功臣。这将成为海军和党卫军之间一次伟大的合作！"

他的豪言壮语感染了我。我创办先知矫正营的目的，正是为了让先知在战场上发挥作用，而不是在集中营里充当苦力、遭受虐待。把先知派上潜艇并不是什么荒唐的要求，而是在新的战场上尝试使用随军先知的契机。要是有所成效，我就有充分的理由扩大矫正营规模，把更多的先知从萨克森豪森集中营选拔到这里来。

我决定给戈德这个机会，也给先知们一个机会。"两名先知，作为第一步。"

"没问题。"戈德一拍桌子站了起来，"等你把人给我送来，我就找两艘潜艇把他们安排上去。"他朝我伸出手，"我们会创造历史的，少校。"

我犹豫片刻，还是跟他握了手。我不知道这称不称得上创造历史，但这次握手恐怕将改变很多人的命运。

但真是如此吗？

二

国社党当权后，先知们在德国的处境陷入水深火热。他们被贴上"劣等人"和"不良分子"的标签，被视作异类，比作魔鬼。他们遭到打压和驱逐，被剥夺权利、限制自由。当国家民族主义的熊熊烈火燃遍德意志的大地时，他们发现在预见的每一个未来中，等待他们的都是暗无天日的集中营。

我之前在萨克森豪森工作时，每天都能看见他们光秃秃的头顶戴着可以压制能力的头箍。他们瘦弱的身躯、苍白的面孔和无神的双目无时无刻不在提醒我，让我不断回想起先知与士兵的故事，最终有了建立先知矫正营的想法。

去年一整年，我曾向党卫军中央经济和行政部多次递交提案，申请成立矫正营来系统地开发先知的能力，让他们以独一无二的方式为帝国效力。但我的提案不是被无端退回就是石沉大海。最终得以通过，我将之归功于去年冬天发生的诸多事件：国防军在莫斯科受挫，美利坚合众国向帝国宣战，以及英国开始建造时间机器。

在接踵而至的不利局面下，先知矫正营得到了落地的机会。全国集中营督察官理查德·格吕克斯少将在批准书中把它称作"决定战局的关键"。他对我的项目——还有在此期间获批的众多形形色色、异想天开的项目——"寄予厚望"，希望它们能够帮助帝国痛击敌寇。他没有写在批准书中的，是他希望借此博得元首的信任，助他加官晋爵。

于是在年关之际，先知矫正营总算正式成立。它名义上是萨克森豪森集中营的子营，但实际运作相对独立，直接向格吕克斯汇报。

矫正营位于赖尼肯多夫区。不起眼的营区掩映在一片松树林中，从外面只能看见两层高的办公楼和 5 米高的围墙。营区内的一侧是一排营房，远端的两座连同它们周围的空地被铁丝网包围，是先知们的住所；离办公楼较近的是卫兵营房和物资仓库；中间还空着一座，我打算留给以后到来的先知。营区另一侧的空地上设有训练场、靶场、绞刑架和行刑墙——按照集中营统一标准建造。

我送走戈德中校、回到矫正营时，副指挥官鲍尔上尉正在训练场上督促先知们进行障碍物训练。这是众多"矫正"训练中的一种，旨在锻炼他们对周遭环境的预知能力。他们被用黑色布条蒙上眼睛，摸索着翻越如迷宫般交错摆放的高栏、矮墙、斜绳、悬梯，在规定时间内穿过训练场。卫兵们每次都会改变障碍物的排列和位置，让先知们在不知情的情况下穿越。

此时，矫正营收容的 60 名先知正在训练场入口列队，依次通过障碍区。他们穿着蓝白相间的竖条纹囚服，宽大的秃顶是他们共同的生理特征。如果细看，还能分辨出他们头顶因为长期佩戴头箍而留下的十字印迹。

先知们的能力有强有弱，前进的速度有快有慢，撞上矮墙或者被绳子绊倒是常有的事。场地周围，五六个卫兵举着步枪观察着他们的一举一动，保持警惕。终点处，有两个卫兵专门负责给完成训练的先知解开眼罩，并重新戴上银色的头箍——它发出的电磁波可以抑制先知的能力，以防有人图谋不轨。

"快点，再快点！"鲍尔站在最后一道矮墙后对先知嚷嚷，"如果你们预感不到路上的障碍，那就预感一下要受什么惩罚吧！"他身着灰绿色制服，身型肥硕，紧扣的腰带让鼓囊囊的肚子更显凸出。他平时负责管理矫正营的卫队，对待先知跟对待他的手下一样凶悍，只有我实在抽不开身时，才会让他帮我训练先知。

最后一名先知跳下终点处的矮墙。鲍尔一脚踹在这个拖后腿的女先知身上。瘦弱的女先知失去平衡，在沙石地上摔倒。"鲍尔上尉！"我立刻喝止住他。

他见我走近，向我行抬手礼。我回敬后，他汇报道："少校，这帮废物才刚刚完成今天第五次训练，我准备让他们再来两趟。"

"够了。"我边说边走到摔倒的女先知身旁，帮她摘下眼罩。她瞟了我一眼，飞快地别过头去，胆怯地想要躲开我。她颧骨高耸，下颌角突出，眼珠陷在空洞的眼眶中。她叫吉塞拉——我记得这里每一个先知的名字。我将她扶起来，把她交给卫兵。

鲍尔撇着嘴在喉咙里嘀咕了一声。

"障碍物训练不宜一次进行太多，太耗费体力，而且不会有太大进步。"我向他解释。我对鲍尔钟爱障碍物训练的原因心知肚明，因为在训练场上他可以理所当然地对先知发号施令，享受他作为副指挥官的权威。"这里交给我吧，你可以回到岗位上了，上尉。"我把他打发走后，督促卫兵将先知们押回营房。

先知的天资参差不齐。据说，最具慧眼的先知可以一直预见到自己生命的尽头，但更多的先知只能预见到一些零零散散、看似毫无意义的片段。很多时候，预感会冷不丁地从脑子里蹦出来，被他们错过；而他们想要主动施展能力的时候，却又只能看见一片空白。对先知的训练——所谓"矫正"——便是教会他们如何控制自己的能力，在适当的时候激发它，并从中提炼出有意义的预言。

对于戈德的需求，我正好有两个合适的人选，原本是作为第三装甲师随军先知的替补。现如今，装甲师无法在短时间内恢复元气，正好让我把这两个先知腾出来，作为我和戈德合作的开端。

安排妥当后，我离开矫正营，回到位于柏林市区的家中。本来我的办公室里有个可供就寝的小隔间，但那逼仄的压迫感会让我难以入眠。更重要的是，我必须见到卡琳才能放心。

三

　　我推开家门时，她没有像往常一样到门口来迎接我。"卡琳。"我把衣帽挂到架子上，走进公寓。客厅空无一人，我的卧室门敞开着，里面传来翻箱倒柜的声音。我提高警惕，手放在枪套上，朝卧室走去。

　　一个娇小的身影站在床和衣柜之间，来回忙活着。她穿着淡黄色花边短衫和格子纹样的百褶裙，皮肤白净，脸色红润，披散着鬈发，额前沁出细密的汗珠。

　　"噢，老舒，你回来了。"她看了看，接着整理堆在我床上的衣服，"你的房间太乱，我实在是看不下去了。"她把折好的衣服叠成一摞，整齐地放进衣柜。

　　"我会自己收拾的。"

　　"得了吧，你这个工作狂。等你自己收拾，估计得等到战争结束那一天吧。"她把凌乱的床单扬起来重新铺平，然后擦了擦额头的汗，顺手摘下发套，露出光秃秃的头顶。

　　我不愿这么称呼她，但按帝国的标准，她是个不折不扣的先知。即将16岁的她也许是帝国里最幸运的先知，不用流离失所，不用头戴铁箍，更不用在集中营里等死。

　　"这是什么？"卡琳从柜子最底层拖出一个发霉的木盒，满脸嫌弃地抱着它站起来，"都快烂掉了。"

　　我赶紧接过来，把它放到客厅茶几上，找来毛巾把外壳擦干净。盒盖上的印迹已经被霉菌侵蚀殆尽，但还是能隐约看出一个圆形图案，中间还有个像是眼睛的符号。

"这里面有什么？"卡琳伸手探向盒子。

我急忙按住盒盖，"没什么好看的。"

"你干吗这么紧张？"卡琳调皮地讥笑道，"难不成有什么见不得人的东西？"

"是我父亲留下来的。"我说。

卡琳半信半疑，目光在盒子上停留了好一阵。"好吧，尊重你的隐私。"她回到卧室里，继续为我打扫卫生。

我抚摩着盒子上残存的印迹，竟有一丝想要打开它的冲动。我轻轻将盒盖掀开一道缝隙，随即反悔，把它合上。当初把这个盒子放进柜子后，我就再也没动过它，想让它就此尘封。但终究还是没封住从我父亲那儿传承下来的、跟先知剪不断的联系。

卡琳在卧室跑进跑出地忙碌，从我跟前经过时总会对我微笑。我庆幸还有这种联系，庆幸遇见卡琳。

那是9年前的一个雨夜，元首刚刚当选总理不久，我还是一名冲锋队的士官。那一年，先知们在社会上越来越遭到排挤，不过生存环境远没有如今这么恶劣。冲锋队不会无缘无故地抓捕先知，但总会变着花样给他们找麻烦。我们在先知经营的店铺附近巡视，在店门口高举抵制标语，轰走想要进店的顾客，也难免跟先知发生口角。流血事件偶有发生，也给了我们砸店抓人的理由。

那晚，我所在的小队被派往一幢民宅，揪出"辱骂长官并吐口水"的先知，要将他投入临时集中营。我们进入居民楼后，挨家挨户分头搜查。我负责的头两家住户都顺从地接受了检查，但最后一户却无人应门。我又敲了两次，依旧如此。

我后退一步，正要抬脚踹开房门，门突然打开了。一个光头男人举着刀，向我扑来。我来不及拔刀防御就被压倒在地，只能用手架住他的手腕，明晃晃的刀尖悬在我眼前毫厘之上。我从他涨得通红的眼中看到了惊恐万状的自己。

他就是先知。

他知道此时此刻应该打开门，向我扑来；应该骑在我身上，将尖刀推向我眉间；应该跟我以命相搏——然后被我的队友开枪射杀。

一名队友举着瓦特尔手枪，另一个握着锋利的匕首，跨过我和先知，冲进房间。惊魂未定的我，看着倒在一旁、已经断气的先知，脊背发凉——他失去生气的眼中没有愤怒、没有畏惧、没有绝望，只有一丝欣然。

他知道此时此刻，他会死。

这是每个先知都不愿经历的"绝境"：在所有可以预见的未来中无路可逃。

我心头发毛，把尸体蹬得远一点，躺在地上，许久都没力气站起来。我试着用肘部撑地坐起来时，察觉到一个目光注视着我。正对房门的橱柜里，门板百叶的缝隙间，一双细小的眼睛正看着我——橱柜里有个孩子。我顿时明白了先知欣然赴死意味着什么。我不记得当时脑子里闪过了多少念头，总之，鬼使神差地，我没有揭露她。

队友在屋里搜查完一圈，走了出来。"你还好吗？"其中一个把手枪插进枪套，伸手拉我起来。我站稳后，他们便一人拽着尸体一只手，将它拖走。我走在最后，与孩子相视一眼，轻轻合上门。

在楼外集合做完汇报后，我找了个理由脱队，沿着街区绕了一大圈后回到楼下，冲锋队已经离开。我回到那个房间，推门进去，那双小眼睛还在那里。

我打开橱柜，看见一个五六岁的先知小女孩抱着膝盖瑟瑟发抖。她幼小无助，眼中噙着泪光，咬紧嘴唇，没有哭喊。我不知道先知的能力

未然的历史

在什么年龄激发。说不定她早已预料到那个很可能是她父亲的男人将要死在她面前，只是在默默地见证、接受。我将她抱起来，把军装外套盖在她身上，用衣领遮住头顶，走进夜幕下淅淅沥沥的雨中。

卡琳从此成为我生命中不可分割的一部分。

四

将两名随军先知送到潜艇舰队一个月后，我收到了戈德的电报。他向我控诉两人的无所作为，说他们登舰后，潜艇的损失数量和击沉吨位之比相较上月不减反增。他怀疑我将最好的先知留给了党卫军，派给他的只是充数的家伙。他让我立即纠正这个错误，如果一个月后先知的表现没有起色，便会向集中营监察部举报我渎职。

我倒不怕他空洞的威胁，只是我也想知道潜艇舰队的随军先知是否真的出了什么差错。认真思考先知未起作用的原因后，我推测出两点：先知在陆地接受训练，不适应海洋环境；随军先知数量过少，很难对战局造成明显影响。我对这个答案并不满意，总感觉缺了点什么，没有抓住根本原因。左思右想，我决定去一趟先知营房，去向"长老"请教。

我像往常一样，准备叫上鲍尔上尉与我同行。他办公室门口站着一个看守的卫兵。他看见我，显得很紧张。

"少校，"他的声音发虚，"鲍尔上尉有要事在办，暂时无法见您。"

我盯着士兵看了一阵，他的眼神开始闪烁。"让开。"我下令。

"长官，这……不行……"他挡在门前，满头大汗，膝盖开始发抖。

房间里传来女人带着哭腔的呻吟声。我勃然大怒，一把拽开士兵，转动门把手。门从里面被锁上了。我一脚把门踹开。

瘦小的吉塞拉趴在地上。她戴着头箍，满脸泪水，手臂和胸口有几处新鲜的伤痕，囚衣跟她遭受创伤的心灵一样，被撕得粉碎。鲍尔正慌里慌张地提裤子。

"你在干什么？"我质问。

他一边系皮带，一边尴尬地笑："我只是……找点乐子……"

对我来说不是，对吉塞拉来说更不是。我亲自把他们选拔到这里来，是为了让他们不必像集中营里那些同胞一样受苦受难，而不是来经历这些。

鲍尔系好皮带，整理好制服，笑嘻嘻地说："我发誓，以后绝对不在工作时间找乐子了。"

我满腔怒火，朝他步步逼近，"还有以后？"

他还在嬉皮笑脸："没关系，老大。她只是头贱畜而已，要怎么处置还不是我们说了算。要是你也想玩……"

我没能忍住，狠狠给了他一耳光。他捂着脸，惊恐万状地看着我。我咬牙切齿、一字一字地说："她不是贱畜，不是玩物，她是……"人，我想说人。但公然宣扬这样的观点会惹祸上身。"……党卫军的财产。你在侵犯军队财产！"

鲍尔的眼神从惊恐变成了敌意。虽然我们两个是矫正营的正、副指挥官，但从来就不同心。他一直对我对待先知的方式耿耿于怀，只是没有挑明，我当然也不会主动提起这茬。我们之间一直相安无事，但这次不行。

"把外套脱掉。"我命令道。

他不为所动。

"把外套脱掉，这是命令！"

鲍尔愤懑地脱下制服。我从他手上抢过来，将吉塞拉扶起，把外套披在她身上，包裹住裸露的身躯。他看见我的行为，意欲开口，被我用眼神制止。

我知道这有亵渎军装的嫌疑，但顾不得那么多。我不怕鲍尔向格吕克斯打小报告，因为他在这件事上也不占理——《德国血统和荣誉保护法》禁止国民与先知之间有任何亲密的身体接触，他的行为完全够格被扣上"种族玷污"的罪名。

我领着吉塞拉快步离开，扶在她背心的手能感到她在颤抖、在啜泣。她捂着胸膛，顾不得外套滑落，加快步伐，想要逃回营房，回到她的同类中，回到安全区。我在她身后小跑跟随。

卫兵看见我，打开营房外的铁门。吉塞拉撇下我独自冲了进去。在铁丝网内狭小的空地上放风的女先知们看见她，立刻上前对她拥抱、安抚；与之一道铁丝网之隔的男先知们也凑到一旁关切地询问。相互照应是他们在集中营里的生存法则。

我穿过铁门，踏进了男营房外的空地。两名卫兵托着枪，跟在我身后。我朝营房走去，一名先知挡了我的道。他身材干瘪，两眼凹陷，头顶上残留着被捕时遭到殴打的伤痕。

诺瓦克，他的性格跟他的身高一样出挑。他将对妻儿被党卫军杀害的怨恨全都迁怒于我，是这里最痛恨我的人，从来不给我好脸色看。要是在别的集中营，他多半已经成了某个气急败坏的军官枪下的游魂了。在他身后，更多的先知对我冷眼相向。他们看着我，犹如看着杀害亲人的仇人。

"退后！"卫兵端着枪，将诺瓦克推开。先知们在武力威胁下四散退去。

我走进营房，屋里的先知们看见我，立刻站起来，靠在墙根下，不敢妄动。只有长老盘腿坐在床上，闭目凝思。那泰然自若的样子，若不是他头顶那具结结实实的头箍，我会觉得他一定在窥探我的未来。我给了卫兵一个手势，让他们待在门口。我独自走到长老床边。

长老是营区里最年长的先知，年过六旬，备受其他先知尊敬。他在世界大战时为了躲避战乱颠沛流离，战争再次打响后又为了躲避党卫军的抓捕辗转逃亡，最终没能逃过被捕的命运。饱经沧桑的阅历是我选中他的原因。

跟那些极端抵触我的年轻先知相反，长老乐意与我合作，为我答疑解惑。也许只有到了他这样的年纪，经历过这般坎坷之后，才懂得释怀，心安理得地接受矫正营提供的庇护。

"艾布拉姆斯，"我用他的名字而不是我私下赋予他的称号称呼他，"我有个问题要问你。"

长老睁开眼，迟缓地转身，颤颤巍巍站起来。他的背驼得厉害，整个人不及我胸口高。

"您说。"他的声音苍老而沙哑。

"如果让先知在潜艇里工作，他们还能履行自己的职责吗？"

"潜艇？"

"可以在水底下开的船。"

长老沉思一阵，问我："有几个先知？他们在一起吗？"

"两个。被分配到两艘不同的潜艇上。"

"在河里，还是海里？"

"海里。大洋里，离陆地很远的地方。"

长老又是摆手又是摇头："不行的，不行的。海太大啦，太深啦。有好多水，好多浪。我们理解不了，理解不了……"

我感到一丝挫败，却还没彻底死心，又问他："就没有别的办法了吗？"

"你不能把他们分开。那两个先知，你把他们分开，他们就像失去方向的鱼，只能跟着浪儿漂流。要有很多鱼，很多鱼……鱼群知道方向，鱼儿不行。"长老用混浊的双眼看着我。我打赌他现在的视力肯定看不清我的模样，但我却在他眼里看到了希望。

回到办公室，我回复了戈德的电报，请求他把两个先知分配到同一艘潜艇里再继续观察。我对长老的话深信不疑，他总是能点破我看不到的盲点。我相信这次调整之后，随军先知能更好地发挥作用。我要着手给潜艇舰队加派更多先知了。

五

之后的矫正训练中，我开始注意那些表现突出的先知。

那天早晨，我跟往常一样在矫正营里安排先知进行靶环训练，让他们背对靶场站成几排。他们要预知不久之后，靶子上有几个弹孔，分别打在哪一环上。一个卫兵把纸笔分发到每个先知手中，另一个挨个解除他们的头箍，其余的在队伍四周警戒。

我在队伍中间踱步，同时提醒他们："靶子就在身后，你们已经很熟悉它们的位置了。把注意力集中在靶子上，集中在之后 5 分钟里，不要想得太远，不要受我和周围环境的干扰。"虽然我不是先知，但还是觉得有必要按我的方式加以引导，"聚焦，聚焦，就像将视线聚焦在墙外的树枝或是掠过的飞鸟上一样。只不过是用你们的脑子，把你们的预感集中在那一刻、那些靶子上。"

先知们有的闭眼低头、专心冥思，有的抓耳挠腮、手足无措，有的已经开始在纸上写字。其中一个已经放下纸笔，把双手背在身后，鞋底不停地在沙砾上摩擦，左顾右盼，百无聊赖。

"你写完了吗，罗特？"我问他。罗特是营里极具潜力的先知之一，在我的优先名单上。

"早就写完了。"他把纸条交给我，上面清楚地写着，不，是画着几个靶子，用黑点点出了每个弹孔的位置。他还在两个靶子之间戳了个点，意味着脱靶——负责打靶的士兵有时候会故意这么干，以增加训练难度。

　　我收下他的纸条，又陆续将其他先知的纸条收上来。罗特的预言最完整，他标注的每个弹孔位置都能跟其他先知的预言相互印证，但只有他提到了脱靶的子弹。

　　最后一个上交纸条的是霍罗威茨。他脸颊修长，下巴突出，眼睛窄得只有一条缝。他把纸条给我的时候，向我微微鞠躬，用微弱却恭敬的声音说："先生。"他在预言的打靶结果下面，还潦草地写了一个名字：米娅·霍夫曼。我鼓励他们把预见的任何事都写下来，不止限于打靶，以待之后验证。

　　我不明白他写下这个名字的用意。这不是个罕见的名字，但我并不认识叫这个名字的女人。我又看了霍罗威茨一眼。他低着头，双眼盯着自己脚尖，显得拘谨，我便没再追问。

　　我收起纸条，命令先知们向后转，面向靶场，并示意士兵们开始打靶。在震耳的枪声中，每个靶子一组子弹很快就打完了，先知们看见结果表情不一，我心里也有了底。

　　让我吃惊的是，并没有出现罗特预言中脱靶的子弹。马有失蹄，偶尔一次失误也不是不能接受。我吩咐卫兵们将他们押回营房，今天的训练告一段落。罗特从我面前经过时，不以为意地看着我，仿佛错的是我，而不是他。

　　就在我返回办公楼的途中，靶场上传来一声尖锐的枪响。紧接着是两个士兵的争吵声："你差点打到我了！""这不怪我，是它走火了！"

　　我快步回到靶场。两个士兵立即闭嘴立正，等着我责骂。我从他们面前经过，径直朝靶场远端走去。在罗特预言的位置，就在那两个靶子之间，墙上多了一处新鲜的弹孔。我把弹头从墙里抠出来，情不自禁地笑起来。

　　我再次走向办公楼时，一名卫兵忙不迭地跑过来向我汇报："长官，门口来了几辆车，说是奉格吕克斯少将之命，到这里来开展工作的。"我没有接到这方面的通知。不过，矫正营这么一个微不足道的单位，通知延迟送达或者干脆就被遗漏也属正常。

我穿过办公楼中间的拱形通道，走出矫正营大门。门外 20 米处是营区岗哨。一辆轿车和两辆卡车停在岗哨前。轿车司机正和站岗的卫兵交涉。"长官。"卫兵向我行礼后，递给我一份文件，"他们说是格吕克斯少将批准进驻营区的。"

文件由集中营督查部下发，由格吕克斯签署，大意是让矫正营协助法本公司进行一项强化先知能力的实验，一种代号"赫尔森"的机能强化药物。他再次用到"决定战局关键"的措辞，并嘱咐"务必尽全力配合，满足法本公司代表、霍夫曼女士的一切需求"。

六

我看向轿车。司机弯腰站在后车窗旁，跟里面的乘客交谈着什么。车里坐的就是霍夫曼。米娅·霍夫曼，名字被霍罗威茨写在纸条上的女人。司机打开车门，她走了下来。

霍夫曼女士头戴大檐帽，脚着高跟鞋，修身的红色连衣长裙勾勒出颀长的身段，白皙的脖子上戴着一条晶莹华贵的项链，气质端庄典雅。她向我款款走来，"舒尔茨少校。"

"米娅……"我脱口而出，旋即窘迫地改口，"霍夫曼女士。"

她愣了一下，很快释然。"你把你的先知调教得不赖嘛。"她指着我手中的文件，"那上面可没写我的全名。"她笑盈盈地看着我，嘴角挤出小括弧般的笑容。

我艰难地把目光从她嘴角挪开。我告诉自己，她是来拿先知做实验的。天知道她会把什么样不成熟的药物用在先知身上，让他们经受什么样的痛苦。她绝非善类。"卡车上是什么？"我问她。

"实验用的仪器和设备。"她回答，"要麻烦你为我们腾个房间出来做实验室。格吕克斯少将说这里正好还有空营房。"

"那是为以后到这儿来的先知准备的。"

她抿嘴笑着说："不会有先知到这儿来了。"

"你怎么知道？"我看不出她是在虚张声势，还是得知了什么我所不知的消息，毕竟她刚从督查部过来。

"少将说，萨克森豪森剩下的先知正被陆续送走。"

"送走？送去哪儿？"

"波兰总督府。说是为了给苏联战俘腾出位置来。现在，柏林附近就属你这儿的先知流动性最低了。我需要一批长期稳定的实验对象。"

她这么一说，我才意识到一个可怕的事实：柏林城里的先知从随处可见减少到了近乎绝迹。被送往波兰总督府；在矫正营里接受药物实验；还有一些侥幸漏网的在城市里提心吊胆地过着隐姓埋名的生活，说不好哪个更悲惨。

"少校？"霍夫曼叫我，"能先让我们进去吗？"

我回过神来，让卫兵放行。我们两个跟在卡车后面走进营区。"这个'赫尔森'，是种什么样的药物？"我问她。

"一种安非他命药物，提升人的生理极限，特别是先知们对未来预测的详尽和准确程度。"她流利地回答。

法本公司对先知跟我抱有一样的期望，只不过他们做得更极端。与其说是开发先知的能力，不如说是压榨他们。"这种药物会对先知产生什么副作用吗？"我问。

"说不好。"她轻描淡写地回答，"所以才需要实验嘛。"

卡车在卫兵的引导下，停在空营房前的空地上。霍夫曼把我丢在一旁，对属下发号施令。搬运工将车上的仪器和设备搬进屋里，穿白大褂的研究员把工具和药品分门别类地摆放。很快，空荡荡的营房摇身一变，成了法本公司的实验室。

等下属开始安装和调试设备，霍夫曼才朝一直站在门边的我走来。"少校，如果你有别的事情要忙，不用一直在这儿盯着。我的人对他们的工作很在行。"

研究员在营房里大呼小叫，抄着工具弄出不小的动静，俨然把这里当成了法本公司的地盘。"我在这儿只是想让他们知道，谁才是这里的指挥官。"我直言不讳,"在这儿工作,要遵守我的规矩,而不是法本的。"我看着霍夫曼,她也直勾勾地看着我。她的目光灼得我有些不自在。"霍夫曼女士。"我试着用口气来奠定权威,但她不吃这一套。

"叫我米娅。"她用充满亲和力的笑容化解了我的威严,嘴角挤出标志性的小括弧,"我来这儿不是质疑谁的权威,只是想干好我的工作。我们都为帝国效劳,我很高兴我们能够合作,成为同事、战友,或许……朋友?"她眼中流露出一丝温情。

她想要软化我,我不会上当。"我不是来交朋友的。"我冷漠地说,"我们公事公办。"

"当然了,少校。"

"那么,下一步要怎么开始?"

"首先,我需要一份矫正营所有先知的名单和每个人的档案。之后,每一轮实验我会从中挑选几名实验对象。要劳烦你的人将他们带到这里来,接下来的工作就交给我们。实验结束后,我会将先知交还给你的人。"谈起工作,米娅驾轻就熟,相当专业,让我不禁怀疑这是她第几次做这种实验了。

我离开实验室,安排守在门外的卫兵去吩咐文员准备材料。

"不用这么着急。"米娅跟了出来。她看着我一本正经的模样,咯咯笑了起来,"刚进入营区的时候,我就已经选好首轮实验对象了。"

她又在虚张声势。"你还没看到名单。"我说。

她转向先知营房的方向,指向两个并肩靠在墙边的先知。虽然所有先知都具有秃顶的特征,但她们两个除此之外的外貌细节也惊人地一致,无论是头顶的弧度、眼距的宽度还是耳垂的长度,让人很难分清谁是谁。

"那对双胞胎,我很感兴趣。"她的口气不像在谈论人,而像是在橱窗前挑选商品。"绝好的实验对象。"她自言自语道。

克里尔姐妹出生在意大利，幼时便随父母迁居德国。我在萨克森豪森挑选先知时，人群之中楚楚可怜的她们最先打动我。即便是在那般绝望的环境里，她们凝望我的眼神中仍充满了希望。我不忍让她们的希望破灭，所以我选中了她们。所以我不想把她们交给米娅。

"她们不合适，能力不够强，也不稳定，不是好的实验对象。"在铁丝网另一侧的男营房外，诺瓦克和几个先知正聚在一起交头接耳。他不时朝我们这边偷看。我顺势指向他们，随口诌道，"那几个还不错，我本来都打算交给武装党卫军担任随军先知了。如果你要的话，我可以先把他们留下。"

"少校，"米娅双手交叉在胸前振振有词，"在谁更适合成为实验对象这件事上，我更有发言权。如果我们要公事公办，请你不要质疑我的选择。"她看着我的双眼说，"我看人一向很准。"

"我不是质疑，只是提议。"我辩解道。

"这已经不是我第一次做这样的实验了，你觉得我不知道自己在做什么吗？"她仰视着我，气势却占了上风。"就算我不必对你的先知负责，也要对我的研究负责。"

我无话可说，沉默了一阵，转移话题，试图缓解紧张的气氛。"你干这行有多久了？"我在好奇心驱使下问道。

她放下抱在胸前的双臂，口气却没有缓和。"在萨克森豪森跟我的上司干了一段时间了。我们给囚犯服用耐力强化药物，再让他们跑上一整天。我们观察、记录，卫兵催促、威吓，不让他们停下来。有的囚犯要跑五六十公里——负重跑，每一天。要么死在跑道上，要么被扔进壕沟里处决。真是场灾难！"

我在萨克森豪森时见识过他们对待囚犯的暴虐行径，但从她口中听到这些细节时，我仍为那些可怜的人们感到难过。她讲话时微微颤抖的唇角，让我开始猜测她在这件事上的立场。她接下来的话又打消了我的念头。

"粗暴、敷衍，完全是在挥霍实验材料。好在这里现在由我做主。所以请放心，少校，我会充分利用好每一个先知，挖掘他们身上每一个可用之处，让他们都……"她顿了顿，"物尽其用。"死得其所，我猜她原本想用这个词。

对我和先知来说，情势不容乐观。法本公司是世界上数一数二的化工和制药公司，也是国社党的合作伙伴、帝国的"军备生产重要公司"。我没料到它居然有兴趣在矫正营里插上一脚，更没想派来的会是这么一个野心勃勃的女人。我不能明面上跟她对着干，眼下只能答应她的要求，寄希望于她能对克里尔姐妹保有哪怕一丁点常人应有的慈悲。

不知道双胞胎下一次被解除头箍、预见即将到来的命运时，会是怎样的心情。

七

我严密监视着米娅和实验室的行为。

每一次交接先知都是我亲自交出或接回，确保双胞胎没有遭受虐待。我时不时会到实验室巡视，虽然大部分时候他们都以"闲人勿进"的理由将我拒之门外。少数几次我得以进入实验室，看到的都是类似的景象：克里尔姐妹躺在实验台上，四肢和胸口被皮带固定，头上戴的不是惯常的头箍，而是插满了线路的金属头盔，看上去就很沉重。研究员在一旁观察她们的生理反应，并记录显示屏上的数据。没有人粗暴地对待先知，也没有人在意她们的感受。她们只是被当作实验对象对待。

实验室的状况一直在我可以接受的范围内，直到一个喧嚣的早晨。

我在办公室听见卡车驶进营区的声音，随后传来研究员的吆喝声。负责保卫工作的鲍尔积极地赶到现场，等我走到实验室门口时，他正跟米娅谈笑风生。他们看着两名研究员把几卷白色床单扔进卡车后厢。床单里包裹的东西撑出一个人形轮廓，我的心顿时凉了一截。

"怎么回事？"我大声问。

鲍尔向我行礼回答："那对双胞胎没能挺住。霍夫曼女士要把她们的尸体带回去研究。"

我脑子里嗡的一下，顿感头晕目眩。克里尔姐妹成了矫正营里第一对丧生的先知。我知道主要责任并不在我，但我在那一瞬间还是被愧疚和自责吞噬。

"少校？"鲍尔走近我，"你还好吗？"

我憋着一口气，推开他，跳上卡车后厢，蹲在两卷床单旁。我掀开床单，那两张昨天还鲜活的面孔已经失去了生气。她们双目和牙关紧闭，面无血色，胸口停止起伏，没了呼吸。我一拳砸在地板上，指关节立刻渗出血来，被愤怒淹没的我却已感觉不到疼痛。

我跳下车，气冲冲地走到米娅面前。若她不是个女人，我一定会拎起她的衣领，把拳头砸到她脸上。我扼制住冲动，咬牙切齿，"今天之内，给我详细的报告。我要知道她们的确切死因，要知道你对她们做了什么，要知道她们每一次用药、受试的情况！"

我双手握拳，紧咬嘴唇，克制情绪，以免当众失态。没等任何人回应，我疾走回办公室，心脏还在狂跳。如果任由事态发展，更多先知会在那个女魔头手下殒命。整整一个上午，我都在问我自己，我还能做什么。

我还能做什么？！

没过多久，也许过了很久——我对时间流逝的感觉已经模糊——米娅敲门走了进来。她抱着医药箱，拿着文件夹，看见办公室里的状况，惊讶地挑起眉毛。办公桌上的书本、台灯、电话、笔筒刚才被我一怒之下掀到了地上，现在还散落一地。我斜靠在椅子上，冷冷地看着她。

她关上门，留意不踩到地上的东西。"少校，这是你要的。"她把报告放到桌上，把医药箱摆在旁边。"你的手需要处理一下。"她打开箱子取出酒精和棉球，等我伸出手。

我没有配合。

"这儿有医务室。"

"但你没去。"

"我想去的时候自然会去。"我指着大门的方向说，"你可以走了。"

她放下手中的东西，却丝毫没有要走的意思。"我很抱歉，但这就是科研的代价。鉴于目前的进展，我想我还会在这里待上很长一段时间，希望你能够适应这种事，别再大惊小怪。"

"适应什么？矫正营里随时都可能死人？看着你把先知一个一个杀死？"我质问她。

"我不是故意让她们送命的。'赫尔森'还在研发阶段，我们正努力搞清楚有什么副作用。她们的死至少让我们对药物有了进一步了解，而不是像在别的集中营里，谁惹得哪个军官不高兴，就被毫无意义地就地枪决。"

"这儿不是别的集中营，我也管不了别人怎么做。但先知们一旦走进矫正营的大门，就不再是任人宰割的囚犯。我要对他们负责，要对帝国的财产负责。"我从地上捡起几张我整理的名单，举到她面前，指着上面的名字说，"他们将会成为随军先知，去帮助帝国赢得胜利，现在都被你搅黄了。"

米娅夺走挡在她面前的名单，扔到一旁，却始终心平气和，完全不受我向她倾泻愤怒的影响，反倒比我更加坦然。"你确实跟其他人不一样，我走进矫正营那一刻就发现了。这里没有苦力，没有虐待，没有滥杀。跟其他集中营相比，他们的生活条件太好了，好得过了头，这会让他们产生不切实际的想法，比如……他们也许不会死在这儿。"

我的确没想让他们死在这儿，但说实话，我也不知道最终要怎么处置他们。战争不会无休止地打下去，矫正营不可能永远存在，他们总有离开的一天。无论那时候世界变成了什么样，我希望他们将来摘下头箍时不必经历绝境，预见的画面里没有死亡。

但双胞胎已经死了。我必须接受这个现实。我努力让自己冷静下来。"她们两个最后预见到了什么？"如果我无法挽回她们的性命，至少要了解她们最后时刻的经历。"她们知道自己就快死了吗？有说什么吗？"

米娅点点头，指着放在桌上的报告。"你可以看看倒数第五页。"

我翻开报告，那是五天前的记录。我略过实验目的和实验过程的部分，直接跳到实验结果。

……解除头箍后，1号和2号表现出短暂的迷茫，随后显得吃惊，进而流露出悲伤。两人躺在实验台上，向对方伸出手，紧紧攥在一起，哭了起来。由于两人情绪激动，实验被迫中断一小时。两人恢复平静后，之前实验中一贯存在的焦虑情绪消失了。她们宣称，在各自预见的情景里，她们将在五天后因为药物副作用而先后死去……

五天。在死亡来临五天前，她们就开始经历绝境。我无法想象这五天里，她们经受了什么样的煎熬。我把报告往后翻，却出乎意料地发现两姐妹异乎寻常地平静。没有痛苦，没有挣扎，没有抗拒，反而比之前更加配合进行实验。

我快速浏览的目光被锁定在最后一页。

……两人出现了脑溢血症状，意识逐渐模糊。在失去意识之前，她们提出要求，让我们向舒尔茨少校转达她们的谢意，感谢他在矫正营里为她们和同胞所做的一切。因缺乏专业医疗设备，我们决定放弃对实验对象的救治……

我的心口注入了一股暖流，随之而来的愧疚感再次涌上心头，让我双颊滚烫。我抬头看着米娅，不知道她此时有何感想，有没有从我阅读报告时的情绪变化读出什么。

她说："报告里没有记录，她们临终之前还面带微笑，特别是提到你的时候。你为她们做得够多了，没什么好自责的。连她们自己都能接受命运，你还有什么不能接受的？"

无助的感觉快要将我压垮。"我想一个人静一静，霍夫曼女士。"

"叫我米娅。"她伸出手，"至少让我帮你包扎一下伤口吧。"

恰逢其时的温柔攻势，心理防线失陷的我终于无力抵挡。我接受了她的提议，将受伤的手交给她。看着她对我的伤口精心处理，感受着她温暖的手指穿过我指间，我竟然开始觉得她也许没那么坏，不是鲍尔上尉那样没心没肺的人。

也许她跟我一样，只是在履行自己的职责，做我们在各自的位子上该做的事。

八

我浑浑噩噩地回到家中。卡琳兴高采烈地冲到门口迎接我，见到我的样子，她一下就泄了气。"噢。"她用不易察觉的声音叹了口气。

"该死！"我拍响脑门，懊悔地骂自己。"对不起，卡琳，我忘了。"我对她报以最诚挚的歉意，但我知道这没用。

"没关系。"她拖着步子朝自己的房间走去，"对你来说，工作才是最重要的。"关上房门前，她称呼我道，"舒尔茨少校。"

我隐约看见她眼角挂着泪痕。这都是我的错。我满脑子都是克里尔姐妹，却忘了卡琳，忘记给她准备生日礼物。没人知道她真正的生日是哪一天，所以我一直将我收留她的那天当作她的生日。

那时候的她没有太多记忆，只知道那个惨死在我眼前的先知的确是她父亲。她不记得母亲，只记得许多人对她和父亲抱有敌意，辱骂他们，讥笑他们。她父亲说，因为他们是先知。

我把卡琳带回家中后，我的老母亲也对她抱有很强的戒心。母亲三番五次让我把她送走，我挖空心思对母亲软磨硬泡。我说，如果父亲还活着，一定会收留卡琳，这一点母亲最清楚了。母亲这才答应让她寄宿家中。

没想到卡琳这一住，就再也没有离开。

我母亲很快喜欢上了这个乖巧的小女孩，对她悉心照料，形影不离。卡琳在我母亲的照料下茁壮成长，变得越来越开朗。老母亲会给她毫无破绽地戴上假发，带她游历城市，增长见识。我一有空就会从部队回到家中，看望她俩。我给卡琳请了一位家庭教师，向她教授必要的知识；关于她身世的问题，则由我来解答。

每年的那一天，我和母亲都会为卡琳庆祝生日，她从小便对那个日子深信不疑。

她8岁生日时，我告诉她，生日是个重要的日子，意味着她又长大了一岁。她反问我为什么从不庆生。我说我已经过了那个年龄。她嘟起嘴说，这算什么理由，既然长大了一岁，就应该过生日。从那以后，每逢我和我母亲的生日，她都会为我俩庆祝。

她10岁那年，我母亲得了肺炎不幸去世。她哭得比我还很伤心，我却不知道怎么安慰。她说我母亲对待她就像对待亲孙女一样，我母亲就是她的亲人。她用力抱着我，让我不要离开她。

她12岁生日那天，我告诉了她生日日子的真正来历。她对我说，我救下她的那一天，就是她重生的日子，就是她的生日。我悄悄地哭了，但还是被她发现。一个大男人在一个小女生面前抽泣，这事被她嘲笑了好久。

我暗暗发誓，要保护好她，给她安定的生活，给她完整的人生。我要把世上最好的一切都给她。

今天，我食言了。

我心里很不是滋味，想要弥补我的过失。天色已晚，外面很难再买到像样的礼物。我在家里翻箱倒柜，看有没有什么能加工成礼品的东西。我在衣柜里找到了那个破烂的木盒子。盒盖上那个残破的眼睛图案看着我，好像突然有了灵魂。已经无法严密啮合的盒盖缝隙里，仿佛闪耀着金光，召唤着我打开这个宝箱。

也许是时候打开它了。

我抱着盒子敲响卡琳的房门。"卡琳，我有东西给你看。"

过了很久，门才打开。她嘟着嘴，用通红的眼睛看着我。她注意到了我手中的木盒。

"你不是想知道里面有什么吗？"

她不说话。

"这里面有属于你的东西。"

她睁大眼睛盯着它。

"来吧。"我和她并排坐下，把盒子摆在茶几中央，打开了盖子。

这不是什么宝箱，也没有什么宝藏。里面是一摞手稿，出自我父亲，记载着他生前收集到的关于先知的故事。

第一页就是"先知与士兵"。父亲在兴登堡防线驻守时得知了这个故事，顿时为之着迷。他认为先知的确拥有预知未来的能力，而不是像很多人一样把他们当作巫师、神棍或者骗子。他开始到处收集先知的事迹，每次随部队转移到新的地方，都会想方设法打听当地先知的消息。

他的确见到了一些先知，记录下他们的话语，特别是跟预言有关的部分。除了"先知与士兵"，我还记得"穷途绝境""蛇眼国王""无尽的赌约"。还有一些不那么震撼人心却值得回味的故事，以及很多琐碎的只言片语和难以辨认的草稿。如果能把它整理出来，足以编成一本《先知故事集》，只可惜绝无可能在帝国出版。

我把手稿从盒子里拿出来，放在最下面的是一枚直径大约五公分的圆形银质徽章。这是父亲从一位先知那里得到的护身符，可惜它没能保佑我父亲熬过世界大战。他在亚眠战役中负伤，被送回柏林，伤口迅速感染恶化，医生无能为力。

父亲把当时只有 10 岁的我叫到病榻前，将徽章交到我手中。我生气地把它扔到墙角，说先知都是骗子，护身符根本没用。父亲让母亲把它捡回来，再次塞到我手里，告诉我，这枚护身符不是给我的，只是让我代为保管，因为只有先知佩戴它时，才能起到护佑的作用。他没来得及告诉我，到底要交给哪个先知。

从那以后，徽章就一直躺在木盒里。我起初会时不时把手稿拿出来翻阅，但后来形势变得对先知不利，窝藏这样的文字都可能获罪，我便把它们封存了起来，直至今日。

我把徽章取出来，举到卡琳眼前，用手指将它擦亮。它的外观跟盒盖上的图案一模一样：一只眼睛在圆圈中央睁开。徽章上，能清晰地看见环绕着眼睛的圆环。那不是普通的圆，而是一条盘成环状、咬着自己尾巴的蛇。

卡琳对它很感兴趣，懊丧之情随之消散。"这是什么？"

"护身符。"我把它交给她，"专门护佑先知的护身符。"

她接过它，仔细观看。"这个眼睛是什么？这条蛇呢？"

据手稿记载，符号中的眼睛被称为"先知之眼"，寓意着先知窥向未来的能力。而那条蛇叫作"衔尾蛇"，是一个广为流传的神秘符号。至于它在此处的含义，父亲没得出定论。他猜测它代表无限：先知预见他将要预见的画面，预言他将要道出的预言，就像衔尾蛇一样循环往复，一直预知到无限远的未来。

"先知真的能这么做吗？"卡琳眨着眼问我。

她对自己的能力了解不多，我一直在限制她使用，好让她表现得像个普通人。她在很多地方打过短工，做她这个年纪能做的活计：在邮局分派信件，在画室管理画具，或者为政府张贴海报，最近则是在餐厅做服务员。我希望她能出去走走，以免跟外界脱节。在与外人交流时，能克制住使用能力的冲动也是一种能力，这样才不会凭借预感做出让旁人觉得匪夷所思的举动。

"我不知道。"我回答，"可能这条蛇压根儿就不是这个意思。可能它只是说，护身符要在先知之中代代相传，才能发挥它最大的作用。"这种模棱两可的神秘符号总有任人解读的空间。

她眼里的泪痕变成了一道灵光。"你是说，我要把它传给我的……孩子？"

我还没想这么细，突然不知怎么回答。她会有自己的孩子，在那之前，先要有自己的生活和家庭。她不能一直待在我身边，局限在这狭小的空间。但谁能接受她呢？就算有人愿意接受她，我又能否信任呢？我含糊地回答："当然，你会有孩子的。还有孩子的孩子。世世代代延续下去。"

卡琳盯着徽章上那只专注的眼睛，有点不知所措，嘴里念叨着："我会有孩子……我的孩子……"她突然转向我，"你会跟我一起看着他长大，对吧？"

"也许吧。"

她扑到我身上，搂住我脖子，"这枚护身符一定会保护我们全家平平安安。"

"当然。"我说。

在当下的世道上，护身符如果没有什么真正的魔力，恐怕很难保证前路一帆风顺。我宁愿相信它有。我找来一条红丝带，把它从徽章边缘的小孔穿过，再把它挂到卡琳脖子上。我轻抚她光洁的前额，她的美不输任何一个普通女孩。

"生日快乐。"

九

米娅的实验进展缓慢，波澜不惊。

出于某种难以名状的动机，我对米娅开始多了几分留意。我注意到她开始轮换实验对象，避免同一个先知长期服药。她比较偏爱诺瓦克和几个男先知，经常将他们召入实验室，也许因为他们是矫正营里体质相对较好的几个，对药物副作用的抵抗力较强。

不过，我跟米娅的来往仅限于工作上。自从双胞胎事件之后，我们对各自的事务互不干涉，只要我按时向她提供先知，她按时将人归还。我们达成了心照不宣的默契。

这段时间，关于英国时间机器的传闻愈演愈烈，据说进展顺利，很快就将进入测试阶段，而帝国安保部却连它的影子都没找见，根本不知道英国人到底在哪里建造它。

与此同时，国防军在东线发动大规模攻势，迅速拿下塞瓦斯托坡尔、罗斯托夫、沃罗涅日，横扫高加索地区，虎视眈眈地朝斯大林格勒逼近。就在陆军捷报频传时，戈德也向我传来了好消息。

致先知矫正营的舒尔茨少校：

看来你找到了问题的症结所在。两个先知被安排到同一艘潜艇后，很快发挥了作用。

据 U176 号潜艇舰长迪尔克森上尉报告，潜艇在北大西洋拦截从加拿大驶往英国的船队时，盯上了凯尔索号商船。对方在发现潜艇的第一时间就加速逃离，向船队中央靠拢，寻求护航驱逐舰的帮助。上尉担心被引诱深入驱逐舰的火力范围，犹豫是否要继续追击。

他暂且让潜艇保持航速，想听听先知们的意见。一个先知印证了他的担忧，说应该在前进3海里后，从左侧掉头，以免遭到驱逐舰阻击。另一个先知的意见截然不同：他预见到潜艇在转弯后发射四枚鱼雷，击沉了凯尔索号，甚至给出了详尽的发射参数。

当时，凯尔索号正向正前方逃窜。上尉判断，第二个先知的话并不可靠，决定按第一个先知的意见行事。行到3海里处，没有意外发生，但出于对威胁的预感，上尉还是下令调转航向，按先知说的左舵掉头。

就在那一瞬，凯尔索号竟然也开始左转，它正在给朝潜艇驶来的驱逐舰让道——第一个先知说得没错。从陀螺仪观察，潜艇正转向第二个先知所说的角度——他说得也没错。

于是，上尉当即下令，按先知的预言连续发射4枚鱼雷，并继续转向，脱离战场。如先知所料，两枚鱼雷击中了凯尔索号；而未命中的鱼雷越过凯尔索号，神奇地击中了船队远处的另外两艘商船。

以上就是迪尔克森上尉在先知的引导下击沉商船的过程。他们在不久之后又击沉了一艘。更加可喜的是，被打乱阵脚的船队完全沦为狼群的猎物，共11艘商船被我们击沉，战绩斐然。

我想，把两个先知聚在一起的确让他们有了起色，但还远没达到我期望的理想状态。据迪尔克森上尉称，海洋的波动会对先知的能力造成干扰，使得他们只能对较近的海域做出准确预测。距离越远，他们看到的东西就越模糊、越残缺。

不得不说，此次出击给我们的合作开了个好头，但我们不能止步于此。对大西洋战况的全方位准确预测才是我们的目标，希望你可以继续优化潜艇舰队随军先知，使它成为帝国的终极武器。

最后，我谨代表邓尼茨上将和潜艇舰队感谢你给予我们的帮助。愿我们可以长久愉快地合作下去。

艾伯哈特·戈德上校
海军潜艇舰队作战指挥部

这让我松了一口气。戈德的口气缓和了许多，没再提起举报我的事。更重要的是，我有了改进的依据。虽然他只提供了一个案例，但我能从中提炼出有用的信息。

第一，受海洋影响，先知在海上的预知能力比在陆地上弱。第二，先知预见的未来景象残缺不全，这种效应随距离增加而加强。第三，从多名先知各自预见的景象可以拼凑出完整的图景。

基于这些依据，我顺理成章地推导出改进方案：在潜艇里塞进更多先知。看着这个结论，我兀自摇起头。就算把先知数量从2人增加到4人，那也是给一艘普通潜艇增加了大约10%的人员，就算戈德愿意，也得给他们解决长途巡航中的食宿问题。

这个方案的难点显而易见，在想办法攻克它之前，我得确认这是正确的方向。我不再让鲍尔上尉跟我一起去先知营房找长老。我要减少他与先知们不必要的接触，他只需要做好矫正营的保卫工作就行了。我独自离开办公楼，走向围于铁丝网内的先知营房。

吉塞拉正趴在铁丝网上，锁骨下皮带扣形状的伤痕已经结痂，多半会永远地留下疤痕。她一直盯着我看，脸上变换着复杂的情绪。我不知道那件事之后，她对同伴们说了什么，是告诉他们真相，却因为说我好话而遭到憎恨我的先知排挤，还是隐瞒事实，让他们在我身上多贴一条施虐狂的标签。我从她面前经过，却看不透她。

我走进男先知营房，他们见了我就像见到毒蛇一样退避，只有诺瓦克敢于站出来挡我的路。卫兵将他从我面前拽开，丢出营房，留了一个人在外面看着他。这已经变成例行公事了。他就是要用这样的方式，无声地向我表达恨意。

长老见到我，下了床，佝偻着身躯，恭敬地站着。

我提出我的问题：相较于单个先知，众多先知聚在一起作为一个整体，预知能力是否会加强？

长老给我讲了个故事。他的思维不太连贯，讲话经常前言不搭后语，我紧跟他的思绪，明白他讲的大致是这样一个故事。

两年前的一个夏夜，我和很多同类在图林根山区逃避党卫军的搜捕。有从城市逃出来的教师夫妇，有带着孩子的单身母亲，有曾在世界大战中为德国而战的老兵，还有很多人。他们都是很好的人，给腿脚不便的我帮了很多忙。我经常因为拖累他们而感到内疚。

那晚，我们逃到山丘一处缓坡时，所有人都呆住了。我也一样。我们面面相觑，都在寻找是否有人脸上流露着惊愕以外的表情。没有。那一刻我知道，我们正在经历每个被捕的先知落网前都曾经历的时刻——"绝境"。

没有退路，没有希望，任凭我们预见得再远再真切，都逃不出党卫军的包围。所有的未来都是黑色的。我们将在这里集体被捕。

我们放弃了徒劳的奔逃，丢下包袱，在那片山坡上围坐成一个圈，敞开心扉交谈了起来。

我们交换各自看到的未来的情景，除了被押上囚车的共同画面，还有许许多多各不相同的细节。有人看到城市遭到轰炸，或是集中营里的惨状，也有人看到工厂在兴建，或是军队在战斗。就像盲人摸象一样，每个人都感知到未来的点滴碎片。

一个先知，看得越远，未来越模糊。当先知们聚在一起彼此交流，各自贡献出自己那一块拼图碎片时，未来的模样变得清晰起来。而在这

未然的历史

清晰未来的基础上，每个人可以看得更远，得到更多拼图碎片……

那一晚，每个先知都沉醉在拼凑遥远未来的图景中。无论那个未来是好是坏，我们都渴望在被捕之前瞥上一眼。待到天光微亮，党卫军包围山坡时，惊愕的是他们，而不是我们——我们每个人脸上都挂着心满意足的笑容。

我被长老的故事深深地震撼了。这与父亲对衔尾蛇的诠释不谋而合，足以载入《先知故事集》。我竭尽所能也无法想象那群先知当时是怎样的感受。那一刻，他们合而为一，如若站在山巅的神明，拨开未知的迷雾，俯瞰通往未来的画卷。

我花了点时间缓过劲来，问长老："你看到了多远？"

"看到了我生命的终结。"他风轻云淡地说。

好奇心鼓动着我，想要问他看到的结局是什么，但那样做未免太过冒昧。我向长老告辞，怀着久久不能平静的心情，回到办公室。一个早已知道自己死期的人，还要按部就班地活下去，到底算是煎熬还是解脱？也许只有长老和与他一同遥望未来的那些先知知道。

我冷静下来。我要再向潜艇舰队增派两名先知，让他们聚在一起，使能力得到强化。我心里已经有了理想的人选，那就是在近期训练中表现亮眼的罗特和霍罗威茨。他们能力强大，身心健全，经得起大西洋的风浪，耐得住长时间的封闭。

不过，戈德是个难缠的家伙，要说服他我必须有一套有力的说辞。我发出了一份字斟句酌的电报，第二天就收到了回信。他接受了我再派两个先知加入潜艇舰队的建议。他说在一艘满员的潜艇上额外增派4名先知，会徒增潜艇远航的负担和风险，但为了帝国的胜利值得一试。

两天后，戈德派来运送先知的卡车停在矫正营门口。罗特和霍罗威茨戴着头箍、手铐和脚镣，由卫兵交给海军士兵。他们即将被押上卡车后厢时，我让士兵们稍等。

我走到霍罗威茨身边，问出那个我许久前就想问的问题，否则可能再也没有机会。"那天靶环训练时，你在纸条上写下了'米娅·霍夫曼'这个名字。你当时预见了什么？"

他眯着眼睛回忆了一会儿才想起来。"先生，"他低着头，毕恭毕敬地回答，"我也不知道那个名字指的是谁。我只是预见到我会这么写，所以我才这么写。我以为那是个对你有特殊意义的人。"

霍罗威茨一贯严谨。既然他这么说了，准就没错，尽管其中的逻辑有些让人费解。"你是说，你也不知道为什么要写下它？"

他无奈地摇头。

已经被士兵推上车的罗特扭过头来，插嘴说："没什么原因，都是命运的安排。"他不屑地笑起来。士兵们推搡着呵斥他，让他闭嘴。霍罗威茨也被押上了车。士兵们检查完镣铐，关上车门。

我目送卡车远去。霍罗威茨的行为和罗特的话语反复在我脑子里浮现。也许我永远体会不到先知们窥探未来时的感受，也永远理解不了他们将预言付诸实践时的心态。

十

我再次得知潜艇舰队的消息，是一个多月后。戈德在基尔处理完舰队事务，返回巴黎的途中经过柏林，专程来到矫正营。"我真不知道该感谢你还是责怪你。"他又一次在我的办公室点起雪茄。

我一头雾水。

"我把你新送来的两个先知和之前那两个一起，分配到了 U509 上，它正好要出海。维特中尉费了点劲，但还是把他们塞进船舱里了。"他开始讲述潜艇的作战经历，"就在几周前的一个夜晚，狼群在北大西洋捕捉到了商船船队。中尉正准备发动攻击，但好巧不巧，一个鱼雷发射管的阀门出了故障，正在漏水，潜艇开始下沉。中尉很快意识到：如果继续待在水下，潜艇很快就会下沉到极限深度，无法挽回；如果上浮，就会暴露目标、成为靶子。于是他转向 4 个先知求助。"

戈德突然变得暴躁起来："4 个先知？你他妈给我 4 个先知？每个先知都在自说自话，到底该听谁的？"他掏出雪茄，气呼呼地点起来，摇熄了火柴，接着说，"要不是维特中尉当机立断，让他们闭嘴，怕是等到潜艇沉到海底、被海水压扁都讨论不出个结果来！中尉只让他们每个人回答一个问题：要不要上浮？是或否，就这么简单。你猜最后怎么着？"

我摇头，等他自问自答。

"3 比 1。3 个上浮，1 个不确定。"戈德绘声绘色的神情随之转危为安，"潜艇浮上水面，竟然阴差阳错地突破了敌人轻型巡洋舰组成的防线，进入了最佳攻击位置，轻而易举地击沉两艘商船，再神不知鬼不觉地溜走。那些护航的军舰根本没反应过来！"

听完他声情并茂的讲述，我揣摩他的意思："你是说，4 个先知反而更麻烦了？"

"不不不，事实上，先知数量增加后，预测更有效了。除了第一拨攻击外，他们还帮助 U509 在之后的袭击中又击沉 6 艘商船。再加上敌方舰队阵型被它拉扯分散，给了其他潜艇机会。我们总共击沉了 12 艘商船。最重要的是，维特中尉总结出了与先知交流的诀窍：只要让他们挨个回答是或否的简单问题就行了。前进还是撤退？左转还是右转？使用甲板炮还是发射鱼雷？然后根据答案的票数下达命令，往往比听他们扯一大堆犊子有效得多。我想说的是，少校，"他吐了一个大大的烟圈，"干得漂亮！"

我却在低头考虑一个漏洞："那他遇到过平票的情况吗？"

"你问到点子上了。当然出现过，这就得让舰长丰富的战斗经验来做决定了。这种情况不算太多，但想起来让人后怕。要是 U509 最初漏水的时候投出了平票，恐怕就会是一场灾难了。所以，少校，"他又呼出一口呛人的烟雾，敲着桌子提醒我，"这套玩意儿还有很大的改进空间啊！"

"再增加一名先知怎么样？"这是打破平票最直接的方法。

戈德面露难色："我说，不要总是干这种头痛医头、脚痛医脚的事，要想得长远一点。一步到位，一劳永逸。"

我不太明白他到底要让我长远到什么程度。毕竟很多问题在实践过程中才会暴露出来，我没法一开始就考虑周全。

他见我眉头紧锁，倾身向前，靠到办公桌上，轻声说："邓尼茨上将现在很满意，可以为我们争取经费。你可以放开手脚，释放你最狂野

未然的历史

的想象力，拿出一个终极方案来。英国人在拖延时间，想拖到时间机器研制成功，但元首拖不起了。上将希望这件终极武器能赶在英国人的时间机器之前运转起来，抢占先机，也在元首面前挣挣脸面。"他指着自己银光闪闪的肩章说，"看见了吗？"

我当然看见了。从他上次的电报里我就注意到了。他肩章上的一颗星变成了两颗星。现在是戈德上校了。

他用难以掩饰的兴奋之情说："很快你也会晋升的。我们还会升得更高。"

我对加官晋爵不太感兴趣。他让我"释放最狂野的想象力"时，我就立即照做了。一个宏伟到不可思议的想法占据了我的脑海，连我自己都为之战栗。

"大先知。"我说。

"什么？"

我想要开口，却被缭绕的雪茄烟雾呛得张不开嘴。我夺过烟头，在桌上戳灭，挥手驱散烟雾。他不明就里，等我作出解释。

"众多先知聚在一起，成为一个'大先知'。"

"洗耳恭听。"

我不由自主地敲着桌子说："专门拿一艘潜艇出来，上面只有先知和驾驶潜艇必要的船员。这样可以装多少先知？"

戈德盘算着说："20个吧？"

"足够了。20个先知，可以将整片海域未来很长一段时间的状况摸得一清二楚。大先知所在的潜艇就是狼群的大脑，本身不参与战斗；其他潜艇充当左膀右臂，按它的指令行动。而指令的内容，就像你说的，通过先知投票产生——当然，实际操作中会把先知安排成奇数，杜绝平票。"

戈德沉思了好久，面色凝重地对我说："这太疯狂了。"

我耸耸肩："这就是你要的最狂野的想象力。"

他面色舒展，露出得意的神情："我喜欢这个方案。"

"这会是个复杂的方案。"

"的确。专门为先知腾出一艘潜艇，要过上将这一关。"他一副胸有成竹的样子，"交给我吧。尽快给我一份详尽的计划书，我去说服他。"

送走上校后，我仍为这个狂放不羁的想法感到兴奋。我将一沓厚厚的稿纸盖在办公桌被烟头烫烂的破洞上，提笔写下"大先知计划"。不只限于潜艇，如果成效显著，可以推广到任何战场上。

那天晚上，我写到很晚，回到家中已是深夜。我推开房门，卡琳站在门口对我傻笑。

"你总算回来了，老舒。"她笑得乐不可支。

我没有多想，"嗯……是有点晚了。"她像往常一样接过我脱下的外套，挂上衣架，但整个过程中她都保持着一副夸张的笑脸。这倒新鲜。

"餐厅的工作怎么样？"我随口问道。

"别提了。我一直被人使唤来使唤去，连喘口气的时间都没有。"她一边抱怨一边嬉笑。我从没见过她对之前的哪份工作表现出如此矛盾的情绪。

"你没事吧？"我不解地问，"你看上去不太……正常。"我很少用这个词描述先知，这可能会产生误解，让他们感觉受到羞辱。但卡琳的状况，我想不出别的词来。

她把我推到沙发前，按着我肩膀，让我坐下，一本正经却难掩笑意地对我说："我有个建议。"

"什么建议？"我困惑地问。

"你不用每天下班都急着回家。"她忽然没来由地说。

我摸了摸她的脑袋。"你真没事吗？"

"我是认真的。这么多年来，你因为我，几乎每天都早早回家，这不是你该有的正常生活。"她才是失去正常生活的那一个，现在竟然开始跟我谈论起生活，真是稀奇。

"我喜欢这儿，这儿是我的家，还有你……"

"不不不，你的生活中不应该只有我。"她毫无顾忌地打断我的话，"应该还有别的人，比如一个女人。"

她提到"一个女人"的时候，我不由自主地想起米娅。但我发誓，我对她绝对没有任何别的意思，也绝不会有。尽管我对她的看法日渐改观，但她毕竟是个靠利用先知来成就自己的人，我无意与她走得太近。但除了她之外，我实在想不到还能有什么样的"一个女人"，除非……

"你使用能力了？"我拉下脸来。她遵守了多年的行为准则被打破了，就只是预见到"一个女人"。

"我不是故意的。是我梦到的，这种情况我也没办法控制，你知道。"她为自己辩解。

未经训练的先知很难驾驭自己的能力。在梦中触发能力、预见未来就是难以控制的情况之一。如果她说的是实话，我确实没法责备她。

"好吧，那你看到什么了？"都说到了这个份儿上，我不介意多了解一点。

卡琳又露出刚才那种狡黠得让人脊背发凉的笑容。"你，"她用手指比画着，两根食指并拢在一起，"和她，靠在一起，靠得很近，很亲密。"

我在意的是："她是谁？"

"我怎么知道？我又不认识。"

"那你描述一下她的样子。"

她想了想，摇头说："梦里的画面很模糊，我也说不好。"

说不定只是一个普通的梦，被她胡思乱想、添油加醋说成了预言。我拍了拍她圆润的后脑勺，"行了，别成天想这些有的没的了，快去睡你的觉吧。"

　　"但你要答应我一件事情。"她收敛起笑容，严肃地说。

　　"什么事？"

　　"你可不能有了她就忘了我。"

　　卡琳的孩子气让我忍俊不禁。我连声答应："不管有没有其他人，我都不会忘了你，不会抛弃你，不会离开你。满意了吧？"

　　卡琳眨了眨水灵灵的眼睛，心满意足地起身，连蹦带跳回到卧室。"我爱你，老舒。"掩门之前，她对我说。

　　"我也爱你，卡琳。"

十一

第二天，我让文员提交最新的先知名单和他们每个人近期状态的报告，好从中筛选大先知的合格人选。我正在办公室里完善计划细节，鲍尔上尉闯了进来。"你让人罗列一份所有可以立即参加实战的先知名单。发生了什么事，要突然动用这么多先知？"

那次事件后，他迫于压力不敢再打先知的主意，我也没进一步追究。我们暗地里一直不对付，但都没有挑明，表面上还是融洽合作，做好本职工作。大先知计划的规模如此之大，肯定瞒不住他。我把我的意图告诉了他。

"你疯了。"鲍尔听完，跳起来拍着桌子说，"天知道把那么多不戴头箍的先知丢进潜艇会搞出什么乱子来？"

"他们平时会戴头箍，作战时才取下来。就算不戴头箍时，他们也会被限制行动。他们只需要动脑筋，而不是动手脚。"

"但他们可以动歪脑筋。"

"会有船员盯着他们。"

"船员的远见跟先知相比就是小儿科。况且先知人数并不劣势，联合起来，可以把船员玩得团团转，把潜艇劫持了也不是不可能。"

"先知潜艇不会配备任何武器，只是一艘可以潜水的船而已。退一万步说，就算他们劫持了潜艇，能怎么样呢？"

"我不知道，你觉得叛逃怎么样？"他用嘲弄的语气说，"这等于把一艘潜艇和一群训练有素的先知拱手让人！"

"他们根本不懂得如何操纵潜艇，逃也逃不远。狼群很容易就能在它失联的海域找到并击沉它，更不用提它同时还会遭到敌人的反潜舰艇和俯冲轰炸机的攻击。更妙的是，先知们自己也能预见到船毁人亡的结局，从而打消不轨的念头。"

鲍尔紧闭双眼，按着太阳穴，思考我的话。过了一会儿，他双拳捶在办公桌上，居高临下地俯视着我说："够了。论诡辩，我不是你的对手。但你最好明白，你的一言一行都在我眼皮子底下，我看得清清楚楚。"

我躺进办公椅靠背里，摆出镇定自若的姿态："那我要请教一下，你是对我的计划有意见，还是对我这个人有意见？"

"都有！"鲍尔鼓着双眼，恨不得生吞了我，"我就直说了吧。营里谁不知道，你一直对先知怀有恻隐之心，处处善待他们，简直滑天下之大稽。而你所谓的大先知计划，在我看来，就是公然协助先知劫持帝国潜艇叛逃。无论你把它粉饰得多么无懈可击，谁知道到时候你会动什么手脚，留给他们可乘之机呢？"

我跷腿坐着，不为所动，要让他体会拳头捶在棉花上的感觉。"那你想怎么样？"

"立即停止大先知计划，停止优待先知，以表对元首的忠心！"

"我对元首忠心不二。"我满不在意地点头说，"不过你的意见我悉知了。我也直说吧，没门儿！"

鲍尔还想同我顶嘴，却无从下口，气得浑身发抖，撂下一句"等着瞧吧"，摔门而去。

我提出大先知计划，确实有一部分原因是为了让先知有用武之地，而不至于在集中营惨死或是在实验室暴毙，但我从未想过背叛帝国。鲍尔对我子虚乌有的指控纯粹是源于私人恩怨，我不应受到这些杂音的影响。

我埋头继续奋笔疾书。随着宏大的蓝图徐徐展开，连我自己都相信这个计划将对战局产生举足轻重的改变，甚至为人类看待未来的方式带来革命。我不停地写，稿纸一页页翻过，废纸一团团丢弃，计划在我笔下逐渐成型。

直到敲门声再次响起，我才搁笔。米娅提着一个口袋走了进来。

"米娅，"我起身迎接她，也好舒展一下身躯，"不知有何贵干？"

她把口袋放在办公桌上，斜倚在桌边说："鲍尔上尉今天从你这儿出去后，就一直很暴躁。我是来看看，你们之间是不是发生了什么矛盾。"

"那是我跟他之间的事，与你无关。"我不想也没必要把她卷进我和鲍尔之间的斗争中来，"你只管做好你的实验就行了。"

她没有因此生气，只是淡然一笑，扫视了一圈我的办公室。这里陈设十分简单，除了会客用的沙发茶几，就只有办公桌椅和文件柜。"你真的跟别的军官不一样。"她从口袋里取出一瓶红酒和两个酒杯，"别人办公室里或多或少都有些私藏。你这儿倒好，除了工作相关的东西，什么都没有。"

她正要给我倒酒，被我阻止了。"工作时间。"

她看了看窗外，"对正常人来说，现在应该是休息时间吧。"

我这才注意到窗外已是夜晚，明月高悬。一定是我写得太投入了。大先知计划的初稿基本完成，我合上潦草的计划书，搁进抽屉，松了口气。现在放松一下也是个不错的选择。喝完这杯酒，正好回家跟卡琳道晚安。

我从米娅手里拿过酒瓶，给我们两人倒上。月光，美酒，还有米娅，有那么一瞬间，我感觉远离了战争，远离了集中营、党卫军、潜艇舰队、时间机器那一大堆烦心事，只有我和米娅。

"谢谢你的酒。"我饮下一口，闻到一阵醉人的芳香，不知是酒还是她。

她看着我拘束的样子，窃笑起来。她的笑仿佛有某种魔力，能让我一直盯着她嘴角看。她说："这儿的先知们很幸运，矫正营指挥官是你，而不是鲍尔那样的人。"

"我只是做我应该做的，照看好我的先知们。"

"但很多人并不这么想。他们把先知当作囚犯、奴隶，甚至玩物。你听说过'越界游戏'吗？"她歪着脑袋问我。

我摇头。

"那你知道萨克森豪森的'死亡地带'吧？"

我点头。在营区和围墙之间，有一圈 10 米宽的瓦砾路，被称为'死亡地带'。任何囚犯胆敢踏足，就会立即被卫兵射杀，无论理由、无须警告。

"军官为了消遣，会把先知带到死亡地带前，取下他的头箍，用手枪指着他后脑勺，命令他穿过死亡地带。他会问先知：'告诉我，接下来将会发生什么？'"

我猜到将会发生什么了。这根本就不是个游戏，也根本就不好玩。

米娅接着讲下去："对先知来说，这是一个两难的境地。如果踏上死亡地带，会被附近的卫兵射杀；如果违抗军官的命令，会被军官射杀。对他们来说，只是死法的差别而已，但他们在取下头箍的那一刻，就预料到将会如何死去了。他们怎么称呼这种情况来着……'绝境'，对吗？那些军官很期待先知们在绝境中的表现，甚至拿来下注。那些先知死得毫无意义，只是被用来满足个人的恶趣味罢了。要是让鲍尔当了指挥官，恐怕他会热衷于这个游戏。"

"在我的管辖下，这样的事情绝不会发生。"我斩钉截铁地说。

"我相信你。"她举起酒杯，"为你的坚定立场干杯。"

牵强的敬酒理由，但我还是举了杯。玻璃杯相碰的清脆声音被屋外传来的枪声盖过。米娅手抖了一下，酒杯摔在地上。"噢，对不起，我被吓到了。"

"没关系，我找人来收拾。"我放下杯子，凑到窗前查看营区里的状况。靶场没有亮灯，也不会有人这时候还在打靶。几名卫兵正朝实验室聚拢过去，枪声应该是从那里传来的。"米娅……"我刚想告诉她情况，办公室里的灯光突然熄灭了。整个营区陷入一片黑暗。

"卡尔，怎么回事？"米娅朝我走来，脚底下传来碎玻璃声。

"小心别被扎到了。"我在黑暗中向她靠近，想引她绕开地上的玻璃碴儿，却没想到跟她撞了个满怀。我离她很近，能感受到她娇小的身躯。

"对不起，我可真是的。"她一只手搭在我肩上，另一只手挡在额前，一副无地自容的样子。

卡琳的预言在我脑海中浮现。"一个女人"此刻与我只有咫尺之遥，仿佛有股无形的力量正将我推向她。我克制住自己，犹豫要不要再靠近一点，思索该说些什么安慰的话语。

外面响起卫兵沙哑的嘶吼声："警报！警报！"

我这才回过神来，摸黑从抽屉里取出手电筒。"待在这儿。"我紧握她的肩膀叮嘱道。我不得不暂时撇下她，奔出办公楼。

一辆法本的卡车从我面前飞驰而过，差点撞到我。在它与我擦身而过的一瞬间，我看清了驾驶员的面孔——诺瓦克，没戴头箍。他驾车撞开大门，冲出了营区。几名卫兵端着枪追出门去，又传来一连串枪声。等我跑到门外时，卡车已经扬长而去，车灯的光芒在道路远处越来越暗，最后消失。

"怎么回事！"我厉声询问值守的卫兵。

"实验室里那几个先知逃跑了。"

"怎么会？"

"实验室里发出了枪响。他们几个突然跑出来，趁我们不备抢了卡车。"

诺瓦克。我一点都不惊讶。整个矫正营里，只有他会冒死干出这样的事。也许他在实验室里某一次摘下头箍之后，便早已预见到今晚的机会，一直秘而不宣，直到现在付诸实践。

我赶往实验室，供电已经恢复。米娅无视我的嘱咐跑到这儿来，正在扶起遭到先知袭击的实验室主管。他按着额头上渗血的伤口，颤抖着说："7 号突然从实验台上跳下来，用工具托盘砸到我头上。我不知道他是怎么挣脱的，也许是哪个手铐没铐到位……"

"坐下说。"米娅把他扶到椅子上。还有两名研究员瘫坐在实验室另一侧的墙角，表情痛苦。

"他飞速解救了其他先知，抄起手边的东西就攻击我们。"主管把一把鲁格手枪放到实验台上，"我朝他们开枪，但根本打不中。他们知道怎么躲开子弹，太难以置信了。我想是药物起了作用……"

我在实验室里巡视了一圈，地上一片狼藉，仪器被推倒，工具撒落一地，还有很多药瓶的玻璃碴儿，药剂也淌得到处都是。

主管接着说："他们弄坏了一台设备，然后就停电了。他们在黑暗中就像蝙蝠一样，知道哪里能走，哪里不能走，我拿他们更没办法了。"

我看到一台圆柱状的设备冒着黑烟，散发着焦味，旁边是几根割断的电线。诺瓦克一定是将它短了路，导致营区断电，在黑暗的掩护中逃跑。这一切对先知来说都太容易了，只消一个小小的纰漏，剩下的全交给他们的预感就行了。但我总感觉有哪里不对，缺少了什么该有的东西。

我踱步回到米娅面前，她抬头看着我。不是简单的看，更像是在窥探，想要读出我现在的想法。我此刻又何尝不是一样？奈何我们都不是先知，不知道接下来会发生什么，不敢轻易暴露自己的心思。

我注意到主管放在实验台上的手枪，想要拿起来检查。我刚伸出手，米娅就站了起来。她好像要开口说什么，却又踌躇不定。我意识到，我这个小小的动作触及了阻挡在我们之间那层似有若无的隔阂。米娅并非看上去那么简单。

"叫医务员来，给他们处理一下伤势。"我命令卫兵，保持着作为指挥官在众人面前应有的样子。我对米娅说："这件事先告一段落。你收拾你的实验室，我整顿我的矫正营。有什么事明早再议。"我用命令的口吻将她想说的话逼了回去。不到时候，也不是地方。我们都需要一晚上时间好好整理思绪，再坦诚地面对彼此。

我离开实验室，召集卫兵，带队出发搜寻诺瓦克一行人的下落。希望渺茫，但还是要例行公事。今晚没法回家照看卡琳了，不过她昨天给我的建议，让我可以稍微心安理得一点。

搜寻进行了一整晚，覆盖了矫正营方圆 5 公里的范围，但开着法本卡车的诺瓦克很可能从路上的关卡蒙混过去，逃到了更远的地方。我不知道该佩服他，还是诅咒他；不知道该为逃出生天的先知们高兴，还是为越狱事件而愤怒。

晨曦投下第一缕光芒时，我宣告搜寻失败，带队返回了矫正营。我还要写一份事故报告，递送给格吕克斯监察官，之后再跟米娅一对一地摊牌。

这是忙碌和疲惫的一天，更是焦躁不安的一天。

白天，我跟米娅打过几次照面，但都还有各自的工作要做，即使擦肩而过，也都相顾无言。我能读到她眼中的百感交集，相信她也能读到我的。

我跟鲍尔又起了一次争执。他把事故原因归咎于我的仁慈，说它蒙蔽了我的双眼，让先知们得寸进尺。我坚称事故原因是实验室研究员的疏忽，与我对先知的态度无关；而鲍尔作为分管矫正营保卫工作的副指挥官，也负有不可推卸的责任。我们之间的矛盾就这样相持在一种微妙的平衡状态，一旦有任何第三方力量介入，平衡就将被打破。

打发走鲍尔，派人送出呈交督查官的报告，我总算有时间面对米娅了。我前往实验室，这里的研究工作已经暂停，只剩一名年轻的研究员留守。他见我出现，急忙跑过来，交给我一个信封："霍夫曼女士让我交给你的。"他说完急忙离开。

信封上写着"舒尔茨少校亲启"，拿在手中感觉沉甸甸的。是我的错觉。里面只有一张字条，写着时间和地点，还有"这里有你想要的真相"。

现在的我，下有鲍尔频频顶撞和违抗，上有督查官即将对我兴师问罪，只有米娅能在夹缝中给我一条出路。事到如今，我无法拒绝。就算我没法全身而退，能搞明白这一切到底是怎么回事，也算是一种圆满。更何况，这是米娅的邀请。

我忐忑地度过了今天余下的时间。督查部的运作效率还没有高到当天就响应越狱事件。鲍尔也意外地沉寂了下去，可能是在酝酿新的攻讦。我把矫正营里的事情都抛诸脑后，时候一到便换上便装，让专车载我前往柏林城区。

我想我有权利知道真相，有权利决定自己的命运。

十二

夜幕刚刚降临。我在离目的地五个街区的地方下车步行，来到一家朴素的旅店前。门口挂着"西格德旅店"的招牌，门面不大，夹在一家餐厅和一家烟酒店之间。问题是，字条上没有写明房号，只能先进去再说。

我惴惴不安地走向旅店大门，手指刚要触碰门把手时，门从里面被打开了。一位白发老者恭敬地站在门口，向我低头鞠躬。他抬起头来时我才看清，他狭长的脸上戴着一副圆框眼镜，面带祥和的微笑，脸上的皱纹伴随他的笑容挤出道道沟壑。"晚上好，先生。"他等我走进大堂后，关上了门。

说是大堂，其实十分狭小，只容得下一个柜台和两张凳子。柜台对面是通往客房的楼梯。我在柜台前停下，对老者说："我来找……"

"这边请。"他没等我说完，就将我往楼梯口引。不过他没有往上走，而是打开了通往地下室的栅栏门。

我望进灯光昏暗的楼道，又看了看他。他保持着和蔼的笑容和恭请的手势。我走下只能容下一个人的楼梯，老者没有跟我下楼，而是在我身后关上了栅栏门。

下面是一条狭长的走廊，两侧各有三个房间，走廊尽头也有一间，跟通常的旅店没什么两样，只因处在地下而潮湿晦暗。就在我纳闷米娅到底在哪个房间时，尽头的门打开了。一个高挑瘦削的男人走了出来。

他带了假发，但我还是一眼就认出了他：诺瓦克。

我停下脚步。此刻，我身边没有举枪的卫兵，我也没有携带佩枪。要是他意图在这狭窄的空间里袭击我，我不一定能应付过来，我的呼救声也没法传出去。就在我进退不决的时候，诺瓦克摘下了发套，就像是摘下帽子，放在胸前，向我鞠躬致意。

"舒尔茨先生。"他小声说，目光中惯有的恨意了无影踪，反而带着歉意，"霍夫曼女士在等您。"他为我让开一条道。

我提防着他，慢慢走到房门口，看见米娅和她的实验室主管。他们围在桌旁，讨论着什么。

借着悬在屋中央的白炽灯投下的灯光，我看见一张柏林地图在桌上展开，上面放着几张打字机打出的文件，下面还压了张德国地图。他们看见我立刻停止了交谈。主管匆匆把桌上的文件收进包里，"我都记住了，女士。"他朝门口走来，向我告辞，"少校。"随后带着诺瓦克走了出去，听声音像是进了隔壁某个房间。

米娅指了下门，我会意地将它关上。她把地图卷起来，竖到墙角，让我在桌边的凳子上坐下。屋子里还有一张书桌，上面摆着台灯、打字机和一些文具；另外一边的置物架上，堆叠着衣服，码放着罐头，下面还有两把老虎钳和几条被剪断的头箍。

米娅在我对面坐下。她穿着浅黄色毛衣和深色半长裙，一圈圈的小鬈发都梳到后面，额前的波浪鬈发在眉间投下淡淡的阴影。她十指交叉，放在桌上，好几次欲言又止，接着兀自笑了起来。"你那个位子坐着先知的时候，我能很轻松地表达自己的想法，因为我知道他们知道我会说什么，所以不管我说什么都不会觉得拘束。但你……"她提到我的时候目光游移到一旁，"我不知道你会怎么想，也不知道我该从何说起。"

无论她说什么，我都做好了心理准备。看到旅店里的情形，我想我已经猜到个八九不离十了。"那就从这家旅店说起吧。这不单纯是家旅店对吧？你的实验室，也不只是在做实验而已。"

她的目光回到我身上，诚恳地看着我："既然你都猜到了……"猜谜游戏结束，阻隔在我们之间最后那层的隔阂终于要被拆穿。"你不是唯一一个在救助先知的人。我也不是。有很多人……好吧，算不上很多，但肯定不少。有先知，也有像我一样的志愿者，想方设法把先知们从国社党的魔爪下解救出来。"

她的措辞让我感到不安。我加入国社党时的誓言，让我下意识地抵触她大不敬的说法；但盘桓在我心底的声音告诉我，她说得没错。我还保持着防备，小心地没有流露出心声。"我并不是在救助先知。我收容他们，训练他们，然后把他们送上战场。"

"正是这样。光是让先知离开集中营、加入矫正营，对他们来说就已经算是拯救了。"

"随便你怎么想，但那不是我的本意。"

她的嘴角又笑出了括弧，牢牢吸引我的目光。"那你为什么对克里尔姐妹的死那么在意？怎么会在本该搜捕失踪先知的时候只身前来赴约？又怎么会对本应该逮捕的先知视若无睹？"

她问住我了。她就像个经验老到的审讯官，而我是个心怀鬼胎的犯人。我没法如实回答，于是她替我回答："因为你建立先知矫正营的目的并不是为了矫正他们，而是要让他们免于在集中营里被强迫劳动、最终死去。因为你同情先知，你想要拯救他们。"

我像是落入急流的旱鸭子，死死攥着最后的救命稻草不肯撒手。那根稻草在洪流的冲刷和侵蚀下变得越来越脆弱。那根稻草，是我对国社党的忠诚。我还在挣扎、顽抗。"那是你一厢情愿的想法。矫正营没有你说的那么好，更不是先知的避难所。如果你认真观察过的话，就知道我只是在按监察部制定的标准进行管理，没有掺杂任何个人感情。"

"那你跟其他集中营遵照的肯定是两套完全不同的标准。"米娅嗤笑道。

"是萨克森豪森的标准……"连我自己都感觉得到，我的辩解越来越力不从心。

"帝国不只有萨克森豪森。跟波兰总督府的集中营比起来，萨克森豪森算仁慈的了。"她的神情和语气一起变得沉重，眼中仿佛弥漫着一团阴霾，"奥斯维辛、比克瑙、马伊达内克……它们不只是集中营，还是灭绝营，它们被建造的目的就是灭绝整个先知群体。统治区的先知正从各个集中营被送往那里，你的矫正营是少数几个得以豁免的营区之一。"

"矫正营的先知最终会被送上战场，那也是九死一生。"

"至少还有'一生'，不是吗？一旦先知被送进灭绝营，'生'这个字就从字典里被抹去了。走路太慢，会被杀；工作出错，会被杀；说话太大声，会被杀；军官喝水呛到了，也会被杀。那里是真正的人间炼狱。"

我知道她在做什么。她在游说我、拉拢我，她要让我跟她站在一条战线上，成为她在体制内的盟友，帮她解救更多先知。她要让我背叛党卫军，背叛帝国，背叛我曾宣誓效忠的一切。

她用严厉的口吻继续说："法本公司干脆在奥斯维辛建立了工厂和实验室，让先知们没日没夜地干活，干不了活的就拿去做人体实验，连做实验对象都不够格的就……"她说到哽咽，脖子上的青筋因气愤而暴起，"送进毒气室，用法本生产的杀虫剂成批成批地毒死。"

让我释放最狂野的想象力，也想不到集中营会使出如此残忍的手段。我感到不真实。米娅湿润的眼眶和颤抖的两腮让我觉得她要么在说实话，要么是个不可多得的演员。"你怎么知道？"我问。

"因为我父亲。他是法本的董事，他看得到公司账本。灭绝营的

‘齐克隆 B’购买量超出正常用量几十倍。最关键的是，他到克拉科夫实地考察时，亲耳听见军官对杀虫剂用在先知身上的效果大加赞赏！尽管他十分反对这种泯灭人性的做法，但他只是董事会中区区的一员。他一个人做不了什么，也不敢做，害怕殃及家庭。但我不在乎。我一想到囚犯们在毒气室里绝望哀号的情景，我的每一个毛孔、每一次心跳都在尖叫着，让我救救他们、救救他们。我在萨克森豪森有上司监管的时候做不了太多，但来到你的矫正营后，就可以放开手脚了。我对给你的工作带来的困扰深表歉意，但如果让我再来一次，我还是会这么做。”

光听她的描述，我就觉得脊背发凉。我以为萨克森豪森已经够可怖了，从未想过集中营的所作所为竟可以如此惨绝人寰。党卫军就是那只魔爪，我是爪上的一枚鳞片，随着魔爪挥舞而沾染鲜血。

我的腿在抖。离该做决定的时刻越近，抖得越厉害。我可以拒绝米娅，装作什么都没发生过，这次会面根本子虚乌有。但一旦我知道了真相，就无法置若罔闻。为党卫军效力的每一天都将是对我良心的煎熬。背叛党卫军？我不知道我能隐瞒多久，不知道哪天就会被鲍尔或是什么人揭穿，让自己沦为集中营的囚徒。卡琳怎么办？我说过我不会离开她，这会让她伤心欲绝，甚至会害她也被抓进集中营。

我不知道该怎么做这个决定，但有人知道。我看着米娅，问道：“诺瓦克怎么说？”

米娅紧绷的双肩松弛下来，如释重负，笑容重新浮现。“他说，你提起他的名字，就说明你已经做出了决定。”

我听见魔爪上的鳞片断裂的声音。我总算可以舒展一下抖到快要抽筋的腿脚，好好地深呼吸几口。平静之后，我问：“你要我做什么？”

“我不是要你做什么，”米娅靠近我，轻声细语地说，“而是不做什么。”

“不做什么？”

"不再因为先知在实验中丧生而反应过激。"

克里尔姐妹的死是我心底不愿翻开的一页。米娅的话让我双眼放光，重燃希望。"你对双胞胎做了什么？"

"我给她们用了药，不是什么机能强化药物——从来就没有过，而是法本秘密研制的一种巴比妥类药物，镇静、催眠、抑制呼吸和器官活动，恰到好处的剂量可以使人表现出假死状态，足以瞒过外行人和不严格的检查。"

"那你给我的报告呢？她们临终时说的话，都是编造的？"我记得报告里记录着克里尔姐妹如何感谢我对她们的照顾。当初正是因为这个，我对米娅才心软下来。

"'临终'是假的，但她们说的话是真的。她们觉得离开矫正营后，就再也见不到你了。"

我感到一丝欣慰。"她们也在旅店里吗？"

"她们已经走了。旅店只是个临时处所，一个中转站。我们分工合作。我负责把先知带到这儿来，其他人负责把他们送到安全的地方。"

我顿感宽心，紧张和焦虑的情绪稍有缓解，让我可以进行更加细致的思考。"既然你可以用假死把先知带出矫正营，又何必冒险制造昨晚的事情呢？"

"我当然可以，但我不想伤害你的感情。"

"这跟伤不伤害我的感情有什么关系？"

"你以为双胞胎死了，查看她们'尸体'时的神情我还记忆犹新。她们是对你很重要的人，矫正营里的先知都是。如果我再三使用那种伎俩，只会让你陷入无尽的自责。当然，也可能激起你的反抗，与我终止合作。"

当初得知双胞胎死讯的感觉就像五雷轰顶。我在萨克森豪森见过先知被处决后的尸体，也听说过他们如何把多余的囚犯拖到壕沟里射杀，

未然的历史

但都不如两具在我的管辖下死去的先知尸体让我体会深切。"所以从那时候起，你就开始筹划协助先知越狱了？"我问。

"我什么都没策划。我只是照先知们的预言去做。如果让我做主，用不着一直等到现在。但诺瓦克和他的朋友坚称昨晚才是正确的日子，所以我们才选在那时候行动。我倒是想问问你，是什么让你起了疑心？"

我昨晚在实验室里巡视时就发现了破绽。"弹孔。"我回答。每天在靶场上检查弹孔，让我对此有着异乎寻常的敏感，绝不会错过。"实验室里没出现弹孔，说明主管的手枪里装的不是真正的子弹，而是空包弹之类的。先知没有预想周全。"

"是吗？"她反问我，"也许是故意留了只有你能发现的破绽，让你有理由接受我的邀请来到这里。"

我无法反驳。如果这个说法成立，如果先知考虑到了每一个细节，是否意味着……"那你带红酒来找我聊天呢？也是他们预见的吗？"我当真以为是米娅有跟我私下独处的想法。我甚至把卡琳所说的"一个女人"当成了她。

"不，那是我的意思。我想让你远离现场，一来确保越狱顺利进行；二来，如果上面调查起来，不会怀疑你参与其中。还有三……"她低下头，把鬓边的发梢撩到耳后，"我一直想找个机会跟你单独聊聊，增进一点了解。"

这么说，卡琳是对的。她没能看清面孔的女人就是米娅。但到底是我的命运注定会跟米娅交汇到一起，还是因为卡琳的话在我心底种下了蠢蠢欲动的种子，驱使我走近她？一时间，我感到因与果纠缠不清，因果关系愈发模糊。预言与现实如衔尾蛇一般连成了一个环，将我和米娅圈在环中央。

"我也一样，"我说，"好在我们还有机会了解彼此。"我想捕捉米娅的目光，但她发现我这么做之后就极力地避开。她面颊绯红，我脸上也热辣辣的。房间里的氛围完成了从神秘到紧张、到悲恸、到释然、再到暧昧的转变。

"真希望我们不是在这样的局面、以这样的身份相识，"米娅皱着眉头，显出一丝无奈，"说不定我们真能成为朋友。"

"现在也可以。也许不止成为朋友。"我悄然试探，手指如履薄冰地沿着桌面滑向她的手背，活像一只害怕猎物逃走的捕食者。

猎物逃走了。她站起来，捋了捋毛衣下摆，"已经很晚了，平常这个时候你已经回家了吧？"她转过身，背对着我，把书桌上的白纸摞整齐，又来回推了几下打字机的换行手柄，"有人在家里等你？"

原来她在担心这个。我从未向她提起，也从未向任何人提起，以至于我不知道该如何坦白。"是我的……"我也站了起来，思索着要如何介绍卡琳，最后说，"侄女。她父母很早就去世了，一直住在我家。"

她停下了手上漫无目的的动作，扭过头，"噢？"她有些惊讶，转过身靠在书桌边，手指反扣桌沿，"我以为……我不知道是……"她用手挡着脸苦笑，"对不起，我不该随便问你。"

"没关系。我一直没机会向你提起她。不过你说得对，我该回去了。我怕她一个人在家里太孤单。"米娅的误解是我们还不够了解彼此的表现，也许现在时机还不够成熟。我们已经聊了很多，最好先好好消化一下，而不是继续在这个话题上兜圈子。顺其自然，来日方长。

"当然。"米娅迈着优雅的步子走到我面前，替我扣好前襟豁开的扣子，"也许哪天我可以见见你的侄女。"

我笑而不语。虽然米娅甘冒巨大的风险救助先知，但我不确定她能接受我一直收养着一个先知女孩的事实。我只是微笑着对她说："明天见，米娅。"

"明天见，卡尔。"她的笑容如此迷人。

十三

出乎我的意料，格吕克斯并没有因为越狱事件而治罪于我，只是责令我对矫正营进行整改，下不为例。萨克森豪森也有不少越狱事件，他可能对此见怪不怪了。鲍尔也没有拿这件事做文章，他知道自己难辞其咎。

越狱事件给我带来的最大影响，就是我和米娅的关系与之前变得不同了。不单单是公务的合作更加默契，私下的交流也变得更频繁。她经常在下班时间到我的办公室做客，有时候带来葡萄酒，有时候则是她亲手制作的点心。我们每次都相谈甚欢，从珍馐美味聊到天文地理再到人文历史，一来二去，说到了她的身世。

米娅出生在伍珀塔尔，她的父亲在那里的拜耳实验室工作。他更偏爱米娅的弟弟，一直想将他培养成自己的接班人，继承他在拜耳公司——后来是法本公司——的事业。至于米娅，他觉得找个好人家，把她嫁出去就满足了。

米娅的母亲则不同，她总是站在米娅的立场上为她着想。在母亲的支持和引荐下，她进入波恩大学学习，随后——同样在她母亲的支持下——她加入了法本公司，起初在勒沃库森，后来被调往法兰克福总部。两年前，她被派到柏林，担任公司与萨克森豪森集中营之间的协调人之一，负责公司在集中营内的运作。

"为什么是先知？"一天晚上，我把她送回西格德旅店，在只有我俩的地下室房间里问她。

"什么？"她不解地问。

"集中营里有那么多囚犯，为什么你偏偏帮助先知？"

我为先知所做的一切都是因为卡琳。当你有一个亲近的人是先知时，很难对他们在国社党治下遭受的苦难熟视无睹。党卫军对其他先知的每一次虐待、每一次戕害仿佛都发生在卡琳身上，我害怕有朝一日这成为现实，我必须尽我所能避免它发生。米娅呢？她又是出于什么样的动机对先知情有独钟？

"因为我……"她咬着嘴唇停顿了一下，改口道，"因为一位先知对我有恩，我却没什么能报答她的。"

"那他一定给了你莫大的恩惠，让你愿意赌上自己的人生。"卡琳给了我欢乐，也带给我成就感，还让我体会到这个残酷世界里的美好。我愿意为她赌。

"我当然愿意。我不后悔。"米娅说得很坚决。我想那个人对她的意义，有如卡琳对我。她在我胸口轻拍了两下，"不过，大义凛然的话说归说，事情还是得办。别忘了明早。"

"忘不了。你只管安排好你那头，剩下的交给我。"我们用一个短暂的拥抱告别。

我刚走上通往大厅的楼梯，楼上的栅栏门就打开了。白发老者站在门口静候着，似乎总能预料到我的行踪。他引我走到旅店大门，扶着门等我离开。

临行前，我回头打量他。我知道该观察哪里。卡琳还小的时候，每次带她出门，我都要时刻注意她的假发，担心露出破绽。即便是发套和头皮结合处最细微的差别也逃不过我的眼睛——白发老者是个先知。

米娅说过他们人数不少，老人只是众多隐于市井的先知之一。那么多先知，即便他们的初衷只是救出自己的同胞，但造成的影响已远非如此。他们就像铺展在城市里的一张暗网，每次营救都在拽动这张网，拉扯着与之有关的每个人，潜移默化地影响着整个社会的发展轨迹。我只是那张网上的一粒微尘。

第二天，一切照计划进行。两名因药物反应"身亡"的先知从实验室里被抬出来，我检查"尸体"后，允许米娅将他们带回法本做解剖研究。鲍尔没有像上次看见实验品丧命之后那样喜形于色。他在一旁远远地观察我和米娅交涉，那深邃的眼神告诉我，他力图在蛛丝马迹中寻找能将我拉下马的证据。我谨小慎微地督促研究员把"尸体"送上车，一直跟在卡车旁边，把它送出矫正营大门，不给鲍尔接近的机会。

我回到营区时，他还站在空地上，用傲慢的眼神注视着我，像是在说"我逮到你了"。他在诈我，在逼我做出反应、露出马脚。我不动声色地从他面前走过，当作无事发生。

办公室里，戈德的电报在等着我。他激动地告知，邓尼茨上将应允了他实行大先知计划的想法，特此调动了一艘潜艇供先知进行训练使用。他让我寄送一份完整的计划书给他，好办理书面手续。我早已将写就的计划书打印装订好，等的就是戈德这句话。

与此同时，我还给格吕克斯寄去一份，待他批复。他批准成立矫正营时，只是冠冕堂皇地将之称为"决定战局的关键"。如今，我真的找到了打造终极武器、决定战局的办法，他一定不会拒之门外。可以说从现在开始，我的大先知计划和英国人的时间机器正式开始了竞逐，谁先成功便能在战场上占据无可争议的优势。

我开始遴选大先知计划的正式名单，包括替补人选，这将动用矫正营里将近一半数量的先知。他们除了预知能力要强，还要有不错的学习能力和团队合作能力。他们要去到一个全新的环境中，适应潜艇里逼仄的空间和压抑的氛围，同时还要学会如何互相交流，呈现出广袤的大西洋上最真实、准确的未来景象，并据此投票决出狼群中每一艘潜艇当下最恰当的操作指令。

潜艇会在先知预见的适当时间——以避开敌人的高频测向——将他们得出的指令通过无线电发回潜艇舰队指挥部，指挥部再将指令逐一分发到对应的潜艇上。这样，即使狼群的个体之间相隔上百海里的距离，也能在先知的统一指挥下步调一致地包围、攻击、撤离。

选定名单后，我召集先知们在训练场集合，亲自向他们公布这件事。鲍尔作为副指挥官站在我旁边，极不信任地审视着我的一言一行。五十多个先知列队站在我面前，戴着头箍，警觉地看着我、鲍尔和我们周围持枪的卫兵。

"也许你们当中已经有人在训练时预见到了，"我对他们说，"我们营区近期在跟海军合作，他们的潜艇上需要一些像你们这样的人手。"先知们左顾右盼，在用眼神传递着不解和不安。我举起手中的名单，"我已经罗列了一些名字，是我认为合适的人选。这些人将作为一个团体登上潜艇，前往大西洋中央，预测海洋上的状况。这就是我想说的，有什么疑问吗？"当然没有先知提出疑议。"接下来我念到名字的人，从明天开始，将加入特殊的团体训练项目。"我从先知队伍中踱步走过，每路过一个选中的人便念出他的名字。我可以透过他们的眼神看穿他们的心思。我必须确定他们内心没有抗拒，否则大先知无法凝聚成一个牢固的整体。

"长官……"我从长老身边走过时，他叫住了我，引来其他先知的侧目和卫兵们的警惕。

我让卫兵先放下枪，"有什么事吗？"

"我猜你的名单上应该没有我，但我觉得我应该参与进来。"他向我迈过一步说。

他驼着背，说话气喘，眼神涣散、没有焦点。这样的身体状况不符合我的标准，但他的能力远在我的标准之上。"是你觉得，还是你确信？"我问。

他没有正面回答，只是说："当然，最后的决定权在您。"他说完退了回去，把问题留给了我。

我没有立刻做出决定，而是从男先知队伍走到女先知这边，继续点完名单上的名字。我注意到吉塞拉跃跃欲试，一直在偷瞄我。名单上没有她。不知道是不是长老的行为给了她勇气，我刚念完名单，她就径直跑到我跟前，吓得卫兵拉动枪栓。

"选我，选我吧。我想去……"她拽着我的手，指甲扣进我的皮肤里，"我要离开……"

鲍尔提着手枪冲上来，一把将她从我跟前推开，"退后！这么大的事情，岂是你能随便掺和的！"

吉塞拉跟长老不一样。无论从健康状况还是能力上看，她都不合适。她形容枯槁，皮肤下骨头的轮廓异常明显，还有鲍尔在她锁骨上留下的伤疤。她看着鲍尔高举的手枪，抱住脑袋，浑身哆嗦。

我拦住了鲍尔挥向吉塞拉头顶的枪托。"行了。带他们回营房吧。"我解散了先知队伍。吉塞拉随队返回营房的路上，不停地回头，用饱含复杂情感的双眼看我。我让她失望了，但我不能因为怜悯之情而破坏大先知计划的可靠性。

如我所料，没过几天格吕克斯就批准了大先知计划，向我强调"将大先知计划列为矫正营的第一要务""尽快让大先知参与实战"以及"不要让潜艇舰队独占功劳"。隔天一大早，从萨克森豪森来的卡车就停在了矫正营门口，等着把先知们运往潜艇基地。

我在最后时刻把长老加入了名单，作为随行的替补人员。虽然他年事已高，但他曾提供给我的真知灼见和其他先知对他的心悦诚服，让他在大先知中具有举足轻重的地位，是其他先知的安慰剂，也是我的定心丸。

然而，鲍尔敦促卫兵们把戴着全副铐具的先知从营内押解出来送上卡车时，我竟然打起了退堂鼓。我真的应该把他们送到脱离我掌控的地方吗？他们在潜艇舰队会遭受何等不公的待遇？他们会不会随潜艇一起永远葬在大西洋海底？有那么一瞬间，我想冲上去叫停，中止我凭空想象出来的大先知计划。

好在米娅出现了。她观望着排队登上卡车的先知，走到我身边。"你要把他们送去哪儿？"

"送去他们能够发挥作用的地方。"我不曾主动向米娅透露大先知计划，但她在矫正营里可能有所耳闻。我此刻真的很需要她的建议。我歪了歪头，示意她跟我走到道路对面的小树林里。

"这又是怎么了？"她跟在我身旁，疑惑地问。

确定没人能听见我们说话后，我说："我不确定这么做对不对。我不能向你透露细节，但他们是去奔赴战场。我最早派去苏联的那批先知全都失去了联系，我害怕他们也……"

"这是你的工作，也是矫正营建立的目的。"

"我最初就是这么想的，但真到了这时候，却觉得我不该把他们派到战场上送死。"以往每次派出两三个先知时，这种感觉并没有这么强烈，但我可能正一口气将二十多个先知送上不归路。

"卡尔，"米娅轻抚我的臂膀，"别责怪自己。我们正在做的事情，必须要有你的工作做掩护。如果矫正营隔几天就死几个先知，却一直没有收获任何成果的话，随时可能被裁撤。'赫尔森'从一开始就是个骗局，不可能有成果，所以只有靠你选中的这批先知了，明白吗？"

"我明白。只是……这感觉不好受。"即使在接受米娅开导后罪恶感略微消减，我却仍然感觉如鲠在喉。

"你没法一次把他们全都救出来。"她靠近我，脚尖抵进我两脚之间，胸口贴在我身前，"慢慢来，别着急。"

我僵在原地，一动也不敢动。"米娅，你在做什么？"

"有人在看。"她说。

站在卡车旁的鲍尔并没有专注在押解先知的工作上。他装作踱步，从卡车旁走开，不时透过树干和枝丫间的缝隙朝这边窥探。

"靠近我。"米娅唇齿间的气息从我脖间扫过。

"鲍尔会起疑的。"我心跳加速，但还是微低下头，慢慢向她的脸庞靠近。

"那就给他个起疑的理由。"她闭上眼睛，一把抓住我衣领，把我的唇拽到她的唇上。

那一刻我停止了思考，也停止了忐忑。跟米娅紧贴的双唇和纠缠的舌尖上，那种温暖又湿滑的感觉占据了我的感官，很久很久。等我们松开彼此时，先知已经全部登上了卡车，鲍尔双手背在身后，背对着我们。

米娅留下一个迷人的微笑，迈着轻盈的步伐返回矫正营里。她不忘对鲍尔挤眉弄眼，搞得他无所适从，略显尴尬。过了一会儿，我才慢悠悠地走回去。鲍尔见了我，露出不怀好意的笑容，一定暗自在心里对我评头论足。

他不只起疑了，还相信了：我跟米娅有非同一般的关系，超越合作伙伴的关系。要是他能一直这么想，就最好不过的了。

我清点了先知数目，确认每个人的身份，签署了移交文件。卡车载着他们离开矫正营，前往国内最大的潜艇基地、毗邻波罗的海的基尔港。我将在今天晚些时候动身前往，去跟戈德完成大先知的交接工作。他们接下来一个月时间将在港口完成实地训练，在波罗的海进行模拟演习。一旦帝国需要，随时可以将他们派往大西洋战场。在那里等待他们的是汪洋、战争和未知的命运。

十四

　　我离开柏林这段时间，最放心不下的就是卡琳。她反复向我保证，让我一万个放心，她不会暴露身份，也不会惹是生非。无非就是跟平常一样到餐厅里端端盘子收收钱，上班下班，两点一线，没什么她应付不了的。快要 16 岁的她，身材和气质都开始散发出遮掩不住的成熟，早就是个可以照顾好自己的大人了。我想是我多虑了。

　　另一个我要郑重告别的人是米娅。虽然我只去短短几天，但早上那个悬而未决的吻，到底对我们来说意味着什么？这让我心绪不宁了一整天，我不想被它继续困扰下去。

　　"只是为了演给鲍尔看吗？"我问她。车子在不远处等我。我和米娅走到矫正营外的围墙拐角处，远离司机和卫兵。

　　"你觉得不是吗？"她看着我的眼睛，表情淡然，看不出任何倾向。她不是在否定，不是在反问，而是在试探。

　　"我希望不是。"

　　"我也希望不是。"

　　得到了肯定的答复，我感到片刻释然，但转瞬之后，一股汹涌的热流沿着脊髓灌入我脑中。我将她推到墙角后，彻底离开司机和卫兵的视线，把她抵在墙上，狠狠地朝她红润的双唇吻了上去。她迎合我，双臂缠在我脖子上，把我搂得更紧。

　　这是我此生中，最疯狂的时刻。直到轿车离开柏林地区，我还回味着她留在我唇齿间的余香。

基尔港是潜艇舰队第五中队的基地，也是帝国重要的潜艇建造中心，远远就能看见横亘在海边、敦实厚重的巨大建筑——潜艇碉堡。碉堡近 5 米厚的混凝土顶棚保护停泊其中的潜艇不受皇家空军的轰炸。大先知的训练舰艇就停泊在碉堡中的一个泊位上。

我每天到潜艇上与先知们会合。先前为潜艇舰队立过功劳的四名先知，包括霍罗威茨和罗特，也加入了他们。

我和舰长沟通，确认先知们在狭小的空间里休息和工作时所待的位置，并指导他们如何在这样的环境里进行交流、投票决策并将结果传达给船员。我也指导船员如何给先知们取戴头箍，平时和战时应该分别把先知们铐在什么地方，以及如何跟他们有效地沟通。我让大先知做了一些对进出港船只、天气变化和船员言行的预言，准确率让我满意。

先知和船员之间磨合很顺利。待舰长学会如何掌控大先知后，我就要返回柏林了。我跟先知们一起走下潜艇，他们要被带回基地里专门为他们腾出的、戒备森严的营房。

走在队伍最后的长老，扭头看了我一眼。他脸上挂着慈祥的笑容，向我微微颔首，像是对我的赞许。我不知道他在赞许什么，让先知们挤在潜艇里吗？经历过太多次尝试理解先知想法的失败，我没有细想下去，也没有把它放在心上。我归心似箭，射向 300 公里外的米娅。

回到矫正营的第一晚，我就去见了米娅。第二天则是在西格德旅店。不用担心有人搅扰，我们更加肆无忌惮，要把分开这几天被压抑的感情释放，把我们错过彼此十几年的遗憾弥补。

"卡尔。"归于平静后，她依偎在我的臂弯里，呼唤我的名字。

"嗯？"

"你说战争会结束吗？"

"当然会。"

"我们会输的，对吧？"

报纸和广播里每天都在宣扬帝国的征服和胜利，我却越来越不相信。不过，我不想为此搅扰了此刻的浓情蜜意。"是输是赢会影响我们的关系吗？"

"我不是这个意思。"她向我挪了挪身子，脸颊紧贴在我肩头，"你一定听说过英国人在建造时间机器吧？"

"听说过。"但直到现在，安保部还没有头绪。有人开始质疑那只不过是英国佬虚张声势的宣传攻势罢了。

"英国人想要回到过去，改变历史。我理解得没错吧？"

"没错。"

"如果，我是说如果，他们成功了，我们会怎么样？"她把我的手臂抱得更紧了，手指牢牢扣在我手腕上，"如果一切都改变了，我们还会相遇吗？我们还会记得彼此吗？我们还会像现在这样在一起吗？"

"我……不知道。"我回答，"我只知道，我从没像现在这样快乐。如果我们会忘记彼此，就更要珍惜眼下的美好。"

"既然如此，"她从我怀里坐起来，转过头匍匐在我胸前，"正好圣诞节快到了，我们一起度过的第一个圣诞节，你有什么想法吗？"

这些年，我对圣诞节越来越没有想法。不外乎一起装饰圣诞树，将它挂满涂着黑色万字符和双闪电标志的坠饰，再把党徽插上树尖；买一盒做成坦克和战斗机样子的糖果当作礼物，拜托由天神奥丁化身而成的圣诞老人送给对方；手牵手走进教堂，在平安夜来临时一起咏唱：平安夜，圣善夜，万暗中，光华射；唯有总理在昼警夕惕，为祖国未来遮风挡雨……

不，这不是我熟知的圣诞节。

"你有想法吗？"我反问她。

"我们共进晚餐吧。"她说。真是个朴实的建议。她又补充道："在

未然的历史

你家里。我一直想见见你侄女。"真是个刁钻的建议。

我突然愣了神，从没想过她会提起这茬。

"怎么了？"她犀利的眼神仿佛刺探到我的内心，"不好吗？"

"不，很好。只是她有些怕生……我不是说你算生人，但我总得提前跟她透透风，免得她到时候失态。"我目光闪烁，就是不肯看着米娅的脸。我无法克制自己心虚的表现。

"很好。"米娅会心一笑，翻身下床，穿起衣服，"我已经开始期待了。不过明天一早还有活儿要干，我去准备给先知的衣服和证件，你……"她绕过床尾走到我身边，轻吻在我额头上，"早点回去给侄女透风吧。"

次日，又有两具先知的"尸体"被移交给法本。

圣诞节前这段时间，我又去了几趟基尔，协调大先知和潜艇舰队事宜。每次回到柏林，我都迫不及待与米娅沉浸在二人世界中。短暂的别离让我们更加亲密，也让我对这段感情更加坚定。这期间，我们又将两个先知通过实验室送出矫正营。但还有一件事一直被我拖延，直到平安夜前一天，我才逼迫自己去办。

"卡琳。"我把她叫到餐桌旁，郑重其事地对她说，"关于明天的安排……"

"没关系。"她没等我说出口，便抢先说，"如果你不能陪我，我也不会怪你。值得你陪伴度过圣诞节的人，一定对你很重要。我为你高兴。"

虽然她误解了我的意思，但这番话透露出的成熟大度让我暗自感叹，卡琳真的长大了。我向她解释："我还是会陪你过平安夜……"

"老舒，不必这样，我是真心……"

"我也会陪着她。我们三个一起过。"

她听完突然安静了。"真的吗？"她脸上露出难以置信的表情。

"当然是真的。我和她已经达成共识了。"

几秒钟的沉寂后，她兴奋得跳了起来，蹦到我面前给了我一个结结实实的拥抱。"太好了！我早就想见见能把老舒迷得神魂颠倒的女人到底长什么样子了！"

这是我记忆中卡琳最开心的时刻。自从我收养了她，除了我和我母亲之外，她从未跟任何人有过稳定的人际关系，她的处境——先知的处境——不允许。我母亲离世之后，除了跟我在一起的时候，陪伴她的只有孤独。米娅的出现让她的生活出现了转机。一个新朋友，一个可以对之敞开心扉的人，一个值得信赖的人。她一定对此期待已久，难怪她头一次向我暗示"一个女人"的时候那么兴奋。

只是，我还不太确定米娅能不能接受卡琳。她同情先知，并不意味她能像我一样把卡琳当作亲人看待，况且我在这件事上对她一直隐瞒。我握着卡琳的手，让她冷静一下。"但是你要完整着装。"这是我对"戴上假发"的委婉说法，"我还没有完全对她坦白。"

"那你是怎么介绍我的？"她嘟着小嘴问。

"侄女。我说你是我侄女。我想等她认识你之后，再慢慢来。"

我怕她抗拒我这样的做法，她却扑哧笑出声来。"考虑很周全，舒尔茨'叔叔'。我要先去挑衣服了，明天要好好打扮一下，不能掉了叔叔的面子。"她哼着歌蹦回卧室，把衣柜里所有的衣服扔到床上，一件一件换上身，跑出来寻求我的建议。她折腾了一个晚上。

第二天白天，我坐立难安，不知道米娅跟卡琳能不能合得来，又害怕我哪里做得不好，让场面陷入尴尬。直到平安夜的夜色初显，米娅挽着我的手走进我家所在的公寓楼时，我才稍微安下心来。

"我家平时很少有人来。如果卡琳有什么失礼的地方，还得请你包涵。"我们并排挤在狭窄的楼道里往上走。

"有你这样的监护人，她肯定是个乖巧的女孩。"米娅打趣说。

　　　　　　　　　　　　　　　　未然的历史

"她可能有点儿……古怪，有些表现会很夸张。"我怕卡琳欣喜若狂的样子吓到米娅，先给她打个预防针。

"你这么说，我倒更好奇了。"

"到了。"我站在门口，敲响家门。米娅屏住呼吸，手指捏住我的臂膀，等待着与卡琳相见的时刻。

无人应门。我又敲了一次，"卡琳，是我们。快开门。"还是没人。我无奈地掏出钥匙，"这孩子。"

推门进屋，里面的光线暗淡。我打开灯，客厅里空无一人。"卡琳！"我喊道。屋里安静得出奇，米娅拘谨地站在门口，不知如何是好。

我推开卡琳的卧室门，没人。我的卧室里也没人。我找遍了屋里的每一个房间，包括厨房和厕所，甚至可笑地连一个柜子都没放过。我在沙发上发现了我送给卡琳的护身符，挂绳是被生生扯断的。我意识到大事不好，惊慌失措地回到玄关，用涣散的目光看着米娅说："卡琳不见了。"

十五

陪我度过平安夜的只有米娅。她竭尽所能安慰我，却没能缓解我哪怕一丁点儿悲伤。起初，她不停告诉我："她肯定是自己跑出去玩了。平安夜，外面好玩的很多。她玩累了就会回来了。"快到午夜时，她又说："如果她迷路了，或者遇到什么麻烦，会去找警察的。警察会把她送回来。"等到天色渐亮，她问我："你确定她没有交男朋友吗？会不会跟谁在外面过夜了？"

这都解释不了为什么卡琳会丢下护身符。

我等了卡琳一整晚，米娅也陪了我一整晚。我还是没有一点儿头绪。看家里的情况，她不像是被人强迫从这儿带走的。或许是出于她的自愿，是她想要离开，想要不辞而别？

我看了看表，该回矫正营了。可是我哪有心情工作？卡琳失踪了，我哪还顾得上那些先知……先知。我转向米娅，双手紧攥她双肩。她惊恐地看着我，不明就里。"卡尔？你吓到我了。"

"你认识很多先知，对吧？"我急切地问。

"算是吧。"她回答得不太肯定。

"他们可以让人从柏林城消失，也可以在柏林城找到卡琳。"只要任何一个先知将来跟卡琳有交集，就能预知她将出现的地方。虽然这无异于大海捞针，但卡琳作为先知，去向她的同胞寻求帮助也不是没有可能。

米娅面露难色，"我很想帮你，但我不是他们的长官，不能给他们下命令。"

我近乎歇斯底里，扯着她的衣服，大声喊道："你帮了他们这么多忙，救了这么多的……"我意识到自己的危险行为，把嗓门压低下来，"这么多先知，他们总该还你个人情吧？这是他们欠你的，也欠我的！"

"没你想的那么简单。"她握住我的手，抚摩我的手背，"他们是个严密的组织。我根本没有见过他们，除了其中一个。他是我跟组织的联络人，组织通过他向我下达任务，安排接送先知。"

"那就去找他，让他向组织转告。"

"你还没明白，"她一边摇头一边说，"只能他来找我，而不是我去找他。就算我求他帮这个忙，他也无能为力。因为先知的组织只会按照预言行事。如果他们预见了会帮我们寻找米娅，自然会出手相助；如果没有，就说明这不在预言中。"

"但如果他们预见的，是我们向他们求援后，他们才肯帮助我们呢？"因果之间莫测的关系再次浮现。我自己也不确定这样的逻辑站不站得住脚。

米娅陷入了深思，徒劳地想要厘清思绪。她很快就放弃了，选择暂且听信我的诡辩。"我可以试一试，但不保证结果。"她站起来，准备动身。

"我跟你一起去。"我紧跟她身后，走到门口。

她转身靠在门上，手心按在我胸口，"不，你不能去。你要回矫正营，装作什么都没发生过。我们不能在这个节骨眼上露了马脚，否则得不偿失。卡琳的事交给我，无论如何我都会找到她。"她说完卸下严肃的神情，恢复了往日的温柔，踮起脚给了我一个轻柔的吻。"晚上到旅店找我。"

她离开了，也从实验室缺席了一天。

这段时间卫兵们轮流休假，加上很多先知被调到了潜艇部队，矫正营里冷清了许多。我让鲍尔代为打理营里的事务，把自己关在办公室里，免得他察觉到我心神不宁。鲍尔倒是兴致高涨，对手下呼来唤去，又是训话，又是操练，本来清闲的假期被他搞得如临大敌。我现在没闲心管他，只想着一下班就直奔旅店。

前台的白发老者照例在我踏上门阶的一刻，就为我拉开大门。我们下到地下室，走进尽头的房间。米娅眼中布满血丝，一脸憔悴。她对老者点了点头。这一次，老者没有退出房间，而是从里面关上门，加入了我们。

"卡尔，这就是我的联络人。"米娅介绍道，"你可以叫他可拉。"

我早该知道。他一直在旅店里扮演接待员的角色，静静地看我一次次走进走出，却从未警告过我卡琳将会失踪，甚至连一点儿暗示都没有。

我们三个坐在方桌边。可拉取下圆框眼镜，直视着我。他眼睛细小却深不可测，仿佛已经洞穿了我未来的一切。他翕动着尖翘的下颌，像是在默念着什么。我看向米娅，她示意我别着急。

"舒尔茨先生，"可拉终于开口，"你对我、对先知群体来说，都是一个至关重要的人。无论你遇到了什么样的困难，我们都愿意尽心竭力地帮助你。但我们的帮助，并不是像你想的那样，预测一个女孩会出现的地点，到时候去把她接回来就行了。"

"那你们要怎么帮我？"我急不可耐地问。

"顺其自然。"

我一拍桌子，跳了起来："这算什么帮忙？要这样，根本用不着你们，我自己就行。"

"卡尔。"米娅让我收敛一下态度。我重新坐下。

可拉不紧不慢地继续说："我所谓的顺其自然，是我会把我预见的

未然的历史

告诉你，至于你听了会怎么做，我不会干预。"

"那就快告诉我。"总比什么都没有好。

"你会在两周后的一天，把女孩送进先知矫正营。"

我又看向米娅。这是恶作剧吗？我怎么会做出这种事？这个老头子老糊涂了吧？然而，米娅丧气地低着头，像是接受了这个事实并为此感到悲哀。现在她知道卡琳是个先知了。

"你怎么知道？"我质问可拉，"凭你一个先知的力量，只能预见发生在你身边的事情，你不可能看到那么远。你在骗我。"

"我看不到那么远，但我能看见拿在自己手里的'未来之书'。"

"那是什么？"

米娅向我解释："是组织定期向先知们派发的一份日志，记录了近期发生的重要事件，阅后即焚。这样，先知们只要预知未来某一天自己阅读未来之书的情景，就知道将要发生什么大事。他们通过这样的方式把信息传递到过去。"

"那为什么会记录这样的事？"

"说明这件事对他们来说很重要。"她转向可拉，"你先上去吧，我会向卡尔解释的。"

可拉戴上眼镜，恢复慈眉善目的模样。"先生。女士。"他向我们告辞后离开，留下饱受震惊的我和满面愁容的米娅。

"你没跟我提起过，她是个先知。"米娅的声音轻细，像是害怕伤害到现在正脆弱的我。

"我打算晚一点儿再告诉你。我怕你一时接受不了。"

她默默点头。"这么说她不是你的侄女咯？"

"我在 10 年前收养了她。那时候，她的父亲刚刚在我眼前死去。"

她叹了口气，勉强挤出一丝笑意。"你是个善良的人。你的善良，让你无法接受自己会做出恶毒的事来。"

"你相信他的话吗？"我问她。

"我相信。"

"那你也相信我会把卡琳送进矫正营？"

米娅默不作声。

"这太荒唐了。"我惨笑着说。

"你有没有想过卡琳到底为什么离开？"她似乎已经笃定卡琳是自己走的，而我是逼迫她离家出走的元凶。

"你觉得是她预见到我会把她送进矫正营而逃走的？"这样的动机说得通，但先决条件根本就不成立。"我绝对、绝对不会那么做。告诉你，等我找到她，我会把她带到这儿来，让可拉把她送走，离开柏林，离开德国，离矫正营越远越好。"

"有时候，你要做的并不是你想做的事，而是你必须做的事。"她抚摩我的手背，想要给我慰藉，"静下心来好好思考一下，还有什么可能性，这中间会不会有什么误会。我在柏林还有些关系，我发誓一定会找到卡琳。"

1942 年的最后几天，我在恍然若失中度过。离可拉宣称的日子还有一周，依旧没有卡琳的消息。我仍然坚信我会把卡琳从柏林送走，绝无可能在接下来几天改变主意。

米娅很少出现在矫正营。她在柏林城内奔走，想尽一切办法打探卡琳的消息。我们偶尔会在旅店见面，分享这一天没有任何进展的经历。一直不停安慰我的她也渐渐词穷，开始只用眼神或是肢体接触来缓解我的焦虑。

新年的头一个月对帝国来说是个重要的月份，因为 1 月 30 日是国社党当权 10 周年纪念日。斯大林格勒战事的消息越来越少，庆祝活动的通告越来越多。整座城市、整个帝国开始为为期三天的盛大活动动员起来。街头巷尾张灯结彩，挂起旗帜和横幅，广播不断播放激昂的军歌和进行曲，报纸不吝溢美之词盛赞帝国的成就和元首的功绩。

我草草扫了几眼分发到我办公桌上的庆祝活动安排和注意事项，就将它丢到一旁。传单下面是戈德拍来的电报，告知我大先知准备在本月中旬出海，问我是否还有什么要交代，有没有空再去一趟基尔。已经没什么我能做的了，祝你好运吧，上校。

现在紧要的，只有卡琳。没了她，我也失去了每天回家的理由。大部分晚上我都在办公室的隔间里过夜。我在坚硬的床板上辗转反侧，手里拿着卡琳丢弃的护身符端详，希望先知之眼能给我一点启示。难道我把它给错人了？我不应该把它交给卡琳？那到底要给谁才正确呢？我在迷糊的思绪中睡去，梦里全是衔尾蛇的身影，它绕在我身上，把我勒到无法呼吸，我便又惊醒过来。我没有一天睡得踏实。

离可拉预言的日子，只剩最后一天。

汽车发动机的声音一路轰鸣进入营区。我急忙贴到窗边查看，是米娅。我匆忙赶到楼下，她正好从外面走进办公楼。我忙不迭地冲上去，握住她肩膀，这才意识到办公区的文员、卫兵和鲍尔上尉都在看着我们。我和米娅的暧昧关系已经不是什么秘密，但真正的秘密还不为人知。

我带米娅上楼，避开众人耳目，特别是鲍尔——他端着茶杯优哉游哉喝茶的样子让我心里没底。进了办公室，我锁门关窗，拉上窗帘。

"你有消息了？"没等气喘吁吁的米娅缓过气来，我劈头便问。

"卡琳……卡琳……"她激动得说不出话，把我手肘握得生疼，"她在……萨克森豪森！"

"什么？"她的话犹如晴天霹雳。我不敢想象的最坏情况成了现实。她只是个 16 岁的孩子，不该承受也承受不了集中营里非人的折磨。我在集中营里的所见所闻和米娅向我讲述的先知惨无人道的遭遇浮现在我脑海里，让我毛骨悚然。"你确定吗？"

"我去找了格吕克斯少将，告诉他实验进行得不顺利，需要调用更多先知。我特意问他，有没有年纪小一点儿的女孩，实验有特殊需要。他让指挥官查实之后告诉我，还真有一个，三天前刚送来，登记的名字叫卡琳·布劳。他同意了我的请求，但是得等这周结束，他们进行全面清点之后。"

　　还有 3 天。卡琳会被压垮的。"不行，等不了那么久。我亲自去找他。"

　　米娅拉住正要冲出门的我，"我还没说完。我用我的项链贿赂了他，让他明天就安排。"她摸着衣领间空荡荡的脖子说。让格吕克斯今天就交人并不现实，这是米娅所能做到的最好地步了。她却还在自责："都怪我，没有早点去那个我最不想去的地方，让她多受了两天苦……"

　　我一把把她揽入怀中，娇小的身躯对我来说却无比伟岸。"我不知道该怎么感谢你才好。"我又感动又欣喜，眼泪快止不住流下来。

　　米娅突然提醒我："卡尔，你知道这意味着什么吧？"

　　我如梦初醒。现在，卡琳是记录在案的先知、集中营的囚犯，我不可能直接把她从萨克森豪森接回家去。这意味着，我要把卡琳送进矫正营。可拉的预言分毫不差。"我明白。我会把她带到这儿来，然后再想办法。"只要把她接到矫正营的地界上，我和米娅就有办法把她弄出去——大不了让她在实验室里假死一次。

　　在我心口悬了半个月的大石头总算落了地，我浑身瘫软地倒进沙发里。"谢天谢地。"

　　米娅见我如释重负，也放松下来，坐到我膝盖上，靠在我身前。"答应我，别再对我有任何隐瞒了，好吗？"

　　"我答应你。"我在心中暗自发誓今后一定不会隐瞒她、背叛她、伤害她。我愿意用我的余生去报答她。

十六

我准备好移交卡琳的书面材料，再三确认一切无误，以免耽误时机。第二天，我早早地在萨克森豪森集中营门口等着，指挥官一到我便递上材料。十几分钟的时间对我来说犹如一个世纪一样漫长。

我盯着萨克森豪森厚重的黑色铁门上镂刻的几个字："劳动使人自由。"简直是个弥天大谎。它高悬在集中营大门上，是对囚犯们无情的羞辱和嘲讽。想到把这句话在集中营推广的始作俑者，我赫然意识到一个天大的讽刺：西奥多·艾克上将正是集中营体系的创始人之一；正是他治下集中营的暴行，促使我一手建立了先知矫正营；而正是先知矫正营派出的随军先知，让艾克免于葬身在德米扬斯克的苏军包围圈中。

无处不在的衔尾蛇，在不经意间作弄着我。

集中营的大门被两个卫兵推开，他们一左一右擒着卡琳的手臂把她押了出来。她戴着头箍，穿着脏兮兮的囚服，短短几天就消瘦了一圈。她走路一歪一倒，相当虚弱。要不是米娅及时找到她，她很快就会被当作废品送到灭绝营里处理掉。她看见我，暗淡的眼神里才亮起一丝光芒。

我克制住内心的激动，控制着脸部的每一块肌肉，不显露任何表情。我强迫自己把视线从她身上移开，看向当值的指挥官，向他确认手续并表示感谢，随后让我的卫兵接手卡琳。我们一路无话。离矫正营越近，我就越安心。营区围墙出现在视野里时，我感到浑身轻松。我看见米娅在门口徘徊，不知道她在这儿等了多久。

我下车向她走去，她对我笑脸相迎。这是她头一次见到卡琳，只是她们相见时的局面和身份都不那么理想，就跟我和米娅相遇时一样。

我站在米娅身边，看着卫兵把卡琳带进矫正营。卡琳也看见了米娅，她神色暗淡，动了动嘴唇，却说不出话。我得找个理由给先知们改善一下伙食，好让卡琳补充一下营养。迎接纪念日就是个不错的理由。

卡琳被卫兵架着走远，我转身看向米娅。她看上去心里很不好受。起初我以为是卡琳面黄肌瘦、身心俱疲的样子让她于心不忍，但她的难过很快转变成震惊。不是瞠目结舌那种震惊，而是魂飞魄散。我从没见过她如此失魂落魄，她一直以来的冷静和从容都荡然无存。

"米娅，你怎么了？"我问她。

"我……不太舒服。"她含糊地回答。

"是因为卡琳吗？她会没事的。"我轻轻抬起她的下巴，她却把头扭向别处，就是不看我，"我会让炊事班这几天在大锅汤里多加点蛋白质，她过几天就会恢复元气。你只要把她挑选为实验对象……"

我想帮她捋好散落在耳畔的发丝，却被她推开。"我要先回去了。"

"你可以在我办公室的隔间里休息一下。"我提议。

她根本没有理会，径直向实验室走去，叫了一名研究员开车载她离开。

"米娅，"轿车启动后，我跟在车窗外一路小跑，"你明天还会来吗？还是我去找你？有什么需要我帮忙的地方尽管开口。要是你明天……"轿车驶出了矫正营大门。她看都没看我一眼。

我想不通到底是什么突然刺激到了米娅。她的态度在见到卡琳那一刻发生了巨大的转变，问题一定出在卡琳身上。也许米娅曾经在哪儿见过她？或者从可拉那儿听说过关于她的预言？但也有可能是她认错人了，以我对卡琳的了解，她完全无害，不会做出什么让米娅魂不守舍的事情来。我最好等米娅从失神状态恢复过来后，亲自去问她。

下班后，我赶往西格德旅店，可拉说米娅今天没有到过那里，也不知道她平时住在什么地方。可笑的是，直至今日，我还不知道她的住所。我通过萨克森豪森联系到法本公司的代表处，工作人员好心地给了我员工宿舍的地址。我赶往宿舍，米娅的同事们好奇地看着我，惊讶于一个党卫军军官的出现，可惜她们也不知道米娅的下落。

刚刚找回卡琳，我又失去了米娅。如果她不想露面，凭我一个人的本事在茫茫人海中找到她根本不可能。我回到旅店向可拉求助，希望他能给我点启示，哪怕是未来之书上让人费解的言语。可拉告诉我："先生，恐怕这次我没法帮你。因为从今往后，米娅都不会来这儿了。"

我心灰意懒地回到矫正营。我不是眼光长远的人，但也没想到米娅闯入我的生活之后，又这么快就离开了我。我和她之间炽热的感情仿佛还在触手可及的昨天散发着余温。

我走进营区，先知营房外还亮着微弱的灯光。他们不是矫正营能力最强的先知，但他们聚在一起、成为"大先知"后的力量不容小觑。但这么大阵势的行动没法伪装成一次特殊的训练。这会将我的意图暴露给鲍尔，让他掌握我滥用权力的决定性证据。这值得吗？

我把这个想法搁置了一晚。第二天一早，实验室主管的先知调用申请就交到了我手里：卡琳·布劳。米娅离开前已经做好了交代。我吩咐卫兵把卡琳带到实验室，她的面色恢复了些许红润，脚步也有了力气。

研究员要用皮带把她捆在实验台上，我让他们稍等。我对主管说："我跟她有话要说。"主管心领神会，招呼几个研究员退了出去。

我把卡琳扶起来坐在实验台边上，她一下子扑进我怀里，抱住我，泣不成声。集中营里的几天经历不仅对她造成了身体上的伤害，还造成了难以磨灭的精神创伤，会像挥散不去的梦魇一样伴随她一生。我摸着她戴着头箍、白皙光洁的脑袋，不知该说什么好。

"求求你。"卡琳呜咽着说。

我在她面前蹲下，看着她迷离的泪眼，抚摸她稚嫩的脸庞："你在说什么？"

"求求你，不要离开我。"她哭得更大声了。好在训练场上敬业的鲍尔正带着卫兵喊口号操练。

"我当然不会离开你。"我曾想过把卡琳送离柏林，但那是因为我想证明自己不会把她送到矫正营。既然事情已经发生了，我没有理由再那么做。我只需要把她从这儿弄出去，让她回到阔别已久的家中。

"你说过不会抛弃我、离开我，会一直爱我的。"她不停地挥动拳头砸在我胸口，"都是骗人的，骗人的……"

"卡琳！"我抓住她挥舞的双手，"我没有骗你，这都是我的真心话。我爱你，也永远不会离开你……"

"骗人！"她怒吼道，"如果你爱我，你就不会离我而去！"

我担心她是不是情绪过于激动而思维混乱了，我明明就站在她面前啊。转瞬之后，我明白了，她使用了能力。

"卡琳，听着，"我的手指抚过她的脸，擦拭晶莹的泪花，"无论发生什么，我都不会离开你；无论你看到什么，都不会成真。"

"但我看到的未来不是这样。"

"你看到了什么？"

她擤了擤鼻涕，喘了几口气，稍微冷静一点，"我只是想看看平安夜那天晚上，我到底该怎么做，免得出丑，让你难堪，但我……没能控制住能力，看到了很久很久之后。我也不知道那到底是多久之后的未来，也不知道为什么会那样，但我能感受得到，我的未来里没有你。"

我想到一些可能将我们分开的不可抗拒的力量：战争、灾难、牢狱、伤病、死亡……经历过卡琳失踪一事之后，我更加坚信，先知的预言不会说谎。卡琳的言之凿凿让我感到恐惧。我恐惧的不是自己的命运，而是她将要经历的伤痛。

"不会发生的，我向你保证，不会发生的。"我的声音几不可闻，因为我知道，命运面前，我无能为力。这让此刻弥足珍贵。我把她搂得更紧，她也安静地倚靠着我。

她接着说："我想一定是因为你有了那个女人，就抛弃了我。所以我不想见到她，不想见到你们，就自己溜了出去……"

她在大半夜被警察发现独自在街上游荡。警察只是想例行询问，她却心虚地逃跑，但她哪里跑得过。在跟警察的撕扯中，她的假发被扯掉了。于是她在警察局的拘留室被关了几天后，被移交给了党卫军，几经辗转，最终被送到了萨克森豪森。

"答应我，别再干这种傻事了，好吗？"

"你要答应我，绝对不会离开我。"

"我答应你。"这是我说得最没有底气的一次。我甚至不敢看着她。"过几天我就把你从这儿送出去。你要先乖乖在这儿待着。这里条件不太好，但那些先知都是很好的人，卫兵也都听我的，不会为难你。再坚持几天，好吗？"

卡琳坚强地点头。

纷繁的思绪在我脑子里搅扰了一整天：先知和集中营、先知之眼和衔尾蛇、卡琳和米娅、过去和未来、起因和结果。杂乱的概念不停地碰撞，却总是找不到一个让它们完美契合在一起的模型。

那天我熬到很晚才在办公室的隔间里睡着，没过多久就被汽车发动机的噪声吵醒。我摸到窗边，天已大亮。我在惺忪的睡眼中，赫然看见了米娅。她跟实验室主管交代几句后，坐进了轿车。

我披上外套，以最快的速度冲下楼，跑到营区大门，挡在轿车跟前。司机见状急刹，只差几厘米就撞到我。我拉开车门坐到米娅旁边，她撇过头去看向窗外。

我命令司机："开车。"

司机面露难色，扭头看着米娅。米娅点头后，司机才把车开出矫正营。她一直没有正眼看我，也没吭声，紧靠着她那一侧的车门坐着。我们之间的距离足够再塞进一个人。

车子行了大约10分钟，来到一条夹在两片田野之间了无人烟的林荫道，我让司机停下。我问米娅："我们能谈谈吗？"米娅对司机使了个眼色。他下车走到十几米开外，点了根烟等待。

"你这两天到哪儿去了？也不跟我说一声？"我侧身坐着，看着她冷峻的侧脸。

她的神情回到了第一次来到矫正营时，要跟我"公事公办"时的样子。"我向上级汇报了实验结果，'赫尔森'目前尚不成熟，继续研究下去没有意义。实验室会在近期关闭，主管会负责善后。"

实验室本就是基于米娅申报的虚假研究项目建立起来，现在要关停它也只能是米娅的主意。"为什么？矫正营里还有那么多先知呢。"我问。

她不齿地笑着说："你不会指望我把他们全都救出来吧？"

"但为什么在这时候关掉实验室呢？我们本可以救出更多的。"

"因为……"她面带愠色，嘴唇颤抖，"因为我母亲，她病重了。"

"噢。"我为我的唐突感到困窘，"真是遗憾。我能帮什么忙吗？"

"用不着。"她冰冷地说。

"那你什么时候回来？"

"我不会回来了。我现在只想离开这里。离开矫正营，离开柏林，离开法本，离开……"她瞟了我一眼，又把话咽了回去，扭过头看向窗外凋零的树枝。

离开我。

我已经绞尽脑汁想了两天，都没想出她改变心意的原因。我没有放弃，倔强地坚守着，"等战争结束，我就去找你。不管你今后想在哪儿定居，我都愿意跟随你。"

"不，不要这样，求你了。"她的语气像是在哀求，"我们就此结束吧，这样对大家都好。"

我还是不甘心。"那我现在就回去申请退伍。你等我两天，我办妥后跟你一起去勒沃库森。"我说出这话完全是出于一时冲动，不切实际。党卫军的身份和矫正营的职责不是说甩就能甩开的。

"不，卡琳还需要你……需要你……"她说出口时咬紧了两腮，仿佛正在经历极度的痛楚，"需要你把她送上潜艇。"她说完长舒一口气，像是卸下了快要将她压垮的重担。她把手伸出窗外，招呼司机回来。

我却大惊失色。在大先知计划上，我一直对她三缄其口，不想把她牵扯进来。就算她看见海军军官出入矫正营，就算她从先知口中听见了风声，如此精确的断言仍然不可思议。卡琳跟这一切根本就没有关系……直到现在，直到米娅说出这句话。因与果的魔环套在我脖子上，衔尾蛇勒得我呼吸困难。

"是可拉告诉你的吗？"我问。司机踩熄了丢在地上的烟头，朝我们走来。

"不，不是他。"

"那是谁？"

"这重要吗？"

是谁说的不重要，重要的是："卡琳会怎么样？"

米娅苦笑起来。"她对你来说真的很重要，对吧？"

司机已经走到了车前，我没时间了，果断点头。

米娅回答："她会过上幸福的生活。"

我不知道她说的是实话，还是为了让我安心。没有哪个先知能看清那么远的未来。

司机坐上驾驶座，发动汽车。米娅终于侧过身来面对我。她眼中融汇了千万种情绪，却无暇言说。她轻轻吻在我脸上，柔声细语地说："别了，卡尔。"

我下了车，目送米娅的轿车离开。她很快将渡过易北河，穿越广阔的波德平原，抵达远在德国西境的莱茵河畔，回到她度过了大部分时光的威斯特法伦。轿车在林荫道尽头消失无踪时，我觉得米娅像是一场幻梦。徒步走回矫正营的途中，我一直沉浸在那场既甜美又苦涩的梦中。

一场我不愿醒来的梦。

十七

离计划的出海日越来越近了。戈德要到基尔港对大先知做最后的验
收，希望我也到场。如果要把卡琳送上潜艇，这是我最后的机会。

我又陷入了可拉告诉我会把卡琳送进矫正营时的窘境。我没有理由
那么做。我只需要在实验室关停前，配合主管把卡琳送出去，她就可以
远离矫正营、远离潜艇舰队，回到往常的生活中。也许最后这几天中，
会有一个强劲的理由改变我的想法，但我现在还无意那么做。

我到办公区让文员安排前往基尔港的车辆，一个狂妄而傲慢的声音
从我背后传来："舒尔茨少校。"

我听出那是鲍尔上尉，转过身，却看见他推搡着吉塞拉朝我走来。
他走到离我 5 米远处，踢向她的膝弯，让她跪下。吉塞拉面孔扭曲，表
情痛苦。鲍尔却趾高气扬，面露自信的笑容。

我知道摊牌的时候到了。他忍声吞气这么久，终究还是抓到了我
的把柄。我猜他通过吉塞拉找到了我和米娅放走先知的证据。"鲍尔上
尉，你在干什么？快把她放开。"我喝令道。我不会不加抵抗就投降。
办公区的文员们全都停下了手上的工作，在一旁围观，搞不清状况。

鲍尔讪笑着说："你还是老样子，只知道为他们着想。但畜生毕竟
是畜生，哪里懂得报恩，只要给点好处，立刻就把你卖了。"他抓起吉
塞拉的后领，让她腰板挺直，"我找到了你背叛帝国的证据，就在她的
预言里！"

"对不起，对不起……"吉塞拉呜咽着说，"他说他可以帮我离开这里。我没看清，没看清……"我终于明白，她一直以来复杂的眼神中，既有对我的感激，又有对我的愧疚。

楼外的卫兵听见动静，陆陆续续赶了进来，越来越多的人在围观。

鲍尔解除了吉塞拉的头箍，将它向众人高高举起。他毫不避讳，就是要把事情闹大。"今天，当着这么多人的面，告诉他们，你看到了什么！"吉塞拉不肯开口。鲍尔一脚把她踹到地上，又猛地把她抓起来。没人上前阻止。

我想冲上去解救她，鲍尔抬起手枪，"想都别想。"

几名卫兵把步枪从肩上取下，但迟迟没有举起，他们左顾右盼，不知该站哪一边。

鲍尔把枪指向吉塞拉光秃秃的头顶，"快说！"

吉塞拉的话完全出乎我的意料。"舒尔茨先生他……他会让新来那个先知登上潜艇……潜艇失踪了，先知们都失踪了……"她没有揭穿我和米娅的所作所为，而是在证实米娅临别前对我说的话。

"都听到了吗！"鲍尔得意扬扬地说，"你们的长官，舒尔茨少校，将会串通先知，劫持海军潜艇！"他又将枪口指向我，"我现在解除你的一切职务，将你交由党卫军法庭审判！"他对持枪的士兵吼道，"还愣着干什么，快逮捕他！"

只有两个年轻士兵亦步亦趋地向我走来，被我凌厉的眼神逼退。

"怕什么？"鲍尔暴跳如雷，失去了理智。他把枪口对准士兵，吓得他们连忙躲闪。"快动手！"

这时候，吉塞拉朝我抬起了头，复杂的神情变得单纯了。"谢谢你，"她感激涕零地说，"为我们所做的一切。"

不。

她抱住鲍尔握枪的手，把他拖倒在地，两个人厮打在一起。围观的人发出惊叫，开始哄逃，办公区陷入混乱。

我想上前把两人分开，却被一声枪响吓得扑在地上。他们还在扭打，瘦弱的吉塞拉爆发出的力量让我惊讶。我刚要站起来，又是两记枪声。吉塞拉无力地从鲍尔身上滚下，两个人都不再动弹。地板上鲜血流淌。

我脑子里一片空白。

几个士兵冲到鲍尔身边查看他的呼吸和脉搏，随后对我摇头。我拖着沉重的双脚，艰难地走到吉塞拉身旁。她没了气息。鲜血从腹部的伤口汩汩冒出，浸润了囚衣，滴落到地上，向四处漫开，宛如一朵拥有鲜艳花蕊的红花，灿烂绽放，转瞬枯萎。

我吩咐下属收拾惨烈的现场，把事情归咎于鲍尔不稳定的精神状态。这次不可能像越狱事件那样蒙混过关，格吕克斯一定会介入调查，留给我做决定的时间不多了。

从柏林到基尔的路上，我一直在责怪自己。

我早该从吉塞拉复杂的表情中读出她的反常，早该从鲍尔掀起暴风雨之前的宁静中察觉他的暗算。鲍尔一定从很久之前就开始哄骗她，威逼她，向她施压。她向我申请加入大先知计划并非自告奋勇，而是迫于鲍尔的压力，想要离开矫正营。我却断然回绝了她，将她送上了绝路。

吉塞拉不是个能力很强的先知。她看不远，看不透彻。但她口中"新来的先知"只能是卡琳，这又跟米娅说的不谋而合。我苦想冥思，试图将这两则预言统一起来时，猛然醒悟。

吉塞拉没有被鲍尔哄骗，也没有出卖我。她只是在顺应命运，让这一切发生。是她欺骗了鲍尔，她根本就看不到那么远，看不到卡琳登上潜艇那一刻。她看到的，只是在彼时彼处，对我说了那些话。她用生命的代价，将信息传达给我：卡琳将会登上潜艇，在大西洋里销声匿迹。

为什么？为什么非得这样？我想不出卡琳跟潜艇、跟军队、跟这场战争的一丁点儿关系，想不出她非得以这种方式离开的理由。解答不了这个疑惑，我就无从作出决定。何况大先知的名单已经敲定，潜艇已经满员，没有留出卡琳的位置。

在基尔港，我心不在焉地陪同戈德登上潜艇，在波罗的海进行了大先知试航。水上飞机在我们航行的区域随处投下代表水雷的浮标，密集程度比实战更甚。大先知在封闭的舱室里，对海面上的情况一无所知。他们通过我设计的投票机制得出指令，通过无线电传达给同行的其他潜艇。那些潜艇完全依照大先知的指令航行，舰长只负责监督，不需要发令。整个航程中，没有一艘潜艇撞上"水雷"，戈德对这个成绩甚为满意。

我们从舷梯走下，离开潜艇泊位。他拍着我肩膀说："少校，我们会改变战争的。我指的不单是现在这一场战争，还有以后所有的战争。"

"也许吧。"我说。我的心思已经不在战争上。

"邓尼茨上将会很高兴，相信元首也会满意。我们会得到重赏，还会升迁。等战争结束，我想好好度个假，就在不列颠岛上，到时候就是帝国的地盘了。"他转而问我，"你呢，有什么打算吗？"

"我不知道。"

"真是难为你了。我知道你最近肯定忙得焦头烂额，没工夫考虑这个。"他叼起根雪茄，拿出火柴，"等我们赢下战争，我请你好好喝两杯。"

他擦燃火柴，还没点烟，潜艇上就传来了骚动声，很多人朝泊位跑去。有人大喊："落水了！"我们赶紧跟过去，凑到泊位旁的栏杆前，看见有人浮在潜艇和栏杆之间的水面上——是个先知。他脸朝下，没有挣扎，随着灌进潜艇碉堡的海浪一起一伏。

我一眼就认出了那佝偻的身型。船员们把它打捞起来时，我看见了那张苍老又安详的脸。是长老。他死了。

"这是怎么回事？"戈德气愤地问。

一个船员回答："我们押他们下船时，他在舷梯上滑了一跤，掉了下去。"

戈德咒骂了船员几句，让他快滚。他转过头问我："你认识他吗？"

"是个替补。"我简单地回答。

"谢天谢地，真是太幸运了。"

我不会用"幸运"来形容一个先知的死。我看着长老湿透的尸体，感到木然。他是阅历最丰富的先知，在船上的所有先知中，他是最不该遭遇不测的——不，他的死是必然。他早就看到过自己生命的尽头，看到此时此刻，在潜艇旁、在海浪中告别人世。

"你还有替补的替补吗？"戈德问我。

"有。"我回答。我在脑子里的名单中快速搜寻，思维却不受控制地脱轨，滑向一个计划外的名字：卡琳。

长老给卡琳留出了位置。未来的最后一片拼图归位。我感觉自己像风浪中的一叶扁舟，在众多先知的推波助澜之下前行，无法转向，无法后退，只能漂向云雾缭绕的彼岸。

"你还好吗？"戈德的声音让我抽离思绪。

"我没事。"

"一个先知而已，再找一个顶上就行了。后天之前把他送来，大后天他们就要被送往圣纳泽尔港，从那里出海了。"他用力拍拍我，"我得回指挥部了，少校。撑住啊，好日子就要来了。"

如果说吉塞拉的预言还让我犹豫不决，长老为实现预言而殉命的行为便是一锤定音。他解答了我的困惑，他就是让我改变决定的理由。我必须让卡琳登上潜艇。

我回到矫正营时，实验室已经关停了，营房里的仪器和设备全都被搬空，恢复到它最初空荡荡的样子，好像一切都没发生过。好像米娅从没来过。好像那场梦从没开始过。弥漫在这里的伤感让我鼻子有些发酸。

我离开空营房，让卫兵直接把卡琳带到我办公室。她坐在沙发上，不解地看着我。我坐到她身边，想着要如何对她开口："还记得你说过，你预感到的未来中没有我吗？"

"记得。"她察觉到对话的走向，脸色阴沉下来。

"有几个先知也看到了类似的情景。"

她开始摇头，嘴里嘀咕着："不，不……"她很快变得激动，"你不能离开我。你说过你不会离开我！"

我又食言了。"我当时那么说，是因为我以为你跟我在一起才会幸福。但情况变了，离开我对你更好。"

"怎么可能？离开了你，我怎么可能幸福？"

"先知是这么说的。"

"先知在撒谎！"她撕心裂肺地喊道，眼泪顺着脸颊滑落。

我从抽屉里拿出钥匙，取下她的头箍。我捧着她的脸，让她看着我，感受我的真诚："你自己看吧，再用一次你的能力，向未来看吧，能看多远就看多远。"

她不再说话，安静地看着我，合上了眼睛。她的眼珠在眼皮底下快速转动。她在看。

"告诉我，你看见了什么？"我问她。我想知道她离开我之后会经历什么。

"很窄很窄的空间。"

潜艇。

"海洋。"

启航。

"光。刺眼的光。"

我不知道。

"海岸上，我们走散了。"

她看得太远，景象开始模糊、破碎。

"我遇到了别的人。"

不是我。会是谁？

"不行……我看不清……"

"集中精神，你能行的。"我握紧她的肩膀，给她鼓劲。

她的头顶沁出细密的汗珠，她在努力。她忽然皱起眉头，感到困惑，随后脸上又浮现出笑容，最后像从梦中惊醒一样，喘着粗气，睁开眼睛，扑在我怀里。

"你看到了什么？"我紧紧抱着她，好奇她的笑容源自哪里。

"一个婴儿。"她睁开双眼，百感交集地看着我，"我的孩子。"

我感到什么东西梗在喉咙里，用不成声调的声音说："太好了，你会有孩子，他会带给你幸福，就像你带给我幸福一样。"

"但……我想一直在你身边，给你幸福。"

"我知道，我知道。"我抚摩她的脸庞，要再好好看看她，牢记她纯真的容颜。我可不希望到时候在潜艇基地被人看到依依惜别的样子。"不过，你给我的幸福已经够多了。我知足了。"

卡琳又大哭一场，还是接受了现实。

我拿出一直带在身边的先知之眼，放到卡琳掌心。"拿着它，不要再弄丢了。"我说。让我再选一次，我还是会把徽章交给她。我心底知道，她就是正确的人。卡琳用瘦小的手握住它，把它攥得紧紧的，就像是攥着我的心，无论她走到哪里。

那一晚，我跟她讲解了潜艇和大先知的情况，告诉她要注意什么。她是个聪明的孩子，很快铭记于心。我破坏了她头箍里的线圈，让它失去作用，这样卡琳可以随时随地使用能力。

天一亮，我就亲自将她从矫正营"押解"到基尔港。我带着她，朝港口的先知营房走去。我低声安抚："你只是个替补成员，多半不需要做什么，只要听从船员的安排。如果你实在不确定，可以使用你的能力。"她的能力才是她最坚实的依靠，可以随时为她指点迷津。我只是她的引路人，只能带她走到这里。

负责大先知计划的指挥官在营房门口等候。"别了，亲爱的。"我在卡琳耳边悄声说。我感到她浑身颤抖。我把移交文件递给指挥官，最后一次握了卡琳的手，将她推过去。

指挥官在核对文件。卡琳回望我，咬紧牙关，不让情绪爆发。我也一样。

10年来，卡琳成长历程中的一点一滴在我眼前浮现，她的每一次欢笑、哭泣，坚强、娇弱，泼辣、温柔，摔倒、爬起，都是我记忆中不可磨灭的钻石，在我碌碌无为的一生中熠熠生辉。

10年前，我在狭小的橱柜里找到她；如今，她又要在狭小的船舱里离开。但那个瑟瑟发抖的无助女孩，已经懂得去勇敢面对自己的命运。我坚信，她在之后的人生中将无所畏惧，大胆追求自己应得的幸福。

"没问题，少校。"指挥官完成了验证，向我行礼后将卡琳带进了营房。她的脸庞消失在门后。

我送走了米娅，现在又是卡琳。在这个偌大的世界里，只剩我一个人踽踽独行。

十八

因为鲍尔之死，我被解除了实职，留在矫正营接受调查。格吕克斯派来新的指挥官暂时接管我的职务。

由于鲍尔死前指控我协助先知劫持潜艇叛逃，格吕克斯致电戈德上校，让他暂停大先知计划。然而，木已成舟，戈德在这上面耗费了太多心血，不会轻易让建功立业的机会从指缝间溜走。而且，潜艇舰队听命于国防军而不是党卫军，戈德理所当然地拒绝了格吕克斯的请求。

对我的调查也围绕这一点展开。我罗列了诸多颇具说服力的理由，说明为什么最后替补加入大先知的人必须是卡琳。整个集中营系统，恐怕没人比我更了解先知，我轻而易举地将调查员绕进衔尾蛇一般往复纠缠的逻辑关系中。无论我说什么他们都无法有力地反驳，最终只能接受我的说辞。

历时十天的调查，最后的结果是：我对矫正营里先知的管理不符合集中营规范，急需整改。仅此而已。

这段时间，我除了接受调查员的询问外，大部分时间无所事事。我让戈德及时告知我大先知的状况，但他发来的消息少得可怜。

16日，大先知抵达圣纳泽尔。17日，大先知登上 U454 熟悉环境。18日，U454 出海，航向大西洋北部。之后的消息就更稀少了，让我感觉潜艇只是漫无目的地随波逐流。大先知真的能在实战中生效吗？卡琳能适应艰苦的军旅生活吗？先知们真的会劫持潜艇逃跑吗？这些问题让我每天如坐针毡。

转眼间，国社党政权 10 周年纪念日到了，柏林城沉浸在喜庆和狂热之中，处处飘扬着红黑色的党旗，人人称颂着元首的丰功伟绩。人们在广场上集会，齐声高呼元首，感谢他为祖国带来繁荣昌盛；戈培尔博士在军工厂发表演说，对这场战争的社会目的做出了肯定的评价；希特勒青年团领袖的演讲通过广播传到全国每一所学校，学生们听到慷慨激昂的话语后，涌上街头加入欢庆的人群中……所有人都沉浸在狂欢中自我陶醉，仿佛帝国即将赢得这场战争。

直到空军总司令、帝国元帅赫尔曼·戈林即将发表全国演讲时，狂热的气氛才被响彻柏林的防空警报打断。英国人选在这个时间点，前所未有地在白天进行轰炸，是对帝国赤裸裸的挑衅。真正沉痛的消息，在庆典的最后一天传来：国防军在斯大林格勒战败，持续了半年之久、投入超过二十五万兵力的战役惨淡收场。

帝国空军和陆军接连受挫，扭转战局的重任便落到了海军身上——至少戈德是这么说的。邓尼茨从上将晋升为元帅，从潜艇舰队司令擢升为海军总司令，而戈德则接任了潜艇舰队司令的职务。U454 已经进入了作战位置，他期待它一鸣惊人的表现，成为他执掌潜艇舰队后的第一枚功勋。

大先知做到了。

它提前两天预报了从美国驶往英国的船队将要经过的位置，向大西洋上的其他潜艇发出指令，让它们向目标位置靠拢，守株待兔。第一轮攻击的效果不理想，大先知给出了新的位置和指令，这一次它让多艘潜艇牵制住敌人的护航军舰，指挥另一艘潜艇悄悄绕过防线，对毫无防备的商船发动突袭。虽然只击沉了一艘商船，但大先知开始掌握到这种战术，并反复运用，接二连三地发起奇袭，对船队造成了重创。

与此同时，它还有条不紊地指挥其他潜艇摆脱护航军舰的追击、躲避俯冲轰炸机的袭击、返回港口维修和补给。整个指令传递的过程不需要任何人插手，戈德和邓尼茨只需要在指挥部里旁观就行了。虽然狼群也有所损失，但这次行动取得了久旱甘霖般的战果，给潜艇舰队打了一剂强心针。

U454 没有返航。它还在大西洋游弋，等待着落入狼群的下一批猎物。两周后，大先知故技重施，嗅到了新的船队踪迹，在它们将要经过的路上布下伏兵，一波又一波地袭击，让护航军舰在作战和救人两头忙碌，防线很快被撕成碎片，船队沦为任狼群宰割的羔羊。

U454 只消在战场边缘游走，让战斗区域落入大先知的感知范围内，自始至终没有开过一枪一炮。在一个多月的巡航时间里，它主导了两次成效显著的大规模潜艇战，足以让质疑大先知计划的人闭嘴，也让戈德荣升少将。

大先知随潜艇于 3 月初返回圣纳泽尔休整。潜艇没有失踪。卡琳也没有失踪。难道预言错了？我百思不得其解。

在这期间，矫正营的人事发生了变动。格吕克斯让原本只是暂时接管我职务的军官正式接替我成为先知矫正营指挥官，把我调往萨克森豪森担任无关紧要的文职工作。他看到大先知计划有了成效，便把指挥官换成自己人，好维持对矫正营的掌控，并夺走我的功劳。作为交换，他也给了我一些特权，好堵住我的嘴，比如我不用每天向上级汇报工作，可以差遣格吕克斯手下的卫兵，可以随意请假和使用公车。我明白他的意图，他想让我知道在萨克森豪森，是他在罩着我，我最好乖乖听话。他给我画了一条底线：不能以任何方式接触囚犯，特别是先知。

我不在乎格吕克斯如何安排我。我只是痛心，还留在矫正营里的几十个先知从今往后将接受跟萨克森豪森一样的标准化管理。除此之外，我一心只想关注大先知的动向，了解卡琳的下落。现在连这也变成了一件难事，因为格吕克斯向戈德少将澄清了状况，只允许他与矫正营现任指挥官联系，商讨大先知事宜。我被彻底从矫正营切割了。

百无聊赖中，我会想起米娅。我向法本公司打探她的消息，几经周折之后得知她已经从法本辞职，不知去向。我还向她曾经的同事询问，他们也对米娅的离开感到惊讶，并表示米娅没有联系过他们。我甚至有了请个长假的想法，想亲自到勒沃库森去找她，但一来我根本不知道她现在到底在不在那儿；二来就算找到她，如果她还是抵触我，只会让双方本就艰难的日子更加难过。但如果她接受我呢？如果她愿意让我留在勒沃库森，或者随我回到柏林呢？

就在我犹豫到底要不要迈出这一步时，事态急转直下。

5月中旬的一天，我突然从办公室被带走。两名卫兵无视我的抗议，掮着我的手臂，把我从办公楼副楼押到主楼，来到走廊最深处的办公室门口。门上的铭牌写着：全国集中营督察官，理查德·格吕克斯少将。

卫兵像押送囚犯一样把我推进办公室，摁在椅子上坐下。格吕克斯在办公桌后正襟危坐，面色铁青。他旁边坐着一个书记员，双手搁在打字机上，随时准备记录。这就像是场审判。严峻的形势甚至让我忽略了行抬手礼的环节。

"舒尔茨少校，"格吕克斯的脸像石像鬼一样阴沉，用磨砂纸一般粗厉的声音问："知道为什么让你到这儿来吗？"

"是大先知计划的事，对吗？"终于到了这一天。

"知道就好。"格吕克斯咳嗽两声，清了清嗓子，"我本应该把你交给党卫军法庭进行审判，但看在你为集中营效力多年的情分上，我不打算交出你。这件事只要我们内部调查清楚就好。"

"我不明白。我的罪名是什么？"我明知故问。

格吕克斯不带感情地哼笑一声，"我现在给你一个主动坦白的机会，你的言辞将被记录在案，"他指着身边的书记员说，"作为你在内部调查中认错的证据。如果你拒不配合，大可以到法庭上为自己的叛国罪辩解。"

他在虚张声势。所谓的内部调查，实际上是收集证据好将罪责全都加之于我，让我去当替罪羊。从鲍尔盯上我开始，我就料到会有这一天。他们还不知道我跟米娅里应外合救出先知的事，只要跟他们围绕大先知计划周旋，就顶多算是一次作战事故，够不上叛国罪。

"少校，你有什么不明白的？"他问我。

"据我离开先知矫正营前所知，大先知计划在潜艇舰队进行得十分成功。现在为何突然以此为由指控我叛国呢？"

格吕克斯示意书记员记录我的话。他回答："在最近一次巡航中，大先知哗变，夺取了潜艇控制权，而后失踪。"他双肘搁在桌上，十指交叉撑着下巴，"我相信这并不是你的本意，所以你还是从头说起吧？"

预言全都应验了。米娅临别时所说的话，吉塞拉赴死之前揭示的事件和长老以死促成的预言。但卡琳和大先知能去哪儿呢？他们甚至连潜艇都不会开。不过他们拥有无论帝国还是敌人都不具备的武器：他们的能力。他们可以在预言中看到他们将如何操纵潜艇，如何从帝国和敌人的双重追击下逃脱，以及将要逃往哪里。从格吕克斯的口气看来，他们还没找到潜艇，所以才在这里私下提审我。如果党卫军能先于潜艇舰队找到线索，就能在这场纠纷中占得先机。

"少校！"格吕克斯高声喊道，"回答我的问题！"

"我不知道你在说什么。"我坦然地看着他说。大先知聚在一起，可以像长老所说的那样看向无尽遥远的未来。他们知道今后的路该怎么走，卡琳知道该怎么走。我所有的担忧都烟消云散。

"少校，我是在帮你。你知道党卫军法庭会怎么处置你吗？就算不处死你，也会把你打入大牢，让你在里面白白消磨掉剩下的人生。"

卡琳离开了，她安全了。我不知道她会去到何处，但我知道她会在世界上某个地方建立自己的家庭，拥有自己的孩子，得到那份属于她的、来之不易的幸福。一想到这些，牢狱之灾就显得微不足道，我对自己将要面对的命运也无所畏惧。"我不知道你在说什么。"我平淡地重复道。

格吕克斯重重地拍在桌上，打字机蹦起来吓了书记员一跳。"别敬酒不吃吃罚酒。如果你觉得党卫军法庭奈何不了你，那你应该知道，集中营可以。我会让你烂在集中营里，让你余生再也看不到希望。快说！"

"我说了，"我重复的次数越多，就对这个回答越坚定，"我什么都不知道。"

十九

格吕克斯不过是个纸老虎，并没有把党卫军军官丢进集中营的魄力。但他还是得消除我这个不稳定因素，免得在潜艇失踪一事上对党卫军造成什么不良影响。

我被调到了极其偏僻的地方：下哈根集中营。它名义上已经被解散，不在集中营体系的编制中。大部分因犯都在不久前被调到布痕瓦尔德，只剩下几十个人被松散地关押在这里，对维威尔斯堡进行日常维护工作。

山崖上的城堡由三座塔楼连成一个三角形，庄严宏伟，静静地俯瞰着山崖下的莱茵河平原。希姆莱相信东方和西方将迎来一场终极大战，帝国将赢得决定性的胜利，而维威尔斯堡将成为战后"新世界的中心"。他动用了数千名集中营因犯，围绕这座城堡打造一座党卫军之城。

但事实是，帝国败了。从斯大林格勒开始，苏联人的反击攻势打得国防军节节败退；突尼斯的失手让意大利岌岌可危；帝国领土还要承受皇家空军和美国空军接连不休的联合轰炸。任何一个稍有理智的人，不需要成为先知也能预见到已经注定的败局。希姆莱在紧迫的战事下，暂停了兴建计划，裁撤了下哈根集中营，新世界的中心只剩一片凋敝。

我有时候会受驻守在城堡里的军官邀请，登上尚未修葺完善的城楼，眺望远方。如果说格吕克斯把我调到这儿来对我有什么好处的话，那就是我离米娅更近了——在成荫绿树的尽头，在西南方绵延的山脉后，在太阳没入地平线的地方，就是米娅的家乡所在。

如此之近，只要我能从城堡里弄到一辆车，不到半天就能抵达勒沃库森。这个想法顽固地滞留在我的意识中，无法驱散。每次我路过城堡外空地上的轿车，都会不经意地查看点火孔里是不是插着钥匙。有时候，真有钥匙。而我缺的，却是胆量。偷车脱逃的胆量和面对米娅的胆量。

1943年的最后一晚，我被邀请到城堡里同那里的官兵们共度新年。席间，担任城堡指挥官的中校大谈特谈陆军在东线应该如何扭转局势，如何以库尔斯克为基地、沃罗涅日为突破口，北上攻打莫斯科，南下占领斯大林格勒。军官们无不点头称是。

每个人都喝醉了，餐厅里弥漫着浓烈的酒气。乌烟瘴气中，我也乘兴喝下了远超我酒量的烈酒。不过，我不是为了跟他们一起指点江山，只是想壮壮胆。一半的军官趴在餐桌上不省人事时，我摇摇晃晃地溜出了城堡。我早就看好了中校座驾的位置和插在点火孔里的钥匙。

我在昏暗的室外灯光下，扶着古老城堡的墙壁走向停车的空地。《旗帜飘扬》的合唱声从城堡里传来，士兵们还沉浸在帝国霸业的春秋大梦中。我跌跌撞撞地摸索到轿车停靠的地方，背靠着墙，集中精力迈出步子。被酒精麻痹的脑子无法控制步态，我踉跄两步扑在车门上。好歹更近了一步。

"舒尔茨先生。"

我慌忙地朝声音传来的方向转过身，斜靠在车身上。一个士兵从阴影中向我走来。我不认识这里所有的士兵，但他应该认得我，至少认得我的领章和肩章。他应该称我为"少校"。

"舒尔茨先生。"他走近了，还是这么称呼我。

我努力睁大眼睛，用蒙眬的目光打量他，昏昏沉沉地在记忆中挖掘这个高个儿男人的面孔。我记起来了。来自先知矫正营的记忆喷薄而出。他就是那个处处顶撞我的先知，开车闯出营区、在西格德旅店逗留的先知。诺瓦克。我以为可拉已经把他送到远离党卫军的地方去了。

他比以前壮实了不少，身材撑得起党卫军制服。我不解的是："你怎么在这儿？穿成这样？"

"我来帮你离开这儿，带你到你想去的地方。"他把我从车上扶起来，让我手臂搭在他肩上，朝城堡对面的树林走去。

他当然知道我想去哪儿，也意味着我真的会如愿以偿地抵达勒沃库森，但我还是忍不住问他："要怎么去？车子在那儿呢。"我扭头指着中校的轿车说。

"跟我走就好了。"

我在他的搀扶下，虚一脚实一脚地往前挪步。我们绕过一个塔楼，来到城堡外围最陡峭的一侧，云杉覆盖着整个山坡。这是守卫最为薄弱的一侧，更何况是今天这个日子。诺瓦克小心翼翼地一手扶着我，一手攀着树干，走下山坡。

下坡路容易得多。"我能行。"我说罢撇开诺瓦克，独自朝着斜前方的树木迈过去。

"舒尔茨先生，慢一点……"

他话音未落，我就被一丛杂草绊住了脚，一头栽在地上，一路滚下山坡。

我醒来时，躺在轿车后座上。强烈的反胃感刺激着我。我本能地打开车门，探出头吐了一地。诺瓦克给我递来水壶。他已经换成了平民装束，头上戴着发丝浓密的假发。我接过水壶，漱了漱口，灌下半壶凉水，感觉好多了。

车停在公路旁的树林里。旭日刚刚在远处射出第一缕光芒，空气里还渗着一丝寒气。清脆的鸟鸣在树木间打转，树枝上的露珠滴落在轿车顶棚，滴答作响。我揉着隐隐作痛的太阳穴从车上下来。诺瓦克在后厢摆弄什么东西，站在我面前的是那个戴着圆框眼镜、让我又爱又恨的白发老者：可拉。

他对我慈祥地笑，"先生"。

这下都说得通了。今天发生在我身上的事，一定出现在了先知组织的未来之书上。"是你先告诉我接下来要怎么做，还是我只要跟着你们走就好了？"我问他。诺瓦克给我递来一叠衣服。棉布长裤、呢子大衣和一顶宽檐帽。我没有接过来，而是看着可拉。

"你不会再回来了。"可拉说。

在经历了那么多次预言成真后，我不再抗拒。我换上合身的平民服装，军服被诺瓦克扔到了树林深处。我终于摆脱了那身制服对我的禁锢。我不再是党卫军的一员，就像从集中营逃离的先知一样，恢复了自由身。

"然后呢？"我问可拉。

他没有回答，走到轿车旁打开车门，做了个恭请的手势。我坐进后座，可拉坐在我身边。不用我说出到底想去哪里，诺瓦克就开车出发了。

初升的太阳在我们身后，汽车正向西朝着威斯特法伦中心地带驶去。左边茂密的树林后是山脉起伏的轮廓，右边是一望无际的田野，偶有几座房屋散落田间。随着我们一路西行，聚居点多了起来，有些已经可以称得上是小镇了。

我打破了延续一路的沉寂，问可拉："结局是什么？"

"你是说战争，还是你自己？"可拉圆框眼镜下的双眼闪烁着睿智的光芒。我也没想好到底问什么，只是旁边坐着一个知道未来的人，总会有些好奇吧。我还在思考要先听哪一个，可拉回答道："还有一年多时间。"

我不知道他说的是哪一个，心头有点儿发慌。

"战争。"他补充道，"希特勒自杀了。"

虽然我早已认定帝国无法挽回败局，但亲耳听见先知说出，才让我真正地放下。不再有回旋的余地，不再有翻盘的转机。帝国将会倒下，黑色鹰徽将灰飞烟灭。我们三个知道，先知们知道，但还有千千万万的德国人不知道。他们还在拼死作战，还在奔赴前线，还在为战争奋力生产、辛勤耕作——都是徒劳。

"你们没有试过改变战争进程吗？早点结束战争，或是将它扼杀在摇篮中。"我问。这可以救很多人，救很多先知，当然我也很可能不会遇见米娅。

"从来没有'改变'这回事。"可拉回答，"你应该已经深有体会了。"

预言无法违抗，这是可拉和先知们给我上过的最为深刻的一课。但时至今日我仍然不愿承认世事皆已注定的事实。"那是因为我没有看到全貌。如果我早点知道卡琳被关进了萨克森豪森集中营，我就能比你预言的时间更早地把她救出来，让她少吃几天苦。"

"但你没有看到全貌。"

"因为你没有告诉我。"

"因为它不在未来之书上。"

"因为有人没把它写上去。"

"你觉得是编写未来之书的人造成的？"

"总是某个人造成的。他本可以把事情的全貌写上去，卡琳的事就会是完全不同的结果了。"总是存在一个本可以改变未来的人，他选择了顺从。我就快说服自己了。

"那让卡琳登上潜艇又是谁的决定呢？"可拉把我问倒了。

那一次，那个顺从的人是我。我想要辩解，是当时纷至沓来的一系列事件造就了那样的决定。但决定的人总归是我，我完全可以选择背离预言而行。我没有。那时的我所体验到的，就是先知们抉择时的感受，就是他们的处世逻辑。但我总感觉哪里不对，总有什么有悖于常理的地方。

"我理解你的困惑。"可拉循循善诱地向我解释道，"起初，我也有你这样的想法，总想着去改变一点什么。后来我发现，但凡我能预料到的事情，要么我根本就不想去改变，要么我没有能力去改变，要么就是我努力去改变它时被各种意外阻拦。我不信邪，发誓一定要成功扭转一次预言！结果，我开始看不清未来了。

"那段时间我很迷茫。失去能力对我造成的打击远远胜过了无力改变未来。我不知道是哪里出了错，想来想去，唯一可能的原因就是：我太想改变未来了。于是我开始强迫自己摈弃这个念头。我告诉自己，如果我再次预见未来，一定照预言里发生的做。果然，预感很快就回来了。无论是哪个神明在掌控这种能力，无论是谁能够赋予和夺走它，我都再也不敢违抗。从那以后，每一次预感出现，我都老老实实地顺应它发生。

"随着越来越多的预言应验，我渐渐领悟到这个世界——它的过去、现在和将来——只存在一种可能性，就是我们正在经历的这一种。作为先知，我们只是在通往确定未来的路上提前向远方一瞥，而后也只能沿着这唯一的道路前进，绝无可能改变方向。那种被哲学家称为自由意志的东西，那种被人们普遍认为存在的东西，只不过是因为他们看不清早已确定的未来，而臆造出来弥补这种认知缺陷的幻觉罢了。"

消化可拉这一席深刻的论述花了我几乎一路的时间。我回想起从父亲给我讲先知与士兵的故事之后开始的一切。从狂热的冲锋队员，变成先知的同情者；从忠诚的国社党员，变成暗中的反对者；从卡琳的监护人和米娅的伴侣变成孤身一人。按可拉的说法，每一次改变都是注定的，从父亲把先知之眼的徽记交到我手中那一刻开始，从他给我讲述先知与士兵的故事开始，甚至从那个先知遇到那群士兵时开始。

等我再次望向窗外时，我们已经跨过了鲁尔河，经过了伍珀塔尔。米娅在这里出生，度过了童年和少年时代，之后他们全家随着拜耳公司的搬迁在勒沃库森定居，就在伍珀塔尔南边40公里的地方。我们正要去的地方。

我摆脱对未来的困惑，坠入对重逢的惶然。我要如何面对米娅，要摆出什么样的表情，要对她说什么。我见到米娅时的行为早已落定，可我还毫无头绪——这就是自由意志的幻觉介入的时机：我绞尽脑汁思考，以为我能决定什么，能改变什么。

40公里不算远，不到一小时我们就驶入了勒沃库森的地界。这座新兴城市几乎是仰仗着拜耳公司的入驻建立起来的，四处可见法本和拜耳的标志，还有冒着滚滚白烟的厂房。诺瓦克没有朝着城市里住宅聚集的一侧驶去，而是沿着城市外围绕过了它，继续向南边行驶。

"我以为你们知道我想去哪儿。"我看着后车窗里渐行渐远的勒沃库森说。

"你想去的不是一座城市，"可拉不动声色地说，"而是一个人身边。"

米娅不在这里，但也不算太远。轿车拐入小道，驶上一座山丘。山头另一侧，灰蓝色的天空下，一片凋敝的树林沿着山坡向下延伸，直抵山下泛着暗绿色波澜的湖泊。

树林边站着一个熟悉的黑色身影。她听见汽车的声音，回头看了一眼，又转过去低下头。诺瓦克把车停在离她不远处。那个身影没有回头。她一袭黑衣，长发盘在黑色发网里，僵硬地站在那里。她面前是一座矮坟，坟前竖着一块花岗岩墓碑。

我看向可拉，向他寻求建议。他淡然地说："有件事你要知道：自由意志虽是幻觉，但它会告诉你该怎么做。"与其说是建议，更像是对我的鼓舞。哪怕是幻觉，我也要做出自己的选择。

我下车整理了一下衣装，朝米娅走去。她还是没回头。从她变得局促的姿态，我能感觉到，她知道我来了。

她在缅怀墓中人，我没有冒昧地搅扰她。我低头看向碑上的名字：凯特琳·霍夫曼。她因病重而离世的母亲。我多么希望那时候我在她身边，为她分担苦楚。我继续读着墓碑上的文字，发现一个让我隐隐不安的巧合：尽管霍夫曼夫人生于 1884 年，但她的生日碰巧和卡琳是同一天——我赋予卡琳的生日。

"她喜欢这儿的景色，"米娅打破了萦绕良久的沉寂，"经常让我陪她到这儿来散步。"她沿着树林边缘朝着山下的湖边走去，我跟在她身旁，"只有我们两个，不用担心有人窥探和偷听。她甚至可以摘掉发套，把她的……头顶尽情地暴露出来。我父亲严格禁止她在任何时候这么做，甚至连睡觉都要戴着假发，生怕被外人发现。母亲说，只有跟我在一起的时候才感到自由，我是她值得信赖的、可以敞开心扉的人。"她忽然转过脸面对我，嘴角颤抖，眼眶里噙着泪花，手指用力指着自己的心口，"她选择信任我这个继女，而不是她的亲生儿子，很难有人不为此动容，对吧？"一阵阴风吹过，米娅的泪珠被风刮落，坠入枯萎的草丛中。

失去这样一位亲密的母亲，对米娅来说一定是一件悲痛欲绝的事。我不知道该怎么安慰她。"请节哀顺变。"我说。

她连连摇头，"我竟然天真地相信了她。"她的话没有按我预想的方向发展，她像是对自己的决定十分懊恼。"她做这一切都是有目的的，都是为了操纵我，让我对她言听计从。她怂恿我上波恩大学、进入法本公司、被派驻到柏林。她暗自为我规划好了人生路线，让毫不知情地我落入她的陷阱。"

"陷阱"这个词恐怕有些过了。我看不出米娅所做的事对她有什么负面影响。我劝说道："也许是你想多了。她做这一切都是发自内心地为你好。你不能因为她是个先知就……"

"她就是为了让我遇见你！"她指着我，狠狠地说，"我们之间的一切，都是在那个女人的算计之下发生的，都是被安排好的，是假的！"

她的突然爆发着实让我有些无措。我和米娅的感情不可能是假的，否则我也不可能随随便便脱离党卫军，专程跑到这里来，就只为见她一面。"不。我不知道你怎么想，但我对你是真的。"

她不屑地哼笑了一声，仿佛早已看透了一切，而我还是个执迷不悟的呆瓜。她从衣兜里掏出一个已经被攥得起了皱褶的信封，交给我。"她给你的。"

我以为我听错了，没有马上接过它。米娅把它塞进我手里，像是急着摆脱它。她扭过头去，胸口还在不住地起伏。我展平信封，正面颤颤巍巍写着一行字：致我最爱的老舒。

先前隐隐的不安感在我胸中炸开。我感到心跳停止了，呼吸停止了，时间也停止了。我花了仿佛有一生的漫长时间来接受那行字的意味，直到我达到生理极限而不得不倒吸一口凉气。

我朝山坡上望去，摇曳的树枝下，灰色的墓碑岿然不动。我扭头朝山下望去，米娅裹紧了大衣，独自朝湖边走去。我的目光回到信封上。"致我最爱的老舒"。只有一个人会称我为"老舒"。

我拆开信封。尽管信纸上的文字不再那么有活力，但我还是能认出那就是卡琳的笔迹，毕竟对我来说，她才离开一年而已。信中记述了她一生的故事。

我所错过的那些故事。

二十

致我最爱的老舒：

我写下这封信的时刻，是我此生所能预见到的最遥远的未来，也就是我生命的尽头。我当初的预言没错，我的生命中不再有你；而你也说得没错，我得到了新的幸福。对你来说，离开我才一年不到的时间；而我离开你，已经43年了。你一定很想知道，这43年里我都经历了什么。

一切都要从潜艇上说起。

大先知计划的成员里，有一个叫罗特的男生。从我第一次登舰，他就一直偷瞄我。舰长禁止我们在非作战时间交流，他就悄悄用唇语加手势对我比画。他说他等我很久了。我效仿他的动作回应道：等我？

他说，我才是大先知的关键。我能将他们从潜艇中解救。

我问他怎么知道？

他说他早就知道了。他每次都会趁摘除头箍的时机，预知自己而不是潜艇舰队的未来。

我半信半疑。他让我自己用能力看。我拒绝了。我对上次擅自动用能力的后果还记忆犹新，不想重蹈覆辙。

很快，第一次航行结束了。回到陆地上，在营房里，他终于可以直截了当地将他预见的未来告诉我。他说，我们下一次出航时会劫持潜艇，投奔英国，逃离德国人的控制。我还是无法相信他，他再次恳求我自己去预知。

这个消息很快在先知之间传开。越来越多先知的目光聚焦在我身上，虽然他们没有像罗特一样言明，但我能感觉到他们在期盼、在等待，等一个可以解救他们的人出现。我惶恐万分。罗特总是说，没什么大不了的，只不过是接受命运的安排。

再次出海的日子到了。列队登船时，每一个从我面前经过的先知，都向我点头致意，像是在提前感激我。那种被人寄予厚望的感觉折磨着我，让我在蜷缩于船舱角落里时无法入眠，也无法在这狭小的空间里辗转反侧来缓解焦虑。他们寄希望于我，我不能让他们失望。

我决定看向未来。我看见了那道闪亮的白光，看到潜艇驶进了那片光芒中。我不知道那是什么，但我知道我们一定会那么做。下定决心后，我每走一步都使用能力，一切都变得清晰了起来。

我勾引了一个看守我们的年轻船员，偷到了解除头箍的钥匙。深夜，我趁船员们不注意，悄悄卸下了罗特的头箍。他的能力比我更强，他清楚地知道行动的最佳时机，开始逐一解除其他先知的头箍。船员来时，我们都假装把头箍戴在头上、闭眼装睡；船员一走我们就行动起来，抓紧时间预知接下来将要发生的事情。待所有人准备就绪，每个人都与我交换眼神之后，哗变开始了。

我们每个人都知道各自的每一步行动，船员根本不是我们的对手。我们绑架了舱室里的船员，抢夺了武器库，冲入舰桥。短暂的交火后，我们以两人负伤的代价夺得了潜艇的控制权。

我们不知道怎样操纵潜艇，但我们能预见我们将会如何操纵。罗特自告奋勇担任起临时舰长，指挥潜艇向大西洋西北边驶去。在那里，我们将遭遇那道白光。

清晨，我们向指挥部发回指令，指引其他潜艇向我们靠拢。我们抛下了舰上的船员，让他们在救生艇上听天由命。我们观察到了英国人的舰队，3艘驱逐舰和2艘轻型巡洋舰在为1艘货轮护航，戒备严密。

突然，那货轮向船尾的空中投射出一簇强光，像是探照灯的光柱，却又比探照灯亮得多。光柱的末梢落在半空中，大概50米高的地方，中断得很干脆，就像是用刀削断的一样。我从没见过这样的光柱。

英国人的战舰开始向货轮一侧靠拢。德国人的潜艇按照我们发出的指令向舰队发起了攻击。双方的舰船混战成一团，给了我们靠近货轮的机会。

货轮开始前进，光柱末梢的位置却没有变化，只是末梢的截面变得越来越大，很快就不再像是光柱，而像是手电筒投射在一堵不存在的墙上留下的光斑。圆形的光斑随着货轮的远离越拉越大，最终变成了开在海平面上的一扇巨大的圆形拱门。货轮投下两艘无人的橡皮艇，朝着拱门驶去。门中央迸发出耀眼的白光。那就是我们要去的地方，就在门的另一侧。

远处的舰队和潜艇还处于胶着状态，无法脱身。但有一艘潜艇悄悄溜过了防线，向货轮发射鱼雷。货轮的侧舷被击中，爆炸震得我们整艘潜艇都在晃动。罗特下令浮出水面，朝着拱门的方向全速前进。货轮开始倾覆，拱门开始落入海平面，光亮也越来越暗淡，甚至开始断断续续地闪烁。

先知们屏住呼吸，挤在观察窗前，等待决定命运的那一刻到来。离只剩一道狭窄圆弧的拱门越来越近，潜艇莫名地强烈震动起来，窗外的光芒也越来越耀眼，渐渐让人睁不开眼睛。

忽然间，那光芒消失了，震动也消失了。窗外是平静的海面，潜艇里只有发动机的轰鸣声。罗特命令减速，爬上竖梯，打开舱门，冲上甲板。我跟了出去。大西洋一片风平浪静，拱门、光柱、货轮、军舰通通不见了踪影。更多先知登上了甲板，他们面面相觑，眺向空无一物的海平线。

有人大声叫道，我们自由了。甲板上爆发出此起彼伏的欢呼声。

我们在罗特的带领下，驶到一处岛礁附近，把潜艇凿沉，乘坐救生艇登上岛礁。我们将在这里等来救援。

那天，我们在岛礁上围坐成一圈，热烈交谈，交换我们看到的未来。我们发现，用别人眼中的未来填补自己眼中未来的空缺后，能看得更久远。我们沉浸在这个发现中，每个人都难耐激动，想要看向未来的尽头。

我们得知那个发光的拱门是还在实验阶段的某种时间机器，将我们带回了1900年。这个世界将和原来那个一样，遭受两次大战的摧残。我们还看清了各自未来的道路，将要经历的人生；看到了每个人都将沿着各自的道路走下去，过完已被预知的余生。那是唯一的、不可更改的路，无论多么艰辛、多么痛苦，每个人都会坚定不移地走下去。

一艘从格陵兰前往英国的商船解救了我们。我们在朴茨茅斯分道扬镳，去追寻各自的人生，除了罗特。我们彼此出现在对方的未来，至少有一段时间是这样的。

我们在伦敦短暂停留后，来到多佛。罗特当起码头工人；我还是干我的老本行，在一家酒馆做侍者。那段时间，我们是彼此唯一的依靠，自然而然地，我们牵手、拥抱、亲吻。我感受到前所未有的愉悦和美好。我以为那就是你说的幸福，但好景不长。

罗特发现了我的护身符。我一直把它藏在内衣贴身的最里层。他看见它时，变得呆若木鸡，过了好久才问我：这是从哪儿来的？

我说是一直抚养我的党卫军军官给我的，他是个好人。我问他怎么了？

他说，看到它时，他就该动身离开了。

我不明白。我施展能力，却印证了他的话。他明天就要离开，从多佛乘船前往法国。而我，将把护身符交给他。我没做任何挽留的尝试，先知知道这是命中注定。我只想知道，他离开我之后，将会过上怎样的生活。

他起初不愿意开口。在我百般逼问下，他终于说，他会抵达法国加来，然后前往亚眠，在那里被一位正在招工的果园主相中。他会被带到蒂耶普瓦勒的果园里，当一个果农，然后一直平静地生活下去。

多亏你给我讲的那些战争故事，我知道他去的地方就在冲突中央，绝不可能平静地生活。

他终于招供，说他在战争中死了。就在 1916 年那场惨烈的战役中。护身符没能保护他这个先知。他不明白为什么，只道一切都是命运的安排。而命运给我的安排就是把护身符交给他，送他登上横穿海峡的渡船，站在码头上泪流满面地向他挥手告别，永远的告别。

罗特将完成他的使命，接下来，我也要完成我的。

我在英国待了两年，有了微薄的积蓄，便动身来到德国威斯特法伦地区。我改名换姓、隐瞒身份，从药店小职员做起，渐渐结识了医药和化工圈里的人物，再凭借我的能力，结交名流，拓宽人脉。我在波恩大学化学系教员的联谊会上，用我对衔尾蛇符号的独到理解引起了注意。开始有人给我介绍约会对象，而我早已知道我将会对哪位男士倾心。

海因里希·霍夫曼，拜耳实验室的一名研究员。他妻子两年前过世，留下一个名叫米娅的女儿。海因里希担心我不能接受他的过往。他不知道，米娅就是命运对我的安排。我们迅速坠入爱河，我随他搬到了实验室所在的伍珀塔尔。

我向他坦白了我先知的身份。他一时有些震惊，但我知道他很快就会接受。我们结了婚，有了一个儿子，我的儿子。我沉浸在狂热的幸福感中。我知道，这一次，就是你所说的那种幸福。我将像你爱我一样爱他，像你对待我一样为他倾尽一切。海因里希从朋友那儿搞到几个奇特的药方，给他服用后，他头上长出了天然的毛发。他可以像个普通孩子一样成长，不必担心将来会遭受其他先知那样悲惨的境遇。

但重点是米娅。她才是我践行命运的关键。我对她视若己出，时常与她结伴外出、促膝长谈。母女间的亲密关系与母子之间全然不同，我花了一段时间，与她建立起这种关系，也对她增进了许多了解。我向她敞开心扉，甚至告诉她我是从未来乘潜水艇来到这里的，她只当我是在说笑话。

米娅长大之后，我不断鼓励她去闯出一片属于自己的天地。她考入波恩大学，顺利完成了学业。我在丈夫面前经常夸奖她，称赞她的能力；他总算给了米娅一个机会，让她加入法本公司。我又对她说，总是待在公司总部的舒适区里，无法磨炼出独当一面的能力。她听从了我的建议，成功申请到柏林地区担任公司代表。

这一路走来，米娅感谢我、接纳我、信任我。但我知道，她终将怨恨我。因为我所做的一切，都是为了把她推向你，为了让未来变成现实，为了让衔尾蛇追上它的尾巴。她会觉得，我对她的善意，是对她最歹毒的欺骗。

之后的事情，你都知道了。

我想告诉你的是，在接下来的日子中，那种幸福一直伴随着我。尽管先知在德国成了不受欢迎的人，但我的亲人们却从未嫌弃我。他们对我照顾周全，把我保护得很好，没有外人知道我的秘密。

我在这里衣食无忧，唯一放心不下的就是你。你的生活中应该有"一个女人"。我不知道米娅会不会最终成为那个女人，但出于母亲的私心，我觉得她是你值得考虑的对象。

无论是谁，我多么希望能看到你找到毕生至爱的那一天，得到跟我一样的幸福。遗憾的是，频繁地使用能力损坏了我的大脑，让我脑子里生出了肿瘤。此时此刻，就是我的终点。

这 43 年，我按部就班地走完了一生。虽然一开始我就知道沿途的每一寸风景，但亲眼见证时才体会到它的多姿多彩。虽然你缺席了整段旅途，但在我心中，你从未离开。

你永远是我最爱的老舒。

永远。

二十一

"最爱你的卡琳"的落款模糊了。我赫然发现，是我的泪珠滴落在信纸上。我用颤抖的手把信折好，放回信封里。

得知卡琳结婚生子，安定一生，我心满意足。只是命运对她不公，在我能与她重逢之前就夺走了她的生命。但她早就看到了，并且坦然接受。每个先知都是如此，卡琳、罗特、长老、吉塞拉……他们预见自己的命运，并倾其所有践行这个预言。

我没这个本事，不知道下一步该怎么走。但我有我的能力，一种被称为自由意志的幻觉。我毫不犹豫地向山坡下走去，走向湖边，米娅静静站立的地方。我用力抓住她的手，把她拉向我。她吓了一跳，一个趔趄倒向我，扑在我胸口上。我捧起她的脸，让她看着我。

"我对你的感情是真的。卡琳对你的感情也是真的。"我克制不住自己激动的情绪，高声说："是的，她预先就知道要善待你、鼓励你，要让你到柏林来与我相遇，但这并不意味她对你的爱是虚情假意。她只有这一条路可以走，她跟所有先知一样，没有别的选择。但在她在这条路上，还是能体会到爱，也懂得如何去爱。她从来就没有因为被命运限死了未来而自暴自弃，放弃爱的权利。她爱我，爱你，爱你的父亲和你的弟弟，而她得到的回报就是完整的家庭和美满的一生。她作为一个别无选择的先知，都相信这是属于她的、真实的幸福；你不能因为她是个先知，就否认她对你的、真实的爱。"

米娅被我一席肺腑之言镇住了。她紧咬嘴唇，眼也不眨地看着我。过了好久她才低头说："不知道。我也不知道。"她抱着脑袋，左右为难，"我一直没法说服自己……"

"说服自己什么？"

她再次抬起头，一脸迷惘。"我对你的感情是不是真的？"她攥着我的领口，声音紧张到颤抖，"这一年来，我一直没法把你从我心头撵走。我想重新联系你，但一想到我们之间的一切都是被我母亲，或者那种掌控着我母亲的力量安排好的，我就觉得这份感情是建立在虚无之上的幻觉。"

"幻觉没什么不好。我们看不清已然注定的未来，本来就活在自由意志的幻觉中，但这不妨碍我们凭自己的感受去做决定。没有什么比你自己的感受更真实了。如果说注定的命运会对我们的感情造成什么变化，那就是让它变得更加真实。它是唯一的可能，最真的真实。"

米娅环抱着我，脸颊贴在我胸口，"我真希望是这样，我真希望可以相信你。"

"相信我，没错。"我将她搂在怀里，感受这久违的温存，感受到她在我怀中频频点头。

我们在湖边拥抱了很久，直到我们脸上的泪水都被风干。"我们回去吧。"我抓住她的手。冰冷的手中央透着暖意。她反扣住我的手，把那丝暖意印在我掌心。我再次看见那对让我朝思暮想的小括弧般的嘴角。我们十指相扣往山坡上走去。

我不知道她住在哪儿，也不知道我接下来要住哪儿。不知道明天太阳升起时，我该何去何从。我们就这么沿着来时的路往回走，踏过湿漉漉的矮草，迈过盘绕的根须，回到一开始的地方。我们站在卡琳的墓前，我更加后悔没能早点脱离党卫军，见上她最后一面。

"她把信交给我的时候还说，"米娅在墓碑前蹲下，"能遇见我是她

未然的历史

的幸运。她说她不知道我会不会原谅她，但她相信我会。"她的指尖抚过"霍夫曼"几个字，抹去那层朦胧的湿气，"我从一开始就不该责怪你，妈妈。我应该感谢你，让我遇见卡尔。"

我蹲在她身旁，把"凯特琳"几个字擦干净，"谢谢你所做的一切。为我，为米娅，为所有的先知。"

我们陪了她一阵，默然不语，直到墓碑没入树林被拉长的影子。我们告别卡琳，回到等候多时的轿车旁。诺瓦克看见我们回来，从车上下来迎接。可拉却不见了踪影。

"可拉去哪儿了？"我问。这里离勒沃库森或是科隆都有不短的距离，徒步前往是一段艰难的路程。

诺瓦克愣了一阵，反应过来，"你是说霍罗威茨先生？"

"霍罗威茨？"

"是他让我这么称呼他的。"诺瓦无辜地说，"他说他的使命完成了，剩下的就交给我了。"

在了解过卡琳的经历之后，我一点都不意外。至少我不用担心那老家伙在荒郊野外迷路。"那你的使命呢？"

"我负责把你们送走。"

"去哪儿？"米娅问。

"离开德国，从意大利到南美洲去。战争就要结束了，你们……"他特意指向我，"先生，主要是你，在这儿不安全了。"

米娅忧心忡忡地看着我。我问诺瓦克："意大利现在被英国人和美国人占领。我去就是自投罗网。"

"有朋友在那边接应。你们认识。"诺瓦克不拘地笑着说，"那对双胞胎姐妹。"

米娅仰视着我，像是在等我做出决定。我对诺瓦克还以同样的笑容，"你是按照你的预感在说话吧？"

诺瓦克皱起眉头。

我接着说："因为你知道我是不会在这时候落荒而逃的。"我低头看着米娅，这也是在对她说。她用赞许的眼神回应我。"战争接近尾声，希特勒会押上所有德国人的性命，特别是先知。他们……"我用坚定的目光看着诺瓦克，"你们，从未像现在这样需要我。我了解集中营，了解它的运作方式，我能帮你们从党卫军手下逃脱。当然，我也需要你的协助。"我郑重其事地询问他，"你愿意加入我们吗？"

诺瓦克来到我和米娅跟前，为我们打开车门，"我已经等不及了。"

一个小小的新联盟正在形成，有我的经验、米娅的人脉和诺瓦克的能力。我看不清未来的道路，但我知道这是我选择的道路，也是唯一正确的道路。在帝国灭亡之前，我们还有很多事要做，还有很多性命要去挽救。

轿车越过山头，回到宽敞的大道上。诺瓦克喜气洋洋地开着车子，哼着小曲。米娅被他的兴奋劲儿逗乐了，与我相视而笑。我们朝着勒沃库森驶去。去向米娅家中，去向卡琳度过大半生的地方，也许会见到那位幸运的霍夫曼先生，还有卡琳的儿子。我拥着米娅，充满期待。

对不确定的未来的期待。

尾 声

先知倒在泥泞的堑壕里，鲜血汩汩地从胸口涌出。士兵们收拾装备，整队出发。唯有少尉盯着先知渐渐涣散的双眼，一动不动。

先知失去力量的拳头松开了。一枚银色的徽章从掌心滚落出来。少尉惊讶地俯下身，看清徽章上是一只睁开的眼睛，徽章的边缘雕琢着一条咬着自己尾巴的蛇。他把它捡起来端详，想弄明白它代表着什么含义。

"舒尔茨少尉！"中尉在身后催促他。他匆忙将徽章揣进衣兜，一路小跑跟上部队。

恺瑞，游戏策划。爱科幻，爱游戏。喜欢奇奇怪怪的点子和不按套路出牌的故事。在不存在科幻、小科幻、蝌蚪五线谱等平台发表科幻小说，著有《先知矫正营》《蜂后计划》《无限国的超限龙》等作品。

长安风轮记

李 夏

四月　蝇

四月秀葽，万物复萌，长安城西南郊大通坊外一派凋敝光景，似乎被节岁远远甩在后头。黄土坊墙加盖到三丈五尺高，密不透风，一种震天的嗡嗡声不断翻墙而出，好像踩错拍子的丧乐——铙钹、云锣、唢呐各自铿锵，砸得人七荤八素。过路百姓即便面对面也必须扯着嗓子说话，不然绝听不见，久之蔚然成风，长安人因此养出一副宽音大嗓，世代传承。

大通坊内，靠近西墙处一尊古怪方墩台拔地而起，约十丈高、百丈方，嗡嗡之音便是自此传出。墩台表面黑黢黢、油亮亮，余光瞥去还隐隐蠕动。再凑近些，外壳就轰的一声炸开，腾起一团黑雾，遮天蔽日。黑雾盘绕三匝又迅速落回原处，电光石火间终于看清——此墩虽硕大无朋，其实就是个黑泥生砖搭就的中空塔台，四四方方，下粗上收，外面半尺厚的蠕动黑壳都是飞蝇——丝光绿蝇，大头金蝇，黑纹麻蝇，七彩丽蝇……个个油亮肥硕，饶舌聒噪，好不热闹！

十几辆满载槐木粗桶的牛车从南偏门入坊，临近墩台轰然卸货，群蝇受惊四下射出，很快又恋恋蛰回原处。匠人们丝毫不以为意，熟练撬开木桶，挖取黝黑锃亮的新泥，填进一尺方的铁皮匣里，添入灶灰样的灰白粉末，搅匀压实抹平，抡圆锤子夯打起来。不一会儿，只听一声厉喝，匠人将铁匣反举过头，一个猛扣，咣当一声，一块整齐漂亮的黑方砖就成功脱模了。另外两名工匠分别取了些新砖，深吸口气走到黑蝇塔基附近，攀上绳梯，一个猛子飞速甩摞在最上层，来不及飞走的蝇子就被压在砖隙间。这里所有工匠都有点耳背——长期在高噪声环境中工作，又嫌麻烦不肯塞棉花堵耳朵，就被蝇子聒成半聋子——行动倒很麻利，不影响干活。

黑墩台不远处站着两位青年，均是二十上下年纪。较年长的那个，身裹紫貂领黑缎薄氅，虽是男子，却生得一双丹凤吊梢眼，透着阴柔叵测之气。他用纤长的五指掩住口鼻，瓮声说道："蝇子聒噪，吵得人心烦！"

"渭水多沙不可用，滴河底泥黏腻富弹性，可沉积了大量鱼虾蟹蚌，直接夯成生砖用，必定骚秽。"略年轻的那位，理了理蓝布袄袍，瘦削的身体似要消融在衣裾间。顿了顿，他又低声道，"当年修城墙时河泥要先过筛三遍，如果寿王殿下——"

"过筛？这得耗多少时间！若八月风轮不得完工，错过天长节献礼，圣人怪罪下来，你张诚第一个倒霉，懂吗？"黑氅青年冷冷斥道。

被唤作张诚的那人心中一凛，杏黄虎目圆睁，"八月，应该可以。"

"记住，"寿王猛然转身，"你只需要做好一件事——不计代价，如期造好风轮，为我大唐都城带来永世不竭的能源！你自可平步青云，至于张家那点旧账……小事一桩，也好说。"

"是！"

说话间，一阵噼啪声响彻云际，众人吃惊仰头，原来是春暖南归的燕群在扑棱翅膀。几只头燕飞近大通坊西墙，眼睛一亮，可瞧见了好东西，当即招呼余部。燕群收到信号旋即赶至，纷纷俯冲而下，落在黑泥墩台上一通猛啄。厚实蝇壳轰然解散，方墩总算露出本来面目。

"妙，妙！一物降一物！你的办法果然有用——提前布几面镂空石壁，搜了全城旧燕巢塞进来，燕子回长安一路寻到此处，蝇子就没活路了。"寿王拍手笑道。

张诚面不改色，眼中似覆了一层霜，"……只不过，野燕灵窦未开，难以控制。"

寿王轻哼一声，却不回应。

很快，大批蝇子落入鸟腹，成了美餐，剩下的蝇子感到情势不对，乌泱泱聚成一片，向西撤去。城中惊呼怪叫之声此起彼伏，随蝇云一路渐远。燕群竟也不追，反倒退回方墩西侧的镂空石壁，仔细搜寻去年筑的旧巢。

坊内还有几只残蝇未走，围落木桶上下，正欲小酌。眼尖的几只燕子赶忙冲上，几个回合后，黑泥方墩上再无一蝇，似包了浆般油亮平齐，大通坊也恢复了久违的寂静。

肥蝇盛宴散得太快，燕子们意犹未尽，茫然四顾，忽而重新抖擞起来——飞燕衔新泥，劳劳顾旧巢——墩台生砖上的黑泥尚未完全干燥，恰好可用！它们纷纷振翅腾起，落在方墩四周猛啄起来。得了泥，返归旧巢，修修补补，燕子们越干越起劲，将墩台翻搅得坑坑洼洼，生生剥落一圈！嵌在砖内的鱼头虾脑也暴露出来，散出莫可名状的气味，像给四方发出信号，周围的麻雀、乌鸦、黄鹂、斑鸠陆续赶来，纷纷开啄，试图攫取一些残羹。

"糟糕，鸟雀把基台刨坏了！"工匠们一面挥臂驱逐，一面焦急叫喊。

寿王也急眼了，"哎，怎么办？"转头，却见张诚沉着脸，正跟一名匠人咬耳比画交代。

匠人领会其意，扔下砖刀，跑进库房，抬出一堆玩意儿，乱糟糟像是渔网，又夹杂着些木柄、木叶之类的古怪零件。几人合力撑开，就是一面八卦形的粗麻大网，孔隙极密，原是为笼住偷麦的麻雀而设计的——说是匠人，其实他们大半是南山远村招来的穷苦麦客，给碗油泼面啥都愿意干，捕杀鸟雀本就是熟悉业务。

大网八侧都以方木包边，每条方木上嵌着三簇木质叶片，每簇三根，形如柳叶，绕轴可旋。麦客们抡圆胳膊搅动叶片之下的手柄，齿轮咯吱作响，水牛皮链绷到最紧，发条也就上到顶了。几人一对眼神，一二三，齐齐松手，叶片咻然开转，巨网随之腾空，竟悬停在黑泥方墩上方。他们看准时机一声大喝，拉弦收网，八卦网阵急速下坠，触地自行收紧，将方墩上停落啄食的燕子以及前来揩油的家雀们死死罩在里头，只听一片哀哀喳鸣，百鸟扑翅，无一漏网。

　　"循天网果然好用！"寿王看得眼直。

　　"接下来，殿下打算如何处置？"

　　"接着抓！有多少抓多少，这瞎啄乱啃的，净坏事……留几只吓唬苍蝇就得了。"

　　"那么其余的就……"

　　"嗯。"寿王侧目一笑，"风轮一旦建成，自动灭虫的械具岂非信手拈来，这些破鸟留着无益……别忘了你的任务——八月不远！任凭它们瞎捣乱，这工期可就不保！"

　　"是。"年轻人眼神一闪，躬身唱喏，再不多话。

五月　旱

五月鸣蜩，天干物燥。今年热得略早些——自打去年底长安城便天旱少雨，二月里，环泽西长安的潏、滈二河竟诡异断流，而渭、涝、沣、浐、灞、泾六河水位也下降不少，城内永安、清明几渠日渐低浅。黄土大城焦渴干涸，晌午日头稍直一些，土地、墙面就噼啪爆裂，热邪从缝隙里蒸腾而出。

热邪掠过曲江池，蒸遍东西二市，扫尽一百零八坊，荡过九衢十二条，在长安城团团打转。百姓轻易不敢出门，如果跟热邪撞个满怀，汗透的蓝褂子就会褪色，黏在背上几个月也洗不掉。满大街热脱了妆的女郎，坚持顶着溶解的妆面逛街串门，所以长安风情画里少不了一些先锋派扮相，诸如白面染胭脂，阔口点绛唇，蛾眉卧蚕豆，红砂充酒窝之类的，路子极野。

这当然只是暂时的，长安城的风轮一旦建好，莫说八水，就是南山甘泉、太白雪顶、华山晨露、楼观天池也是信手调取，不费吹灰之力。这一点，百姓们深信不疑。不信的可以瞧瞧满大街张贴的施工蓝图——一百零八坊正门处告示牌上写得明明白白，若不识字，可以随意咨询左右两个虬髯持刀侍卫——总之京兆府衙的工作很有力。

在此之前，耐心总要有一些。

久旱无雨，往南看去，天上却老吊着几坨乌云，模样无精打采，举棋不定，像谁家弹棉花不小心迸到天上几块。几日后，谣言就如野草一般疯长，再无收割的余地——坊间传说是寿王一党为了赶风轮工期，大举挖掘八水底泥，无意间挑断了龙筋，龙王爷盛怒之下把所有支流河水悉数吸进水眼深处，不让过长安，而原本蛰伏的旱魃趁机苏醒，四下捣蛋，所到之处麦田颓败、地气蒸腾，今年必定要颗粒无收。

坊间传言算不得数，断流之事可是真真的——源于秦岭甘花溪的潏河离长安城最近，原本水源丰沛、润泽京师，而今看来就像没牙老人干枯的齿床，又萎又涩，腥秽难闻。挖河泥的匠人忙得四脚朝天，拿拧成细绺的草纸堵实鼻子，却张着大嘴呼呼喘气，也不嫌吸入臭气更多。河泥早干成土疙瘩，铁镐一碰飞灰四散，咳嗽声不绝于耳。运到大通坊时就更不像话，撬开木桶，扑哧一声烟尘猛蹿，像过年时放的哑炮仗。

风轮塔基表皮干裂，扑簌掉土，张诚靠在老槐树下远远看着，眼似两方黑冰，寒而不透。

"哈！"一个小女娃突然怪叫一声从槐树后跳出来，两条乌黑油亮的辫子搭在身前，小脸粉雕玉琢煞是好看，手里还拎着两个粗瓷酒壶，晃了晃，发出咕咚咚的闷响，原来是永兴坊赵记酒坊掌柜的小女燕儿。燕儿爷爷老赵掌柜是长安商会话事人之一，更与张诚爹是故人，初到长安时，他便是投奔的赵家，又被引荐搭上寿王这条线，算是贵人。

张诚吓了一跳，看清来人后，脸色一松，忙招手示意她过来。

"刚开封的郎官清，闻到香味赶紧给你打了两壶。"女孩一脸嬉笑，递过酒瓶，又看了一眼硕大的黑泥方墩台，"呀！才几天没来已经这么高了。风轮快成了吧？"

"还早，一半都不到。"听她一说，张诚又郁闷起来。

"我爹爹说了，这风轮可是了不得的东西——一不烧柴火，二不要驴拉，三不管早晚，见风就转，力大无穷，是真的吗？"

"是，他说得不错。"

"西郊曹家寨也有个风轮，磨面特别快！"

"傻丫头，那个小得多！"张诚不禁一乐，总算开了话匣，"我这架风轮高百丈，最宽处足足六十丈！三枚白玄铁叶片坚如磐石、韧胜蒲苇，却轻巧灵动，一点微小气流就能让它们飞速旋转。叶片转起来扯动塔筒肚子里的连杆、齿轮跟转，昼夜不停。耕田的木牛、载人的流马、驮货的竹骡都能过来上弦——以前不是要二人合力拧横木发条吗？到时只要往风轮下边一接，不费吹灰之力就拧到头儿！"

"那酒坊的麦碾子也能自己走，不用我推了吗？"燕儿听得眼直。

"当然！"张诚摸摸她的头，"省下时间燕儿就能玩耍啦。"

"我才不玩！我要每天来跟张哥哥学本事！"

"女孩子哪能学这些！"

"女子又如何！一样可以怀好心、做好人，像哥哥一般懂那么多东西、那么厉害，能为百姓造福，成就大事业，光耀门楣！"

好人……张诚心里咯噔一下。

自己是好人吗？

原以为是，可……

干枯河床死而不腐，风轮塔基怨气凝结，如借尸还魂的巨灵神，无时无刻不在审视他、诘问他……去年冬寒少雨，稷麦本就苗情不旺，过了春节眼看要起势，长安城却接连三个月滴雨未落，再旱下去，今年的收成就彻底完了……十里八乡农夫心中早如汤煮，要如何跟他们交代？直言是寿王号令自己在滴、潏二河修坝拦水，导致云汽不利、渠水不兴……种种一切只为速取河泥建风轮吗？不，他们根本不会体谅！更何况，若跟寿王一党起了龃龉，断然无法在长安立足，爹爹之冤也再无平反之日……不，不能犹豫！不能停！等风轮修好，对，到那时，一切问题都能迎刃而解！

他仰头眯眼远眺，骄阳正盛，两疙瘩轮廓分明的青云远远吊在半空，如大车马巷里随街晾晒的破罩衫，风透过去，铁铲刮锅似的声音打着旋儿从云缝掉下来，激得人一身汗毛倒竖。这云多半为二河水坝拦聚的上游湿气所凝，可惜飘到长安城时后劲不足，降也降不得，散也散不开。

要是能下场雨就好了……

回过神，发现燕儿也正仰头盯着两坨汽云发呆，张诚抿嘴一乐，敲了敲她的小脑袋，“看什么呢，这么出神？”

“哎呦，疼！”女孩捂住头，眼睛却没离开那两片云，“好眼熟，我家糟坊蒸馏灶上也有，小一点，但一模一样！”

“怎么可能？又瞎说。”

“没有！”燕儿噘嘴不服道，“我家糟坊虽比不得外头天高地阔，可也不小——六个高炉蒸台，一个大曲池，两个储池，个个都有两架堂舍那么大，还有五十处发酵池，外加晾堂、水井、排水渠、灰坑什么的，里外里总共二十丈见方。”她满脸得意，顿了顿，“其中高炉灶常年蒸煮麦黍，从不断火！蒸锅里冒出来的热气碰到屋顶，聚成酒云，非外力不散。”

“有意思。”张诚颇觉有趣，忽而想起，“时间长了屋顶不是要发霉？”

“可不！”燕儿撇撇嘴，“所以呀，我爹爹三不五时就会带着几个工人攀梯上去，捣弄捣弄，把它变成水，我们都得在下面拿盆接着，免得打湿了灶火——高炉火永世不能熄灭，否则酒神会发怒——”

“等等！”张诚一怔，突然虎眼圆睁，抓住女孩肩膀用力摇晃，“你说云变成水？”

燕儿吓了一跳，懵懂点头，“对，多撒几把粗盐、灶灰粉上去就行了。”

五月底，长安城终于结束了焦渴。黑灰色雪鳞从天上源源脱落，一触到黄土街道、墙面，叮的一声就渗进去，连个影儿都见不着。百姓们起先也是惶惶不安，很快情绪就稳定住了——想唬住百姓们是很难的，千百年来，他们惯于接纳所有荒诞的、可疑的、相对的、不完备的或者测不准的东西，惯于以最大的善意与一切共情，换句话说其实就是见怪不怪——比如风轮，比如黑雪，比如那些穿梭在黑雪之间的木鸢。

载人木鸢翅膀展开足有两丈宽，形态笨如老鸦，动作却敏似飞燕。每只木鸢上都绑着两名匠人，奋力踩动踏板，带动辐轴呼啸轮转。匠人驾驶木鸢，专捡云隙里钻，引着汽云团朝长安城方向飘移，手上也忙个不停，播撒着某种灰白色粉剂物质。那玩意儿轻飘如纤尘，碰到悬浮青云就如磁见铁一般吸附上去，很快，以纤粉为核，云汽凝聚，化为片片黑雪洒落，坠地发出叮叮细响。

长安诸坊内的甜水井水位升得很快，几个胆大的街坊狐疑上前，颤颤打了桶水，手指探进去一尝，赶忙呸呸吐出来——这水不但污浊混沌，味道也是齁咸苦涩，卡在喉咙里半天下不去，嘴里冒出的苦味能熏倒一只鸡！

一个净水偏方开始在坊间流传——井水打上来，每桶加三把草木灰，静置三天三夜，取上层清水大火烧滚，注意锅盖得压瓷实，水汽沿着盖沿缝隙淌出来，拿碗接着，直接就能喝了。虽然麻烦，但也好过日日乘两时辰牛车去远郊取水。

百姓们就是这样，憨厚执拗，见招拆招，把日子活生生过出花来。不算大兴城时代的话，长安城已经活色生香地存在了一百余年，还将继续伟大、恢宏、不顾一切地茁壮生长下去，这种永恒感让生活其间的人有些倦怠，如老夫老妻，相看两厌。

所以，当黄土大城悄然变化时，根本没人放在眼里……

六月　虫

六月栖栖，炰鳖脍鲤。长安城东西十四街、南北十一街，切割出一百零八坊，方方正正、刀砍斧凿，整齐漂亮得如一块块黄米发糕，想要把它一口吞下的人自不在少数。岁时伏腊，烹羊炰羔，斗酒自劳，欲念横生，荡人心脾的味道满街游走，顺着鼻腔溜进人的体内，带动其他感官也躁了起来。在长安城，气味是有形、具体且无所不包的——水盆羊汤的鲜、胡麻烧饼的香、水晶酥馃的甜、蒜蘸蒸豚的辣、腊汁猪肉的糯、油泼宽面的筋，蟹黄毕罗的馥，还有郎官清的醇——整座城市就是一场不散的筵席，谁也别想躲过。

永兴坊里赵记酒肆的二楼小包间里，一个年轻人正蹙眉自饮，柳木老桌上排着的四碟小菜没动几筷子。几盅下肚，他脸上泛起血色，竟朝对面空置的一副碗筷喃喃自语——

“爹，今儿是你的生辰，儿敬你！”他仰头，咕咚又满饮一杯。

“若不是那几个奸商合伙诬陷，你也不会背负敛金骗财的罪名，辗转他乡，一生不敢踏进长安……”他眼里鼓出团团血丝。儿时颠沛流离的生活浮上心间，顿时哽咽不成声。

父亲这辈子，苦啊……离开长安后，蛰居老家万县几年，后迁回入绵州，离了蜀地再南下洞庭，又客迁安陆……每到一地，多不过三年五载就会悄悄搬离。逃亡生活几乎将他耗尽——自己 16 岁生辰那天，父亲侧卧病榻，颤巍巍层层揭开一个破旧油布包裹，取出一部无头经书……父亲向来不苟言笑，为逼儿子苦修天文地理、经文典籍，戒尺打手、竹藤抽身是家常便饭，可那天，他破天荒抱了儿子一下，殷殷嘱托要用心研习典籍上的奇技，学成后，焚此书，入长安，投奔赵掌柜，改名换姓，成就一番事业，为天下百姓造福，千万莫要让这些技艺为奸人所得、所用，也切莫向外人提及父亲的名字……

不，这不是他该有的结局！

"孩儿不孝！"年轻人双目注血，银牙紧咬，"成大事也好，谋福祉也罢，都要往后放一放，儿要不惜任何代价建成风轮，助寿王建立奇功，谋取太子之位……作为交换，他允诺我一定会彻查此事，揪出那帮恶人，为你平冤！父亲的名字必须堂堂正正在长安城流传，到那时——"

"张诚哥哥，你在这儿呀！"小间的木门吱呀一声，一张俏脸探进来。

思绪被骤然打散，张诚晃了晃神，看到来人心中一喜，"是燕儿，来，进来坐。刚才来时没看见你，给，"他从身旁包袱里掏出个东西递过去，"才从西市过来，瞧见这昆仑奴面具煞是有趣，送你玩吧。"

女孩远远伸手接过礼物，却不急着近前，而是不停抖弄杏色襦裙的摆子，恨恨皱眉嘟哝："可别给你带进来——烦死了，刚跟爹爹他们打了一晌午的虫子，浑身都是。"

"你说那些青虫？"

"可不！好像它们也爱喝酒，整个糟坊现在全是，曲池严密加了盖还是跑进去不少，再这么下去今年的秋酿算是完了……"她盘腿坐下，顺手取了块桂花饼塞进嘴里，问道，"你今天怎么有空过来？莫不是风轮快修好啦？从我家就能看见那个黑塔台楼子，可真高！"

"那只是下半部基座塔筒，上头还有五十丈，得拿木头打——橡木坚中透韧，镂空结构又比泥砖轻巧，不致被强风刮倒……燕儿，"张诚眼神一闪，话锋突转，"我忙着赶工长久未出大通坊，才几日就闹起怪虫，你可知怎么回事？"

"不清楚，大概上月底吧，街道墙壁长出一种透明白点，不细看也发现不了，没人在意，只道是没化开的盐粒子。后来越长越大，前后也就十来日功夫，青虫子就陆续孵出来。这怪虫除了爱啃树叶草皮、书籍纸张，连晾在外头的衣裳也咬得满是洞洞，长安城都快给啃秃了！关键是它们还皮实得紧，可难打了！有人说……"燕儿吞吞吐吐起来，"有人说，虫卵就是那场黑雪带下来的，说你们肆意挖泥开罪了河神，风轮修得比大明宫还高，越矩逾制，破了龙脉风水，就遭天谴——张哥哥你可别往心里去……"

黑雪……青虫……

也不知怎么出的门，张诚侧身挤进流马车，斜靠木壁，脑中浑浑噩噩。木流马拉着两节车厢沿主街缓缓前行，黄土街面凹凸不平，马车起伏颠簸，靠站停车时总有些人急匆匆冲出去呕吐不止，更多人会嫌恶捂鼻挤进来，就这样上上下下，落花流水，恍惚似梦。

永兴到大通两坊距离不短，一号线流马的木轨沿宫城东墙由北至南一路下行，西转又南下，经过整条朱雀大街，至明德门，又沿城墙根儿再次西转，贯穿长安南北。张诚从车窗探头，一路看去，满街满巷的百姓均是神色慌张忙乱不停——时而蹿跳抓挠，时而奋力拍打，时而恨恨大骂，时而呜咽哀啼，像是在表演什么夸张的皮影戏。再细看，就能发现许多寸长荧绿肉虫爬在人们的头顶、背上、袖口、鞋面……

几日后，全部白卵都破了壳，最先孵化的一批丌始加速繁殖，青虫愈发爆满。长安大城覆上一层油油绿毯——青虫层层叠叠盘在屋檐瓦楞、纱窗门帘、围墙砖隙、地面水洼，后又蔓延到河渠渗井、灶台柴房、坊厅院落，纱窗根本拦不住。它们趁势大举入室，堂而皇之钻进卧榻铺盖、衣衫被褥、书架木箱，最后连大姑娘的胭脂盒里也开始繁殖，叫人不堪忍受。

好些疯疯癫癫的措大跳出来，指认这虫子是《郡国志》里的"怪哉"虫，乃百姓常仰天长叹"怪哉，怪哉"怨气郁结所化。正所谓"何以解忧，唯有杜康"，只消用酒浇灌，怪哉虫便会溶解。也有人宣称这是《鬼谷子》里记载的"青蚨"——青蚨产子，母子连心，只消杀了其中一个，另一个跟着也就死了。这些说法毫无道理，稍加验证就知是胡诌，于是措大们皆因妄言之罪被抓。后来在牢中却纷纷改口称是"天降祥瑞，大唐必兴"之类的，就不好再计较，只得随便掌嘴放了。

荧绿肉虫越长越肥，背面突隆，腹部平坦，拇指粗的身躯下伸出四对粗短附肢，末端有爪，一般都是静伏不动，杵一棍子，就愣愣往前滚滚，翻卷几下又不动弹。烈日直晒几个时辰会脱水干瘪假死，夜里碰几滴露水立刻又活了。倘若你抬脚猛踩，就能发现实在不一般——虫肉隔着靴底极富弹性，若用力过猛，踩踏之人能被弹开一尺，低头查验，虫子根本毫发无损——不仅活得好好的，还会抬起头，转过黑豆一样的眼睛幽怨看过来，似能摄人心魄。倘若你拿小刀割断它的身体，割裂的几截分别还能活，各自独立长出头脸，裂变成几条！最有效的杀虫方法是火烧，或者直接捣个稀烂。

有位粟特胡商酒后说漏嘴，说这虫子极像家乡碎叶城热海滩上的涡虫，但个头大得多，也瓷实得多，他连连舔嘴唇，跷起大拇指：长安不愧为世界大都会，连虫子都大气。人们纷纷询问除虫良策，他却苦哈哈直皱眉头。热海其实是个巨大的咸水湖泊，虫卵往往集中产在湖滩上，孵化前被鸟雀吃个七七八八，若有漏网的，孵出成虫就不大好办了。首先，这些虫豸数量庞大，繁殖速度又奇快，彻底清除是不可能的；其次，它们皮糙肉厚、耐磨耐压，两名成年男子的体重加上去也踩不烂；更要命的是水淹不死、日照不干、冰冻不灭、窒息不亡，几乎无法灭除，唯独一样天敌可制——鸟雀。只消鸟雀足够，虫子倒也翻不了天。

他更自信推断，等到北燕南归，把它们一个个啄进肚子慢慢消化，任是铁丸铜弹也活不了！

过了两天，这名胡商杳然失踪，人们便将此事抛诸脑后，只隐隐感到哪里不对劲——怪哉，都六月了，燕子呢？莫说归燕，满街满坊连个鸟叫声也听不见！只零星散见几只麻雀，没吞几只青虫肚子就胀得滚圆，无力飞升，沿街蹒跚跃走。

为给风轮腾地方，大通坊早在年初就迁空了百十户，坊东稍远些的也都画了押，一次性补偿五百贯"遮眼费"，来日落成后，但有纠葛概不负责。如此，风轮工地就当仁不让、合理合法地占据了坊西近三分之一地界，而贯穿长安南北的永安渠贴着西坊内墙汩汩流过，更方便取水送货。黑泥塔筒下盘宽百丈见方，越往上越细些，呈现四方台形，如今已修到五十丈高，不可逼视——倘若人离得太近，硬要仰颈上顾，就如以管窥天，惶惶只见庞然黑兽一斑，深觉魂魄俱裂，如泰山压顶。所以大通坊的百姓每次起夜都心惊肉跳，只敢闭眼狂奔，掉茅坑的事情也是有的。远望则好一些——爬上南山腰看去，塔筒基台显得纤细不少，好像长安城冷不丁绊了一跤，面门扎进去半根粗刺，观者无不连连搓脸，被隐隐痛感所挟。

等封顶的那天才叫好看！张诚咬着一根竹篾，立在黑泥塔筒下眯眼上瞧，神色轻快。几十个麦客蹲伏在顶层平台上，正将手腕粗细的木楔叮叮咚咚敲进纵横交错的木骨架里。再往上五十丈是纯橡木结构，轻巧抗风，韧性极佳，完工后，干燥刚烈的风卷着黄沙微尘，推动三枚叶片疾转，长安城就能拥有永世不竭的动力——上紧发条的流马将自动往复循环，载着人们走街串巷；百姓再不必手提井水，只消拉根竹管，风轮就把水抽上来打进灶房里；还有犁地的木牛，原要两个壮汉合拧发条才能走半日，不时还会卸了劲儿兀自停在地里，急得人没办法——可以利用风轮提前上紧若干"转池"箱的簧条，插上厚铁片挡死，需要时，将

"转池"对插木牛腹中机括，猛抽簧片，弹指之间就泻尽自身力道、上紧木牛发条，让它重新活动起来……

这些场景在脑中过了千遍万遍，他已能清楚看到它们一一实现，而父亲……父亲难得一见的笑脸此刻似乎浮现在青黄天上，跟那些美妙画卷融为一体。

一声哨音凌空划过，一架木鸢刺入画面，尾翼上拖着根两丈长的粗横木，直愣愣穿透那张意味深长的笑脸，把幻象搅得稀碎。这是架运输机，工艺不算复杂但效能极低，需两人全力踩踏脚板，一刻不停，带起轮轴疯转、扑翼疾振，鸢身才能顺势腾空，然而每次最多只能运上一根木梁，倘若风轮建好，也许——

"看什么呢？"一个阴柔声音打断思绪，不用看也知是谁。

"寿王殿下。"

"好东西！"寿王盯着木鸢两眼放光，"你说将来可以不用脚踩，想飞哪儿就飞哪儿？"

"多备几枚'转池'供能，飞的时候续上就是了，一次飞百八十里问题不大。"

"好！好！天长节那晚要是坐上这东西，打花萼楼上飞过，放出两条祝寿锦幅，凌空撒下万朵莲花，一定能让父皇高兴！奇怪……"他突然收言，环视四周，"几天没过来，怎么感觉有点不对劲……对了！虫，虫呢？"他一声低呼，终于发现了怪异之处——整个长安都已沦陷，大通坊东墙也是一片油绿，几乎覆盖住屋舍的本来面目，可这西侧偌大的工地上竟一只青虫也没有！东西两部似被一道透明的屏风隔开，两侧泾渭分明。

"寿王殿下，说起这虫……敢问降雨用的粗盐出自何处？当时用量庞大，不是朝廷拨的几百两银子能解决的，官盐市价少说每斗百钱，莫非……"他顿了顿，试探着说，"用的是来自西域的湖盐？我前几日听闻传言，有一名偷营私盐的安姓胡人老板不知所踪，他名下的香料、珠宝铺亦人去楼空。"

"你想说什么？"

"如果虫灾跟湖盐有关，草民是说——倘若真是西域异虫被夹带了来，在长安城落地生根，又因风土水气不同起了些变化，几代之后，恐较原初母虫更为凶猛……"

"若真是如此……你可能治？"

"市面上各类本土药材草方并不能灭除外来虫豸，最有效的反而是笨办法……青虫独惧鸟雀，尤以家燕为甚，倘若归燕尚在——"

"废话！"寿王脸色骤变，"净是废话！你在指责我？"

"不敢。殿下你看——"张诚不露声色，朝一旁比个手势，只听嗖嗖几响，几个褐色物件蹿上天空，乍然收势，凭空调转，又向黄绿地界俯冲而去——原来是四五只木燕，身长不足一尺，却生得宽肠大肚，一副利嘴尖喙更是显眼。木燕们近地急停，触发腹中机括，竟上下顿首，奋力啄食起来，而青虫似乎天性怕鸟，黑豆似的眼睛不断收缩，苦于动作迟缓，躲避不及，一一被吞入鸟腹。

"木燕腹中有生铁机簧，见虫就啄。燕腹材质是熏了白蜡的水牛瘤胃，虫入其中，内层套索就自动收紧，以强力将其压成一小团，虽不能一下杀死，也绝跑不出。两三百只下肚，燕腹差不多满了，飞回来再换个空的，内胆取出扔进封闭高炉焚成灰沫子即可。"张诚盯着寿王，眼睛一眨不眨。

"所以，五只木燕就保了这风轮工地清净？"

"若要为全长安除虫，五百只差不多就够了。"

"全长安……"

"如此功绩，圣上想来会很高兴吧？"张诚顿了顿，又叹道，"可惜五百只木燕耗材甚巨，光是橡木就得一万斤，现在向胡商订货也来不及了。"

"橡木我们有啊！"寿王眼珠暗转，看了眼风轮，"上半部的五十丈木塔……不是早就给你备了八万斤？"

"眼见要上木架，若挪用木料，工期必须延后。"

"必须……延期？"

"是。"

"那就莫要管这些虫子了。"

"可青虫已生变异，若放任不管，长安内外所有非金石之物必被啃噬殆尽，四野萧条，万民涂炭……顺藤摸瓜，迟早能查出是西域私盐所致、你我之责！如欲治虫，只能牺牲风轮工事进度——"

"绝对不可！"寿王果决打断，又凄然开口，"当时我按你的设计请奏修建风轮，父皇大为赞许，却想也不想将督建工作交给三皇兄，我苦苦恳求才揽过来，还当着满朝文武夸下海口，承诺八月必定竣工献礼，如若食言……纵然不治欺君之罪，也必成为笑柄，再难翻身——我自小未在宫中长大，与父兄疏离，迟迟才被接回宫封王，总不及几位兄长亲近。为博父皇青眼，我……"他眼圈一红，竟生哽咽，"……你以为只有你满心孝义、感念亲恩，只有你渴望成就事业、光耀门楣吗？"

张诚头一遭见他动情，又惊又怜，联想起自己父子一世漂泊、生死离散，心里更是一痛，原本备好的说辞彻底凌乱，"那，容草民再想想。"

"当真没有两全之法？"寿王一双凤眼殷殷看过来。

张诚深吸口气，惘然抬眼，目光越过南坊墙望向远处，只见南山黛青轮廓隐约藏匿在天边，突兀森郁，如展开在黄土大地上的一幅灵秀山水画。"近来我愈发感到自己的短视——大兴土木，忤逆山水，涸泽而渔，不计代价，这才引来一波又一波祸患……办法是有，但会否扯出其他事情，实在无法预料——"

"就知道你有办法！"寿王脸上皮肉一抽，也向南望，眸子霎时亮了，"下了几场黑雪，南山愈发看得清楚了，山脚那片黛绿色真好看。"

"听麦客说那是片柞木，材质韧性不及橡木，虽也算耐磨耐蚀，但不易胶结，容易开裂。山腰上的桦林倒不少，但质地太脆，骤然加力过猛容易'齐碴断'。"

"用在风轮上怎样？"

"不遇大事，只作普通用途的话，百八十年不成问题——"

"百八十年？够了！"

"够了……"张诚一愣，"可若遇飓风强洪地震山火，恐有不足。"

"杞人忧天！这些祸事长安城几时有过？"

"殿下的意思是……"

"我的意思？"寿王嘴角一扬，似笑非笑，"我只管督造，大事还需你全权拿主意。"

"……是。"

"很好！挪用风轮的木材，"他拍拍张诚肩膀，一字一顿道，"我会按照你交代的法子尽快补齐，不会耽误。总之，虫，得除，风轮，也必须按时完工。"

待寿王一行人出了坊门，马车渐行渐远，张诚快步走到黑泥塔筒前，一把拉开腔室木门，哗哗啦啦，里头的东西涌落一地，在夕阳下显得灼灼夺目。

木燕早就造好了——青虫肆虐，不及时治，后患无穷，哪有瞻前顾后玩弄权谋的余地！至于风轮……只能赌一把！寿王说的其实不错，长安有龙脉福气庇佑，河清海晏，物阜民丰，偶有天灾也不至如此巧合，偏就在此刻发生，若真如此，定是天意——总之，先除了虫子，其他事情待风轮建成自然迎刃而解！南山有灵，定知自己心无歹念，应不怪罪，何况也还有补救之法。

他暗自颔首，深吸一口气，朝身边挥手比画一番，几十名工匠一拥而上，分别拈起一只木燕，抡圆胳膊猛转发条，一松手，燕儿便如离弦疾箭一般，朝长安内城方向弹去。五百道黑线划破长空，按照预先设定的轨道齐刷刷突降各个角落，不由分说，上下猛啄，青虫们根本来不及反应就被收归囊中。待到腹袋鼓鼓囊囊，归巢机簧被触发，木燕又纷纷沿原路返回大通坊本部，卸货、换新囊、上发条，然后继续出征……也不知多少来回，匠人们早已精疲力竭、胳膊发颤、气喘吁吁，木燕们却依旧意气风发，斗志丝毫不减。

七月　疫

　　七月流火，天远日高。风轮上半部木塔架终于搭建完毕！四方木塔分二十层，边长按一定斜率逐层缩减，同泥塔筒一般也呈"金"字形态。头部锥形木顶只有一抱来宽，形如佛塔宝顶，正中高耸一根盘龙铁刹杆，围坠铁链八条，用于分引雷电。往下约莫一丈，一枚精钢八角转轴向外横突出来，用于固定叶片。

　　木塔与黑泥塔筒接驳的一层边长约二十五丈，四个立面分别打着十二根粗柞木立柱，每根十米高，由内而外分三层，层与层、柱与柱之间又通过桦木"枋""梁"横连，形成坚实的"筒体"结构。筒体上沿则绕圈设置了三十二朵斗拱，承上启下，连接两层间的支撑木环结构，同时也提供一定形变余地。五十丈高的镂空木塔筒完全由卯榫连接，愣是没用一根铁钉，灵巧坚实，如一尊庞然木兽的骨架，分分钟要腾空而起，跳落到长安城头顶上。

　　没有风轮的时候，长安城就是一张刚烙好的黄澄澄的胡饼，整齐切成一百零八块，缀着红砖青瓦彩椒丝儿、绿树碧草生葱段儿、黑发白首芝麻粒儿，而永安、清明、龙首、黄、漕五渠则是咬一口顺嘴流的小磨香油，怎么看，怎么可口。现在一切都变了，百丈高的金字风轮塔直插云霄，不可逼视，突出整幅画面之外，反衬之下，胡饼则成了由奸商出品、出炉后又被人踩了一脚的冒牌货，干瘪、塌陷、平庸，连配料都舍不得放。庞然巨塔避也避不开，将每个人的视线和注意力牢牢吸住——出街的百姓无论要去哪儿，眼睛总盯着同一处，有时还会把头跟身子拧成了相反方向，面对面聊天时也不看彼此，总不自觉向风轮方向瞟，坐在流马车厢里的人也是探出脖子齐齐向西南看！这实在不对劲，就像一张胡饼上明明随意撒了把芝麻却都是一样角度，怎么看，怎么奇怪。

最近几日，街上的"芝麻"也见少了，"胡饼"愈发薄凉，似乎在等什么人来加把火、撒点盐。

风轮马上要完工，只差装叶片，而三枚四十丈长、形如柳叶的精钢叶片昨日刚刚到货——上等白生铁烧冶成水，细风鼓入精纯木炭灰，搅拌均匀，待杂质沉淀析出，全长安二百名铁匠齐上阵，千锤万锻，昼夜不息，整整三个月，就等这一天！

大通坊内，午后烈日炙烤万物，黄土地砖热浪蒸腾，"秋老虎"早晚有别，凉也是它，热也是它，简直让人猝不及防。几名没精打采的工匠顺着南坊墙阴影一路挪走，进入工地灶房，呆呆盯着铁锅里咕嘟咕嘟沸腾着的汤水。一阵苦中带酸的药材味打锅沿飘出，充满整个房间，又从门缝窗隙散逸，很快，整个风轮工地都是这股味道了。工匠们聚精会神继续熬煮，一边打着哈欠添柴加水，一边驱打扑人的肥蝇，低声叨念：把人都困成马咧。

"老赵，五毒汤熬好没？"张诚贴近一名中年麦客的耳朵喊道。

"快了。"那麦客实在忍不住，跳到一旁打了个长长的哈欠，拖着尾音应道，"生马钱子缺货，寿王今早才遣人送了二两，熬得晚了些。要不，大人先喝壶屠苏酒顶一顶？"

"不成。待会儿要上叶片，呵——"张诚也被传染，跟着打了个哈欠，瞄着远处隐现的南山含混答道，"我得保持清醒，带个头。"

耳背的老赵也顺势看向南山，愤愤道："癞子头？是呀，南山一片土皮一片林，青青黄黄，就是个斑秃癞子头，难看得很！"

"我是说，"张诚瞪圆眼睛大喊，"带头——"

"发愁？"老赵一脸惊讶，赶忙宽慰，"莫愁，困症嘛，山里人家常见的，夏天进山采药遇了瘴气、碰上带病虫兽染上疫毒，就会困乏贪睡——只要喝五毒汤驱邪祟，每天一碗，处暑一过就好得差不离了。"

张诚脸上肌肉微微颤动，跳起来，一把拉住那麦客的袖襟，猛拽过来，贴近耳朵大吼："叶片！待会要上叶片！备好了吗？"

麦客一愣，"那是妥的，可大人提南山是……"

"我没……算了，"张诚无奈打住，顺着话头问道，"你家就在南山脚下，最近可还好？"

"小的有阵子没收到家书了。十天前婆娘托村里先生来信，说是家边上的林子几天之内被砍了个干净，蛇虫鼠蚁到处乱窜，小人正心焦呢，三天后又收到一封信，说是衙差补种的树藤已经开始抽苗，一夜间就长起两尺高，然后……再就没信了。"

"一夜两尺？"

"正是。"

"那可比预计的快些。"

"大人知道这事？"

"当然。这种子就是我给他们的。"张诚把他拽近些，贴耳解释道，"小时候客星[1]犯境，我爹捡了块天铁，看着平平无奇，就是块沉甸甸的黑疙瘩，平时要密封在厚铁盒里，不敢乱动，但若把种子贴着它封存起来，至多一个月，就邪性大发——落土生根，见水抽苗，不论寒暑，日日疯长，而且果实肥硕异常——记得小时候在安陆遇了荒年，我爹紧急改良了南乡圆萝卜种子，腊月头播，也就隔了十七八天吧，就收获了，土里拔出来个个大如西瓜！十里八乡都靠这个顺利度过了荒年。

[1]　古人将流星、彗星、超新星统称客星，推测张诚手里的是一块有辐射的陨铁。

未然的历史

不过……那之后爹就决不肯再育邪种，更举家偷偷搬离了安陆。"

"嚯！收了一辈子麦，俺可从没听过这等奇事！"老赵瞪圆眼珠喷喷称奇，"怪不得，才几天秃头山就生出绿块，变癫子头，照这架势，月底就能长回之前的模样，可……长到啥时候停呢？"

无头经书上没提，张诚却也不担心，摆手笑道："亏你们是庄稼人出身，都说有苗不愁长，岂有嫌不停的道理？"

老赵挠挠头，似乎想起什么事情，嘴皮一哑，转头又瞥见黑泥塔筒下排好的三枚白铁叶片，生生又把话咽回肚子，低声嘟哝一句："草木跟驴马一样，得小心驯化，野性开了怕收不住。"

张诚知他有话，却无意再论，"先上了叶片让风轮转起来！这几天所有人不得出坊，加紧操作，其他事容后再议！七八天的，不打紧。"

七八日的确不长，原不足以成什么大事，但日晷有时会被狂狷之徒偷偷拨快，日子因此来得很突然，如开坊晨鼓，陡然响彻，搅散美梦，最是让人心烦。

今日的开坊鼓却显萎顿，一下下有气无力，才刚撑到天空泛起鱼肚白就归于悄寂。大通坊内无一人起身，全无响动，除了一架高高在上、难窥全貌的风轮。蚊蝇嗡嗡，风轮呼呼，三枚银白精钢叶片绕圈疯转，朝阳光束打到上面就被聚焦反弹，掷落在坊内百姓的院墙、屋顶、内庭、街道之上，叶片每转一圈，斑驳光影就明暗一次，倘若场景被定格，四下必定布满明暗相交的斑马纹。

但人们什么也看不见，因为他们都睡着了。

很久不见送药的小吏来了，风轮工地上的几十名匠人终日昏昏，一半因为瞌睡，一半也是屠苏酒的后劲。几十名匠人走起路来腿肚子直打转，只好两两一组，合力架起柳木"转池"箱，对准黑泥塔筒腹中一枚空转的八角木轮轴，直插进去，眨眼工夫，牛皮条拧到头，绷得紧紧的，就顺势卡上精钢簧片挡死。一晌午工夫百十来个"转池"全部上好发条，这在以前，纵有十倍人力也要耗时三天三夜。风轮神力让众人疲惫之余，也啧啧称赞不已。

"终于成了！"张诚心里一股劲卸尽，也觉乏得离了魂儿，眼皮干涩沉重，"赶了一宿工，大家也乏了，先休息休息，用些早饭吧。"

"大人，做饭的王大娘今儿来不了，坊里的食铺也不开。等西市开市了咱去转转，买几笼包子对付对付。"一名小工耳朵好使，上前答应。

张诚看他眼生，"你是？"

"俺叫赵二平，昨晚到的，来替爹的工——他也发了睡症，咋都叫不醒。"小伙子眼皮耷拉着，一对眼窝乌青，"刚在坊里转了一圈，早市不开，油灯也没亮一家，估计都是睡不醒嘞。"说话间，一只指头肚般大的金翅肥蝇落上鼻尖，他懒懒一挥，肥蝇振翅飞升，发出唰的一声响，惊得人一哆嗦，他恨恨地咕哝道，"也不知吃了啥，长这么大！"

人眼生，这蝇子可眼熟得紧，虽个数较四月那次少得多，可身形大了十倍不止。之前全盯着风轮不曾计较，如今得空细看，不免背透凉意，心生无限狂想，张诚不禁一抖。

"走，出去看看。"他拉着赵二平快步走出西坊门。

西邻归义坊内外也是黑灯瞎火、悄无声息。老坊丞皱着一张核桃皮脸靠门角半蹲着，仿佛开门开到一半就睡过去了。

"几天没出来，困症更严重了。"张诚皱起眉头，"之前已经传了五毒汤的方子出去，怎么不见效果？"

"嘻！大人这就不知道了。听爹说，五毒汤要用到生马钱子、生川乌、半夏根什么的，本不是啥金贵材料，但南山被伐之后药农难以入内，就断了来源，从外郡县调拨来不及，存货还得紧着上头使，哪里轮得到平头百姓！"

"这样……"

行至通轨坊东北，正好一匹木流马拉着两节车厢吱呀呀靠站，两人呵欠连天，脚力不支，索性上车，惊觉这两节车厢竟全然空置，一个乘客也没有！平日里，开坊后的早班流马是挤也挤不上去的，偏隅诸坊百姓都要乘坐早班流马，有的赶赴东、西二市早集，有的则要去别坊做工。

流马停靠西市站，张诚拍醒醋睡中的二平，两人慌忙跳下车。正值卯时，本应车水马龙的闹市区却全无人气，一片萧索光景。若在平日，纵是赶早集的婆子懒得起床，满街蒸包锅贴水盆羊肉早点铺子也当腾起热气，香气缭绕，引人垂涎，可现在什么也没有，整条阔巷鸦雀无声，街灯已熄，初阳未盛，唯有一家铺子挂出开店油灯，远看如鬼火摇曳，更添诡谲气息。

二平胆怯，有意拖沓脚步不肯上前，张诚连拖带拽，拉他到了亮光处。

亮灯的是家胡肆，胡桃木招牌上写着"安记铧锣"四字。身着一袭素白袍的老板正亲力启板、挂幌，后脑勺露出一头栗褐色毛卷。门口大灶上的抓饭已蒸腾出羊肉膻气，夹杂着葡萄干、洋葱、胡麻等配料，香味十分诱人。老板相当机警，听见脚步声快速转回头，手里兀自托着门板，笑出两排黄牙，带着古怪口音远远招呼道："客官，早！来两碗抓饭吧。整条街可就我这一家！"

"原来是粟特胡商。"张诚认出来，小声对身旁人解释，"粟特人天性逐利，常与父兄子女因利生嫌、诉于官府，当此时节不计缘由独开一铺倒不足为怪。走，进去探一探。"

两大海碗铧锣上桌，膻中透香的羊肉味冲入鼻腔，饥肠辘辘的二人立刻大快朵颐起来。半碗下肚，这才空出心思四下探看——西市寸土寸金，店肆铺面都很狭窄，统一柳木门脸，小一点的铺面内深二十步，大的则有五十步，阔气一些的还设有二楼雅间，而这家胡肆经营亲民餐饮，规模一般，无进深空间，内外一览无余。待鼻腔里的肉味散尽，二人方才察觉异样——店铺门面洞开，却无一蝇一虫，同时一股异香缭绕，令人心神恍惚。

胡商看出端倪，咧嘴笑出两颗金牙，道："这是小店后院栽培的晚香玉，夜里开花，香气馥郁，令蚊蝇不近，故才落得清静。"

"原来如此。"张诚点点头，"那老板是否知道，西市缘何寂寥至此？其他铺子怎么不开？"

"长安近日闹睡症，客官不知？"老板收了笑意，面色凝重下来，"也就三五日前，城里突然闹起巨蝇，个个大如指肚，嗡嗡怪叫，迎面扑人，见了瓜果饭菜更是一哄而上，甚是恼人！后来——"

"后来就开始闹睡症？"

"正是。"老板点头，"起先也就觉得身子沉，想是天热力乏，睡就睡吧，后来察觉不对，发症的人饮食不思，勉强唤醒，撑不了几刻便又昏睡过去。起先各家还配些汤药，后来长安封城，药材断货，大家没法，就只能这么睡着了。"

"什么？你说长安封城？"张诚大吃一惊。

老板狐疑地看着他，"邪藤绕城……你们居然不知？"

见张诚二人瞠目结舌不像假装，他长叹一声，继续解释起来，"就是些古怪的藤蔓，长得极快！先堵了西下蜀川、凉府的官道，后又绕城墙疯长，车马都不能通行。"粟特老板官话讲得一般，语速极慢，却字字千钧，"月初，南山被伐秃，大伙正愁恨着，一夜之间却又有新苗长起来，没两日，抽到一人高，大伙刚松口气，一场秋雨，这邪物居然加速疯长，枝枝蔓蔓，不到十天就越过潏河，沿渠一路摸到了长安城……要不是城墙拦着，怕已经伸进来了。"

"不该是藤蔓！"张诚脑袋嗡的一声，脱口一喝又觉失态，尴尬低声道，"我听说，南山那边新种的是柞木，哪里会抽藤？"

"对！是柞木，但也不全是。"老板嗫着牙花子，"也不知是什么妖邪品种，枝条一路疯长，主干确实像是柞木，枝丫偏就生出粗藤来，一直延展，疯长不停。前几天，几个守城官吏前来吃饭，桌上放了几枝样本，想是要带回去研究，我看模样倒像野葛藤。"

"野葛！"二平听见这两个字差点跳起来，"你确定是野葛？"

"我觉得是。我家乡碎叶闹春荒时，女人常上山挖葛根，从土里挖出的葛根小如拇指，大如腿肚，掰开能看见莹白粗粒，甜涩有嚼劲，难消化，凑合能熬粥吃，再熟悉不过。"

"大人，怎么办？"二平忧心忡忡地望向张诚，"以前跟爹四处帮工收麦，可没少见过野葛祸害啊！这玩意儿不挑水土，连荒年都长势极好，平日更是旺盛——蔓长叶宽，占土遮光，盘根吸水，挤对得庄稼长不出……所到之处，土贫田荒，草枯苗败，简直比蝗虫还凶。而且依胡人老板所说，长安城外的那些野葛藤还更野蛮！"

二人无言撂下碗筷，一路快行，疾步掠过空荡荡的西市主街。主街两侧，早该旌旗招展开门迎客的油靛店、法烛店、食店、药店、衣肆、帛肆、酒肆、卜肆、米行、肉行、金行、笔行一律黑灯瞎火，柳木大门沉沉紧闭，鸦雀无声，看起来统统都像棺材铺！

"真瘆人！"二平不禁抖了一下，抱紧自己的双臂。

二人加快步伐，过了鞭辔行，出了西北门，天光更盛，视线越过群贤坊已能瞄到城墙上隐隐探着些什么东西，影影绰绰却看不太清。一股邪风旋过，桀桀怪笑越墙飘来，不绝如缕，似无头女鬼行将勾魂。再凑近些就看得清清楚楚，那摇头摆脑的不是藤蔓是什么！它们竟已跨过护城河沟，陆续攀上城墙，籁籁声响正是迅速抽长的枝叶所发出的——粟特老板所言不虚，长安城早被邪藤所围，成了笼中困兽。

张诚呆看了半晌，突然想起一事，焦急朝二平招手，"走！"

一路东行，诸坊皆是大门紧闭，鸦雀无声，二人背上密密起了一层白毛汗，突突心跳声格外刺耳。跑到永兴坊，气也来不及喘匀，就心急火燎往赵记酒肆的铺面奔去。

酒肆木门虚掩，一把推开，只见赵掌柜一张脸如槁木死灰，正在往鼻下抹一种紫色药膏，看见张诚二人，连忙起身迎了过来。

"掌柜别来无恙！"

赵掌柜红着眼圈一声长叹，"怎会无恙！倒是你，听说风轮修成了？恭喜恭喜！"

张诚一时无语，半晌才道："我一心忙于公事，几天没出大通坊门，却不知长安怎就起了如此变化。"

"说起来，四月里长安城闹过一次蝇灾，据称就是你……大通坊里滋生、飞离的。"赵掌柜一张方脸皱成一团，见张诚神情切切全无见怪，才继续解释，"这批蝇虫飞越长安城各处，并无天敌相克，百姓们费了九牛二虎之力将其逐出城外……也不知在何处落脚繁衍，最近竟跟着野葛藤蔓一路又杀了回来！而且更加生猛——个个生成指肚般大小，最喜扑人面门，而嗜睡之症也就此蔓延。有人说，是奸佞之徒在南山一路撒播邪祟，蝇子正是吸了邪藤的汁液才化成邪物，长得格外肥大剽悍，顺便也把山里的疫病瘴毒给散播开来。"

"蝇子无名无姓，怎能咬定就是大通坊的？"二平不服。

赵掌柜闻声皱眉，"这种麻纹吸血舌蝇在长安并不常见，若非有人见过曾在大通坊聚集，怕也不敢胡说。"

"哪里来的不重要！"张诚似未听到，急切打断，"你的家人可还安好？永兴是富贵大坊，想是已配发汤药？"

"汤药？全城大夫都束手无策，哪里有药！"掌柜使劲搓了把脸，"我这边，家人、伙计陆续病倒，勉强唤醒喂口米汤倒头又睡死，眼见着是瘦了一大圈……"

"那燕儿……"

掌柜背过身，折起袖子揩了把泪水，"年岁生邪，天数不及，人气天气同虚……再若遇火不及之岁，有黑尸鬼见之，令人暴亡……孩童老人，首当其冲，哪里躲得过呢！"

"不，不，睡症有药可医，绝不致命！"

赵掌柜只当是宽慰话，低眉自顾自念道："燕儿已睡了五日啦，小脸红扑扑的，看着好好的……她一直抱着个昆仑奴面具不放，不时还嘟囔几句梦话，说张哥哥是好人，是大英雄，造风轮让麦碾子自己走，燕儿也要像他一般厉害……"

好人……张诚眼前的世界碎成齑粉……又是这两个字！他呆呆念着，心被蜇得生疼。

几人各怀心事，无语凝噎，突然，"咣当"一声巨响自后院厢房传来，打破了堂中死寂。"哎呀，爹醒了！"赵掌柜低呼一声，赶忙起身跑去。

张诚、二平二人也跟着进了老赵掌柜屋子，一名小厮正慌乱收拾着一地碎瓷片，老人倚在床头，正揉着红肿的人中，嘶嘶吸气喊疼。

"张明？"老掌柜看见来人，昏花的双眼忽然亮了一下，"你不是回万县老家了吗？"

张诚一愣，转头看看赵掌柜，"老掌柜这是……"

"自打染了睡症，脑袋就不大灵光了，"赵掌柜无奈摇头，"有时连我都不认得，老以为是十几年前、他自己年轻那会儿呢。"

"可要小心点，"老赵掌柜直起身子，口中絮絮着，"那些奸人到处找你呢，满城都贴了告示。《灭蛮经》可不敢让他们抢了去，你能造木牛流马，他们就能造连弩雷车……对了，诚儿呢？可怜这孩子才5岁，娘死得早，跟着你颠沛流离，不能安生长大。"

"老掌柜的，"张诚哽咽不成声，"我爹……我……"

"你哭什么？既然决定了，就莫回头！你带这旷世经书出逃，必定要被那伙奸人栽赃，背一辈子恶名。但这也是没办法的事，那经书上的神技若被他们学了去，不知多少百姓要遭殃！唉……我就是心疼诚儿……"老掌柜黯然叹息，又道，"我说过，你把诚儿交给我，我必定保他平安周全，可你偏不，非让孩子跟你一样，学去那经书里的本事，日后好报效朝廷、造福百姓……你果真不怕他重蹈覆辙？"

"我……"张诚泪眼婆娑，却坚定点头，"不怕。"

"不怕，不怕，果然好小子……"老赵掌柜挠挠雪白鬓发，头一沉，一声闷哼，再抬眼时，眼神恍惚迷离，"咦，奇了？你模样怎的变了，瘦了、白了，还长高了这许多？"

张诚咬着嘴唇，"若诚儿也走了我的老路，怎么办呢？"

"什么路？哎，几日不见，你咋连口音都改了？"老掌柜歪起头，上下打量着他，原本涣散的眼睛又凝聚起光泽，"不过好像也没变，一双杏黄虎眼，还跟初次见面时一模一样！谁能想到，这么一个单薄的外乡小子，竟机缘巧合成了一行大师的弟子，又得他密传，学了一身本事；更想不到的是，这么个穷小子，竟甘心舍下功名利禄、黄金美宅，敢跟恶人相斗。罢了！若你心意已决，他日诚儿学成归来，一定要来找我！就算拼了我这条老命，也要护他周全……"

张诚早已潸然泪下，耳中嗡嗡，再听不见一字。原来，父亲毕生所愿，就是有朝一日儿子学成归来，完成未竟心志，造福万民。为此，他甘愿一生隐姓埋名，流浪半生……至于名望、权柄、富贵，他一天、一时、一刻都未曾放在心上！

原来，自己一直苦苦求索的，从来都是父亲不屑一顾的！

而潜回长安建造风轮以来，一步错步步错，桩桩件件，环环相扣，终酿涂地巨祸，看似天灾，实则是人心不正……

未然的历史

正思忖着，轰天雷音骤然响彻，炸得人头皮发麻，众人赶忙跑出屋外，抬眼齐望，长安西北方向的天空黑魆魆、沉甸甸似要垮塌，眼见暴雨将至！一道刺目白光撕裂天顶，片刻，惊雷滚滚又至，裂缺霹雳，丘峦崩摧，天盖欲坠，恍如炼狱一般。

长安城，要大变了！

八月　洪

八月盈冲，虚宿当空。暴雨下了三天三夜，也不知哪里来的白水，从天顶漏口不断倾泻。豆大雨滴砸在脸上生疼，连黄土墙垣也陆续被磕出豁口，长安的渗井、水沟、城壕排水不及，大水漫灌，竟毫无对策。

五渠之中，引浐河水入皇城的龙首一渠首当其冲，涨起一汪浑水，将原本富贵繁华的安兴、胜业、永兴、崇仁几坊悉数淹没，水深没踝。接着是太极、大明二宫，宫人们囿于墙内，不得出门，反倒远郊长安县几坊相对好些——分别引自潏、滈二水的清明、永安、漕三渠断流已久，现在恰可作泄水导流的沟渠使用。

长安城内仍是一片死寂，睡症疫情蔓延四方，早不剩几人清醒。罢了，倘若人们醒着见这大水漫灌，岂不更心焦……

大通坊内也是一片死寂，暴雨砸在风轮的木框、泥壁上，激起片片诡白噪点，这庞然大物隐匿在青黑云里，叶片却纹丝不动，应是塔筒内部的机簧被人为锁死，转轮被厚钢片卡住的缘故。

砰！砰！砰！

阵阵猛烈撞击声从安化门外传来，声如山崩，忽急忽缓，与暴雨奏击声夹杂相合，犹如大小战鼓齐擂——并非城外有兵奇袭，而是那疯长的邪藤在撞门！原本被城墙挡住的藤蔓，被大雨润泽，一夜之间竟长出触角，四下延伸探路，伺机突围，如活物一般！

"藤蔓要挡不住了，应启用风轮。"张诚跪坐案几一侧，持一柄白玉茶勺画圈拨弄，青铜大釜内茶汤势若鼓浪，红泥小炉中炭火形如流云，咕咕嘟嘟，毕毕剥剥，与窗外风声雨声相合，似在互诉愁肠。

"木塔筒层用的是桦木……你确定不会出问题？"对面之人举杯啜饮，不由拧紧眉头。茶汤焦浊涩苦，余味虚浮，可见烹茶之人根本心不在焉。

"不确定。"

"嗯？"那人咣当一声撂下玉杯，凤眼倒竖，"岂有此理！你要知道，风轮不动，就没人觉得它有问题，可倘若动了，万一解决不了藤患又损毁自身，那罪责可就大了！你我若不作为，所有事情就是天灾，可若做了，却行事不利、授人以柄，一切可就成了人祸——那帮人没那么好说话……明儿就是天长节，虽圣人无心庆祝，论功行赏还是要的，不能功亏一篑！"见张诚沉默不言，那人收敛锋芒，低声又道，"你苦心经营这么久，却在这节骨眼上犯糊涂不成？难道……你不想为父平冤，不想在长安立足？"

张诚神色一黯，半晌终于开口："没有其他法子。藤蔓靠人力实难尽除，何况他们大都——"

"对了，挖河泥时在潏、滴二水上建的拦水大坝可还闭着？"

"是。因藤蔓封城，水坝无人打理，还是封闭状态，二河断流，所以西南三渠才没被大水漫灌。"

"好事！"

"不，寿王殿下！藤蔓喜潮嗜水，由南山起一路沿潏、滴二水疯长，二坝基底必早被根系侵蚀，土质松散溃败……倘若垮塌，洪水一夕灌入长安城，根本疏导不及，而诸多百姓困于睡症无法择高地避水……后果将不堪设想！"

"这样……可有对策？"

"一方面，催发城中木牛出城除藤，清开一条道路，派人加急赶往二坝整修；另一方面，将清明渠改道并入永安渠，使水流南北顺畅，再扩宽永安，同时撤离两边住户，万一洪水漫灌，可向北直线疏导引入渭河，将损害降至最小——"

"等等！洪水导入永安渠，那不是要流过大通坊？风轮泥塔筒岂不是要泡水？"

"是，但未必会——"

"不成！"寿王怒斥，"风轮刚刚建成，绝不能冒险！"

"此时不用，建它有何意义！举国之力费心营造，难道，只是图一美誉？"

"我不管！圣上未下旨，此事便与我等无干！"

"……李唐江山，与殿下无干？"张诚咬紧牙，一双虎眼精光四射，"倘若他日你做了皇帝，也是这般唯图私利、临难苟免，视苍生如草芥？"

他猛然起身，眼中烈焰灼灼。寿王一凛，怒火直冲颅顶，却突然弯腰抱腹缩成一个蚕茧，豆大汗珠扑簌滴落，神情痛苦，面色煞白。

"你，你居然……"

"殿下不必过虑，这茶乃无根之水所烹，合世间百味，与神意相通——仁者见其甘，奸者品其苦；善者饮其清，恶者得其浊；义者赏其香，歹者尝其焦；信者享其绵，私者鉴其烈。世事有道，赏罚自得。至多会腹痛晕沉几个时辰，茶劲过了就好，无有后患。"他言语平淡和缓，眼中真火却愈发炽烈。

长安城外邪藤围攻，百姓沉睡不醒，大难当头之际，若必须有人带头破局，祸事的始作俑者自是不二人选！

我不入地狱，谁入地狱？我不入地狱……人间可就成了地狱！

"开门！"张诚高举鱼符，一声高喝。安化门两寸厚的柳木门板上布满裂隙，都是邪藤钻顶撞击所致，就算此时不开，估计也顶不了几个时辰。守城士卒满眼惊惧，迟疑不动。

"寿王鱼符在此，号令不听，杖一百，徒三年！"

"得令！"左右监门将军抬手一扬，守卫兵卒便合力将一抱粗的木栓抬起。

城门刚打开一掌宽的缝子，一根油绿粗藤便咻的一声探入进来，颤颤扭动。藤身布满鹅黄尖刺，带着一股腥臊臭味直逼人面门。暴雨浇在藤身上，发出炙铁淬火般的嘶嘶声响。张诚背后的几个麦客吓得一时失神，竟呆立当场。

"快，放木牛！"张诚大吼。

大家回过神来，赶紧猛抽簧片，十只木牛长哞一声，闷头便向城门冲去。邪藤密密麻麻编织成片，三个门洞均是水泄不通，藤上尖刺若戳碰人身，非死即伤，可木牛不怕——本就是老槐木所造，沉重致密，又泡过桐油，不惧水浸，如今特意改加两支三尺长的白铁犄角，更是无往不利，所到之处，藤蔓皆被挑断，腥臊汁液四溅，很快就踏出一条血路。张诚见势，一声令下，只听震天轰隆，地面震动，一尊小山般的庞然大物劈开雨幕，直冲过来，原来是一只巨型木牛！巨牛铜铃般的大眼左右探测，足有一进厅堂大小的木腹中传出嗡嗡声响，四只马车厢大小的巨蹄前后轮替，直向门洞奔来。大木牛比城门还略大一圈，可它不管不顾，生生冲撞过去，撞得砖头唰唰下落。

原来，巨牛腹中藏有几名匠人，猛蹬踏板，造力驱动，同时，几百枚提前上紧的"转池"箱也整齐排在两侧，一齐发力驱动巨牛。如此，即便恶藤挡道，日行三十里也不在话下，不消半日便可杀到滴水河坝。

十只小木牛开完道，折身杀回，开始随机绕圈奔腾，木蹄四踏，专拣邪藤密集的地方冲撞，铁皮犄角左右开弓，一时间，藤蔓碎裂一地，黄绿汁液嘶嘶喷射，混合银白雨幕，天地间像被一只透明大手泼了浓墨重彩——黑的、黄的、绿的、白的，搅成一团，难分彼此！小木牛按照预设同心圆轨道画圈奔突，一路碾压，赶在力道泄尽前，扭头跑回大通坊内，后蹄抬起，露出肚皮，工匠迅速揭开它们肚上一块木板，将内藏的发条转口插接到风轮塔筒内伸出的传动轴头上。向上看，青黑天幕里三枚银白叶片呼啸带风，马力全开，一股奇力从上至下传导，只听大小链轮、齿轮咯吱怪叫，牛皮发条瞬间拧到最紧。再扣回木板盖，木牛们便各自奔腾散开，继续向邪藤碾去。

两个时辰过去，城外邪藤网被暂时压制，清开了一片空地，远看却依旧茫茫无边。再看几只小牛，身上都被刮擦、撞击出一条条裂缝，露出本木白色，颓势渐生。缠斗如火如荼，小缝渐渐扩开，连成数道深痕。一只小牛刚上紧发条，正蓄势大力冲出，只听咔嚓一声，前蹄居然生生折断。还有几只小牛被粗藤缠腰卷到空中，扭动身子急于摆脱，内腹薄板却被挤成碎片，邪藤趁势猛然松开，小牛从高处坠落，肚子里的齿轮、木榫、机括、簧片就哗啦啦滚散一地。颓势一来，便如山摧，又半个时辰后，随着邪藤前沿退至城壕外二十步远，十只木牛也损毁八只，剩下两只仅勉强支撑。

"不好，小牛要挡不住了！"城卒们看得眼直，"大牛呢，怎的不回？"

话音刚落，只听南边一声呼啸尖鸣，一溜浓烟腾空划出紫色弧线。张诚脸色一紧，扭头吩咐匠人："去，告诉二平，大牛上道，依计行事……"

待左右人员散开，他凝望乌青郁结的苍天，"爹，儿没有退路了，但愿这次没错！"一声炸雷滚过南山，疾风怒雨，禽鸟凄凄。

大通坊内早已面目全非——之前未迁走的百十户，连同周围几坊的百姓早在昏睡中被悄然转移。风轮塔筒四周，壕沟掘至两丈深。庞然巨塔在狂风暴雨中咯吱疯转，雨水四下狂甩，砸到地上激起层层白浪。二平身后，二十个木俑人排成整齐队列，仍在有条不紊地忙碌——有的抢圆木臂奋力刨土，有的扛着竹筐运走泥料。永安、清明二渠改道扩宽完毕，但只限南郊大安至大通两坊之间一小段。河渠直引至风轮脚下，跟新挖的一圈深壕连通，形似烟斗。

轰天的隆隆声愈发逼近，大地微颤，连几个耳背的匠人也觉察到了异样，缓缓拧过头，看向黑云欲摧的南天。

张诚带着一队匠人进入风轮塔筒，沿悬绳梯一路攀爬，登至木框层，眼前骤然一亮。他们走出塔筒，站上接驳处的木台，只见南边天空已如墨染，隆隆声正不断从那边传来，一个白点冲开墨云，直直向长安方向逼近。

白点愈发近了，越来越大，众人这才看清，一只硕大的木牛正瞪着铜铃大眼闷头向前突击，而一堵雪白水墙紧随其后，向前紧逼推移，震天怒吼便是从此发出。

"潏河水坝溃堤了！"匠人高呼。

巨牛沿着河道一路狂奔，到了沈家桥，猛然掉头右拐，踏入永安渠。巨牛头大皮糙，奔突起来不管不顾，视藤蔓于无物，硬是拿身体撞出一片通途，身后水浪滔天，卷着邪藤枝丫碎片一路紧随！

潏水前锋跟着巨牛一路入城，内渠相对更窄，水势愈发猛烈，原本只是湍急的白水竟瞬间掀起丈高巨浪，满溢渠外，长安西南几街积水一下子升至脚腕高。水浪主体则经永安渠灌入风轮下的沟壕，迅速将其填满一半。不及喘息，第二波浪峰又至，细看，这水并不一般，里面夹杂着许多黄褐藤蔓——喜水的邪藤原都长在河岸，决堤大水猛然发力，加上木牛一路松土，它们就被连根带起，被水浪裹挟着一路至此。

"启！"张诚一声令喝，塔中众工匠合力拔开簧片，风轮脚下，一枚比城门还大一圈的木齿轮飞速旋转起来。大木齿轮像太阳一样向周围射出数道辐条，每根辐条末端都接着一部车轮大小的玄铁齿轮，浸泡在充满洪水的壕沟里，随着大齿轮一齐飞转。

大齿轮越转越快，沟渠里的洪水被小齿轮搅浑，混杂藤蔓根须，散发熏人腥臭。风轮似乎感受到阻力，转得愈发带劲——藤蔓和根须碰到锋利的铁齿，齐齐被打成碎块，搅成一池浓稠黄汤。

　　塔筒里传来一声问话，是二平的声音："大人，外头情况如何，要开始吗？"

　　"开始！"张诚看一眼黑黢黢的风轮，沉着下令。

　　小齿轮纷纷从浑水中抽离，黑泥塔筒的木门大张，缓缓探出一条比井口还宽的木筒管，一头扎入沟壑深处。稳定身姿后，风轮乍停反转，壑内浑水凝滞一刻，随即倒灌入筒管之中，如龙吸水一般，深壑一下就见了底。又听风轮腹中一阵咔嚓怪响，木筒管猛然抬起，调转角度，昂首朝向西南天宇，一声闷响，黄绿污水冲天而上，划出一道巨弧，准确洒落在西南远郊的一片开阔地界。

　　水峰一浪又一浪涌入，夹带着沿途卷落的邪藤枝蔓，被风轮搅碎、吸入、喷射出去，来不及在长安逗留一刻，便化为齑粉肥泥，郁郁覆盖于田野之上！

　　三天三夜，暴雨终于收敛，南边天空露出一线月白，长安城也复归平静。河畔渠中，未被冲走的藤蔓已难成势，正由木俑人与木牛慢慢拔出、捣毁。黄土城中，屋檐滴下水，砸在地上泛起银白泡沫，敲冰戛玉一般，似在细数、盘点着什么。大通坊内，风轮嘎吱慢转，如筋疲力尽的巨灵神，浑身筋骨关节皆出涩响。黑泥塔基被水泡胀，一副行将歪倒的架势。木架部分因吃力过度，也布满细密裂痕，轻轻一碰就要折断。

　　二平远远看着，心痛不已，"毁成这样，还能修好吗？"

　　"不必修。"

　　"可……大人，"二平一愣，"风轮之力，大家有目共睹，将来肯定能为长安造福。花了这么大力气才建成，我父子二人，大通坊的百姓，还有南山的乡亲，我们——"

"自我修建这风轮以来，挖泥惹蝇患、筑坝添旱情、降雨染虫灾、伐木引瘟疫，现在轮到邪藤、洪水……朝菌不知晦朔，蟪蛄不知春秋。只为一己私欲、私利，不管不顾，违背天理伦常，一步错，步步错，环环相扣，互为因果，自己不觉，上天岂会不知？若再修风轮，再耗民资，再历奇灾，长安必在浩劫中衰亡，那要这风轮何用？百姓若有生命之虞，这些奇技淫巧又给谁使？"张诚的声音不大，却字字振聋发聩。

"大人付出这许多，可甘心？"

张诚抬头，漫天云幕已被阳光豁开一缝，天光乍泄，霁日将来，他微微一笑，"家父嘱托，不敢怠慢。"

光束照进长安城，透过漂着土沫子的积水，掠过潮湿滑腻的青瓦，照进一百零八坊的屋舍，也落在垂垂风轮上下。日光被牵引阻隔，难移别处，在暴雨中吸饱水汽的土木巨物，顿时蒸腾出氤氲白气——黑泥塔基迅速干燥，噼啪声响顿起，一浪接一浪，尘埃与蔷粉齐扬，视线所至，皆是混沌。

"是时候了。"张诚擦了擦眼角，朝风轮方向大声长吼，"倒——"

塔筒泥壳被腐水浸泡太久，早无支撑之力，应着张诚最后一声震喝，破了平衡，终于卸尽力道，塔身如初雪般消融化散，一层层滑进四围深壕——专为斗邪藤蓄水用的沟壕渐趋平实。筒内复杂精密的木质机械也在与邪藤的缠斗中摧折，卯榫、转轮如百岁老人的关节，随着泥塔筒流散发出撕心裂肺的咯吱声，不及滞留，就被滚滚黑泥带进沟壕，深埋在不见天日的底部。

随着黑泥基底的消融，木质塔架也哗啦啦解散，一层又一层，精心设计好一般垂直坠在原地，丝毫未砸到周围屋舍。大部分木辐齐齐断成长约三尺、粗约碗宽的条形方木料，断面规整，还能清晰看见榫头、卯眼，以及所有被人们日以继夜、千辛万苦打磨过的印记。

就这样，矗立长安的巨灵神轰然消解，留下一地残骸。

尾 声

天意怜幽草，人间重晚晴。夕阳西下，长安街市上盈盈汤药味飘散，盖过了水盆羊肉的香气。服了解毒汤药的长安百姓陆续从沉睡中苏醒，看着屋外一片狼藉吃惊不已。黄土大城尚未干透，粘上了秋露更是冷冰冰，人们走上街头，目光涣散，总觉得少了点什么，忽而惊觉——是那遗世独立的大风轮陡然消失了！过了几日，得了确凿消息的百姓又开始在私下咒骂——修风轮那伙人利欲熏心、偷工减料，刚建好就塌了！关键是，他们滥挖滥砍得罪土地河神，惹来灾祸，说甚劳什子自动种田拉磨的机器，骗子，骗子！没了正好！

老百姓就是这样，但凡有个说法，甭管是非对错，说得通就行了，行了就过了，过了便忘了。

而作为圣人，得给出个说法。他高坐明堂之上，终日思量各种说法，有的能说通，有的不行，这时就必须先声夺人——

"好大的胆子！竟敢擅作主张，损毁风轮，我大唐花费多少财力才造好它？"

"启禀陛下，邪藤、洪水逼城，草民也是不得已。"

"这些祸害从何而来，谁来负责？"

张诚瞥了一眼旁边的寿王，后者一脸煞白，低头不语。朝堂之上落针可闻，一片死寂。

"看什么看，自然是你！"圣人一声怒喝，惊得满堂文武抖如筛糠，"朕是老了，可还没糊涂……你现在还能活着说话，就是为了领罪，懂吗？"他目光如炬，意有所指。

张诚淡然点头，"草民知罪。"

"如此……你欺上瞒下，滥用职权，急功近利，傲慢短视，方才造此恶果！连工部司、水部司、都水监和督管大员……也一一被你瞒骗。其罪当诛，十恶不赦！"圣人只字不提一人之名。

"是。但草民尚有补救之法。陛下，"张诚往前跨了一步，"风轮乃倾尽长安之力造就，如此劳民伤财，难免落人话柄。草民早作设计——"

"你竟知有今日！"

"草民无法预料世事，只能相时而动，因人心而筹谋……"他眼里暗霜重结，口中却无半分迟疑，"风轮虽已垮塌，残留物料却可在七天内重建，不仅恢复当时之力，更能秉持大道——新的风轮，家家有份，户户可享，令万民皆有所养。如此，我大唐必定辉煌鼎盛！请陛下允我戴罪立功！"

"且说来听听。"

"风轮残片均是三尺方木，倘若……"他不慌不忙，娓娓道来。

圣人听着，眼睛也跟着亮了起来。

临近授衣时节，长安诸坊内家家户户上方竟有燕群旋舞，远远望去，整座黄土大城灵动优雅。细看，那些都是木燕！气流穿过纤纤木骨，发出叮铃脆响。

按照张诚的设计，长安城每户每室均分配八只宽翅木燕，纱翼见风即鼓，燕身轻盈升腾，绕空盘旋，经久不落，有的是除虫木燕改制，有的则由风轮残木铆接——不同材质各尽其用，柞木、橡木、桦木，纷杂混搭，不一而足。一只只，一串串，均由纤细渔线捆扎，直插数丈深空，排成队列，此起彼伏，迎风作"∞"形绕行。飞行的木燕扯动渔线，拉拽连杆，带起传动轮疾转，接于末端的"转池"箱随之上弦。木燕力道虽轻，蓄积片刻也能上紧"转池"发条，足以支持木牛半日耕田劳作，也可驱动麦碾，吸汲井水，洒扫庭院，捶洗衣衾……百姓们渐渐由繁复劳作中释放，或仰头望天，或内观自省，俯仰之间，尽得自在。

山抹残云，天连衰草，暮霭沉沉，寒鸦杳杳。长安外西南驿道之上，一名青衣男子打马扬鞭，面色松快，一路不回头，口中喃喃自语："爹，孩儿不辱使命，孩儿要回家了……"

道旁玉米已长成，藤粉肉泥化作的良肥，滋润得庄稼长势喜人，竟大有丰年景象。几个扎着冲天小辫的娃娃围成一圈，在玉米穗下嬉笑追逐，唱着一首颠倒童谣："出了南门往北走，遇见一个人咬狗。拾起狗来打砖头，反让砖头咬了手。玉米胡跑掰木牛，一拉牛腿风箱吼。碾子硌得麦子唱，房梁修到风轮上……"

李夏，旅居荷兰，微电子博士，互联网从业者。代表作为"长安朋克"系列科幻小说。

珠穆朗玛灯塔

织梦者

一

朝阳在海天线上缓缓升起，天边染满了金色霞光。

陆暮困了。工作了整整一夜，他腰酸背痛。使劲伸展过身体，用拳头捶打着腰眼，他抬头望向头顶的云色。

成片的鱼鳞云挂在平流层，一动不动。又是一个晴天，整整 20 多天没有下雨了，淡水储备已经下降到危险的程度。如果说饮用水还能靠蒸馏勉强维持的话，那种植用水就毫无办法了。

他总是又想下雨，又怕下雨。这座灯塔并不适应潮湿又高盐分的环境，各种金属材料、电子设备早已锈蚀不堪。大海同样折磨着陆暮本人，他今年才 40 岁出头，已经衰老得像 60 岁。

作为灯塔守卫，他受过严格的医疗培训，灯塔里也有完备的医疗器械，甚至连手术器械都有。但那些东西对于大海给他的礼物——风湿和痛风，并不起什么作用。

现在，他倒宁愿下雨，哪怕身上再疼也好。可不管怎么希望，雨不来，就是不来。

他也累了。20 年，20 年了，他孤独地留守在这世界屋脊上，没有亲人，没有朋友，甚至连人类都不在了。守护着不知为谁而守护的守护，等待着永远也等不来的撤退命令。

如果再不下雨……不如干脆算了吧？也不会有人再怪他了吧？

他实在想象不出这个地球上哪里还会有其他活着的人，毕竟他所在的位置就是世界的最高点。啊不，其实还有更高的。地面上是没有了，可还有太空啊。

太空之中，曾密密麻麻地巡游着成千上万的人造卫星，比在地球上肉眼可见的天然星辰还要繁密。但，失去了人类的维护，它们在漫长的岁月里也坠落殆尽，化作一颗又一颗流星。

在这 20 年里，陆暮曾在无数个孤寂的夜晚，转动着灯塔楼顶那台中型天文望远镜，去追踪那些人类创造的"星星"。这些文明的遗留者，夜复一夜陪伴着他，就像一群遥远的朋友，无声地带给他安慰。

曾经有那么一段日子，他甚至觉得，自己并不孤独，比之前一个人在灯塔里的日子更不孤独。毕竟，还有谁能拥有成千上万个朋友呢？

第一次目睹流星坠落，那颗他熟悉的卫星，拖着明亮的尾焰，消融在大气层里。那时，他的心是彻底冰凉的。是的，之前他有意无意地忽略了一个事实：卫星的寿命比人类更短暂，他的这些"朋友"很可能无法陪他到尽头。在他的有生之年，它们将凋零殆尽。

就在昨晚，他见证了最绚丽的一次人造流星，最后的也是最灿烂的烟火。那是"天行者"号空间站，地球轨道上有史以来最庞大的人造物体。20 年时光，让陆暮熟悉了它支棱着的外形上的每一个棱角，它们充满金属朋克的桀骜和冷酷。白色的涂装，却又带着一丝明快与温柔。

20 年来，"天行者"号和陆暮越来越近，那是它和稀薄的外层大气摩擦导致的减速，让它的轨道不断降低。但他们永远不会交会，最近的时刻，也就是最后的时刻。

在"天行者"号光焰消失后的片刻，光亮还残余在陆暮的视网膜上，让他一时无法适应黑暗。他只觉得无尽的重压压在头顶，几万米厚的大气层把他压在最深处，压得他喘不过气来，让他一瞬间还以为自己正在海底。

陆暮也曾觉得，空间站里的宇航员们该是多么绝望。他们只能望着脚下蔚蓝的母星，却再也回不去了。在封闭的舱室内，缓慢地死于饥饿和缺氧，又或者死于崩溃——哪一样都足以杀死他们，区别只是何者在前罢了。

现在，空间站终于也走到了最后。陆暮这才发现，那些人并不是最绝望的，他自己才是。

天气晴朗的时候，陆暮的望远镜能看见"天行者"号，"天行者"号上的望远镜自然也能看见珠穆朗玛灯塔。所以，那些宇航员并不是以最后的人类的身份死去的。

但，陆暮是。

他还记得，除了"天行者"号空间站，还有一艘叫作"泰坦"号的载人航天飞船，在末日海啸前不久出发，前往被称作"泰坦星"的土卫六，进行科学考察。

但"泰坦"号一去20年杳无音信，此刻，怕是早已化作一座沉默的太空墓碑，不知在何方漂流。

所以，一切希望，都已化作绝望。又或者说，希望只是虚妄，从来就没有存在过吧？

也许，只是也许，还有那个神秘的远海幽灵？

陆暮一把拉开抽屉，拿出一个塑料瓶，里面是一根黄得已经发黑的短棍状物体，他把这个透明的瓶子举高起来，对着太阳，仔细地看。那东西表面很不规则，整体极度皱缩——

如果不加提示，恐怕谁也猜不出来，那其实是一件曾经在生活中极其常见之物：一根玉米棒。但，陆暮是眼睁睁地看着它由一根新鲜玉米棒子变成现在这样的。

那是15年前陆暮在岸边捡到的，不知被海水从哪里冲了过来，上面还有人牙齿啃过的印子。

15年来，这东西从让陆暮一看到就浑身发抖、极度渴盼，到焦躁不已，到怀疑，到失望，到愤怒，再到绝望。

他总觉得一切都是自己的幻觉，那根棒子根本就是他自己啃出来后丢进海里的。可从逻辑上说，他又绝不可能这样做，因为即使是秃的玉米棒子，对他来说也是极其宝贵的有机质，要粉碎以后回填，作为肥料的。

到最后，他把这个看了几十万遍的东西，彻底塞进了抽屉里，再也不拿出来。可这只不过是把看瓶子变成了看抽屉而已。

突然，从昨晚到现在，一直压得他喘不过气的大气之海中，一个白色的小点出现在他的视野里。虽然还十分遥远，但在天幕蔚蓝色的背景下，异常清晰。

陆暮浑身一抖，他几乎是踉跄着撞到望远镜台前，把镜头转到白点的方向，双眼用力贴住目镜。

一只海鸥，正驾着上升气流，翱翔在海天之间。洁白的羽翼在阳光下光彩熠熠，就像降临凡间的天使。

陆暮死死地盯着海鸥，它直朝灯塔而来，在望远镜里迅速变大。明明可以目视跟踪，可陆暮怎么也不肯放开镜头。看不清细节，他就没法相信那是海鸥。也许是个不明飘浮物？也许只是该死的错觉？

海鸥到了近前，陆暮才猛然反应过来，几步跳下楼梯，抓起几样东西，又返身爬了上来。

如此简单的活动，已经让陆暮开始喘气，膝盖和腰也酸痛不已。但他没有留意这些，因为海鸥正落进灯塔里，收起翅膀，歪起脑袋看他。

他讨好地单膝跪下，把自己辛苦采集加工的藤壶干放在地上："来，来。吃吧，吃吧。"

海鸥看着陆暮，眼睛里有不解，有好奇，却没有一丝恐惧。它见过人类吗？

它接受了陆暮的"朝贡"，闪电般啄起一块藤壶肉，仰头吞下去。

它似乎很满意，抖了抖羽毛，一块一块啄了过来，慢慢接近陆暮。

　　陆暮试探着伸出手，轻轻摸了摸海鸥的背羽。海鸥很不满意地叫了一声，用翅膀拍开他的手。他并不介意，而是拿起一个环志，趁海鸥忙于用餐之际，迅速套在它的右腿上。

　　海鸥踢踏了几下，没能挣脱环志，很快也就忽略了这个并不怎么困扰它的小东西。

　　片刻后，陆暮站在灯塔顶层，目送这白色的天使腾空而起，向它来的地方飞去。海鸥的脚上，那个小小的环志，刻着一行历经了含盐空气20年腐蚀仍能依稀辨认的小字——

　　"珠穆朗玛灯塔"

　　陆暮睡意全无。全身各处隐隐作痛的关节，反而让他更加兴奋。他一口气往下爬了5层，来到灯塔最底下。

　　每天的潮水，会将一楼淹没大半。墙上留下了一条清晰的潮汐线，在这条线下方，外墙油漆早已无影无踪，就连混凝土的墙体也被剥蚀掉好几厘米的一层。密密麻麻的藤壶和海藻，挤满了灯塔外壁，填补了缺失掉的厚度，让这里反而粗了一圈，就像系上了一条粗糙的腰带。

　　不知为什么，最近高潮水位似乎在降低。

　　灯塔脚下的地面，曾经是冰川覆盖的石灰岩。20年来贝壳和海螺的残骸风化堆积，在岩石上覆盖了一片美丽而苍凉的白色沙滩。

　　沙滩之上，一棵高大的椰子树，正投下绿荫。它本是20年前漂流到灯塔脚下的一颗椰子。

　　这就是世界上最后的沙滩。

　　陆暮按亮手中的电筒，照向一楼地板上的积水坑。

　　经过他多年的挖掘，这个水坑已经不小了。面积有二三十平方米，深度差不多有 1 米，完全可以算是一个潮池。

不出意外，潮池里果然困着一些海洋动物，灯光一照，全都在奋力逃跑。

陆暮把电筒摆在岸边，跳进池里，左手举着一个袋子，右手用夹子把今天的早饭夹进袋子里。

花蟹和青蟹、基围虾、几只蛤蜊、几条小杂鱼，还有几只海星，肉少味道差，就算他的食物来源很有限，平时也看不上这玩意儿。不过今天不是讲究的时候，他把海星也一并捞了起来。

"罗宾汉？你也在？"陆暮又见到了那只硕大的琵琶蟹，这种通体橘红、形状奇特的蟹类，原产于亚热带的海南岛。从纬度上讲，珠穆朗玛峰也是亚热带，但远隔万里，蟹苗能随着末日海啸漂到这里，实属奇迹。

罗宾汉很笨，总是被困在潮池里。陆暮很喜欢吃壳薄肉厚的琵琶蟹，不过随着琵琶蟹数量的急剧下降，他意识到，自己的家底远不厚实。

在低潮位，他拥有的沙滩面积也不过两三百平方米。就算加上水下的浅滩部分，这片浅海生态系统总面积也不会超过 2000 平方米。

禁捕之后，琵琶蟹数量仍不见回升。这一年来，他都只见过罗宾汉，不知道它还有没有同类存在，但濒危是一定的。

20 年来，陆暮也只见过自己这一个人。不知道还有没有其他人类存在，但濒危是肯定的。

他轻轻夹起罗宾汉，正准备像往常一样把它送出去，却犹豫了一下，又放回池水里。

疲劳、饥饿、疼痛，让陆暮的耳朵嗡嗡作响，脑子一阵阵发蒙。可他还是能清晰记得，他有整整 20 年没见过海鸥了。那还是末日海啸刚发生之后，从地壳深处喷涌而出的海水，将地球彻底变成了一个水球。只剩下珠穆朗玛灯塔孤独地矗立在海面上，数不清的海鸟从远处飞来，遮天蔽日。

即使是海鸟，也需要在陆地上栖息。然而，这片在退潮时也只有两三百平方米的沙滩，根本无法同时承载那么多海鸟。

几乎一两个月的时间里，空气中终日弥漫着骚臭味和腐臭味。羽毛飘落如飞雪，鸟粪坠落如骤雨。陆暮一开始被异味和噪声折磨得夜不能寐，几天后就索性关起门窗成一统，宁可坐吃山空也不出门。

海鸟们即使侥幸在沙滩上占据了一个位置，也会立刻被卷入残酷的厮杀中。抢到位置的幸运儿，反而死得更快。然而疲惫到了极点的海鸟，根本不会管那么多，拼了命也要强行降落。

死于饥饿，死于干渴，或者死于暴力，别无选择。尸体在沙滩上堆积如山，到了晚上，被上涨的潮水冲走。第二天白天，又重新堆积起来。

当然，陆暮也没理由抱怨什么。虽然一切结束之后，被发狂的海鸟啄得坑坑洼洼的钢化玻璃和水泥外墙，已经无法修复；清除窗户上的鸟粪，也花了他许多时间。

但是，这场死亡盛宴为他的沙滩和周边海域提供了海量的营养物质。以至于原本只有光秃秃山石的世界屋脊，转眼变成了肥沃富饶的浅海生态系统。

生死本相依。直到今天，当初死去的海鸟，仍然在养活着陆暮。

二

20 年后，他又看到了海鸥。残留在顶楼地板上的几粒藤壶干，足以证明这并不是错觉。没有任何海鸟可以长期栖息在海上，更不用说繁衍了。所以，在海鸥来的方向，一定一定还有陆地。这和地球还在转动一样确定。

在没有中继点的茫茫大海上，海鸥也不会飞出太远，不然就会有无法返回的风险。而且，海鸥一般不在夜里飞行。如果早上见到的那只海鸥，是天亮后才从栖息地出发的话……

那它的栖息地，离珠穆朗玛灯塔最多只有两三百公里。

可是，既然只有这么点距离，为什么那里的海鸥要花整整 20 年，才第一次找到他？

坐到桌前，打开笔记本，灯塔里的工作电脑早就过了正常使用寿命，陆暮不敢用，反倒是古老的记录方式最靠得住。

前几天的日记历历在目，窄窄的一页纸上就写了 3 篇。除了灾难刚发生那两年，他的日记都很短，而且越写越短。并不是没有纸和笔，柜子里还有很多。日记是和自己的对话，可以排遣孤寂，可每天的生活都一成不变，天和海也一成不变，又能有什么好记的呢？

8 月 4 日，星期三，晴

不下雨的第 21 天

未然的历史

今天的云还是鱼鳞云，很高很白很耀眼。

七娃死了。今天，它的叶子全黄了，所以我正式宣布，它死了。我不知道玉米的官方死亡标准是什么，它又没有脑电波。

七娃陪我很久了。大概不是干死的，它是寿终正寝。这应该算喜丧，可我还是不高兴。

算了，睡觉吧。今晚我打算选奥黛丽·赫本当我的女朋友。

8月5日，星期四，又是该死的晴
22天没下雨了
今天的云还是鱼鳞云，很高很白很耀眼。

下午两点五十分，东边天上冒出了一丝丝絮云。我只来得及数出了狮子和狗，还没来得及数出猫和别的什么动物，它就消散了。持续了连5分钟都没有，看这鬼样子，又没雨了。

大海，你是个龟儿子王八蛋！哦，不对，是王八蛋龟儿子。

我把七娃火化了，骨灰撒回了花盆里。我本该种下下一代的七娃，可实在是太缺水了。算了，先想办法保住大、二、三、四、五、娃，还有孟瓜、仲瓜、季瓜吧。再不下雨，我也没办法了。为了压缩用水，只能一个个放弃。到时候还能剩下几个？也许一个不剩，也包括我。

去死吧大海！

今晚我谁也不想理……算了，看在很久没陪玛丽莲·梦露的份上，给她个机会吧。

陆暮拔下笔盖，在后面的空白页上继续写：

8月6日，星期五，晴
旱灾第23天

鱼鳞云鱼鳞云鱼鳞云 没絮云没絮云没絮云

今天大海不该死。我竟然遇见了一只活的海鸥，再想起15年前的远海幽灵，难不成一切都是我的错觉？……

见鬼，他心里翻腾着无数思绪，笔下却怎么也写不下去。睡觉更是睡不着，他干脆又回到楼顶。海鲜煮熟了，他冲了一碗玉米海带粉，从花盆里摘了一根黄瓜，吃了一顿很久以来营养最丰富的早餐。

仰在躺椅里，他抬头望着屋顶之下、栏杆之上的那一带广阔蓝天。天空无一物，蓝得他直眯眼。不知不觉，他还是掉进了梦里。

梦里，陆暮竟然忙起了造船。怎么造呢？他得利用起这片小小的土地上能利用的一切。他砍倒了那棵长了20年的椰子树，把高大的树干截成两段，这样就有船体了。

再把灯塔里所有还能用的金属构件全都找出来，拦腰固定在两截树干上，船就有了个大致的模样，可以下水了。

可是，还没有船板，他该坐哪里？他的工具和物资又应该放在哪里？也没有船篷，现在是六月天，阳光酷烈，这可怎么办？

在梦里，陆暮急出一身汗来。就在这时，一阵鸟鸣声传来，伴着一阵清风拂在脸上。这阵风解了他的热，也把他吹醒了。

眼前又是海鸥，而且是3只。陆暮眯起眼睛仔细辨认，有一只确实是早上见到的，环志还在脚上，另外两只不认识。

"又来要吃的了？还带了同伴过来？"陆暮和海鸥都熟了，彼此不顾忌。海鸥跳过来，跳到他的脚下，噼里啪啦啄着地面。

"别急，别急呀。还有的是，耐心点。"陆暮又摸出一把藤壶干，"怎么这么快就回来了？你们住在哪里？离这里有多远？"

海鸥们敷衍地叫了几声，算是回答。

从海鸥返回的时间间隔，陆暮进一步判断：两地距离不会超过250

公里。一个大胆的念头冒了出来，把他自己也吓了一跳：

要不，就像梦里那样，真的造条船？海鸥就是最好的导航员，只要带足藤壶干，顺着海鸥飞来的方向前进，过来吃白食的海鸥就会帮助他不断校正方向，直至最后，到达它们的栖息地。

海鸥是从东面来的，而春夏时节，珠穆朗玛灯塔一带的海面上，几乎永不停歇的刮着自西而东的信风。如果岛就在那里，那么海鸥也好、幽灵也好，一切的答案可能都在那里。

顺风扬帆、方向正确，他最多只需要两天，就能抵达！

然而，陆暮却犹豫了。他相信岛真的在，正因为相信，所以他怕死，怕死怕得要死。

本来他觉得，在末日后的世界里又活了 20 年，已经够本了。再活下去也没多大意思，无非是多受几年折磨罢了。

但现在一切都不一样了。他无法容忍自己死在登上岛之前，要死也得把自己埋到岛上去。眼下，强劲的信风是最好的朋友，会把他送往岛的方向。但信风也是最坏的敌人，一旦方向有偏差、错过了就再也不能回头。他必须用尽全部力气来做打算。

飞来的海鸥越来越多，好在不都是来要藤壶干的，不然把陆暮的藤壶农场挖断根都不够。但也没好多少，它们盯上了灯塔周围富饶的浅海。

陆暮对这群借着友好访问之名乘虚而入的海盗毫无办法。他有两把56式步枪，这种古老的突击步枪皮实耐用，适应恶劣环境的能力极强，因此被配发到边远地区的灯塔。

陆暮想象过无数种动枪的可能，却没有哪一种和真实情况沾边，可见现实比幻想还诡异。他曾开枪打死过几头赖在灯塔下的海象，它们来了就不走，一天到晚发出怪声，吵得陆暮不得安宁，还占据了沙滩，堵住门口，让他没法出去。

死掉的海狮也没好多少，庞大的尸体散发出令人作呕的腐臭味，搬也搬不动，陆暮活生生忍了半个月，尸体的皮肉才被海洋动物分食殆尽。

骨头被他扔进了大海里，只有一个最大的头骨留作纪念，至今还挂在客厅。

经过 20 年，枪还能不能打响是一回事，就算能，也无济于事。56式步枪的确可以一发子弹杀死庞大的海狮，可面对海鸥，一发子弹照样打不死两只。

灯塔窗户玻璃的隔音效果极好，毕竟设计之初就是要用来面对世界屋脊的狂风的。陆暮矗立在窗边，望着那些上下翻飞的海鸥，那些白色翅膀上醒目的黑色翼尖，仿佛刺眼的恶魔标记。不知为什么，他竟从寂静中听出了声音来。

从那些红色尖嘴里，散发出尖厉的狂笑，就像金刚石玻璃刀，在玻璃窗户上刮过来刮过去，一遍又一遍。

外墙上的藤壶早完蛋了，就连海藻也被撕得七零八落，露出森森的水泥骨架。至于再往外整个的生态系统，由于大部分被掩盖在海水之下，损失无法目测。但可以想见，也不会比外墙好到哪里去。

唯一能够幸免于难的地方，就是一楼的潮池。关上栅栏，海鸥强盗们就进不来。可是，一个小小的潮池，又有什么用？

一切都完蛋了。接下来，该完蛋的就是他自己了。食物来源没有了，他很快会饿死在塔上。

死，陆暮并不害怕。在这个末世里，多的是死法，但也犯不着选如此缓慢而痛苦的一种。海鸥很快会把灯塔周围的生态环境由富饶吃到贫瘠，这点他无能为力。但他可不是坐以待毙的角色，要不然凭什么能在末世里熬了 20 年。他要造船，他要出海，他要以攻对攻，拼死一搏，去占领海鸥们的老巢。

海鸥的喧嚣并不能干扰到陆暮的造船工作，干扰他的是内心隐隐的不安。根据陆暮的推测，海鸥们所在的岛在他的正东略偏南方向，距离在 250 公里上下。这个地理位置，明确地指向了一个地名：

"干城章嘉峰"

世界第三高峰，和珠穆朗玛峰同属于喜马拉雅山脉。海拔 8586 米，仅仅比珠穆朗玛峰低 200 米。但就是这 200 米，让珠穆朗玛峰在末日海啸之后仍然露出海面，而干城章嘉峰却被淹没在海水之下。

不，更准确的说法是，它"应该"早已沉睡在海面下，但如今那里有一个岛！陆暮无法解释这个结果，他只能假设那里发生过大规模的火山爆发，喷出的岩浆堆积成露出海面的岛屿。

一座刚刚诞生的活火山，对人类绝非友好之地。就算烈焰已经熄灭，大概率也是怪石嶙峋、寸草不生。如果真是这样，就算到了那里，他也可能饿死在石头上。

可陆暮还是选择了出发。既然有很多海鸥，那就意味着有大量的鸟粪堆积。鸟粪会使浅滩不那么贫瘠，那里的浅海大概也能养活他。再说，就算那里没有岛，那也一定有什么。就算是他想不到是什么，但也是有。

加固船身，安放物资，检查漏洞，锁好门窗，不把家留给该死的贼鸥。做完这一切，陆暮累得浑身老骨头生疼。天空依然蓝得一望无际、澄澈透明。月满潮平，该动身了。

三

船用缆绳系在灯塔塔身上。解开缆绳，信风很快就把希望号送远了。塔身变成黑影、灯光变成星光，到最后，只剩下无边无际的天和海。月亮的"功率"不知道有多大，居然把这么大的海天全都照得一片银亮。

陆暮拿出风速计，举过头顶。4 级风，时速大约每小时 15 公里。他有一面四角帆，是用剪开的睡袋做的，凭着这面帆，大概能跑出十一二码的船速。

也就是说，如果方向正确、一切也都顺利，最多一个昼夜，他就能看到岛了。

不知是不是错觉，陆暮觉得风好像大了一些。他看了一眼指南针，航向没变，还是和风向一致。再看风速计，读数确实增加了，已经到了每小时 18 公里。

月光黯淡了下来，几缕薄云正从月亮上飘过。要下雨了，干旱终于结束了。下雨下雨，老子在灯塔的时候，天天不下雨；老子一出海，就下雨！大海无视了陆暮的愤怒，风雨从西方而来，越过了珠穆朗玛灯塔，转眼就追上了他。

如果说刚才的大海还只是波澜起伏的话，那现在就是波涛汹涌。两三米高的浪，对陆暮的小舢板来说，就是浪山。

月光也被淹没了，风雨之中，世界一片漆黑。身处广袤无垠的海上，却像被锁进了魔鬼的炼狱。陆暮下了帆，拼命地加固绳子，把他随船携带的几个大收纳箱在船体上捆得更紧。好在那几个箱子是超级工程塑料做的，还不至于轻易损坏。

至于他自己，已经被损坏了。他饱经折磨的骨头、关节和韧带，被冰冷的海风和海水隔着冲锋衣刺得刀割般疼。肌肉使用过度，像被拽得太狠的橡皮筋，早已失去弹性，一动就嘎嘎作响。

肯定是拉伤了，恐怕还不止拉伤。眼下也没空去想这些，他只希望自己的身体能撑过今晚，撑过这场风浪。

黑暗并没有一直持续，闪电接着就来了，漫天闪着蛛网般的电弧，惊天动地的炸响盖过了风浪。突然，一道闪电落在附近，瞬间陆暮看见了自己青筋暴露的双手，看见了双手紧抓着的帆索，看见了定格在浪尖上的船身。

不可思议般地，他还看见了指南针的指向，看见了风速计上的读数，看见了远方。那一道闪电，照亮了船和海，也照亮了他的头脑，照亮了他的过去、现在和将来，照亮了一切。

"满帆！满帆！"他终于明白自己该做什么了，虽然并不懂帆船，但直觉告诉他，现在就是放手一搏的时候。

睡袋是高山灯塔的特供装备，纤维强度不亚于同等粗细的钢丝，绝对不会毁于今晚的风浪。而船身也不会，船身的主体就是那几个收纳箱。

在海上待的时间越久，不确定性就会越大。他的身体，也不知能支持多久。陆暮毫不犹豫地把降下的帆重新升起，展开到最大。

在时不时亮起的电光中，他看到"希望"号在浪头上方疯狂地漂行，感觉到自己的脸被迎面而来的强风吹塌下去，连呼吸都是被空气直接灌进来。

虽然没有测速仪，他觉得自己的时速起码超过了50公里。

可惜，他还是算漏了一点。临时拼凑而成的"希望"号，船体很坚韧，船帆很坚韧，用来加固结构的绳索也很坚韧。但这并不意味着它就没有薄弱点，最大的薄弱点，就是他自己。

一道突如其来的巨浪在眼前升起，陆暮就像一只撞在墙壁上的苍蝇，毫无悬念地被拍落进海里。系在腰上的安全绳立刻被绷得笔直，"希望"号拽着他的身体粗暴地切穿海浪，一切阻力都落在他因为常年营养不良而饿细的腰上。

剧痛让他觉得自己下一刻就要被腰斩了，他下意识地伸出双手抓住了绳索。然而，这种直面前方的身体姿势，虽然减小了阻力，也减轻了被拉拽的疼痛，却让海水却毫不留情地糊住了他的眼睛，并且一波又一波地灌进他的口鼻。陆暮被呛得拼命咳嗽，一边咳嗽，一边呕吐。

狂风暴雨中，他根本听不见一点自己的咳嗽声。鼻涕和眼泪还有呕吐物，才一产生，就被海浪冲得干干净净。大海不在乎你的死活，大海才不在乎你的死活！在半窒息的状态中，陆暮用最后一点意识控制着身体，把自己翻过来，用背去抵挡海浪。

下一刻，"希望"号终于随着一波浪潮，斜斜向上，蹿上了浪尖。就在这一瞬间，它有了一个减速。而陆暮被拽出了水面，仍按照原速向前飞行。他用尽最后的力气猛拉绳索，借力落回了船上。"落回"这个词并不准确，他是被砸上去的，砸得五脏六腑都被震松了，根本喘不过气来。但就是在这种岔气的状态下，他仍然抓着绳索，把自己一连缠了好几圈，牢牢绑在了桅杆上。

把自己绑在船上是违背安全常识的，遇到紧急情况，根本没法快速反应。但陆暮知道，大海不会再给他下一次机会了。如果再掉下去，他是不会有力气把自己重新拉上来的。

这场狂飙一直持续到天色微明。风雨突然就停了，比来时还要突然。就连信风也没有了，海面上一片沉静。望着缓缓钻出海平面的朝

未然的历史

阳，陆暮有些茫然。没有风，他就动不了。他不知道自己到底在哪里。和岛错开了吗？跑过了吗？

经纬仪告诉他，他还在干城章嘉峰附近。可测量误差远大于他的可观测范围，一个分的经度误差就等于 11 公里。他举起望远镜，海面上什么也找不见。现在怎么办？

正在这时，高亢嘹亮的鸣叫声自上而下，陆暮又看到了海鸥，正是他最先认识的那只，脚上还带着环志。它落在船身上，笃笃笃地啄着收纳箱，索要藤壶干。

陆暮双手发抖，启开箱子，从里面拿出藤壶干，放到海鸥面前。他从来没有像现在这样心甘情愿，甚至连正在破坏他家园的那些"海盗"都不恨了。

"希望，希望！谢谢你啦！谢谢你啦！啊哈哈哈哈哈！"陆暮几乎是下意识地给这只海鸥取了名，这一定是有史以来最合算的交易，不，不是交易，是友情。他给出的只是一些微不足道的藤壶干，而"希望"给他的，却是百倍于此的慷慨回报。

"希望"从西方飞来，说明陆暮现在已经跑过头了，但南北方向上没有什么误差。收起帆，拿出早已准备好的船桨，他拼命地朝正确的方向划去。

箱盖制作的船桨，轻而硬，效率不错。他估计自己的时速能到 6~8 公里。几个小时前他还冷得浑身发抖，现在却热得满头大汗。他脱光了衣服，露出瘦骨嶙峋的胸膛和胳膊，用力拨动海水，一下又一下，带着"希望"号往前蹿。连他自己都难以相信，这具破旧不堪的身体里居然还能榨出如此澎湃的能量。

终于，在又一次举起望远镜的时候，他看到一条长长的黑线从海天线上升起，缓缓凝聚成山一般巍峨的身影。

那，不是岛！绝没有任何岛会长成这样的形状，从前的世界里不会，现在的世界里也不会！

它有着长条状的侧影，侧影的前后还能看出船首和船尾的轮廓。船尾侧上方，简洁的舰岛隐约可见。曾经的干城章嘉峰——想象中世界上最后的岛，竟然是一艘漂浮在海上的巨轮！

它是如何来到这里的？又是怎样一直存在到现在的？

昨晚的冒险为陆暮争取了大把时间，此刻他的航行才进行了不到12小时，离岛已经只剩下了4公里。

打开水壶，喝了几口淡水。他再次举起望远镜，那条船更加清晰。他认识这个型号的船，中国制造的蓝莓级散装货船，主要用于从美洲进口玉米和大豆。

这个型号的船长度大概有300米，宽50米，高25米，光载重量就超过20万吨吧？它是如此雄伟，简直像一个天边巨人。

珠穆朗玛灯塔里有几艘船舶模型，其中就有蓝莓级。在灯塔里摆放船模是个古老的传统，就算是高山灯塔也不例外。

这，简直就像是命运的指引。当然，也未必就不是命运的玩笑。管它是指引还是玩笑，既然他都来了，他也看见了，那他就要走到底，他要知道那该死的答案。

终于划到面前，陆暮和他的"希望"号显得无比渺小。25米的高度相当于9层楼，300米的长度是3个足球场。经过20年风雨和盐蚀，暗红色的船漆已经斑驳不堪，但白色的船名，依旧清晰可见：

"七海"号

水线以下，油漆早已消失殆尽。船壳上的附着物足足有半米多厚，海藻的颜色随着海水深度的增加而由绿变紫，海藻丛中附着了大量的藤壶、凿船贝，还有其他陆暮不认识的贝壳类动物。虾类和蟹类在空隙里游来荡去，稍远一些的地方，是体型更大的鱼类在徘徊，也不知道是在觅食还是消磨时间。

那个正在被海鸥糟蹋的浅海生态系统，原来并不是最后一个。这里还有一个，形式不同，规模却更加庞大。"七海"号的船底面积可是足足有 1.5 万平方米。

就算不考虑甲板上巨大的可利用面积，光是这片海田就足以养活他。

哇哈哈哈！该死的贼鸥们！你们输了！

海浪拍在船壳上，发出轻微的金属轰响。陆暮小心翼翼绕了半圈，发现了一道长长的垂梯，挂在船身外面，下端一直伸到海面上。这意味着，船上发生过一场紧急撤离。

找到幸存者的可能性本来就小，现在更是微乎其微。但希望依旧存在，海鸥为什么这几天才出现在珠穆朗玛灯塔，有了完美的解释：

不是之前海鸥飞不到灯塔，而是"七海"号最近才来到这里。没入海中的锚链就是证明，水下部分还很干净，没有太多海洋生物附着的痕迹。

海面下，在肉眼不及之处，锚链尽头的巨大船锚，正紧紧钩在曾经的山岩上。

陆暮把小小的"希望"号系在垂梯脚上，自己背着一点干粮、淡水、种子、望远镜，还有罗宾汉，一步步爬上了甲板。

没错，他选择带上罗宾汉，如果再也不能回到灯塔。罗宾汉曾经是这个世界上唯一会聆听他倾诉的存在，当然，现在又多了一只海鸥"希望"。可是它高来高去，无从捉摸，唯有罗宾汉才和他形影不离。

脚步声在垂梯的横杠上铿铿作响，胶质的鞋底和金属杆的接触声明明很细微，在天风海浪之下，仅仅是勉强可闻而已。可落在他的耳朵里，就成了一声声惊雷。轰，轰，轰。末了，陆暮终于弄明白，这不仅仅是脚步声，也是他的心跳声，二者一起震荡着他浑身的血脉。

是啊，此刻，他离答案太近了，实在是太近了。

四

翻过甲板边缘的那一瞬间，陆暮目瞪口呆。本该空空荡荡的甲板上，用钢板、帆布和一些常用工具器材，围出了好几片区域。

最大的一片是玉米田，里面生长着满满当当的玉米。虽然长势不太好，棒子干瘪，茎秆细弱，叶片也半青不黄，远不能跟他悉心护理的七个葫芦娃相比，但那巨大的面积足以弥补一切。一娃、二娃、三娃……就算数到千娃也不够用。他用脚步大致丈量了一下，整个玉米田呈较为规整的正方形，长宽都是 30 米出头，总面积大约有 1000 平方米。

远海幽灵终于不再是他的幻觉，而为什么身处末世还有人会把宝贵的玉米棒扔进海里，原因也昭然若揭。陆暮对这个不知身在何处的农场主人充满了嫉妒。但不管嫉妒还是羡慕，他先得按下这一切，探索完这个地方再说。

除了玉米地，这里还有一片菜地，比起玉米地小了很多，但也有 200 来平方米。种植的品种还不少，但所有叶子菜都变成了一堆枯叶，只有耐旱的黄瓜和辣椒还在苟延残喘。很显然，相隔 250 公里，"七海"号同样受到了旱灾的困扰，也只在昨夜才刚刚为一场大雨所缓解。

蔬菜不同于玉米，很难长期保存。就算在海上拥有无穷无尽且零成本的食盐供应，想做多少泡菜都可以，那也没有意义。泡菜泡久了是有毒的。所以，蔬菜生产不需要什么余量，种多了纯属浪费。

200 平方米的菜园子，大概……陆暮在心里计算着，足够一个人的日常食用?

　　还有一片 100 平方米左右的古怪作物,他仔细辨认了半天,那是烟叶?他不抽烟,不过既然都看到了,不摘白不摘,干脆薅了一大把,塞进包里。

　　另有一个足足 3000 平方米的雨水池,连接着一条通往甲板下的管道。底下显然还有一个蓄水池,不过他暂时不得其门而入。

　　在这一切之外,居然还有个半亩大小的鱼池!陆暮走到近前,发现水深在 1.2 左右,里面养着鲢鱼和鳙鱼,还有一种不知名的黑壳虾子。水质十分浑浊,池底还有一层淤泥。看起来很久没人打理了,从水面下依稀可见的旧水线来看,昨夜暴雨之前,池水的深度也就 80 厘米上下,远低于正常的养殖水位。

　　陆暮确定自己不会看错,毕竟他的灯塔外墙上就有一条高潮线,他对水位这种东西再熟悉不过了。

　　不祥的预感在他心中升起,就像昨夜的乌云,占据了整个天幕。他不要"七海"号,他不要这该死的农场,他是来找人的,来找一个可以说话的同伴。20 年来,好像早已习惯了,可他现在才明白,当自己看到船身的那一瞬间,他的目的就已经改变了。一切都不同了,他再也不能忍受独自对着罗宾汉喋喋不休,却永远听不到任何回答。

　　他只要能跟人说话,哪怕付出任何代价也好,灯塔,生命,甚至把"七海"号也双手奉上。陆暮不再嫉妒那个倒霉的农场主人,只要他活着,活着就好,怎么都行。

　　茫然四顾中,他的目光被船尾的一样东西抓住了:舰岛下的甲板上,钢板围出了一个圆环。圆环里是一个绿草如茵的土包,土包前竖着一块金属板。

　　陆暮慢慢走了过去,有些失神。那是一座坟墓,钛合金的墓碑上,立碑人不知花了多大力气,才刻出了简单的几行字:

"七海号大副 沈复飞（2019～2064）之墓

轮机长张焱 立"

沈大副在末日之后又活了 14 年，而那个埋葬了他的张焱，肯定活得更久。至少活着来到了干城章嘉峰，并且在这里抛锚。

可是，张焱现在在哪里呢？为什么完全无人留意到陆暮的到来？疑问在心底弥漫，就像昨晚风雨中那看不透的黑暗。

陆暮记得很清楚，即使他的印象会有误，日记也不会。昨晚的暴雨之前，一共有 25 天没有下过雨。船上农场的状况很糟糕，显然遭到了旱灾的重创。但是，甲板上的雨水池可是整整有 3000 平方米。这么大的一艘巨轮，内部有的是空间。甲板下那个看不见的蓄水池，也不可能小到哪里去。

既然有足够大的蓄水池，为什么连不到一个月的旱灾都撑不过去？"七海"号可不是小小的珠穆朗玛灯塔，只有可怜的雨水收集和储存能力。陆暮浑身发抖，血液全都涌上头顶，让他的视野一会儿发红，一会儿发黑——

他最不愿意面对的可能，却正是最大的可能：张焱，那个埋葬了沈复飞的幸存者，也已经死了。

陆暮发疯一样的冲进舰岛，把能进入的所有上层舱室翻了一遍，再把整个甲板翻了一遍，又跑到甲板下，钻山打洞似的把所有船舱搜了一轮。散货船不同于客轮，虽说体积庞大，内部的舱室却并不多。每个地方陆暮都找过了，仔仔细细地找过了，还是没有丝毫线索。

最后，陆暮站在甲板正中央，对着飞来飞去的海鸥，仰天怒吼：

"浑蛋，你们就会他娘的吃，不干正事！张焱呢？快告诉我，倒霉的张焱究竟去哪里了？！"

亚热带海面上，夏天的烈日下，开阔的甲板上，一个瘦骨嶙峋的人，光着膀子，沿着船舷疯狂地奔跑。

跑到跑不动了，跑到上气不接下气，跑到跪倒在地，一边咳嗽，一边呕吐。他的前面摆着一个便携燃气炉（突然冒出来一个炉，还是用燃气的，哪里来的？便携炉的燃气能用这么久？这个船都漂了快20年了），煮着一锅水。水已经开了，冒着腾腾的白气。陆暮关掉炉子，飞起一脚把锅子踢翻。

水泼在了甲板上，锅里的东西也滚了出来。那是一只体型肥硕的琵琶蟹，本来就橘红的体色，煮熟以后更加鲜红。陆暮扯下一条蟹腿，打开了一瓶不知哪个船员藏在舱底的烈酒，大口大口地吃喝起来。

不知不觉间，所有的痛苦都消失了。力量消失了，期望也消失了。陆暮躺在地上，感到浑身轻飘飘的，好像要飞起来，朝着无边无际的高远蓝天飞去。

"哈哈，哈哈。"陆暮看着"希望"自天而降，收拢翅膀落在他面前。

"谢谢你帮了我那么多忙，可我已经没有藤壶干了。"

"希望"笃笃笃地啄着甲板。

"行了行了，你别啄了。我什么都没有了。从今往后，'七海'号和珠穆朗玛灯塔都是你的了，你拿去吧。"

笃笃笃。"希望"执着地敲着船，一边敲，一边歪头看着他。

"你是说……我还有这条船？"

陆暮猛然清醒过来，全身的力气又回来了，疼痛也回来了。他一边疼得龇牙咧嘴，一边大喊大叫：

"对啊，我还有'七海'号，还有'七海'号！沈复飞和张焱能开动这条船，那我也能，我不是一个人，我还有你，还有希望！"

他抬起头，望着天。天空一片漆黑。

他猛然反应过来，不是他两眼发黑。而是天空真的黑了！乌云再度集结在天顶，以"七海"号的正上方为中心，开始了向心旋转。恰恰那个点上没有乌云，露出青白的天色。就像有一个倒挂着的巨大旋涡，正朝着白色的旋涡中心灌去。

脚下的"七海"号也开始震动，摇晃颠簸着，发出阵阵低沉的轰鸣。陆暮踉踉跄跄地走到甲板边缘，攀着栏杆，往下望去。

不知什么时候，船下的海水也旋转起来，形成了一个宏大无比的旋涡，从位置和规模来看，简直就像天上那个旋涡的倒影。这个旋涡的旋转速度很慢，但正在缓缓加速。旋涡中心清晰可见，就在"七海"号的身边，不到1公里远。

带着湿气的清风拂面，携来阵阵清凉。而陆暮只觉得浑身冰冷，连血液都几乎凝固。猛然间他"啊"的惨叫一声，单脚蹦起老高：

"你干什么！"

"希望"落在他的脚边，狠狠一嘴啄在他的鞋面上。这一下差点把他啄出血来，但也把他从震撼中惊醒。"希望"一边急促地鸣叫着，一边在他前面掠地低飞，好像在引领他去哪里。

"希望！希望！"陆暮急匆匆地追赶着，心里恍然有些明白了。

"希望"在舰岛三层的一间舱室前停下。舱门紧闭，只留有一个小小的窥视窗。门上写着"驾驶室"三个红字，那么大的中文字，陆暮当然认得。他刚才搜索全船的时候就来过，只是房门锁了，根本就进不去。而那个窥视窗他也踮起脚、眯着一只眼睛试过，那是由内对外单向透明的，由外向里什么都看不见，只有一片模糊。

"希望？"他看着"希望"落地又飞了起来，有些疑惑。

希望啄了一下门锁，绕了一圈回来，又啄了一下。

陆暮伸手按在门锁上，用力推了两下，感觉手底有些松动。他抓住锁孔周围那块金属盖板，用力一扳。盖板顺着某个轴平旋起来，露出了底下的数字面板。

"密码锁？"陆暮气急败坏地跳起来，对着门狠狠踹过去，一声轰然大响。"你逗我玩是吧！我哪知道这见鬼的密码！"

船摇撼得越来越厉害，大风海浪之声越来越响，天也越来越黑，电光开始隐隐在重重黑云之中闪现。天和海在共鸣，世界在共鸣，这毁天灭地般的气势，又勾起了他久远的回忆，20 年前的末日海啸也是这副架势。

灾难，毁灭一切的灾难，它从来就没有远去，它藏在陆暮的记忆里、噩梦里。现在，它回来抓他了。

陆暮几乎惊呆了。他下意识地摸了一下自己的额头，出乎意料地，一滴冷汗也没有了。干燥，而且冰凉冰凉的。

"我不要死在这种时候！"他听见一声完全变调的嘶吼，歇斯底里。圣斗士不会被同样的招式打倒两次，陆暮也不会。他的眼前又开始一阵红一阵黑，但思维却异常清晰。

密码锁……密码锁……

密码锁上一共只有 10 位数字，从 0 到 9 的 10 个整数。"七海"号是一艘中国船，沈复飞和张焱都是中国人。陆暮也是，所以他知道，中国人在保密要求不高的场合，通常都会把密码设置成 6 位。

"七海"号的船龄不低于 20 年，驾驶舱是紧要位置，只要行船就必定要使用。所以，这把密码锁一定经历了长期使用，那么常用数字的磨损程度就绝对不一样！

陆暮单膝跪地，视线和门锁平行，闭上眼，用指腹用力按压眼球，然后又睁开眼，眯起眼睛，用尽全力注视着那 10 个数字。

"希望"在旁边跳来跳去，叫个不停。陆暮不懂海鸥的语言，也能听出其中的惊惶。

"别吵！"他低喝一声。陆暮开始产生错觉，眼前的景象渐渐放大，他好像站在一堵高墙面前，看着几行巨大无比的数字，所有细节清清楚楚，巨细靡遗。

1，2，5，8，9。

又对了一遍，没错。的确是1、2、5、8、9这5个数字磨损的痕迹比较明显。

"该死！"怎么只有5位！陆暮的脑子急速运转，海员多少都有些迷信，不可能把密码位数设成单数，这意味着有去无回，不吉利。那就是5个数字里面有一个是重复使用的。他又看了几遍，大概分辨出，"2"字的磨损程度是这5个数字里最深的。

穷举法……算了，这根本不可能。先不说密码锁连续几次输入错误后会自动锁死，时间也不够了。

又一道闪电落下，陆暮的心好像也被照亮了：

"1，9！"

2019，沈复飞的出生年份。先假设沈复飞和张焱用他们的生年作为密码，张焱职务比沈复飞低，活得比沈复飞久，大概率比他年轻。但又不会年轻很多。

所以，张焱应该是21世纪20年代出生的。

密码前3位，就应该是1、9、2！

第4位只能猜测，假设分别是2、5、8，张焱在末日海啸那年的年龄就会是28岁、25岁和22岁。

陆暮倾向于偏大一些的年龄，毕竟"七海"号这种巨轮的轮机长，不是那么容易当上的。

先假设张焱是2022年生人，那前4位就是1922。后两位数字不管什么含义，反正只有两种组合。

陆暮小心翼翼地输入了"192258"。

面板冷冷地显示："输入错误，再输入错误3次后，密码锁将会被锁定。"

"192285"。

"输入错误，再输入错误 2 次后，密码锁将会被锁定。"

陆暮颤抖着双手，再次输入"192528"。

"输入错误，再输入错误 1 次后，密码锁将会被锁定。"

陆暮下意识地又看了一眼舱门，冷汗这回一下子就出来了。他很确信，用上所有他能在船上找到的工具，都不可能迅速砸开这堵厚重的铁门。

"192582"，按下最后那个"2"的时候，陆暮闭上了眼睛。

命运没有再耍他。"滴"的一声，悦耳的声音传来。他睁开眼睛，看到面板上闪烁着绿光。门，开了。

五

驾驶室不像他的想象中布满各种操纵装置和仪表，而是相对简洁的。可惜，就算再简洁他还是不会操作。

门自动关上了，在此之前"希望"一溜烟地钻进来，落在他身边。这回它倒是安静了，似乎知道自己已经躲进了最安全的地方。门隔断了大半的风浪声，只剩下隐隐约约的一点，跟舷窗外那山峰般的波涛完全不相称。倒显得外面的景色很不真实，像是一部过时的灾难电影。

但另一种声音却在提醒陆暮，一切都是真实的，真得不能再真。钢铁在海浪的托举和推拉下，产生了显著的弹性形变。波浪翻涌不止，旧的形变消失，新的形变又产生。船身内部因此反复挤压摩擦，那种粗糙生硬的折铁声，传到陆暮耳朵里，让他牙酸头麻。

"七海"号是一座巍峨的山脉，大海却连山脉都能折断。

陆暮在设备堆中扫视着，一眼就发现有个东西在摇晃。中心显示屏底下有个钥匙孔，钥匙就插在里面。在它的尾部，挂着一个熊猫钥匙扣，随着船身的摇摆，晃来晃去。

他跳过去，捏住钥匙，逆时针方向一拧。头顶的白色 LED 照明灯亮了，设备上的三色显示灯亮了，中心显示屏也亮了，驾驶室里顿时灯光通明。

深吸一口气，屏住呼吸，陆暮抓住驾驶台上的扶手稳定身体，紧张地盯住显示屏。他当然不会开船，所以，一切希望都寄托在了这个触碰式显示屏上。远洋货轮不可能每时每刻都由人力驾驶，自动驾驶程序是标配，"七海"号肯定不会例外。

屏幕上显示出一行字："是否全船通电？是 / 否。"

"是！"

一阵新的震动传来，和波浪的导致的震动不同，十分轻微，频率却极快。船上的辅助发动机怠速启动了，为蓄电池组充电。

显示屏上的图样变成了"七海"号的 3D 透视图。系统在进行全船自检，望着那些绿少黄多，还有不少是红色的模块，陆暮叹了口气。

绿色表示完备可用，黄色是虽有故障仍能使用，红色是完全不能使用。对于一艘连续在海上漂泊了 20 年还缺少维护的轮船来说，伤痕累累才是常态。只要主发动机和导航系统还能用，就该谢天谢地了。

检测完毕，四台主发动机三黄一红。怎么说呢……比最好的预期坏一些，比最坏的预期好很多。导航系统是黄色，陆暮点开细看，GPS 导航模块不能用了。这一模块依赖于卫星信号，而所有的导航卫星早就在 20 年前停摆了。星光导航模块完备，问题是此刻没有星空，只有黑云和暴雨。唯一还能使用的就是地磁导航模块，毕竟它本质上就是一个大号的指南针，而末日海啸又没有改变地球的磁极。

在海图上选择目的地，珠穆朗玛峰是个显著的地标，因此不需要手动输入精确经纬度，直接点选就好。选择完毕后，后台却跳出一条刺眼的警告信息，占满了整个屏幕：

"逻辑错误：目的地无法到达。"

目的地无法到达？也对，"七海"号上的导航系统是 20 多年前设计的，当时怎么会料到地球会变成了一个水球？可是"七海"号正停在干城章嘉峰上，不知系统逻辑又是怎么理解自己的当前位置的？

"兄弟，时代变了。"陆暮喃喃自语，又好像是在跟"七海"号说话。他手动跳过逻辑判断。

"请选择主发动机启动模式：热启动/冷启动。"

不经任何准备的冷启动，会加重机器磨损。不过，现在显然别无选择。

老迈的发动机咔咔咔地响了起来，就像一个老烟鬼，正在撕心裂肺地咳嗽。陆暮不由得担心"七海"号会不会下一刻就断气。

"兄弟，我理解你。你和我一样，也都老了。可现在还不到时候，这里可不是我们这把老骨头该埋的地方啊！"

发动机渐渐喘匀，起航选项却没有出现。3D模型上，船头的左前方红光闪烁。

"糟糕！还没收锚！"

系统提供了两个选项：常规收锚、紧急弃锚。风浪正在把"七海"号往东推送，锚链被绷得紧紧的，这降低了"七海"号的晃动，在面对中小级别风浪时是件好事，可在眼下的巨浪前，无异于减少了泄力距离，增加了船体的受力。

必须马上松锚，越快越好。常规收锚需要"七海"号逆浪前行一段距离，才能让锚链松开，然后才能把锚收上来。这意味着额外的风险，而且以目前的动力状况，就算肯冒险也未必能做到。

不如弃锚。陆暮按下了弃锚键，红光还是闪烁不停："弃锚失败，无法起航！"

他的头皮瞬间炸开，两边太阳穴的血管突突狂跳不止。好在，弃锚的具体方法他不清楚，但无非就是切断锚链和船体之间的连接。既然这样，那就蛮干！

陆暮又一次绕过系统逻辑判断，手动选择了起航。"七海"号以锚链为绳，和干城章嘉峰的山石玩起了拔河。惊心动魄的摩擦声中，他真不知道会是锚链先断，还是骨质早已疏松的船体先散架。

"1，2，3……"

大海喜怒无常，有时想要他的命，有时却又会帮他的忙。就在第59秒，一波巨浪涌来，"嘣"的一声巨响，庞大的船体猛然一蹿，差点把陆暮甩倒在地。

"七海"号终于挣脱枷锁，开始了逃离风暴中心的旅程。

大概刚才那一下挣脱太猛，震荡到了内脏，他突然有些想吐。随即他意识到，自己晕船了。

他弯下腰，双手死死攥住扶手。他不想让罗宾汉的牺牲变得毫无价值，然而这种忍耐适得其反，"哇"地一声，他以更猛烈的速度喷了出来，喷得控制台上到处都是。

"妈的。"在一阵阵的眩晕中，陆暮的心情糟透了。大海就是在玩他，给他一点小小的好处之后，立刻就会把一个更大的打击扔到他身上。

一道闪电照亮了舷窗，落点近在咫尺，就像暗夜里的一道闪光灯，把近处的景象深深刻印在了胶片上，而这张胶片，就是陆暮的大脑。他从来也不知道，自己能在如此短暂的一瞬间留意到这么多细节。

"农场完了！"这是他从这些细节中得出的最重要的结论。

完蛋了的远不止农场。导航系统损坏的提示灯疯狂闪烁着，报警的嗡鸣声连风暴也遮盖不住。陆暮不知所措，这电光石火间，他当然想不到原因。"七海"号的船体就是一整块巨大的钢铁，而钢铁会干扰指南针的指向。所以，地磁导航系统最关键的部件是安装在船体外部的，高悬于舰岛最高处的旗杆上。一道闪电被旗杆吸引而来，恰好落在了指南针上。

指南针或许没有被摧毁，但感应线路完蛋了。不管陆暮想得明白还是想不明白，他被迫手动接管了驾驶工作。

照明灯和导航灯全都打开了，巨大的光柱刺破黑暗，向正前方直射而出。然而，无论光柱射出时多么明亮，也在密集的风雨里迅速黯淡下来，离开船头不远，就被黑暗彻底吞没。

抓着方向舵，陆暮穷尽目力往前看，也只能勉强看清船头前方的浪头。看着看着，他总算发现了端倪：

波浪总是高高涌起，迎头而来，一部分拍碎在船头上，一部分越过船头，扫过甲板，从两舷落回海里。"七海"号正在迎浪前进。

中央屏上显示着风向和风速，此时的风速为7级，方向西南偏西。

不对！陆暮不是海员，但他在孤岛上住了20年，对大海极为熟悉。7级风不算小了，但绝不可能掀起如此巨大的浪头，这是12级台风下才会有的巨浪！更不用说风向和船头是相切的，而浪向和船头几乎呈现标准的180度。

浪的源头绝对不是风，或者说主要不是风！

陆暮想起了起航前出现在船附近的那个旋涡。他抬起头去看天上的旋涡，天空已经被雨幕遮满，看不见了。但他知道，旋涡还在那里，无论是天上的，还是海上的。

他不明白原理，但他懂得一个朴素的道理：如果几件极为反常的事情同时出现，那么它们就有极大可能性是彼此相关的。所以，虽然失去了导航，但航向选择并不困难：

逆浪前进，全速远离旋涡。

尚能使用的三台发动机，功率已经拉到极限。机器的磨损在所不惜，不开足马力，根本无法对抗逆向的风浪。但油耗也因此急速上升，警示灯闪烁不停。电脑原本计算出来的可用里程还有552公里，现在已经断崖式下跌到308公里。

陆暮满心忧虑。根据海图提供的数据，干城章嘉峰和珠穆朗玛峰之间的直线距离在250公里左右。这意味着他没什么安全边际，只要稍有偏航，就算熬过了风浪，也会中途耗尽油料，被困在茫茫大海上。

假设风暴过后信风和洋流不会改变的话，"七海"号会被推着掉头往东，离灯塔越来越远。假如运气足够好，也许环绕地球一周之后还能漂回灯塔，但那时他大概早就死了吧。

莫名的情绪缠绕着他，陆暮从没想到过，自己居然会对珠穆朗玛灯塔产生乡愁。不过，一个人如果在某个地方住了整整20年，只要那里不是地狱，都会有乡愁的吧？

不知行驶了多久，也不知行驶了多远——不对，时间是有的，陆暮看了看显示屏，他出发了4小时。路程就真无法计算了，时速表上显示的速度没有减去海水的逆向流速，没有导航系统，这种误差无从修正。但他发现浪头正渐渐变得平缓。至少，他的晕船稍微好了点。

松开把自己绑在驾驶台上的绳子，让被勒住的肢体血液流通。陆暮摇了摇头，大海这个王八蛋，又开始给他希望了。可这究竟是真的希望，还是只不过想再玩他一次，就像猫捉老鼠的游戏？

"嘣"的一声，巨大的响声穿透了整个船体，并在船体内反复回荡，也震荡着陆暮的身体，让他全身一阵阵发酥。但更让他发酥的是来自系统的警报：

"船体泄露，船体泄露！"

"大海，你是海龟的孙子！龟儿子的龟儿子！"陆暮指着天，破口大骂。大海果然是在玩他！

"七海"号早已疏松的骨质终究绷不住了。泄露本身并不致命，整艘船的甲板下部分由许多个水密舱构成，所有能关闭的隔离门早已提前关闭。但泄露发生的地方是机舱，三号发动机完蛋了。除去动力骤减三分之一，满满一舱海水，也给"七海"号增加了巨大的额外阻力。

又不知过了多久，风浪终于渐渐平息下来，雨和云也渐渐散去，天空重新显露，那个恐怖的旋涡消失得无影无踪，好像从来就不曾存在过。可陆暮知道，旋涡是在的，永远都在。它以另一种形式存在了下去，那就是"七海"号身上的累累伤痕，还有永远也到不了家的陆暮。

星光导航模块重新开始工作，系统宣判了陆暮的最后结局，沉默而冷酷，虽然只是淡淡的几行字，却无从改变：

"可用航程：85公里。"

陆暮已经干得相当不错，只向南偏航了不到15度。但即使以最经济的航速行驶，剩余燃油也只够续航85公里了。85公里，意味着离珠穆朗玛灯塔还有6公里。到了那里，发动机停转，信风和洋流就会推着"七海"号开始倒退。这6公里，便会成为永远也无法穿越的6公里。

六

天渐渐亮了。陆暮瘫在椅子里，感觉全部的力气都用完了。"希望"不知什么时候醒了，舷窗外，海鸥们也开始飞翔。不知它们是躲在哪里熬过这场风暴的，虽然看上去稀疏了不少，但失去同伴似乎并不影响它们活过了末日的欢乐。

"希望"吵得陆暮头大，陆暮开门把它放了出去，又回到座椅上，一会儿盯着显示屏，一会儿看看天边。油量柱状图还是一点一点地缩短，短到几乎看不见，只有红色的警告依旧触目惊心。"可用里程"的数字一点一点地变小，直到个位数。

"灯塔！"陆暮猛地站了起来，水天相接的海天线上终于出现了一个黑点，在那个方向，只有唯一的可能。

几乎与此同时，船身猛然震动起来。发动机的声音由细密绵长变得短促，每一声都伴随着船身的剧烈抖动，就像哮喘病人的胸腔。

没油了。油量表不是百分百准确，是有误差的。不过，就连误差也不站在陆暮这边。还没有达到预计里程，油量就耗尽了。

没有奇迹。

也对啊，在这个末日里，在这残酷无情的大海上，怎么会有奇迹？又何曾有过奇迹？

一阵可怕的刮擦声传来，就像用一把起子猛铲钢板上的铁锈，只不过被放大了无数倍。"七海"号猛然减速，伴随着震荡。离开了座位的陆暮猝不及防，被狠狠甩翻在地上，一连打了几个滚，砰地撞上舱壁。

他被撞得晕头转向，脑子也一时间宕机，半天都没法明白到底发生了什么。

但有一点很明显。船没油了，也停了。而且是完全停在了原地，连随着海浪本应有的轻微摇摆都感觉不到。

陆暮站起来，跌跌撞撞。他晕陆地了，从时刻摇晃不停的船上突然来到安稳不动的陆地上，很多人都会有这种反应。

他就这样一路半走半爬地来到甲板上，走到船舷边，往底下看去——他一时不敢相信自己的眼睛，完全不敢相信。

他，搁浅了。

"七海"号上本来是有暗礁报警系统的，但这个系统早就红了，很多年前就红了。毕竟，雷达这种精密仪器在海上很容易出问题。

所以，陆暮在完全没有准备的情形下，直接撞进了一片浅滩。

到最后，大海还是救了他。在玩了他很多遍以后，终于心满意足，给他一个不错的结局。想必大海此刻很得意吧，都结局老半天了，陆暮都还没有反应过来。

这个地方，离珠穆朗玛灯塔大概8公里。陆暮比谁都清楚，这里是没有浅滩的，根本没有。

最终，他的经历告诉了他答案。

珠穆朗玛峰本该是没有海的，干城章嘉峰本来也是不能行船的。是大海，改变了一切。所以……依旧是大海改变了一切。只不过，这一次，是海平面下降了。

也许是刚经过了连续的旱灾和狂风暴浪，就连太阳也变得温柔起来，和大海一样小心翼翼，仿佛是给远行者的补偿。在一片狼藉的甲板上，陆暮蹒跚挪步，检查着损失情况。

好吧，其实没什么可检查的，甲板上最有价值的就是农场，而农场已经彻底完蛋。玉米田和菜地里的植株被扫得七零八落，所剩无几，幸好它们的根须固定了泥土，让土壤并没有被全部冲走，大概还剩下一半。但这一半土壤被海水浸透，不知道还要下多少场雨、用掉多少水才能把盐分冲刷干净。更不用说排除盐分之后，还要重新补肥。

鱼池里灌满了水，苦涩咸腥的海水。绝大多数鱼虾都随着淡水一起，不知被冲到哪里去了。也许玉米田里还藏了几条，死的。鱼池面上还浮着几条，咸鱼。

陆暮现在真不知道是该痛骂大海摧毁了他的生产资料，还是该感谢它的不杀之恩。走着走着，他恍然发现，就连沈复飞的坟墓都没能逃过摧残。面上的一层草皮和泥土都被海水冲走了，但棺材还在。

棺材？

陆暮俯下身，仔细观察。棺材的表面被洗得干干净净，就像刚从洗碗机里出来一样。海轮上当然不会有专业的棺材，这个长方体的容器，陆暮相当熟悉——一个收纳箱，跟珠穆朗玛灯塔里那些材质相同、品牌相同、颜色相同，所不同的就是这个收纳箱特别的大，大得能勉强装下一具人体。

说起来，"希望"号也是用这种收纳箱拼接制造而成。不过，它已经不见了，昨夜的风浪将它从"七海"号上扯了下来，早已不知漂去哪里。

墓碑也还在，由于插得很深，虽然歪歪斜斜靠倒在了棺材上，但依旧被固定着，没有被冲走。在墓碑和棺材的缝隙里，还卡着一个小号的收纳盒。

陆暮有些愣神。他注视了片刻，伸手掏出盒子，拂去泥土。盖子没有锁，是扣住的。掰开搭扣，里面是一个封面褪色发黄的日记本。

他毫不讲究地一屁股坐在地上，翻开了第一页。上面写着一行大字"漂流日记——张焱"。

……海水突然快速上涨，船长命令全体船员上岸避险。我和沈复飞自愿留了下来，看守船只。他是大副，我是轮机长，我们俩是最适合的人选。

本来做好了牺牲的打算，却没想到就只有我们活了下来。海平面一天就上升了上千米，全世界都来不及做出任何反应。沿海城市全都完了，聚居在沿海的大部分人口肯定也完了。

科学家在电台里讨论，大洋地壳下的海水循环出了问题。可能是地慢压力增大，本应在几百万年里才缓慢完成一轮循环的地底海水，一下子全涌了出来。

不管他们说的是不是对的，结果反正没区别了。

区区两个人，操纵着一艘30万吨的巨轮，孤独地漂在大洋上。我本以为我们需要救援，哪知事实就像个残酷的玩笑，我们才是最安全的。

沈大副和我驾驶着"七海"号，试图前往曾经的内陆地区，救援幸存者。但我们人太少，无法有效操控这样一条巨轮。海水漫延的速度也远远超过了船速，我们不得不放弃，因为我们在浪费宝贵的燃料。灾难不知什么时候才会结束，船上的柴油必须节省再节省。

……

两个月了。这两个月里，我们无数次险些被海浪掀翻。躲在驾驶室里，虽然风浪声被最大限度地隔绝在了外面，船体本身被巨浪反复推挤和弯折的声音却是隔不断的。它通过船板传递进人的身体，又从身体传递到耳膜。让人牙酸头麻的折铁声，无休止地昼夜回响。直到风浪平息后很久，我还会每晚梦见这声音，然后满头冷汗地惊醒。

末日海啸过去了，又永远不会过去。被改变的东西不会再回来了。就像人类，就像陆地，就像我们。就像"七海"号，3年前才下水，本来还是一艘新船。熬过海啸后，许多设备都不同程度的受损，甚至全损。就连船体本身，主要承力结构内部也出现了大量的金属疲劳。

假如把"七海"号看做一个人，它正当壮年就骨裂了，还无法治疗。

通讯已经彻底断绝，我们联系不上陆地，也联系不上其他海船。海水停止上涨后，水面上也再找不到任何陆地。像陆地那样大的东西，如果你看不到它，找不到它，也联系不到它——那它多半就是真不在了。至于船，"七海"号载着满满一船玉米，总重超过了30万吨。如果连我们都九死一生，大概没有几艘船能挺得过去吧。

……

这段时间里，我和老沈很默契地绝口不提陆地，不提人类，不提家人。不提过去，也不提将来。

度过了最初的惊慌失措和茫然无助，我们发现，在这个"孤岛"上也能活下去。船舱里有20万吨玉米，15000平方米的甲板可以接住大量雨水，用雨水把玉米泡腐烂之后就是最好的土壤。

种上1000平方米的玉米，年产起码有3000斤。再种几百平方米的菜，船上有的是盆栽菜，原本是用来解闷的，现在就成了我们的种苗来源。

还有一片烟叶田，真不知道老沈是怎么想到带上烟种的？海员不是抽烟就是喝酒，我只抽烟不喝酒，老沈又抽烟又喝酒。

总之，这回我真是托了老沈的福。

连鲢鱼、鳙鱼和黑壳虾都有，帆船时代的水手用它们清除淡水槽里的绿藻，如今的船员用它们做吉祥物。

……

整整3年过去了，我们一直徘徊在北回归线附近，随着信风和洋流飘荡，没有遇到过一片陆地。

老沈很想去寻找幸存者。可燃油不够，我们的农场也离不开这里温暖多雨的气候。

我们总是争论，世界上还有没有其他人？我觉得不会有了，老沈不同意。他说世界这么大，没道理就我们才这么幸运。只是失去了通讯手段，我们没法在这么大的世界里互相发现而已。

只要我们活得够长，一直活下去，总会遇到。

……

不过，老沈还是走在了我前面，虽然他那样怀抱着希望。也没什么特别的原因，就是气候湿热、缺医少药，常年积累起来的毛病。不算什么大病，如果在以前，疗养几个月也就好了。

老沈比我大不了几岁，他走了，我又能坚持多久呢？很久都不照镜子，不知为什么，他走后的第二天我照了一下，发现头发全白了。我这才知道，一夜白头是真的。

我以前一直和他唱对台戏，可我现在又开始相信，世上真的还有其他人活着吧。

……

世上还有陆地，世上还有陆地！世上还有其他人，还有其他人！老沈啊老沈，你他娘的是对的！

我用经纬仪测量过，现在抛锚的地方就是干城章嘉峰。船上的海鸥这几天一直往东飞，那个方向，正是珠穆朗玛峰！

听说那里有一座导航灯塔，现在应该还在海面上！我在一只海鸥的脚上发现了写着"珠穆朗玛灯塔"字样的脚环，我看了100遍了，绝对不会错。虽然脚环很旧，可不知为什么，直觉告诉我，它是刚带上的。灯塔！灯塔里肯定还有人活着！灯塔里也一定会配备台式望远镜！

有足够大的望远镜，我就能看清那颗人造卫星，就能彻底分辨它到底是不是"泰坦"号。

有"泰坦"号就有希望！"泰坦"号就是希望！

……

腰痛得厉害，越疼越厉害。我快站不起来了，是不是快要不行了。我不想死在船上，老沈走的时候，我埋了他，我死了，谁来埋我？

一定要死，我宁可还是死在海里吧，海就会埋我

最后一篇日记戛然而止，没有日期，连句号都没来得及打。

驾驶室里，陆暮呆呆地看着船舶 3D 示意图，以及示意图上那个不起眼的红色警报标志："救生艇失联"。

他果然是个大傻鸟，大外行。他只检查了船体内部，却忘了检查船体外壳上的附属设备。救生艇失联，说明它不但不在原本的位置上，也收不到无线电定位信号。

"希望"号没了，可收纳箱还有。陆暮有过一次经验了，只要有收纳箱，他就可以驾轻就熟地重新组装出一艘船来。

"老沈，对不住了！"他一边喃喃地念叨，一边拖动沈复飞的棺材。这棺材轻得就像一个空木箱，显然里面的躯体早已化作飞灰，只剩下一副骸骨。所以，不需要开棺，它就能成为一个最好的浮力体，也是新船的主体部分。

一边造船，陆暮一边在心里安慰自己。还活着的时候，沈大副就一直梦想着找到陆地、找到同类，直到最后一刻也从未放弃。自己将他带回坚实的土地上，应该也是他所希望的吧。

信风和海流的能量来源是太阳辐射，因此陆暮把出发时间选在了深夜。这是海面上最冷的时刻，也是风力最弱、海水流速最慢的时刻，只有在这时，他才可以凭人力来对抗大海。否则，就算只有区区的 8 公里，也是越不过去的天堑。

海天线上，灯塔顶部闪着白色的灯光，像一颗灿烂而永不升起的

星，比天空中最亮的星还要亮。陆暮庆幸自己没有关掉自动灯光系统，当然本来也没必要，他的电力充沛得很。20年的时间，对太阳能电池板的性能几乎毫无影响。

当"新希望"号渐渐远离"七海"号，陆暮忍不住回头，对着夜幕下那个青黑色的巨大身影挥手。

"兄弟，你最后一段路也走完了，可以退休啦。我可没你幸运！"

七

一天前。

陆暮刚登上"七海"号，天空和大海上的旋涡还没出现，天气一片晴朗。

珠穆朗玛灯塔下，高大的椰子树边，一艘 10 米长的白色小艇靠了岸。夜间的风暴和身体的病痛，折磨得张焱精疲力尽。他用尽最后一丝力气，从船上翻了下来，瘫在沙滩上，等待肾脏的剧痛过去。

他看到了漫天飞舞的海鸥，看到了被海鸥破坏得一塌糊涂的塔底外墙，看到了一楼被闩上的栅栏门。他还看到了顶楼的玉米、黄瓜，还有顶楼周围花瓣一样盛开着的一圈太阳能电池板，电池板的透明面罩被擦得干干净净。

灯塔真的有人生活。可现在，那人会在哪里呢？如果他还活着，还在塔里，不可能发现不了有人登陆。剧痛终于缓解了一些，张焱站起身来，缓缓挪到一楼门口。栅栏是闩住的，但只防动物不防人。把手从栅栏缝里伸到里面，轻易就能把门闩拉开。

他就这么做了。

一楼内部，面积很大，足有 30 多平方米。但大部分被挖成了水池，只留下一条靠着墙边的狭窄通道。光线太暗，张焱看不清水里有些什么生物。但这显然是灯塔主人挖掘出来的潮池，为了在退潮后捕捞食物。

至于一楼的原始用途，已经不得而知。

穿过一楼，顺着楼梯爬上二楼。二楼安装着一堆设备，张焱做为轮机长，一眼就认出那是些什么。柴油发电机、柜式油箱、并联蓄电池组。这些设备，和顶楼的太阳能电池板一起，共同构成灯塔的供能系统。

三楼显然是仓库，除了一些常用工具外，摆满了岩石样本，其中一大半是化石。喜马拉雅山脉是从大海中升起来的，珠穆朗玛峰上自然也多的是海洋生物化石。看起来，收集这些化石，也是灯塔守卫的日常工作之一。

四楼应该是工作间。这里有不少家具，包括靠墙一圈放满了书的书柜。20年前，要把这些笨重的书本送上山，还真要消耗不少气力。书柜顶上挂着一个巨大的动物头骨，张焱仔细辨认了半天，大概是海象之类。

房屋中央摆着一套桌椅，桌子上和周围地面上扔满了杂物。张焱仔细观察了一番，似乎是有人在这里整理和穿戴过装备，然后来不及收拾，就匆匆离开了。

桌子上还摆着一本封面发黄的日记，夹着一支圆珠笔。张焱并没有动日记，而是先上了楼梯。再往上就是五楼，也是顶楼。门锁住了，上不去。于是他返回来，打开日记。

偷看别人日记是不礼貌的，但假如这人已经死了或者很可能回不来了，那就另当别论。

珠穆朗玛灯塔，陆幕，2050年。

……

运送物资的直升飞机没有按时来。我知道世界已经乱套了，我打电话给总部求救。总部说，他们没办法。海平面一直在上升，人类自顾不

未然的历史

暇。我必须独自坚守。

幸好，我的油箱是满的。太阳能电池板是去年才更换的，几乎全新，就算再服役 30 年，发电效率也不会有太明显的下降。

淡水足够，珠穆朗玛峰上的冰川是地球上最干净的冰川之一，挖几块回来融化就行。

食物不算太够，不过还有些额外的储备。我有整整两大袋玉米粒，200 斤。这些本来是用来喂玛丽和梦露的，可我要是拿些来吃，也没关系吧。

　　……

情况越来越糟糕，我有些害怕。好吧，我很害怕。下一波物资也没有了，而且也许永远不会再有了。我恳求上级派直升机接我回去，高局长对我说："你不知道，你现在的位置才是最安全的位置吗？安心留守，如果危机过去了，我们会记得送物资给你，也会记得接你回来。"

我问他："可是，要是危机过不去了呢？"我在电台上听了科学家们的分析，他们说海平面上升很可能是地幔中的海水大规模溢出造成的，如果这种趋势继续，人类根本就没有任何办法。

他反问我："如果是那样，我们又能有什么办法？你要自己想办法！"

　　……

这几天我很忙，忙着融化冰块、补充淡水。把塔里所有能够用来装水的容器都装满，可还是觉得不安全，又靠着墙边，用几块板子修了个水池。

对外联系单向中断了，我的电话再也打不出去，估计是信号中继出了问题。但我还能收到一些外界的电台，也不多了。消息很乱，也分不清哪些是真哪些是假。

但海平面上升肯定假不了，否则没法解释为什么珠穆朗玛峰上的气温和气压在不断上升。今天是 8 月 30 号，北半球的夏天快结束了，日间最高气温是 1 摄氏度。要知道，以往年份，这里就算最热的时候也达不到零下 30 度。

至于气压，气压计读数是 45 千帕。这是从前海拔 5000 米高度的气压。该死，海平面已经上升了 3800 多米！陆地完了！人类完了！什么都完了，活着还有什么意思，一个人活在这个鬼地方还有什么意思！

……

我每天都在想法设法地干活，免得让自己有时间胡思乱想。维护灯塔，检修设备，储备物资。灯塔里最核心的设备，就是为近地轨道航空计划准备的导航系统。这个计划的目的，是将巡航高度介于传统客机和低轨道卫星之间的新型飞行器商用化。这样，就可以把乘客在一个小时内从北京送到纽约。

一边检修导航系统，我一边想，我为了它整整训练了 3 年，珠穆朗玛灯塔也是为它而设立的。可我才刚到这里，这个计划就再也没有机会实施了，简直是天大的讽刺。算了！好歹我还活着，虽然生不如死。

……

该死！我是珠穆朗玛灯塔的守卫，隶属国家航天局近地轨道部门。我接到的最后一个命令，来自高局长：

"如果是那样，我们又能有什么办法？你要自己想办法！你现在在世界上最安全的地方，在中国最高的一块领土上，就算我们都不在了，你也要留守下去！你要代表国家、代表人类，留守下去！

只要还有人活下来，总有一天，他们会去找你！"

我不能死，在接到新的命令之前，我得继续执行当前命令。我得想办法活下去！

……

再怎么想方设法地忙，我也还是一天天闲了下来。导航设备最多一

未然的历史

个月检修一次就够，我也不能天天去动它，这样只会降低使用寿命。我的体能状况和物资储备，也不允许我瞎浪费。

我真笨，怎么没趁着互联网还在的时候，多往硬盘里下点东西。好吧，其实也没可能，最后那段时间互联网资源被集中用于抗灾，我也要那么干既不被鼓励，也不被允许。

终于，在看了几个月电影、听了几个月歌之后，我差不多把所有的存货都消费完了。就说电影吧，我都看到20世纪60年代了，那都是快一个世纪前的古代作品了！

不过，其实也还蛮好看的。我很喜欢罗宾汉，那个穿着绿衣服、戴着绿帽子，躲在森林里射箭，然后突然跳出来抢劫的大汉。人们管他叫好汉，我是不太明白，罗宾汉难道不是强盗才对吗？

虽然他是强盗，我还是喜欢他。大概那个年代英雄就是强盗吧？他很强壮，很酷，更主要的是，他能孤身一人在森林里生活下去，一过就是好几个月。

可我现在的情况比他更糟吧？他隔上几个月还能抢点什么，或者化装一下出去买点什么。我呢，除了灯塔什么也没有。不会有同伴，不会有支援。

这么说起来，我其实比罗宾汉本人还厉害那么一点儿？

我还喜欢奥黛丽·赫本和玛丽莲·梦露。有一个词，专门用来形容整容技术兴起前的漂亮女性，叫什么来着？

哦，我想起来了，"纯天然美女"。我真的喜欢这个调调，要是她们做我女朋友，多好。没我厉害的罗宾汉最终得到了美女相伴，比他厉害的我却只能在2052年的末世里单身，太不公平了。

……

大海在望远镜里清晰可见。一座一座的山峰，往日里高不可攀，现在看起来，只不过是海面上的一个个孤岛。根据气压计判断，海平面离灯塔还有 3000 米的落差。水位还在上涨，只是缓慢了许多。气温早就超过了零度，峰顶的冰川融化殆尽。

这段时间，一直没有下过雨。当然，珠穆朗玛峰本来就极少降水。但现在这里都快变成亚热带气候了，也该下雨了吧？祸不单行，我的淡水十分紧张。我没有算到热胀冷缩，导致膨胀的板子崩开，存在水池里的水漏了个精光。现在就算尽量节约，也只能坚持一周了。

赫本和梦露倒是和从前一样无忧无虑，真是让人羡慕的家伙。有时候，什么也不懂，反而是件好事吧。它们还是每天祸害我的玉米，隔一两天就下个鸡蛋。把它们宰了，可以节省不少粮食，可我实在做不到。我也不知道是不忍心，还是怕寂寞。

以前我会把它们下的蛋全部吃掉，现在我吃一半，留一半放进冰箱里做储备。从前我根本不需要冰箱，只要一个和外界空气连通的冷冻柜就够了。现在不一样了，必须要耗费电力来运行冰箱。好在，我并不缺电力。

可惜，两只都是母鸡。没有公鸡，无论下多少蛋，都孵不出小鸡来。母鸡能活多久？对外联系彻底断了，就连互联网也多半不在了。没处去查，只能靠猜。应该活不过 10 年吧？

唉，管它呢！就连我自己都不知道还能活几年，操这份心又有什么用？

……

海平面还在缓慢上升。在望远镜里，经常能看到下雨。可惜，云层的高度还在我脚下。所以，雨水一滴也落不到灯塔这里。我必须想办法去弄水了，不光是我，还有种在顶楼的那棵水果黄瓜。那本来只是观赏植物，现在却是我活下去的希望。

没有蔬菜，我铁定会营养不良。长期营养不良，那就死定了。

还好新的温度和气压都十分舒适，这让户外作业变得简单。不需要厚重的防风服，不需要护目镜，不需要氧气瓶。我背起压扁的软性水囊，往山下走去。

虽然没有了冰雪和狂风，地形陡峭依旧。我靠着登山镐和安全绳，往下爬了差不多 1000 米，才在石缝间找到了一眼泉水。背着装满水的沉重水囊往回爬更加困难，等回到灯塔里，我累得全身上下没有一块肌肉还能动弹。

……

膝盖摔伤了。娘的，都爬完山了，就快回到灯塔了，居然还被石头绊了一跤。没办法，实在太累了，反应迟缓，维持不住平衡。

伤得不轻。膝盖好像被什么破碎的零件卡住了一样，那破碎的到底是什么？自然只可能是我的骨头。在世界末日，如果受了重伤，失去行动能力，那是必死无疑。可我虽然疼得满头冒汗，却出乎意料的冷静，非常冷静。

没什么好怕的，如果真的不行，大不了就早死早超生呗。

我回忆了一下我受过的医学培训……算了，甭回忆了，还是去扫CT 吧。

不幸中的万幸，只是半月板裂了一块。

虽然没学过关节镜手术，但是把内窥镜插进去，把碎片吸出来我还是会的。不敢打麻药，怕把自己打糊涂，弄到手术失败。

可没有麻药实在是疼，我决定喝点酒。其实没有酒，灯塔守卫不允许在岗位上喝酒，这很危险。可现在这条规定作废了，我可以拿医用酒精兑水。

慢着！我真是个大笨蛋！插管子的时候是最痛的，可是为了保证动作稳定，不能喝酒。插进去以后倒是可以喝了，可是插都插完了，再喝还有个屁用！

万幸中的不幸，没法早死早超生了。

......

　　我越累，就吃得越多。废话，我又不是永动机，难道还能违背能量守恒定律？可我又不能不去取水，每隔几天，总还要跑那么一趟。好在食物自己送上门来了，一夜之间，灯塔周围突然多了好多鸟。好多好多，大概是陆地被淹了，它们无处可去。

　　鸟在晚上的视力很差，我有两把配发的 56 式突击步枪，还有用不完的子弹。而且，我可一点也不夜盲。

　　最多的好像是兀鹫。兀鹫很大，值得一粒子弹。又肥又蠢，容易打中。就是难吃，肉又腥又臭。算了吧，我没得选。有什么可抱怨的，抱怨也没用。

......

　　我就这样活了下来，一直活到海平面上升到近处，活到雨水落在我头顶上。已经是冬天了，但一点也不冷。珠穆朗玛峰位于北纬 27° 59′ 14″，现在这里是真正的亚热带海洋性气候了。

　　这座灯塔原本是没有雨水收集系统的。我改造了一下屋顶，自己做了一个。综合降雨频率和屋顶面积来看，这个系统的效率相当可观。不缺水以后，我把顶楼能够利用的面积都利用起来。弄了 10 个容器，装满泥土，其中 7 个种上玉米，另外 3 个种的是黄瓜。

　　最大的问题在于，山顶虽然有土壤，可全都贫瘠得跟石头粉似的——去他的，本来就是石头粉。这样子肯定是种不活作物的，不过既然有我在，这个问题就不算是问题。我有的是农家肥，虽然单位时间产量小了点，胜在高度可持续。

　　如果有人看到我是怎么活下来的，大概会发笑。笑就笑吧，我还真希望有个人能来笑我。现在，这个世界上大概已经没有可以笑我的人了吧。

　　我自己笑自己。哈哈，哈哈，哈。

我是不是疯了？多半没错。

……

大海啊，你是龟儿子！

……

大海啊，你是王八蛋！

……

我傻了吧，龟儿子不就是王八蛋吗？

……

海平面淹到了我家一楼。好消息是，以后不用走远路去赶海了。就像我小时候的梦想，坐在阳台上就能钓鱼。坏消息是，如果它继续上升，我就要跑路了。

其实跑路也没什么用，不过我总不能向龟儿子认输吧。我得准备好材料，见势不妙就赶快造船。

……

诺亚扁舟计划取消。海平面居然稳定了，不再上升。这么恰到好处一丝不差，我真怀疑大海是在玩我。它总是给我一点希望，然后又把一个更大的打击砸在我头上。

不过这么说大海，好像不太公平。

不是大海，是命运，整个命运都在玩我。

……

我想了个更好的偷懒办法。我要在一楼挖个潮池，这样门都不用出，就能解决早饭问题了。

哇哈哈！

……

赫本死了。我火化了它，把它的骨灰埋在了花盆里。这花费了我一点柴油，不过为什么不呢？我留着柴油干什么，火化我自己？

……

梦露也死了。玛丽死了以后，它一直闷闷不乐。我就想到很快会有这一天。

老子现在真的只剩下一个人了。不对，我还有大娃、二娃、三娃、四娃、五娃、六娃、七娃，还有孟瓜、仲瓜和季瓜。

哈哈哈，好哦。

……

写什么日记！有什么好写的！天每天都是那张死脸，海也是那张死脸。我看腻了，看腻了！什么玩意儿，什么意思！

疼疼疼，浑身疼。我虽然是孤儿，可我也有人生理想。我还没谈恋爱呢！我还没结婚呢！我出生的时候为什么没有医生在我脑门上刻上"本品不适合在潮湿气候下使用，否则会严重缩短保质期"！

不对，我来的时候这里可是高山气候啊。

该死的！你爱疼就疼，关我屁事！

……

往后的日记变得很少，很长时间才有一篇，篇幅也大多短小。到最后，就来到了近期的日记：

8 月 4 日，星期三，晴

不下雨的第 21 天

今天的云还是鱼鳞云，很高很白很耀眼。

七娃死了。

……

未然的历史

8 月 5 日，星期四，又是该死的晴

22 天没下雨了

今天的云还是鱼鳞云，很高很白很耀眼。

……

8 月 6 日，星期五，晴

旱灾第 23 天

鱼鳞云鱼鳞云鱼鳞云 没絮云没絮云没絮云

今天大海不该死。我竟然遇见了一只活的海鸥……

8 月 8 日，管它星期几，管它晴不晴

　　我再也等不下去了。就是死在海上也比窝下去好，我要造船，我要离开这里。我要出发！

八

圆珠笔就夹在这一页的后面，再往后全是空白页。

显然，这个日记本的主人，也是整座灯塔的主人，已经按照他日记里的计划，造好了船，乘着船出海了。

"笨蛋，蠢货！"张焱一把扔飞日记本，破口大骂："我的船才是正儿八经的船，你那破烂玩意儿也算是船？你在灯塔里窝了20年，早不出发晚不出发，偏要在这个时候出发！你是属猴的吗，不乱抓乱挠会死吗？！"

肾脏又痛了起来，他举步维艰地挪到楼下，回到沙滩上。随即，他惊讶地发现，天色越来越暗，天空开始布满黑云。大海退潮了，而且幅度之大，有些离谱，完全不像是正常的低潮。

结果，救生艇被留在了沙滩上，远离海面，搁浅了。

张焱恼火地挠着一头纷乱的白发："就是不搁浅我也一样没法出海，都快没油了！"

他本想顺着沙滩挖一条长沟，把海水引过来，再把船推进沟里。然而紧接着风暴就来了，他被逼回了灯塔里。在二楼，他仔仔细细地研究陆暮留下的油柜。结果令人失望，油柜是空的，里面一滴油也没有。

愤怒和疼痛交织在一起折磨着他，最后疲惫占据了上风。张焱睡着了，等他再次醒来，天色已经大亮。他贴在钢化玻璃窗户上，朝外望去。

风暴过去了，云收雨散，天色晴朗。张焱的眼珠子几乎从眼眶里鼓出来：

"那，那是什么？"

远处海天线上，横着一个熟悉的身影。

"菜鸟，岂有此理！你个外行，竟敢动我的船！"张焱从三楼扛了一把铁锹，直奔沙滩而去。海水又往后退了很多，现在救生艇离海面足有100多米，高低落差超过了10米。就算身体状态良好，他也不可能凭一个人的力量挖到海边去。可张焱完全不顾这些，只是咬牙切齿，用足了力气，一下又一下地往地下铲着。

就好像他铲的不是沙滩，而是大海，是风暴，是末日海啸，是命运，是阻挠他的一切的一切。

另一边，陆暮终于划过了那漫长的8公里。他精疲力尽，气喘吁吁。天色已经大亮，他远远就看到了扩大了许多倍的沙滩，看到了沙滩上搁浅的小艇，也看到了那个穿着橘红色冲锋衣、脸朝下趴在地上的人影。

那一头白发，在陆暮的视线里分外刺眼。

他知道，那个浑蛋就是张焱，不会是别人。心情焦急的陆暮拼命加快速度，却怎么也快不起来。沈复飞的棺材终于冲上了沙滩，陆暮从上面滚了下来，跌跌撞撞朝张焱跑去。

到了跟前，陆暮的心脏几乎快要停止。他砰地一声跪倒在地，俯下身，手指按在对方的颈动脉上。谢天谢地，总算还有脉搏，虽然很弱。

"张焱，你就是张焱吧！你个浑蛋，不要装死！"

陆暮背着张焱，吃力地往前走。经过从灯塔到干城章嘉峰的这一轮往返，经过和大海的搏斗，他的体力和心力都已到了极限。他气喘吁吁，浑身酸痛，心肺仿佛要炸裂，他无比怀念20年前那个刚通过灯塔守卫体能测试的健壮的小伙子。

当时的他，可以背起两个张焱，还能小跑一会儿。可现在——

"倒霉的张焱，怎么这么重！"这句话是在心里骂出来的，因为他喘得根本就开不了口。张焱的身体状况也很糟糕，但他的营养状况怎么样都比陆暮好，所以也比陆暮重。这可是陆暮羡慕不来的。

张焱真沉，沉得就像陆暮背上背着的不是一具躯体，而是希望。

一楼。陆暮靠在墙边喘息，他不敢把张焱放下，一放下去恐怕就再背不起来了，也没勇气再背起来。墙壁粗糙而潮湿，把背靠在上面显然很不舒服。不过，现在陆暮的背上是张焱，所以实际上是张焱靠在墙上。

我也不能白背你，就让你这家伙给我做会儿垫背吧。陆暮不无恶意地想着，不过他总不能拿张焱来垫屁股，屁股底下的地板一样又湿又硬，坐起来很不舒服。他更怕再拖下去真的把张焱给拖死了，于是稍微把气喘匀之后，背着张焱，他又起身了。

他整个身子趴在楼梯上，一级一级往上爬。实在是站不起来了，也不敢站起来，被海上的湿气腐蚀了整整20年的老膝盖恐怕会当场断掉。就算这样，他也觉得自己不是在爬楼梯，而是在登末日海啸之前的珠穆朗玛峰。这上百级楼梯，每一级都是一座珠峰啊。

尽管他当年也根本没有登过珠峰，他是坐通勤直升机上来的。有关登顶的种种艰难，都只是他听来的故事。

五楼。陆暮把张焱扔在床上，抓起水壶拼命地灌水。他捏住张焱的脸颊，把下巴往下拉，让张焱的嘴张开，也给他倒了一些水。

张焱的吞咽本能还在，喉咙耸动几下，把那点水吞了下去。这也让陆暮稍微放心了些，他不那么喘了，却抖得厉害，大概是水稀释了他的血液和体液。他这才想起自己忙得很久都没吃东西了，已经是一夜又半天。

肯定来不及做饭了，陆暮从贴身腰包里摸出一个铝壶。那是他从

"七海"号的驾驶室里顺来的茅台酒，防摔包装，很适合航海。就是只剩下一半了，也不知是哪个倒霉蛋喝的。

拧开壶盖，咕噜噜一口气干下去二两。"呃——"一股火辣的味道从喉咙冲到鼻腔，又从鼻腔直冲天灵盖。这下气不喘了，手也不抖了，酒精果然是高热量的东西。

挣扎了一下，陆暮放下酒壶，又把盖子盖了回去。他打开墙角的收纳盒，拿出简易 CT 机，擦了擦灰。接上电的那一瞬间陆暮的心脏有点发抽，还好开机成功。

从张焱的日记来看，他一直被肾脏疼痛所折磨。如果是肾有问题，那多半是肾结石，长期以海鲜为主食，引起肾结石的可能性非常大。

当然了，如果不是肾结石，而是肾炎、肾癌……那他也没办法。所以，最好是肾结石。千万千万要是肾结石。

大海听到了他的祈祷，扫描结果果然是，位置在左肾。

这时，陆暮才想起来，他也不会做除石手术啊。他培训的时候就没学过这个。灯塔守卫虽然有医师证，但毕竟不是职业医生。结石属于需要很长病程才能危及生命的慢性病，根本没必要让守卫在灯塔里冒着风险自行处理，用直升机接回去手术就行了。

算了。陆暮摇摇头，书到用时方恨少，可人到末日，就算以前掌握过再多技能也还是不够用。总不能让他一个人代替整个人类社会的功能吧。

再一想，也没什么了不起的。之前给自己做关节镜手术，不也没学过吗？不还是做成了？

问题是，标准的方法是激光碎石，可他根本就没有激光机。那么……手工碎石吧！

陆暮相信，张焱这家伙的命足够硬，他能顶着一个破肾独自在海上活那么久，能顶着这个破肾从"七海"号跑到珠穆朗玛灯塔，在灯塔里溜达了一圈之后，居然还能扛着铲子去给搁浅的救生艇挖人工水道——

这简直就是打不死的小强，绝对不会就这样死于一次简简单单的手术。

牙缝里省下的三两玉米酒，用了几钱给手术创口消毒（他到底还是舍不得用茅台），剩下的兑了水，灌进张焱的嘴里，就当是麻醉了，祈祷他的酒量一定要很差。张焱应该多半是不喝酒的，不然这半瓶茅台不可能幸存。

要知道，陆暮是喝酒的，所以灯塔里原本虽有大量医用酒精库存，可在头三年，就被陆暮兑水喝光了。

再把张焱仔仔细细捆在病床上，不能太紧免得血液循环不畅，也不能太松免得他突然醒过来乱动，这样，术前准备就算完成了。

——可去他的吧！他当年给自己做手术时可什么准备都没有！

陆暮很冷静，他丝毫没有强制自己冷静，这真的很奇怪。大概是这么大的事情，他一直都在按部就班地认真准备，根本不可能有时间留给自己思考，也就来不及紧张了。

直到他低下头，看到自己操纵内窥镜的双手。那双手抖个不停，根本抑制不住。因为他都意识不到自己在发抖，怎么抑制！

"张焱，你不能死。'泰坦'号到底在哪里？为什么'泰坦'号就是希望？希望到底是什么？该死，你不能死，你不能死！"

陆暮浑身发冷，额头却在冒汗。所有血管都在痉挛着收缩，把全身血液挤回到心脏里。但这丝毫没有让他觉得心力强健，只觉得胸闷气短。

这种情况，只有一个办法——输血。

酒就是他的血。从前的珠穆朗玛灯塔，是高海拔高寒地区，他又是独自守卫灯塔，安全条例严禁饮酒。行前安检严格到连一毫升的含酒精液体都休想带上飞机，但这难不倒陆暮，他只需要借口消化不良，随身带上几包酵母片就行了。

灯塔里总得储备粮食，他有大量的米和面，再加上酵母，剩下的事不就简单了？

高局长检查他行李的时候，对着他了然一笑。只是，到底没说穿，而是选择了睁一只眼闭一只眼。陆暮很感激他，以前是，现在更是。如果不是这样，他都不知道这20年要怎么过来。

当然，更有可能这就是行业潜规则，老高早年守灯塔的时候也这么干过。

不过，就算这样，今时也是不同往日啦。当年的存粮虽富裕，20年早已消耗殆尽。医用酒精自然更是早就没有了。剩下只有七个葫芦娃提供的玉米可以分出来一小部分酿酒，甚至他连跳进海里摸海带和紫菜来做原料的事都干过，依然入不敷出。

但今天不一样。他珍而重之的从抽屉里拿出本已收好的那个茅台酒壶，他从"七海"号的驾驶室里顺出来的，可能是张焱的珍藏品。拿在手里摇了摇，大概还有六七两。

他仰起脖子像喝水一样把这瓶极有可能是地球上最后一瓶茅台一下子干进去三两，这下好了，一股足有拳头那么粗的热流，火辣辣地流过喉咙，流进食道，燃烧着胃壁，滚烫着全身。

手不抖了，额头不冒汗了，动作也流畅了。

动刀，打洞。微创手术打洞很容易，在腹壁上钻个洞，再在肾脏上钻个洞，把管子伸进去。伸进去以后，陆暮瞬间倒吸一口凉气。

CT图像里那个结石很大，从内窥镜里看更大，而且细节分明——表面已经不能用凹凸不平来形容，还带着无数的毛刺，跟个海胆似的。

难怪这家伙疼成那样，你把一个海胆放进腰里扎一下试试？难怪没有麻药穿管子他都不醒，这种程度的疼痛比起结石痛来说，根本都不算什么了吧？

最关键的是，因为块头实在太大，结石和肾脏组织挤在了一起，被活生生的血肉包裹着。

没有别的办法，只能先用手术钳固定住结石，再用手术刀一点点把结石分离下来剪碎，并且祈祷不要刮花肾脏内壁。

陆暮向盘古和女娲发誓，他对人类的未来绝对负责，他的应对非常正确，哪怕他确实是个江湖游医，但他用的绝对是科班的手术方案和手法。他的操作也足够精细，没有任何问题。

但，一股血流还是毫无征兆地从肾脏壁上喷涌而出，根本就止不住，转眼间就填满了大半个肾脏空腔。

张焱的肾结石合并了炎症，肾脏内壁被损坏得太厉害，已经糜烂不堪，经受不住一点儿外力的损害。如果有充足的时间和条件，理论上应该先给他消炎和补充营养，然后再手术。但如今根本就不可能，只能赶鸭子上架。

在陆暮眼里，这流逝的不是血液，是张焱的生命，是孤独中的伙伴，是他的希望，是人类的未来。"天行者"号坠落后那种深刻到骨髓里的绝望又回来了，几万米厚的大气的重压又回来了。

在彻底喘不过来气之前，他丢开内窥镜，回身抓起酒瓶，不顾深浅又是几口。热力再次散发开来，他的手奇迹般地重新稳定下来。

一边用导管抽除积血，一边用激光烧灼出血面。这很危险，首先是未必一定能止血成功；其次，激光会损伤肾组织，损坏程度很难预料，多少会留下后遗症。

血抽出来了，越抽越多，越抽越多。头晕眼花的陆暮目测着，凭他估算瓶中酒量练出来的本事，这里至少有 800 毫升血。一般人失血 800 毫升，就到了失血性休克的边缘。倒还不至于有生命危险，但这些常识不适用于此刻的张焱，他又病又虚弱，营养也明显不良。

陆暮紧咬牙关，掏出两根输液针头和一条输液导管。没有测试，没有消毒，甚至连完整的输血设备都没有。陆暮狠狠地把一个针头扎进自己的肱动脉里，没办法，谁叫这是最浅最好找的动脉呢？

另一个针头扎进了张焱的上臂静脉，陆暮打开输液导管上的阀门。不需要更复杂的设备了，动脉和静脉之间的压力差，会随着每一次心跳，把陆暮的血泵进张焱的静脉里。

如果说过去20年，他都在苟延残喘，那他现在宁愿用尽自己全身的血液，去换取一个希望。虽然以前并没有想过，但他现在很明白，这就是他挣扎着活过这20年的真正目的。还有一个更深的念头，藏在陆暮的潜意识里，连他自己也没有留意到：

如果一定要有一个人，必须得作为人类中的最后一员，去面对物种的灭亡——那就让张焱去吧。他陆暮才不去。

陆暮也很虚弱，一阵阵地眩晕。他不确定，这到底是失血本身导致的，还是心理原因。但他有办法，酒就是他的血，酒可以在他的血管里流淌。这么多年来，都是如此。

他失去了多少血液，就喝进多少酒。只要喝进去的酒，和失去的血保持平衡，他就会没事。

九

张焱悠悠地醒过来了，视线有些模糊，同时腰部酸胀得厉害。他努力眨了几下眼睛，模糊的像素开始渐渐聚拢，变成一张人脸。

"陆暮？浑蛋！"他猛地想坐起来去抓陆暮的衣领，"你把'七海'号怎么了！"

绳子拦住了他，与此同时，剧痛从腰间袭来，他一声惨叫，不受控制又栽回床上。

"浑蛋！"陆暮吓得手猛地一抖，他同样愤怒，"张焱！你要干什么，我正在给你动手术！早说你想死，我就不救你了！"

"手术？"张焱一愣，不过他的注意力立马又转了回来，"船呢，船到底怎么样了？"

"搁浅了。"

"怎么会搁浅？还有，我怎么那么头晕？"

"头晕是麻药的副作用，还有失血。搁浅——大哥，待会再说行不行？"陆暮停手擦汗，"不想我刮花你的腰子，就闭嘴！"

张焱这才留意到，自己躺在床上，房间里只有这一张床，想必就是陆暮自己的。这里正是五楼，周围没有墙壁，只有一圈落地玻璃窗。窗帘全都拉开了，采光极好。床的左前方，有个独立的小房间。张焱不知道，那就是观测室，里面藏着的，就是他豁出命来寻找的望远镜。

终于结束了，陆暮尽量把碎石吸干净，收回内窥管，包扎伤口，草草收尾。至于缝合，实在是没这个条件，也做不来。

"可以了吗？船呢？"张焱忍够了。

陆暮叹了口气："搁浅在海平面下降形成的浅滩上。这么说你能明白吧？"

"有损坏吗？"

"当然有。"陆暮看着张焱的表情，补充道，"比起你来好多了，你还是先担心你自己吧。手术是做了，但条件有限，接下来只能靠你自己的免疫力了。"

"我命硬，死不了。"张焱不依不饶，"船还能开吗？"

"当然不能！"陆暮好像看傻瓜一样看着他，"这么大的船，搁浅了谁能拖得动？海平面只会继续下降，'七海'号再也别想下水了。就算能下水也是白搭，你走的时候就没剩多少油了，现在更不用说，全耗光了。"

"你……唉！"

"别抱怨了，真是不识好人心！要不是我把'七海'号开走，它早被旋涡吞掉了。再说我本来就是无证驾驶，能开成这样，已经很不错了。"

"刚才你真给我做了手术？"张焱又问。

"是，不然呢？你以为是外星人做的不成？你失血过多我还给你输了血，你以为呢？"

"你哪来的血？难不成灯塔里还有个血库？就算有，也不能保存20年啊？"张焱认真起来，他看着陆暮有些苍白的脸。

"我的。别问，问就是我是 O 型血，万能献血者。"陆暮没好气地回答，同时赌气般又喝了一口酒："你失了 800 毫升，我给你输了 400毫升，最后就变成了一人失 400 毫升。很难受，会虚弱，但还好要不了命，顶多营养不良一阵子——反正自从那该死的末日海啸后，营养从来就没有良过！"

"你当真会做手术？"

"你还活着，就已经充分证明了这点。张焱，你个浑蛋，我不计较你差点害我淹死也就算了，居然还一点都不知道感谢。"

张焱好像突然想起了什么，失血苍白的脸瞬间涨得通红："望远镜！望远镜呢？"

陆暮赶紧伸手往旁边一指，免得张焱伤口裂开或者血压升高当场去世："别激动！望远镜就在你左边，在观测室里！你要它做什么？还有，我还想问你，'泰坦'号到底是怎么一回事？你说的希望，又是什么？"

此刻，陆暮已经紧张到极点。他等待了20年，见到海鸥后努力了好几天，冒着风险，拼了老命，几乎赌上了一切。他紧紧握着双拳，指甲掐进肉里，等待着最后的答案和谜底，或者也可以说，是在等待命运的宣判。

张焱沉默了一下，望向天边。天空正渐渐地黯淡下去，深红色的霞光转为天鹅绒般的深蓝。一颗明亮的星星在东方闪烁，那是金星，也就是启明星。在启明星旁边，另一颗亮星正缓缓掠过。

"那是？"陆暮顺着张焱的目光看去。

"解开我！"张焱用下巴指着绳子。

"不好意思，我忘了。"陆暮手忙脚乱地解开了张焱。

张焱竟然腾地一下跳下床，落地时摇晃了两下，陆暮赶紧扶住他。张焱沉默地走了几步，进了观测室，抬起望远镜仔细观察。只是，他的双手一直抖个不停。而陆暮早已无法忍受，他一把扶开张焱，抢过望远镜：

"这……这是什么？"

张焱居然开起了玩笑："总之不会是一颗星星。"

"当然不是，哪有运动速度这么快的星星？只可能是人造卫星，可是都 20 年没人维护了，卫星不是早就坠毁完了吗？难道，难道——它就是'泰坦'号？"

"你也记得'泰坦'号？20 年前，末日海啸前，曾经最火爆的话题。"

"别废话，你确定它是'泰坦'号？！"陆暮抢回望远镜，他几乎有半分钟时间，完全无法呼吸。

镜头里的飞船，带着致命的宏伟和优雅，在视野里缓缓飘移着。

陆暮有一种莫名的熟悉感，同样白色涂装，同样朋克风格的外形，不同的是，它远比"天行者"号还要雄伟，简直就是一座小型的太空城市。

20 年的时光，没有在它身上留下丝毫痕迹。

"除非外星人制造了一艘一模一样的飞船，否则我 100% 了解、肯定以及确定，它，就是那艘飞往土卫六的探测飞船。'泰坦'号原本应该在明年返回，现在提前了一年，应该是取消了探测任务，只在降落之后就地补充了甲烷作为燃料，就立刻返航了。"

"是它了，就是它了。"陆暮双手抱着头，失魂落魄，"除了它，还能有谁？我怎么没想到？"

"我在'七海'号上发现了它。但我没有高倍数望远镜，始终没法确认。现在我们知道答案了，如果我是'泰坦'号上的宇航员——那么，我一定正在寻找降落场。"

"'七海'号！"陆暮喊了起来。"有且只有这么一个选择。"

"是啊……"张焱满足地叹气，"他们迟早会发现这个选择的。虚妄的希望不如没有，不过，现在我知道了，希望都是真的。我的，你的，老沈的，他们的，全都是真的。"

"希望？"

"海平面在下降，你也发现了吧？'泰坦'号原本的计划是在"泰坦星"上建立一个基地，飞船上携带着大量的施工设备和材料，甚至连机床之母都带上了。

　　"它还带着人类的文明成果，大量的技术资料，全世界最大的几十个图书馆和博物馆馆藏的复刻。语言、文学艺术、科学技术，全刻在电子储存器里。本来是留在"泰坦星"上作备份的，也作为人类殖民"泰坦星"的纪念碑。

　　"但是，既然那些宇航员从人工冬眠中醒来，收到地球留下的最后消息，知道了末日海啸，肯定不会笨到还把物资和资料留在那里吧？他们一定会把一切都原样带回来。

　　"这本是一颗撒播出去的种子，现在却又回到了地球。它，就是重建整个人类文明的希望啊。"

　　陆暮沉默了半天。他的手又开始抖起来，他颤抖着去抓桌上的酒瓶，但瓶子已经空了。

　　"我就知道，我就知道还有希望，人类才不会就这样完蛋。除了我们和'泰坦'号，也肯定还有其他活着的人，不会刚好那么巧就只有我们活下来。只要我们找到他们，就还能重建一切，一切的一切。"

　　"你既然知道还有其他人，为什么还关门闭户，差点害我饿死？"张焱突然回过神来，"不对，你怎么知道我的名字？"

　　"多少有些不好意思，我看了你的日记。"陆暮看着张焱的反应，"还有，我把沈大副也带过来了。"

　　张焱以同样的神情注视着陆暮："不用不好意思，其实，你的日记我也看过了。"

　　两人久久对视着，心绪复杂。说不清是意外还是惊喜，是防备还是渴望。其实，他们早已在日记里相互了解，也一直都在盼望着对方。

未然的历史

陆暮紧紧攥住了张焱的双手："兄弟，珠穆朗玛灯塔欢迎你！"

"哥们，谢谢你救了我。谢谢你的血，也谢谢你给我灌的酒。"张焱泪眼模糊，却还在开玩笑，"刀口可真疼。你要是早问我的话，我就不让你做这个手术了。我很怕疼，肾结石直接死了大概比死于术后感染干脆。"

"这可不是唯一的坏消息。"陆暮好像也被他传染了似的。

"还有什么？"张焱认真地听。

"我是用你藏在驾驶室里的茅台酒给你消的毒和给你做的麻醉。"

"什么？你难道没有医用酒精？"

"好多年前就被没了，被我兑水喝光了。"

"其实吧，我也不爱喝酒。那瓶茅台，是老沈留下的纪念。"

"啊？"陆暮大吃一惊，"这就对不住了……可我也不知道啊？"

"没关系，我欠你一条命，说不定人类都欠你一个将来。"张焱摇摇头，"老沈肯定也会很喜欢你这样一个酒友，你喝了他的酒，就是对他最好的纪念，留着瓶子也就行了。对了，我的外套呢？"

陆暮递过去那件红色的冲锋衣："在这里，你要干吗？"

张焱接过衣服，熟练地从口袋里鼓捣出一个烟斗，又在另一边口袋里摸索半天："咦，我的火呢？能不能借个火？"

"火？想得美，有也不给你，刚做完手术，还想抽烟？"陆暮翻了一个白眼。

"行，我不抽烟？除非你戒酒还差不多。你不给我，我就去钻木取火。"

"好吧，你赢了！还有个问题。15 年前，你往海里扔过啃秃的玉米棒吗？"陆暮递过火机，却又皱起了眉头，"灯塔周围的新陆地坑洼不平，不适合降落吧？'七海'号的甲板上现在还是乱七八糟的，也没法降落。我们必须尽早赶过去，清理降落场。现在'泰坦'号可比我们重要多了，无论如何也要把他们接下来。"

"当然扔过，不只15年前，经常扔啊，这很奇怪吗？"张焱不明所以，"对了，你懂航天？"

"多少懂一些，珠穆朗玛灯塔的设计用途就是为近地轨道航空计划提供辅助导航。如果这个计划实现，只用一个小时，就能从北京飞到纽约。可惜了，没来得及。"

张焱有些无奈地摇头："我们两个人，大概能把救生艇推进海里。可救生艇没油了，去'七海'号还可以顺风漂流，回来就没办法了。"

"谁说没油了？"

"我检查过你的油箱，一滴都倒不出来。"

"真正的后备油箱在地底下。里面是满的，至少有10吨。我一直留着这些柴油，说实话我也不知道留下来究竟能有什么用。到现在我才知道，原来全都是为了今天。不过，还有更重要的一件事。"陆暮来到灯塔操纵台前，站定片刻，深吸一口气，闭眼，然后睁开眼睛，吐气，打开系统，仔细测试。

"那是什么？"张焱问。

"近地飞梭计划导航系统。20年没启动了，可还能用。这个系统用的是CNSA标准通信频率，说不定能和'泰坦'号的通信系统兼容。说不定他们会尝试这个频道，谁知道呢？"陆暮声音颤抖。

调试完毕，两人聚精会神地侧耳倾听，听着听筒里电流的沙沙声，整个世界也随之沉寂。

听着听着，陆暮试探地对着话筒开口："喂，喂？能听见吗？我是珠穆朗玛灯塔，珠穆朗玛灯塔呼叫'泰坦'号，灯塔呼叫'泰坦'号！"

片刻停顿长得犹如一生。接着，他听到一个高亢到破音、完全就是在呐喊的女声："珠穆朗玛灯塔，珠穆朗玛灯塔！我是'泰坦'号！我们回来了，我们回来了！"

张焱一把抢过话筒："我们一直在等你们！我们一直在等你们！灯塔在等你们，'七海'号在等你们！欢迎回家！"

十

两个中年男人，一个满脸沧桑，一个满头白发，正坐在灯塔顶层的圆桌旁，看着漫天繁星中那个移动着的亮点，享用着零食。一只带着脚环的海鸥也参加了饭局，欢快地蹦来跳去。

"谢谢你的藤壶干，味道很不错。"张焱边吃边点头。

"原本是给'希望'准备的，你的饭量可比它大多了。"调试了半天，夜已经深了，陆暮感到有些饥饿，"你先盯着，今天都累了，又失了血，我奢侈一把，下去弄点海鲜给我俩加餐。"他叮嘱张焱。

来到一楼，按亮手电，照向潮池，陆暮愣住了：罗宾汉依然好好地趴在池底，一身橘红色的甲壳，在手电光柱下鲜艳得发亮。

他甚至一时都没法分辨，是自己一开始就没把罗宾汉带出去、更没有把它吃掉，一切都是错觉？还是琵琶蟹根本就不濒危，只是每只长得都差不多？

不管怎么说，一切又有了希望。尽管多了一个人吃饭，不久的将来还会多几个人，生活压力大了一些，可不也多了"七海"号和"泰坦"号两条船吗？

一定也还有其他人活着，在天上，海上，岛上，甚至说不定在海底。他们一定也和陆暮、张焱一样，正在互相寻找。

虽然陆暮想不到那些人到底以何种方式生活，又是怎样寻找同伴，但只是想象不到而已。就像他之前也想象不到"七海"号上的守望者，

未然的历史

想象不到"泰坦"号上的宇航员。

活下去吧。

总有一天，洪水会退去，大地会重新露出水面，阳光照耀下，万物会重新生长。一切都会回来，一切的一切都会回来。

织梦者，小说作者，现居长沙。